Alexander Mollin

Laras Tochter

Alexander Mollin
Laras Tochter

Aus dem Englischen
von Sabine Schulte

C. Bertelsmann

Die Originalausgabe erschien 1994 unter dem Titel
»Lara's Child« bei Doubleday, London

Umwelthinweis.
Dieses Buch und der Schutzumschlag
wurden auf chlorfrei gebleichtem Papier gedruckt.
Die Einschrumpffolie (zum Schutz vor Verschmutzung) ist aus
umweltfreundlicher und recyclingfähiger PE-Folie.

1. Auflage
© 1994 by Alexander Mollin
© der deutschsprachigen Ausgabe 1994
bei C. Bertelsmann GmbH, München
This edition ist published by arrangement with Transworld
Publishers Ltd, 61–63 Uxbridge Road, London W5 5 SA.
All rights reserved.
Schutzumschlag: Renato Casaro
Satz: Uhl + Massopust, Aalen
Druck und Bindung: Mohndruck, Gütersloh
Printed in Germany
ISBN 3-570-12026-0

Inhalt

DRITTES BUCH

Vom Tod ins Leben

ERSTES BUCH

Liebe und Verachtung

1

Komarowski

Ich sehe ihn zum letzten Mal an, sage ihm zum letzten Mal Lebewohl, im Herzen, denn er kann mich nicht hören. Gerade haben wir noch miteinander gesprochen, und schon jetzt kann ich mich nicht mehr erinnern, ob ich gesagt habe: »Ich liebe dich.« Wahrscheinlich nicht. Er sagte, er würde das Pferd anschirren und uns mit dem Schlitten folgen. Er wird nur ein paar Minuten nach uns kommen, und selbst wenn wir uns in der Dunkelheit verfehlen sollten, werden wir uns in Jurjatin wieder treffen, bevor der Zug abfährt. Deshalb habe ich nicht gesagt: »Ich liebe dich.« Es gab nicht einmal einen Grund, »auf Wiedersehen« zu sagen. In ein paar Minuten will er uns eingeholt haben.

Ich werde ihn nie wiedersehen.

Die Sonne ist noch nicht ganz untergegangen. Der Himmel leuchtet türkis und bernsteinfarben. Der Schnee trägt ein Gitterwerk aus Baumschatten. Der Schlitten schießt aus einer Senke heraus, und ich kann das Haus sehen. Jura steht auf der Vortreppe, den Pelz hat er über eine Schulter geworfen. Birken säumen den Weg, und bei der letzten hält der Schlitten. Habe ich Viktor Ippolitowitsch gebeten anzuhalten? »Und was jetzt?« sagt er ärgerlich. »Lehn dich nicht so weit hinaus, du fällst sonst noch raus.«

»Er rührt sich nicht. Er ist nicht weggegangen, um das Pferd zu holen.«

Viktor Ippolitowitsch strengt sich an, um etwas zu erkennen. Ich glaube, er ist in seinem Alter etwas kurzsichtig, gibt es aber vor lauter Eitelkeit nicht zu. Schließlich zerstreut er meine Bedenken. »Wir sind ja erst seit einer Minute unterwegs. Gib ihm Zeit, Atem zu holen und zu sich zu kommen. Warum sollte er denn nicht nachkommen?«

»Was ist los?« will Katja wissen.

»Soll ich weiterfahren?« fragt der Kutscher.

»Ja«, antwortet Viktor Ippolitowitsch, und auf ein Peitschenknallen hin fährt der Schlitten wieder an. Werde ich ihn wiedersehen? Werde ich ihn je wiedersehen? Ich weiß nicht mehr, wie der Weg verläuft – kommt das Haus noch einmal in Sicht? Bleibt es lange genug hell? Wir haben die andere Seite der Schlucht erreicht, die Lichtung, auf der in der vorletzten Nacht die Wölfe heulten. Ich drehe mich um und kann ihn sehen. Und nun ist selbst dieser Augenblick vorüber, und es wird kein Wiedersehen mehr geben. Ich habe weder »Lebewohl« gesagt noch »Ich liebe dich«. Von nun an werden diese Worte seltsam für mich klingen: Erst werden sie weh tun, dann Unbehagen auslösen, und schließlich werde ich gar nicht mehr wissen, warum es so ist. Ich werde bei diesen Worten ins Stocken geraten, und die Menschen werden denken, es sei eine seltsame Angewohnheit von mir. Warum muß es so sein, das Zeitvergehen?

Viktor Ippolitowitsch meint, wir würden uns in Jurjatin wiedersehen. Da sitzt er neben mir, nur Katja ist zwischen uns. Er hat eine Pistole im Schoß, und sein Gesicht unter dem rotbraunen Bart wirkt gefaßt. Ich kann nicht erkennen, ob er lügt hinter diesem Bart. Seit wann trägt er ihn? Er muß jetzt sechzig sein, aber ich bin mir nicht sicher, ob ich die Jahre richtig zähle. Er kam aus dem Zimmer, in dem er sich mit Jura besprochen hatte, und verkündete, es sei alles abgemacht. In seinem Schlitten wäre nicht genug Platz für uns alle, und Jura würde Samdewjatows Pferd anspannen und nachkommen. Jura sagte: Ja, wir müssen fahren; wir können nicht in Warykino bleiben, jetzt, wo Strelnikow von den Roten gesucht wird. Um Katjas willen müßten wir fahren, und er würde nachkommen.

Wie merkwürdig, daß ich meine eigenen Gedanken höre. Wie deutlich sie sind, so klar wie ein Peitschenknallen in der Nacht, wie das Wolfsgeheul, das Jura wach hielt. Ich entsinne mich nicht, daß sie schon jemals so deutlich gewesen wären. Meine Gedanken und ich sind normalerweise eins: Sie sprechen nicht zu mir – das haben sie noch nie getan.

»Kommt er uns nach?«

»Ich kann es nicht sagen«, antwortet Viktor Ippolitowitsch. »Wir haben einen kleinen Vorsprung, weil wir uns das Tageslicht zunutze machen können, um ein bißchen voranzukommen, aber er wird den ganzen Weg im Dunkeln zurücklegen müssen. Ich würde ja anhalten und auf ihn warten, aber es ist zu gefährlich wegen der Wölfe.« Er klopft auf seine Pistole und drängt den Kutscher, schneller zu fahren, damit uns die Wölfe nicht einholen.

Es ist jetzt dunkel, und ich kann nicht erkennen, ob Jura uns folgt. Die Bäume rascheln im Nachtwind und schütten uns unsichtbar feinen Schneestaub in die Gesichter. Ich höre, wie der Hengst über den Schnee rutscht und über die gefrorenen Pfützen kracht. Wenn dies ein endgültiger Abschied ist, ist alles vorbei. Ich sollte nicht mehr darüber nachdenken. Morgen wird Jura uns am Bahnhof treffen und seine Scherze über diese Fahrt machen. Endgültige Abschiede sehen anders aus. Wir sind uns ihrer nicht bewußt. Man trennt sich, und erst Jahre später wird einem klar, daß man sich nie wieder gesehen hat. Wir hören, daß jemand gestorben ist, und können uns nicht genau daran erinnern, wie es war, als wir den Verstorbenen zum letzten Mal sahen – wahrscheinlich hatten wir nur über Belangloses gesprochen und angenommen, daß wir uns in ein paar Tagen wieder über den Weg laufen würden, hatten niemals daran gedacht, daß dies das Ende sein könnte. Wie kann es also endgültig sein, was ich hier erlebe, wenn ich mir jetzt schon Gedanken darüber mache?

Ich werde dich wiedersehen, Juri Andrejewitsch Schiwago, mein Geliebter!

*

In der Morgendämmerung kamen sie in Jurjatin an, doch Schiwago erschien nicht.

»Vielleicht ist er aufgehalten worden«, sagte Komarowski. »Im Dunkeln kann ein Pferd leicht stolpern und lahm werden.«

Während der Nacht hatte sich Komarowski ausgesprochen rücksichtsvoll verhalten. Er hatte dafür gesorgt, daß im Schlitten genügend Decken vorhanden waren und daß Katja, die empfindlichste von ihnen, immer gut zugedeckt war. Und am Bahnhof hatte er außerdem für Verpflegung gesorgt, hatte ein paar gekochte Kartoffeln und ein Stück Roggenbrot aufgetrieben. Doch wenn es um Schiwago ging, konnte der Rechtsanwalt seine Gleichgültigkeit nicht verbergen.

Er kümmerte sich um den Zug. Drei schäbige Abteilwagen

und drei Schlafwagen standen auf dem Gleis. Die Lokomotive hatte Kohlen gebunkert, und die Kessel waren angeheizt. Es war ein klarer Morgen, und am blauen Himmel regte sich kein Lüftchen. Aus dem Schornstein der Lokomotive stieg eine kerzengerade Rauchfahne nach oben. Rußflöckchen rieselten leise wieder herunter.

Während Lara und ihre Tochter mit ihren warmen Kartoffeln in den Händen auf dem Bahnsteig standen, kam der Stationsvorsteher aus seinem Häuschen gerannt. Er schwenkte ein Telegramm und ging damit auf die Gruppe von Männern zu, zu der sich Komarowski gesellt hatte, Männer wie er selbst, grau gewordene Relikte des alten Regimes, die wie Ölbilder wirkten, die man durch Schichten von Ruß und Firnis hindurch betrachtet. Komarowski nahm die Nachricht entgegen, las sie und stellte dem Überbringer Fragen. Dann wandte er sich an die anderen Männer. Es kam zu einer lebhaften Unterhaltung, woraufhin sich die Gruppe auflöste. Komarowski trat auf Lara und Katja zu.

»Was ist, Viktor Ippolitowitsch?«

Sein Gesicht war vor Wut gerötet. Er hatte das Telegramm in der Faust zerknüllt und knabberte unsicher an seinem Schnurrbart.

»Wir fahren nicht in den Osten – jedenfalls jetzt noch nicht.«

»Wohin denn sonst?«

»Einige Brücken entlang der Eisenbahnstrecke sind zusammengebrochen. Beim derzeitigen Stand der Dinge kann es Wochen dauern, bis sie wieder aufgebaut sind. Aber hier in Jurjatin können wir auch nicht bleiben. Das wäre gefährlich für euch – bei all diesem Rummel um Strelnikow. Und man hat angeordnet, daß der Zug wieder nach Moskau zurückfährt.«

»Kannst du nicht...«

»Ich kann überhaupt nichts tun! Ich bin zwar Minister der Fernöstlichen Regierung, aber was das angeht, ist auch mein Einfluß begrenzt. Bis wir im Osten sind, müssen wir tun, was die Sowjets von uns verlangen.«

»Ich verstehe.« Lara wußte, worüber er sich Sorgen machte. Im Osten befänden sie sich nicht mehr in unmittelbarer Reichweite der Sowjetmacht. In Moskau jedoch war sie die Ehefrau des politischen Verbrechers und Terroristen Strelnikow und die Geliebte eines Arztes, der so unklug war, die Dinge genauso zu beschreiben, wie er sie sah.

»Gut«, sagte Komarowski eisig, »wir müssen das Beste daraus machen. Ich habe Freunde und Kontakte und bin für die Sowjets von einigem Nutzen und einiger Bedeutung. Im Moment interessiert man sich für Strelnikow und Schiwago hier in Jurjatin mehr als in Moskau. Die Sache wird sich regeln lassen. Aber ihr müßt meinen Anweisungen Folge leisten – ihr müßt mir unbedingt vertrauen.«

»Habe ich das nicht getan?« Lara antwortete mit soviel Gefühl in der Stimme, daß Komarowski sich umdrehte und mit den Augen die Straße absuchte, für den Fall, daß Schiwago angekommen sein sollte. »Wie lange können wir warten?« fragte sie.

Komarowski schwieg. Betrachtete die Straße. Zertrat mit dem Stiefelabsatz einen Kieselstein. Lara spürte innerlich eine nagende Leere. Sie drängte ihn: »Wir müssen auf Juri warten! Du hast es mir versprochen!«

»Der Zug ist abfahrbereit«, antwortete Komarowski. »Wie gesagt, mein Einfluß hat Grenzen. Und auch die Risiken, die ich auf mich nehmen kann, haben Grenzen –« Er sprach bedächtig, und, wie ihr schien, traurig »– auch wenn es um dich geht, meine Liebe.«

✳

Und so verließen Lara und ihre Tochter Jurjatin. Sie hatten Plätze in den Tageswagen, und nachts schliefen sie zusammen in einem der Etagenbetten im letzten Schlafwagen. Schiwago stieß nicht zu ihnen. Nach dem Gespräch auf dem Bahnsteig wußte Lara, daß er nicht kommen würde. Aber selbst jetzt gestand sie sich nicht ein, daß dies eine Trennung für immer sein würde, und auch Komarowski behauptete weiterhin, aus welchen Gründen auch immer, daß Schiwagos Ausbleiben zufällig und nicht endgültig sei. Lara und er hielten an dieser Geschichte fest, als sei sie ein zwischen ihnen geschlossener Vertrag. Die bevorstehende Ankunft Schiwagos schuf eine Art Waffenstillstand zwischen ihnen und sorgte dafür, daß sie sich mit ihrer Beziehung zueinander und ihren Gefühlen füreinander nicht offen auseinanderzusetzen brauchten. Aber wie sah es in Laras Innerem aus? Sie hatte Angst, ihre Gefühle genauer zu betrachten. Jura *mußte* einfach kommen! Er *würde* kommen. Sie wollte nicht darüber nachdenken, was es bedeutete, auf Gedeih und Verderb der Gnade Komarowskis ausgeliefert zu sein. Sie würde an nichts anderes denken als an die praktischen Lebensnotwendigkeiten der Zugreise.

Die Männer, unter denen der Rechtsanwalt eine führende Rolle einnahm, machten einen der Tageswagen zum Rauchsalon und spielten dort Karten und diskutierten über Politik. Es ging nicht um die Art von Politik, an die Lara sich erinnerte. In ihrer Jugend hatte es einen naiven Idealismus gegeben – entweder den verträumten Liberalismus der Studenten und der Intelligenzija oder den schonungslosen wissenschaftlichen Sozialismus von Arbeitern wie Antipow, Strelnikows Vater, der Eisenbahner war – und seinen Idealen treu blieb, auch wenn sie auswendig gelernt waren und ohne Sinn und Verstand nachgeplappert wurden. Diese Politik hier jedoch machte sich am Konkreten fest. Die Männer diskutierten über Persönlichkeiten und Situationen, nicht über Prinzipien. Sie beschäftigten sich mit den Angelegenheiten der Fernöstlichen Republik, der Äußeren Mongolei und der heiklen Situation in den Küstenprovinzen, wo die übriggebliebenen Weißen und die doppelzüngigen Japaner immer noch am Ruder waren. Und doch erschien es Lara, als seien diese Länder trotz ihrer offensichtlichen Konkretheit irgendwie nicht greifbar, als seien sie so vergänglich wie der Schnee, der die Tag für Tag vorüberziehende Landschaft einem Mantel gleich bedeckte.

Die Frauen und Kinder bewohnten einen zweiten Wagen. Ihnen fehlten die offensichtliche Kumpanei und die gemeinsamen politischen Interessen der Männer, und in den ersten beiden Tagen sorgte ihre Verschiedenartigkeit dafür, daß sie sich voneinander fernhielten. Es gab soziale Unterschiede – nicht daß irgend jemand es gewagt hätte, in diesen gefährlichen Zeiten daran festzuhalten, aber sie waren an Kleidung und Sprache zu erkennen. Alle Reisenden waren Funktionäre der Fernöstlichen Republik, und die Bedeutung dieser Koalition war an der Verschiedenheit der Ehefrauen abzulesen: Bauernmägde, bürgerliche Matronen, Salondamen und Arbeiterfrauen, deren Verbindungen zu ihren Männern von zweifelhafter Legalität waren. Kleidung und Umgangsformen waren kunterbunt zusammengewürfelt. So war die Frau eines früheren Professors, eines Mannes von furchterregender Gelehrsamkeit, geistlos und verschlossen. Sie trug ein Kleid aus grobem braunem Stoff und ein Paar Soldatenstiefel, die mit Zeitungspapier ausgestopft waren, damit sie ihr paßten, während im Gegensatz dazu die Geliebte eines bolschewistischen Deputierten, eines Bergarbeiters, eine Frau um die Zwanzig, mehrere Zähne verloren hatte, schielte und sich dabei als lebhafte, sehr belesene Gesprächspartnerin erwies. Sie hatte beim großen Umsturz der Dinge irgendwie ein Seidenkleid ergattert, das der edelsten Prinzessin oder der prächtigsten Hure zur Ehre gereicht hätte.

Dieses Sammelsurium von Frauen und ihren quengeligen Kindern reiste zusammen. Und nach und nach rückten sie einander näher und wurden sich sympathischer. Sie unterstützten sich gegenseitig und stellten Regeln auf, um die Männer im Griff zu behalten, was wichtig war, vor allem, wenn jene sich mit Wodka betranken, der im Raucherwagen reichlich vorrätig war. Was das anging, konnte Lara mit Komarowski zufrieden sein. Entweder war er abstinent, oder aber er vertrug den Alkohol gut. Nur einmal war ihm anzumerken, daß er getrunken hatte, als er nämlich aus dem Wagen der Männer kam und sich, eine Papirossi rauchend, im Gang herumlümmelte und die Frauen mit seinem finsteren Blick beobachtete.

Lara war den anderen Frauen dankbar. Katja war über den plötzlichen Verlust Schiwagos betrübt. Obwohl sie nicht seine Tochter war, war Schiwago ihr mit soviel Zuneigung und Zärtlichkeit begegnet, daß sie ihn liebgewonnen hatte, und in den seltsamen Gedankengängen, die für Kinder so typisch sind, schien sie sich selbst die Schuld an seinem Verschwinden zu geben. Laras Beteuerungen, daß Schiwago bald wieder zu ihnen stoßen würde, glaubte sie nicht. Nur die anderen Frauen und ihre Kinder schafften es, sie abzulenken. Lara beobachtete Katja, wie sie mit den schmuddeligen Karten spielte, die Komarowski besorgt hatte, und sah in den tiefblauen Augen ihrer Tochter, daß diese die Wahrheit über Abschied und Getrenntwerden nur allzugut verstand. Mit drei Jahren hatte sie leidenschaftlich an ihrem Vater gehangen. Doch dann war er verschwunden, und jetzt war er wahrscheinlich tot.

Und Jura ist wahrscheinlich auch tot, sagte sich Lara, ohne es wirklich zu glauben. Es war eine Art Gedankenexperiment, um sich auf das Schlimmste vorzubereiten – und dann verwarf sie diese Art des Gedankenspiels, denn die Vorstellung war einfach zu schwer für sie, zu schmerzhaft. Sie verbannte Schiwago aus ihren

Gedanken. Und für eine Weile war er fort. Hier bin ich, und ich denke nicht an ihn. Ich bürste Katja das Haar, wie Jura es immer getan hat, und denke nicht an ihn. Ich spiele mit Katja und denke nicht an ihn. Es ist eine Qual, an ihn zu denken und nicht an ihn zu denken. Ich kann es nur ertragen, weil ich es ertragen muß!

Tag für Tag tat sich vor ihnen die verschneite Landschaft auf. In der Gegend um Jurjatin waren die Dörfer während des Bürgerkriegs von den Weißen zerstört worden. Weiter westlich waren die Verwüstungen nicht so groß. Die Roten hatten die Kulaken und mittelgroßen Bauern ausgeraubt, um im Winter die Städte mit Nahrung versorgen zu können. Die Häuser der Gutsbesitzer und des Landadels waren schon in einem früheren Stadium der Revolution verwüstet worden. Diese ältesten Ruinen schienen sich wieder mit dem Land versöhnt zu haben. Ihre Schornsteine ragten wie Wachposten nach oben, während die frische Schwärze der jüngeren Ruinen brutale Narben im Weiß des Schnees bildete und ihr ätzender Geruch in die Nase stach. In den Ecken der ausgebrannten Bahnhöfe lag häufchenweise zerstörtes Beutegut herum, das der Schnee unkenntlich machte. Lara beobachtete das alles, und Katja spielte. Die Wärme des Wagens schmolz Löcher in das Eis an den Fenstern. Lara sagte sich: »Das hier ist zu ertragen. Es ist gar nicht so schlimm. Ich habe schon Schlimmeres gesehen«, während der nächste zerstörte Bahnhof in Sicht kam. Der Zug fuhr so langsam, daß man zu Fuß hätte mitgehen können. Minutenlang konnte sie das dachlose Gebäude sehen. Drinnen brannte eine Kerze, dort arbeitete der Bahnhofsvorsteher. Was für ein schöner Anblick an diesem dunklen, einsamen Abend, dachte sie. »Das hier ist zu ertragen.« Hätte Jura das gesagt? Hätte er sich gegen all dieses Leiden so unempfindlich zeigen können? Bereits jetzt, nach wenigen Tagen nur, verlor sie das Gefühl dafür, was er wohl empfunden hätte. Sie fragte sich, ob sie von Komarowskis Weltlichkeit und seinem Zynismus angesteckt wurde. Warum hatte Jura sie damit allein gelassen?

Lara glaubte, sie würde weinen, doch sie weinte nicht. Sie hielt nur ihr Gesicht gegen das feuchte Wagenfenster gepreßt, während sie in die Nacht und den Schnee hinausstarrte.

In Moskau organisierte Komarowski eine kleine Wohnung für Lara und ihre Tochter. Wo er selbst untergebracht war, behielt er für sich. Er sagte Lara nur, sie sollte keine persönlichen Fragen beantworten, sondern alle Fragesteller an ihn selbst, den Justizminister einer den Sowjets freundlich gesinnten Regierung, verweisen.

Die Wohnung bestand aus einem einzigen Zimmer im ersten Stock eines Hauses im Siwzew Wrashek. Das Haus hatte früher einem Bankier gehört, und der ehemalige Hausmeister war jetzt Vorsitzender des Hauskomitees und boshaft stolz auf den Sturz seiner früheren Herrschaft. Man traf unvermeidlich mit ihm zusammen, denn Küche, Pumpe und Abort wurden gemeinsam benutzt, und er schien überall zu lauern, in seiner alten Livree mit einem Militärmantel darüber und einer Mütze aus Hundefell.

»Wie herrlich! Wie geräumig!« rief Lara, und sie war Komarowski so dankbar, daß sie Tränen hätte vergießen können. Im Vergleich zu ihrem armseligen Leben in Jurjatin war die Größe des Raumes so überwältigend, daß sie nur staunen konnte. Sie nahm nichts von den angetrockneten Exkrementen wahr, mit denen die Wände beschmiert waren, und übersah, daß von den schönen Mahagonimöbeln und den Bronzearbeiten, die einmal den Raum geziert hatten, nur noch Bruchstücke übriggeblieben waren.

»Keine Betten, kein Bettzeug, kein Essen und kein Brennholz«, sagte Komarowski. Sachlich fügte er hinzu: »Ich werde sehen, was sich da machen läßt.«

»Vielen Dank, Viktor Ippolitowitsch.« Lara fühlte sich etwas versöhnt mit ihm.

Nachdem er gegangen war, bat sie eine Nachbarin um einen Eimer und holte Wasser von der Pumpe im Hof. Beinahe fröhlich fing sie an, die Wände abzuschrubben. Katja hockte eine Weile unglücklich in einer Ecke, beschloß dann aber, sich an diesem Spiel, das offensichtlich Spaß machte, zu beteiligen. Und so verbrachten Mutter und Tochter die beiden letzten Stunden Tageslicht singend und plaudernd und versicherten sich gegenseitig, daß dies so etwas wie der Beginn eines neuen, glücklichen Lebens sei.

Es war der Saal. Seine eleganten Proportionen erinnerten Lara daran, daß es einst ein anderes Leben gegeben hatte, bevor Engstirnigkeit und zweitklassiges Denken um sich gegriffen und den Idealismus durch Mittelmäßigkeit erstickt hatten. Der Kamin war aus

Marmor, abgestoßen zwar und mit Farbe bekleckst, aber immer noch schön, mit zwei engelsgesichtigen Putten, die das Sims stützten. Von der Decke hing noch der Kronleuchter herab, und an den Wänden befanden sich noch die Kerzenhalter. Die Atmosphäre erinnerte einen an Abendessen mit Freunden, an Familienfeste, an nicht allzu ernstgemeinte subversive Gespräche im engsten Freundeskreis, in denen man den Zar zur Hölle gewünscht und sich auf eine Demokratie gefreut hatte, wie die Franzosen sie hatten. Und damit fiel Lara auch wieder ein, daß sie Menschen kannte, die in einem Haus nicht weit von hier gewohnt hatten, ja sogar in der gleichen Straße. Tonja war dort aufgewachsen.

Ob sie noch dort wohnte? Nein, natürlich nicht. Selbst wenn sie in Moskau wäre, würde sie sich woanders aufhalten. Als Jura aus dem Krieg zurückgekommen war, im ersten Winter nach der Revolution, hatte er mit seiner Frau Tonja, ihrem Sohn und seinem Schwiegervater, Professor Gromeko, Moskau verlassen und Zuflucht auf dem Besitz der Krügers in Warykino gesucht, wo sie Gemüse anbauten. Der alte Krüger, Tonjas Großvater mütterlicherseits, war Eisenhüttenbesitzer gewesen.

Lara hatte Tonja in Jurjatin kennengelernt, nachdem Schiwago von den roten Partisanen zwangsverpflichtet worden war. Alle dachten, er wäre tot, weil er einfach von der Bildfläche verschwunden war. Tonja war mit ihrem zweiten Kind schwanger gewesen. Sie hatte Lara in der Bibliothek aufgesucht, wo sie arbeitete.

Lara hatte sie nicht gleich erkannt. Damals war es noch möglich, voreingenommen zu sein. Die Tochter eines Professors und Enkelin eines Industriellen hätte eigentlich kein altes, geflicktes Kleid tragen sollen, und die schlechte Ernährung und die Schwangerschaft gaben ihrem Gesicht ein verhärmtes Aussehen. Schiwago war seit etwa einem Monat verschwunden. Es war Sommer, und das grelle Sonnenlicht, das die Bücher ausbleichen ließ, wurde durch die vorgezogenen, weißen Plisseevorhänge gemildert, so daß man die Staubwölkchen im Schatten tanzen sehen konnte. Die Besucherin blickte die Bibliothekarin und die beiden anderen Gehilfinnen forschend an und trat dann auf Lara zu.

»Spreche ich mit Larissa Fjodorowna Antipowa? Ihrem Gesicht nach zu schließen müssen Sie es sein. Sie sehen so aus, wie Jura Sie in seinen Briefen beschrieben hat – er hat mir von Ihnen geschrieben, als Sie beide zusammen stationiert waren. Kann ich mich irgendwo hinsetzen – irgendwo, wo wir unter vier Augen sprechen können? Ich werde sehr schnell müde.«

In Tonjas Stimme lag etwas Flehendes. Lara verlor sofort jedes Gefühl, sich verteidigen zu müssen oder Gegenstand ihres Grolls zu sein. Es blieb ihr jedoch nicht viel Zeit, um groß darüber nachzudenken, denn Tonja war offensichtlich kurz davor, in Ohnmacht zu fallen. Niemand sonst schenkte dem Aufmerksamkeit. Sie hatten einen Winter hinter sich, in dem Menschen unbeachtet auf den Straßen gestorben waren, und der Tod bedeutete inzwischen nicht mehr als eine verwaltungstechnische Unannehmlichkeit. Lara sprach mit der Bibliothekarin und durfte ihre Besucherin in einen kleinen Raum führen, in dem alte Bücher zum Binden gesammelt wurden. Der Geruch von Leim, der für diese Arbeit verwendet wurde, hing in der Luft. Tonja sprach als erste.

»Juri Andrejewitsch ist verschwunden. Ich dachte, er wäre bei Ihnen. Jetzt sehe ich, daß ich im Irrtum war. Aber die Überlegung schien vernünftig. Jura schrieb in seinen Briefen, daß er Sie bewundere. Und dann erfuhr ich, daß eine Antipowa hier in der Bibliothek arbeitet – Jura hatte es mir gegenüber nicht erwähnt. Was sollte ich da denken?«

»Ich hatte angenommen, Jura hätte einfach beschlossen, mich nicht mehr zu sehen«, antwortete Lara. »Und ich hatte mich damit abgefunden. Wir waren uns einig, daß keiner von uns Ansprüche an den anderen hatte – wir waren beide gebunden. Er hat das nicht leichtgenommen. Liebe ist kompliziert«, sagte sie heftig, aber leise. »Ich dachte, sie wäre ausschließlich – aber das ist sie nicht. Ich kann nicht behaupten, daß ich verstehe, warum.«

Über Schiwagos Verschwinden sprachen sie nicht. Später kam Lara das merkwürdig vor, in der damaligen Situation jedoch nicht. Es war eine Zeit des Verschwindens.

»Sie sind ebenfalls verheiratet, oder nicht?« fragte Tonja. »Ich habe gehört, daß Pawel Pawlowitsch Antipow identisch sein soll mit Strelnikow, dem Militärkommissar.«

»Die Geschichte habe ich auch gehört. Ich kenne Strelnikow nicht. Von meinem Mann habe ich seit den Kämpfen in Ungarn 1916 nichts mehr gehört.«

»Haben Sie Kinder?«

»Ein kleines Mädchen, Katja, sie ist sieben.«

»Mein Sascha ist vier.« Tonja schien aus dieser Gegenüberstellung der Kinder irgendeinen Schluß zu ziehen. »Ich bin hergekommen, weil ich wütend auf Sie war. Ich wollte Sie als Diebin beschimpfen. Nun scheint es dafür keinen Grund mehr zu geben.« Sie blickte prüfend auf ihr schäbiges Kleid. »Ich weiß nicht, was ich von dem Ganzen halten soll. Es war alles so viel leichter zu erklären, als ich noch eine Feindin hatte. Statt dessen ist Juri einfach verschwunden. Noch vor zwei Jahren wäre das merkwürdig gewesen. Jetzt verschwinden dauernd Leute und tauchen wieder auf, und es bleibt einem nichts anderes übrig, als damit zu leben. Wollen Sie mich einmal in Warykino besuchen?«

In jenem Sommer war Lara mit Katja häufiger nach Warykino gefahren. Tonjas Vater, Professor Alexander Alexandrowitsch Gromeko, pflanzte dort Gemüse an, und im übrigen lebte die Familie von den Zuwendungen Samdewjatows.

»Wir können so nicht weitermachen«, vertraute der Professor ihr an, während sie zusahen, wie Katja und der kleine Junge sich in der heißen Sonne lachend im Unkraut und im wilden Getreide wälzten. »Nur mit meiner eigenen Hände Arbeit kann ich nicht genug für uns alle anbauen. Und unsere Inanspruchnahme dieses Landes ist illegal, denn wir sind von den zukünftigen Machthabern darüber informiert worden, daß alles eben diesen zukünftigen Machthabern gehört – oder dem Volk, was das gleiche ist, wie sie sagen. Tatsächlich könnten die Dinge kaum schlimmer liegen. Verstehen Sie, das hier war Teil der Krügerschen Besitztümer – Krüger war mein Schwiegervater. Können Sie mir folgen, Larissa Fjodorowna? Die Leute könnten sagen, ich würde versuchen, irgendeine Art von Erbrecht geltend zu machen, Gott bewahre, gerade jetzt, wo wir mit diesem Unsinn aufgeräumt haben. Vorausgesetzt –«, fügte er hinzu, »daß die Roten diesen Krieg gewinnen.«

Er bezog sich damit auf die Tatsache, daß Jurjatin im Moment wieder in der Hand der Weißen war. Lara wußte, daß die Weißen sogar noch unberechenbarer und gefährlicher waren als die Roten. Sie hielten religiöse Prozessionen ab und ermordeten Juden. Trotz ihres jüngsten militärischen Erfolgs schienen sie einen Hang zur Selbstzerstörung zu haben. Sie behaupteten, an den Werten der Zarenzeit festzuhalten, legten aber nur arrogante Wut an den Tag.

Sie hatten nichts zu bieten, daher verloren sie die Unterstützung der Bauern, und daher würden sie, nach Laras Ansicht, schließlich auch den Bürgerkrieg verlieren.

Im Herbst gebar Tonja ein kleines Mädchen. Lara war als Hebamme bei der Geburt dabei. Später wurde die Familie von den Weißen gezwungen, Warykino zu verlassen, was Teil einer Kampagne gegen die roten Partisanen war. Eine Weile lebten sie in großem Elend in Jurjatin. Dann, als die Armee der Weißen im Winter zusammenbrach und die Eisenbahnlinie in den Westen wieder frei war, zog die Familie nach Moskau zurück. Dort beantragten sie Ausreisevisen. Tonja schrieb an Lara und bat sie, Schiwago darüber zu informieren, sollte er durch irgendein Wunder überlebt haben.

*

Als sie mit dem Saubermachen fertig waren, war es Abend geworden. Katja jammerte, daß sie Hunger habe, und weinte, als Lara erklärte, sie hätten nichts zu essen. Sie saßen mitten im Raum auf den nackten Dielen in der Dunkelheit und hielten einander in den Armen.

Um acht kam Komarowski wieder. Er hatte zwei Arbeiter mit ausgehungerten Gesichtern dabei, in Wickelgamaschen und ausgedienter Armeekleidung. Alle drei trugen Pakete. Komarowski zog aus der Tasche seines Pelzmantels eine Kerze heraus, zündete sie an, stellte sie auf das Kaminsims und entließ die beiden Träger. Dann lehnte er sich gegen den Marmor, die Hände hinter dem Rücken unter den Mantelschößen verschränkt, so als wärme er sich an einem unsichtbaren Feuer. Im Kerzenlicht war sein Gesicht ein Mosaik aus Licht und Schatten.

»Hast du irgendwelche Neuigkeiten?« fragte Lara.

»Von Schiwago? Sei doch vernünftig, meine Liebe, wir waren im letzten Zug, der Jurjatin verlassen hat. Es ist kaum anzunehmen, daß noch mehr Züge von so weit östlich kommen, bevor die Strecke wieder instandgesetzt ist. Wollen wir uns nicht praktischeren Dingen zuwenden?« Er begann, die Pakete auszupacken. Das erste war eine mit Schnur zusammengebundene Rolle Bettzeug. »Ihr werdet erst mal auf dem Fußboden schlafen müssen. Möbel sind rar – so viele sind als Brennholz verheizt worden.« Im zweiten Paket waren ein Huhn, Kartoffeln, Buchweizen, ein Bündel Talgkerzen, Kitt zur Abdichtung der Fenster und eine kleine Flasche Kerosin. »Ich empfehle euch, das hier gegen die Läuse zu benutzen«, erklärte Komarowski.

»Wie sollen wir uns warm halten?«

»Zieht euch all eure Kleider an und bleibt im Bett. Ich komme morgen früh mit Brennholz wieder. Ich würde euch ja raten, in die Küche zu gehen und euch dort aufzuwärmen, wenn da nicht die neugierigen Nachbarn wären. Wenn es nichts zu befürchten gibt von dieser Seite, könnt ihr es euch überlegen. Sei vorsichtig, wenn du das Huhn kochst. Die Leute reden.« Komarowski öffnete das dritte Paket. Es enthielt Kleidung: zwei Mäntel, zwei Wollröcke, Kleidchen für Katja, Wollstrümpfe, Blusen, Unterwäsche. Nichts davon war neu, aber alles war sorgfältig gereinigt und geflickt worden, und Komarowski hatte sogar daran gedacht, Nähzeug beizulegen, damit Lara kleine Änderungen selbst vornehmen konnte.

Sie blieben eine Woche in Moskau und hielten sich auf Komarowskis Anweisung hin ausschließlich in der Wohnung auf. Vom Fenster der Gemeinschaftsküche aus konnte man in den Hof sehen, wo zwischen Unrat und Ratten blasse Kinder spielten. Katja schaute ihnen zu, ohne sich an ihren wilden Spielen beteiligen zu können.

Komarowski besuchte sie jeden Tag, brachte Lebensmittel und Brennholz mit und ein paar andere willkommene Mitbringsel, wie etwa Bücher für Lara – Tolstoi und Puschkin – und sogar Spielzeug für Katja. Er wahrte zwar Abstand, legte aber in seiner Liebe zum Detail große Fürsorglichkeit an den Tag. Bei jedem Besuch blieb er ungefähr eine Stunde lang. Den größten Teil der Zeit verbrachte er in immer der gleichen Haltung: Gegen den Kamin gelehnt, betrachtete er schweigend seine Schützlinge, die Mutter, die an den Kleidern nähte, die er mitgebracht hatte, und die Tochter, die mit dem Spielzeug spielte. Die kleinen Gestalten in der Mitte des großen, leeren Raumes wirkten wie auf einer Bühne. In seiner Fürsorge und besitzergreifenden Haltung lag etwas Väterliches. Doch sein Gesicht war immer überschattet, so als würde ihm irgend etwas Kopfzerbrechen bereiten.

Von Schiwago gab es immer noch keine Nachricht. Lara fragte Komarowski jeden Tag nach ihm, wenn Katja außer Hörweite war.

Sie war sich des flehentlichen Tonfalls in ihrer Stimme bewußt, der ihren anhaltenden Schrecken verbarg. Sie spürte, daß sie Schiwago verlor, und zwar nicht nur den realen Menschen, sondern auch das Bild von ihm, das sie in ihrem Herzen trug. Wenn ich sogar das verliere, dachte sie, habe ich alles verloren.

Als sie den Bescheid erhielten, daß der Zug wieder für die Weiterreise nach Osten bereitstehe, warnte Komarowski Lara.

»Vergiß nicht, daß der Ort, an den wir fahren, zwar sicherer ist als Moskau oder Jurjatin, daß es aber deswegen dort immer noch nicht ungefährlich ist. Unsere relative Sicherheit beruht im Moment darauf, daß die Situation im Osten unklar und in der Schwebe ist und daß der Arm Moskaus nicht bis da draußen hinreicht. Aber du solltest daran denken, daß die Mehrzahl meiner Kollegen in der Regierung Bolschewiken sind, und das gilt auch für die Mehrzahl der Fahrgäste im Zug.«

Er hatte Reisepapiere.

»Du wirst dich als meine Ehefrau ausgeben müssen. Katja ist meine Tochter. Du mußt ihr klarmachen, daß sie weder von Schiwago noch von Strelnikow sprechen darf.«

»Gibt es von Strelnikow etwas Neues?«

»Seine Streitkräfte wurden bei Irkutsk aufgehalten. Es hat Kämpfe mit den Roten gegeben. Ich weiß nicht, ob er gefangengenommen worden ist.«

*

Zwei Tage nach diesem Gespräch verließen sie Moskau.

Die Welt stand immer noch unter dem Bann des Winters. Wieder bewegte sich der Zug mit quälender Langsamkeit durch die öde, verwüstete Landschaft. Wieder richtete man sich im Inneren den Umständen entsprechend ein, doch der Rückruf nach Moskau hatte die Anspannung der Reisenden verstärkt. Er hatte sie daran erinnert, wie ausgeliefert sie waren. Egal wie viele Kilometer sie hinter sich brachten, sie waren doch wie mit einem unsichtbaren Band an Moskau gefesselt. Einige der ursprünglichen Fahrgäste waren verschwunden.

Der Zug machte regelmäßig halt und nahm Holz und Lebensmittel auf. Auf den Bahnhöfen stiegen die Männer aus und verzögerten stundenlang die Weiterfahrt, weil sie an den Telegrafenbüros

Schlange standen, um Nachrichten zu empfangen und abzuschikken. Man hielt es für zu gefährlich, den Frauen und Kindern zu erlauben, die Wagen zu verlassen, weil der Zug so bedeutsam aussah, daß Scharen von Bittstellern und halbverhungerten Bettlern auftauchten und vor und hinter den Bahnhöfen mehrere Kilometer weit die Gleise säumten. Viele der Bettler waren entlassene Soldaten und trugen noch Waffen. Und alle wurden von Typhus und Ruhr geplagt.

Tag für Tag mühte sich der Zug über die Ebene voran und in das Uralgebirge hinein. Die willkürlichen Zerstörungen durch die Revolutionsparteien und die Überfälle der Roten wichen aufgegebenen Feldbefestigungen, leeren Schützengräben und Unterständen, ausgebrannten Waggons und Munitionswagen, Drahtrollen von Feldtelefonen und Pferdekadavern.

Eines Morgens war Komarowski nirgends zu finden. An diesem Nachmittag fuhr der Zug durch Jurjatin, ohne anzuhalten. Lara sah ein Empfangskomitee auf dem Bahnsteig stehen. Sie erkannte den alten Antipow, der mit anderen Mitgliedern des örtlichen Sowjets wartete. Er bemerkte sie nicht. Sein Gesicht zeigte nur tief verwurzelten, uralten Haß. Lara fiel auf, daß das Schild, das für Moreau und Wetschinkin, die Dreschmaschinenfabrik, Reklame machte, überstrichen worden war. Veränderungen gingen vor, auf die sie keinen Einfluß hatte, und so betrachtete sie Jurjatin zunächst als fremden Ort, den sie kaum kannte. Erst später ging ihr auf: *Jura war dort!*

Als Komarowski wieder auf der Bildfläche erschien, um im Durchgang zum Waggon der Männer seine übliche Haltung einzunehmen, verlangte sie eine Erklärung von ihm.

»Warum haben wir in Jurjatin nicht gehalten?«

»Dort war kein Halt vorgesehen.«

»Das glaube ich dir nicht«, sagte sie heftig. »Jura war dort! Du wußtest, daß er Jurjatin nicht verlassen konnte! Ich habe meinen Schwiegervater und die anderen Funktionäre am Bahnhof stehen sehen. Sie haben erwartet, daß der Zug halten würde!«

»Sei still!« erwiderte Komarowski ärgerlich und sah in den Wagen hinein, in dem die anderen Frauen wie erstarrt lauschten. Er packte Lara hart am Arm und zog sie in den Durchgang zwischen den Wagen. »Ich habe dir doch gesagt, daß du nicht über deine persönlichen Angelegenheiten reden sollst«, sagte er vorwurfsvoll. »Bist du deinen Gefühlen so ausgeliefert? Denkst du denn gar nicht an eure Sicherheit?« Er gab ihren Arm frei. Der Schmerz und die Verwirrung in ihren Augen berührten ihn, und er senkte die Stimme. »Natürlich ist Schiwago in Jurjatin – aber welche Rolle spielt das? Hast du gedacht, er würde am Bahnhof erscheinen?« Er unterbrach sich, um sich eine Zigarette anzuzünden. Lara erinnerte sich, daß er früher Zigarren geraucht hatte. Ruhig erklärte er: »Ich habe ganz diskret Nachforschungen über Schiwago angestellt. Die Tscheka in Jurjatin interessiert sich für Schiwagos Fall, wie ich vorausgesehen habe. Wenn sie ihn finden, werden sie ihn gefangennehmen und erschießen. Verstehst du jetzt, warum ich den Lokomotivführer gebeten habe, den Zug nicht anzuhalten?«

Danach fragte Lara nicht mehr nach Schiwago. In ihrem Herzen wußte sie jetzt, daß er nicht kommen würde. »Ich habe es die ganze Zeit gewußt«, sagte sie sich, und: »Es ist zu ertragen, weil ich es ertragen muß.« Aber warum hatte er sie so einfach gehen lassen? Wenn es Unstimmigkeiten zwischen ihnen gegeben hätte oder Zweifel, hätte sie es verstanden. Aber so? Warum fühlte sie sich beraubt statt betrogen?

Sie dachte an ihre letzten Tage in Warykino zurück. Dorthin waren sie aus der Stadt geflohen, nachdem Komarowski sie zum erstenmal gewarnt hatte, daß sie in Gefahr seien. Schiwago und der Rechtsanwalt hatten sich gestritten. Jura hatte klargemacht, daß er nicht daran dachte, mit Komarowski zu fahren. Etwas später schien er mit Komarowskis Plan dann doch einverstanden. Jetzt war Lara klar, daß er das alles nur getan hatte, um sie und ihre Tochter zu retten. Aber warum hatte er bleiben wollen? Es war, als hätte er eine Todesahnung gehabt. Sie waren so glücklich gewesen, aber vielleicht hatte Jura hinter den Grenzen des erfaßbaren Glücks gespürt, wie er fortglitt, weil mehr nicht möglich war und alles vollendet war. War es Einbildung, daß sie nun, wenn sie ihn sich ins Gedächtnis zurückrief, in seinem Glück ein allmähliches Sterben sah? An jenem Abend, als sie in Komarowskis Schlitten fortgefahren war, hatte sie gewußt, daß Juri nicht folgen würde. Sie hatte gesehen, wie er blaß und schweigend auf der Vortreppe des Hauses stand. Er war schon damals ein Geist gewesen, sie hatte es bloß nicht wahrhaben wollen.

Nachdem sie Jurjatin hinter sich gelassen hatten, stand Schiwago nicht mehr zwischen Lara und Komarowski. Der Waffenstillstand, der durch eine Fiktion aufrechterhalten worden war, galt nicht mehr. Wenn der Rechtsanwalt jetzt in der Tür stand und mit Besitzermiene die Szene überblickte, erkannte Lara an seinem Gesichtsausdruck, daß er einen Schlachtplan entwarf. Doch er wirkte immer noch unsicher, als überraschten und verwirrten ihn seine Gefühle und das Wagnis, das er eingegangen war. Er fing an, sich zeitweise im Wagen der Frauen aufzuhalten, spielte mit Katja und versuchte, Lara in Gespräche zu verwickeln.

Als Lara ihn kennengelernt hatte, in der letzten Klasse des Gymnasiums, war ihr seine Redeweise weltgewandt und kultiviert vorgekommen. Damals war er Anfang Vierzig gewesen und glattrasiert. Sein Gesicht war wenig bemerkenswert gewesen, seine Kleidung modisch, aber nicht protzig. Das einzige, was ein Mädchen, das an der Schwelle zum Erwachsenwerden stand, hätte anziehen können, waren die Befehlsgewalt in seiner leisen, ausdruckslosen Stimme und die Aufmerksamkeit, die man ihm in den Salons und Restaurants schenkte.

Lara war zu unerfahren gewesen, um zu erkennen, daß seine Konversation – die sich vor allem um Politik drehte und in der er sich immer vorsichtig zeigte und bedeckt hielt – nur für seine Busenfreunde in der Justiz und in der Regierung reizvoll war, und daß die einzigen, die um ihn herumscharwenzelten und ihm darüber hinaus überhaupt Beachtung schenkten, Frauen auf der Suche nach einer guten Partie waren und servile Kellner.

Auch jetzt sprach er über Politik. Um ihrer Sicherheit willen sei es wesentlich, sagte er, daß sie die Welt, in der sie lebten, verstehe.

»Die Fernöstliche Republik, deren Minister zu sein ich die Ehre habe«, sagte er ironisch, »ist nur ein Schachzug der Sowjets, um die Situation im Osten zu stabilisieren. Die Mehrheit der Regierung ist bolschewistisch, und wir müssen damit rechnen, daß im passenden Moment ein Staatsstreich inszeniert wird.«

Lara sah aus dem Fenster. Sie fuhren am Wrack eines Panzerzuges vorbei, den die Weißen auf dem Rückzug aufgegeben hatten. Er war von den Gleisen gestürzt worden und lag zwischen den abgeknickten jungen Bäumen am Waldrand.

»Die Roten selbst verändern sich. Nach den Exzessen des Bürgerkriegs übernehmen jetzt besonnenere Köpfe das Ruder. Es gibt eine natürliche Stabilität in der Ordnung der Dinge, eine Tendenz zum Gleichgewicht, zur Mitte. Die Sowjets werden Leute wie mich aufgrund unserer Sachkenntnis einsetzen. Und wir werden das System von innen her unterwandern.«

Lara hatte das Gefühl, daß er die Sache mißverstanden hatte. Sie wußte, welches Feuer in Revolutionären wie dem alten Antipow loderte. Es war ein Haß, der an Wahnsinn grenzte. Sie würden Menschen wie Komarowski zerstören, auch wenn sie sich damit selbst schadeten.

Es war ihr gleichgültig. Sie sah nur, wie die Werst, die zwischen ihr und Wladiwostok lagen, täglich weniger wurden. Komarowski hatte versprochen, in Wladiwostok ein Schiff ins Ausland für sie zu organisieren. Und auch für Jura, wenn er nachkäme. Und für Strelnikow, wenn er noch lebte. Doch wie konnte sie ihm glauben?

»Wladiwostok?« sagte er. »Ja natürlich – bald. Aber du hast mir nicht zugehört. Wladiwostok ist in den Händen der Japaner. Wir müssen vielleicht für mehrere Monate einen Zwischenstopp in Tschita einlegen.«

*

Der Zug bahnte sich seinen Weg durch die südsibirische Ebene. Eintönige Tage in einer verschneiten Landschaft, die von Birken- und Espenwäldern gesäumt war. Manchmal hielten sie für eine Stunde oder einen Tag, um eine Brücke zu prüfen, die zerstört und wieder aufgebaut worden war, aber diese Verzögerungen machten ihnen ihre Gefangenschaft in der engen Welt der Waggons nur noch deutlicher. Über diese endlose Weite hatten die Weißen im letzten Winter ihren Rückzug angetreten. Am *trakt*, der ausgefahrenen Straße, die neben dem regulären Weg entlanglief, lag das Gepäck des fliehenden Heeres verstreut, zusammengebrochene Wagen, Berge von Vorräten, entgleistes rollendes Material und Tausende von toten Pferden. Die Welt schien jeglichen Lebens beraubt.

Doch als sie nach Irkutsk hinunterfuhren, verschwand der Schnee. Das Eis auf dem Fluß war fast abgetaut, einige Schollen trieben im frostigen Dunst. In Irkutsk erlaubte man den Reisenden, den Zug zu verlassen. Die Männer verschwanden, um das Telegrafenbüro aufzusuchen. Die Frauen, die sich wie ängstliche Kinder an den Händen hielten, wagten sich aus dem Bahnhof hinaus und bestaunten den Fluß, die Kathedrale und die weißen, mit Stuck verzierten Häuser.

Auf einem Abstellgleis stand ein Panzerzug. Die Lokomotive war abgekoppelt worden, aber die Wagen bildeten auf dem verschlammten Gleisabschnitt eine graue Linie. Lara teilte die aufkeimende Angst der anderen Frauen. Sie hielt Katja fest an sich gedrückt. Das helle Tageslicht, die Weite des Himmels, die sie fast vergessen hatte, blendeten sie. Und da stand der Zug in seiner ganzen schwerfälligen Brutalität, eine Reihe von Flachwagen, an den Seiten waren Kesselbleche hochgezogen, obenauf lag eine Anzahl von Sandsäkken, befanden sich Maschinengewehrbettungen und ein schweres Geschütz, das in einer offenen Barbette befestigt war. Es gab Waggons für die Männer und einen Kommandowagen, auf dem der Name Strelnikow stand.

Lara nahm Katja an der Hand und ging mit ihr die Gleise entlang. Die Blechverkleidung der Flachwagen hatte Roststreifen und war stellenweise von Geschossen beschädigt worden. Kleine Sandhäufchen zeigten an, wo die Säcke zerrissen waren. Sie erreichten den Kommandowagen, neben dem müßig ein Posten stand und sie beobachtete. »Hier können Sie nicht rein«, sagte er im Plauderton.

»Ich habe von ihm gehört – von Strelnikow.«

Der Posten musterte die beiden schweigend und stellte das kleine Mädchen dann auf die Wagenstufen. »Fünf Minuten«, sagte er, ging zum Ende des Wagens und schlüpfte unter der Kupplung hindurch auf die andere Seite, von wo aus er sie nicht mehr sehen konnte.

Das Innere des Wagens war nach dem hellen Tageslicht draußen schummerig. Läden aus Metallamellen schützten die Fenster. Auf dem Fußboden lagen Papiere verstreut – Landkarten, Dienstvorschriften, handgeschriebene Notizen, Ausrüstungsgegenstände, eine Uniformjacke, eine Pelzmütze, ein Munitionsgürtel. Am Ende des Hauptabteils gab es ein Kämmerchen, in dem sich eine Bettrolle, Rasierzeug und ein zerlesener Gedichtband befanden. Lara hatte erwartet, daß diese Gegenstände sie an Strelnikow erinnern würden, daß sie ihn für sie lebendig machen würden. Statt dessen bewahrten sie eine stumme Neutralität. »Meine Sinne stumpfen ab«, sagte sie sich, und erst dieser Gedanke weckte überhaupt ein Gefühl in ihr, Sehnsucht nach einer Zeit, in der sie etwas gefühlt hatte. Ein Foto von ihr war an die Wand geheftet. Lara dachte: Jetzt weiß ich also mit letzter Gewißheit, daß Pascha und Strelnikow ein und derselbe sind. Und auch ihn habe ich verloren. Aber sie hatte ihn schon vor so langer Zeit verloren, daß sich ein echtes Verlustgefühl nicht einstellen wollte. Es wäre ihr unehrlich erschienen. Doch da war etwas, eine bleiche, müde Spur von Elend, die sie verfolgte. Geht es denn immer so weiter?

Komarowski stand mit den anderen bürgerlichen Politikern in ihren rostbraunen Gehröcken auf dem Bahnsteig. Die Männer hatten getrunken, ihre Gesichter waren gerötet, und sie unterhielten sich aufgeregt. Sie bemerkten, wie die Frau und ihre Tochter aus dem Panzerzug stiegen, übergingen es aber, als sei es nicht weiter von Interesse. Nur Komarowski legte die Hand über die Augen und betrachtete sie aufmerksam. Lara und Katja gingen zum Bahnhofsgebäude zurück und warteten darauf, daß der Rechtsanwalt zu ihnen käme.

»Das war dumm«, sagte er.

»Ist Strelnikow hier?«

»Natürlich nicht.«

»War es nicht hier, wo er aufgehalten wurde?«

Komarowski war ungeduldig, als spürte er, daß Lara ihm entglitt. »Ich werde deine Neugier befriedigen – für dieses Mal«, antwortete er. Zehn Minuten später kam er mit einem jüngeren Mann mit runden Brillengläsern und einer Lederjacke zurück.

»Ein paar von den Männern des Verräters Strelnikow werden hier gefangengehalten«, erklärte der junge Mann.

»Kann ich sie sehen?«

»Ich habe das in die Wege geleitet«, sagte Komarowski.

Vor dem Bahnhof wartete ein kleiner Wagen. Ihr Begleiter wies den Kutscher an, sie zu einem Teespeicher in der Nähe zu fahren. Er erklärte ihnen, das Gefängnis sei überfüllt und die übrigen Gefangenen würden im Lagerhaus festgehalten. Viele von Strelnikows Leuten seien im Kampf bei Irkutsk getötet worden, und seine hohen Offiziere seien bereits von einem Revolutionstribunal abgeurteilt worden. Und Strelnikow selbst? Das war schwer zu sagen. Man hatte keine Leiche gefunden, aber wo konnte er hin, jetzt im Winter, in dem hungernden Umland, das immer noch von plündernden Soldaten und Banditen heimgesucht wurde?

Die Gefangenen befanden sich tatsächlich im Lagerhaus, wie man Lara gesagt hatte; aber es schien ihr, als würden sie nicht von den Wachposten, sondern von ihrer eigenen Demoralisierung festgehalten. Das ungeheizte Gebäude war bei den Kämpfen beschädigt worden. Das Dach war durchlöchert, und die Wände wiesen Risse und Einschüsse auf. Die Bedingungen, unter denen die Gefangenen hier hausten, waren erbärmlich und menschenunwürdig. Sie wurden von Typhus, Influenza und Ruhr geplagt.

»Diese Leute gehören ins Krankenhaus«, sagte Lara. Sie horchte auf ihre Stimme. Es lag keine Empörung darin. Sie glaubte nicht wirklich daran, daß sie irgend etwas für die Gefangenen tun konnte. Ihr kam der Gedanke, daß ihre moralischen Reaktionen nur noch reine Reflexe waren, deren man sich in wenigen Worten entledigen konnte. Es war nicht zu ändern.

»Zweifellos«, antwortete Komarowski, während er nach der Uhr sah, damit sie den Zug nicht verpaßten.

»Klassenverräter! Stillgestanden!« brüllte ihr Begleiter. Katja ängstigte sich vor dem Geruch und dem Lärm. Sie versteckte sich hinter Laras Röcken. Die Männer kauerten in Gruppen zusammen, und eine Handvoll von ihnen stand nun langsam auf, mit gesenkten Köpfen, die Mützen in den Händen.

»Kannte jemand von diesen Männern Strelnikow persönlich?« fragte Komarowski.

Die Frage wurde sofort wiederholt. Einer der Soldaten hob die Hand.

»Name!«

»Podwojski! – Podwojski, Genosse Hauptmann.«

»Hierher!«

Podwojski sah zu seinen Freunden und schlurfte dann humpelnd zwischen den stillen Gestalten hindurch nach vorne, ein kleiner, stämmiger Mann mit intelligentem Gesicht. Er trug einen österreichischen Militärmantel und einen Frauenrock. Um seine bloßen Füße waren Lappen gewickelt.

»Also?« drängte Komarowski. »Willst du ihn etwas fragen?«

Die Gegenwart einer Frau machte Podwojski verlegen. Er traute sich nicht, Lara direkt anzusehen, sondern ließ seine Augen umherwandern.

»Wann haben Sie Strelnikow kennengelernt?«

»Im Sommer 1918. Wir waren in Jurjatin und haben gegen Galiullin und die Tschechen gekämpft. Der Genosse Kommissar war unser Anführer.«

»Haben Sie ihn gut gekannt?«

»Nein. Niemand kannte ihn gut – außer vielleicht Galiullin, der angeblich mit ihm befreundet war, obwohl er für die Weißen kämpfte. Ich weiß nicht, ob die Geschichte stimmt.«

»Hast du Galiullin gekannt?« fragte Komarowski Lara. Sie nickte, wollte jetzt aber nicht an Galiullin denken.

»Und dann?«

»Und dann – nun, die Weißen haben Jurjatin zurückerobert, und dann haben wir die Stadt wieder eingenommen, und anschließend haben wir die Bande durch ganz Sibirien gehetzt und so viele Weiße und Tschechen umgelegt, wie wir nur konnten.« Podwojski war anzusehen, daß ihn sein eigener Bericht verwirrte. »Ich verstehe nicht, warum wir Verräter sein sollen. Meiner Meinung nach sind wir das nicht, und Strelnikow ist auch kein Verräter, selbst wenn er nicht in der Partei war.«

»Wann haben Sie ihn zum letzten Mal gesehen?«

»Letztes Jahr – ich glaube, im Januar. Das Hauptheer stand bei Nishneudinsk. Die Stadt war immer noch von Weißen und Tschechen besetzt, und aus irgendeinem Grund bekämpften sie sich gegenseitig. Wir überholten die Haupttruppe und halfen den Roten Garden vor Ort, die Stadt zu räumen. Als dann alles friedlich war, kam unser General Janin daher und verkündete, daß Strelnikow ein Verräter sei. Das paßte uns gar nicht. Es kam zu einer Schlacht um den Bahnhof, die wir verloren. Ich verstehe immer noch nicht, warum wir Verräter sein sollen«, beharrte Podwojski. »Ich war Bolschewik, so wie viele von uns, auch wenn Strelnikow selbst kein Bolschewik war. Ich habe mitgestreikt, damals, 1905. Ich war Eisenbahner.«

Komarowski wandte sich an Lara: »Glaubst du wirklich, daß Strelnikow das überlebt hat?«

Sie fragte Podwojski: »Haben Sie seine Leiche gesehen?«

»Nein. Aber da ist keiner entkommen – da war nichts, wohin man hätte fliehen können – überall nur Schnee und Elend. Janin ließ die Offiziere erschießen, und wir anderen wurden hier eingesperrt. Seine Leiche habe ich nicht gesehen, aber er ist sicher tot.«

Wie war er gewesen, dieser Strelnikow? Lara lag die Frage auf der Zunge, stellte sie dann aber doch nicht. Podwojskis Ansichten konnten ihr nicht helfen, das Unfaßbare zu erfassen: das Geheimnis und die Leidenschaft, die Strelnikow antrieben.

»Weitere Fragen?« fragte der Mann in der Lederjacke.

»Nein.«

Podwojski wurde entlassen und schlurfte zu seinem Platz am anderen Ende der Halle zurück. Dort angekommen, drehte er sich um. Sein Gesicht trug noch immer den Ausdruck von Verwirrung. Er rief laut: »Wir waren keine Verräter!« Die anderen Männer nahmen den Ruf auf und klopften dazu mit ihren Holznäpfen, so daß das Lagerhaus von dem Lärm widerhallte.

»Die armen Teufel«, sagte Komarowski zu Laras Überraschung auf dem Weg nach draußen und sah gedankenverloren noch einmal zurück. Sie dachte: Er hat etwas getan, was Menschen nur selten tun. Er ist aus seinem eigenen Zerrbild herausgetreten und zum realen Menschen geworden. Doch dann fügte er hinzu: »Man kann natürlich nichts für sie tun.«

✳

Es war zu spät zum Weiterfahren. Die Lokomotive hatte einen Defekt, und sie würden über Nacht in Irkutsk bleiben müssen.

»Wir brauchen nicht im Zug zu schlafen«, sagte Komarowski. »Ich habe für Zimmer gesorgt.«

»Können wir ein Bad nehmen?« fragte Lara müde. Sie war sich ihres eigenen Körpergeruchs bewußt.

»Wir werden sehen.«

Das Hotel befand sich in einem der mit weißem Stuck verzierten Häuser. Es hatte die Kämpfe unbeschadet überstanden und strömte eine Atmosphäre schmutziger Verlassenheit aus. Komarowski zeigte Lara ihr Zimmer und daran anschließend das für Katja. Wieder war Lara ihm für seinen Weitblick dankbar. Die Einrichtung war zwar in einem schäbigen Giftgrün gehalten, und das Bett schien nicht allzu sauber zu sein, aber es gab einen Ofen, der wenigstens etwas wärmte, und eine Sitzbadewanne hinter einem Wandschirm aus Pappmaché. Komarowski ließ Wasser für das Bad kommen und zog sich dann zu irgendwelchen Besprechungen mit seinen Kollegen zurück.

Als Lara und Katja wieder allein waren, bürstete Lara ihrer Tochter das Haar und kämmte es anschließend sorgfältig nach Nissen durch. Dann zogen sie sich beide bis aufs Hemd aus und wendeten auf der Jagd nach Läusen ihre Kleidersäume. Katja machte das Spaß. Ein älterer Mann mit einer Schürze brachte Wasser und füllte die Sitzbadewanne einige Zoll tief. Lara ließ Katja zuerst baden und trocknete sie dann sorgfältig ab. Schließlich brachte sie sie ins Bett.

Dann hockte sie sich selbst in das Badewasser, das nicht mehr allzu warm war, und wusch sich mit der groben Seife. Sie rechnete sich aus, wann ihre Periode kommen würde, und fragte sich, was sie als Binde verwenden sollte. Dann fiel ihr ein, daß das ja Unsinn war, weil sie gar keine Periode bekommen würde. Sie trocknete sich ab und steckte die Unterwäsche ins Wasser. Ich werde sie nicht ausspülen können. Macht nichts. Und wie soll ich sie trocknen? Das Problem werde ich lösen, wenn es soweit ist. Nackt musterte sie im schwindenden Licht die zerkratzten und zerbrochenen Möbel. Sie waren einmal von guter Qualität gewesen. Wie schade. Sie befühlte das Bettzeug. Es waren grobe Decken, die nach fremden Körpern rochen. Das war nicht zu ändern. Es würde trotzdem herrlich sein, einmal eine Nacht richtig zu schlafen.

Während sie noch die Decken befühlte, klopfte es leise an der Tür, und Komarowski kam herein. Er hielt eine Zigarette in der Hand. Seine Weste stand offen, und sein Gesicht war gerötet.

»Was machst du denn hier?« fragte Lara entgeistert. Sie hatte nach einer Decke gegriffen und bedeckte sich damit.

»Wo soll ich denn sonst schlafen?« erwiderte er. Er setzte sich und begann, sich die Stiefel aufzuschnüren, dabei sah er ihr unentwegt in die Augen. Es waren alte, umschattete Augen, die dunkel in den Höhlen lagen. Unergründliche Augen. Lara mußte sich gewaltsam von seinem Blick losreißen.

»Du kannst hier nicht schlafen!« flüsterte sie heftig in dem Bewußtsein, daß Katja im Nebenzimmer lag. Hinter ihrer Angst verspürte sie Erleichterung, daß Komarowski sich jetzt endlich so zeigte, wie er wirklich war, und sie damit von jeder Dankbarkeit, die sie möglicherweise empfand, entband.

»Hast du einen anderen Vorschlag?« fragte er scheinbar ruhig.

»Du kannst hier nicht schlafen!«

Er zog langsam die Füße aus den Stiefeln, hängte seinen Mantel auf und löste seine Krawatte. Dann sagte er leise, aber scharf: »Mach dich doch nicht lächerlich. Bis jetzt habe ich mir alles gefallen lassen, aber du kannst nicht damit rechnen, daß das so weitergeht.« Sein Tonfall wurde weicher: »Ich habe versucht, dir ein Freund zu sein, Lara. Ich habe immer versucht, dein Freund zu sein.« Er lockerte seinen Gürtel und seufzte. Er wandte den Blick von ihr ab und schien einen Moment lang nicht weiterzuwissen. Doch das bemerkte Lara nicht. Sie dachte nur: Nein! Nie wieder! Damals war ich noch ein Kind. Nie wieder! Ich werde niemals seine Geliebte!

Seine Stimme wurde zärtlich. »Laß mich dein Haar bürsten. Früher hattest du es gern, wenn ich dir das Haar gebürstet habe.«

Lara bemühte sich, ruhig zu bleiben. »Das ist vorbei, Viktor.«

»Wegen Schiwago?« Komarowski stand auf. Er wußte immer noch nicht, wie er sie ansprechen sollte, wie er seine Bitte vorbringen sollte. »Kannst du nicht verstehen, daß er fort ist – daß du ihn nie mehr wiedersehen wirst? Du hast nur noch mich, Lara. Das wußtest du doch, als du mitgekommen bist. Ich erwarte nicht, daß du mich liebst – aber bin ich denn so unausstehlich? Habe ich nicht ein Recht auf – wenigstens etwas?«

»Ich werde nicht deine Geliebte«, murmelte Lara.

»Warum nicht?« fragte er mit einer Mischung aus Verständnislosigkeit und unterdrückter Wut.

Weil du nie verstehen wirst, wie sehr du mich anwiderst, dachte Lara. Weil Jura alle Liebe verbraucht hat, zu der ich fähig bin.

Sie hätte es ihm gesagt, doch der Gedanke an Schiwago trieb ihr plötzlich die Tränen in die Augen, und sie konnte nicht sprechen, so schwer wurde es ihr ums Herz. Sie mußte gegen all ihre Verzweiflung ankämpfen, die sie um Katjas willen zu unterdrücken versucht hatte. Sie wollte schreien, wehklagen, ihre Kleider zerreißen – alles, was ihr in ihrem Leid physische Erleichterung bringen würde. Sie wollte die Maske herunterreißen, die sie sich geschaffen hatte, um von einem Tag zum nächsten existieren zu können, so als ob ihre Fähigkeit, Schmerz zu ertragen, unendlich sei. Das bin ich nicht! Das ist nur jemand, den ich darstelle, damit Katja weiterleben kann. Siehst du das nicht, Viktor?

Tränenüberströmt setzte sich Lara aufs Bett. »Ist ja schon gut, mein Kind«, murmelte Komarowski. Er setzte sich neben sie, nahm ihre Hand und streichelte sie sanft. »Du brauchst einen Mann, der sich um dich kümmert«, versuchte er, sie zu beruhigen.

Lara betrachtete ihn kalt. Wenn ich nur für mich selbst verantwortlich wäre, dachte sie, würde ich mich eher umbringen, als mich mit dir einzulassen. Du sprichst mit einer Maske, nicht mit meinem wirklichen Ich! Doch Komarowski in all seiner Ignoranz beachtete ihren Blick nicht. Er drückte ihren Arm noch fester und schob sein bärtiges Gesicht dicht an das ihre heran, so daß sie seinen tabakgeschwängerten Atem und den Tabakdunst in seinen Haaren riechen konnte. Und plötzlich überkam sie ein so heftiger Abscheu, stärker noch als ihre Angst, daß sie endlich schreien konnte:

»Nein, Viktor! Nein!«

∗

Sie verließen Irkutsk. Komarowski verbrachte jetzt seine ganze Zeit bei Lara im Wagen der Frauen. Die anderen Frauen, die die Wahrheit nicht kannten und denen sein gieriger Blick nicht auffiel, machten Bemerkungen darüber, was für ein pflichtgetreuer und fürsorglicher Ehemann er doch sei.

Komarowskis Absicht mochte zwar auf den ersten Blick eindeutig erscheinen, doch Lara verstand einfach nicht, was in ihm vorging. Als sie noch ein Schulmädchen gewesen war und Komarowski ein erfolgreicher Rechtsanwalt und Lebemann in den besten Jahren, hatten sie sich ungewollt gegenseitig verhext. Ihre Beziehung war von einer Mischung aus Ekel und Anziehung gekennzeichnet, aber bei allen Widersprüchen doch verständlich gewesen. Aber jetzt? Lara war kein junges Mädchen mehr, das durch sein eigenes sexuelles Erwachen verwirrt war und einem übersättigten Genießer alle nur denkbaren Phantasien ermöglichte. Komarowski war sicher nicht mehr aus den gleichen Gründen von ihr fasziniert wie damals. Zu viele Jahre waren vergangen. Der größte Teil seines Lebens lag hinter ihm.

Seine Gegenwart bedrückte sie. Er hatte sie ihrer seelischen Abwehrkraft beraubt. Nur die Maske war ihr geblieben, die andere Lara, die sie geschaffen hatte, um ertragen zu können, was immer auch geschehen mochte. Bis auf das Kind war sie allein, und sie sah auch für die Zukunft keinen Ausweg aus der Misere. In Tschita würde eine weitere Art der Gefangenschaft auf sie warten, wäre sie weiterhin auf seine Mildtätigkeit angewiesen. Körperlich war sie von der Reise erschöpft. In den Wagen stank es nach ungewaschenen Leibern und verdorbenen Lebensmitteln und nach dem Alkohol und dem Tabak der Männer. Die Solidarität unter den Frauen begann abzubröckeln. Sie schienen sich in ihrem Schmutz gegenseitig zu verachten. Die Kinder waren nicht mehr Quelle des Stolzes, sondern der Schande. Lara kämmte Katja. Die fettigen, ungewaschenen Locken glitten ihr durch die Finger. Sie fand eine Laus, die dem Kerosin entkommen war.

Der Zug fuhr südlich um den Baikalsee herum, durch unzählige Tunnel hindurch. In Werchneudinsk hielt er kurz, dann brachen sie zur letzten Etappe ihrer Reise nach Tschita auf. Am folgenden Tag tauchten Reiter auf. Sie kamen in kleinen Gruppen, eine zerlumpte Heerschar, die auf abgemagerten Gäulen hinter ihren abgerissenen Standartenträgern daherritt. Aber sie hielten mit dem Zug Schritt, der nach einer Panne bei ihrem letzten Aufenthalt nur noch langsam vorwärtskroch.

Die Frauen beobachteten die Reiter gleichmütig. Die Männer wurden angespannt und aufgeregt, äußerten sich aber nicht weiter. Schließlich waren es etwa hundert Reiter. Ihre Kleidung und Ausrüstung waren kunterbunt zusammengewürfelt, so als hätte jede Armee, die jemals existiert hatte, etwas dazu beigetragen. Sie trugen Lanzen, Säbel und Karabiner. Auch ihre Gesichter verrieten keine einheitliche Herkunft: Es waren Russen, Tataren und Baschkiren. »Was sind das für Leute?« wollte Lara wissen. »Kappelewzi«, bekam sie zur Antwort. »Weiße Banditen. Wenn sie es schaffen, den Zug anzuhalten, bringen sie uns alle um.«

»Können sie das?«

»Ich glaube schon. Im Begleitwagen fahren nur ein paar Soldaten mit, jedenfalls nicht genug, um eine Schlacht gegen diese Kerle zu gewinnen.« Komarowski sprach mit ungeheuchelter Gelassenheit, und Lara erkannte, daß er durchaus zu einer Art Heldentum fähig war.

Am späten Nachmittag gab es ein Feuergefecht, aber es schien weit entfernt. Die Schüsse kamen irgendwo von der Spitze des Zuges her, von außerhalb der Wagen. Es waren nur wenige, so leise wie brechende Zweige, und sie hatten keine Folgen. Die Kappelewzi ritten weiter neben dem Zug her und verschwanden erst gegen Abend, als ihre Reittiere zu erschöpft waren, um die Verfolgung fortzusetzen.

Am nächsten Tag kam der Zug in Tschita an. Die Fahrgäste luden ihr Gepäck aus und trugen es zu einer Reihe von wartenden Kutschen. Vor dem Bahnhof hielt eine Reiterschwadron der Roten auf dem aufgeweichten Boden ein Manöver ab. Lara und Katja sahen ihnen zu, während Komarowski sich um ihre Fahrgelegenheit kümmerte.

Später, als sie in der klapprigen Kutsche saßen, die sie zu einem Haus in den lärchenbedeckten Bergen oberhalb der Stadt bringen sollte, wandte sich Komarowski Lara zu.

»Du hättest mir sagen sollen, daß du schwanger bist«, sagte er bitter.

2

Die Frau im Korsett

Fast vier Jahre lang lebten sie in der Nähe von Tschita, in dem Haus, in das sie an jenem ersten Tag nach der holprigen Fahrt in die Berge gezogen waren. Es war ein großes Holzhaus mit geschnitzten Fensterläden und einer grün gestrichenen Veranda, das früher einem Bergwerksbesitzer gehört hatte. Vor ihrem Einzug hatte es leergestanden und war Wind und Wetter ausgesetzt gewesen, aber Komarowski war ein einflußreicher Mann, und auf seine Veranlassung hin wurde es wieder instand gesetzt. Dort brachte Lara ihre zweite Tochter zur Welt, die sie Tanja nannte.

Währenddessen wuchs Katja heran. Sie war nun kein Kind mehr, aber auch noch kein junges Mädchen. Sie wurde schön, weil ihre Mutter schön gewesen war, mit hellbraunem Haar, blauen Augen, frischer Haut, einer zierlichen Nase und geschmeidigen, federnden Bewegungen. Ob sie glücklich war, war schwer zu sagen.

Der Alptraum der Reise in den Osten lag lange hinter ihr. Sie hatte in Tschita ein Zimmer, das sie nur mit Tanja teilte, die fast noch ein Baby war. Komarowski hatte Möbel und Spielzeug besorgt, niemand wußte, woher. Aber Katja interessierte sich immer weniger für Spielzeug. Sie zog ihre Puppe Ludmilla an und ertappte sich dabei, wie sie dachte: *alberner Kinderkram!* Am nächsten Tag dann konnte sie sich wieder ganz in ihr Spiel mit Tanja, Ludmilla und Tanjas Puppe Natascha vertiefen, ohne es für Kinderkram zu halten.

Mutter und Tochter. So ähnlich und doch so verschieden. Wenn Lara ihre Hände betrachtete, sah sie dünne Finger und hervortretende Knöchel. Ihr Hals schien irgendwie länger geworden zu sein, ihre Haut war von der schlechten Ernährung grau geworden und ihr Haar brüchig und glanzlos. Doch Katja wußte, daß ihre Mutter immer noch schön war. Ihre Augen verliehen den blassen Zügen Leben, und ihr seltenes Lächeln konnte immer noch ihr ganzes

Gesicht erhellen. Lara hatte viel zu tun. Während Komarowskis langer Abwesenheiten hackte sie Holz, reparierte den Stall, melkte die Kühe, half der Stute, wenn sie fohlte, kochte, putzte und nähte. Abgesehen von den Abenden, an denen die Müdigkeit sie überwältigte und sie ihre Näharbeit unterbrach und geistesabwesend in die Luft starrte, wirkte sie meist ganz zufrieden. Außer wenn Komarowski bei ihnen war.

Wenn Onkel Viktor da war, konnte Katja beobachten, wie ihre Mutter sich in eine andere Frau verwandelte. Eine unheimliche Ruhe lastete dann auf ihr, eine Teilnahmslosigkeit, als wäre sie eine Bedienstete, die Komarowskis Wünsche erfüllte, seine Fragen beantwortete und allen Pflichten mit der Anonymität eines Dienstboten nachkam. Katja haßte diese Zeiten. Sie fühlte sich dann wie abgeschnitten von ihrer Mutter.

An Katjas dreizehntem Geburtstag brachte Onkel Viktor ihr ein Geschenk mit. Es war ein schöner Frühlingstag, und sie spielte mit Tanja auf der Weide am Abhang hinter dem Haus. Hier waren die Lärchen gefällt worden, und zwischen den weißen und gelben Wiesenblumen graste das Vieh. Die Mädchen pflückten an den Ufern des Baches, der mitten durch die Wiese floß, Sträuße aus Sternmieren.

Von hier oben konnten sie das Haus und die Straße sehen, die sich als schmutzigbraunes Band von der Stadt her durch das Tal heraufzog. Sie paßte sich der Landschaft an, und zwischen den Bäumen war sie wenig mehr als ein Waldweg. Wenn Menschen die Straße heraufkamen, konnte man sie schon von weitem sehen, kleine Gestalten, die im dunklen Laubwerk verschwanden und dann in den von den Waldarbeitern geschlagenen Lichtungen wieder auftauchten, nur um wenig später erneut zu verschwinden.

Als die Gestalten näher kamen, konnte Katja sie erkennen. Komarowski ritt auf einem kleinen braunen Pferdchen voran. Er trug einen weiten Mantel, dessen Schöße sich wie ein Zelt über sein Reittier legten, so daß von diesem nur Kopf und Beine zu sehen waren. Auf dem Kopf trug er eine Soldatenmütze mit heruntergeklappten Ohrenschützern, auf die vorne ein Stern aus rotem Tuch genäht war. Sein Gesicht schien ganz von seinem Bart bedeckt zu sein, der noch länger war als früher. Ihm folgte ein leichter Einspänner mit Kutscher und einem in Decken gewickelten Fahrgast, und dahinter zogen zwei Ochsen einen schweren Wagen. Das Schlußlicht bildete ein Junge mit einem Gewehr auf dem Rücken. Der Führer des Ochsengespannes schlug mit der Peitsche nach den Tieren, und zwei burjatische Viehtreiber zogen und schoben an den Rädern und kletterten mit großer Behendigkeit auf dem Wagen herum. Was immer sich auf dem Wagen befand, war mit einer Plane zugedeckt. Die Rufe und Schreie der Männer durchbrachen die Stille, in der vorher nur das Muhen des Viehs zu hören gewesen war.

Komarowskis Erscheinungsbild hatte sich in der letzten Zeit verändert. Er hatte seinen Gehrock und seine Stadtkleidung gegen eine Mischung aus Arbeiterkluft und Uniform eingetauscht. Den Grund dafür kannte Katja nicht, aber vor zwei Jahren war die Regierung, deren Minister er war, den Sowjets in die Hände gefallen, ganz wie er es vorausgesagt hatte, und er hatte geschickt gerettet, was zu retten gewesen war, indem er entdeckt hatte, daß er eigentlich schon immer Kommunist gewesen war. Er war nun als eine Art Kommissar in der Verwaltung in Tschita tätig und immer noch ein wichtiger Mann. Er trank mehr als früher, hatte etwas von seiner Verbindlichkeit verloren und war launisch geworden. Außerdem hatte er eine sonderbare Abneigung gegen Tanja entwickelt, so daß Katja sie vor ihm schützen mußte.

Als die Karawane sich die letzte Steigung hinaufarbeitete, wurden die Flüche der Treiber, das Klirren des Geschirrs und das Knarren der Räder lauter. Tanja, die im Gras saß und einen Blumenkranz flocht, hatte die Ankömmlinge nicht sehen können. Jetzt hob sie den Kopf und erkannte Komarowski. »Onkel Viktor!« rief sie mit ihrem dünnen Kinderstimmchen, ließ ihre Blumen fallen, raffte in blinder Panik ihr Röckchen zusammen und lief über die Weide davon. Katja folgte ihr und fing sie ein.

»Hab keine Angst«, beruhigte sie die kleine Schwester und strich ihr übers Haar.

»Aber das ist Onkel Viktor«, jammerte Tanja und begann zu weinen.

»Hab keine Angst. Weißt du was? Du versteckst dich im Schuppen, und ich komme dich dort später besuchen.«

»Mag nicht im Schuppen sein.«

»Ich schließe dich nicht ein. Hier – du kannst meine Blumen

haben. Du kannst sie für mich fertigflechten.« Katja gab ihr das Sträußchen und nahm sie bei der Hand. Hinter dem Haus befand sich ein Stall mit einem Holzschuppen. Der Holzschuppen war dunkel und einigermaßen trocken. Tanja versteckte sich hier manchmal und spielte mit den Spänen. Katja brachte sie in den Schuppen und ließ die Tür offen. Dann strich sie ihre Röcke glatt und ging bedächtig zum Haus hinüber. Unterwegs blieb sie kurz stehen, um sich in dem kleinen Teich am unteren Ende der Wiese zu betrachten. Der Teich diente ihr oft als Spiegel. Er zeigte sie gegen den Himmel, das Licht schien durch ihre Haare, und ihre noch kindlichen Gesichtszüge lagen in weichem Schatten. Selbst wenn sie wegen Onkel Viktor nervös war, konnte sie sich vor den Teich stellen und Kraft aus dem Märchenbild schöpfen, das er ihr zurückwarf.

Die Besucher waren vor dem Haus angekommen. Komarowski hatte sein Pferdchen an einen Verandapfosten gebunden und machte sich an dem Einspänner zu schaffen. Die Ochsen waren ausgeschirrt worden und wurden von den Burjaten am Brunnen getränkt. Katja sah, wie ihre Mutter auf die Veranda hinaustrat und die Szene überblickte.

»Ich habe nicht mit dir gerechnet. Ich dachte, die Arbeit würde dich in der Stadt festhalten.«

»Was, ich sollte Katjas Geburtstag verpassen?« gab Komarowski fröhlich zurück. Er bellte den Männern Befehle zu und bot dem eingemummelten Fahrgast im Einspänner den Arm. Als er Katja sah, rief er: »Willst du deinem Onkel Viktor keinen Kuß geben?« Katja warf ihrer Mutter einen Blick zu. Als Lara kaum wahrnehmbar nickte, trat sie vor und berührte mit den Lippen Komarowskis Wange. Unterdessen half der Rechtsanwalt seinem Gast aus dem Wagen heraus.

Das fremde Wesen entpuppte sich als eine winzige Frau mittleren Alters in wallenden Röcken, über denen sie wasserdichtes Ölzeug trug. Sie kletterte anmutig aus der Kutsche und hielt dabei mit einer Hand ihren Hut fest. Ihr Gesicht war apfelförmig, sie hatte helle Augen und trug ein paar falsche rötlichbraune Locken, die farblich vielleicht einmal zu ihrem inzwischen grauen Haar gepaßt hatten. Mit ausländischem Akzent gab sie den Männern Anweisungen, wie sie mit der Fracht auf dem Ochsenwagen umzugehen hatten. Dann griff sie sich ihre Reisetasche aus dem Einspänner und stand prüfend vor der Veranda, so als wolle sie sie inspizieren – ein ordentliches kleines Persönchen in aufwendiger, leicht exotischer Kleidung, wie sie Kinder oft zum Verkleiden benutzen. Katja mochte sie auf den ersten Blick.

»Larissa Fjodorowna«, sagte Komarowski, indem er die Dame die Verandastufen hinaufgeleitete, »darf ich dir Fräulein Bürli vorstellen?« Er winkte Katja zu sich und erklärte: »Das ist dein Geburtstagsgeschenk, mein Schatz. Gib ihr die Hand – mach einen Knicks – was immer man dir beigebracht hat.« Er war angetrunken. Fräulein Bürli machte einen Knicks und strahlte. Katja fragte sich, was man mit Damen mittleren Alters anfing – aber zu irgend etwas mußten sie wohl gut sein, wenn sie eine zum Geburtstag bekam.

»Fräulein Bürli wird dir Musikstunden geben und dich in Französisch unterrichten. Sie kommt aus Genf, das ist in der Schweiz. Sie war Gouvernante bei –«

»– einer der Prinzessinnen Bagration«, vollendete Fräulein Bürli.

»Kommen Sie doch herein«, sagte Lara unbestimmt.

Katja folgte den beiden Frauen ins Haus. Komarowski blieb am Wagen stehen und redete auf die Burjaten ein, die sich weiter darum bemühten, ihre geheimnisvolle Fracht abzuladen.

»Kann ich Ihnen etwas anbieten – Tee? Kommen Sie von weither? Aus Tschita?« fragte Lara.

»Aus Wladiwostok«, antwortete Fräulein Bürli. »Ihr Mann hat mich dort aufgelesen, fast mittellos«, fügte sie freimütig hinzu und legte ihren Umhang ab. Darunter trug sie ein kurzes Jäckchen aus grauer, changierender Seide mit Ballonärmeln, das vorne mit einem Schnurverschluß zu öffnen war. Oben lugte der Leinenkragen eines Herrenhemdes heraus. Sie hielt den Oberkörper sehr gerade, und Katja hätte schwören können, daß es knarrte, als sie sich hinsetzte. Während Lara am Samowar hantierte, setzte sich Katja Fräulein Bürli gegenüber und betrachtete das seltsame Wesen genauer.

»Sind Sie schon lange in Rußland?« wollte Lara wissen.

»Seit zwanzig Jahren. Ich war Gouvernante bei –«

»– einer der Prinzessinnen Bagration – Verzeihung«, entschuldigte sich Lara für die Unterbrechung. Sie fuhr sich mit der Hand durch ihr blondes Haar. »Ich wollte nicht unhöflich sein. Ich war so überrascht. Ich hatte keine Ahnung von Ihrem Erscheinen.«

»Ich weiß«, bekam sie sanft zur Antwort, »heutzutage gibt es so wenig Ausländer in Rußland.«

»Konnten Sie Rußland nicht verlassen?«

»Ich war im Gefängnis. Als der Zar abgedankt hatte, schien man zunächst der Ansicht zu sein, ich wäre eine deutsche Spionin – und dann hielt man mich für eine Weiße. Es gibt so viele unwissende Menschen. Sie scheinen kaum eine Vorstellung davon zu haben, wo die Schweiz liegt.«

Von draußen drangen Flüche und Keuchen ins Zimmer, und jemand rief nach mehr Strick. Der Schatten eines großen Gegenstandes verdunkelte den Raum.

»Ihr Mann –«

»Viktor Ippolitowitsch ist nicht mein Mann.«

Fräulein Bürli schlug die Augen nieder.

»Katja ist nicht seine Tochter. Er ist ein – Freund der Familie. Er hat uns in den schweren Zeiten geholfen.« Lara geriet ins Stocken. »Ich weiß nicht, wie ich mich ausdrücken soll – meint Viktor, daß Sie bei uns wohnen sollen?«

»Ich habe ihn so verstanden. Er muß ein sehr gutherziger Mann sein – der Genosse Komarowski«, sagte die Besucherin zögernd. Sie blickte sich jetzt im Zimmer um und betrachtete die Möbel. »Hat er das alles besorgt?« Sie studierte einige Ziergegenstände und Bequemlichkeiten, die dem hellen, luftigen Raum eine freundliche Atmosphäre gaben. »Er ist anscheinend sehr aufmerksam, hat Sinn fürs Detail. Wie ich schon sagte, ich war mittellos – stört es Sie, wenn ich darüber spreche? Ich kann mein Glück noch kaum fassen. Finden Sie nicht auch, daß man darüber sprechen muß, wenn einem etwas Gutes widerfährt, damit man es wirklich glauben kann? Ich hatte nichts, als Genosse Komarowski –«

»– Viktor Ippolitowitsch –«

»– als Viktor Ippolitowitsch mich auflas. Er hat sich um alles gekümmert und ist dabei meinen Wünschen immer sehr entgegengekommen. Wissen Sie –«, sagte sie fröhlich, »– ich hatte fast vergessen, was ich verloren hatte: die kleinen Dinge nämlich, die wir brauchen, wenn wir uns wie – nun, wie Frauen fühlen sollen. Viktor Ippolitowitsch war in diesen Dingen sehr zartfühlend und aufmerksam.«

»Er versteht sehr viel von Frauen.«

Dieser Gedanke schien Fräulein Bürli etwas zu erschrecken. Trotzdem fuhr sie fort: »Man ist ihm zu Dankbarkeit verpflichtet, finden Sie nicht auch?«

Katja meinte, einen Anflug von Verzweiflung auf dem Gesicht ihrer Mutter zu sehen. Ihr war unbehaglich zumute. Das Gespräch über Komarowski beunruhigte sie. Wenn Menschen und ihre Beziehungen analysiert wurden, kamen sie Katja weniger stabil vor, so als seien sie nur das Ergebnis einer Reihe von Zufällen. Dann sagte Lara: »Ja – wahrscheinlich haben Sie recht. Und jetzt wollen wir Tee trinken.«

Katja erbot sich, den Tee einzuschenken. Sie bereitete die Gläser und den Zucker vor und beobachtete währenddessen neugierig die beiden Frauen. Sie konnte sich nicht entsinnen, daß sie jemals weiblichen Besuch gehabt hatten, und sie hatte keine Ahnung, über was man sich bei solchen Gelegenheiten unterhielt. Bezeichnete man diese Art von Gespräch als »Konversation«? Es erschien ihr merkwürdig gestelzt. Sie konnte sich nicht vorstellen, daß jemand aus Vergnügen so sprach. Wahrscheinlich mußte sie es noch lernen. Der Lärm draußen lenkte sie ab: Knarren und Keuchen, und jemand rief: »Anheben!«

»Man hat mir zu verstehen gegeben, daß es hier zwei Kinder gibt. Katja ist dreizehn, und dann haben Sie noch eins?« fragte Fräulein Bürli.

»Tanja ist drei – fast vier.«

Fräulein Bürli schien im Geiste nachzurechnen. »Der Vater des Kindes –?«

»– ist nicht Viktor.«

»Ich hoffe, daß ich Ihnen nicht zu nahe trete«, sagte die Besucherin rasch, »aber man möchte wissen, womit man es zu tun hat.«

»Man hat mich gelehrt, ehrlich zu sein«, antwortete Lara ruhig. Dann wandte sie sich an Katja und fragte leise: »Wo ist Tanja?«

»Oh, das hab' ich vergessen«, platzte Katja heraus. »Sie ist im Holzschuppen.« Sie sah, wie Fräulein Bürli eine Augenbraue hob. »Ich hole sie wohl besser.« Sie setzte ihr Teeglas ab und ging schnell durch die Hintertür hinaus. Ein Blick zum Himmel sagte ihr, daß es bald regnen würde. Die dunklen Baumkronen schwankten im Wind, und das lange Gras wiegte sich in wellenförmigen Mustern. Als Katja an die offene Schuppentür trat, sah sie Tanja im Schatten hocken, die Arme um die Knie gelegt. Sie wiegte sich hin und her und summte vor sich hin. Katja ging leise hinein, um sie nicht zu erschrecken, und als das Kind sich umdrehte und sie anlächelte, hob sie es hoch und setzte es sich auf die Hüfte.

»Ist Onkel Viktor weg?«

»Noch nicht, mein Schatz.« Katja dachte nach. »Er bleibt vielleicht über Nacht. Besser, du wartest hier, und ich bringe dir später was zu essen – und deine Puppe, willst du deine Puppe haben?«

»Bleibst du auch hier?«

»Ja –«, Katja zögerte. Sie wollte ins Haus zurückkehren und den Rest ihres geheimnisvollen Geschenkes besichtigen – was immer es auch sein mochte, mit dem die Männer sich herumplagten. Aber sie sah, daß Tanja sie brauchte. »In Ordnung. Spiel du nur.« Sie setzte die Schwester wieder auf den Boden zwischen die Späne und die Zweige und sah das Kränzchen aus weißer Sternmiere, das schon am Verwelken war, wie das bei Wiesenblumen so üblich ist. Draußen brüllten anklagend die Kühe. Es war Melkzeit, und normalerweise melkte ihre Mutter. Aber heute sah Katja den Jungen, der hinter dem Wagen hergeritten war, den Abhang hinaufsteigen. Er trug immer noch das Gewehr auf dem Rücken und hatte einen hölzernen Eimer und den Melkschemel dabei. Er ging auf die nächststehende Kuh zu und begann sie ganz selbstverständlich zu melken.

Eine Stunde lang blieb Katja bei Tanja. Der Junge war inzwischen mit dem Melken fertig. Wolken zogen auf, und es fing in großen Tropfen an zu regnen. Tanja hatte sich unterdessen aus dem Staub und dem Schmutz ein Phantasiegebilde gebaut, mit dem sie Zwiesprache hielt. Während sie so in ihr Spiel vertieft war, schlüpfte Katja schnell aus dem Holzschuppen, gerade noch rechtzeitig, um zu sehen, wie die Burjaten unten auf der Straße verschwanden, zusammen mit den Ochsen, die den leeren Wagen zogen. Sie verloren sich im Dunst zwischen den Bäumen.

· Katja betrat das Haus durch die Hintertür, zog ihre schmutzigen Stiefel aus und strich vor dem Spiegel ihr Haar glatt. Sie probte ein Lächeln und einen konzentrierten Gesichtsausdruck, denn sie war entschlossen, sich in dieser sogenannten »Konversation« zu versuchen. Sie konnte ihre Freude über die Ankunft dieser exzentrischen kleinen Fremden kaum unterdrücken. Es war, als würde sich die Welt vor ihr öffnen. Musik und Französisch würde sie lernen! Vor ihrem geistigen Auge tauchte ein verschwommenes Bild von einer Welt eleganter Frauen und ernsthafter Männer auf, die einmal existiert hatte, aber aus unerfindlichen Gründen verschwunden war. Katja hatte sich diese Vorstellungen aufgrund von Bemerkungen gebildet, die Onkel Viktor von Zeit zu Zeit fallenließ, und obwohl sie diese nicht ganz verstand und Komarowski sie als unwichtig abzutun schien, übten sie eine unbeschreibliche Anziehungskraft auf sie aus; und Unterricht zu bekommen in Musik und Französisch paßte irgendwie in diese andere Welt hinein.

»Sie verstehen sicher, daß das Mädchen einsam ist und nur wenig Gelegenheit hat, mit anderen Kindern seines Alters zu spielen«, sagte Komarowski gerade in seiner üblichen gewichtigen Art. »Aber was ihre Intelligenz angeht, ist sie frühreif – was einerseits angeboren und andererseits vermutlich durch den engen Umgang mit Erwachsenen bedingt ist. Sie kann eigensinnig sein, aber wenn es Ihnen gelingt, ihr Interesse zu wecken, werden Sie sicherlich feststellen, daß sie sehr umgänglich ist.«

»Sind Sie auch dieser Meinung?« fragte Fräulein Bürli, und Katja hörte, wie ihre Mutter antwortete: »Sie spricht auf Zuwendung an.«

Komarowski stand mit dem Rücken am Ofen und wärmte sich. Er hatte Mantel und Stiefel ausgezogen und trug einen Bauernkittel und Kniehosen. Sein Gesichtsausdruck war mißmutig, veränderte sich jedoch schnell, als er Katja bemerkte. Lebhaft sagte er: »Katja, mein Schatz, komm rein und sieh dir den Rest deines Geschenkes an!« Er deutete auf einen großen hölzernen Kasten, der an einer Wand stand.

»Was ist das?« fragte Katja. Es sah aus wie eine riesige, merkwürdig geformte Truhe. Das Holz war lackiert, und im Licht der Öllampen, die in der hereinbrechenden Dämmerung angezündet worden waren, schimmerten die schönen Linien der Maserung.

»Was das ist?« Komarowski kicherte. »Haben Sie das gehört, mein Fräulein?« Er schenkte sich ein Glas Wodka ein, trank es in einem Zug aus und schnalzte befriedigt mit der Zunge. »Das –«, sagte er, »– ist ein Klavier.«

Fräulein Bürli lächelte freundlich. »Soll ich es dir zeigen?« fragte sie. Katja ging auf das Klavier zu. Das Wort »Klavier« kannte sie natürlich, und damit war auch ein Bild von einem Instrument verbunden. Es war jedoch nicht dieses Bild, und es verschwand auf der Stelle. Nie mehr würde sie sich erinnern können, was »Klavier« einmal für sie bedeutet hatte. Sie ließ ihre Finger über die glatte Oberfläche gleiten und achtete dabei nicht auf die Wasserflecken, die den Lack verunstalteten. Sie bemerkte die beiden Kerzenhalter aus Messing, die rechts und links angeschraubt waren. Dann hob sie den Deckel und hielt beim Anblick der vergilbten Elfenbeintasten den Atem an. Sie sah den Namen der Klavierbauerfirma in goldenen Lettern auf dem Holz stehen, kannte aber diese Art des Alphabets nicht, was das Ganze nur noch geheimnisvoller machte. Fräulein Bürli stand neben ihr.

»Hör dir an, wie es klingt«, sagte sie. Vor dem Klavier stand ein Hocker. Fräulein Bürli setzte sich darauf zurecht und fing an, eine Melodie zu spielen. Nach einigen Takten begann sie, ein deutsches Lied zu singen, eine melancholische Weise, kontrapunktisch zur Begleitung. Draußen war es inzwischen dunkel geworden, und der Regen trommelte gegen die Fensterläden.

Fräulein Bürli spielte mehrere der traurigen deutschen Lieder und forderte Katja dann auf, es auch zu versuchen. Katja lachte vor Aufregung. Sie setzte sich ans Klavier und legte die Finger auf die Tasten, wie ihre Lehrerin es ihr zeigte, und spielte dann auf ihre Anweisung hin die ersten Töne, einen lauten, disharmonischen Akkord. Diesmal lachte sie vor Verlegenheit. Sie sah sich Beifall heischend nach Komarowski um und sah ihn an der Tür stehen. Sein Haar war naß, so als wäre er für einen Moment draußen gewesen. Katja sah ihre Mutter an. Lara saß immer noch auf ihrem Stuhl, aber ihr Gesicht war schmerzerfüllt, und sie wirkte abwesend. Katja kannte das inzwischen. So war ihre Mutter immer, wenn Onkel Viktor bei ihnen war. Sie verstand das nicht. Außer wenn es um Tanja ging, versuchte Onkel Viktor stets, freundlich und rücksichtsvoll zu sein – doch ihre Mutter reagierte auf ihn so, als würde seine bloße Gegenwart sie verletzen. Und dann trank Onkel Viktor, und sein Benehmen veränderte sich und bekam etwas Gefährliches.

»Wollen wir essen?« schlug Komarowski vor. »Ich habe aus der Stadt Lebensmittel mitgebracht.« Das Abendessen aus kaltem Fleisch und eingelegtem Gemüse war schnell zubereitet, und sie setzten sich an den Tisch.

»Ißt Ihr anderes Kind nicht mit?« fragte Fräulein Bürli.

»Sie ist noch zu klein«, sagte Komarowski.

»Sie schläft wohl?«

»Ja – sie schläft.« Er trank noch mehr Wodka. »Lassen Sie uns von etwas anderem sprechen. Erzählen Sie Larissa Fjodorowna etwas von sich, mein Fräulein.«

»Ach, ich bin nicht so besonders interessant. Wahrscheinlich sind mir interessante Dinge zugestoßen – schließlich haben wir interessante Zeiten hinter uns –, aber deswegen bin ich noch längst keine interessante Frau. Ein langweiliger Mensch sieht nichts und versteht nichts. Und selbst wenn er von den aufregendsten Ereignissen erzählt, wirkt sein Bericht langweilig und – unbedeutend. Ich bin wohl so ein langweiliger Mensch.«

»Das ist bestimmt nicht wahr. Und wenn Sie hierbleiben, muß Lara mehr über Sie wissen, habe ich nicht recht, meine Liebe?«

»Ja«, stimmte Lara teilnahmslos zu.

»Also gut«, überwand Fräulein Bürli ihr Widerstreben. »Ich bin hierhergekommen – ich glaube, es war 1903. Ich war noch nie zuvor im Ausland gewesen, aber eine der Prinzessinnen Bagration hielt sich zu einer Kur in der Schweiz auf und suchte nach einer französisch sprechenden Gouvernante, die ihre Kinder unterrichten konnte. Ich bewarb mich um die Stelle und bekam sie. Wir blieben ein Jahr lang in der Schweiz und kehrten dann auf den Wohnsitz der Familie in Tiflis zurück. Die Hälfte der Zeit verbrachten wir dort und den Rest in Moskau und St. Petersburg, wie es damals hieß. Und gelegentlich unternahmen wir Ausflüge zu den anderen Landgütern der Familie. Was soll ich sagen? Wir führten zwar das Leben der Privilegierten, und mir ist jetzt klar, daß das falsch war, aber es war auch sehr schön.«

»Wie sind Sie nach Wladiwostok gekommen?« half Komarowski ihr weiter.

»Das ist der verwirrendste Teil der Geschichte. Als der Zar abdankte, bereisten wir gerade die Landgüter in Sibirien. Ich glaube, die Prinzessin hatte so eine Vorahnung, daß es in den Städten wahrscheinlich gefährlich werden würde, und dachte, wir wären bei den loyalen Bauern besser aufgehoben. Ja – nun – sie fuhr nach St. Petersburg zu ihrem Mann zurück, und wir, die Kinder und ich, blieben auf dem Land. Das war, bevor die Kämpfe zu Hause begannen. Die Regierung hatte gewechselt, aber wir befanden uns noch immer im Krieg mit Deutschland. Die Atmosphäre war jedoch anders – Panikstimmung, würde ich sagen. Ich wurde als deutsche Spionin verhaftet und kam mehrere Monate ins Gefängnis. Was aus den Kindern geworden ist, weiß ich nicht.«

Ihre gute Erziehung ließ Fräulein Bürli über ihre persönliche Tragödie mit einem kurzen, traurigen Lächeln hinweggehen, das vor allem ihre große Verlegenheit über die Angelegenheit zum Ausdruck brachte. Dann fuhr sie fort: »Dann brach der Bürgerkrieg aus, und die Stadt, in der ich im Gefängnis saß, wurde von den Weißen eingenommen. Ich wurde freigelassen, aber ich konnte nirgendwo hin, denn alle Straßen nach Westen wurden von den Roten blockiert. Also zog ich mit dem Heer weiter und geriet in den schrecklichen Rückzug mitten im Winter, als wir beinahe General Strelnikow in die Falle gegangen wären. Wir wichen nach Osten zurück, wo ich einen Platz in einem tschechischen Zug ergattern konnte, und irgendwie fand ich mich dann in Wladiwostok wieder, wo ich von den Japanern verhaftet wurde. Sie dachten ebenfalls, ich wäre eine Spionin«, fügte sie trocken hinzu, »genauso wie die Roten, als die Japaner abgezogen waren. Also kam ich wieder ins Gefängnis. Und so standen die Dinge, als Viktor Ippolitowitsch mich rettete.« Sie schloß beinahe fröhlich: »Ich habe Ihnen gesagt, daß meine Geschichte verwirrend ist. Zeitweise kam es mir so vor, als wäre ich der am häufigsten verhaftete Mensch der Welt. Warum das so war, kann ich Ihnen auch nicht sagen. Ich habe nie richtig verstanden, warum man mich für eine Spionin hielt oder warum die Weißen da waren, wo sie waren, oder warum die Japaner da waren, wo sie waren. Ich bin keinen bedeutenden Persönlichkeiten begegnet und habe nur wenig gesehen: Gefängnisse von innen und grenzenlos scheinende Schneefelder. Mir scheint, daß es völlig überflüssige Erfahrungen waren. Das ist der Grund, weswegen ich glaube, daß ich wohl langweilig bin.«

Damit beendete Fräulein Bürli ihre Erzählung. Sie sah auf ihren Teller und wich den Blicken der anderen aus. Wie traurig sie doch ist hinter ihrer Munterkeit, dachte Katja, und wie liebenswert. Katja hatte nur wenig von ihrer Geschichte verstanden, aber sie erinnerte sich noch an ihre eigene winterliche Reise nach Tschita, und die Erinnerung tat weh. Außerdem hatte sie den Namen »Strel-

nikow« aufgeschnappt. Sie war sich sicher, daß er eine Bedeutung
für sie hatte, aber sie konnte sich nicht daran erinnern, welche, sie
wußte nur noch, daß es etwas war, das ihr entfallen war.

Fräulein Bürli sah von ihrem Teller auf und machte Konversation. »Hat Ihre andere Tochter denn keinen Hunger?« fragte sie
Lara. »Sie wacht bestimmt auf, wenn sie kein Abendbrot bekommt.«

»Wir kümmern uns schon um das Kind!« unterbrach sie Komarowski heftig.

»Oh, ich wollte mich ganz bestimmt nicht einmischen.«

»Nicht einmischen... Es ist einfach... Verdammt!« Er war beschwipst. Er sprach zwar noch deutlich, aber es war, als hätte der
Alkohol eine Tür geöffnet, durch die er nur verschwommen sehen
konnte. Er stand auf und wandte sich an Lara. »Glaub nur nicht, daß
ihr Frauen euch gegen mich verschwören könnt! Ich kann meine
Entscheidung jederzeit rückgängig machen.«

Katja verstand nicht. Sie sah, wie ihre Mutter blaß wurde. »Viktor...«, murmelte sie.

»Man hat Strelnikow noch nicht vergessen«, sagte Komarowski
drohend. »Und Schiwago auch nicht!« Er griff haltsuchend nach
dem Tisch. Katja bekam es mit der Angst zu tun. Der plötzliche
Gedanke, daß Tanja noch im Holzschuppen war, lenkte sie ab.
Schnell füllte sie einen Teller mit Essensresten und lief aus dem
Haus. Draußen regnete es. Das Wasser lief ihr in Strömen übers
Gesicht, aber sie wußte auch, daß sie schluchzte. Die unverständliche, entsetzliche Art, wie die Erwachsenen miteinander sprachen,
hatte sie verstört, und sie wollte weg davon. Selbst Fräulein Bürli
erschien ihr auf einmal bedrohlich. Wie sie über Strelnikow rede-
ten! Es war ihr Geburtstag, und jetzt war er verdorben.

Sie tastete sich im Dunkeln zum Holzschuppen. Die Tür war
verschlossen, und sie stellte fest, daß am Riegel ein Vorhänge-
schloß angebracht war. Sie rüttelte daran. Hier also war Onkel
Viktor gewesen! Ohne zu überlegen, hämmerte sie auf die Tür ein,
und dann hörte sie zu ihrer Bestürzung, wie Tanja im Dunkeln aus
ihrem Schlaf erwachte.

»Hab keine Angst!« rief sie durch den prasselnden Regen in den
Schuppen hinein. Aber Tanjas Schrecken über den Lärm und die
Dunkelheit und ihr Hunger waren zu groß. Sie schrie vor Entsetzen.

3

Der Hauptmann der Kavallerie

An einem Sonntag im Herbst nahm Katja ihre Schwester mit in den Wald zum Pilzsesammeln. Katja suchte die Pilze, und Tanja saß neben dem Korb und klaubte die Tannennadeln und das Ungeziefer heraus. Es war ein heller Tag, doch unter den Bäumen war das Licht gedämpft, und zwischen den bräunlichen Schatten lag herbstlicher Dunst.

Katja spürte den Pilzen nach, während Tanja auf dem Boden saß und Selbstgespräche führte. Die Stille wurde nur durch das Knakken der Zweige, das Rieseln der Bäche und das Rauschen der Bäume unterbrochen. Katja war überrascht, als sie plötzlich einen Reiter sah.

Sie stand auf einer farnbewachsenen, von Birken gesäumten Lichtung. Mitten hindurch floß ein Bach, über den an einer Stelle ein paar Baumstämme gelegt worden waren. Der Reiter befand sich auf der anderen Seite des Baches und prüfte gerade die Sicherheit dieser provisorischen Brücke.

Er war ein hochgewachsener Mann mit hellem Haar und länglichem Gesicht. Seine Kleidung war graubraun und sah militärisch aus, und er war abgestiegen und führte sein Pferd am Zügel. Es war ein magerer Gaul, der ununterbrochen zitterte. Seine Flanken waren über und über mit Wunden besät, und die Fliegen quälten ihn. Er trug ein Bündel, das wie ein Sack zu beiden Seiten herabhing. Erst als Katja den Atem anhielt und das Bündel genauer betrachtete, sah sie, daß es sich bewegte. Es war ein Mann, der anscheinend verletzt war.

Der Fremde beendete seine Inspektion der Brücke, schirmte die Augen mit der Hand gegen die Sonne ab und erblickte Katja. Sein Gesicht blieb völlig unbewegt. Er streichelte dem Pferd das Maul und führte es über die Baumstämme auf Katjas Seite hinüber, dabei starrte er sie die ganze Zeit aus ausdruckslosen Augen an. Dann steckte er zwei Finger in den Mund und ließ einen schrillen Pfiff ertönen. Als Antwort darauf tauchten aus dem Schutz der Bäume auf der anderen Seite der Lichtung drei weitere berittene Männer mit einem reiterlosen Pferd auf und trabten langsam auf den Bach zu.

Katja war unter dem Blick des Fremden wie erstarrt. Sie hatte ein bißchen Angst, doch die Sache faszinierte sie auch. Sie wollte fortlaufen, und sie wollte gleichzeitig miterleben, was als nächstes geschehen würde. Der Fremde näherte sich ihr ohne jede Hast und streichelte dabei weiterhin beruhigend sein Pferd. Hinter ihm überquerten die anderen die Brücke. Im Gegensatz zu ihm waren sie klein und schwarzhaarig, mit fahlen Gesichtern und zerzausten Schnurrbärten. Katja hielt sie für Tataren, war sich aber nicht ganz sicher. Ihre Pferde waren mit zusammengerollten Decken, Taschen und allerlei Bündeln beladen, und Katja sah, daß jeder Mann einen Karabiner bei sich trug.

»Wie weit ist es bis zum nächsten Dorf?« fragte der blonde Mann. Er war stehengeblieben, und sein Pferd senkte den Kopf und knabberte am Gras. »Sei ruhig, Kurt«, sagte er zu seinem verletzten Kameraden, der leise stöhnte. »Na, wie weit ist es, Kleine?«

Katja gab ihm die gewünschte Auskunft.

»Zum Pilzesuchen bist du aber nicht von so weit hergekommen, oder?«

»Nein.«

»Dann wohnst du also in der Nähe?«

»Ja.«

»Mit deinen Eltern?«

»Mit meiner Mutter, Fräulein Bürli und Onkel Viktor – und mit meiner kleinen Schwester.«

»Ist Onkel Viktor zu Hause?«

»Nein.«

»Und wer ist Fräulein Bürli?«

»Sie wohnt bei uns und gibt mir Unterricht. In Musik und Französisch«, fügte Katja hinzu.

»Musik und Französisch«, wiederholte der Mann. Dann lachte er. Es war ein langes, trauriges Lachen. Die anderen ließen sich davon anstecken. Sie kicherten unbeherrscht wie die Kinder.

»Gut«, sagte dann der blonde Mann. »Führe uns. Du sollst uns zu deiner Mutter bringen. Wie heißt du? Katja? Das ist ein schöner Name.«

Sie gingen ein Stück und lasen Tanja dort auf, wo Katja sie hingesetzt hatte. Die Fremden schienen sie nicht zu beunruhigen, und sie ließ sich ohne weiteres von dem blonden Mann an die Hand nehmen. Katja war sehr mit sich zufrieden: Das war nette Gesellschaft. Der Blonde fing an, eine Melodie zu summen. »Das kann ich spielen«, erzählte ihm Katja. Es war eins der deutschen Lieder, die Fräulein Bürli ihr beigebracht hatte.

Als sie an den Rand der Weide kamen und das Haus sehen konnten, blieben sie stehen. Der Anführer gab Tanjas Hand frei und schnallte den Karabiner von seinem Pferd los. Er öffnete das Magazin und überprüfte die Kugeln, und seine Begleiter machten es ihm nach. Dann ließ er sich nochmals von Katja versichern, daß Onkel Viktor nicht zu Hause war.

Die Kinder überquerten mit ihrem neuen Freund die Weide, während die anderen Reiter fächerförmig ausschwärmten. Katja sah, daß Fräulein Bürli am Stall mit der Mistgabel hantierte. Sie wollte ihr etwas zurufen, bekam es aber plötzlich wieder mit der Angst zu tun. Sie spürte die Anspannung und die Wachsamkeit der Männer. Doch da hatte Fräulein Bürli sie auch schon entdeckt, ließ die Mistgabel fallen und rannte ins Haus. Einen Augenblick später erschien Lara auf der Veranda, gefolgt von Fräulein Bürli, die ein Gewehr trug.

»Stehenbleiben!« rief Fräulein Bürli.

Katja wurde von einem furchtbaren Schrecken erfaßt, aber im gleichen Augenblick entspannte sich der blonde Mann und ließ den Lauf des Karabiners sinken.

»Das ist nicht nötig!« rief er zurück.

»Wer sind Sie?«

»Nur Soldaten. Wir suchen etwas zu essen und möchten uns eine Nacht lang ausruhen, dann ziehen wir weiter. Mein Freund hier ist verletzt – haben Sie Medikamente?« Er ließ sich auf ein Knie nieder, um mit Tanja aus gleicher Höhe sprechen zu können. »Da vorn wartet deine Mama auf dich, meine Süße. Geh zu ihr und sag ihr, daß wir freundliche Männer sind und keinem etwas Böses wollen.« Er schickte sie mit einem Klaps auf den Hintern los, und das Kind lief über die Wiese hinunter in Laras Arme. Lara preßte

Tanja an sich, und einen Moment lang drückten sie die Gesichter zusammen, während Fräulein Bürli weiter Wache hielt. Dann setzte Lara das Mädchen ab und schob das Gewehr mit einer Hand langsam beiseite, so daß es keine Bedrohung mehr war.

Mehrere Sekunden lang starrten sich die beiden kleinen Gruppen gegenseitig an, dann packte der blonde Mann seinen Karabiner fort. Er wandte Fräulein Bürli und ihrem Gewehr den Rücken zu, schnallte seine Waffe wieder fest, fuhr dem Verwundeten durchs Haar und flüsterte ihm etwas zu. Dann rief er seinen Kameraden zu, sie sollten ebenfalls ihre Waffen ablegen und absteigen, und sie gehorchten.

»Einen schönen guten Tag, Genossinnen.« Die Männer standen am Fuß der Veranda, und der Blonde nahm seine schmutzige Feldmütze ab und schwenkte sie mit übertriebener Höflichkeit. »Hauptmann Brenner von der Roten Armee steht Ihnen zu Diensten. Dürfen wir bei Ihnen unsere Pferde tränken und heute nacht Ihre Gastfreundschaft in Anspruch nehmen? Meine Leute und ich sind müde. Wir haben Banditen gejagt – vielleicht haben Sie von ihnen gehört?«

»Der Mann ist schwer krank«, entgegnete Lara nur und zeigte auf den Soldaten, der über dem Pferd des Hauptmanns hing.

»Ganz meine Meinung«, sagte der Hauptmann. Seine Worte waren zwar schnodderig, doch sein Tonfall war ernst. Höflich fragte er noch einmal, ob sie die Pferde tränken und grasen lassen dürften und ob es etwas zu essen gäbe, »– Brot, Kascha, was immer Sie erübrigen können. Wir wollen Ihnen nicht zur Last fallen. Und wenn Sie etwas für meinen Freund tun könnten, wäre das eine große Hilfe.«

»Bringen Sie ihn herein«, sagte Lara kurz.

Der Hauptmann wies zwei der Männer an, die Pferde zu versorgen, und zusammen mit dem dritten band er den Verwundeten los und half ihm vorsichtig vom Pferd. Katja konnte nicht sehen, was ihm fehlte, denn er war in einen Mantel gewickelt. Jedenfalls aber hatte er viel Blut verloren, und auf seiner Brust war ein dunkler Fleck. Lara und Fräulein Bürli waren schon ins Haus gegangen, um ihm ein Lager zurechtzumachen, und Katja sah zu, wie die beiden Männer ihren Kameraden auf die Veranda trugen. Sie staunte, wie sanft sie mit ihm umgingen, wie sie ihn anlächelten und ihm Mut zusprachen. Das Gesicht des Verwundeten war wächsern und ausdruckslos.

»Sei bitte so nett und öffne uns die Tür«, bat der Hauptmann. Sie trugen den Verletzten ins Haus und weiter in Katjas Zimmer. Dort hatten die Frauen das Bett abgezogen und eine alte Decke darüber gebreitet. Der Mann wurde daraufgelegt, und als sein Mantel sich öffnete, kamen darunter eine schmutzige Uniformjacke und eine große Brustwunde zum Vorschein.

Katja hielt die Luft an und unterdrückte einen Schrei.

»Er wird sterben«, sagte Lara. Sie hatte mit geschultem Blick die Wunde betrachtet und sah dem Fremden nun in die Augen. Obwohl sie unverblümt und ohne besonderen Nachdruck sprach, rührte ihr unausgesprochenes Mitleid den Hauptmann, und Katja, die ihren Schrecken überwunden hatte, begann es zu teilen. »Ich dachte mir, daß Sie das sagen würden«, erwiderte der Hauptmann, so als hätte sie ihm einen Gefallen erwiesen; und dann sah er fort und meinte, das Zimmer sei sehr schön, so hell und luftig. »Wir wollen es ihm möglichst bequem machen, ja? Ich glaube, es wird nicht lange dauern. Trotzdem wäre es gut, ihn zu waschen – meinen Sie nicht auch? Zumindest das.«

Lara machte Wasser heiß, während Fräulein Bürli die Speisekammer inspizierte und Katja und ihre kleine Schwester dem Hauptmann nach draußen folgten, wo er seine Bettrolle vom Pferd holte. »Ich werde drinnen bei ihm auf dem Fußboden schlafen, wenn Sie nichts dagegen haben«, sagte er dann zu Lara.

Die beiden Frauen wuschen den sterbenden Soldaten und versorgten seine Wunden. Eine Kugel war ihm in die Brust gedrungen und am Rücken wieder ausgetreten. Der Mann nahm ihre Fürsorge gar nicht mehr wahr. Sie ließen eine Kerze bei ihm brennen und machten dann Brot, Zwiebeln und getrockneten Fisch für das Abendessen zurecht.

Der Hauptmann und seine drei Leute versammelten sich inzwischen am Brunnen. Dort zogen sie sich bis auf ihre zerlumpten Lendenschurze aus und wuschen sich.

Katja beobachtete sie aus einiger Entfernung und sah, daß der Hauptmann ein Tuch um den Körper gewickelt trug. Er löste es, und dann nahmen er und einer der Tataren jeder ein Ende, zogen es auseinander, schüttelten es und legten es sorgfältig wieder zusammen. Katja konnte erkennen, daß es weiß war und daß die Ränder mit einem gezackten, vielfarbigen Muster verziert waren. Auf der einen Seite befand sich ein schwarzer Adler und auf der anderen ein Bild von einer Frau in einem hellblauen Gewand, die ein Baby im Arm hielt.

Die Männer vertauschten ihre Stiefel mit Bastschuhen, und alle versammelten sich zum Abendessen. Katja setzte sich neben Tanja, den Tataren gegenüber, die zwar breit lächelten, sie mit ihrem barbarischen Aussehen aber dennoch verunsicherten und davon abhielten, die Fragen zu stellen, die ihr eigentlich auf der Zunge lagen. Die Öllampen wurden angezündet, und die Stimmung war gedämpft. Nur Fräulein Bürli versuchte, Konversation zu machen.

»Ich bin erstaunt, daß es heute noch Banditen gibt. Ich dachte, mit dem Unsinn wäre es vorbei.«

Der Hauptmann legte das Stück Brot zur Seite, das er gerade aß, und schickte sich an, eine Antwort zu geben. Während Katja ihn so beobachtete, kam er ihr eigentlich ziemlich häßlich vor. In Ruhestellung war sein Gesicht lang und knochig, mit hohlen Wangen und tiefen Augenhöhlen, und sein Blick wirkte bekümmert und unstet. Doch er hatte ein gewinnendes Lächeln.

»Es gibt immer noch ein paar Kappelewzi. Sie bezeichnen sich selbst als Armee, aber eigentlich ist es bloß eine Horde von Banditen. Wir sind schon seit Wochen hinter ihnen her, und gestern hatten wir einen Zusammenstoß mit ihnen. Ein Glück für Sie, daß Sie noch keinen Besuch von ihnen bekommen haben.« Er wandte sich an Lara: »Was macht Ihr Mann?«

»Er ist Funktionär bei der Regierung in Tschita.«

»Sehen Sie. Die Kappelewzi hassen die Roten. Wenn sie wüßten, daß hier ein Kommunist wohnt, würden sie keine Gnade kennen. Hab' ich nicht recht?« fragte er seine Kameraden. Die drei Tataren unterbrachen ihre Mahlzeit und grinsten ihn an. Er fuhr fort: »Vielleicht haben Sie allen Grund, uns für Ihre Sicherheit dankbar zu sein.«

Eine Weile war außer Löffelgeklapper kein Ton zu hören. Katja brachte immer noch kein Wort heraus, tauschte aber ab und zu ein Lächeln mit dem jüngsten Tataren. Es war ein nervöses, zögerliches Lächeln, als würden sie eine fremde Währung austauschen. Katja hörte, wie ihre Mutter leise fragte: »Warum kämpfen sie weiter? Es ist doch sicher hoffnungslos. Sie werden gewiß alle getötet. Könnten sie nicht einfach aufgeben? Hier in Sibirien ist alles so weitläufig und unorganisiert, sie könnten einfach untertauchen.«

Der Hauptmann legte den Löffel beiseite, wischte sich den Mund mit dem Ärmel ab und erwiderte: »Manche von ihnen sind Ausländer – Tschechen und Ungarn, Kriegsgefangene, die es nach dem Krieg hierher verschlagen hat. Sie können nicht so einfach untertauchen, und sie wüßten auch nicht, wohin. Und außerdem –«, sagte er zögernd, als wäre ihm dieser Gedanke gerade erst gekommen, »– außerdem kämpfen manche vielleicht aus Idealismus.«

»Ich kenne Menschen mit Idealen«, gab Lara zur Antwort, »aber wenn sie vor schwere Entscheidungen gestellt werden, schließen sie Kompromisse. Etwa um jemanden zu retten – ihre Familie vielleicht. Ich halte solche Menschen nicht für schlecht. Sie halten an ihren Idealen fest, aber sie gehen gleichzeitig Kompromisse ein. Ich kenne niemanden, der aus lauter Idealismus den Tod riskiert hätte.«

»Es ist nur eine Frage der äußeren Umstände, wie wichtig man den Tod nimmt. Es gibt Zeiten, in denen die Menschen ein bißchen verrückt spielen. Sie wollen Helden sein. Und dazu kommt, daß in einer hoffnungslosen Situation manche Menschen dadurch inspiriert werden, daß sie einfach ihre Pflicht tun. Das klärt die Gedanken. So scheint es mir jedenfalls.«

»Sie sind selbst Ausländer, nicht wahr?« bemerkte Fräulein Bürli plötzlich in die Stille hinein, die der letzten Bemerkung des Hauptmanns gefolgt war. Er lächelte gutmütig.

»Und Sie auch, mein Fräulein«, sagte er auf deutsch, und fuhr dann auf russisch fort, »aber sind Sie deswegen ein Bandit? Ich stamme von Wolgadeutschen ab. Damit bin ich in gewisser Weise Russe.« Das Abendessen war beendet, und der Hauptmann sah zum Klavier hinüber. »Wer von Ihnen spielt hier?« fragte er.

»Ich«, sagte Katja eifrig.

»Natürlich – wer denn sonst.« Der Hauptmann lachte in sich hinein, und Katja dachte, er wolle sich über sie lustig machen. Aber dann fragte er sanft: »Spielst du mir etwas vor?«

»Sehr gern!«

»Was spielst du denn?«

Katja wollte antworten, konnte sich aber in ihrer Aufregung nicht an die Titel der Stücke erinnern. »Lieder!« rief sie.

»Lieder? Dann spiel mir ein Lied vor.«

Katja setzte sich ans Klavier und öffnete den Deckel. Sie spürte, wie der Hauptmann sie ansah. Die Tasten kamen ihr so fremd vor. Sie spreizte die Finger und begann zu spielen, aber die Lieder vermischten sich in ihrem Kopf, und sie brachte die Melodien durcheinander. Sie versuchte es noch einmal und noch einmal, brachte aber nur Disharmonien zustande. Frustriert schlug sie auf die Tasten und blickte den Gast trotzig an.

»Ein mutiger Versuch«, sagte er freundlich und fügte, als könnte er ihre Gedanken erraten, hinzu: »Jetzt bist du sicher böse auf mich. Vor Publikum zu spielen ist einfach etwas anderes, habe ich nicht recht? Aber mach dir nichts draus, das lernst du noch. Wer gibt dir denn Unterricht – ach, Fräulein Bürli natürlich. Spielen Sie uns etwas vor?«

Fräulein Bürli erhob sich langsam und tauschte ihren Platz mit Katja. »Was möchten Sie hören?« fragte sie und begann, noch bevor sie Antwort bekam, ein Schubertlied zu spielen. Nach einigen Takten setzte der Hauptmann ein und begann zu singen, und als das Lied zu Ende war, bat er um ein weiteres. Nachdem er vier Lieder gesungen hatte, versank er in Schweigen. Alle Augen waren auf ihn gerichtet, auch die seiner drei tatarischen Freunde, die still und kerzengerade am Tisch saßen. »Ich will nach Kurt sehen«, sagte der Hauptmann schließlich und verließ das Zimmer.

»Er ist tot«, verkündete er leise, als er wenig später zurückkam. Er sprach mit den Tataren ein paar Worte in ihrer Sprache, und sie griffen nach ihren Mützen und folgten ihm in Katjas Zimmer. Lara nahm eine Öllampe und ging ebenfalls mit, gefolgt von Katja und Tanja, die sich ängstlich am Ärmel ihrer Schwester festhielt.

Die Männer hatten sich um das Bett versammelt. Lara beugte sich über den Toten und suchte nach Anzeichen für Herzschlag und Atmung, schüttelte dann aber den Kopf. Doch Katja konnte kaum glauben, daß die Erwachsenen recht haben sollten. Der Mann sah nicht tot aus. Sein Gesicht war mit winzigen Schweißperlen übersät, was ihm ein frisches Aussehen gab, und er wirkte ganz jung, kaum älter als Katja selbst, obwohl sie wußte, daß das nicht sein konnte. Ihr kam der Gedanke, daß er der Sohn des Hauptmanns sein könnte, was aber ebenso unwahrscheinlich war. Sie hatten zwar die gleichen blonden Haare und die gleichen langen, blassen Gesichter, aber im Gegensatz zum Hauptmann war er schön. Prinz Iwan aus dem Märchen. Ein schlafender Prinz, den man mit einem Kuß wecken konnte.

Der Hauptmann deckte ihm das Gesicht zu und sagte betont sachlich zu Lara: »Ich begrabe ihn morgen früh. Haben Sie Spaten?«

»Im Holzschuppen.«

»Wir bringen ihn in den Wald. Da ist er aus dem Weg. Aber der Boden wird hart sein. Wir brauchen vielleicht auch eine Hacke.«

»Ich glaube, wir haben eine.«

»Gut.«

»Ja –«, antwortete Lara zerstreut. Diese praktischen Notwendigkeiten beim Tod eines Menschen waren Katja nicht in den Sinn gekommen. Daran zu denken erschien ihr grausam. Sie sollten um den toten Jungen weinen – aber niemand hatte geweint. Ihre Mutter sagte: »Brauchen Sie ein Leichentuch? Es ließe sich sicher eins finden.«

»Das ist nicht nötig. Sie sind sehr freundlich zu uns gewesen, Larissa Fjodorowna. Ich möchte Ihnen nicht noch mehr Mühe bereiten. Morgen früh begraben wir Kurt und verschwinden von hier.«

Katja ging mit ihrer Mutter in die Wohnstube zurück, wo Fräulein Bürli den Tisch abräumte. Die kleine Frau sah auf: »Ändert das etwas an ihrer Absicht, morgen weiterzureiten? Dieser Hauptmann Brenner ist gefährlich, und je eher er uns verläßt, desto besser.«

»Sie reiten morgen früh weiter«, erklärte Lara. Fräulein Bürli nickte und zeigte ihr die Mütze, die der Besucher beim Betreten des Hauses abgenommen hatte. Sie deutete auf ein paar aufgetrennte Stiche. »Jemand hat das Abzeichen abgetrennt. Ich will nicht sagen, daß das etwas heißen muß, aber ich schlage vor, daß wir aus reiner Vorsicht die Nacht alle zusammen hier in diesem Zimmer verbringen und den Männern den Rest des Hauses überlassen. Wenn wir außer den Lebensmitteln nichts verlieren, haben wir Glück gehabt.«

Katja sah zur Tür, als würde der Hauptmann hereinkommen. Dann sagte sie: »Das verstehe ich nicht. Er ist doch nett. Wie können Sie Angst vor ihm haben?« Es kam ihr so vor, als hätte Fräulein Bürli etwas übersehen. Wer immer der Hauptmann auch

59

sein mochte, seine Freundlichkeit ihnen gegenüber war schließlich offensichtlich.

Fräulein Bürli lächelte schief. »Reg dich nicht auf, liebes Kind. Wir sind nur vorsichtig, weil Onkel Viktor nicht hier ist, um uns zu beschützen.«

»Wo ist das Gewehr?« erkundigte sich Lara.

»In der Küche.«

»Ich hole es«, erbot Katja sich hastig. Sie hatte eine leise Ahnung, daß die Frauen etwas Törichtes tun könnten. Erwachsene benahmen sich manchmal so. Sie lief in die Küche, mußte aber feststellen, daß einer der Soldaten sie bereits besetzt hielt. Er saß friedlich am Küchentisch und ölte seinen Karabiner, und als er Katja sah, zwinkerte er ihr freundlich zu.

Da Katja nicht ohne das Gewehr zurückkommen wollte, beschloß sie, in ihr Zimmer zu gehen und dort zu warten, bis die Küche frei würde. Ihre Zimmertür war angelehnt, und sie konnte von drinnen den Hauptmann hören. Nervös lugte sie durch den Türspalt. Zuerst konnte sie nur das Bett sehen. Die Decke war gegen das merkwürdige Tuch vertauscht worden, das der Hauptmann um den Leib getragen hatte. Jetzt hing es so über der Leiche, daß das Bild von der Frau mit dem Kind zu sehen war. Der Hauptmann kniete auf der anderen Seite des Bettes. Katja dachte einen Augenblick, er würde beten, so wie sie es bei den alten Frauen im Dorf gesehen hatte. Doch dann blickte er auf und sah sie.

Daß Katja ihn beobachtete, schien ihn nicht zu kümmern. Er holte seinen Tabak aus der Tasche und drehte sich eine Zigarette, wandte seinen Blick dabei aber nicht von der Leiche. Die Kerze neben dem Bett war heruntergebrannt. Sie flackerte und erlosch, als der Hauptmann sie aufnahm, so daß nur ein Rauchfähnchen und der Geruch von geschmolzenem Talg übrigblieben. »Könntest du mir ein neues Licht bringen?« bat er Katja.

Katja ging wieder in die Küche und störte auf ihrer Suche nach einer neuen Kerze den Tataren bei der Arbeit. Dann kehrte sie in die Wohnstube zurück, wo die beiden Frauen und Tanja noch immer auf sie warteten. Sie zündete die Kerze an einer Öllampe an und schirmte die Flamme mit der Hand ab.

»Wo willst du damit hin?« wollte ihre Mutter wissen.

»Wo ist das Gewehr?« fragte Fräulein Bürli.

»Der Hauptmann braucht eine neue Kerze«, antwortete Katja. Doch sie wußte sofort, daß diese Erklärung den Frauen nicht reichen würde. Sie mußte ihnen klarmachen, daß der Hauptmann ein ganz normaler Mensch war – warum konnten sie das nur nicht sehen? Also versuchte sie es mit: »Er ist so traurig, weil sein Freund tot ist.« Sie sah das Zimmer vor sich. »Er hat ein Tuch über ihn gebreitet, mit einem Bild von einer Frau mit einem Baby. Ist das die Jungfrau Maria?«

Fräulein Bürli sah Lara scharf an, doch zu Katja sagte sie munter: »Das klingt aber interessant. Laß mich mal sehen.« Sie nahm ihr die Kerze aus der Hand und ging aus dem Zimmer, ohne zu merken, daß Katja ihr folgte. Vor Katjas Zimmertür machte Fräulein Bürli halt, um sich die Röcke glattzustreichen, dann klopfte sie.

»Herein«, sagte der Hauptmann von drinnen.

Sie schob die Tür auf und trat ein, ging zum Bett hinüber und hielt das Licht kurz in die Höhe, so daß sie das Bild auf dem Tuch erkennen konnte. Dann reichte sie dem Hauptmann die Kerze. »Sie haben darum gebeten«, sagte sie.

»Vielen Dank, mein Fräulein.«

»Keine Ursache.« Sie raffte ihre Röcke zusammen und drehte sich um. Als sie Katja hinter sich bemerkte, scheuchte sie sie schnell hinaus, aber Katja konnte noch den angsterfüllten Gesichtsausdruck ihrer Lehrerin erkennen. Zusammen kehrten sie zu Lara zurück.

»Und? Ist es nun ein Bild von der Jungfrau Maria?« fragte Katja.

»Ja, mein Kind«, erwiderte Fräulein Bürli und wandte sich dann mit ernstem Gesicht an Lara. »Er hat die Leiche mit einer Fahne zugedeckt. Das ist keine von unseren Fahnen. Der Hauptmann ist ebensowenig gebürtiger Russe, wie ich das bin! Er ist ein österreichischer Kriegsgefangener – ein Kappelewzi – ein Bandit!«

Katja hatte das Gefühl, daß diese Neuigkeit ihre Mutter verwirrte, so als fiele es ihr ebenfalls schwer, die Vorstellung zu akzeptieren, daß der Hauptmann und seine Leute eine Gefahr für sie bedeuteten. Fräulein Bürli zögerte keinen Augenblick. »Ich hole das Gewehr«, erklärte sie. Sie war sofort wieder da. »Es ist weg. Und die drei Kerle sind auch weg. Der Hauptmann ist noch in Katjas Zimmer. Was sollen wir tun?« Sie hatte drei Küchenmesser mitgebracht. »Wenigstens haben wir noch die hier, um uns zu schützen.«

»Was sollen wir damit?« fragte Lara, und auch Fräulein Bürli schienen Zweifel zu kommen. »Wenn wir noch aus dem Haus herauskommen, können wir uns draußen im Wald verstecken, bis sie verschwinden. Es ist noch warm genug. Wir können Mäntel und Decken mitnehmen«, schlug Lara vor.

Sie schlichen alle zusammen zur Hintertür. Katja schob den hölzernen Riegel zurück und zog die Tür auf. Direkt davor auf der Veranda schlief einer der Tataren mit seinem Karabiner im Arm. Bei dem Geräusch regte er sich, drehte den Kopf und lächelte im Schlaf. Katja schloß die Tür wieder. Sie gingen zur Vordertür, doch auch dort hatte es sich einer der Soldaten bequem gemacht.

»Dann müssen wir eben hierbleiben«, sagte Lara.

»Wir können uns im Haus verbarrikadieren«, schlug Fräulein Bürli vor. Sie kehrten wieder in die Wohnstube zurück, und Katja half den Frauen, Möbel vor die Tür zu schieben. Sie hatte immer noch das Gefühl, daß das alles sinnlos sei, und ihr fiel auf, daß sie keine Angst hatte. Eigentlich kam ihr alles eher wie ein Spiel vor.

Schließlich war die Barrikade fertig, und sie richteten sich dahinter für die Nacht ein. Sie wurden nicht gestört, und am Morgen kamen sie sich ein bißchen lächerlich vor und versuchten, ihr Werk wieder abzubauen, bevor der Hauptmann auftauchte. Sein Klopfen unterbrach sie. Er kam ins Zimmer und verstand die Lage sofort.

»Es sieht aus, als hätten Sie Angst vor mir«, meinte er bedauernd. Mehr war dazu nicht zu sagen. Aber als er die offensichtliche Angst in den Augen der Frauen sah, so als erwarteten sie, daß er seinen Ärger über ihr Mißtrauen an ihnen auslassen würde, fügte er hinzu: »Ich gehe jetzt nach draußen und begrabe meinen Freund. Wenn ich zurückkomme, packen wir, und dann reiten wir weiter. Wenn Sie Lebensmittel erübrigen könnten, wären wir Ihnen sehr dankbar, aber ich möchte nicht, daß Sie unseretwegen Not leiden.« Ohne ihre Antwort abzuwarten, verließ er sie.

Katja sah zu, wie sich der kleine Trauerzug über die Weide in den Wald bewegte. Der in die Fahne gewickelte Leichnam lag quer über einem der Pferde, das vom Hauptmann geführt wurde. Die anderen Männer trugen Spaten und eine Hacke. Eine Stunde später kamen sie zurück, und gegen Mittag ritten sie fort, ohne noch einmal mit den Frauen gesprochen zu haben.

Am Nachmittag fand Katja das Grab. Es war ein frisch aufgeworfener, nicht weiter gekennzeichneter Hügel, etwa hundert Meter weit im Wald versteckt und nur leicht mit darübergestreuten Tannennadeln getarnt. Sie blieb eine Weile daneben stehen. Erst war sie voller Kummer um den toten Jungen. Wie einsam und traurig mußte es für ihn gewesen sein, daß sich außer dem Hauptmann niemand um ihn gekümmert hatte. Dann machte ihre Trauer einem Gefühl der Verwirrung Platz, einem Wunsch, zu verstehen, warum er gestorben war und was das alles zu bedeuten hatte. Sie hatte schon von Gott reden gehört, einige Frauen im Dorf taten das, aber Gott bedeutete ihr nichts, und sie hatte nur eine vage Vorstellung davon, welche Erklärung Er für solche Dinge hatte.

Später, als sie mit Tanja auf der Weide spielte, wurde die Stille im Westen von Schüssen durchbrochen. Es waren nur wenige, und sie kamen von weit her, aber sie ließen das Vieh unruhig werden und die Krähen auffliegen.

*

Zwei Wochen später kehrte Komarowski zurück. Er kam zu Pferd und führte ein Packpferd bei sich. Hinter ihm trottete ein hagerer brauner Hund her. Es war ein sabbernder Köter, der in sein Herrchen vernarrt und für jeden anderen Menschen gefährlich war. Komarowski hielt ihn an einem Verandapfosten angekettet und nahm ihn auf lange, einsame Spaziergänge mit.

Der Rechtsanwalt war nicht mehr so gesellig wie früher und sonderte sich immer mehr ab. Fräulein Bürli gegenüber benahm er sich freundlich und zutraulich, und zu Lara war er höflich. Doch wenn er nach dem Abendbrot seine übliche Haltung am Ofen einnahm, sich wärmte und dabei eine Zigarette rauchte, entdeckte Katja Kälte und Argwohn in seinem Blick und wußte, daß seine gesellige Stimmung nur vorgetäuscht war. Sein Verhalten ihr gegenüber hatte sich geändert. Nach außen hin bezeugte er ihr noch die gleiche Zuneigung. Darunter aber lag etwas anderes. Katja hatte keine Ahnung, was es sein konnte.

Eines Tages, als Komarowski in der Stadt war, bekam Katja mit, wie Fräulein Bürli ihre Mutter ansprach. Sie putzten gerade das Haus, und Katja hatte die Kühe versorgt und war eben hereingekommen. Sie hörte die beiden Frauen in der Küche. Fräulein Bürli seufzte beim Sprechen und schnappte ab und zu nach Luft, weil sie immer noch hartnäckig ihr Korsett trug, und sie benutzte ihren lehrerhaften Tonfall, der so gar nicht ihrem freundlichen Wesen entsprach.

»Larissa Fjodorowna – Lara, verzeihen Sie, wenn ich Sie etwas frage. Die Situation zwischen Ihnen und Viktor Ippolitowitsch – ich muß zugeben, daß sie mir ein Rätsel ist. Erlauben Sie, daß ich darüber spreche?«

»Ja, natürlich.«

»Wirklich? Ich möchte mich nicht in Dinge einmischen, die mich nichts angehen. Andererseits lebe ich hier mit Ihnen zusammen. Es ist nicht zu vermeiden, daß mir manches auffällt. Aber vielleicht ist das Thema doch zu ungehörig? Ist Viktor Ippolitowitsch – mit Ihnen verwandt?«

»Nein.«

»Nein – das habe ich mir gedacht. Viktor ist also einfach ein Freund? Ich verstehe. Hm – merkwürdig.«

»Warum ist das merkwürdig?«

»Nun ja – ich habe einfach den Eindruck, daß Sie ihn nicht mögen. Und ich bin auch nicht davon überzeugt, daß er Sie mag. Das finde ich so seltsam. Sie sind nicht seine Geliebte.« Fräulein Bürli kicherte nervös.

»Nein, ich bin nicht seine Geliebte«, erwiderte Lara, »aber früher war ich es.«

Sie hatten mit dem Putzen aufgehört, und Katja hörte, daß ihre Mutter sich die Hände abtrocknete. Sie hatte ein schlechtes Gewissen, weil sie lauschte, aber sie wußte, daß die beiden Frauen das Gespräch sofort abbrechen würden, wenn sie wüßten, daß sie in der Nähe war, und es war so faszinierend, Antwort zu erhalten auf einige der Fragen, die ihr im Kopf herumschwirrten, die sie sich aber nie wirklich gestellt hatte. Es stimmte: Ihre Mutter mochte Onkel Viktor nicht.

»Möchten Sie darüber sprechen?« fragte Fräulein Bürli leise.

»Das ist schwer. Nein, nicht weil es mir peinlich wäre, sondern weil ich selbst nicht ganz verstehe, warum die Dinge so sind, wie sie sind. Mein Verstand sagt mir, daß es anders sein könnte. Eine Weile habe ich auch versucht, etwas zu ändern. Doch dann wurden Viktor und ich wieder aufeinandergestoßen, als wäre es unser Schicksal zusammenzusein. Ich weiß, daß das albern klingt«, entschuldigte sich Lara. »Es widerspricht allem, was wir über die Freiheit gelernt haben. Früher einmal hätte ich Ihnen gesagt, daß ich aus Dankbarkeit hierbleibe. Viktor hat uns gerettet, als wir nach dem Bürgerkrieg in Jurjatin in Schwierigkeiten waren. Diese Erklärung wäre wenigstens halbwegs vernünftig gewesen.«

»Aber Sie glauben nicht mehr daran?«

»Nein. Und es erklärt jedenfalls nicht, warum Viktor bei uns bleibt. Er hat uns gegenüber keinerlei Verpflichtungen.«

Eine Pause entstand, und Katja wußte nicht, was sie tun sollte. Sie konnte das Zusammenspiel von Mimik und Gestik, das das Schweigen vielleicht begleitete, nicht sehen. Außerdem dämpfte die geschlossene Tür die Stimmen, so daß die Unterhaltung seltsam monoton klang.

»Ich bin nie verheiratet gewesen«, hob Fräulein Bürli wieder an, diesmal mit einem Unterton von Traurigkeit in der Stimme. »Ich kann nicht behaupten, daß ich es verstehe. Ich habe seit langem den Eindruck – der zugegebenermaßen falsch sein kann, denn er beruht rein auf Beobachtungen –, daß die Menschen zu verbissen aneinander festhalten. Auch wenn es nichts mehr zum Festhalten gibt. Schuld daran sind zum Teil Gewohnheit und mangelnde Phantasie und zum Teil Angst vor den Alternativen. Und zum Teil bemühen wir uns gar nicht um den wirklichen Menschen oder um irgend etwas, das wirklich existiert, sondern um etwas, das es nur in unseren Köpfen gibt. Vielleicht tut Viktor das? Vielleicht möchte er seine Jugend wiederhaben – und die können Sie ihm einfach nicht wiedergeben. Verzeihen Sie, wenn sich das so platt und wenig hilfreich anhört. Aber selbst die offensichtlichsten Dinge sind schwierig, sobald es um einen selbst geht.«

Daraufhin wechselten sie das Thema und sprachen wieder über den Hausputz. Doch später kam es Katja so vor, als hätte sich die Beziehung zwischen den beiden Frauen verändert. Sie schienen sich nähergekommen zu sein. Wenn sie jetzt abends beisammensaßen und nähten, flickten, in der Küche Gemüse einkochten oder die Lampendochte putzten, lächelten sie sich auf eine neue Weise zu. Katja bemerkte es, und sie hatte den Eindruck, daß Onkel Viktor es ebenfalls bemerkte.

Wenn Komarowski zu Hause war, nahm er häufig den Hund und sein Gewehr und ging auf die Jagd. Man konnte dann nie wissen, wo er sich herumtrieb, und Katja mußte dafür sorgen, daß Tanja ihm nicht über den Weg lief, falls er unvermutet wieder auftauchen sollte. Manchmal spielten sie dann zusammen in Laras Zimmer.

Sie besaßen nur sehr wenig aus der Zeit vor ihrer Ankunft in Tschita. Katja hatte deutliche Erinnerungen an Moskau und Jurjatin, aber sie hatte diese nie zu einer schlüssigen Geschichte zusammengefügt. Sie erinnerte sich dunkel, daß es einen Strelnikow gegeben hatte, und sie wußte noch, wie Schiwago nach seiner Freilassung von den Partisanen zu ihnen zurückgekehrt war und mit ihnen zusammengelebt hatte. Da sie es aber nicht anders kannte, erschien ihr ihre Geschichte als völlig normal, und sie nahm an, daß andere Kinder mehr oder weniger das gleiche erlebten.

Als sie einmal im Zimmer ihrer Mutter in Schubladen und Schränken herumkramte, weil sie hoffte, irgend etwas Neues zu entdecken, mit dem sie ihre Schwester unterhalten könnte, fand sie ein dünnes Päckchen alter Briefe, das mit einem Band zusammengeschnürt war. Die meisten stammten aus einer Zeit, als sie noch ein kleines Kind gewesen war, nicht älter als Tanja jetzt. Die Umschläge waren vielfach gestempelt und zeigten, durch wie viele Hände die Briefe gegangen waren, und ganze Passagen waren von einem unbekannten Zensor ausgestrichen worden. Doch für Katja blieb noch genug zu lesen übrig, und sie tat das auch ohne jede Verlegenheit, denn niemand hatte es ihr verboten.

Die meisten Briefe stammten von einem Soldaten namens »Pascha«. Er schrieb aus einem Ort namens Galizien (wo immer das auch sein mochte), wo er mit dem Militär stationiert war. Vieles von dem, was er schrieb, bezog sich auf sein Leben dort, auf seine Kameraden, die Landschaft um ihn herum. Er hatte eine gute Beobachtungsgabe und schrieb humorvoll, ja liebevoll. Und in jedem Brief gab es einen Absatz, in dem Lara persönlich angesprochen wurde. Darin schrieb Pascha, wie oft er an sie dachte und daß sie ihm kaum jemals aus dem Sinn kam; daß er sie vermißte, daß ihre Berührung, ihr Körper ihm fehlte. Er drückte Gefühle aus, die Katja so noch nie von Erwachsenen gehört hatte. Sie erkannte, daß es Liebesbriefe sein mußten, auch wenn sie vorher nie darüber nachgedacht hatte, wie Liebesbriefe wohl aussahen. Und dann ging ihr auf, weil von »unserem Kind« die Rede war, daß Pascha ihr Vater sein mußte.

Ihr Vater! Bei dem Gedanken wurde ihr schwindlig vor Aufregung.

Und er hatte ihre Mutter geliebt! Und er hatte sie geliebt – seine »Katenka«! Sie preßte die Briefe an die Brust und lachte vor Aufregung so sehr, daß sie Tanja damit ansteckte, und bald tanzten die beiden im Zimmer herum, und Katja schwenkte ihre Schwester an den Armen durch die Luft.

Aber – wo war er jetzt? Was war geschehen? Den Zusammenhang mit Strelnikow sah sie nicht, denn den Namen hatte sie nur ein- oder zweimal gehört, und nur dunkel erinnerte sie sich an einen Zug, den sie einmal gesehen hatte. Was war mit ihrem Vater geschehen?

Sie stellte Tanja auf den Boden und wandte sich dem letzten Brief zu, der nicht in dem Päckchen gewesen war.

Er kam von einer Frau namens Antonina Alexandrowna Schiwago. Sie schrieb aus Moskau, daß sie vorhabe, mit ihrer Familie nach Paris abzureisen, und bat Lara, den beiliegenden Brief an ihren Mann weiterzuleiten. Der Brief war kurz, und Katja fand die Formulierungen steif und ungelenk, so als hätte die Schreiberin Schwierigkeiten gehabt, ihn aufzusetzen. Wer war ihr Mann? War es Katjas Schiwago – der Onkel Juri ihrer Kindheit? Aber warum hatte er dann mit ihrer Mutter und nicht mit Antonina Alexandrowna zusammengelebt? Katja wußte irgendwo, daß Schiwago der Vater ihrer Schwester Tanja war, und sie fragte sich, ob das bedeutete, daß sie noch mehr Geschwister hatte.

Sie suchte nach dem Brief, der in dem Brief aus Moskau gelegen hatte. Zuerst durchstöberte sie die Schublade, in der sie die anderen Briefe gefunden hatte. Sie konnte ihn nicht finden, und ihr Gefühl, daß er die Lösung aller Rätsel enthalten müsse, wurde immer stärker. Sie kippte den Inhalt der Schubladen auf den Fußboden und wühlte in Kleidung und Schmuckstücken herum. Tanja beteiligte sich an diesem Spiel und bezog auch Möbel und Bettzeug mit ein. Sie warf Kissen, Decken und Kleidungsstücke auf einen großen Haufen, den Katja wütend durcharbeitete, bis ihr die Tränen in die Augen stiegen und sie rief: »Hör auf! Hör auf!« und nach dem kleinen Mädchen schlug.

Sie traf das Kind nicht, aber Tanja war trotzdem wie erstarrt. Sie begann ein langgezogenes, jämmerliches Heulen, wie von einem Tier. So heulte sie auch, wenn Komarowski sie in ihr Zimmer oder in den Holzschuppen einschloß. Das klägliche Jammern brachte

Katja zu sich. Sie nahm ihre Schwester in die Arme und versuchte, sie zu beruhigen. »Es tut mir leid, Tanja – es tut mir leid.« Plötzlich sah sie, welches Chaos sie im Zimmer angerichtet hatten, und sie hörte die Schritte ihrer Mutter.

Lara kam ins Zimmer herein und sah, wie Katja verstohlen etwas an sich drückte.

»Was hast du da?« wollte sie wissen.

»Ein paar Briefe«, sagte Katja. »Wir haben gespielt. Da habe ich sie gefunden.«

Lara war plötzlich wie gelähmt. Sie schien das Chaos um sich herum zu vergessen und sich ganz in sich selbst zurückzuziehen. Mit der Unmittelbarkeit eines Kindes vergaß auch Katja sofort, was sie angestellt hatte. Doch sie erinnerte sich daran, daß sie Tanja hatte schlagen wollen, und dabei drängte sich ihr eine Frage auf:

»Warum liebt Onkel Viktor Tanja nicht?«

Vielleicht wollte ihre Mutter wahrheitsgemäß antworten. Doch in diesem Augenblick fing Tanja an zu schluchzen: »Onkel Viktor – Onkel Viktor«, und Lara antwortete, wie auf die dumme Frage eines Kindes: »Aber natürlich liebt Onkel Viktor sie«, und nahm Tanja auf den Arm. Katja wollte sagen: »Das stimmt nicht«, aber das wäre sinnlos gewesen, denn sie wußte, daß ihre Mutter das auch wußte.

Sie hatte jedoch keine Zeit, um weiter darüber nachzudenken, denn ihre Mutter stand am Fenster, Tanja an sich gedrückt, und murmelte: »Lieber Gott, er hat die Leiche gefunden.«

*

Durchs Fenster sahen sie, wie Komarowski mit einer Hacke und einem Spaten aus dem Holzschuppen kam. Der Hund folgte ihm auf den Fersen. Der erste Schnee war gefallen, und in seiner unförmigen Kleidung wirkte der Rechtsanwalt dunkel und riesengroß. Er überquerte die Weide und verschwand im Wald. Zurück blieben nur das weiße, leere Feld, der perlgraue Himmel und die orangerote Sonne. Lara nahm die Kinder mit in die Wohnstube, wo Fräulein Bürli Socken stopfte. Die kleine Frau sah den Schrecken in Laras Augen. »Was ist passiert?« fragte sie.

»Viktor hat die Leiche des Soldaten gefunden.«

Fräulein Bürli räumte ihre Handarbeit fort. Sie tat es langsam, mit kleinen, bedächtigen Bewegungen, und sammelte dabei ihre

Gedanken. Socken, Stopfnadel und Stopfwolle wurden sorgsam an ihre Plätze gelegt, dann glättete Fräulein Bürli ihre Röcke und zupfte ihre Jackenärmel zurecht. Endlich sprach sie:

»Wir hätten es ihm erzählen sollen.« Sie sah nach dem Ofen, um sich abzulenken. »Aber jetzt ist es nicht mehr zu ändern. Wir müssen das Beste daraus machen.« Sie lächelte ihr liebes Lächeln, das ihre anscheinend grenzenlose Hoffnung und Geduld zeigte. »Ich glaube, wir müssen ihm die Wahrheit sagen. Etwas anderes fällt mir im Moment nicht ein. Was glauben Sie, wie er reagieren wird? Ich weiß offen gestanden nicht, warum wir es ihm nicht gleich erzählt haben. Wir waren ja schließlich unschuldig an der Sache. Ich finde, wir haben uns beim Besuch dieser ungeladenen Gäste in keiner Weise etwas zuschulden kommen lassen.«

»Viktor ist unberechenbar. Deswegen haben wir es ihm nicht erzählt«, erwiderte Lara.

»Ja – da mögen Sie wohl recht haben.«

Sie faßten sich und warteten. Fräulein Bürli sah, wie Tanja mit der Strickwolle spielte. »Soll das Kind wirklich hierbleiben?« wandte sie sich an Lara. Die Frage riß Lara aus ihren Grübeleien.

»Ich kann keinen klaren Gedanken fassen. Katja, bring Tanja in euer Zimmer.«

»Soll ich wieder herunterkommen?«

Die Frauen sahen einander an. Fräulein Bürli meinte: »Er hat sie sehr gern. Vielleicht beherrscht er sich, wenn sie dabei ist.« Lara nickte schweigend.

Katja beeilte sich, ihre Schwester wegzubringen. Tanja war aufgeregt. Sie stöhnte und jammerte so sehr, daß Katja wünschte, sie wäre still. »Pst!« sagte sie heftig, »du willst doch nicht, daß Onkel Viktor dich hört!« Daraufhin weinte Tanja nur noch lauter, so daß Katja bei ihr bleiben mußte, um sie zu trösten. Vor lauter Anspannung saß sie steif auf dem Bettrand, während Tanja sich zappelnd an sie drängte. Das rief bei Katja plötzlich einen physischen Widerwillen gegen die Schwester hervor, den sie nicht kannte und der sie deshalb entsetzte. »Nein! Das darfst du nicht!« schrie sie Tanja an und drückte sie aufs Bett, während sie gleichzeitig versuchte, ihre Schwester liebzuhaben. Dabei kam ihr in den Sinn, daß Tanja an allem schuld war: an Onkel Viktors Launen, am Kummer ihrer Mutter, an der schrecklichen Heimlichtuerei, die ihr Leben jetzt zu beherrschen schien – alles war Tanjas Schuld. Der Gedanke schien ihr unvernünftig, aber er hatte eine hartnäckige, verführerische Kraft, so als wäre dieses zappelnde Wesen ein Dämon, der sich in ihr Leben gedrängt hatte.

Dann schlief Tanja ein. Katja spürte, wie sie sich entspannte, und deckte sie behutsam zu. Tanja rollte sich zusammen und lächelte friedlich im Schlaf. Katja stand auf, und die seltsamen Gefühle ihrer Schwester gegenüber vergingen. Doch die Erinnerung daran blieb. Sie hatte Tanja gehaßt. Es war schrecklich, daran zu denken. Und so beängstigend, daß Katja den Tränen nahe war. Sie trat ans Fenster. In der Dämmerung draußen war die Schneefläche grau wie das Meer. Dahinter erhob sich drohend schwarz der Wald. Komarowski kam unter den Bäumen hervor über den Schnee gestapft, und auch er war schwarz, wie ein Hexenmeister.

In der Wohnstube hatten die Frauen eine Öllampe angezündet. Sie saßen schweigend nebeneinander, beide ganz aufrecht, die Hände im Schoß gefaltet. Lara fragte nach Tanja und war beruhigt, als Katja ihr versicherte, daß sie friedlich schlummerte. Fräulein Bürli lächelte sogar, als erheitere sie das Ganze auf schmerzliche Weise. Sie hörten, wie die Haustür geöffnet wurde und wie Komarowski sich in aller Ruhe die Stiefel auszog.

Er klopfte an, bevor er eintrat, sagte kein Wort, sondern ging gleich zum Ofen hinüber, um sich zu wärmen. Er trug rote, reich bestickte Pantoffeln, die er von einer seiner Reisen mitgebracht hatte. Er wippte auf den Zehenspitzen und sagte fast im Plauderton:
»Ich nehme an, daß ihr davon wißt.«

Er entrollte die lehmverschmierte Fahne, so daß das Bild von der Jungfrau mit dem Kind zu sehen war.

Ohne eine Antwort abzuwarten, fuhr er fort: »Und ich nehme auch an, daß ihr von dem Toten wißt, der in die Fahne eingewickelt war. Würdet ihr mich bitte aufklären?«

Diesmal ließ er ihnen Zeit zum Antworten. Er hängte das Tuch zum Trocknen über den Ofen und betrachtete schweigend das Bild. Lara sagte:
»Während du weg warst, hat uns eine Räuberbande – besucht.«
»Und weiter?«
»Einer war verletzt. Er ist in der Nacht gestorben.«
»Eine Bande Kappelewzi ist hier in der Nähe gefaßt und erschos-

sen worden«, informierte Komarowski sie nüchtern. »Ob das wohl
die gleichen waren?«

»Vermutlich ja.«

»Haben sie etwas gestohlen?«

»Wir haben ihnen zu essen gegeben«, warf Fräulein Bürli ein.
»Wenn wir ihnen die Lebensmittel nicht geschenkt hätten, hätten
sie sie gestohlen.«

»Und sonst nichts? Sonst haben sie nichts gestohlen?«

»Nein«, sagte Lara.

»Nichts kaputtgemacht?«

»Nein.«

»Euch irgendwie belästigt?«

Lara schüttelte den Kopf. Fräulein Bürli fügte hinzu: »Wir haben
uns geschützt. Wir haben uns mit dem Gewehr hier drinnen verbarrikadiert.«

Komarowski mußte erraten haben, daß das nur die halbe Wahrheit war. »Stimmt das, mein Schatz?« fragte er Katja.

»Wir wollten das Gewehr holen, aber einer von den Soldaten
hatte es weggenommen.«

»Und die Barrikade?«

»Die haben wir aus Möbeln zusammengebaut.«

Daß sie eine Barrikade gebaut hatten, hätte Komarowskis Verdacht entkräften können, aber er war an einem Punkt angelangt, wo
der Verdacht unabhängig von den Tatsachen ein Eigenleben führt.
Statt über die Bedeutung von Katjas letzter Bemerkung nachzudenken, sagte er wie abwesend: »Diese Bande von Kappelewzi haben
einen Bahnhof an der Strecke nach Werchneudinsk überfallen und
den Bahnhofsvorsteher und seine Frau umgebracht. Ich habe ihn
gekannt. Und seine Frau auch. Sie war völlig harmlos, dick und
häßlich, und hatte viele Kinder. Und sie haben Waggons mit Lebensmitteln für die Bergarbeiter geplündert und die Familie eines
Dorfvorstehers hier in der Nähe ermordet. Er war Kommunist. Drei
Kinder waren es, glaube ich. Alle tot.«

»Uns haben sie nichts getan«, sagte Lara.

»Das sehe ich.« Komarowski ließ sich auf einen Stuhl fallen.
»Haben wir Wodka?« Während Fräulein Bürli die Flasche holte,
fragte er weiter: »War ihnen bekannt, daß ich in Tschita ein wichtiger Funktionär bin?«

»Das weiß ich nicht.«

»Haben sie nicht nach mir gefragt?«

»Ich weiß es nicht mehr. Ich glaube, sie haben gefragt, wo du bist, und ich habe gesagt, du wärst geschäftlich unterwegs.«

»Es ist auch gleichgültig. Meine Papiere liegen überall hier im Haus verstreut. Sie haben das Haus doch durchsucht, oder etwa nicht? Und daraus geht eindeutig hervor, daß ich Kommunist bin. Du verstehst doch, was ich meine, oder? Diese Männer waren zum Äußersten entschlossen. Warum haben sie euch verschont?«

Niemand antwortete. Komarowski schien auch keine Antwort zu erwarten, und es schien ihn in perverser Weise zu befriedigen. In seinen Augen hatte sein Kreuzverhör die Wahrheit ans Licht gebracht. Doch Katja war anderer Meinung: Niemand hatte geantwortet, weil alles auf einem Mißverständnis beruhte, so daß Komarowskis Fragen Worte ohne Sinn waren. Da ihre Mutter immer noch schwieg, platzte sie heraus: »Aber sie waren sehr nett!«

Komarowski lächelte nachsichtig. »Waren sie nett?« fragte er Lara.

»Sie waren müde«, erklärte Lara. »Menschen müssen auf ganz bestimmte Weise zornig sein, um andere zu töten. Sie haben diesen Zorn nicht ständig. Die Männer waren müde und machten sich Sorgen wegen ihres Freundes. Wenn die Umstände anders gewesen wären, hätten sie uns vielleicht ermordet.«

»Ihr Wodka, Viktor Ippolitowitsch.« Fräulein Bürli lenkte Komarowski ab, indem sie ihm ein Glas einschenkte. Er trank schnell, lehnte ein zweites Glas jedoch ab. Er schwieg eine geraume Weile und ließ sein bärtiges Kinn sinken, bis es schwer auf seiner Brust ruhte. Katja fand, daß er verletzt aussah, so als sei ihm ein großes Unglück zugestoßen. Er hob den Kopf wieder und versuchte sie trotz seiner Kurzsichtigkeit zu fixieren.

»Warum habt ihr mir nichts davon erzählt?« fragte er.

»Du warst mit deiner Arbeit beschäftigt und müde vom Reisen«, erwiderte Lara. »Und schließlich ist ja nichts passiert.«

Komarowski sah Fräulein Bürli an.

»Es war zu schmerzlich, um darüber zu sprechen. Das beste war, es zu vergessen.«

»Katja?« fragte Komarowski.

Katja fühlte, wie sein unbestimmter Blick eine Antwort von ihr verlangte, und vergaß alles, was sie hätte sagen können. Tatsächlich war es ihr nie in den Sinn gekommen, ihm von den Banditen zu erzählen. Ohne daß sie darüber groß gesprochen hätten, war es zu einem Geheimnis zwischen ihnen geworden. Es war allen klargewesen, daß man Komarowski besser nichts davon erzählte. Doch jetzt erschien Katja diese Reaktion, die ihr damals so selbstverständlich vorgekommen war, merkwürdig. Und dabei war doch wirklich nichts passiert. Nichts, das sie ihm nicht schon erzählt hatten. Wie kam es dann, daß es immer noch ein Geheimnis gab? Es sei denn – und Katja kam nur mit Mühe zu diesem Ergebnis –, es sei denn, das Geheimnis lag nicht in dem, was geschehen war, sondern in dem, was hätte geschehen können. In dem, was in der Seele passierte.

*

In dieser Nacht wachte Katja von einem Schnüffeln an ihrer Zimmertür auf. Es war das sabbernde Geräusch eines Tieres, das sich wie etwas Unsauberes in ihren Schlaf drängte. Sie öffnete die Augen und erkannte an dem schwachen Kerzenschein auf dem Flur, daß die Tür offen stand. Komarowski lehnte dort gegen den Türrahmen, in der Haltung, die er immer einnahm, wenn er tief in Gedanken versunken war. Das Geräusch stammte von seinem Hund, den er ins Haus gelassen hatte.

Er sagte nichts. Katja wußte nicht, ob er sehen konnte, daß sie wach war. Sie hielt den Atem an und bewegte sich nicht. Er zündete sich eine Zigarette an und hielt das brennende Streichholz noch vor sich hin, als die Zigarette schon brannte. Er starrte auf die Flamme, so daß sich das Licht in seinen Augen spiegelte und sie zu brennen schienen. Als das Flämmchen seine Fingerspitzen erreichte, blies er es aus, blieb aber weiterhin regungslos stehen. Nur ab und zu hob er den Arm, um ruhig an der Zigarette zu ziehen. Schließlich drückte er sie aus und steckte den Stummel in die Tasche. Der Hund blieb in seiner Nähe, wuselte um seine Beine herum und bettelte winselnd um seine Gunst.

Am nächsten Morgen verließ er sie noch vor Anbruch der Dämmerung und ohne Vorankündigung. Seine Reisekleidung und sein Pferd waren fort, und auf dem Waldweg war seine Spur zu sehen. Die Frauen waren unaussprechlich erleichtert, daß sie seine gefährliche Anwesenheit fürs erste überstanden hatten. Sie bewegten sich durchs Haus, als hätten sie eine Plünderung überlebt, und berührten die Gegenstände vorsichtig, als wollten sie alles auf Schäden hin untersuchen.

Zum Frühstück aßen sie zusammen eine Schüssel Kascha. Tanja war noch nicht aufgestanden, und sie entschieden sich, sie ausschlafen zu lassen. Lara und Fräulein Bürli hatten bereits die Kühe gemolken und den Stall ausgemistet. Danach haftete ihnen immer ein strenger, intensiver Geruch von Stroh, Erde und Kuheuter an. Katja verband diesen heimeligen Geruch mit dem Frühstück, und sie liebte ihn. Sie liebte das Frühstück, denn dann planten sie gemeinsam den Tag, überlegten, was getan werden mußte, und entschieden, wer was tun sollte. Die Kühe, die Pferde, Wasserholen, die Wäsche, heißes Wasser – nie gab es genug heißes Wasser –, wieviel Holz war noch da? Wer hackte den Gemüsegarten und pflückte die Bohnen? War für Tanja ein sauberes Kleidchen vorhanden? Onkel Viktor hatte auf eine Verschwörung der Frauen angespielt, und vielleicht waren sie tatsächlich eine verschworene Gemeinschaft.

Sie beendeten ihr Frühstück, und Fräulein Bürli wusch die Teller ab. Lara ging, um Tanja anzuziehen. Kurz darauf kam sie wieder.

»Wo ist Tanja?« fragte sie.

»Ist sie denn nicht im Bett?« wollte Katja wissen.

»Nein. War sie dort, als du aufgewacht bist?«

»Ich habe nicht darauf geachtet. Ich dachte, sie würde noch schlafen.«

»Vielleicht spielt sie ja draußen«, meinte Fräulein Bürli und erbot sich, nach ihr zu suchen, doch Katja nahm ihr das ab. Sie zog sich gegen die Morgenkühle warm an und ging auf die Wiese hinaus. Sie rief nach Tanja, bekam aber keine Antwort. Daher drang sie in den Wald, lief zu ihren liebsten Pilzsammelstellen und rief wieder und bekam wieder keine Antwort, hörte nur ihre eigene Stimme, die, durch den Schnee gedämpft, dünn und verloren klang. Allmählich wurde sie unruhig.

Als sie ins Haus zurückkam, hörte sie aufgeregte Stimmen. »Ihre Kleider sind fort«, sagte Lara vor Angst bebend, und Fräulein Bürli erwiderte: »Vielleicht hat Viktor gedacht, sie würde gern mit ihm in die Stadt reiten.« Daraufhin fuhr Lara ihre Freundin so heftig an, wie Katja es noch nie von ihr gehört hatte: »Sei doch nicht albern, Lotte! Viktor würde Tanja nie in die Stadt mitnehmen – nicht einfach so aus Spaß!«

Die Tür zum Kinderzimmer wurde aufgestoßen, und Lara kam heraus, sah Katja kalt an, als wäre sie nur lästig, und verschwand dann mit Fräulein Bürli in der Wohnstube. Wieder erklangen die vertrauten Stimmen – so fremd, so aufgeregt und schmerzerfüllt –, und immer wiederholten sie das eine: »Viktor würde sie doch nicht aus Spaß mitnehmen! Sie würde doch gar nicht mitgehen – was hat er vor? – o Gott, was hat er nur vor?«

Katja blieb von der unverständlichen Welt der Erwachsenen hinter der Tür ausgeschlossen. Am liebsten wäre sie in die Wohnstube gelaufen, hätte ihre Mutter gepackt und gerufen: »Und ich? Was ist mit mir? Ich liebe dich doch!« Vor lauter Angst hatte sie den ursprünglichen Grund ihrer Angst, das Verschwinden Tanjas, vergessen. Was ihr jetzt angst machte, war ihr eigenes Ausgeschlossensein und die Erkenntnis, daß die Erwachsenen ebensosehr in einer Welt des Chaos wie der Ordnung lebten. Chaos war es, was sie hörte, nicht Laras verzweifelte Rufe nach Tanja.

Fräulein Bürli kam zur Tür, vielleicht aus einer Eingebung heraus, denn Katja hatte sich mucksmäuschenstill verhalten. Sie sah das Mädchen mitfühlend an und sagte dann leise: »Ich glaube, du gehst am besten auf dein Zimmer. Deine Mutter ist sehr aufgeregt. Es ist zu deinem eigenen Besten.«

Zu ihrem eigenen Besten sollte es sein, daß sie ausgeschlossen wurde! Zu ihrem eigenen Besten, daß man sie ihrer Unwissenheit und ihrer Angst überließ! Nein! »Mutter!« schrie sie und fing als Antwort einen Blick Laras auf, der so trostlos und so schrecklich war, daß sie ihn nicht ertragen konnte. »Mutter!« rief sie noch einmal und versuchte, sich an Fräulein Bürli vorbei in die Wohnstube zu drängen, doch diese hielt sie am Arm fest und führte sie gewaltsam fort. Es wäre zu ihrem Besten, sagte sie, sie sollte brav sein, sie sollte ruhig bleiben und ihrer Mutter eine Stütze sein. Und so wurde sie in ihr Zimmer gebracht, wo sie sich schluchzend auf ihr Bett warf.

Allein. Den ganzen langen Tag furchtbar allein. Die Geräusche im Haus erstarben allmählich. Nach einer Pause lebten sie wieder auf – Wortfetzen – ein Schrei wie von einem Tier. Nur einmal kam

Fräulein Bürli herein, um nach ihr zu sehen. Sie setzte sich auf die Bettkante, sagte zwar nichts, nahm Katja aber in die Arme. Und dann wurde es dunkel. Und Komarowski kam nach Hause.

Katja war in einen unruhigen Schlaf gefallen und hatte ihn nicht kommen hören. Doch dann drangen wieder Stimmen in ihr Zimmer. Wieder das Gefühl von Chaos und Ausgeschlossensein. Wieder und wieder rief Lara: »Was hast du mit ihr gemacht?« Und Komarowski sagte etwas wie »...Schiwagos Bastard!« Schreie, Tränen, dumpfe Schläge – Wahnsinn. »Nein! Nein! Nein!« hörte sie ihre Mutter rufen, wieder und immer wieder. Und dann ein durchdringender Schrei. Ein Schrei, der so schmerzhaft war, so voller Entsetzen, daß er Katja mit aller Gewalt erfaßte, an ihrer eigenen Stimme zu zerren schien, ihren Atem mitriß, in die Länge zog, heraus damit! heraus damit! Und der Schrei wurde lauter und lauter – ohrenbetäubend – entsetzlich – heraus damit! heraus damit! Wessen Stimme ist das? Wessen Schrei höre ich? Es ist mein eigener – und ich kann nicht aufhören damit.

4

Die drei Schwestern

Der Zug fuhr durch Torfjanaja, den Bahnhof, der Warykino am nächsten lag. Er befand sich mitten in einem dichten Birkenwäldchen, und die Fernzüge hielten dort nicht. Trotzdem kam der Stationsvorsteher mit seiner zerdrückten roten Mütze auf den Bahnsteig, um den Zug zu begrüßen. Und dann lag der Bahnhof auch schon hinter ihnen, und mit ihm auch die Gedanken an Warykino und die Flucht durch Nacht und Schnee damals, und kurze Zeit darauf konnte Katja die Fabriken von Jurjatin sehen, die Rangiergleise und die roten Öltanks, und der Zug verlangsamte seine Fahrt und kam zum Stehen.

Auf dem Bahnsteig drängten sich Bäuerinnen, die versuchten, den Reisenden, die nach Moskau weiterfuhren, Erfrischungen zu verkaufen. Die Eisenbahnbediensteten wollten Ordnung halten und wurden dabei von einer Gruppe Matrosen ausgelacht, die gerade in den Zug stiegen. Hinter ihnen drängelten sich neue Fahrgäste, die es eilig hatten, in die Wagen zu kommen, bevor alle Plätze besetzt waren, und dahinter schließlich standen, von der Menge an die Wand geschoben, einige wenige Menschen, die auf Besuch oder Verwandte warteten. Katja fragte sich, wer wohl auf sie warten würde.

Lara und Fräulein Bürli suchten die Gepäckstücke zusammen, und die Matrosen halfen ihnen aus dem Wagen. Nach der langen Reise von Tschita her hätten sie eigentlich das Bedürfnis haben sollen, möglichst schnell ihre Freunde und ein schützendes Dach zu finden, statt dessen aber verspürten sie einen unwiderstehlichen Drang, sich zu strecken, in das helle Licht zu blinzeln und sich gegenseitig anzulächeln: »Wir sind da.«

Allmählich leerte sich der Bahnsteig, und sie entdeckten eine breithüftige, energisch wirkende Frau, die in der Nähe des Ausgangs stand und zu ihnen herüberlächelte. Ihr Haar war zu Zöpfen geflochten, und sie hatte ein breites, großflächiges Gesicht. Sie blickte die Ankömmlinge prüfend an und kam dann auf sie zu, ohne den Hinweis des Bahnhofsvorstehers, daß nur Reisende sich dem Zug nähern dürften, zu beachten. Wortlos breitete sie die Arme aus und erdrückte Lara fast. Erst nach vielen Umarmungen und Küssen sprach sie.

»Ich habe deinen Brief bekommen – auch wenn ich offen gestanden nicht alles ganz verstanden habe, außer, daß es dir da draußen nicht gutgegangen ist. Du siehst schlecht aus.«

Diese letzte Bemerkung traf zu. Katja betrachtete die beiden Frauen, und ihr fiel auf, wie müde und verbraucht ihre Mutter aussah.

»Ich bin krank gewesen«, sagte Lara.

»Na, jetzt wird es dir wieder bessergehen. Und wer ist das hier?« wandte sie sich an Katja. »Katerina Pawlowna, und sie ist fast schon eine Frau! Du warst noch so klein, als ich dich zum letzten Mal gesehen habe. Das Essen im Osten kann nicht so schlecht sein, wenn die Mädchen da so groß und stark werden. Erinnerst du dich an mich? Glascha – Tante Glascha hast du früher zu mir gesagt.«

Katja erinnerte sich an Tante Glascha, aber sie war damals noch ein Kind gewesen, und daher konnte sie die Frau, die jetzt vor ihnen stand, nicht so recht damit in Verbindung bringen. Sie sah ganz nett aus, auch wenn sie mit ihren ausladenden Gesten und ihrer lauten Stimme etwas aufdringlich wirkte. Stärker beeindruckt war Katja von dem strahlenden Tag und dem Gefühl der Freiheit, das sie empfand – nicht nur, weil diese beengte, unbequeme Reise vorbei war, sondern auch, weil die Zeit in Tschita und der Alptraum, der Tanjas Verschwinden gefolgt war, vorüber waren. Sie sagte etwas Höfliches, aber Glascha Tunzewa musterte bereits die Dritte in ihrer kleinen Reisegruppe.

»Darf ich dir Fräulein Bürli vorstellen?« sagte Lara.

Die kleine Frau stellte sich in respektvollem Ton selbst noch einmal vor.

»Ausländerin, was?« fragte Glascha.

»Aus der Schweiz.«

»Wo ist das?«

»Fräulein Bürli hat in Tschita mit uns zusammengelebt.« Lara begann, die merkwürdige Stellung ihrer Begleiterin zu erklären,

78

doch Glascha schnitt ihr das Wort ab: »Wir können hier nicht sprechen. Heutzutage lungern auf den Bahnhöfen komische Gestalten herum. Laßt uns nach Hause gehen und erst einmal alles abladen. Habt ihr Hunger? Habt ihr sonst noch jemandem erzählt, daß ihr kommt? Hast du Arbeit? Wir müssen euch anmelden, und wir brauchen Lebensmittelkarten, aber was das angeht, ist es einfacher geworden, seit sie die Bauern nicht mehr ausrauben. Wir haben in der Stadt Händler, die Lebensmittel und was es sonst noch so gibt verkaufen. Wir nennen sie NEP-Leute. Hattet ihr die im Osten auch? Komm, ich nehme dir diese Tasche ab. Wir müssen leider zu Fuß gehen.« Sie griff nach der schwersten Tasche, und zusammen verließen sie den Bahnhof.

Unterwegs fragte Lara sie aus.

»Wo wohnst du jetzt?«

»In Chochriki. Ich, Awdotja und Sima, wir wohnen zusammen in einem Zimmer, alle drei immer noch unverheiratet, und wahrscheinlich werden wir auch alte Jungfern bleiben. Ihr werdet bei uns wohnen müssen, bis wir etwas Eigenes für euch finden. Wird ein bißchen eng werden, aber das geht schon. Wohnungen sind Mangelware, und viele sind noch schlimmer dran. Du erinnerst dich sicher, daß die Weißen einen großen Teil der Stadt angezündet haben, und zum Wiederaufbauen war noch keine Zeit. Außerdem strömen die Leute jetzt her, um hier zu arbeiten, weil die Fabriken wieder aufmachen. Das Wohnungskomitee hätte fast eine fünfköpfige Familie bei uns einquartiert – stellt euch das mal vor, acht Menschen in einem Zimmer, und als Abtritt nur ein Eimer – aber dann hat Samdewjatow das verhindert. Er ist immer noch in der Stadt und versucht zu helfen, wo immer er kann.«

»Wie geht es deinen Schwestern?«

»Da hat sich nicht viel geändert, sie sind nur älter und dünner geworden. Awdotja arbeitet immer noch in der Bibliothek und ist schüchtern wie eh und je.«

»Und Sima ist immer noch so religiös?«

»Das ist eher noch schlimmer geworden. Sie betrachtet alles, was passiert, als Fingerzeig Gottes. Aber sie ist immerhin so vernünftig, Fremden gegenüber den Mund zu halten. Ihr großes Problem besteht darin, daß alle Kirchen geschlossen worden sind. Die Priester sind verschwunden – ich mag gar nicht daran denken, wohin. In der früheren St.-Tichon-Kirche ist jetzt eine Bäckerei. Die alten Damen kaufen mit Vorliebe ihr Brot dort – sie glauben, es wäre gesegnet. Gott weiß, wie sie jemals von diesem Aberglauben loskommen sollen. Ich kaufe das Brot auch dort – aber nur, weil ich dann nicht so weit laufen muß, meine Beine tun mir in letzter Zeit so weh.«

Katja hatte vergessen, wie hügelig Jurjatin war. Die müden Frauen schnauften und keuchten unter ihren Lasten die Steigungen hinauf. Lara mußte häufig stehenbleiben, um Atem zu schöpfen. Glascha Tunzewa ermunterte sie freundlich, und Katja nahm ihr noch eine Tasche ab, was ihr einen dankbaren Blick einbrachte.

»Und du?« fragte Lara, als sie wieder eine Pause machten. Auf den Straßen herrschte, abgesehen von ein paar Handwagen, kaum Verkehr. Die Mauern waren mit Bekanntmachungen beklebt, vor allem mit Hinweisen auf die verschiedenen Verwaltungsbüros in der Oktoberstraße. Lara sah sich um. Sie genoß den Ausblick über die vertraute Stadt, und Katja fiel auf, daß sie lächelte – es war das erste echte Lächeln, seit Tanja verschwunden und Lara krank gewesen war und zwischen Leben und Tod geschwebt hatte. »Wie geht es dir selbst?« fragte Lara noch einmal.

»Mir?« fragte Glascha, so als spiele das überhaupt keine Rolle. »Ach, abgesehen von der Lebensmittelknappheit könnte es mir gar nicht bessergehen. Es gibt so viel zu tun, und sobald mir eine Arbeit zu langweilig wird, wechsle ich die Stelle. Weißt du, daß ich erst als Näherin und dann als Friseuse gearbeitet habe? Danach war ich eine Weile Weichenstellerin, und in den letzten Jahren habe ich bei der Post gearbeitet. Ich muß die Briefe öffnen. Bevor du jetzt etwas sagst – ich weiß, daß das an sich eine Schande ist, aber wenn ich es nicht täte, würde es jemand anders machen. Und ich muß sagen, es macht Spaß, den ganzen Klatsch zu lesen. Und ich versuche, keinen Schaden anzurichten: Ich sorge dafür, daß wichtige Nachrichten ihre Empfänger erreichen. Und du? Was willst du tun?«

»Ich habe noch nicht darüber nachgedacht.« Lara antwortete so zögernd, daß Katja ihren Arm nahm. Doch Lara schüttelte sie ab und murmelte, sie sei müde.

»Du könntest wieder als Krankenschwester arbeiten«, fuhr Glascha fort. »Das Krankenhaus in der Bujanowkastraße ist noch in Betrieb. Oder du könntest deine alte Arbeit in der Bibliothek wieder aufnehmen. Wo haben Sie gearbeitet, mein Fräulein?«

»Ich habe Katja unterrichtet«, sagte Fräulein Bürli.

»Viktor hat Fräulein Bürli als Privatlehrerin angestellt«, erläuterte Lara.

»Ach so – davon würde ich an eurer Stelle nichts sagen. ›Privatlehrerin‹ hört sich verdächtig bürgerlich an. Sagt lieber einfach ›Lehrerin‹. Lehrerinnen werden immer gebraucht. Sprechen Sie deutsch?«

»Ja.«

»Das müßte reichen. Die Leute wollen Deutsch lernen. Eine Gruppe deutscher Ingenieure ist kürzlich hier angekommen. Sie sollen in der alten Krügerschen Fabrik ein paar Maschinen wieder zum Laufen bringen. Offensichtlich vertragen wir uns wieder mit Deutschland.«

Chochriki war das Handwerkerviertel der Stadt, mit kleinen Werkstätten, Schustern, Schlossern und Handschuhmachern. Weite Teile davon waren zerstört worden, als die Weißen während der zweiten Belagerung die Stadt beschossen hatten. Katja konnte sich an den Angriff nicht erinnern, aber Lara hatte ihr von den Nächten erzählt, in denen sie unter der Treppe Schutz gesucht hatten, von der Rauchwolke, die tagelang über der Stadt gehangen hatte, und von der staubigen, wächsernen Luft, als die Gerberei abgebrannt war. Die Schwestern Tunzewa wohnten im obersten Stock eines Hauses, in dessen Erdgeschoß sich eine Sattlerwerkstatt befand. Das einzige andere nicht beschädigte Gebäude in der Straße war ein schäbiges Hotel, vor dem sich ein paar klapprige Pferdedroschken mit ihren zankenden Kutschern versammelt hatten. Glascha öffnete die Tür und führte ihre Gäste die wackelige Stiege hinauf bis in die Bodenkammer, wo ihre Schwestern sie erwarteten. Der Samowar dampfte, und auf dem Tisch standen Suppe, Kascha, Roggenbrot und eingelegte Gurken.

Awdotja war die hübscheste der drei Schwestern, aber so schüchtern, daß sie sich in Gegenwart von Gästen wie eine unerwünschte Fremde im eigenen Heim verhielt. Sima trug eine Brille und sah gelehrt aus. Ihre Kleidung ließ sie streng erscheinen, doch ihr Verhalten war offen und freundlich. Katja entnahm den Gesprächen, daß es noch eine vierte Schwester gegeben hatte, die Mikulizyn, den Verwalter der Krügers, der früher ein wichtiger Mann gewesen war, geheiratet hatte. Sie erinnerte sich noch dunkel an Mikulizyn.

Er hatte in Warykino gelebt und ein Auge zugedrückt, als Katja, ihre Mutter und Schiwago in eins der Häuser dort eingezogen waren. Damals war Katja glücklich gewesen.

Die Unterhaltung beim Essen wurde vor allem von den Schwestern bestritten. Immer wieder erklärten sie, wie sehr sie sich über den Besuch freuten. Sie erzählten von gemeinsamen Bekannten und von den Ereignissen, die sich in den letzten fünf Jahren in Jurjatin zugetragen hatten. Lara war zurückhaltend, sie stellte nur Fragen, um die anderen zum Weitersprechen zu veranlassen, und äußerte manchmal Zustimmung. Katja empfand ihre Situation wie die armer Verwandter, die vom Land in die Stadt gekommen sind. Doch sie waren nicht arm gewesen. An dem engen Zimmer mit der spärlichen Möblierung und der fadenscheinigen Kleidung der Schwestern erkannte Katja, wie gut Komarowski in Tschita für sie gesorgt hatte. Sie war müde, und der Kopf schwirrte ihr von den vielen fremden Namen. Ihre Mutter war auch müde, das sah sie nur allzugut. Sie wünschte, sie würden mit dem Reden aufhören.

Und dann brach die Unterhaltung tatsächlich ab. Man war an den Punkt gekommen, an dem man sich wiederholte und sich schließlich dafür entschuldigte, daß man sich wiederholte, und nach einigen solchen Vorfällen herrschte plötzlich Schweigen. Es war die beängstigende Pause, die entsteht, wenn alte Freunde, die sich nach langer Zeit wiedersehen, alle alten Geschichten erzählt haben und plötzlich die Frage im Raum steht: Was haben wir uns eigentlich noch zu sagen? Mögen wir uns überhaupt noch? Fräulein Bürli rettete die Situation, indem sie ihre eigene Lebensgeschichte erzählte und so den peinlichen Augenblick überspielte. Katja, die das alles schon einmal gehört hatte, war ihren eigenen Gedanken überlassen, und erst jetzt fiel ihr plötzlich auf, daß niemand sie gefragt hatte, warum sie Tschita verlassen hatten und hergekommen waren. Wollten sie es nicht wissen? Oder wußten sie es schon? Es kam ihr nicht in den Sinn, daß die Schwestern dieses Thema vielleicht nicht in Gegenwart eines jungen Mädchens ansprechen wollten, weil es ihnen zu heikel erschien.

In jener Nacht schliefen sie alle sechs im gleichen Zimmer, Awdotja und Sima auf einem großen Strohsack, Fräulein Bürli auf einem improvisierten Lager unter dem Tisch, Glascha und Lara unter Decken auf dem Fußboden und Katja auf dem angeblich bequemen Sofa. Sie kleideten sich zusammen aus, nur die nervöse Awdotja versuchte, sich zu verstecken, während sie sich bis aufs Hemd auszog. Fräulein Bürlis Korsett belustigte die anderen, doch Katja bemerkte, daß ihre Lehrerin nachsichtig ihre Würde bewahrte. Sima sagte ein orthodoxes Gebet auf, dann wurde die Kerze gelöscht, und sie legten sich in der Dunkelheit zurecht.

Das Sofa war durchgesessen, klumpig und zu schmal. So sehr Katja sich auch drehte und wälzte, sie konnte nicht einschlafen. Awdotja schnarchte. Sima kratzte sich. Das Haus ächzte und knarrte. Obwohl sie erschöpft war, fand sie keine Ruhe, und ihr halbwacher Verstand arbeitete unermüdlich. Sie hörte, wie Glascha und ihre Mutter sich im Dunkeln unterhielten.

»Ich hatte noch ein Kind«, sagte Lara gerade.

Nein! dachte Katja. Erzähl ihr nichts von Tanja! Erzähl ihr nicht, wie ich Tanja losgeworden bin! Sie wollte sich aufsetzen und laut protestieren, merkte aber, daß sie das nicht konnte. Ob sie etwa doch schon schlief? Dann war das wieder ein Alptraum von Tanja – davon, wie Katja ihre Schwester fortgewünscht hatte und der Wunsch Wirklichkeit geworden war.

Nach einer langen Pause entgegnete Glascha: »Tatsächlich? Und wer war der Vater?«

»Juri Andrejewitsch.«

»Schiwago? Der Arzt?«

»Ja. Wir haben in Warykino zusammengelebt.«

»Ich weiß.« In ihrem sachlichen Tonfall fügte Glascha hinzu: »Er ist noch ein paar Monate hiergeblieben, nachdem du gegangen warst, und dann auch verschwunden – oder gestorben. Keiner weiß, wo er jetzt ist. Warum ist er nicht mit euch zusammen abgereist? Habt ihr euch gestritten?«

»Nein.«

»Nein – das hätte mich auch gewundert. Er sah nicht so aus, als würde er sich viel streiten. Aber woran lag es dann?«

»Ich weiß es nicht. Oder vielleicht weiß ich es auch, aber es macht nicht viel Sinn. Oder jedenfalls nicht so viel, daß es für eine stichhaltige Erklärung ausreichen würde. Gefühle haben ihre eigene Logik. Juri war immer noch an seine Frau gebunden, und eines Tages wäre Pascha vielleicht zu mir zurückgekehrt – und zu Katja. Unsere Liebe zueinander machte alles so kompliziert. Sie hätte die

Liebe, die wir für andere Menschen empfanden, auslöschen können, aber das tat sie nicht. Nur die Schuldgefühle kamen hinzu.«

Katja mußte eingedöst sein, denn nun sprachen sie über ein anderes Thema.

»Warum bist du ausgerechnet mit Komarowski gegangen?« fragte Glascha. »Ich kenne ihn nicht, aber Samdewjatow meint, er wäre ein übler Kerl. Und er muß es wissen, denn er ist selbst Rechtsanwalt.«

»Ich war einmal seine Geliebte. Er hat mich in meinem letzten Schuljahr auf dem Gymnasium verführt.«

»Das ist ja schrecklich! Aber ich hätte gedacht, daß du dann eher von ihm fortwillst, als daß du wieder zu ihm zurückkehrst.«

»Es spielte keine Rolle«, sagte Lara müde. »Nach Viktor konnte ich Männern zwar noch meine Liebe bieten, aber nicht mehr meine Integrität.«

»Das halte ich für eine überholte Ansicht. Aber ich bin auch nie verheiratet gewesen.«

»Ich habe ›Integrität‹ gesagt – nicht ›Jungfräulichkeit‹. Daß ich Viktors Geliebte war, spielte keine Rolle. Entscheidend war, daß ich ihn nie geliebt habe. Ich habe mich ihm hingegeben, obwohl ich ihn nie geliebt habe.«

In der Dunkelheit konnte Katja die Mimik ihrer Mutter nicht erkennen, und die Worte für sich allein genommen klangen gedämpft und ausdruckslos. Sie hörte das bittere Geständnis Laras und erfaßte den Schmerz hinter ihren Worten. Doch die gemurmelten Laute wirkten so leblos in der Nacht. Aber schließlich schlief sie ja auch.

»Und was ist mit Tanja?«

Bitte nicht das!

Ich habe sie fortgewünscht, und sie ist verschwunden! dachte Katja, und sie betete, daß ihre Mutter ihr Verbrechen nicht verraten möge. Sie war sich sicher, daß Lara davon wußte. Sag es ihr nicht! beschwor sie im Geiste ihre Mutter, und dieser Gedanke wurde sofort von einem anderen verdrängt: »Verzeih mir! Verzeih mir!« Der Gedanke überschwemmte sie förmlich, und sie hörte sich weinen. Doch sie weinte nicht. Das Schluchzen kam von ihrer Mutter.

»Viktor hat sie mitgenommen – er hat sie zu fremden Leuten gegeben.«

Nach kurzem Schweigen fragte Glascha erschrocken: »Weggegeben? Einfach so? Warum hat er das gemacht? War er eifersüchtig, weil sie Schiwagos Kind war?«

»Er hat sie weggegeben, und ich bin krank geworden. Ich war lange krank. Ich dachte, ich würde sterben oder wahnsinnig werden. In all den Jahren dachte ich immer, daß es unmöglich schlimmer werden könnte. Aber dann wurde es noch schlimmer, und man gewöhnte sich auch daran, und ich dachte wieder, daß es nicht noch schlimmer werden könnte. Und wieder wurde es schlimmer – und so ging es weiter und weiter, alles zerbrach, als hätte ich keinen Anspruch auf ein wirkliches Leben, weil ich so schuldig geworden war und mich so sehr kompromittiert hatte – und so bin ich irgendwie am Leben geblieben.«

»Du armes Kind«, sagte Glascha tröstend.

»Es ist nicht weiter schlimm«, entgegnete Lara, doch Katja schien es, als würde ihre Mutter weniger mit Glascha, als zu sich selbst sprechen. Sie konnte sich nicht vorstellen, daß die beiden diese Unterhaltung hätten bei Tageslicht führen können; es erschien ihr irgendwie gefährlich, sich so bloßzustellen. Wie seltsam war die Nacht. Sie vermengte die eigenen Gedanken mit den Worten anderer. Wie konnte ihre Mutter einem anderen Menschen erzählen, was passiert war? Hatte Glascha auch nur eine Ahnung davon, wie diese ersten Tage ausgesehen hatten, als Lara gegen Komarowski gewütet hatte, als wollte sie ihn töten? Und dann die folgenden furchtbaren Monate des Fiebers und der Depression, in denen man Lara überall in Tränen aufgelöst fand – in der Küche, auf der Weide, im Stall. Konnte Glascha sich die furchtbare Zeit vorstellen, als Lara im Schmutz verkam, sich völlig vernachlässigte und sich Fräulein Bürlis Versuchen, sie zu waschen, widersetzte? Katja hatte das alles mitangesehen. Sie hatte mit ihrer Mutter gerungen, um Fräulein Bürli zu helfen. Sie hatte ihre wehrlose, weinende Mutter ins Bett getragen. Mehrmals im Laufe der langen Krankheit hatte sie die Gleichgültigkeit, die Selbstbezichtigungen, den Abscheu und das Selbstmitleid mitangesehen, das mit der Rolle der Überlebenden einhergeht, und das alles in dem Bewußtsein, daß es ihr eigener haßerfüllter Wunsch gewesen war, der Tanjas Verschwinden verursacht hatte.

Lara sprach wieder:

»Bevor ich Viktors Geliebte wurde, war er der Liebhaber meiner Mutter. Vielleicht wollte er mich aus einem gewissen Besitzdenken heraus. Mutter und Tochter. Und dann benahm er sich Katja gegenüber so zärtlich, obwohl ich bezweifle, daß ihm selbst klarwar, wohin seine Gefühle ihn führten.«

»Ach du lieber Gott«, flüsterte Glascha entsetzt.

»Katja darf das niemals erfahren.«

*

In den folgenden Tagen regelten sie die verwaltungstechnischen Angelegenheiten ihres Aufenthalts in Jurjatin. Katja wurde in der Schule angemeldet, Lara nahm ihre alte Arbeit in der Bibliothek wieder auf, und Fräulein Bürli fand eine Stelle als Übersetzerin für die deutschen Ingenieure und gab überdies stundenweise Unterricht. Das Hauptproblem war die Unterbringung. Das Komitee hatte nur Unterkünfte in den Mietshäusern bei den Krügerschen Fabriken anzubieten. Diese Mietshäuser waren vor dreißig Jahren für die Bauern hochgezogen worden, die ihr Land verlassen hatten, um in der Fabrik zu arbeiten. Dort wurden Maschinen für den Bergbau hergestellt. Damals hatten diese Unterkünfte als vorbildlich gegolten. Während der Bombardierung der Stadt waren sie verschont geblieben, doch die Arbeiter hatten sie verlassen, als sie während der Lebensmittelknappheit aufs Land geflohen waren. Die leeren Gebäude waren daraufhin von den verschiedenen Armeen als Pferdeställe benutzt worden. Die Betten, Aborte und Kochstellen waren mehr oder weniger zerstört worden, und die Soldaten hatte es nicht gekümmert, daß Wind und Wetter in die Wohnräume eindrangen. Seit dem Ende der Kämpfe waren nur die allernotwendigsten Reparaturen durchgeführt worden, und jetzt beherbergten die Mietskasernen die Ärmsten der Armen.

Ganz bedrückt kamen sie wieder nach Hause. Katja machte sich Sorgen um sich und ihre Mutter. Wie sollten sie in diesen Mietskasernen leben? Allein die Erinnerung an den Gestank der Armut ekelte sie an. Die heruntergekommenen Frauen erinnerten sie an ihre Mutter, wie sie während ihrer Krankheit gewesen war. Laras Gesundheit war noch zu zart, als daß man sie diesen Zuständen hätte aussetzen können.

Glascha sprach mit ihren Schwestern, als diese von der Arbeit kamen. Katja fiel auf, daß sie die anderen fest im Griff hatte. Sie setzten sich hin wie brave Schulmädchen und hörten ihr zu. Ihre Kopftücher hatten sie noch auf, nur Awdotja hatte sich die Schuhe ausgezogen und entspannte nach dem Tag im Stehen an der Drehbank ihre Füße. Sima zupfte sich Fädchen von den Kleidern. Von der staubigen Luft in der Fabrik hatte sie einen chronischen Husten.

»Wir sind in den Mietskasernen gewesen«, erklärte Glascha ihnen. »Es ist ein Schweinestall.«

Sie sahen sich schweigend an. Schließlich rückte Sima ihre Brille zurecht und sagte zögernd: »Wenn das so ist, denke ich, daß wir wohl alle zusammen hier wohnen werden.«

»Awdotja?«

»Das ist wohl so«, stimmte die Schwester zu.

»Dann ist das also beschlossen«, sagte Glascha.

Die Großzügigkeit der Schwestern rührte Lara, und sie umarmte und küßte ihre Freundinnen schweigend. Auch Katja war dankbar, aber gleichzeitig dachte sie an die Beengtheit in dem kleinen Zimmer, an die Matratzen, die Möbel, die Leine, auf der die Wäsche trocknete, und sie fragte sich, wie das auf Dauer gehen sollte. Wie und wo würden sie essen? Vermutlich möglichst oft in der Arbeit. Und baden? Sie haßte es, sich in der Zinkwanne vor den anderen abzuwaschen, und Glaschas ungekünstelte Schamlosigkeit machte es ihr nur noch schwerer. Und das Haarewaschen? Zu dieser Jahreszeit konnte man schließlich noch den Trog im Hof des Sattlers benutzen, aber im Winter, wenn das Haar schwer und fettig wurde, mußte man sehen, wie man an heißes Wasser herankam, oder an der öffentlichen Badeanstalt Schlange stehen. Doch es half ja alles nichts, irgendwie würden sie damit fertig werden müssen.

In dieser ersten Zeit der Eingewöhnung kam eines Tages Samdewjatow vorbei. Katja öffnete einem stattlichen Mann mit ergrauenden Locken, Schnurrbart und Spitzbärtchen die Tür. Gemessen am Stil der Zeit war er gut gekleidet. Er trug einen pfeffer- und salzfarbenen Anzug, wie ein kleiner Gutsbesitzer. Er wirkte gutmütig, aber geschäftsmäßig und kam herein, als sei er ein alter Freund. Außer Katja waren nur ihre Mutter und Glascha zu Hause.

Der Besucher nahm das ihm angebotene Glas Tee entgegen und begann: »Ich habe verschiedene Formulare dabei, die Sie unterschreiben müssen, Larissa Fjodorowna, für Ihren Aufenthalt hier.

Aber Sie können sich Zeit damit lassen. Eigentlich wollte ich hier
nur einmal nach dem Rechten sehen. Ist das Ihre Tochter Katja?«
Katja wurde aufgefordert, Anfim Jefimowitsch zu begrüßen. »Ein
hübsches, großes Mädchen. Sie macht Ihnen alle Ehre. Als ich Sie
letztes Mal gesehen habe, lebten Sie unter schwierigen Bedingungen.«

»Ich habe nie die Möglichkeit gehabt, mich richtig bei Ihnen zu
bedanken.«

»Das macht nichts«, sagte Samdewjatow bescheiden. Er nippte
an seinem Tee. Offensichtlich war ihm Laras Dankbarkeit peinlich.
Dann wischte er sich über den Schnurrbart und fuhr fort: »Sie
haben Jurjatin recht überstürzt verlassen – unter den Bedingungen
war das wohl klug. Ich habe gehört, daß Sie gemeinsam mit diesem
Rechtsanwalt aus Moskau –«

»Komarowski –«

»– mit Komarowski fortgefahren sind.« Es schien ihn aus der
Fassung zu bringen, daß er jetzt den Namen wußte. Ohne daß sie es
hätte begründen können, hatte Katja plötzlich den Eindruck, daß er
eine unerwiderte Neigung für ihre Mutter hegte. Doch das beunruhigte sie nicht weiter, denn er war offensichtlich harmlos. »Ich
vermute, daß Sie nicht mehr mit ihm zusammen sind?« sagte er.

»Nein.«

»Hm. Das ist wohl gut so. Leute wie Komarowski sind Opportu-
nisten. Sie können nützlich sein – sicher bezeichnet er sich heutzutage als Bolschewik –, aber sie können niemandem etwas vorma-
chen. Eines Tages wird ihn seine Vergangenheit einholen.«

»Wahrscheinlich«, stimmte ihm Lara zu.

Katja sah, daß Samdewjatow bei der Kürze von Laras Antworten
unbehaglich zumute war. Er war von Natur aus kein geselliger
Mensch und war sich unsicher, was er als nächstes sagen sollte. Aus
der Reaktion auf seine Erwähnung Komarowskis schloß er, daß ein
anderer Name vielleicht eher Laras Zustimmung fände, und so
sagte er: »Mir selbst sind aufrichtige Menschen wie Schiwago lieber. Er war zumindest integer und gab nicht vor, etwas zu sein, was
er nicht war. Niemand konnte ihn für einen Kommunisten halten.«
Er brach ab, als er seinen neuerlichen Fehler erkannte, und flüch-
tete sich in: »Oder nehmen Sie einen unverbesserlichen Weißen
wie Galiullin –«

»Wer ist Galiullin?« unterbrach Katja. Sie wollte von der Unterhaltung nicht ausgeschlossen bleiben und war es müde, schon wieder als »hübsches, großes Mädchen« bezeichnet worden zu sein.

Samdewjatow war sichtlich erleichtert, daß wenigstens Katja Interesse zeigte. »Galiullin war General bei den Weißen. Er war ein Freund deines Vaters. Er war Befehlshaber des Heeres hier während des Krieges.«

»Wo ist er jetzt?« fragte Lara.

»Wer kann das wissen? Als die Weißen den Rückzug antraten, ist er geflohen und irgendwo im Osten untergetaucht. Ich habe nichts davon gehört, daß er gefangengenommen worden wäre. Haben Sie ihn gekannt?«

»Nicht gut. Aber ich hielt ihn für einen anständigen Mann. Er versuchte, die Greueltaten der Weißen hier in Grenzen zu halten.«

»Da stimme ich Ihnen zu. Es war nicht alles seine Schuld. Seine Truppen bestanden zum größten Teil aus Tschechen, und die gehorchten nur ihren eigenen Befehlshabern. Von einem Russen ließen sie sich nichts sagen.« Pedantisch fügte er hinzu: »Genaugenommen war er allerdings kein Russe – sein Vater war irgendein Moslem aus dem Süden –, aber eine derartige Unterscheidung hätte den Tschechen nichts bedeutet.«

»Das kann ich mir vorstellen.«

»Ja, so ist das.«

Er ist zu höflich, dachte Katja. Dadurch wirkte er unaufrichtig, was er sicherlich nicht war. Weil für Katja Rechtschaffenheit und Tugend immer noch mit einer angenehmen Stimme und guten Umgangsformen verknüpft waren, fiel es ihr schwer, sich vorzustellen, daß dies der Samdewjatow sein sollte, den Glascha und ihre Schwestern so lobten, weil er anderen geholfen hatte. Sie hörte, wie ihre Mutter sagte:

»Wissen Sie, warum wir damals von hier weggegangen sind?«

Der Besucher war zu vorsichtig, um zuzugeben, daß er den Grund kannte. Er sagte: »Ich nehme an, daß Schiwago zu freimütig seine Meinung geäußert hat.«

»Ja, das war ein Grund.«

»Es gab noch weitere?«

»Mein Schwiegervater. Es war ihm nicht recht, daß ich mit Juri zusammenlebte, obwohl Pascha möglicherweise noch am Leben war. Die Tatsache, daß Juri kein Kommunist war, machte alles nur noch schlimmer. Nicht, daß ich mich darüber aufregen würde – ich verstehe seinen Standpunkt. Doch sein Urteil war hart. Wenn wir alle nach unserem eigenen Gutdünken hätten entscheiden können, wäre alles anders verlaufen. Aber es ist nun mal so gekommen, und daran läßt sich nichts ändern.«

Samdewjatow nickte mitfühlend und fragte: »Befürchten Sie, daß der alte Antipow immer noch wütend auf Sie ist? Ich glaube, da brauchen Sie sich keine Sorgen zu machen. Er spielt im örtlichen Sowjet hier keine so wichtige Rolle mehr. Haben Sie von der Neuen Ökonomischen Politik gehört? Ihre Auswirkungen sind überall in der Stadt zu sehen. Die Bauern haben angefangen, ihre Produkte auf dem freien Markt zu verkaufen, und jeden Tag kommen neue Händler an, um Waren zu kaufen und zu verkaufen.«

»Man nennt sie NEP-Leute – ja, ich habe von ihnen gehört.«

»Und das war das Problem für den alten Antipow. Er meinte, das würde den Zusammenbruch des Kommunismus bedeuten und den Kapitalismus wiederherstellen. Da es jedoch offizielle Regierungspolitik ist, war er gezwungen, den Mund zu halten. Und es gibt noch andere Dinge, die ihm den Schneid abgekauft haben.«

»Und die wären?«

Der Gast schwieg. Er sah erst zu Glascha Tunzewa und dann traurig zu Katja hinüber, die ärgerlich erkannte, daß es wieder einmal um ein Geheimnis der Erwachsenen ging.

»Katja kann es ruhig mitbekommen«, sagte ihre Mutter. Katja wunderte sich über dieses Eingeständnis von ihr, daß sie nun erwachsen wurde. Dann dachte sie an die Nacht, in der Glascha und ihre Mutter sich Geheimnisse zugeflüstert hatten. Erwachsene waren nicht konsequent.

»Offen gesagt«, fuhr Samdewjatow nun fort, »der alte Mann war über den Tod seines Sohnes erschüttert.« Er wartete auf eine Reaktion, aber Lara schien lange Zeit nur vor sich hin zu starren. Schließlich sagte sie:

»Sind Sie sicher, daß er tot ist?«

»Haben Sie noch nicht darüber gesprochen?« wandte Samdewjatow sich an Glascha. Sie schüttelte verlegen den Kopf.

»Es tut mir leid«, sagte er, »aber wenn Ihr Mann und Strelnikow ein und dieselbe Person waren, dann ist er tot.«

»Ich verstehe«, murmelte Lara. Ihr Blick bekam den abwesenden Ausdruck, den Katja in der Zeit ihrer Krankheit zu fürchten gelernt hatte. »Natürlich habe ich das immer vermutet. Viktor – Komarowski – wollte, daß ich glaubte, Pascha sei tot. Aber Viktor war nicht zu trauen. Wie können Sie so sicher sein?«

»Seine Leiche ist gefunden worden.«

»Und – wie ist er gestorben?«

Samdewjatow rutschte unbehaglich auf seinem Stuhl hin und her. Mit Gefühlen umzugehen fiel ihm schwer, und einen Augenblick lang wirkte er ärgerlich, doch dann erklärte er: »Strelnikow ist offensichtlich in Sibirien verhaftet worden – viele Offiziere, die nicht der Partei angehörten, sind nach Kriegsende dort inhaftiert worden. Jedenfalls ist er anscheinend aus dem Gefängnis entkommen und hat sich irgendwie hierher durchgeschlagen. Er ist in Warykino aufgetaucht und hat Schiwago besucht.«

»Er hat Schiwago besucht?« rief Lara. »Woher wissen Sie das?«

»Daran besteht gar kein Zweifel. Nach Strelnikows Tod wurde seine Leiche begraben. Außer Schiwago war sonst niemand in Warykino – nur noch Glaschas Schwager, Mikulizyn, der Strelnikow nicht kannte. Rätselhaft bleibt nur, was sich zwischen den beiden Männern abgespielt hat.«

»Was glauben Sie?«

Samdewjatow zögerte. Katja sah, daß er sich hütete, irgend etwas zu sagen, was ihre Mutter verletzen könnte. Sie hielt ihn für recht empfindsam und kam sich stärker vor als er, weil sie Laras Zusammenbruch, den er jetzt so sorgsam zu vermeiden suchte, hatte miterleben müssen. Daß sie selbst innerlich auswich, bemerkte sie nicht. Samdewjatow hatte gesagt, daß ihr Vater tot sei, und sie hatte nichts dabei empfunden.

»Es gibt zwei Meinungen dazu«, begann Samdewjatow mit vor Nervosität leicht zitternder Stimme. »Es kann sein, daß sie sich gestritten haben und daß Schiwago Ihren Mann erschossen hat. Und es kann sein, daß Strelnikow um die Aussichtslosigkeit seiner Lage wußte und sich, als er Sie und Katja in Sicherheit wußte, selbst erschossen hat. Ich selbst ziehe diese zweite Version vor. Ich weiß nicht, welche für Sie die tröstlichere ist. Es tut mir leid, daß ich Ihnen das alles erzählen muß.«

Wie aus Angst vor einer möglichen Reaktion Laras sprach Samdewjatow schnell weiter, lobte Strelnikow und erzählte alles von Schiwago, was er wußte. Katja hörte ihm zu und spürte immer noch keinen Platz für Kummer. Sie erfaßte, daß ihr Vater tot war, daß der Besucher dieser Tatsache jedoch keinen Raum geben würde, bis er selbst den Rückzug angetreten hatte, den er sich mit Worten freihielt.

An diesem Abend entdeckte Katja, wie klein das Zimmer war. Sie hatte darin keinen Platz zum Weinen. Der ganze Raum war mit anderen Geräuschen und Gefühlen ausgefüllt. Awdotja sagte schüchtern zu Lara: »Ich glaube, er hat sich in dich verguckt.« Glascha war mißmutig und hatte ein schlechtes Gewissen, weil sie Lara nicht vom Tod ihres Mannes erzählt hatte. Sima murmelte Gebete vor sich hin, von denen alle wußten, daß sie für die Seelen der Toten bestimmt waren. »Ich gehe raus!« rief Katja plötzlich, und noch bevor jemand etwas sagen konnte, hatte sie das Zimmer verlassen, ohne auch nur die leiseste Vorstellung davon zu haben, wohin sie eigentlich gehen sollte.

Sie ging in Sergej Michailowitschs Werkstatt. Der Sattler arbeitete noch und warf ihr nur einen kurzen Blick zu. Katja lehnte am Türpfosten im Hofeingang und versuchte, ihrer Gefühle Herr zu werden. Ihr Vater war tot. Was bedeutete das? Der Mann, der aus Galizien Liebesbriefe geschrieben hatte, war tot. Konnte sie sich an ihn erinnern? Das mußte sie doch – jeder erinnerte sich schließlich an seinen Vater. Sie sollte um ihn weinen – war das eine Träne?

Katja rang gleichzeitig mit der Enttäuschung über ihr schlechtes Gedächtnis, mit ihren Schuldgefühlen und mit ihrer Ehrlichkeit, die es ihr nicht erlaubte, um einen Menschen zu trauern, der für sie nicht mehr als ein Schemen war. Sie hatte ihren Vater verloren. Doch, mehr als das, sie hatte sogar die Erinnerung an ihren Vater verloren – und das war ein Verlust, der sie noch stärker traf als der Tod selbst. Sie litt, wie ein Tier leidet, das von seinem Verlust weiß, dem aber die Sprache nicht gegeben ist, um sich so auszudrücken, daß es verstanden wird. Keine Tränen – kein Verständnis – Enttäuschung – Schuldgefühle – ein Verlust nach dem anderen – keine Tränen – noch ein Verlust – keine Tränen – Verlust – Tränen.

»Die Luft hier drinnen brennt ganz schön in den Augen, was?« meinte der Sattler fröhlich.

5

Der Landstreicher

In diesem Sommer fuhren sie häufig nach Warykino. Sie nahmen den Zug nach Torfjanaja und gingen dann zu Fuß durch die Wälder, wobei sie Sträuße von gelbem Schöllkraut pflückten, das an feuchten Stellen hervorsproß.

Das Gut der Krügers wurde nur stümperhaft bewirtschaftet, so daß Gänsefuß und Weidenröschen sich ungehindert auf den Feldern ausbreiten konnten. Dennoch erweckte es nicht den Eindruck von Vernachlässigung, sondern es sah eher so aus, als hätte die Natur die scharfen Kanten des Menschenwerks abgerundet und für einen harmonischen Ausgleich gesorgt. Mikulizyn, der frühere Verwalter, lebte weiterhin in einem der Häuser. Allerdings arbeitete er, da er Ingenieur war, häufig in der Stadt bei den Deutschen. Samdewjatow hatte sie gewarnt, daß Mikulizyn bei den Machthabern nicht beliebt sei. Erstens war er bei einem Fabrikbesitzer Verwalter gewesen, was an sich schon ein schlechtes Licht auf ihn warf, und zweitens waren seine politischen Ansichten – er war Sozialrevolutionär –, die möglicherweise vor einigen Jahren noch akzeptabel gewesen wären, inzwischen einfach überholt. Er genoß einen gewissen Schutz, weil sein Sohn Liweri Partisanenführer bei den Roten gewesen war. Glascha Tunzewa meinte auch, daß Samdewjatow selbst seine Hand im Spiel hatte. Während der letzten Jahre waren nämlich eine Reihe führender Sozialrevolutionäre verhaftet worden, Mikulizyn aber war von dieser Verhaftungswelle verschont geblieben. Allerdings hatte Samdewjatow nie auch nur eine Andeutung in dieser Richtung gemacht.

»Sie sind also wieder da!« sagte Mikulizyn in seiner schroffen Art, hinter der er sein freundliches Wesen verbarg. »Ich wußte, daß Sie wiederkommen würden. In den letzten Jahren sind die Menschen gekommen und gegangen wie Ebbe und Flut. Ist das Ihre Tochter? Ein hübsches Mädchen. Nun, was bringt Sie her?«

»Die Erinnerungen«, sagte Lara.

»Warum wollen Sie sich erinnern? Die Zeiten waren schwer.«

»Ja, das waren sie«, räumte Lara ein, »aber ohne die Hilfe von Freunden wäre es noch schwerer gewesen. Ich kann nicht wieder in Jurjatin leben, ohne Ihnen für Ihre Hilfe zu danken. Katja und ich sind damals so plötzlich abgefahren...«

»Sie brauchen mir nicht zu danken«, sagte Mikulizyn kurz. »Meines Wissens habe ich gar nicht so viel getan.« Um jeder möglichen Entgegnung zuvorzukommen, fragte er: »Was haben Sie heute noch vor?«

»Wir möchten ein bißchen spazierengehen.«

»Da haben Sie viele Möglichkeiten. Hier wird im Moment nicht viel gesät oder gepflanzt, Sie können also ruhig über die Felder wandern.« Er warf einen Blick zum Haus hinüber. Seine Frau beobachtete sie von der Veranda aus. Sie war nicht herausgekommen, um den Besuch zu begrüßen, und das erschien Katja merkwürdig.

Mikulizyn erklärte, er sei jetzt gerade beschäftigt, wollte sie aber anscheinend ungern einfach so gehen lassen und schlug daher vor, sie sollten doch, wenn sie Lust hätten, am späten Nachmittag noch einmal vorbeikommen. Seine Frau hätte bis dahin aufgeräumt und einen kleinen Imbiß zubereitet. Damit entließ er sie, und sie spazierten ohne bestimmtes Ziel drauflos.

Sie waren noch nicht sehr weit gekommen, als Glascha sie auf das Verhalten der Ehefrau ihres früheren Schwagers aufmerksam machte. »Habt ihr das gesehen? Sie ist einfach auf der Veranda stehengeblieben. Was hältst du davon?« fragte sie Lara.

»Wenn Awerki Stepanowitsch wirklich Schwierigkeiten mit den Machthabern gehabt hat, haben sie sicher berechtigte Angst vor Besuchen. Und unser Aufenthalt hier hat die Sache für sie auch nicht gerade leichter gemacht. Als Jura und ich in Warykino gewohnt haben, besaßen wir keine amtliche Erlaubnis. Vielleicht hat das zu ihren Schwierigkeiten noch beigetragen.«

»Also, meiner Meinung nach war er schon immer ein Brummbär, und seine Frau ist einfach ein bißchen krank im Kopf«, schloß Glascha, aber ihr Tonfall war nachsichtig, und sie wollte eindeutig nicht darüber streiten.

Sie fanden einen Rastplatz, und eine Stute mit einem Fohlen kam zu ihnen herüber. Katja fütterte das Fohlen mit Gras. Eine Weile saßen sie nur träumend und zufrieden im Sonnenschein und ließen die Stille auf sich wirken. Dann brach Lara das Schweigen.

»Weißt du, wo Pascha begraben liegt?«

Sie hatte diese Frage an Glascha gerichtet, doch diese schien sie nicht gehört zu haben. Awdotja, die den ganzen Tag kaum ein Wort gesprochen hatte, bekam einen Asthmaanfall, und Sima beeilte sich, Wasser zu besorgen. Eine Weile kümmerten sich alle um Awdotja. Erst dann sagte Glascha nachdenklich: »Ich weiß nicht, wo Pascha begraben liegt. Wir haben nur davon gehört, weil Strelnikow so bekannt war. Von offizieller Seite her wurde die Geschichte geheimgehalten. Vielleicht weiß es Mikulizyn.«

Und Mikulizyn wußte es. Lara fragte ihn danach, als sie zurückkamen. Er sagte barsch, er wolle mit der Sache nichts zu tun haben, zeigte ihnen die Stelle dann aber trotzdem. Er nahm sie zu einem tief eingeschnittenen Flußlauf mit, der Schutma hieß. Die steilen Hänge waren mit Stechginster und dünnen Birken bewachsen. An den Ufern des Flüßchens, die eben und sumpfig waren, standen Espen.

»Hier.« Er deutete vage in die Landschaft. »Wo genau die Stelle ist, kann ich nicht sagen, aber hier ungefähr war es.«

»Wer hat die Leiche gefunden?«

»Ich selbst. Schiwago hatte ihn begraben. Ich habe das Grab zufällig entdeckt, als ich hier unten auf der Jagd nach Wölfen war. Es war nicht zu übersehen. Er hatte ein Kreuz aus Ästen gemacht und es auf den Grabhügel gesteckt.«

»Liegt Pascha noch hier?«

»Nein. Als ich es gemeldet habe, haben sie ihn sofort verlegt. Sein Vater war wütend über das Kreuz. Er hat es zerbrochen und Schiwago verflucht. Aber, falls Ihnen das ein Trost ist, ich glaube, der alte Mann war in der Lage, für ein angemessenes Begräbnis zu sorgen – obwohl natürlich niemand weiß, wo das stattgefunden hat.«

Während er die Geschichte erzählte, wurde Mikulizyn zugänglicher. Er nahm die Pfeife aus dem Mund und sprach nicht mehr, wie es sonst seine Art war, zwischen den Zähnen hindurch. Er sah Katja an, schweigend, aber mit tiefem Verständnis im Blick. Katja hätte am liebsten gesagt: »Also, das war's – jetzt wissen wir es!« Und damit wäre es erledigt gewesen, und sie hätte wieder vergessen können. Warum mußten alle dauernd über diese Sachen reden – über den Tod und über all das Leiden, über all das Entsetzliche, was geschah? Sie hörte ihre Mutter fragen:

»Was glauben Sie, wie es passiert ist?«

»Ich weiß es nicht«, erwiderte Mikulizyn ernst. Er merkte, daß die Antwort nicht ausreichte, und Katja erkannte mit Verwunderung, daß der Tod auch für die Erwachsenen ein Problem darstellte. Mikulizyn ergänzte: »Ich bin ziemlich sicher, daß Strelnikow sich erschossen hat. Die Schußwunde im Kopf war genau an der entsprechenden Stelle. Und Juri Andrejewitsch war nicht der Mann, der einen Mord begeht. Aber ich kann Ihnen nicht sagen, ob sie sich gestritten haben oder Freunde waren.«

Nach einer Pause sagte Lara: »Ich glaube, sie haben sich gegenseitig respektiert.«

Sie blieben noch eine Weile in dem Flußtal. Katja langweilte sich und ärgerte sich über die Mückenschwärme, die in Wolken über dem Flüßchen hingen. Sie hatte ein schlechtes Gewissen, weil sie sich langweilte, und hielt sich für böse und gefühllos. Ihr Blick wanderte den Abhang hinauf, und dort, zwischen den verkümmerten Dornbüschen, sah sie ein Gesicht, das angespannt zu ihnen herunterstarrte.

Auf die Entfernung hin konnte sie nur erkennen, daß es ein Mann war und daß er eine Mütze aus Kaninchenfell trug. Und daß er sie beobachtete. Er lag auf dem Bauch und schirmte mit einer Hand die Augen vor der Sonne ab. Als er Katja sah, sprang er auf die Füße, eine in Lumpen gehüllte, formlose Gestalt, und dann war er auch schon verschwunden. Katja sagte nichts. Die anderen hatten ihn offensichtlich nicht gesehen.

Sie kehrten zu Mikulizyns Haus zurück. Jelena, seine Frau, bot ihnen Tee und einen Teller mit eingelegten Pilzen an, und sie setzten sich in den Schatten, wo die Fliegen weniger lästig waren. Ein Junge von fünf oder sechs Jahren kam aus dem Haus und kletterte seiner Mutter auf den Schoß.

»Wenigstens haben sie uns das gute Wetter nicht genommen«, sagte Mikulizyn und blies Pfeifenrauch in die Luft, um die Insekten zu vertreiben. Er blickte an ihnen vorbei auf das sprießende Getreide und die Kartoffelfelder.

Katja, der es langweilig wurde, erbot sich, mit dem Jungen Verstecken zu spielen. Er stimmte begeistert zu, und sie liefen zusammen quer über das Feld.

»Willst du dich zuerst verstecken?« fragte Katja.

»Ja, gerne.«

Katja schloß die Augen und zählte bis hundert, und als sie sich umsah, stellte sie fest, daß sie allein im grünen Getreide stand und nicht einmal das Haus sehen konnte. Es roch nach Erde, eine Lerche trillerte, und die Insekten summten und knisterten. Katja suchte kurz nach dem Jungen, dann ging sie einfach spazieren und genoß den Tag. Sie zog die Schuhe aus und wanderte barfuß umher.

Auf diese Weise stieß sie wieder auf den Landstreicher. Er saß am Rande eines kleinen Dickichts, hatte seine Kaninchenfellmütze und seine Bastschuhe ausgezogen und zupfte mit leisem, zufriedenem Grunzen an der Haut zwischen seinen Zehen herum. Falls er Katja bemerkte, so nahm er jedenfalls keine Notiz von ihr. Sie setzte sich ein wenig entfernt von ihm auf den Boden und musterte ihn. Er war klein, mit wettergegerbtem Gesicht und schräggestellten Augen, die auf tatarische Vorfahren schließen ließen. Als er seine Füße gesäubert hatte, umwickelte er sie wieder mit den Fußlappen, zog die Schuhe an, nahm den Sack mit seinen Habseligkeiten auf den Rücken und schlenderte mit einem kurzen Nicken zu Katja hinüber in den Wald. Und bevor Katja noch Gelegenheit hatte, weiter über ihn nachzudenken, rief auch schon Mikulizyns Sohn nach ihr.

»Ich habe gewonnen«, freute er sich. »Stimmt«, gab Katja gleichgültig zu. »Noch mal!« schlug der Junge vor. »Nein – ich bin müde«, erklärte Katja. Es berührte ihn nicht weiter. »Guck mal, was ich gefunden habe.« Es war eine zerbrochene Eierschale. Katja bewunderte sie und fragte dann: »Wußtest du, daß in eurem Wald hier ein Landstreicher lebt?« Den Jungen schien das nicht zu überraschen.

»Das ist nur Jussupka«, gab er zur Antwort. »Er ist immer hier. Als er noch berühmt war, hieß er General Galiullin.«

✳

Nach dem langen Tag im Sonnenschein und dem Fußmarsch zurück zum Bahnhof waren sie alle müde, als sie wieder in Jurjatin ankamen. Vor allem Awdotja war nach ihrem Asthmaanfall erschöpft, und die anderen bemühten sich liebevoll um sie.

Als sie sich die Hügel hinaufkämpften, hatte Katja es ihrer Mutter erzählt. »Ich habe in Mikulizyns Wald einen Landstreicher gesehen. Er heißt Jussupka, aber früher nannte man ihn General Galiullin.«

»Red doch keinen Unsinn«, hatte Lara sie gutgelaunt zurechtgewiesen. Katja erkannte, daß ihre Mutter nicht zuhören wollte, und ärgerte sich darüber. Sie hielt ihre Information für wichtig, schließlich hatte Samdewjatow von Galiullin gesprochen. Er ist wie mein Vater, hatte sie gedacht. Sie hatte genug von Strelnikows Geschichte gehört, um zu wissen, daß beide Geächtete waren.

Ein paar Tage später, als sie ihrer Mutter half, im Trog unten im Hof Wäsche zu waschen, erwähnte sie die Sache noch einmal. Lara lachte und fragte: »Wer hat dir denn das erzählt?«

»Sascha Mikulizyn.«

»Der ist doch noch so klein. Wahrscheinlich hält er den Landstreicher und General Galiullin beide für Butzemänner.«

»Aber ich habe ihn selbst gesehen.«

»Tatsächlich? Und wie sieht er aus?«

»Er ist alt und hat schräge Augen, wie ein Tatar.«

Darauf antwortete Lara nicht, aber ihre Miene wurde abweisend, und sie bearbeitete die Wäsche noch heftiger.

Eine Woche lang wurde kein Wort mehr darüber verloren. Dann, eines Abends, als Awdotja und Sima beide nicht da waren, erzählte Lara es Glascha.

»Galiullin lebt. Katja hat ihn in Warykino gesehen.«

Glascha legte das Bettlaken, das sie gerade flickte, zur Seite. »Ich weiß«, antwortete sie.

»Aber wie ist das möglich?«

Glascha zuckte mit den Schultern. »Er ist vor ungefähr einem Jahr zurückgekommen.«

»Und wer weiß davon?«

»Mikulizyn weiß es.«

»Und Samdewjatow auch?«

»Wahrscheinlich. Man kann nie wissen, was Anfim Jefimowitsch weiß oder wem er hilft. Es würde mich nicht wundern.«

»Aber Galiullin war ein Weißer!«

»Du hast gehört, wie Anfim Jefimowitsch über ihn gesprochen hat. Er denkt, daß Galiullin im Irrtum ist, aber deswegen haßt er ihn nicht.«

»Denken alle so?«

»Das glaube ich nicht. Schließlich fällt es einem meistens sogar schwer, die eigenen Freunde zu lieben. Und den Grundsatz Vergeben und Vergessen kennt man hier nicht – jedenfalls nicht, daß ich wüßte. Aber Anfim Jefimowitsch ist ein ganz besonderer Mensch. Nein, nein, ich sage nicht, daß er von Galiullin weiß, sondern nur, daß es mich nicht wundern würde. Du hast Galiullin gesehen, als er während des Bürgerkriegs hier das Sagen hatte. Ich fand ihn sehr anständig, obwohl er auf der falschen Seite stand.« Glascha wandte sich an Katja: »Du darfst niemandem davon erzählen. Das wäre sehr gefährlich.«

Katja fragte: »Sind wir Galiullins Freunde?«

Glascha sah Lara an.

»Ich weiß es nicht«, gab Lara leise zur Antwort.

»Stehst du auf seiner Seite, Tante Glascha?«

»Es geht mich nichts an, mein Schatz. Ich halte wegen Mikulizyn den Mund, denn er ist eine Art Verwandter. Galiullin bedeutet mir nichts, aber es ist nicht meine Aufgabe, herumzurennen und andere Leute anzuschwärzen. Am besten vergißt du ihn einfach.«

Zwei Tage später gab es abends ein Gewitter mit heftigen Regengüssen. Die Frauen mußten in ihrem Zimmer bleiben. Es war unmöglich, draußen etwas zum Trocknen aufzuhängen, und so lagen überall nasse Kleider herum. Fräulein Bürli hackte Feuerholz, das sie von einem Raubzug am Bahndamm entlang mitgebracht hatte. Sima und Awdotja spielten Karten, Lara flickte einen Rock, und Katja las. Glascha stand in der Zinkbadewanne und wusch sich von oben bis unten.

»Wer will nach mir das Wasser haben?« fragte Glascha. »Du bist dran, Lotte, oder?«

Fräulein Bürli nickte.

Sie waren so in ihre Beschäftigungen versunken, daß sie fast das Klopfen an der Tür überhört hätten.

Katja öffnete einem tropfnassen Fremden, einem mißmutigen alten Mann mit einer Eisenbahnermütze, der nach Larissa Fjodorowna Antipowa fragte. Ohne eine Antwort abzuwarten, trat er ins Zimmer und klopfte sich das Wasser von den Kleidern ab. Glascha sprang aus der Zinkwanne, schnappte ihre Kleider und zog sich hinter die aufgehängte Wäsche zurück.

Der Fremde erkannte Lara sofort. »Du bist also zurück«, sagte er laut zu ihr.

Wie eine Explosion unterbrach seine Stimme ihre leise Unterhaltung und das sanfte Klatschen der Karten auf dem Tisch. Er schien auf eine heftige Reaktion zu warten. Katja nahm zwar seine Stimmung wahr, wußte aber nicht, wodurch sie verursacht worden war, denn der Besucher hatte sich nicht vorgestellt. Sie war deshalb überrascht, als ihre Mutter nur aufsah, ihre Handarbeit weglegte und in ruhigem Ton sagte: »Guten Abend, Pawel Ferapontowitsch«, und zu Katja gewandt: »Sag ihm guten Tag, Katja. Er ist dein Großvater.«

Katja war sprachlos. Wieder hatte die Komplexität des Lebens sie ohne Vorwarnung überrascht. Sie hatte keine Zeit, sich zu überlegen, welche Gefühle sie dem Fremden gegenüber empfand. Der ruhige Empfang schien den alten Antipow aus der Fassung gebracht zu haben. Er fand nichts, woran er seinen Zorn festmachen konnte. Er sah Katja scharf an, so als sei ihre Gegenwart ihm gar nicht lieb, blickte dann zu Lara hinüber, doch schon kehrten seine Augen wieder zu seiner Enkelin zurück, und die beiden musterten einander. Katja besaß nicht genug Erfahrung, um aus seinen Gesichtszügen auf seinen Charakter schließen zu können. Ihr fiel nur auf, daß sein Gesicht voller Runzeln und, in ihren Augen, sehr alt war. Doch um die Wut und Enttäuschung des Alten zu erkennen, brauchte man keine große Erfahrung zu haben; seine angespannte Körperhaltung und die kleinen Grimassen und Gesten, die wie Funken sprühten, sagten ihr genug. Die Begrüßung verwirrte ihn jedoch anscheinend, so daß er sich von einem Mann, der aussah, als wollte er etwas zerschlagen, in einen Greis verwandelte, der nur vor sich hinknurrte, die Mütze in den Händen zerknüllte und fragte, ob er sich setzen dürfte. Sima unterbrach ihr Kartenspiel und bot ihm mit einem Ausdruck engelsgleicher Nachsicht ihren Stuhl an. Antipow ließ sich nieder, ohne darüber nachzudenken, wo Sima nun sitzen würde.

»So –«, begann er mit einem langen Seufzer. »Seit wann seid ihr wieder hier?«

»Seit zwei Monaten«, antwortete Lara. »Ich dachte, du wüßtest das.«

»Natürlich weiß ich das! Aber ich weiß es nicht von dir! Du hast dich versteckt. Wohl aus Angst, nehme ich an. Und warum bist du wieder da? Hat dich dein Liebhaber rausgeworfen?«

Das war eine grausame Bemerkung, und Katja fühlte sich von seiner Grobheit abgestoßen, Lara jedoch ignorierte den Stachel. Der kraftlose Tonfall des alten Mannes nahm ihm die Spitze. Sie sagte nur:

»Ich dachte, du wolltest mich nicht sehen.«

»Wollte ich auch nicht.«

»Aber jetzt bist du hier.«

»Ich...«, setzte der alte Mann heftig an, doch dann, von seiner eigenen Logik verwirrt, fuhr er traurig fort: »Ich dachte, du würdest dich zu sehr schämen, um wieder hierher zurückzukommen. Nachdem du zuerst wie eine Hure mit Schiwago zusammengelebt hast und dann mit diesem Rechtsanwalt verschwunden bist.«

»Ich habe nicht wie eine Hure gelebt«, wies Lara ihn zurecht. Sie richtete den Blick fest auf ihren Schwiegervater, glitt aber an dem Panzer seines Grolls ab und schaute schließlich auf einen unbestimmten Punkt in der Luft. »Es war anders«, sagte sie. »Pascha hätte es verstanden.«

Katja wußte nicht, was das Wort »Hure« bedeutete, aber sie sah, wie Awdotja errötete und Fräulein Bürli sich auf die Lippen biß. Nun sprach ihr Großvater wieder:

»Du bist also keine Hure? Aber was habt ihr dann gemacht, die Moral revolutioniert?«

»Nein. Aber ich darf wohl mit etwas Verständnis und Versöhnlichkeit rechnen.«

»Von mir? Von dem Vater des Mannes, dem du das angetan hast?«

»Wenn es sein muß, ja.« Katja sah den Schmerz im Gesicht ihrer Mutter, und ihr eigenes Gesicht mußte wohl ähnlich ausgesehen haben, denn hinter der aufgehängten Wäsche unterbrach Glascha ärgerlich: »Achten Sie auf Ihre Ausdrucksweise, Pawel Ferapontowitsch! Denken Sie an das Kind!«

»Man sollte meinen, daß das Mädchen sowieso schon mehr weiß, als gut für es ist. Es hat doch miterlebt, wie seine Mutter es getrieben hat«, erwiderte Antipow. Dann wandte er sich wieder an Lara: »Und warum bitte?«

Nach kurzem Schweigen sagte Lara ruhig: »Er hat mich verlassen.« Sie hatte so leise gesprochen, daß der alte Mann sie bat, ihren Satz zu wiederholen. »Was hast du gesagt? Komm – wenn du etwas zu sagen hast, wollen wir es alle hören.« Wieder sagte Lara: »Er hat mich verlassen.« Die Worte waren immer noch leise, doch sie klangen so scharf wie ein Schrei, als würde mit ihrem Aussprechen eine dünne Haut abgehoben und damit ein Nerv bloßgelegt. Doch Antipow war nur mit seinem eigenen Leid beschäftigt und taub für die Schmerzen anderer.

»Was hast du denn erwartet? Er war Soldat: erst gegen die Österreicher und dann gegen Galiullin und den weißen Abschaum. Wie konnte er da bei dir sein?«

»Als er in Jurjatin war, hat er mich kein einziges Mal besucht. Das spielt vielleicht keine Rolle. Aber Katja hat er auch nicht besucht – seine eigene Tochter!«

»Wahrscheinlich wollte er sie nicht aufregen«, entgegnete Antipow kläglich.

»Ich beklage mich ja nicht.«

»Nein?«

Lara schüttelte den Kopf. Sie wollte etwas erklären, aber sie hatte wie immer das Gefühl, eine Erklärung sei sinnlos, die Sprache und die Gedanken selbst stünden im Widerspruch zu der Wirklichkeit, die sie zu erfassen suchten. Dennoch machte sie einen Versuch: »Pascha lebte auf einer höheren Ebene. Er war unbeirrbar – inspiriert. Aber nicht jeder kann so sein wie er. Kannst du mir nicht verzeihen, daß ich mein Leben auf einer ganz normalen Ebene lebe?«

Antipow brummte etwas vor sich hin, dann sah er auf, und sein Gesicht war ruhiger geworden. Doch er wirkte geschlagen, so als wäre sein Zorn nicht besänftigt, sondern ihm geraubt worden, und entsprechend war seine Frustration gewachsen statt geringer geworden. Er seufzte und stöhnte, stand auf und setzte sich wieder und sagte schließlich:

»Ich bin nicht hier, um dir das Leben schwerzumachen. Erwarte nicht von mir, daß ich dir verzeihe – aber andererseits werde ich dir auch nicht weh tun. Man muß an das Kind denken. Es kann nichts dafür. Sie kann mich mal besuchen kommen.« Er wrang seine Mütze aus und fummelte in seinen Taschen herum, als suche er dort nach Worten. Als er nichts fand, sagte er unvermittelt: »Ich gehe jetzt«, und ebenso unvermittelt verließ er die Frauen. Sie blieben schweigend in der Dämmerung sitzen. Draußen vor dem Fenster tobte das Sommergewitter. Vor dem dunkelvioletten Himmel leuchteten die von der tiefstehenden Sonne gelb angestrahlten Dächer der Stadt.

Glascha fand als erste die Sprache wieder. »Der alte Idiot«, sagte sie. »Wie kann ein Mann erwarten, daß seine Frau bei ihm bleibt, wenn er sie nie besucht?«

✳

In diesem Sommer besuchte Katja ihren Großvater mehrmals. Fräulein Bürli brachte sie zu dem ärmlichen Häuschen, in dem er wohnte. Beim ersten Mal war er überrascht. Er verhielt sich mürrisch und behandelte sie wie einen Eindringling, und so fühlte sich Katja auch, wie etwas Unerwünschtes, das eine Komplikation im Leben der Erwachsenen darstellte. Diese Vorstellung hing mit ihren fruchtlosen Versuchen zusammen, zu verstehen, was mit Tanja geschehen war. Mit der Zeit hatte Katja begriffen, daß sie mit dem plötzlichen Anfall von Haß, den sie ursprünglich für den Zauberspruch gehalten hatte, der ihre Schwester hatte verschwinden lassen, nicht allein dastand. Sie hatte den merkwürdigen Verdacht, daß es zum Erwachsensein gehörte, seine Kinder ebensosehr zu hassen wie zu lieben.

Bei ihrem zweiten Besuch hatte der alte Antipow Tee und einen Imbiß vorbereitet und Fotos herausgekramt. Er erzählte ihr von dem Eisenbahnerstreik von 1905 auf der Strecke Moskau–Brest-Litowsk, an dem er beteiligt gewesen war, vom Krieg und von der Revolution und von den anschließenden Kämpfen gegen Galiullin und die Weißen. Katja dachte: »Er weiß nicht, daß ich Galiullin gesehen habe.« Doch sie erzählte ihm nichts von dem Landstreicher, denn sie wußte, daß es ein gefährliches Geheimnis war, das sie hütete. Ihr fiel auf, daß er ihr keine Fragen über ihre eigene Vergangenheit stellte, wohl weil er damit das für ihn abgeschlossene Thema Schiwago, Komarowski und ihre Mutter wieder aufgewühlt hätte. Er zog es offensichtlich vor, im stillen mit seinem Groll fertig zu werden.

Gegen Ende des Sommers fuhr Katja noch einmal mit ihrer Mutter nach Warykino hinaus. Das Korn war reif, und in der Luft schwebten die weißen Daunen der Weidenröschen. Lara hatte einen Korb bei sich, sagte aber nicht, was er enthielt. Sie mied Mikulizyns Haus.

Als sie zwischen den Feldern und den abseits gelegenen Birkenwäldchen entlanggingen, fragte Lara ihre Tochter: »Wo hast du den Landstreicher gesehen?«

»Bei dem Tal, in dem Vater begraben worden ist.« Katja kam es merkwürdig vor, von ihrem Vater zu sprechen. Das Thema war immer sorgsam gemieden worden, und erst jetzt wurde ihr klar, daß dies keine natürliche Reaktion gewesen war, sondern ein Mittel, um einer Erklärung des Unerklärlichen aus dem Weg zu gehen. Diese Einsicht gab ihr das Gefühl, erwachsen zu sein. Sie mochte zwar vielleicht die Gefühlsströme nicht verstehen, die zwischen Erwachsenen flossen, aber jetzt wußte sie, daß sie existierten. Sie achtete jetzt darauf und ahnte, daß sie einen zu unbekannten Ufern führen konnten. Ihre Vorstellung von Erwachsenen hatte sich geändert. Früher waren sie ihr einfach vorgekommen wie die Oberfläche eines Bildes: Was man sah, ließ darauf schließen, ob sie gut oder böse waren. Sie hatten ihre Entwicklung abgeschlossen, waren klar und beständig. Jetzt erkannte sie, daß die Erwachsenen zur Hälfte im verborgenen lagen: Sie waren ständig in Bewegung und sogar sich selbst ein Rätsel.

Lara sagte weiter nichts zu Katjas Vater, sondern lenkte ihre Schritte auf das Tal zu, wo sie sich schließlich zu einer kleinen Rast niederließen. Lara öffnete den Korb, und sie aßen ein Stück Brot. Der Wind fuhr durch die Bäume, die am Rand des Abhangs standen. Ein Hase zog eine wogende Spur durch ein Roggenfeld. Auf der anderen Seite des Tals stieg aus den Bäumen ein dünner Rauchfaden auf, den der leichte Wind verwehte. »Sollen wir da einmal hingehen?« schlug Lara vor. Und so fanden sie Galiullin.

Er saß an einem Reisigfeuer, nahm ein Kaninchen aus und zerlegte es, während ein Stückchen Fleisch schon am Spieß über der Flamme briet. Als die beiden näherkamen, stand er auf und drohte ihnen mit einem Bajonett. Er sah abgerissen und zerlumpt aus. Trotz der Hitze trug er einen Kaftan und einen Militärmantel darüber, und seine Füße waren mit schmutzigen Lappen umwickelt. Er erkannte Katja wieder und sagte mürrisch: »Dich kenne ich. Aber wer ist das da bei dir?«

»Ich war mit Pawel Antipow verheiratet. Katja ist seine Tochter.«
Lara stellte den Korb auf den Boden. »Hier – ich habe Ihnen etwas zu
essen mitgebracht.« Sie trat zurück, und er näherte sich dem Korb
mit dem kundigen Schnüffeln eines Straßenköters. Dann hob er den
Deckel ab und durchwühlte den Inhalt. »Danke«, sagte er kurz und
steckte das Bajonett in seinen Gürtel. Er trug den Korb zu seiner
Feuerstelle und beschäftigte sich wieder mit dem Kaninchen.

Eine Weile verharrten sie so, mit etwa einer Birkenlänge Abstand.
Lara hockte auf dem Boden, der mit früh abgefallenen Blättern
bedeckt war, und winkte Katja, sich neben sie zu setzen. Galiullin
beachtete sie nicht. Er drehte den Spieß, leckte sich den Bratensaft
von den Fingern und hielt gelegentlich inne, um die Schätze im Korb
zu untersuchen. Schließlich war er es zufrieden und fragte: »Was
wollen Sie?«

»Mit Ihnen sprechen«, sagte Lara.

»Worüber?«

»Über Sie – und über Pascha.«

Galiullin lachte trocken, als würde er Holzspäne ausspucken.

»Ich bin ein Feind des Volkes«, sagte er, »eine wandelnde Leiche.«

»Auch Pascha wurde zum Feind des Volkes.«

»Davon habe ich gehört. Es überrascht mich nicht. Sehen Sie –«,
Galiullin blickte Lara auf eine Art an, die traurig hätte sein können,
doch Katja konnte das Fremde in seinen schrägen Augen nicht
deuten, »– ich bin hierher zurückgekommen, als Pascha schon tot
war. Wenn Sie wissen wollen, warum er sich umgebracht hat oder ob
er Ihnen noch etwas zu sagen hatte, dann kann ich Ihnen nicht
helfen. Ich weiß es nicht, ich war nicht dabei. Aber es ist schade, daß
er seine Tochter nicht mehr gesehen hat, sie ist ein hübsches, großes
Mädchen.« Nach einer Pause sprach er weiter: »Es tut mir leid, daß er
tot ist. Wir haben uns irgendwann auf verschiedenen Seiten wiedergefunden, aber persönlich haben wir nichts gegeneinander gehabt.
Jetzt fällt es mir ein, habe ich Sie nicht in Jurjatin gesehen, als wir die
Stadt besetzt haben?«

»Ja, das stimmt.«

»Ich erinnere mich – ich erinnere mich. Strelnikow hat mich dann
vertrieben. Ein kluger Mann. Aber persönlich haben wir nichts
gegeneinander gehabt. Danke für das Essen.«

»Wie werden Sie durch den Winter kommen?« fragte Lara.

»Vielleicht gar nicht. Es war schon letztes Jahr schwer. Ich hatte Typhus gehabt und war noch nicht wieder ganz auf der Höhe. Ich dachte, es wäre mein Ende.«

»Wer hat Ihnen geholfen? Mikulizyn?«

Galiullin lächelte. »Er nimmt mich gar nicht zur Kenntnis. Ich bin unsichtbar für ihn, er hat nie ein Wort zu mir gesagt. Seine Kinder legen mir manchmal etwas hin – Essen, etwas Bettzeug, den Mantel hier. Ich komme dann nachts, wenn sie alle schlafen, und nehme die Sachen mit. Die Kinder müssen denken, ich wäre jemand aus einem Märchen.«

»Und Samdewjatow?«

»Ich habe nie von ihm gehört«, sagte Galiullin sachlich.

»Wie lange können Sie noch so weitermachen?«

»Wahrscheinlich nicht mehr lange. Aber ist das wichtig?«

Er wandte sich wieder seinem Braten zu und scheuchte die Fliegen fort, die um die Innereien des Kaninchens herumschwirrten. Als Katja ihn so beobachtete, überkam sie die Vorstellung, wie er im Sternenlicht um Mikulizyns Haus herumschlich. Wie ein Naturgeist, der Segnungen und Zaubersprüche murmelte, bevor er die Gaben in sein Zauberwäldchen forttrug. Sie dachte an die Feen und Geister, die durch Zauberei an einen bestimmten Ort verbannt waren, sich mit der Zeit in Luft auflösten und schließlich ganz verschwanden. Sie glaubte ihm, daß er nicht mehr lange leben würde.

Vorsichtig fing Lara an, über den Bürgerkrieg zu sprechen. Katja erinnerte sich, daß Galiullin in der Armee der Weißen den Rang eines Generals bekleidet hatte. Doch er sprach gar nicht wie ein vornehmer Herr, nicht wie Komarowski, sondern ein volkstümliches Russisch, so wie Sergej Michailowitsch, der Sattlermeister. Dann fragte sie sich, warum ihre Mutter sich für diese alten Geschichten interessierte. Natürlich, ihr Vater mußte der Grund dafür sein. »Er hat uns nie in Jurjatin besucht. Er war hier und hat gegen Galiullin gekämpft, aber er hat uns nie besucht.« Der Gedanke hätte Katja traurig gemacht, wenn ihr Vater nicht so weit fort von ihr gewesen wäre. Selbst der Landstreicher, der nicht einmal mit ihr verwandt war, war ihr näher.

»Ihr Vater war auch Eisenbahner«, sagte Lara. »Warum haben Sie dann auf der Seite der Weißen gekämpft?«

»Weil ich mich einfach auf ihrer Seite wiedergefunden habe«, erwiderte Galiullin. »Ich stand damit nicht allein. So war es auf beiden Seiten – vielleicht für die meisten Soldaten. Man war Soldat, weil man eben Soldat war. An dieses ganze Zeug von Gott und dem Zaren, das die Weißen vom Stapel gelassen haben, habe ich nie geglaubt – aber an den Kommunismus auch nicht –, ich glaube immer noch nicht daran. Ich will Ihnen sagen, woran ich erkannte, daß alles Unsinn war. Ich habe früher bei der Eisenbahn gearbeitet. Ich war noch ein pickliger Bengel, und da hatte ich diesen alten Meister. Er war ein waschechter Proletarier – ein Sozialrevolutionär, irgendein Menschewik, es spielt keine Rolle. Aber was er auch war, ich weiß nur, daß er mir jeden Tag Ohrfeigen oder Tritte in den Hintern verpaßte, für irgendwas, was ich angeblich falsch gemacht hatte – oder auch nicht, vielleicht einfach nur, weil er zuviel getrunken oder sich mit seiner Frau gestritten hatte. Tag für Tag ging das so, ich hätte ihn umbringen können.

Die Verwalter und die Kapitalisten sind also schlecht? Ich will darüber nicht streiten. Aber welche Rolle spielt es für mich, wenn die vertrieben werden und mein früherer Meister Chef wird? Sagen Sie bloß nicht, daß er sich ändern wird, weil er dann ›befreit‹ ist! Er war ein besoffener Rüpel, und er wird immer ein Rüpel bleiben. Und ich habe mich umgeschaut, und was habe ich da gesehen? Männer, die genauso schlimm waren wie er, genauso ungebildet. Ich bin ja selbst ungebildet! Und die, die mehr wußten, waren Fanatiker, die letzten Endes, wenn man die ganzen schönen Wörter wegläßt, auch nichts anderes wollten, als Menschen umbringen.«

Galiullin machte eine Pause. Sein Gesicht bekam einen schmerzerfüllten Ausdruck. Seine Lippen formten Worte, die er sagen wollte, aber nicht aussprechen konnte. Und schließlich schaffte er es doch:

»Strelnikow war so ein Fanatiker«, murmelte er. »Gott verzeih mir, daß ich das sage, Larissa Fjodorowna, aber es ist die Wahrheit. Er hat sich selbst getötet. Zeigt das nicht, wieviel Haß in ihm steckte? Sie wollen wissen, warum er Sie nie besucht hat, als er in Jurjatin war? Ich werde es Ihnen sagen. Er hatte Angst, daß sein Haß schwächer werden könnte, wenn er mit Menschen zusammenkäme, die er liebte. Das ist die Wahrheit, ich schwöre es. Ich will damit nicht sagen, daß er kein guter Mensch war. Aber er konnte nicht klar sehen. Ich, ich bin ein schlechter Mensch. Aber ich bin ein *fauler* schlechter Mensch. Und das kann manchmal besser sein.«

Galiullin hörte auf zu sprechen, und sein runzliges Tatarengesicht wurde zu einer undurchdringlichen Maske. Lara wartete noch ein wenig, und dann suchte sie ihre Sachen zusammen. Es waren nur der leere Korb und ihr Kopftuch, aber sie klopfte sich ab und sah sich um, als hätte sie etwas verloren. Dann nahm sie Katja an der Hand, sagte noch ein paar Worte zum Abschied, und sie machten sich auf den Weg zurück zum Bahnhof. Keine von beiden sprach.

Solange sie konnte, sah Katja sich noch nach dem Landstreicher um, der sein Feuerchen schürte und weiter sein Kaninchen briet. Sie erinnerte sich daran, daß Mikulizyns Kinder ihn »Jussupka« nannten. Und so würde auch sie ihn im Gedächtnis behalten: nicht als General Galiullin, sondern als Jussupka, den Geist des Zauberwaldes.

6

Der Mann im Fuchspelz

Katja und ihre Mutter lebten bereits ein Jahr in Jurjatin, als in der Stadt Gerüchte über den Bewohner eines Hauses in der Suworowstraße aufkamen, das früher einem Eisenbahndirektor gehört hatte. Der Neuankömmling war aus dem Nichts aufgetaucht, bewaffnet mit einem Bündel von Verträgen und Empfehlungsschreiben aus Moskau, und hatte ein Büro aufgemacht, von dem aus er mit landwirtschaftlichen Produkten aus der Umgebung von Jurjatin handelte. Ihn zu übersehen war unmöglich: Die Bauern, die darauf warteten, ihre Ernten zu verkaufen, standen auf den Stufen zu seinem Büro und bis weit auf die Straße hinaus Schlange, und er selbst war häufig in einem der wenigen übriggebliebenen Restaurants zu sehen, in dem die deutschen Ingenieure aus den Krügerschen Werken und die örtlichen Parteifunktionäre sich bewirten ließen. Er trug einen Fuchspelz, über den sich alle die Mäuler zerrissen.

Der Fremde hieß Schaljapin. Wenn Katja ihren Großvater besuchte, schimpfte dieser oft über Schaljapin. »Ich habe ihnen gesagt, wohin es führen würde«, knurrte der alte Antipow. »Diese Neue Ökonomische Politik hat den Kapitalisten Eingang durch die Hintertür verschafft. Und zwar den Kapitalisten von der üblen Sorte. Früher gab es Besitzende wie die Krügers, die, bei all ihren Fehlern, doch etwas für den Ort, an dem sie ihr Unternehmen hatten, geleistet haben. Sie haben Fabriken und Wohnungen für die Werktätigen gebaut und die Vorbedingungen für den Sozialismus geschaffen. Aber diese neuen Emporkömmlinge sind einfach Spekulanten, heute hier, morgen da.«

Samdewjatow sagte in seiner gemessenen Art im Grunde das gleiche, als er sie besuchte. Er besaß allerdings mehr Weitblick und ließ sich nicht so negativ über etwas aus, was schließlich offizielle Politik war.

Katja hörte zu, ohne ganz zu verstehen, was das alles bedeutete. Wirtschaftspolitik war für eine Fünfzehnjährige nicht von Interesse, und wenn es nur darum gegangen wäre, hätte sie die Gespräche einfach ignoriert. Doch da war Schaljapin selbst. Aus den Geschichten, die sie hörte, setzte sie sich allmählich ein Bild von ihm zusammen. Er war jung und sah gut aus. Er hatte eine Geliebte. Er besaß einen Weinvorrat aus den Krügerschen Kellern und hatte durch seine Freunde, die deutschen Ingenieure, Zugang zu importierten Luxusgütern. Er fuhr ein Auto. Kurzum, er benahm sich wie eine jener Gestalten aus der Vergangenheit, ein Industrieboß oder ein adliger Bojar (diese beiden vermischten sich in ihrer Vorstellung leicht), ein mythischer Prinz aus mythischen Zeiten. Und natürlich hatte Katja ihn nie gesehen.

Galiullin überlebte den Winter. Er war eine Zeitlang krank, und sie befürchteten, daß er eine Lungenentzündung bekommen und sterben würde. Er suchte in Mikulizyns Stall Zuflucht. Die Familie tat so, als wüßte sie nichts davon, und er wurde wieder gesund. Lara besuchte ihn zweimal und brachte ihm Lebensmittel und Medikamente mit. Beim zweiten Mal traf sie auf dem Bahnsteig in Torfjanaja Samdewjatow. Er war ganz überrascht, ihr zu begegnen, und erklärte, er hätte Mikulizyn einen Geschäftsbesuch abgestattet. Galiullin erwähnte er nicht, aber Lara sah ihren Verdacht bestätigt, daß auch er dem Ausgestoßenen heimlich half. Als der Frühling kam, verließ Galiullin den Stall und nahm sein Landstreicherleben in den Wäldern und Feldern um Warykino wieder auf.

In der letzten Juniwoche beendeten die deutschen Ingenieure ihre Arbeit in der Krügerschen Fabrik. Das war Anlaß zu einer offiziellen Feier, bei der ihnen gedankt wurde, und zu einem Bankett, das bald zum Stadtgespräch wurde, weil es dort in diesen schweren Zeiten so extravagant zugegangen sein sollte – ob das nun stimmte oder nicht. Katja schnappte die Geschichten in der Schule auf, wo einige Kinder, deren Eltern dem Festmahl beigewohnt hatten, damit prahlten. Obwohl die Deutschen in Jurjatin nie auffällig in Erscheinung getreten waren, war ihre Gegenwart doch weithin spürbar gewesen und hatte den Einwohnern eine gewisse Zuversicht gegeben, daß das Land sich aus der isolierten Phase während der Revolution herausbewegte und wieder Anschluß an die weite Welt fand, was Wohlstand versprach. Als die Ausländer die Stadt verließen, schwand diese Hoffnung, und an ihre Stelle traten Stillschweigen und Befürchtungen. Es war, als hätten die Ingenieure eine zerstrittene Familie besucht, die sich während ihres Besuches höflich zusammengenommen hatte und sich jetzt wieder mit ihrer Einsamkeit und ihren Konflikten auseinandersetzen mußte.

Währenddessen lebten die fünf Frauen und Katja weiterhin in dem Zimmer über der Sattlerwerkstatt. Katja ging immer noch zur Schule, doch der Klavierunterricht bei Fräulein Bürli fand nicht mehr statt, weil sie kein Klavier hatten. Tag für Tag kamen die Frauen müde von der Arbeit nach Hause, nur um wieder auszugehen und in der Stadt nach Lebensmitteln oder Brennstoff anzustehen oder die Hausarbeit zu erledigen. Das Zimmer war zu klein. Es gab keinen Raum für ein Privatleben. Und dazu ständig der Geruch nach Bettzeug, Schweiß und Wäsche, und im Sommer der Gestank von den Lederhäuten des Sattlers, seinen kochenden Fetten und Leimen, und die davon angelockten Fliegenschwärme. Und der Kampf um Sauberkeit: Kleiderwaschen im Trog hinter der Werkstatt, Wasser auf dem Ofen heiß machen, und dabei selten die Möglichkeit, in Wasser zu baden, das nicht schon vorher von einer anderen benutzt worden war, wöchentliche Ausflüge zur öffentlichen Badeanstalt, graues, schaumbedecktes Wasser und der Gestank nach Desinfektionsmitteln, die angewendet wurden, um Krankheiten vorzubeugen. Katja war es müde, schmutzig zu sein und zerschlissene, geflickte Kleidung zu tragen und dazu schwere Stiefel, die auf ihr Bitten hin immer wieder von dem gutmütigen, versoffenen Sergej Michailowitsch ausgebessert wurden. Oder stundenlang für ein wenig vertrauenerweckendes Stück Fleisch Schlange zu stehen. Die Jungen wurden auf sie aufmerksam, und obwohl Katja sie als ungehobelte Rüpel abtat, wollte sie doch von ihnen bemerkt werden. Wenn sie in ihrem Kopftuch und dem geflickten Mantel durch die Straßen von Jurjatin stapfte, fühlte sie sich so häßlich. Die Tatsache, daß es allen anderen Mädchen genauso erging wie ihr, war ohne Bedeutung. Neben anderen Rechten (wie dem Recht, frei zu sein von Angst und Not) hat man das Recht, schön zu sein. Manchmal wünschen wir uns das so sehr, daß wir die anderen Rechte freudig dagegen eintauschen würden. Auch Katja wünschte es sich – nicht im Übermaß, aber schon hin und wieder eine Schleife hätte sie glücklich gemacht.

An einem schwülen Abend, eine Woche, nachdem die Ausländer abgereist waren, öffnete Katja das Fenster, um frische Luft in das stickige, überfüllte Zimmer zu lassen. Auf der Straße sah sie, wie eine geschlossene Pferdekutsche vor der Sattlerwerkstatt vorfuhr. Zwei Männer stiegen aus. Sie trugen Stadtkleidung und flache Mützen, hatten aber Pistolen umgeschnallt und machten auch keine Anstalten, das zu verbergen. Kurz darauf klopfte es an der Tür. Glascha unterbrach ihr Fußbad und öffnete.

»Wohnt hier die Genossin Lotte Bürli?« erkundigte sich der Fremde und stellte vorsichtshalber einen Fuß in die Tür.

»Wer will das wissen?«

»Offizielle Angelegenheit.«

»Und das wäre?«

»Machen Sie keine Schwierigkeiten. Ist sie hier? Ja oder nein.«

Mit lässiger Gewalt drängten sich die Männer ins Zimmer und musterten die Bewohnerinnen. »Genossin Lotte Bürli, treten Sie vor«, sagte der erste wieder. Fräulein Bürli legte ihr Buch zur Seite und fragte die Besucher nach ihren Wünschen. »In Ihrer Aufenthaltsgenehmigung und in Ihren Arbeitspapieren sind Unregelmäßigkeiten gefunden worden. Sie müssen mitkommen und uns ein paar Fragen beantworten.«

Fräulein Bürli sah ihre Freundinnen an und sagte dann mit ihrer seltsamen Liebenswürdigkeit: »Wieder mal verhaftet. Das sieht mir ähnlich.«

Die beiden Polizisten murrten zwar, ließen ihr dann aber doch Zeit, sich fertig zu machen und ihren Mantel zu holen. Sie erlaubten Glascha sogar, dem armen Fräulein ein Stück Brot in die Tasche zu schieben. Und dann waren sie fort.

»Ist wahrscheinlich viel Lärm um nichts«, sagte Glascha mit gespielter Fröhlichkeit.

Aber an diesem Abend kam Fräulein Bürli nicht nach Hause.

Lara war davon am meisten betroffen. Ohne den Trost und die Hilfe ihrer Freundin hätte sie sich nie von dem schmerzlichen Verlust Tanjas erholt. Sie konnte den ganzen Abend lang an nichts anderes denken. »Wir müssen ihr helfen! Wir müssen ihr einfach helfen!« »Natürlich, meine Liebe«, besänftigte sie Glascha, aber Katja sah, daß auch Glascha sich keinen Rat wußte, und ein Asthmaanfall Awdotjas vereinfachte die Situation nicht gerade.

»Mein Gott, müssen wir das denn jedesmal mitmachen, wenn irgend etwas Schlimmes passiert?« fuhr Glascha ihre Schwester an und befahl Sima, mit dem Beten aufzuhören und lieber ihre Gehirnzellen anzustrengen, um sich eine Lösung einfallen zu lassen.

Sie gingen früh zu Bett. Es hatte keinen Sinn, weiter über die Sache zu reden. Es hätte sie nur noch mehr aufgeregt. Katja schlief bei ihrer Mutter und spürte das unterdrückte Schluchzen, das Lara selbst im Schlaf noch schüttelte. Sie selbst konnte nicht einschlafen. Laras anhaltende Verletzlichkeit gab ihr das Gefühl großer Einsamkeit. An wen sollte sie selbst sich mit ihren Problemen wenden?

Schließlich entschieden sie sich, auf das Polizeibüro zu gehen, um dort um Informationen zu bitten. Aus lauter Nervosität beschlossen sie, alle zusammen zu gehen, selbst Awdotja kam mit, wenn auch nur unter der Voraussetzung, nichts sagen zu müssen. Sie packten ein kleines Päckchen mit Lebensmitteln zusammen und betraten endlich die Wache. Dort mußten sie stundenlang warten, bis sie schließlich in das Büro eines Beamten eingelassen wurden. Er war ein kleiner, glatzköpfiger, gedrungener Mann, mit plumpen Arbeiterhänden und einem starken Akzent, der nicht aus der Gegend kam. Er behandelte sie eher gleichgültig als aggressiv, und Katja hatte den Eindruck, daß er häufig Leute wie sie empfing und daß die immer gleichen Beschwerden ihn langweilten. Er ließ ihnen Zeit, ihr Anliegen vorzutragen, blätterte dann in seinen Akten und sagte schließlich:

»Ihre Freundin ist Ausländerin?«

Bevor Lara antworten konnte, fuhr Glascha ihn an: »Ja, aber was hat das damit zu tun? Sie lebt seit über zwanzig Jahren in Rußland.«

Der Beamte sah geduldig auf seinen Schreibtisch. »Ihre Papiere sind nicht in Ordnung.«

»Was heißt das? Sie hatte Papiere, als sie herkam.«

»Ja, ja, als sie nach Jurjatin kam – aber nicht, als sie nach Rußland kam.«

»Davon weiß ich nichts. Zwanzig Jahre sind eine lange Zeit. Die Papiere können verlorengegangen sein. Schließlich war inzwischen Krieg – vielleicht haben Sie davon gehört.«

Glaschas Sarkasmus ließ den Beamten aufblicken. Er musterte

sie und begann in einschüchternder Weise, sich in der Akte Notizen zu machen. Lara griff ein und bat um Verständnis.

»Ist die Tatsache, daß sie Ausländerin ist, ein Problem?«

»Nicht unbedingt. Nur ein weiterer Faktor in ihrem Fall. Unser Land ist von feindlichen kapitalistischen Mächten umringt. Es ist klar, daß jeder Ausländer mit besonderer Vorsicht zu behandeln ist.«

»Aber sie lebt hier schon seit zwanzig Jahren!« wiederholte Glascha.

»Und sie ist eine Herumtreiberin«, fuhr der Mann fort.

Die Frauen waren über diese Bemerkung sprachlos, bis Lara deren Bedeutung klarwurde. »Es stimmt«, räumte sie ein, »daß Fräulein Bürli ihre Arbeit verloren hat. Sie hat für die deutschen Ingenieure übersetzt. Aber ich bin sicher, daß sie schnell etwas Neues finden wird – es gibt doch genug zu tun. Und sie hat einen festen Wohnsitz. Besagt das nicht, daß sie keine Herumtreiberin ist?«

»Im Moment hat sie jedenfalls keine Arbeit«, betonte der Mann ruhig. »Und die Tatsache, daß sie Ausländerin ist, zeigt, daß sie wurzellos ist. Soll ich hier hinschreiben, daß Sie für all ihre Handlungen voll und ganz die Verantwortung übernehmen? Sie brauchen es nur zu sagen, dann schreibe ich das hier hin.«

Aber natürlich wollte keine von ihnen, daß er das hinschrieb.

Die Frauen brachen die fruchtlose Unterhaltung ab, nachdem sie den Beamten dazu bewegt hatten, ihrer Freundin das Lebensmittelpäckchen zu übergeben. Er willigte mit der gleichen bleiernen Höflichkeit ein, die er während des gesamten Gespräches an den Tag gelegt hatte. Glascha schlug vor, zu Samdewjatow zu gehen, was sie, wie sie meinte, sofort hätten tun sollen. »Er wird uns bestimmt helfen«, sagte sie zuversichtlich.

Sie suchten ihn in seinem Büro auf, vor dem eine ganze Traube von Bittstellern wartete. Durch diesen Vertrauensbeweis ermutigt, reihten sie sich in die Warteschlange ein, und eine Stunde später empfing er sie.

»Meine lieben Freundinnen –«, Samdewjatow erhob sich von seinem Stuhl und bot ihnen Sitzgelegenheiten an, »– es tut mir leid, daß Sie warten mußten, aber im Moment passiert so viel, daß ich kaum Zeit zum Denken habe. Was kann ich für Sie tun?«

Katja war noch nie in Samdewjatows Büro gewesen, und jetzt, wo

sie es sah, war sie überrascht. Es war zwar ein wenig schäbig, doch
die einstige Vornehmheit war ihm noch anzumerken, mit all den
Büchern und Schreibfedern, Löschkissen, Stempeln und anderen
Schreibutensilien. Sie hatte das Gefühl, daß das Arbeitszimmer
eines Adeligen wohl ähnlich ausgesehen haben mußte, und der
Ausdruck »wie in alter Zeit« ging ihr durch den Kopf. Samdewjatow saß aufmerksam hinter dem Schreibtisch und hörte zu, zupfte
aber mit offensichtlicher Nervosität an seinem Ziegenbärtchen.
Glascha begann:

»Unsere Freundin, Fräulein Bürli, ist verhaftet worden. Es hat
etwas mit ihrer Aufenthaltsgenehmigung und ihren Arbeitspapieren zu tun, und wir glauben, daß es nichts Ernstes sein kann.« Sie
erzählte von dem Besuch der Polizisten und dem Vorsprechen der
Frauen auf der Polizeiwache. Samdewjatow ließ sie ausreden und
sagte dann einfach: »Noch eine.«

»Was meinen Sie damit?« wollte Lara wissen.

»Ich meine damit, daß Fräulein Bürli nicht die erste ist.«

»Das verstehe ich nicht«, unterbrach Glascha. »Es kann doch
nicht allzu viele Menschen in ihrer Situation geben, Ausländer, die
Probleme mit der Aufenthaltsgenehmigung und der Arbeiterlaub-
nis haben.«

Samdewjatow lachte. Katja wunderte sich, weil er sonst so zurückhaltend wirkte. Doch es war ein trauriges Lachen. »Meine
liebe Glascha«, sagte er, »Sie glauben doch nicht etwa, daß diese
Geschichte nur Ihr armes Fräulein und dessen Probleme betrifft?«

»Das hat man uns aber gesagt.«

»Ja, das hat man Ihnen gesagt«, erwiderte Samdewjatow mit
beißender Ironie, dann zögerte er, als ob ihm etwas durch den Kopf
ginge, was er dann aber wieder fallenließ, bevor er weitersprach:
»Die Tscheka hat nur darauf gewartet, daß die Deutschen die Stadt
verlassen, um dann jeden zu verhaften, der mit ihnen zu tun hatte.
Die ganze Leitung der Krügerschen Werke sitzt hinter Schloß und
Riegel, und dazu noch mehrere Parteifunktionäre. Da ist es nicht
weiter verwunderlich, daß unsere liebe Lotte auch in Haft ist, denn
sie spricht deutsch und ist dort Übersetzerin gewesen.«

»Aber das war doch ihre Arbeit.«

»Spielt keine Rolle.«

»Ich verstehe das nicht – was wirft man den Leuten denn vor?«

»Korruption – wenn sie Glück haben. Sonst Sabotage oder Spionage, das hängt davon ab.«

»Von was?« fragte Lara.

»Davon, ob sie die Anlage in Betrieb nehmen können – ob das erwartete Produktionsniveau erreicht wird – und von anderen Dingen, die Sie sich nicht einmal in Ihren kühnsten Gedanken vorstellen können. Die Welt ist sehr kompliziert geworden, aber die Leute suchen immer noch nach einfachen Erklärungen.« Der Tonfall des Rechtsanwalts war inzwischen so ungehalten, daß Katja dachte, er hielte sie alle für Idioten. Er benahm sich so anders als sonst, daß Katja nicht genau wußte, was sie davon halten sollte. Dann schaltete ihre Mutter sich ein:

»Woher wissen Sie das alles? Arbeiten Sie für die Tscheka?«

Katja schien es, als sähe Samdewjatow plötzlich beschämt aus. Er beantwortete die Frage nicht, sondern sagte statt dessen: »Mikulizyn ist verhaftet worden.«

Damit hatte ihre Neugierde hinsichtlich der Beziehung des Rechtsanwalts zu den Machthabern ein abruptes Ende. »O Gott!« rief Glascha aus, und Sima bekreuzigte sich.

»Ich will Ihnen keine Angst einjagen«, fuhr Samdewjatow fort, »ich möchte damit nur die Ausmaße des Problems andeuten. Mikulizyn wird vermutlich nichts geschehen. Sein Sohn hat immer noch einigen Einfluß, und er wird wohl die Freilassung seines Vaters veranlassen können. Erwähnen Sie niemandem gegenüber, daß ich Ihnen das erzählt habe. Momentan ist es bereits gefährlich, eine inhaftierte Person auch nur zu kennen.«

Trotz dieser warnenden Worte lächelte Samdewjatow sein tröstendes Lächeln. In der Vergangenheit hatte das immer bedeutet, daß er helfen konnte. Da er aber weiter nichts sagte, vermutete Katja, daß sein Lächeln eher einer Gewohnheit als begründeter Zuversicht entsprang. Es bekümmerte ihn, wenn Menschen unglücklich waren. Ihre Mutter war offensichtlich zu einem ähnlichen Schluß gekommen, denn sie fragte:

»Können Sie etwas für uns tun?«

Zögernd erwiderte Samdewjatow: »Ich weiß nicht. Bitte verstehen Sie mich: Solange diese Krise anhält, bin ich in einer sehr schwierigen Position. Ich kann Ihnen nicht erklären, warum.«

»Können Sie denn gar nichts tun?«

»Nicht direkt.«

»Aber indirekt?«

»Möglicherweise.« Er nahm eine Feder und ein Blatt Papier zur Hand. Nach anfänglichem Zögern schrieb er, mit Willensanstrengung, wie es schien, ein paar Worte auf und reichte Lara den Zettel. »Kennen Sie den NEP-Mann Schaljapin?«

»Ich habe von ihm gehört.«

»Gut. Man sagt ihm bestimmte Dinge nach, aber er hat auch einigen Einfluß. Vielleicht macht er diesen in Ihrer Sache geltend, aber versprechen kann ich Ihnen nichts. Gehen Sie mit dem Brief zu ihm. Ich kann nicht mit ihm persönlich sprechen.«

Lara las den Brief, faltete ihn sorgsam zusammen und steckte ihn in die Tasche. »Das verstehe ich aber nicht«, sagte sie dann, »ich dachte, Schaljapin hätte auch mit den deutschen Ingenieuren zusammengearbeitet. Jeder hat doch davon gehört. Ist er nicht auch verhaftet worden?«

Samdewjatow lächelte wieder, dieses Mal aber ironisch. »Schaljapin versteht es ausgezeichnet, es jedem recht zu machen. Während er sich um die Deutschen kümmerte, hat er die ganze Zeit für die Tscheka spioniert. Und, soweit ich weiß, auch umgekehrt – verstehen Sie jetzt, was ich meine, wenn ich von schwierigen Zeiten spreche? Jedenfalls ist er im Moment sicher, und es gibt eine Menge Leute, die ihm einen Gefallen schuldig sind. Ich brauche Ihnen wohl kaum zu sagen, daß man sich nicht auf ihn verlassen kann – auf Menschen seines Schlages kann man sich nie verlassen –, aber vielleicht bietet er Ihnen seine Hilfe an, und dann besteht durchaus die Möglichkeit, daß er seine Versprechen Ihnen gegenüber auch hält.«

Samdewjatow sah auf die Uhr. »Ich fürchte, ich muß das Gespräch jetzt beenden. Es wartet noch viel Arbeit auf mich.« Seine Worte mußten ihm wohl selbst etwas unhöflich erschienen sein, denn er versuchte, die Wirkung des Gesagten abzuschwächen, indem er Fragen nach ihrer Gesundheit stellte. Doch sein Wunsch, sie loszuwerden, blieb offensichtlich. Erst ganz zum Schluß, als er ihnen die Tür öffnete, zögerte er noch einmal, doch dann sagte er nur: »Denken Sie nicht zu schlecht von mir.«

Während sie zu ihrem Zimmer in Chochriki zurückgingen, konnte Glascha nicht mehr an sich halten.

»Wer hätte gedacht, daß Samdewjatow ein Polizeispitzel ist«, sagte sie empört. Der Rechtsanwalt war für sie nun nicht länger »Anfim Jefimowitsch«.

Katja fühlte sich von dieser Bemerkung getroffen. »Er hat doch gar nicht gesagt, daß er das ist«, platzte sie heraus. Wegen seiner kühlen, zurückhaltenden Art hatte sie sich ihm nie nahe gefühlt, und sie hatte keine Ahnung, warum sie ihn jetzt verteidigte. Doch abgesehen von Mikulizyn war er der einzige Mann, den sie besser kannte und der vom Alter her ihr Vater hätte sein können.

Glascha sah sie erstaunt an, aber statt sie wie ein Kind zurechtzuweisen, ließ sie die Sache auf sich beruhen, und eine Weile gingen sie schweigend weiter. Dann begann Glascha wieder: »Hast du gesehen, was er für ein Gesicht gemacht hat? Als Lara ihm das vorgeworfen hat? Das nenne ich schlechtes Gewissen.« Glascha hatte manchmal ein loses Mundwerk und machte Bemerkungen über Leute, nicht weil sie von deren Wahrheitsgehalt überzeugt war, sondern einfach, um sich etwas von der Seele zu reden. So fuhr sie fort: »Ich glaube nicht, daß er Galiullin wirklich geholfen hat. Schließlich haben wir überhaupt keine Anhaltspunkte dafür. Ich weiß, daß er das eine Mal in Warykino war. Aber er hat gesagt, er hätte Awerki Stepanowitsch besucht, und wer kann schon sagen, daß dem nicht so war?« Dann fiel es ihr plötzlich wie Schuppen von den Augen: »Und Mikulizyn sitzt jetzt im Gefängnis. Er könnte ihnen erzählen, daß er Galiullin Unterschlupf gewährt hat und daß wir davon wissen!«

»Ich glaube nicht, daß er das tun würde«, beruhigte sie Lara. Aber mit Sicherheit wissen konnte sie es natürlich auch nicht.

Zu Hause angekommen, fragte Glascha Lara: »Willst du wirklich zu Schaljapin gehen? Irgendwie gefällt er mir nicht. Hört sich an, als wäre er ein Halunke.«

»Er soll sehr gut aussehen«, unterbrach Awdotja und errötete dann über ihre Kühnheit. Glascha überhörte sie. »Was meinst du? Ich kann mir nicht vorstellen, daß ein Typ wie er jemandem hilft, wenn für ihn nicht auch etwas dabei herausspringt. Und ich wüßte nicht, was wir ihm bieten könnten. Unsere ganze Zeit geht dabei drauf, Essen und Kleidung für uns selbst zu besorgen.«

Awdotja, die immer noch ganz mit ihren eigenen Gedanken beschäftigt war, fuhr fort: »Er hat eine Geliebte – sagt man jedenfalls.« Als die hübscheste der Schwestern hatte sie Verehrer gehabt, war aber immer zu schüchtern gewesen, um etwas daraus zu machen. Daher staunte sie über alles, was sich zwischen Männern und Frauen abspielte.

»Ich würde an deiner Stelle Katja mitnehmen«, schlug Sima vor. Als die anderen erstaunt reagierten, erläuterte sie: »Eine Frau mit Kind erweckt vielleicht sein Mitgefühl. Schließlich wissen wir ja gar nicht, ob er so schlecht ist, wie man sagt. Es könnte einfach an seinem Auftreten liegen.«

»Er ist kaum besser als ein Verbrecher«, entgegnete Glascha böse.

»Das wissen wir doch gar nicht«, beharrte Sima. »Menschen sind oft besser, als man auf den ersten Blick meint.«

»Oder schlechter«, gab Glascha skeptisch zurück. Aber Sima ließ sich nicht beirren.

»Denkst du an Samdewjatow? Ich verstehe nicht, warum du ihn plötzlich für schlecht hältst. Was hat er denn getan? Wir kennen viele Leute, denen er geholfen hat, aber wem hat er bis jetzt geschadet? Möglich, daß er mit der Polizei zusammenarbeitet. Ich finde das gar nicht so verkehrt. Wenn er nicht eng mit den Machthabern zusammenarbeiten würde, wäre er nicht in der Lage, anderen zu helfen. Was meinst du dazu, Lara?«

Tatsächlich wußten sie alle nicht, was sie davon halten sollten. Einerseits hörten sich Simas Bemerkungen nach religiöser Unschuld an. Andererseits konnten sie aber auch scharfsinnigen psychologischen Beobachtungen entsprungen sein. Wer konnte denn schon wissen, was in einem NEP-Mann vor sich ging? Sie sprachen noch eine Weile darüber und beschlossen dann, daß es so geschehen sollte.

Schaljapin wickelte seine Geschäfte im Hinterzimmer des »Kirschbaums« ab, eines Restaurants, das sich in der Nähe des Kinos »Gigant« befand. Das Restaurant hatte früher als luxuriös gegolten, und selbst unter den derzeitigen Verhältnissen war es noch das beste in der Stadt. Glascha erbot sich, die Lage auszukundschaften, dem NEP-Mann Samdewjatows Schreiben zu überbringen und einen Termin mit ihm auszumachen. Sie tat es zum

Teil, weil sie die mutigste der Frauen war, hauptsächlich aber aus reiner Neugierde. Ganz aufgeregt kam sie zurück.

»An dem bißchen, was der Öffentlichkeit zugänglich ist, läßt sich nicht viel erkennen«, erzählte sie, »es ist aber noch viel verlotterter, als ich dachte – eigentlich etwas enttäuschend. Aber diese Gestalten, die in diesem Hinterzimmer ein und aus gehen!«

Besonders die Prostituierten, oder die Frauen, die sie dafür hielt, hatten sie beeindruckt. Jedenfalls waren es kluge, attraktive Frauen, und ihre Existenz rief etwas in Glaschas Gedächtnis wach, so daß sie vom Thema abkam und darüber sprach, wie es vor dem Krieg gewesen war, als die Geschäftsleute der Stadt und ihre prächtig herausgeputzten Geliebten noch im »Kirschbaum« verkehrten.

»Hast du einen Termin für Lara mit ihm ausgemacht?« unterbrach Sima sachlich.

»Morgen um zwölf.«

Obwohl niemand ein Wort darüber verlor, sahen alle dem Treffen mit Bangen entgegen.

Bis dahin jedoch mußten sie entscheiden, was sie anziehen sollten. Glascha sprach das Thema an, und Katja war froh darüber. Ein Teil ihrer Angst entsprang nämlich der Scham davor, im »Kirschbaum« wie Bettlerinnen auftreten zu müssen – oder, was sie persönlich betraf, wie ein Kind. Katja hatte ein romantisches Bild des NEP-Mannes im Hinterkopf, das durch Glaschas Beschreibung des Restaurants noch bestätigt worden war. Unabsichtlich hatte Glascha ein Bild von der Halbwelt der Kurtisanen und ihrer Liebhaber gezeichnet. Da konnte Katja natürlich nicht mithalten, wobei sie in solchen Begriffen auch nicht dachte. Sie wollte ganz einfach hübsch sein. Schaljapin sollte denken: »Was für ein hübsches Mädchen!«

»Herausputzen wie ein Flittchen kannst du dich jedenfalls nicht«, sagte Glascha zu Lara, als sie die Garderobe der Frauen gründlich gemustert hatte. »Nicht daß du das solltest, aber du könntest es auch gar nicht, selbst wenn du wolltest. Mein Gott, haben wir denn gar nichts? Hier ist ein Stück Band, Katja, damit kannst du etwas machen. Was sagst du dazu, Lara?«

Lara schüttelte den Kopf. Teilnahmslos blickte sie auf die Kleider. Glascha versuchte, sie aufzuheitern: »Denk dran, daß es für Lotte ist.«

Awdotja hatte einen Meter Kattun gefunden. Es war ein Rest, den sie einmal gekauft hatte, um eine Schärpe oder ein Kopftuch daraus zu machen. Awdotja hatte das Stück in die Hand genommen und rieb sich mit einer Ecke versonnen die Wange.

»Wußtest du«, sagte sie zu Lara, »daß ich meine Kleider früher alle selbst genäht habe?«

»Das tust du doch immer noch«, unterbrach Glascha.

Awdotja überhörte sie.

»Wir haben früher Schnittmuster bekommen. Französische Modelle. Es gab auch Frauenzeitschriften in der Bibliothek. Wenn etwas zu kompliziert war, hat mir immer Natascha Nikolajewna geholfen – was ist eigentlich aus ihr geworden?«

»Sie ist tot«, informierte Glascha ihre Schwester.

»Und was tragen sie jetzt in Frankreich?« träumte Awdotja weiter. »Ich habe nicht die geringste Ahnung.«

Sima kicherte. »Vielleicht malen sie sich einfach an und tragen dazu Federn!«

Alle außer Lara lachten.

Glascha sagte: »Wenn wir jetzt Wasser aufsetzen, könnt ihr beiden euch schrubben und euch die Haare waschen. Die neue Seife ist gar nicht so schlecht – besser als die letzte jedenfalls, die roch ja, als ob jemand gestorben wäre. Awdotja, leg den Stoff weg und tu etwas Sinnvolles.«

In diesem Moment fand Awdotja ein Musselinkleid, das zusammengefaltet und ganz zerknittert war.

»Das hier ist schön!« rief sie und faltete es auseinander. »Ist das deins, Lara? Wo hast du das her?« Sie steckte die Nase hinein. Es verströmte einen schwachen Kampfergeruch.

Lara betrachtete das Kleid gleichgültig. »Viktor hat es mir geschenkt.«

Ein Pause entstand, und Glascha nahm das Kleid und hielt es sich vor. »Na, aber es ist trotzdem schön.«

»Ich kann es nicht tragen.«

»Nein? Nein, da hast du wohl recht.«

Katja spürte, wie Glascha zu ihr hinübersah, und ihr Herz machte einen Sprung. Das Kleid war wunderschön! Sie konnte nichts sagen, aber sie wartete darauf, daß Glascha den Gedanken aussprach, der ihr gerade durch den Kopf ging. Glascha musterte sie nachdenklich.

»Es ist ein bißchen weit – hier oben.« Sie umfaßte ihre Brüste und
hob sie an. »Was haltet ihr von der Länge?«

»Wir könnten es abstecken und heften, hier und da etwas raffen«,
schlug Awdotja vor. »Zum Abschneiden ist es viel zu schade.«

»Probier es an«, befahl Glascha.

Katja sah zu ihrer Mutter hinüber. *Bitte sag nichts!*

Lara sagte nichts.

Katja zog das Musselinkleid an. Sie hatten keinen Spiegel, aber
Katja sah die Bewunderung in den Augen der Schwestern. Sie
blickte auf ihre Stiefel hinunter.

»Ich habe Schuhe«, kam Sima ihr zur Hilfe. »Wir können die
Zehen ausstopfen, dann geht das bestimmt.« Und das taten sie dann.

Pünktlich um zwölf erschienen Katja und ihre Mutter im Restaurant. Katja trug das Musselinkleid und Simas Schuhe, die mit Stroh
ausgestopft waren, an dem sie sich die Zehen wundscheuerte. Lara
trug einen sauberen Wollrock und eine Baumwollbluse und hatte
ihr Haar fein säuberlich hochgesteckt. Und was spielten Kleider
schließlich für eine Rolle, wenn sie schön war? Katja hielt das für
ausreichend. Für sie waren Schönheit und Rechtschaffenheit noch
miteinander verknüpft, und es kam ihr nicht in den Sinn, daß
Schönheit auch etwas anderes bedeuten könnte. Der Fremde würde
die Schönheit ihrer Mutter sehen und erkennen, daß sie ein guter
Mensch war. Die Entbehrungen hatten Laras Gesicht eher Konturen verliehen als verwelken lassen, und die Festigkeit ihrer Züge
und die Klarheit ihrer Augen nahmen immer noch die Aufmerksamkeit eines jeden gefangen, der sie ansah. Wie sollten sie auf
Schaljapin keinen Eindruck machen?

Das Schild des »Kirschbaums« hing noch. Es hatte zwar einen
neuen Anstrich nötig, aber die goldene Aufschrift war noch zu
erkennen. Heutzutage stand draußen eine Schlange, und es gab
keine Speisekarte. Die Gäste akzeptierten alles, was ihnen vorge-
setzt wurde. Lara machte einen Kellner auf sich aufmerksam und
erklärte, der Herr im Hinterzimmer würde sie erwarten. Das
reichte aus, der Kellner geleitete sie durch das Gedränge in den
hinteren Teil des Restaurants zu einer mit grünem Fries bespann-
ten Tür und klopfte. Er wurde eingelassen, und hinter ihm schloß
sich die Tür. Kurz darauf wurde sie wieder geöffnet, und Lara und
Katja traten ein.

Katjas erster Eindruck war Dunkelheit. Der Raum hatte keine Fenster und wurde von an den Wänden befestigten Öllampen aus Messing erhellt. Die Wände selbst waren in einem dunklen Weinrot tapeziert, das jedoch schimmerte, als wäre es Satin. Die Luft war drückend vor Rauch, und statt der Restaurantmöbel (von denen es nur einen Tisch gab) nahmen eine Chaiselongue, einige bequeme Sessel, ein Beistelltischchen mit einem Flaschenständer darauf und ein Klavier den meisten Raum ein. Gekrönt wurde die Einrichtung von mehreren Gemälden, Drucken von Jagdszenen und, neben dem Ofen, einem großen liegenden Akt, einer Odaliske, die auf einem Bett mit kunstvoll drapiertem Überwurf lag. Das Gemälde sollte zweifellos erotisch wirken, hatte aber tatsächlich eine seltsam steife und kalte Ausstrahlung. Auf der Chaiselongue lag ein Mann.

Er war klein.

Doch er sah auffallend gut aus, mit schwarzem Haar, einer fein geschnittenen Nase, einem wohlgeformten Mund und einem raschen Lächeln, bei dem er makellose weiße Zähne entblößte. Er mußte etwa Mitte Zwanzig sein, hatte aber das offene, erwartungsvolle Gesicht eines Jugendlichen. Als Katja und ihre Mutter jetzt in das Zimmer traten, sprang er auf die Füße und unterzog sie mit seinen dunklen, glänzenden Augen einer sorgfältigen Musterung. Er sprach als erster.

»Sie müssen Larissa Fjodorowna Antipowa sein. Und du −«, er wandte sich freundlich an Katja, »− jemand hat mir deinen Namen gesagt. Jetzt erinnere ich mich − Katja!« Im Gegensatz zu seiner jugendlichen Erscheinung klang seine Stimme voll und tief. Sie erweckte sofort Vertrauen und den Eindruck, verstanden zu werden, so daß man sich bei ihrem Klang entspannte, als träfe man einen alten Freund. Katja war nicht enttäuscht. Sie hatte damit gerechnet, daß er romantisch sein würde, und er war wirklich romantisch: sein Haar, die Lippen, die Augen, seine Gewandtheit.

Schaljapin ließ seine Gäste Platz nehmen und klingelte nach dem Kellner. Er schlug vor, einen Happen zu essen, während sie sich unterhielten, und ohne auf ihre Antwort zu warten, bestellte er Sakuski und einen Krug Apfelsaft. Dann lehnte er sich zurück und lauschte aufmerksam und mitfühlend.

»Wir haben eine Freundin«, begann Lara und erzählte ihm in einfachen Worten die Geschichte von Fräulein Bürli, soweit sie ihr bekannt war, bis zum Zeitpunkt ihrer Verhaftung. Schaljapin ließ ihr Zeit und ermutigte sie nur mit kleinen Gesten, mit der Geschichte fortzufahren, bis sie zu Ende war.

»Ich verstehe Ihr Problem«, sagte er schließlich.

»Aber können Sie uns helfen?«

»Ich weiß es nicht«, sagte er auf eine Weise, die im Prinzip »Ja« bedeutete. Er unterbrach sich, um Katja den Teller mit den Speisen anzubieten. »Ich will Ihnen nichts versprechen, Larissa Fjodorowna. Es kann sein, daß ich Ihnen helfen kann, aber ich möchte Ihnen keine Hoffnungen machen. Mein Grundsatz ist, niemanden zu enttäuschen, denn meine Geschäfte beruhen auf Vertrauen. Ich werde versuchen, Ihnen zu helfen. Aber ich kann Ihnen keine Ergebnisse versprechen. Ich verfüge nur über ein bestimmtes Maß von Einfluß bei den Machthabern, und damit muß ich vorsichtig umgehen.«

»Sie sind sehr freundlich zu uns«, sagte Lara aufrichtig. Schaljapin nahm ihren Dank weder selbstgefällig noch verlegen entgegen. Die Sache wurde fallengelassen. Katja staunte, wie einfach es war – wie schmerzlos dieser Mann es für sie gemacht hatte. Er wandte sich anderen Dingen zu.

»Sie müssen Anfim Jefimowitsch Samdewjatow gut kennen.«

»Ja, das stimmt. Und Sie kennen ihn vermutlich auch.«

»Ein wenig – wir verkehren auf geschäftlicher Ebene. Er arbeitet eng mit dem örtlichen Sowjet hier zusammen: hilft ihnen, ihre Erlasse und so weiter zu schreiben und dabei die richtigen juristischen Fachbegriffe zu verwenden. Aber persönlich kenne ich ihn nicht. Was ist er für ein Mensch?«

»Sehr freundlich.«

»Das sagt mir nicht viel«, entgegnete Schaljapin. Doch es war eine sanfte Zurechtweisung, in der eine gewisse Belustigung mitschwang. Er lehnte sich in seinen Sessel zurück. »Sie müssen es mir nicht sagen«, fuhr er fort. »Es spielt keine Rolle. Ich bin schließlich kein Spion. Aber ich bin immer neugierig auf Menschen – sind Sie das nicht, Larissa Fjodorowna? Ich kann mir gut vorstellen, daß Sie sehr neugierig waren, was für einen Menschen Sie heute kennenlernen würden.« Und mit einem Lächeln: »Na, Katja, warst du etwa nicht neugierig?«

Katja merkte, wie sie auf die warme Vertrautheit reagierte, die

Schaljapin als selbstverständlich anzusehen schien. Die Zurückhaltung ihrer Mutter erschien ihr unhöflich. Doch dann lächelte Lara und sagte: »Anfim Jefimowitsch ist ein freundlicher Mann, aber sein Verhalten wirkt oft kalt und vermittelt einen anderen Eindruck. Er hat es nicht gern, wenn man ihm dankt, aber viele Leute sind ihm sehr zu Dank verpflichtet.«

»Wer zum Beispiel?«

Lara nannte mehrere Menschen, denen der Rechtsanwalt einen Gefallen getan hatte. Katja hörte eine Weile zu, doch dann ließ sie ihre Aufmerksamkeit schweifen und betrachtete noch einmal die Einrichtung. Bei näherem Hinsehen verschwand der luxuriöse Glanz. Auf der dunkelroten Tapete waren Wasserflecken zu sehen, der Teppich war abgetreten, die Polster zerschlissen. Die gläserne Karaffe im Getränkeständer war angestoßen. Eigentlich gefiel ihr die Ausstattung des Zimmers überhaupt nicht, und sie fragte sich, warum ein so attraktiver Mann wie Schaljapin es für seine Zwecke benutzte.

Bei diesem letzten Gedanken wurde sie vom Lachen ihrer Mutter unterbrochen. Lara lachte selten. Schaljapins Augen leuchteten. Ihr Gespräch bestätigte sein Interesse an Menschen, an Samdewjatow, an Mikulizyn, an allen Menschen, die sie kannten. Es machte ihm genausoviel Freude wie Glascha, über sie zu klatschen und ihre Geschichte und ihre Eigenheiten kennenzulernen. Eine ganze Weile unterhielten sie sich auf diese Weise, bis der Kellner wiederkam und verkündete, jemand wolle Schaljapin geschäftlich sprechen.

»Dann müssen wir leider Schluß machen«, sagte Schaljapin bedauernd. Er nahm Laras Mantel und half ihr hinein. »Ich hoffe, daß wir uns wiedersehen, Larissa Fjodorowna«, erklärte er. »Vielleicht darf ich Sie beim nächsten Mal Lara nennen und duzen?«

Und zu Katja gewandt, sagte er: »Du hast ein hübsches Kleid an.«

*

Eine Woche später wurde Fräulein Bürli ohne Vorankündigung aus der Haft entlassen, wie ein Bündel wurde sie nachts an der Haustür abgeliefert, so wie Kinder etwas hinlegen und dann weglaufen.

Lara öffnete. Vor der Tür stand eine bleiche Gestalt mit wirrem, schmutzigem Haar. Sie sahen sich an wie Fremde, dann rangen sie wortlos nach Luft und umarmten sich, küßten sich, legten einander die Köpfe auf die Schultern und rieben die Wangen aneinander. Lara nahm Fräulein Bürli an der Hand und zog sie ins Zimmer und in die Familie hinein. Sie bot ein Bild der Erleichterung und strahlte vor Glück.

Wie geht es dir? Wo warst du? War es sehr schlimm? Oh, Lotte, es ist so herrlich, dich wiederzusehen! Gott sei gelobt! Die Frauen konnten die Antworten auf ihre Fragen gar nicht abwarten. Doch Fräulein Bürli sagte nur wenig. Sie wollte nicht über ihr Martyrium sprechen. Sie bemühte sich, ihre Verhaftung als eine ganz unbedeutende Angelegenheit erscheinen zu lassen, so als wäre sie nur für ein paar Minuten weggegangen und unvorbereitet vom Regen überrascht worden. Sie wußte weder etwas von Schaljapin, noch kannte sie den Grund für ihre Freilassung. Sie war sich nicht einmal sicher, warum sie verhaftet worden war. Es war keine Anklage gegen sie erhoben worden, und niemand hatte sie verhört. Sie hatten wohl zu viel zu tun gehabt, vermutete sie. Das Gefängnis war voll gewesen, es hatte viele Inhaftierte wie sie gegeben. Die Leute, die die Verhöre durchführten, sahen so müde und übernächtigt aus, daß sie einem fast leid taten. Sie wollte wirklich lieber nicht darüber sprechen.

»Aber feiern wollen wir es trotzdem!« sagte Glascha. »Was haben wir denn da?«

»Kartoffeln und Brot«, sagte Sima.

»Trauben und Wein!« entgegnete Glascha. »Es spielt keine Rolle. Ich habe etwas. Etwas, das ich aufgehoben habe!« Sie wühlte in einer Ecke herum und förderte eine unbeschriftete Flasche mit einer klaren Flüssigkeit zutage.

»Was ist das?« fragte Awdotja. »Wodka?«

»So was Ähnliches.«

»So was Ähnliches?«

»Ich habe es von einem Pförtner im Krankenhaus bekommen. Ist nicht dasselbe wie Wodka, aber mit Wasser verdünnt läßt es sich trinken.«

»Bist du sicher?«

»Ganz sicher.«

Katja holte Tassen, und nach anfänglichem Zögern schlürften die Frauen den klaren Alkohol. »Warum sollen denn nur die Männer das Vergnügen haben?« meinte Glascha, und alle stimmten ihr zu, daß das gar nicht in Frage käme.

Sie tranken, und obwohl Katja nicht mittrank, bekam sie allein vom Zusehen leuchtende Augen und einen Rausch. Sie waren glücklich. Sie sprachen vom Essen, von Kleidern, Ferien, Festen, Schulen, Freunden, Erinnerungen – von der Zeit vor dem Krieg, immer von vor dem Krieg, als alles so wirklich und gleichzeitig zauberhaft war – von alten Freunden, toten Freunden, echten Farben, echten Gerüchen, Erinnerungen – von vor dem Krieg. Oh, Lotte, es ist so schön, dich wieder hierzuhaben. Laß mich dich küssen! Sima, du weinst ja! Glascha, mußt du unbedingt hier drinnen auf den Topf gehen? Ich weiß nicht mehr, ob ich lache oder weine. Glascha, du bist ekelhaft! Lotte, ich kann immer noch nicht glauben, daß du wieder da bist. Noch was zu trinken? Erzähl die Geschichte noch mal. Vor dem Krieg...

Morgen früh habe ich bestimmt Kopfschmerzen.

✳

Eine Zeitlang sahen sie Schaljapin nicht. Ab und zu hörten sie Geschichten von ihm, die meisten waren wenig schmeichelhaft. Glascha schnappte sie bei ihrer Arbeit in der Post auf, weil die Leute, die ihren Freunden und Verwandten etwas über die Bedingungen in Jurjatin schrieben, nicht umhinkonnten, auch den NEP-Mann zu erwähnen. Glascha wandelte sich von einer erklärten Gegnerin zu einer Verteidigerin. Katja war aufgefallen, daß Glascha bei Menschen große Vorlieben und Abneigungen hatte und immer Menschen brauchte, die sie entweder lieben oder hassen konnte. Und seit Samdewjatow entthront war, gab es einen leeren Platz, den Schaljapin erst einmal einnehmen konnte.

Eines Tages kam Katja mit ihrer Mutter von der Bäckerei in der St.-Tichon-Kirche zurück, vor der sie lange Schlange gestanden hatten, und als sie am Hotel vorüberkamen, rief jemand sie an. Es war Schaljapin, der in seinem Fuchspelz und einem Schlapphut in einer kleinen Kutsche saß. Sie traten heran, um ihn zu begrüßen.

»Geht's gut, Larissa Fjodorowna – Lara?« fragte er. »Und dir auch, Katerina Pawlowna?« Ein Bauer in einem schmutzigen Kaftan hielt die Tür der Kutsche offen. Schaljapin entließ ihn, blieb selbst aber, wo er war, und blickte von der Höhe der Kutsche auf Mutter und

Tochter hinunter. »Wie geht's eurer Freundin? Fräulein Bürli hieß sie doch – ist sie bei guter Gesundheit?«

»Es geht uns allen gut«, antwortete Lara, »und wir sind Ihnen – dir – sehr dankbar.«

»Keine Ursache«, sagte er, »wirklich nicht. Oder hört sich das jetzt zu bescheiden an?« Darüber mußte er selbst lachen.

»Ich hätte mich schon eher bei dir bedankt, wenn ich dich getroffen hätte.«

»Du hättest mich treffen können – ich bin in meinem Büro oder im ›Kirschbaum‹ zu finden. Warum hast du mich nicht besucht?« Lara zögerte. Schaljapin merkte, daß er einen falschen Ton angeschlagen hatte, ging aber unbekümmert darüber hinweg: »Macht ja nichts. Jetzt seid ihr hier und habt nichts anderes vor, als nach Hause zu gehen. Da –«, er zeigte auf das Hotel, »– gibt es für bevorzugte Kunden sogar Kaffee. Wie lange ist es her, daß ihr Kaffee getrunken habt? Hast du überhaupt schon mal Kaffee getrunken, Katja?«

»Ich glaube nicht.«

»Also los! Ich finde, diese Erfahrung schuldest du deiner Tochter, Lara.« Er kletterte aus der Kutsche heraus. Auf ebener Erde war er gerade mal so groß wie Lara, und ihre Augen befanden sich auf gleicher Höhe. Katja bewunderte seine schöne Gestalt und seine knappen, ausgeglichenen Bewegungen. Sie konnten seine Einladung nicht ausschlagen, er hatte sie so fröhlich ausgesprochen und schien Laras Zögern einfach als Scherz zu betrachten. So gingen sie alle zusammen ins Hotel.

Im Foyer drängte sich eine wogende Menge von Eisenbahnern, Viehtreibern, Soldaten, Bauern, die zum Markt gekommen waren, Gerbern, kleinen Handwerkern und ihren Frauen, und alle tranken, handelten und stritten in der von Rauch und Schweiß erfüllten Luft. Hier und dort hatte man kleine Tische aufgestellt, und dahinter führten andere NEP-Leute ihre Geschäfte, aber im Vergleich zu Schaljapin wirkten sie unbedeutend. Er drängte sich durch die Menge hindurch, überhörte die vielen Stimmen, die versuchten, ihn anzusprechen, und flüsterte einem seiner unbedeutenderen Kollegen etwas ins Ohr, wodurch er ihn von seinem Tisch vertrieb und Platz für Katja und ihre Mutter schaffte. Er rief den Kellner und bestellte Kaffee für drei, dann wandte er sich an seine Gäste.

»Worüber wollen wir sprechen? Endlich haben wir eine Gelegenheit, uns kennenzulernen und das Geschäftliche beiseite zu lassen.
Du hast mich noch gar nicht mit meinem richtigen Namen angesprochen«, sagte er zu Lara.

»Ich weiß ihn nicht«, erwiderte sie.

»Du hast auch nicht danach gefragt. Ich heiße Nikolai Afanasitsch – für meine Freunde bin ich Kolja. Du kannst mich auch
Kolja nennen«, sagte er zu Katja.

»Danke – Kolja.«

»Keine Ursache.«

Katja sah ihre Mutter an. Schaljapin, mit einem geduldigen Lächeln, tat das ebenfalls, so daß Katja sich unvermittelt auf seine
Seite gezogen fühlte und seine Verlegenheit über ihr Zögern, sein
Rätseln, was sie wohl denken mochte, teilte. Katja hatte ihre Mutter noch nie so von außen betrachtet, sie noch nie als eine Frau wie
all die anderen Frauen angesehen. Es machte sie unsicher. Sie
spürte, wie die zärtliche Bindung, die dafür sorgt, daß Eltern nicht
einfach wie alle anderen Leute für einen sind, schwächer wurde.
Um ihr Gleichgewicht wiederzugewinnen, richtete sie ihre Augen
auf den Mann und schob ihn mit ihrem Blick ebenfalls auf Distanz.
Und jetzt, da sie sich innerlich von beiden entfernt hatte, konnte sie
die unergründliche Spannung zwischen ihnen erkennen.

»Wo kommst du her?« fragte Lara schließlich.

»Von hier, von Jurjatin«, sagte Schaljapin. »Mein Vater hat bei
der Eisenbahn gearbeitet. Ich war Vertreter für ›Moreau und Wetschinkin‹ – da war ich fast noch ein Kind.«

Katja dachte an ihren Vater und fragte: »Warst du im Krieg?«

»In gewisser Weise ja«, entgegnete Schaljapin lakonisch, führte
das aber nicht weiter aus.

Katja platzte mit ihrer nächsten Frage heraus. Sie wußte, daß sie
das eigentlich nicht fragen sollte, konnte aber ihre Neugierde nicht
bezähmen.

»Bist du verheiratet?«

»Katja!« wies ihre Mutter sie zurecht.

»Nein, nein – ist schon gut«, sagte Schaljapin belustigt. »Nein,
ich bin nicht verheiratet. Aber du bist es, glaube ich – oder warst es
jedenfalls, Lara?«

»Ja.«

»Mit einem General.«

»Ja.«

»Der schließlich in Ungnade gefallen ist – das habe ich jedenfalls gehört. Ich möchte dich nicht kränken. Sieh es als neugierige Frage unter Freunden an, ja? Außerdem hat mir jemand erzählt, daß du sehr eng mit einem anderen Mann verbunden warst, einem Arzt, der Probleme mit den Machthabern bekommen hat.«

Lara antwortete nicht. Vielleicht war sie überrascht, daß Schaljapin so offen war. Doch Katja erschien seine Frage nicht als kränkend. Kolja war ein Freund. Der Kaffee kam. Katja nippte daran und war erschrocken, wie bitter er schmeckte. Zwischen zwei Schlukken sagte Schaljapin:

»Deine Geschichte klingt – gefährlich. Und du machst dir die Sache nicht leichter, wenn du dich mit Leuten wie Fräulein Bürli umgibst.«

»Sie ist nicht gefährlich. Sie ist nur eine arme, unschuldige Frau.«

»Da hast du wohl recht – ich meinte auch nicht, daß sie in dem Sinne gefährlich ist, sondern daß es gefährlich ist, sie zu kennen. Man wird nach seiner Erscheinung beurteilt, und ihre ist – ich weiß das Wort nicht«, sagte er lächelnd. »Manchmal wünschte ich, ich wäre gebildeter. Aber du weißt jedenfalls, was ich meine. Der Punkt ist, daß sie leider wieder verhaftet werden kann. Es würde mich überhaupt nicht wundern. Und wer hilft euch dann? Samdewjatow? Das glaube ich nicht. Er ist ein guter Mensch, aber er ist selbst in einer heiklen Lage. Glaub mir«, drängte Schaljapin, »ich will dir keine Angst machen, aber du mußt der Realität ins Auge sehen.«

Wenn Schaljapin mit seinen Bemerkungen einen bestimmten Zweck verfolgte, so sagte er das nicht. Nach diesem Treffen sah Katja ihn mehrere Wochen lang nicht, und auch dann nur kurz. Aus dem Fenster ihres Zimmers heraus konnte sie die Straße entlang bis zum Hotel sehen, und eines Abends erblickte sie den NEP-Mann in seinem Fuchspelz, wie er eine Frau in das Gebäude hineinbegleitete. Es war die Frau, die Katjas Aufmerksamkeit erregte. Sie war blond, und selbst auf die Entfernung hin schien sie sehr schön zu sein. Ihre Kleider waren farbenfroh und wirkten luxuriös. Sie paßten irgendwie nicht zusammen, so als hätte die Frau einfach alle prächtigen Kleidungsstücke angezogen, die sie hatte, doch der Zusammenprall verschiedener Stile und Materialien gab ihr etwas

Exotisches und Geheimnisvolles. Katja verglich sie im Geiste mit der Gestalt ihrer Mutter in ihrem armseligen Kleid. Lara war älter als die Fremde, und von ihrer früheren Schönheit war ihr nur noch das sogenannte gute Aussehen geblieben, das aber oft von Erschöpfung und Müdigkeit überdeckt wurde. Schaljapins Interesse an ihr wirkte, wenn man die Fremde vor Augen hatte, barmherzig.

Zwei Tage später kam abends wieder die Polizei. Fräulein Bürli saß still wie ein erstarrter Vogel, während die Männer wie Poltergeister das Zimmer umkrempelten, jedes Möbelstück, jedes Buch und jede Ritze durchsuchten. Sie stellten keine Fragen, fanden nichts und gingen wieder. Am nächsten Tag wurden Sima und Awdotja auf der Straße angehalten und durchsucht. Die Polizei fragte im Postamt nach Glascha, überprüfte ihre Papiere und verhörte sie im Beisein des Amtsleiters.

Am folgenden Sonnabend bekam Lara von Schaljapin eine Einladung zum Abendessen. Sie kam sehr spät zurück und sprach nicht über das, was zwischen ihnen geschehen war. Glascha war während ihrer Abwesenheit sehr schlecht gelaunt, fauchte ihre Schwestern an und mäkelte an allem herum, was Katja tat.

✳

Sommer und Herbst vergingen, und der Winter brach ein mit Schnee und kalten, trockenen Tagen. Die Belästigungen durch die Polizei hörten auf. Lara traf sich weiter mit Schaljapin, und manchmal war auch Katja bei ihm eingeladen. Er war dann immer fröhlich und höflich und machte ihr kleine Geschenke.

Samdewjatow verschwand.

Die Familie hörte erst nach drei Tagen davon. Niemand wußte mit Bestimmtheit, was mit ihm geschehen war, aber man nahm allgemein an, daß er verhaftet worden war. Der Sattler erzählte, daß Samdewjatow einfach bei hellichtem Tage auf der Straße aufgegriffen und in einem Wagen der Tscheka mitgenommen worden sei. Glascha hörte auf der Arbeit die gleiche Geschichte. Niemand schien wirklich dabeigewesen zu sein, aber alle kannten jemanden, der jemanden kannte, der Samdewjatow gesehen hatte, daher wurde der Bericht als bare Münze genommen.

»Was sollen wir tun?« fragte Glascha. Ihr erster Gedanke war, daß Samdewjatow von Galiullins Anwesenheit in Warykino wußte und ihn verraten könnte; und wenn Galiullin gefaßt würde, konnte man nicht sagen, wen es sonst noch treffen würde. Seit einiger Zeit gingen in der Stadt Gerüchte über eine mögliche Verschwörung der Weißen um. Die Machthaber verbreiteten auf diese Weise Panik, um Begeisterung für ihre Projekte zu entfachen. Katja fiel auf, daß Glascha keinen Ton über ihre frühere Freundschaft mit dem Rechtsanwalt verlor. Sie war nach wie vor felsenfest davon überzeugt, daß Samdewjatow zum Polizeispitzel geworden war, doch sah sie zwischen ihren gegenwärtigen Befürchtungen und der Tatsache, daß er Galiullin jederzeit hätte verraten können, wenn er denn tatsächlich als Informant gearbeitet hätte, keinerlei Widerspruch. Daß man Spitzel war, hieß in Glaschas Augen nicht, daß man seinen Auftraggebern alles erzählte. Eine Information, die man zurückhielt, war ein Bröckchen Macht, das man in Reserve hatte. Als Lara versuchte, ihrer Angst um Samdewjatow Ausdruck zu verleihen, schnitt Glascha ihr mit einem barschen »Du bist zu sentimental« das Wort ab.

»Ich glaube nicht, daß Awerki Stepanowitsch weiß, was geschehen ist«, fuhr sie in Gedanken an ihren Schwager fort. Mikulizyn kam nur noch selten in die Stadt, seit er seine Stellung in den Krügerschen Werken verloren hatte, verhaftet und wieder freigelassen worden war. Seine Familie lebte weiterhin zurückgezogen in Warykino und war auf die Hilfe seines Sohnes Liweri angewiesen. »Man müßte ihn warnen, es geht um uns alle.«

Das Problem war nur, wie das geschehen sollte. Plötzlich schien es überall von Spitzeln zu wimmeln, und wenn Mikulizyn selbst wieder verhaftet worden sein sollte – was durchaus möglich war, ohne daß man es wußte, weil diese Sachen ganz im stillen vor sich gingen –, konnte es gefährlich sein, bei ihm zu Hause aufzutauchen.

In diesem Durcheinander erkannte allein Katja, was zu tun war. Es gab keine Alternative. Sie hatte keine Angst.

»Ich gehe«, erbot sie sich.

»Du spinnst wohl«, entgegnete Glascha.

»Aber mich wird niemand verdächtigen. Und ich möchte helfen.«

»Lara, kann dein Freund Schaljapin uns nicht helfen?«

Natürlich! Katja hatte Kolja ganz vergessen. Natürlich würde er

helfen. Sie blickte ihre Mutter an und sah zu ihrem Erstaunen etwas
wie Scham über ihr Gesicht huschen.

»Nein – tut mir leid. Er hat mich davor gewarnt, daß so etwas
passieren könnte.«

»Und du hast uns nichts davon gesagt?« meinte Glascha empört.

»Es war ja nicht zu ändern«, sagte Lara resigniert. »Er sagte, wenn
die Tscheka etwas gegen Anfim Jefimowitsch unternehmen würde,
wäre ihm nicht zu helfen. Warum, weiß ich nicht.«

Katja bemerkte, daß ihre Mutter, obwohl Schaljapin ein Freund
war, immer noch seinen Nachnamen benutzte, wenn sie von ihm
sprach. Dieser Gedanke ließ sie die Tatsache, daß er nicht helfen
konnte oder wollte, vergessen. Sie war um seinetwillen betrübt –
daß seine Großzügigkeit so reserviert aufgenommen wurde. Dann
aber erinnerte sie sich daran, daß ihre Mutter sich häufig mit Schaljapin traf und all seine Einladungen annahm. Aus Erwachsenen
konnte man einfach nicht schlau werden.

Glascha war enttäuscht. Sie schien auf Lara wütend zu sein. »Wir
müssen trotzdem eine Entscheidung darüber treffen, was wir tun
wollen!« stellte sie mit Nachdruck fest. Und langsam wanderten
nun alle Augen unsicher zu Katja hinüber, die keine Angst verspürte, sondern Stolz und Genugtuung darüber empfand, daß sich
für sie eine weitere Tür zur Erwachsenenwelt geöffnet hatte.

✻

An der Eisenbahnstrecke nach Torfjanaja wurde Schnee geschau-
felt. Es hatte die ganze Nacht über geschneit, der Himmel war
voller grauer Wolken, und ein Schneeschleier hing in der Luft. Am
dunstigen Horizont hob sich blaß eine Reihe Bäume von dem Grau
ab. Katja reiste in ihren wärmsten Kleidern und ihren Pelzstiefeln,
in denen sie sich in dem geheizten Wagen wie eingesperrt vorkam.
Draußen sangen die Arbeiter Lieder im Wechselgesang. Der Zug
fuhr so langsam, daß sie die Worte verstehen konnte, den Refrain zu
dem grauen, unheimlichen Tag.

Der Stationsvorsteher in Torfjanaja war zu klug, um sich in die
Kälte hinauszuwagen. Katja blieb einsam und verlassen auf dem
Bahnsteig zurück. Doch es widerstrebte ihr, diesen halbwegs ver-
trauten Ort gegen die Stille des Waldes und die menschenleeren
Wege, die sich ins Ungewisse hineinschlängelten, einzutauschen,

und so setzte sie sich ein paar Minuten lang auf eine Bank und beobachtete den Zug, der sich plötzlich rasselnd wieder in Bewegung setzte und sie nun ganz allein zurückließ. »Ich gehe wohl besser«, sagte Katja zu sich selbst. Sie stand auf, und ohne sich umzudrehen, stapfte sie drauflos.

Sie hielt sich so weit wie möglich an die Waldwege, auf denen am wenigsten Schnee lag. Wo der Weg über offenes Gelände führte, gab es tiefe Schneeverwehungen und ebenmäßige Schneefelder, die nur von Tierspuren gezeichnet waren. Nach einer Weile sah Katja am Horizont Reiter.

Sie ritten einen anderen Weg, der über offenes Feld führte, und ihre Tiere kämpften sich durch den brusthohen Schnee. Katja blieb stehen, um sie zu beobachten. Sie erinnerte sich an Hauptmann Brenner und seine Tataren (so lange war das noch gar nicht her), doch diese Leute waren Russen, große Männer auf großen Pferden, es waren sechs, und sie führten mehrere Ersatzpferde mit sich. Auf die Entfernung hin waren alle schwarz wie die Nacht, und doch wirkten sie zum Greifen nah, dachte Katja, während sie zusah, wie die Reiter die Pferde vorwärtstrieben und gleichzeitig versuchten, ihr Gleichgewicht zu halten. Von ihrem Standpunkt im Wald aus gesehen, eingerahmt nur von Schnee und Himmel, schien die Gruppe ein kleines Schattenspiel in Schwarz und Weiß aufzuführen. Und aus der Distanz heraus erkannte Katja, wie schön diese Szene war, und sie prägte sie sich ein, legte sie in ihrem Gedächtnis ab, wo sie eingeschlossen bleiben sollte, bis eine bestimmte Kombination von Schnee und Bewegung oder etwas so Banales wie ein Pferd, das unter den Peitschenschlägen des Kutschers einen Wagen zieht, sie Jahre später wieder hervorholen würde; und Katja würde auf einer Spur der Erinnerung bis zu diesem Tag zurückgeführt werden – und noch weiter zurück: bis zum Bild von Hauptmann Brenner, wie er die Brücke auf der Lichtung oberhalb des Hauses bei Tschita überquerte. Und schließlich würde Katja sich an Tanja erinnern, mit der sie damals gespielt hatte. Da war es, und nun war es vorbei. Die Reiter hatten das Hindernis überwunden, und die Gruppe trabte in das zerfließende Licht hinein.

Nach diesem Augenblick der Schönheit war Katja wieder gezwungen, sich mit der harten Wirklichkeit ihres Fußmarsches zu Mikulizyn zu befassen. Der Weg war schwieriger, als sie sich das vorgestellt hatte, einmal wegen des Schnees, und dann, weil sie sich in der veränderten Landschaft der Richtung nicht ganz sicher war. Einmal machte ihr der Anblick eines Hauses Mut, doch als sie näher kam, sah sie, daß es sich nicht um Mikulizyns Haus handelte. Trotzdem kam es ihr bekannt vor. Es wirkte verlassen, die Veranda war zusammengebrochen, die lebkuchenähnliche Holzverkleidung mit ihren herausgebrochenen Brettern sah aus wie ein lückenhaftes Gebiß, und die Regentonne war vom Eis gesprengt worden. Und trotzdem wirkte es so bekannt.

Sie stieg die wackligen Stufen zur Veranda hinauf und schob die verzogene, verfaulte Tür auf. Und in diesem Moment erkannte sie das Haus wieder. Hier hatte sie einst mit ihrer Mutter und Schiwago gelebt. Von hier aus waren sie mit Onkel Viktor geflohen. So also sah es aus. Kleiner, als sie es in Erinnerung hatte. Eher fremd als vertraut. Leer und lieblos. Katja ging durch die Zimmer und betrachtete die feuchten Trümmer unbekannter Besitztümer, zerbrochene Bilder, schimmelnde Bücher, eine Puppe (meine Puppe? Tanjas Puppe Natascha? Ach nein, Tanja war ja damals noch gar nicht auf der Welt. Ich will nicht an Tanja denken! Was ist aus ihrer Puppe geworden? Sie hatte nur ein Auge. Hat Onkel Viktor sie mitgenommen, als er Tanja wegbrachte? Die arme Tanja – sie hat diese Puppe so geliebt!). Der Ofen roch, als hätte dort kürzlich noch ein Feuer gebrannt. Ein Stapel neuerer Zeitungen und ein paar zerrissene Decken lagen daneben. »Hier hat Galiullin sich versteckt, das muß eins seiner Verstecke sein«, sagte sich Katja. Doch Jussupka, der Waldgeist, war nicht da. »Wahrscheinlich hat er die Soldaten gesehen.« Von der Veranda aus sah sie eine Stiefelspur, die hinüber zu den Bäumen führte, und am Waldrand einen Mann, der sein Pferd am Zügel hielt und den Boden untersuchte.

Langsam wurde Katja klar, daß der Soldat den Landstreicher suchte. Doch er zeigte keine Eile. Er hob den Blick vom Boden und sah in die Richtung, in die die Fußspur führte, tätschelte geduldig sein Pferd und zog eine Pistole aus dem Gürtel. Erst dann machte er sich an die Verfolgung, langsam, wobei er sein Pferd weiter am Zügel führte und vorsichtig auftrat, um im Schnee nicht zu stürzen. Allmählich verlor Katja ihn zwischen Büschen und jungen Bäumen aus den Augen.

Ihr fiel wieder ein, daß sie Galiullin ja retten wollte. Die schwer-

mütige Stimmung, die sie bei der Durchsuchung des Hauses überkommen hatte, hatte sie das vergessen lassen. Der Gedanke rüttelte
sie auf, und, die Füße in Galiullins Fußstapfen setzend, eilte sie bis
an den Waldrand. Und dann hörte sie einen Schuß und kurz darauf
noch zwei weitere und das Bersten und Krachen von Holz. Sie blieb
stehen. Sie hatte Angst. Ihre heroische Idee erschien ihr plötzlich
albern und gefährlich. Und ganz und gar sinnlos.

Eine Weile stand Katja unglücklich am Waldrand. Dann kam der
Soldat zurück. Er hielt das Pferd immer noch am Zügel, aber jetzt
lag ein Mensch quer über dem Rücken. An den Flanken des Tieres
lief Blut hinunter, und der Geruch versetzte das Pferd in Panik.
»Jussupka!« schrie Katja innerlich, doch sie konnte das Gewirr aus
Lumpen und Haaren nicht identifizieren. Das Gesicht des Soldaten
war gerötet, so als wäre er betrunken. »Jussupka!« Der Mann sprach
auf das Pferd ein, um es zu beruhigen. Aber es klang, als haßte er das
Tier. In der freien Hand hielt er die Pistole, den Finger immer noch
am Abzug, und der ganze Mann wirkte angespannt vor aufgestauter
Wut. Er hatte Galiullin getötet, und es reichte ihm immer noch
nicht. Katja erkannte das auf einmal ganz klar. Der Soldat konnte
seine eigene Angst und Entschlossenheit nicht so einfach ablegen,
wie er die Kugeln abgefeuert hatte, drei hintereinander, auf einen
Fliehenden. Es reichte nicht. Er würde seinen Feind und dann auch
die Erinnerungen an ihn völlig auslöschen müssen, bevor seine
Leidenschaft ausgebrannt war.

Sein Blick fiel auf Katja.

»Wer sind Sie denn?« herrschte er sie an. »Brrr, mein Pferdchen,
ist ja gut! Gehören Sie zu den Mikulizyns?«

»Antipowa – Katerina Pawlowna«, antwortete Katja.

»Papiere?«

»Hier sind sie.«

»Halten Sie sie auf. Sehen Sie denn nicht, daß ich keine Hand frei
habe? Antipowa? Sieht in Ordnung aus. Also verschwinden Sie und
vergessen Sie, was Sie gesehen haben.«

»Jawohl, Genosse.« Katja sah ihm ins Gesicht. Er war nur wenige
Jahre älter als sie, häßlich, mit einem jämmerlich dünnen Schnurr-
bärtchen. Nach seinem anfänglichen Schrecken beachtete er sie
nicht mehr. Das zitternde Pferd nahm seine ganze Aufmerksamkeit in Anspruch. Er ging an ihr vorbei auf das Haus zu und ließ

es dann hinter sich. Obwohl er sich mehrmals umblickte und sah, wie Katja ihm folgte, störte er sich nicht daran. Auf diese Weise gelangte Katja zu Mikulizyns Haus.

Eine Gruppe von Menschen stand draußen vor der Haustür, genau dort, wo sie im Sommer oft einen Tisch aufgestellt hatten. Katja traute sich nicht näher heran und betrachtete die stumme Szene von weitem. Mikulizyns Frau und die Kinder weinten, und ein Soldat zu Fuß hielt sie mit Gewehr und Bajonett in Schach, als wären sie eine Bande von Aufrührern, während die anderen Soldaten ihre Pferde beruhigten. Mikulizyn selbst saß kerzengerade auf einem der Tiere, die Hände auf dem Rücken gefesselt. Das Pferd stand ganz still und düngte seelenruhig den Boden.

7

Liebe und Verachtung

Sie lebten in Angst und Schrecken. Der Sattler, der in seiner Werkstatt herumpolterte, die Kunden, die vorn an seiner Tür rüttelten, die nächtlichen Besuche seiner betrunkenen Freunde, all das rief Panik bei den Frauen hervor, weil jedes Geräusch das Eintreffen der Tscheka anzeigen konnte. Sie wagten es nicht einmal, sich die Fahrzeuge auf der Straße genauer anzusehen, weil sie Angst davor hatten, es könnte die Polizei sein. Sie wichen den Blicken von Fremden und Krawallmachern aus, die immer in der Nähe des Hotels zu finden waren, um nicht plötzlich in die stillen Augen eines Polizeispitzels zu sehen.

Die daraus erwachsende Nervosität laugte sie körperlich aus. Aber noch belastender waren die Auswirkungen auf ihre Moral und ihren Zusammenhalt. Nach außen hin unterstützten sie sich weiterhin gegenseitig und übernahmen gemeinsam die Verantwortung für ihre schlimme Lage. Innerlich aber wog jede ihre persönliche Schuld gegen die Schuld der anderen ab, und jede rang im stillen mit ihrem Groll.

Dieser Groll durfte sich immer dann äußern, wenn sie von Mikulizyn sprachen. Auch wenn dies nur in unterdrückter Form geschah, war er nun kein Freund oder, für die Schwestern, kein Verwandter mehr, den seine Gutmütigkeit in Schwierigkeiten gebracht hatte. Es war, als sei er ein Fremder, von dem sie, ohne es zu wissen, gestohlene Ware gekauft hatten. Schließlich war er es gewesen, der Galiullin Schutz geboten und es zugelassen hatte, daß Katja ihn entdeckte und sie dadurch alle in die politischen Verbrechen des Toten mit hineingezogen hatte (und in ihrer ganz persönlichen Variante gab Glascha Lara die Schuld, weil sie den Kontakt aufrechterhalten und mit Galiullin gesprochen und ihm Lebensmittel gebracht hatte – was, im nachhinein betrachtet, nichts mit Nächstenliebe zu tun gehabt, sondern ihr nur die Möglichkeit geboten hatte, in einem Gespräch ihrer Besessenheit mit der Vergangenheit und ihrem verrückten Ehemann Strelnikow nachzugehen). Außer Katja war es nur noch Sima, die sich den versteckten Angriffen auf Mikulizyn nicht anschloß. Aus ihrer Sicht konnte bei Schuldzuweisungen nichts Gutes herauskommen. Vor der Herrlichkeit Gottes waren sie alle schuldig, und was immer auch geschah, es war sein Wille. Glascha war überzeugt davon, daß Sima nur deshalb so dachte, weil sie persönlich sich unschuldig fühlte und daher so großmütig sein konnte, um zu verzeihen.

Die Veränderung wirkte sich zerstörerisch auf ihr alltägliches Leben aus. Bis dahin waren sie eine verschworene Gemeinschaft gewesen, die in der Enge ihres kleinen Zimmers gegen Schmutz und Unbequemlichkeit zusammenhielt. Ihre gegenseitigen Verdächtigungen und ihr Groll aber untergruben dieses Zusammengehörigkeitsgefühl. Beim Gedanken an Galiullin war es nur allzuleicht, eine andere anzufahren, weil sie Kleider hatte herumliegen lassen, viel zu lange zum Waschen brauchte, so daß das Wasser kalt wurde, oder an der Reihe war, sich selbst wieder einmal unendlich lange für Lebensmittel anzustellen. »Was ist bloß los mit uns?« war die Frage, die unausgesprochen in der Luft hing.

Eine Woche war seit Katjas schicksalhaftem Besuch in Warykino vergangen, und nichts war geschehen. Die Spannung wurde schließlich so unerträglich, daß Lara sich dazu entschloß, Schaljapin aufzusuchen, in der Hoffnung, daß er sie beruhigen könnte. Seine Leute erklärten jedoch, er sei nicht in der Stadt.

In dieser Nacht hörte Katja ihre Mutter weinen. Glascha tröstete sie. Aus dem Flüstern der beiden schloß Katja, daß Lara Schaljapin etwas gegeben hatte und er sie nun nicht dafür entschädigen wollte.

Als Katja am nächsten Abend im Dunkeln nach Hause kam, sah sie einen älteren Mann langsam die Straße hinuntergehen. Er musterte die Türen und die zerstörten Gebäude und sah in die Durchgänge hinein, als hätte er sich verlaufen. Er trug einen sorgsam erhaltenen, teuren schwarzen Mantel und Überschuhe aus Gummi, und sein Kopf war fast ganz unter Schals und einer Pelzmütze versteckt. Man konnte nur sehen, daß er einen Bart hatte und daß sein Haar fast weiß war. Er ging am Stock, und seine Hände zitterten leicht.

Es ergab sich, daß er zusammen mit Katja bei der Sattlerwerkstatt ankam. Er überprüfte die Adresse. Katja wollte gerade die Tür öffnen, die zu den oberen Räumen führte, als der Fremde ihren Arm festhielt. Er sagte nur ein Wort:

»Katja?«

Es war Komarowski.

Er drängte sie in den Schatten des Eingangs und fragte: »Wohnt ihr hier? Ist deine Mutter da?«

»Ja, Onkel Viktor.«

»Ist sie *jetzt* da?«

»Ja, ich glaube schon.«

»Gut – sehr gut!« sagte er eifrig, schüttelte sie, um sie aus ihrer Überraschung aufzuwecken, und verlangte: »Dann nimm mich mit nach oben!«

Sie stiegen die knarrenden Stufen hinauf. Katja hörte Komarowski hinter sich schnaufen, und einmal blieb er stehen, um Atem zu schöpfen. Sie war verwirrt. Er kam ihr immer noch wie ein Fremder vor. Als so schwach hatte sie ihn nicht in Erinnerung gehabt. Sie sah ihn vor sich, wie er düster und grimmig mit seinem Hund über die Weide ging. Obwohl er sie erschreckt hatte, konnte er sie nicht mehr so einschüchtern wie früher.

»Geht's dir nicht gut, Onkel Viktor?« fragte sie.

»Doch, doch«, antwortete er und lächelte sie kurz an. »Aber du hast dich auch verändert. Du bist ein hübsches, junges Mädchen geworden.«

Katja klopfte, und Awdotja öffnete. Sie wurde bleich, weil sie dachte, der Fremde sei von der Polizei. Katja hatte soviel Selbstvertrauen, Komarowski darum zu bitten, er möge doch warten, bis sie ihre Mutter auf seinen Besuch vorbereitet habe. Fast sanftmütig willigte er ein.

»Wer ist denn das?« flüsterte Awdotja.

»Ein Freund«, erklärte Katja, obwohl sie nicht sicher war, ob diese Bezeichnung auf einen so zwielichtigen Menschen wie den Rechtsanwalt zutraf.

»Wen hast du da bei dir?« fragte Glascha kurz. »Will er die ganze Nacht da draußen stehenbleiben? Es zieht!«

»Er will mit meiner Mutter sprechen«, erwiderte Katja, trat an Laras Stuhl heran und teilte ihr leise mit: »Onkel Viktor ist da.«

Katja wußte nicht, was sie erwartet hatte – einen Aufschrei vielleicht, wie »O mein Gott!« –, zumindest aber, daß Lara irgendein Gefühl zeigte.

Lara jedoch zeigte nur wenig. Sie erhob sich steif und trat Komarowski entgegen wie eine Witwe, die von den weniger angesehenen Verwandten ihres toten Mannes Beileidsbekundungen entgegennimmt. Katja sah und hörte zu und spürte innerlich den Widerspruch zwischen ihren Gefühlen und ihrem Verhalten. »Ich denke nicht an Tanja!« sagte sie streng zu sich selbst. »Ich denke nicht an Tanja!«

»Viktor«, sagte Lara ruhig. »Ich habe dich nicht erwartet.«

»Nein. Ich kann mir denken, daß das – eine Überraschung für dich ist.«

»Ja, eine Überraschung.« Lara mußte sich von ihm abwenden. Sie stellte die Schwestern mit ihren offiziellen Namen und Vatersnamen vor. Komarowski verbeugte sich altmodisch tief vor jeder einzelnen. Die Schwestern sagten nichts, nur Glascha warf Komarowski einen ablehnenden Blick zu, den dieser aber absichtlich übersah. Tatsächlich hatte seine Haltung etwas von einem Bittsteller. Er sah sich im Zimmer um und fragte dann: »Darf ich meine Beine etwas ausruhen? Ich bin viel gelaufen – und dann noch die Treppen.«

Sima bot ihm ihren Stuhl an. Er zog den Mantel aus. Die Kleidung, die darunter zum Vorschein kam, war gut, aber abgetragen. Er ließ sich schwer auf den Stuhl nieder und seufzte.

»Bist du von weither gekommen?« wollte Lara wissen.

Komarowski schien dankbar zu sein für diese Frage.

»Aus Wladiwostok.«

»Eine lange Fahrt.«

»Ich bin gestern angekommen. Hab' mich seitdem ausgeruht.«

»Wladiwostok? Also bist du nicht mehr in Tschita?«

»Nein.«

»Und bist du gern in Wladiwostok?«

»Ja. Wladiwostok ist eine andere Welt – eine große Stadt, ein Hafen. Es ist einfach ein bedeutenderer Ort.« In Komarowskis Stimme mischten sich echte Begeisterung und der Wunsch, diese Formalien schnell hinter sich zu bringen. »Ich habe oft an dich gedacht«, fügte er schnell hinzu.

»Ich bin noch nie in Wladiwostok gewesen«, warf Lara ein, fast noch bevor er seinen Satz zu Ende gesprochen hatte. »Gefällt dir das Leben dort?«

Komarowski war ärgerlich. »Ja, es ist eine schöne Stadt.«

»Das habe ich gehört.«

»Aber ich kann die Vergangenheit nicht vergessen.«

»Die Vergangenheit«, wiederholte Lara leichthin und verscheuchte so deren schmerzhafte Realität.

»Darf ich Ihnen etwas anbieten?« fragte Fräulein Bürli trotz Glaschas finsterer Blicke.

»Nein, danke. Und du, Lara, geht es dir gut? Sie sehen übrigens gut aus, mein Fräulein. Katja hätte ich fast nicht erkannt. Sie ist so gewachsen.«

»Katja und ich haben uns hier gut eingelebt. Das verdanken wir unseren Freundinnen.«

»Schön. Ich habe mir manchmal Sorgen um euch gemacht.«

»Dazu bestand kein Grund.«

»Ach«, seufzte Komarowski, und Katja entdeckte in seinen düsteren Augen, die früher so voller Wut und so undurchdringlich gewesen waren, einen flehenden Blick, weil seine Besorgnis um ihr Wohlergehen abgewiesen wurde. Eine Pause entstand, und Glascha hustete unbehaglich.

»Bist du geschäftlich hier?« fragte Lara.

»Ich habe in Jurjatin ein paar Sachen zu erledigen«, antwortete Komarowski ausweichend. »So dies und das. Ich habe nicht oft die Möglichkeit, in den Westen zu reisen. Meistens habe ich mit Japan zu tun – ein Nebenprodukt meines Interesses an der Mongolei. Das Thema beschäftigt die Japaner ebenfalls, aber damit will ich dich nicht langweilen.«

»Bist du länger hier?«

»Das kommt darauf an.«

Um Laras kühlem Blick auszuweichen, betrachtete er die Wände. Katja fing an, das Zimmer mit seinen Augen zu sehen: die kläglichen Versuche, es auszuschmücken, die die Frauen unternommen hatten. Sie sah, wie Komarowski im Geiste ihr Zimmer hier mit dem schönen Haus bei Tschita verglich und beides gegeneinander abwog, so als wolle er ein Angebot machen. Schweigend sann er vor sich hin. Katja konnte nicht sagen, wie lange, aber lange genug, daß

Glascha schließlich aufstand und sich mit irgendeiner lächerlichen Hausarbeit beschäftigte.

Endlich sagte Komarowski: »Machst du einen Spaziergang mit mir, Lara?«

»Warum? Wo sollen wir denn hingehen?«

»Die kalte Luft beruhigt mich. Wir brauchen kein bestimmtes Ziel. Etwas spazierengehen und miteinander reden. Ja?«

Lara sah aus, als wollte sie ablehnen, aber in Komarowskis ungewohnter Bescheidenheit lag ein gewisses Flehen. Und auch etwas Bedrohliches hing in der Luft, einfach durch seine Gegenwart und die Tatsache, daß er aus dem Osten hergereist war.

✳

Was geschah dann? Katja erfuhr davon erst ein Jahr später, als Lara es ihr erzählte. Sie waren allein in ihrer Wohnung, die sich in einem der oberen Stockwerke eines Mietshauses befand. Draußen vom Meer her war Nebel aufgezogen, und die Stille des Abends wurde ab und zu durch die Nebelhörner vorbeifahrender Schiffe durchbrochen. Es war dunkel. Sie hatten keine Lampe angezündet, aber in den Straßen waren als Beleuchtung Kerosinfackeln aufgestellt worden, und der gelbgefärbte Nebel klebte am Fenster. Katja spürte, daß der Zeitpunkt gekommen war, an dem sie endlich, wenn sie die Frage stellte, die Antwort verstehen würde. So stellte sie die Frage und bekam die Antwort.

Später fügte sie die Geschichte in ihre Erinnerung ein. Ihre Empfindungen allerdings blieben so lebendig und die Bilder so deutlich, daß sie nicht mehr wußte, ob sie nicht vielleicht doch dabeigewesen war und alles mitangehört hatte, was zwischen ihrer Mutter und Komarowski gesprochen worden war. Es war eine Ironie des Gedächtnisses, daß es der stille, neblige Abend war, den sie im Gespräch mit ihrer Mutter verbrachte, der ihr später zur Illusion wurde.

Lara zog ihren schweren Wintermantel an und ging mit Komarowski auf die Straße hinunter. Der Sattler schloß gerade seine Werkstatt. Das Hotel war geöffnet. Sie wandten sich in die entgegengesetzte Richtung, langsam, weil die Straße vereist und verschneit und nicht beleuchtet war, wenn man von den Lichtstreifen absah, die aus den Häusern fielen, den funkelnden Sternen und dem

143

von einem eisigen Hof umgebenen Mond. Komarowski ging mit kleinen, schlurfenden Schritten, ein alter Mann, der Angst hatte zu stürzen.

Etwa fünf Minuten lang gingen sie so nebeneinander her, ohne zu sprechen, ohne sich zu berühren. Komarowski stützte sich auf seinen Stock, um in den gefährlichen Wagenspuren nicht zu fallen. Lara sah ihn nicht an. Sie hatte Angst vor ihm, und gleichzeitig verachtete sie ihn, denn sie wußte, daß sie im Grunde stärker war als er. Und außerdem war sie erstaunt, daß er es gewagt hatte, sie wieder aufzusuchen, nach allem, was geschehen war. Nach Tanja!

Und dann stürzte er.

Seine Beine glitten auseinander, und er landete auf dem Rücken. Die Bewegung kam so plötzlich und der Anblick war so grotesk, daß Lara lachen mußte. Erst dann nahm sie sich zusammen und konnte fragen: »Hast du dir weh getan, Viktor?«

»Nein«, fuhr er sie an, aber er saß immer noch auf dem Boden und erholte sich von dem Schock. »Meine Kleider haben den Sturz abgefangen«, fügte er hinzu und lachte dann selbst. »Komm, hilf mir auf.« Lara beugte sich zu ihm hinunter und bot ihm den Arm. Er zog sich daran hoch, so daß er Lara aus unmittelbarer Nähe ins Gesicht sah. Die Hand hielt er fest um ihren Arm geschlossen.

»Wir sollten uns lieber unterhaken, damit es keinen Unfall gibt«, sagte Lara schroff.

Sie stand so dicht neben ihm, daß sie den schalen Tabakgeruch in seinem Bart roch. Dieser Geruch weckte den alten Widerwillen gegen ihn. Er rief ihr Bilder von seiner Arroganz und seinem Verrat in Erinnerung. Viktor, der vornehme Rechtsanwalt, der in den besten Restaurants der Stadt aß und ein Schulmädchen am Arm führte. Viktor, der auf der Reise nach Tschita im Wagen der Frauen herumlungerte und die Geliebte des Doktors und ihr Kind beobachtete. Viktor, der seine Feldzüge gegen sie plante. Und immer steckte ihm eine Zigarre oder eine Zigarette zwischen den Fingern, immer roch sein Atem nach Tabak, stärker als die Pomade in seinem Haar und das Toilettenwasser, mit dem er seine Wäsche besprühte. Das physische Sinnbild seiner Niedertracht.

Er ließ ihren Arm los, so daß sie sich unterhaken konnten. Die breite Schulter seines Mantels stieß gegen Laras Schulter. Im Gehen spürte Lara die wiegende Vertrautheit ihrer Körper. Jedem rationalen Wunsch zum Trotz dachte sie: »Wir sind aneinander gebunden, er und ich. Wie ertrinkende Sklaven, die aneinandergekettet sind. Es hat keinen Sinn, wütend zu sein, was immer er auch früher getan haben mag.«

Kaum hatte sie das gedacht, als ihr Verstand sich auch schon dagegen wehrte und sie an ihre Freiheit erinnerte. Und tatsächlich stieg Zorn in ihr auf, aber er war nur schwach, wie der Zorn, den wir empfinden, wenn uns jemand bei unseren Sünden ertappt. Häufig flammt er zunächst heftiger auf, als wenn wir unschuldig wären, nur um wenig später von der Last der Schuld erstickt zu werden. Er erfaßte Laras Herz, erreichte aber ihre Lippen nicht. Sie suchte in ihren Erinnerungen nach einem Grund dafür. »Er war der Liebhaber meiner Mutter, bevor er mein Liebhaber wurde.« Vielleicht war das das Bekenntnis, das durch kein rationales Argument jemals aufgewogen werden konnte.

Sie wünschte, er möge etwas Grausames sagen, so daß sie jedes Mitleid für ihn verlieren könnte. Sie spürte sein Alter und seine zitternde Schwäche.

»Du weinst«, sagte er leise.

»Es ist nichts – die kalte Luft.«

Er entschuldigte sich: »Es tut mir leid, daß ich dich bei diesem Wetter vor die Tür jage. Aber wir müssen miteinander sprechen, und vor deinen Freundinnen war das nicht möglich. Lara –«, er zögerte, »– du mußt Jurjatin verlassen!«

»Warum?«

»Das weißt du doch! Du bist in Gefahr. Mikulizyn – Samdewjatow – Galiullin – ja, ich weiß von Galiullin. Es ist nur eine Frage von Tagen, daß sie dich auch einsperren.«

Damit hatte er ausgesprochen, was sie alle befürchteten. Doch aus seinem Mund wollte Lara es nicht hören. Selbst die Wahrheit trug sein Zeichen.

»Woher weißt du das?«

»Ich habe meine Informanten.«

»Schaljapin?«

»Kann sein. Reicht es nicht, daß es Menschen gibt, die sich Sorgen um dich machen? Du mußt mit mir nach Wladiwostok kommen.«

Es war offensichtlich, daß Komarowski deswegen nach Jurjatin

145

gekommen war. Lara hatte es von dem Augenblick an gewußt, als er über die Schwelle getreten war. Aber die Worte zu hören und sich die Konsequenzen vorzustellen erschreckte sie. Allein der Gedanke entsetzte sie so sehr, daß sie Komarowski von sich stieß. Er taumelte gegen eine Mauer und hatte Mühe, auf den Beinen zu bleiben.

Jetzt war er wütend.

»Sei doch nicht albern!« sagte er scharf. »Denk ein einziges Mal mit deinem Kopf statt mit deinen Gefühlen! Hör auf! Hör auf, mich so märtyrerhaft anzugucken! Das ist reiner Egoismus!«

»Egoismus?«

»Genau das! Ich bin doch nicht blöd! Ich weiß, was du denkst. Aber du solltest auch an deine Freundinnen denken. Glaubst du etwa, die könnten einer Verhaftung entgehen, solange du hier bist und sie kompromittierst? Denk an Katja!«

»Ich denke ja gerade an Katja!« rief Lara, aber er hatte keine Ahnung, was sie damit meinte. Sie lief von ihm fort und hörte, wie er ihren Namen rief. »Ich kann auch woanders hinfahren!« rief sie zurück.

»Mach dich doch nicht lächerlich!« brüllte Komarowski. »Wo willst du denn wohnen? Wie willst du zurechtkommen? Du hast nicht die geringste Ahnung, wie du dich ohne meinen Schutz verstecken sollst.«

Eine Troika kam die Straße entlang. Das gleichmäßige Hufgeklapper und das Schellengeläute beruhigte die beiden. Lara ließ zu, daß Komarowski sie einholte.

»Warum tust du mir das an, Viktor?« fragte sie ihn. »Warum kannst du mich nicht in Ruhe lassen?«

Er antwortete nicht gleich. Aber auf seinem Gesicht zeichneten sich Schmerz und Erschrecken darüber ab, daß sie ihn nicht verstanden hatte.

»Weil ich dich liebe, Lara«, sagte er dann und fuhr schnell fort: »Es ist schon immer so gewesen. Ich weiß, daß du mich nicht liebst – daß du mich widerwärtig findest –, aber das hat nie etwas daran geändert, außer daß ich vergeblich versucht habe, dich aus meinen Gedanken zu verbannen. Gott weiß, wie sehr ich mich darum bemüht habe.« Er ergriff ihre Hände. »Glaubst du denn, ich wäre hier, wenn ich anders könnte? Ich bin doch nicht blind! Ich sehe dir an, daß ich in deinen Augen abstoßend bin und bemitleidenswert. Seit zwanzig Jahren sehe ich dir das an. Und es hat nichts geändert!«

Seine Hände zitterten. Seine Lippen bebten und waren mit Speichel benetzt. Unter der Gewalt seiner Gefühle schien sein Gesicht zu zerfallen, so daß nur noch die düstere Kraft seiner Augen übrigblieb. Er kämpfte um Selbstbeherrschung.

»Du hast mir Tanja weggenommen«, sagte Lara. Sie hatte geglaubt, daß sie nie fähig sein würde, diese Worte auszusprechen. Und als sie sie hörte, klangen sie kläglich. Eine Anklage und ein Eingeständnis ihrer eigenen Schande.

»Das war falsch von mir«, bekannte Komarowski tonlos. Als könnte sie seine Gründe verstehen, erklärte er: »Ich dachte, das, was zwischen uns stand, wäre Tanja. Und daß wir – nun ja, glücklich sein könnten, wenn sie nicht mehr da wäre.«

Durch seine Worte gab er sein Verbrechen zwar zu, doch mit seiner Erklärung verwies er es in die Vergangenheit, ließ es etwas sein, was zu bedauern war, aber mit der gegenwärtigen Situation nichts zu tun hatte. Er hatte eine dunkle Ahnung von dem Schmerz, den er Lara zugefügt hatte, aber als Jurist sagte er sich, daß auch sie seine Sichtweise nicht verstanden hatte und daß dem mit sachlichen Argumenten abgeholfen werden konnte, mit Worten, so als könnte Lara in dieser Sache objektiv bleiben.

»Ich habe versucht, Tanja wiederzufinden«, sagte er. »Ich habe Nachforschungen angestellt. Die Leute waren fortgezogen. Es war nicht möglich.«

»Sie war doch noch ein Kind!«

»Kinder passen sich leichter an, als wir glauben«, erwiderte Komarowski vernünftig.

»Du hast sie wie einen leblosen Gegenstand behandelt!«

Das verstand er nicht. Er hatte sich große Mühe gegeben, ein Zuhause für Tanja zu finden.

Dann kam ihm plötzlich eine Erleuchtung. Mit ihren Angriffen wollte Lara nur ihr eigenes Gewissen beruhigen. Wenn er wollte, konnte er ihr ganz einfach ihre Vergangenheit vorwerfen: wie sie ihre Mutter betrogen hatte, und ihre Affären mit ihm und mit Schiwago, obwohl ihr Mann noch lebte. Er wußte, daß er Lara manchmal verachtet hatte, weil sie ihr Leben nicht in der Hand hatte. Ja, nichts war leichter, als ihr Vorwürfe zu machen!

Doch er tat es nicht. Aus reiner Freundlichkeit ihr gegenüber würde er seinen Vorteil nicht nutzen. Aus der gleichen Freundlichkeit, die ihn von Wladiwostok hierhergeführt hatte.

»Meine Liebe«, sagte er sanft, »du denkst immer noch an die Vergangenheit. Ich habe dir gesagt, daß es mir leid tut. Ob du meine Entschuldigung annimmst, tut nichts zur Sache. Du mußt daran denken, daß du deinen Freundinnen gegenüber eine Verpflichtung hast.«

»Ich werde Schaljapin um Hilfe bitten.«

»Das wird dir nichts nützen«, sagte Komarowski mit einer Bestimmtheit, die Lara zu erkennen gab, daß er die Wahrheit sagte. Er fragte: »Ist auch er dein Geliebter? Ja, ich sehe, daß ich recht habe. Arme Lara. Du brauchst mich. Selbst du mußt das jetzt einsehen.«

Und schon sprach er von den Vorkehrungen, die notwendig sein würden, damit sie Jurjatin verlassen könnte, so als sei es schon beschlossene Sache, daß sie aus Jurjatin fortging. Komarowskis blinde Beharrlichkeit überwältigte Lara. Auf diese Weise wurden Entscheidungen getroffen, dachte sie. Das war das wahre Wesen der Freiheit. Doch sie konnte immer noch »nein« sagen – ein einfaches Wort, das leicht auszusprechen war. Sie spürte, wie es zusammen mit ihrer Angst vor ihm und ihrem Widerwillen gegen ihn in ihrem Kopf umhertrieb. Ziellos schwebten die Gedanken in ihr herum, wie Situationen aus Träumen, die gleichzeitig ganz scharf und dann wieder ganz verschwommen sein können, wenn sie durch neue Bilder verdrängt werden. Lara konnte »nein« sagen, würde es aber nicht. Komarowski mochte sie zwar abstoßen, aber er war ihr von Anfang an immer insofern überlegen gewesen, als seine Auffassung von der Wirklichkeit immer vernünftiger und richtiger gewesen war als die ihre.

Dann fiel ihr Katja ein.

»Ich kann nicht mitkommen.«

»Warum nicht?« Er war nicht mehr zornig, hatte nicht mehr das Gefühl, sie auf ihr absurdes Verhalten hinweisen zu müssen. Jeder Einspruch, den sie jetzt noch erheben würde, täte nichts zur Sache. Er war sich seiner Überlegenheit völlig sicher.

»Wegen Katja.«

»Katja? Wieso? Ihre Schule? Ihre Freundinnen? In Wladiwostok gibt es auch Schulen und Freundinnen. Ich habe es schon so eingerichtet, daß sie dort Musik studieren kann. Zeigt das nicht, daß sie mir etwas bedeutet?«

»Das ist es nicht«, gab Lara zurück. Sie konnte es ihm nicht erklären. Mutter – Tochter – die Tochter der Tochter – die Schlußfolgerung, die Lara so erschreckte, würde ihm nichts bedeuten. Er würde vor dem Gedanken zurückschrecken und ihn gegen sie wenden. Er würde ihr vorwerfen, ihre Schuldgefühle ihrer Mutter gegenüber und ihre Eifersucht auf ihre Tochter hinter einer schmutzigen Anklage gegen ihn zu verstecken, für die es keine Beweise gab. »Beweise« – der Rechtsanwalt in ihm würde das Wort benutzen, und Lara war nicht dafür gerüstet, ihm darauf zu antworten. Ihr war diese Materie nicht vertraut – und so blieb sie mit ihrer wortlosen, grenzenlosen Panik allein.

Komarowski glaubte, er hätte gewonnen. Er schlug vor, wieder zurückzugehen, wo er die Gastfreundschaft der Schwestern mit Freuden annahm.

✳

Am nächsten Tag besuchte Lara Schaljapin in seinem Büro. Sie hatte nicht schlafen können und war nach ihrer Rückkehr mit Komarowski Glaschas grimmigen Fragen ausgesetzt gewesen. Sie waren voller Widersprüche gewesen, hatten aber trotz ihrer Widersprüchlichkeit allesamt Kritik an Lara enthalten. Einerseits fürchtete Glascha Komarowski. Sie lehnte ihn ab und warf Lara vor, daß sie ihm gegenüber früher schwach geworden war und sie jetzt alle mit seiner Gegenwart belaste. Andererseits aber hatte Viktor sie davon überzeugt, daß sie alle in Gefahr waren, daß sein Angebot die einzige Lösung war und daß Lara kein Recht hatte, es abzulehnen.

Diese verworrene Logik war erklärbar. In Glaschas Verhalten zeigten sich nur die Grenzen der Freundschaft, in der beides seinen Platz hat: der Groll und die Liebe, zwei Gefühle, die keine Gegensätze sind, sondern sich gegenseitig bedingen. Dennoch bedeutete es für Lara, daß das bescheidene Zimmer, in dem sie gelebt hatten, sich von einem Zuhause in einen vorübergehenden Zufluchtsort verwandelte, an dem Lara niemals mehr als ein Gast gewesen war. Sie sah jetzt, daß die Liebe und die Vertrautheit, mit der sie so vieles bewältigt hatten, unwiederbringlich verloren waren. »Ach,

Glascha!« dachte sie. »Wenn du nur wüßtest, wieviel du mir bedeutest! Wenn du nur wüßtest, daß du mich gerettet hast, nachdem ich Tanja verloren hatte!« Aber Lara blieb keine Wahl. Es war unvermeidlich geworden, daß sie gingen.

Lara erzwang sich ihren Weg zu dem NEP-Mann, ohne Rücksicht auf die Angestellten und Freunde, die ihn bewachten. Sie fand ihn in seinem Privatzimmer, wo er wie ein normaler Geschäftsmann über seinen Papieren saß. Das Zimmer stand in scharfem Gegensatz zu seinen anderen Refugien mit ihrer fragwürdigen Atmosphäre und der geschmacklosen Ausstattung. Hier herrschte eine einfache Ordnung: ein Schreibtisch, ein paar Stühle, und alles so sauber und ordentlich, wie die Zeiten es erlaubten. Tageslicht drang vom Fenster ein, und der Duft von frisch aufgebrühtem Tee lag in der Luft.

»Hallo, Lara«, sagte er mit dem neutralen, unverbindlichen Lächeln eines Priesters. Unschuldig. Lara fragte sich manchmal, ob er überhaupt ein Gefühl für Moral hatte. Deren Fehlen hätte erklärt, warum er kein Schamgefühl besaß, was ihm eine Art von Unschuld verlieh.

»Ich muß mit dir sprechen«, sagte sie.

»Schön, daß du vorbeikommst.«

Gegen einen möglichen Versuch seinerseits, sie fortzuschicken, war sie gewappnet, aber er versuchte es erst gar nicht. Er nahm ihr den Mantel ab und schenkte ihr ein Glas Tee ein.

»Es war nicht leicht, zu dir vorzudringen«, begann Lara.

»Ja? Das tut mir leid.«

»Warum wolltest du mich nicht sehen?«

»Ich habe dich nicht wegschicken lassen. Ich wußte gar nicht, daß du hiergewesen bist. Bitte, Lara, sieh mich nicht so ungläubig an. Meine Geschäfte bringen es mit sich, daß ich vielen Menschen aus dem Weg zu gehen versuche. Ich sage meinen Leuten, wenn ich allein sein will. Aber daß sie dich auch fortschicken, hatte ich nicht beabsichtigt.«

Er schob seine Papiere zur Seite und zündete sich eine Zigarette an. Lara verfolgte seine Hände mit unbewußter Faszination. Sie waren so schön. Doch sie glaubte ihm immer noch nicht. Er wartete geduldig und bot mit seiner aalglatten Fassade eine Abwehrmauer, an der jede Wut und jedes Gefühl abprallten.

»Wenn ich schon nicht zu dir durchdringen konnte –«, fuhr Lara fort, »– warum hast du dann nicht versucht, dich mit mir in Verbindung zu setzen? Habe ich dir einen Grund zur Verärgerung gegeben?«

»Du meinst, warum wir nicht mehr zusammen gegessen haben?«

»Ich will wissen, was ich getan habe, daß du mich so abweist.«

»Nichts.«

»Nichts? Warum sitze ich dann hier wie eine Bittstellerin, die um einen Gefallen bettelt?«

»Bist du deswegen hier? Um mich um Hilfe zu bitten?«

Schaljapin war wohl nicht absichtlich sarkastisch, aber sein Verhalten ließ sich so deuten. Er hatte die distanzierte Miene aufgesetzt, mit der kultiviertere Männer dem zu begegnen suchen, was sie für Gefühlsduselei der Frauen halten. Sie erreichen damit aber oft das Gegenteil, so auch in diesem Fall. Lara schrie ihn an:

»Du weißt doch, was los ist. Du weißt, was in Jurjatin vor sich geht: Samdewjatow ist verhaftet worden, und Viktor ist aus Wladiwostok angereist!«

»Wieso sollte ich etwas über Komarowski wissen?«

»Weil du sein Spion bist!«

Der Vorwurf rührte ihn nicht im geringsten. Lara dachte: Ich höre mich an wie eine verschmähte Geliebte. Das habe ich nicht gewollt. Aber was bin ich denn sonst?

»Du siehst die Dinge manchmal so einfach, Lara«, sagte Schaljapin gerade. Seine tiefe Stimme wirkte väterlich, obwohl er der jüngere von beiden war. »Zum Teil hast du recht. Ich kenne Viktor wirklich. Wir haben geschäftlich miteinander zu tun. Aber ich bin nicht sein Spitzel, es sei denn, du meinst damit, daß wir beide über dich gesprochen haben. Aber Freunde tun das eben, genauso wie Spione, oder nicht?« Er wartete, bis er ihr ein zustimmendes Nikken abgerungen hatte, dann fuhr er fort: »Ich habe versucht, dir zu helfen, und zwar in deinem eigenen Interesse, was immer du auch glauben magst. Ich muß in Jurjatin bleiben, weil ich hier zu tun habe. Aber dir muß doch klarsein, daß du unter den gegenwärtigen Bedingungen nicht bleiben kannst. Wer soll dir denn helfen, wenn nicht Komarowski? Erklär mir das bitte.«

Ich möchte ihn hassen, sagte Lara zu sich, aber selbst das läßt er nicht zu. »Es muß eine andere Möglichkeit geben«, sagte sie laut.

Und sie dachte: Nicht einmal über meine Gefühle darf ich selbst bestimmen. So machtlos bin ich geworden.

»Ich habe dich nie nach deiner Vergangenheit mit Komarowski gefragt«, entgegnete Schaljapin, »und ich will auch jetzt nichts darüber wissen. Ich weiß, daß du Viktor nicht magst, aber das ist auch nicht nötig. Du siehst doch, wie alt und schwach er inzwischen ist.«

Schaljapin hatte nie gesagt, daß er sie liebte. Lara hatte seine Liebe weder gewollt noch erwartet. In gewisser Weise respektierte sie ihn, weil er ihr nie etwas vorgemacht hatte. Deswegen konnte er sie auch einfach so gehen lassen. Was hatte sie sich dann mit ihrem Opfer erkauft? Einen vorübergehenden Schutz vor den Schikanen der Polizei? Das war keine ausreichende Erklärung. Oder vielleicht doch. Manchmal fühlte sie sich so wertlos, daß sie sich für fast nichts hätte weggeben können, als wäre sie eine Münze während der Inflation. Sie wußte jetzt, worauf ihre Verachtung für Komarowski beruhte. Indem er sie als Mädchen genommen hatte, aus einer brutalen Leidenschaft heraus, hatte er sie zu einem Objekt der Manipulation gemacht, so daß sie ihr Selbstwertgefühl nie wiedergefunden hatte. Sie hatte gedacht, sie sei stärker als er – und sie war im Irrtum gewesen. Selbst jetzt, nachdem sie zweimal nahe daran gewesen war, ihn zu töten, und ihn zweimal verlassen hatte, beherrschte er sie in moralischer Hinsicht.

Schaljapin unterbrach sie in ihren Gedanken: »Du fährst also mit ihm nach Wladiwostok?«

»Ich scheine keine andere Wahl zu haben.«

»Ich glaube, es wäre am besten so.«

»Dann muß ich es wohl.«

Schaljapin fing an, über Wladiwostok zu sprechen, über die Möglichkeiten, die eine so große Stadt zu bieten hatte, besonders für Katja. Lara war klar, daß er versuchte, sie aufzumuntern. Seine Motive waren zwar undurchsichtig, und es war fraglich, ob er es ehrlich meinte, aber er war nicht unnötig grausam, und im Vergleich zu Viktor hatte er sich unter Kontrolle.

»Ich kann dir im Moment nicht helfen«, sagte er. »Aber ich werde wissen, wo du bist. Und wer weiß, was die Zukunft bringt.«

Sie würden also Jurjatin verlassen und nach Wladiwostok ziehen. Diesmal nahm Lara Katja beiseite, um ihr diesen Schritt zu erklären. »Wir sind hier nicht mehr sicher. Es könnte sein, daß wir verhaftet werden.« Sie sprach von Samdewjatow, Mikulizyn und Galiullin, obwohl Katja das alles schon wußte. Doch Lara verlor kein Wort darüber, warum sie gerade mit Komarowski gingen. Sie hätte sagen können, daß ihnen nichts anderes übrigblieb – eine Erklärung, die größtenteils der Wahrheit entsprach –, aber Lara entschied sich dafür, lieber gar nichts zu sagen, weil sie Angst davor hatte, sich mit ihrer verwickelten Beziehung zu Viktor näher zu beschäftigen, die sie selbst nur halb verstand. Katja akzeptierte diesen halbherzigen Vertrauensbeweis als das, was er war: als Versuch, anzuerkennen, daß sie kein kleines Kind mehr war. Katja war ihrer Mutter nicht böse, daß sie ihre Täuschungsmanöver fortsetzte. An diesem Tag spürte sie die moralische Erhabenheit, die es Jugendlichen ermöglicht, ihren Eltern gegenüber nachsichtig zu sein. An einem anderen Tag wäre sie vielleicht wütend geworden.

Als Lara ihre Entscheidung den Schwestern mitteilte, waren diese nicht überrascht. Einen Augenblick lang waren sie erschrocken, aber nur deshalb, weil das, was sie bis dahin nur befürchtet hatten, nun Wirklichkeit geworden war. Glascha sagte natürlich, sie könnten gern bleiben – und das meinte sie auf ihre Art auch so –, aber sie alle wußten, welchen Lauf die Dinge dann nehmen würden.

Komarowski kam noch einmal vorbei, um sich zu vergewissern, daß Lara sich auch tatsächlich entschieden hatte, und um die Einzelheiten mit ihr zu besprechen.

»Ich habe Fahrkarten für uns drei. Übermorgen können wir fahren.«

»Für uns drei?« fragte Lara. »Und was ist mit Lotte?«

»Sie ist nicht in Gefahr. Es gibt keinen Grund, warum sie nicht hierbleiben sollte.«

»Doch!« rief Lara. »Sie muß mitkommen!«

»Sei doch vernünftig.«

»Sie ist meine Freundin.«

Komarowski erkannte, daß Lara über diesen Punkt nicht mit sich reden lassen würde. Er zuckte die Achseln und meinte gereizt, er würde sehen, was sich da machen ließe. Doch die Wirkung dessen, was er gesagt hatte, raubte Lara ihre mühsam erkämpfte Fassung. Als er fort war, brach sie in Schluchzen aus.

Am letzten Abend saßen sie inmitten ihrer fertig geschnürten Bündel in dem kleinen Zimmer beisammen. Es war dunkel. Nur Kerzen erhellten den Raum, denn das Lampenöl war ausgegangen. Es roch nach warmem Talg und dem Wachs, mit dem sie die Bündel versiegelt hatten. Glascha hatte eine weitere Flasche zweifelhaften Alkohols geöffnet und seufzte beim Einschenken: »Das war es also! Wer hätte das gedacht?«

»Ich schreibe euch«, sagte Lara mit erzwungener Fröhlichkeit.

»Ich hab' nie viele Briefe geschrieben. Das ist mehr was für Sima. Aber vielleicht könnte ich es ja mal versuchen.«

»Wahrscheinlich ist es nur, bis diese ganze Geschichte hier vorüber ist«, traute Awdotja sich zu sagen. Heute abend fiel ihr das Atmen schwer. Die arme Awdotja, dachte Katja. Kein Wunder, daß sie nie geheiratet hat, bei ihrer Schüchternheit und ihrer ständigen Husterei.

Sie waren sich alle einig, daß es kein endgültiger Abschied war – aber Katja glaubte ihnen nicht. Man konnte die Vergangenheit nicht zurückholen.

»Dieser Wodka wirkt anscheinend gar nicht«, sagte Glascha trocken. Im flackernden Kerzenlicht sah Katja, daß ihr eine Träne über die dicke Wange rollte. »Er macht mich nur noch trauriger.«

Lara setzte sich neben sie und legte ihr den Arm um die Schultern.

»Für dich heißt es, daß du in eine andere Schule kommst«, sagte Sima völlig unmotiviert zu Katja.

»Und Kleider«, sagte Awdotja. »In Wladiwostok gibt es wahrscheinlich bessere Geschäfte. Wo ist dein Musselinkleid? Hast du daran gedacht, es einzupacken?«

Sima fuhr sachlich fort: »Die Möglichkeiten zum Unterrichten sind dort bestimmt auch besser, Lotte.«

»Ach, hör doch auf!« rief Glascha, sich die Augen wischend. Sie schwiegen. Glascha umarmte Lara, zog ihren Kopf an ihren Busen und sagte über ihre Schulter hinweg: »Wir wollen uns alle richtig ausweinen und dann ins Bett gehen.«

Am nächsten Tag versammelten sich die Frauen mit dem Gepäck am Bahnhof. Komarowski, ganz in Schwarz gekleidet und eine Zigarette rauchend, stand etwas abseits und plauderte mit dem Bahnhofspersonal, doch ab und zu warf er einen mißtrauischen Blick zu ihnen hinüber. Die Frauen hatten rote Gesichter von der Kälte und von den Tränen, die während dieser letzten Umarmungen flossen, während dieser letzten Küsse und auch während dieser letzten Bitten, doch dazubleiben, was zwar nicht wörtlich gemeint war, aber doch gesagt werden mußte. Und dann saßen sie im Zug, und er fuhr aus dem Bahnhof hinaus, klackerdiklack, es gibt kein Zurück, klackerdiklack, vereiste Fensterscheiben und draußen geisterblasse Gestalten, Rauch trieb vorbei und hüllte den Bahnhof in einen Nebel, der ihnen jegliche Sicht versperrte. Was fühle ich? Es gibt kein Zurück. Klackerdiklack.

8

Wladiwostok

Katja war sechzehn, als sie mit ihrer Mutter und Fräulein Bürli nach Wladiwostok zog, wo sie mit Komarowski eine Dreizimmerwohnung teilten. Weder Lara noch Katja hatten jemals das Meer gesehen. In Wladiwostok konnte man es von jedem Punkt aus sehen. Die Stadt stieg in Terrassen über der Bucht nach oben, und der Hafen war voller Schiffe. »Das Neapel des Ostens!« sagte Komarowskis Freund Panow, der Schiffbauingenieur. Er redete immer so: Leningrad war »das Venedig des Nordens« und Moskau »das dritte Rom«. Wie auch immer, es stimmte: Die Stadt war wunderschön – was sie nicht erwartet hatten –, vor allem im Herbst, wenn es weniger neblig war und die Ahornbäume sich gelb färbten.

In den beiden Jahren in Jurjatin war Katja ihrer Mutter immer ähnlicher geworden. Sie war schön, hatte aber etwas von ihrem Vater, vielleicht etwas von seiner Ruhelosigkeit und seiner Leidenschaft – es war noch zu früh, um das genau zu sagen. Auch geistig hatte sie sich entwickelt. Äußerlich gesehen waren ihr durch Armut und Not Grenzen gesetzt, aber aus Zuneigung für Fräulein Bürli trieb sie ihre Studien weiter und las begierig. Vor allem aber halfen ihr ihre eigene Geschichte und die der Menschen um sie herum, die Welt zu verstehen. Sie erreichte ein Alter, in dem sie schließlich erkannte, daß ihr Leben und die Beziehungen in ihrer Familie nicht gottgegeben und allgemeingültig waren, sondern ihre ganz persönlichen Erfahrungen. Die Problematik menschlicher Motivation wurde ihr allmählich bewußt, denn sie sah, wie zwei Menschen, Komarowski und ihre Mutter, gleichzeitig aufeinander zugetrieben und voneinander abgestoßen wurden, wie ihre Gefühle gleichzeitig so deutlich sichtbar waren und so versteckt lagen. Und dann waren da natürlich ihre Erinnerungen an Tanja – ihre eigene Schuld, eine Last, die ein junges Mädchen eigentlich nicht tragen sollte –, Erinnerungen an Tage, an denen sie glücklich auf der Weide hinter dem Haus in Tschita gespielt hatten, und die Erinnerung an den plötzlichen Haß, der nur für einen Augenblick lang aufgeflammt war, damals, als sie geglaubt hatte, ihre Schwester sei es, die das Leben dort so vergiftete.

Im Lichte dieser neuen Klarheit sah Katja, daß Lara Komarowski, so hinterlistig er auch sein mochte, wirklich etwas bedeutete und daß er auf seine Weise versuchte, sie glücklich zu machen. Er sorgte für die beste Unterkunft und den besten Lebensstil, die unter den Umständen möglich waren, und fügte sich meistens ihren Wünschen. Vor allem einigte man sich darauf, daß Lara Bett und Schlafzimmer mit Fräulein Bürli teilen sollte. Katja bekam ein eigenes Zimmer. Komarowski schlief auf einer alten Polsterbank in dem größten Zimmer, in dem sich auch das Klavier und die behelfsmäßige Küche befanden.

Außerdem gab es Kleider – und Sauberkeit – und Platz! Sie konnte in den Parks spazierengehen, ohne sich für ihr Aussehen zu schämen, sondern statt dessen die Blicke der jungen Männer auf sich ziehen. Sie konnte spüren, wie ihr Haar glänzte und frei im Wind flatterte, oder still auf ihrem Bett sitzen, im eigenen kleinen Zimmer, mit ihren eigenen Besitztümern (es waren nicht viele, aber es waren ihre eigenen). Katja war glücklich – und da sie wußte, daß Glück vergänglich ist, erlebte sie es um so intensiver.

Komarowski hatte sich seines Alters wegen inzwischen weitgehend zur Ruhe gesetzt. Er hatte noch einige Aufgaben in der Verwaltung inne, die meiste Zeit aber verbrachte er in der Wohnung. In ein Umschlagtuch gehüllt, saß er am Ofen über seinen Papieren. Er schrieb Bücher über die sowjetisch-mongolischen Beziehungen, und sein neuestes Projekt, für das er die Behörden, bis jetzt allerdings erfolglos, zu interessieren versuchte, bestand darin, alle Dekrete und Vorschriften, die von den örtlichen Sowjets und anderen administrativen Organen erlassen worden waren, zu einer umfassenden Darstellung der sozialistischen Rechtspraxis zusammenzustellen, die seiner Meinung nach universelle Gültigkeit haben würde, da innerhalb der Sowjetunion alle nur denkbaren Arten von Völkern, alle ökonomischen Bedingungen und alle sozialen Entwicklungsstufen vertreten waren.

Lara arbeitete wieder als Krankenschwester. Fräulein Bürli fand eine Stelle als Lehrerin und gab Katja Klavierunterricht. Katja ging

weiterhin zur Schule und lernte singen. Sie verwandte einen großen
Teil ihrer Zeit auf Chorsingen und das Einüben von Solopartien,
denn sie hatte eine schöne Stimme.

Aufgrund dieser verschiedenen Beschäftigungen veränderte sich
auch die Art ihres Zusammenlebens. Die Frauen kamen oft erst
spät nach Hause. Meistens saß Komarowski allein in der Wohnung
und beschäftigte sich mit seinen Karten und Papieren. Für die
jüngeren Männer war er ein armseliges Relikt vergangener Zeiten,
und so tat er sich mit einer Gruppe gleichgesinnter alter Herren
zusammen. Es waren Eisenbahn- und Schiffbauingenieure, pensio-
nierte Marineoffiziere und Bankangestellte, von denen viele in Wladiwostok gestrandet waren. Sie spazierten in den Parks umher und
am Hafen entlang, betrachteten die Schiffe, unterhielten sich
schlecht und recht mit Schach und Karten, Wodka und Tee und
langweilten sich gegenseitig mit ihren Geschichten und Vorhaben
(Komarowskis allgemeingültiges Gesetzbuch und seine Beschreibung der Wirtschaft der Mongolei, Panows Bericht über Aussehen
und Funktion der Dampfkessel auf den Schiffen im Hafen und seine
Vorschläge für Verbesserungen). Manchmal fand Katja sie zu Hause
vor, wenn sie aus der Schule kam. Sie trugen graue Ziegenbärtchen,
Kneifer, streng riechende Anzüge und rissige Stiefel und rauchten
eine Papirossi nach der anderen, während sie über so seltsame Orte
wie Mukden, »das Manchester der Mandschurei«, sprachen.

Die Gruppe brach auseinander, als einer von ihnen bei einer
Welle willkürlicher Verhaftungen, wie sie immer wieder vorkamen, festgenommen wurde. Danach trafen sie sich seltener und
auch dann nur noch paarweise, und Komarowski war viel allein. Er
übernahm das Einkaufen und das Sauberhalten der Wohnung. Er
vertauschte seinen Gehrock mit einem Morgenmantel und einem
großen Umschlagtuch, denn sein Blut war dünn geworden und ließ
ihn schnell frieren, und schlurfte in Hausschuhen durch die Wohnung. Wenn die Frauen spät nach Hause kamen, sah er auf seine
Zwiebeluhr und tadelte sie wie eine alte Babuschka für ihre Unzu-
verlässigkeit. Gleichzeitig wurde sein Verhalten sanfter, fast ein-
schmeichelnd. Er ähnelte einem alten Strafgefangenen, der hofft,
daß ihm ein paar Jahre erlassen werden.

Eines Tages kam ein Brief von Glascha Tunzewa. Er war an
Larissa Komarowska adressiert und lautete:

Meine liebe Lara,

ich schreibe selten Briefe – vielleicht, weil ich soviel Zeit damit verbracht habe, die Briefe anderer zu lesen. Uns geht es gut. Awdotja und Sima lassen Dich grüßen. Das Zimmer ist noch genauso wie früher. Wir haben es wohl einem guten Stern zu verdanken, daß niemand bei uns einquartiert wurde, und das Zimmer kommt uns jetzt sehr groß vor (wie taktlos ich mal wieder bin – aber so ist Deine alte Freundin eben).

Als Ihr weggefahren wart, haben wir tatsächlich noch »Besuch« bekommen, über den ich nicht viel sagen kann. Sie haben nicht viel Worte gemacht, aber sie haben nach alten Bekannten gesucht. Wir wußten jedoch nicht, wo diese Bekannten waren, und nach einer Weile haben sie das Interesse verloren. Seitdem haben wir nichts mehr von ihnen gehört.

Du erinnerst Dich sicher, daß auch ein paar von unseren Freunden und Verwandten die Gegend verlassen haben. Leider haben wir nur wenig von ihnen gehört, was uns traurig stimmt. Unser Freund, der Rechtsanwalt, ist ganz verschwunden. Sein Büro wird jetzt von der Partei benutzt (das ist natürlich eine gute Sache), und sein Haus ist an eine arme Familie vermietet worden – auch das müssen wir gutheißen. Unser Verwandter ist offensichtlich auf Reisen und hat keine Möglichkeit zu schreiben. Sein Sohn hat das Haus übernommen und kümmert sich um die Mutter.

O Gott, in welchen Zeiten leben wir! Allerdings muß ich sagen, daß es von Tag zu Tag besser wird.

Ich schreibe Dir, um Dir mitzuteilen, daß der alte Antipow gestorben ist. Sein Tod ist nach kurzer Krankheit eingetreten, und er hat nicht gelitten. Als ich davon gehört habe, bin ich zu ihm nach Hause gegangen, um nachzusehen, ob er eine Nachricht oder sonst etwas für seine Verwandten hinterlassen hat. Leider bin ich auf nichts gestoßen. Er hat allein gelebt und sich um nichts gekümmert und hatte fast nur alten Plunder. Aber ich habe ein Foto von seinem Sohn und dessen Frau an ihrem Hochzeitstag gefunden. Du erinnerst Dich sicher, daß der alte Mann sich mit seiner Schwiegertochter überworfen hatte. Daß er ein Bild von ihr aufbewahrt hat, bedeutet vielleicht, daß er ihr im Herzen vergeben hat.

Das ist eigentlich alles, was ich zu erzählen habe. Bitte schreib mir und laß uns wissen, wie es Euch geht

Deine Dich liebende Glascha

Der Brief kam mitten am Tag, als zufällig alle zu Hause waren, und ihre erste Reaktion war – vielleicht weil es Tag war und die Sonne ins Fenster schien – Freude. Lara las den Brief laut vor, und nur Komarowski bemerkte säuerlich: »Sie ist naiv, wenn sie glaubt, daß sie mit ihren Verschlüsselungen, diesem ›Besuch‹ und diesen ›Bekannten‹, irgend jemanden hinters Licht führen kann. Sie sollte vorsichtiger sein.«

Am Abend zündeten sie die Öllampe an und setzten sich um den Ofen herum, um den Brief noch einmal zu lesen. Erst jetzt begriffen sie den Ernst der traurigen Nachrichten so richtig.

»Der arme Anfim Jefimowitsch«, sagte Lara.

»Glaubst du, daß er tot ist?« fragte Fräulein Bürli vorsichtig.

Lara schüttelte den Kopf. »Ich weiß es nicht. Jedenfalls glaubt Glascha das. Mikulizyn ist offensichtlich im Gefängnis oder irgendwo im Exil. Ich bin froh, daß sein Sohn sich um die Familie kümmert.«

Sie sprachen eine Weile über Samdewjatow und Mikulizyn und darüber, wie verschieden sie waren. Aber beide hatten Lara in Notlagen weitergeholfen. Dann meinte Fräulein Bürli:

»Es tut mir leid, daß dein Schwiegervater gestorben ist. Auch wenn ihr Meinungsverschiedenheiten hattet, so stellte er doch noch eine Verbindung zu deinem Mann dar.«

»Ich glaube, wir haben unseren Streit beigelegt, auch wenn wir uns nur selten gesehen haben. Er war ein ehrlicher Mann. Ich habe nie Grund gehabt, mich über ihn zu beklagen. Und er hat auf seine Weise versucht, freundlich zu Katja zu sein.«

»Du hast ihn manchmal besucht, nicht wahr, mein Kind?«

Katja nickte. Sie hatte den alten Mann nie gernhaben können. Er war immer grimmig zu ihr gewesen, so als haftete ein Makel an ihr. Aber sie erinnerte sich an ihre Ausflüge zu seinem Zimmerchen und an die kleinen Überraschungen, die er für sie bereithielt. Jetzt tat er ihr leid. Zum erstenmal erkannte sie, daß die Möglichkeiten, sich gegenseitig seine wahren Gefühle zu offenbaren, durch die Zeit begrenzt sind. Und sie dachte daran, wie anders die Dinge hätten sein können, wenn ihr Großvater ihr eine derartige Möglichkeit geboten hätte.

Während des Gesprächs hatten sie Komarowski nicht weiter beachtet. Er konnte sie nicht mehr einschüchtern, und sie sprachen sogar ganz unbefangen über Laras Ehemann. Jetzt polterte und ächzte er herum, um sie auf sich und seine Verärgerung aufmerksam zu machen. Schließlich unterbrach er sie, um ihnen zu sagen, daß er ausgehen wolle.

»Wohin?« fragte Lara beiläufig.

»Mir ist gerade eingefallen, daß ich mich mit Panow zum Schachspielen verabredet habe.«

»Und wann kommst du wieder?«

»Es wird wohl sehr spät werden. Ich habe meinen Schlüssel dabei.«

Während Komarowski mit seinem Mantel beschäftigt war, ignorierten ihn die Frauen weiterhin. Sie nahmen ihr Gespräch über Jurjatin und über die Zeit, als Komarowski nicht bei ihnen gewesen war, wieder auf und bemerkten nicht einmal, daß er ging.

Schaljapin und seinen Fuchspelz erwähnten sie nicht. Glascha hatte nichts über ihn geschrieben, und auch sie sprachen nicht von ihm. Katja fiel das auf. Sie hätte das Thema selbst anschneiden können, unterließ es aber, ohne zu wissen, warum. Vielleicht war Glaschas Schweigen in dieser Hinsicht ebenfalls vielsagend.

Um Mitternacht kam Komarowski nach Hause. Er war betrunken und verlegen. Sein Kampfgeist hatte ihn verlassen.

Einmal träumte Katja von Schaljapin. Da war er, trat ein durch die Türen ihres Traumes, ein überraschender Besuch. Sie hatte noch nie von ihm geträumt, allerdings oft an ihn gedacht. In ihrer Vorstellung war er kein lebendiger Mensch, sondern so etwas wie ein Spiegel. Sie wusch ihre Haare für Schaljapin und zog sich für ihn schön an – oder für jemanden wie ihn. Ihr war völlig klar, daß sie ihn eigentlich nicht kannte, aber sie stattete den abstrakten Beobachter, dessen Beifall für ihr Aussehen sie suchte, der ihr ins Ohr flüsterte »Trage deine Haare so!«, der jede nette kleine Geste oder Höflichkeit zu schätzen wußte, mit seinem Gesicht und seinen Augen aus. Und auf einer anderen Ebene stand er für ihre Ziele. Er stand für den Abschied vom Gewöhnlichen. Er war der Mann, der die Armut und die Langeweile des Alltags mit dem Zaubermantel seines Fuchspelzes verwandelte.

In ihrem Traum befand sich Katja in einer Menschenmenge, und er drängte sich mitten hindurch, in seinem Fuchspelz und mit seinem schlauen, anziehenden Lächeln, keck, elegant und geheimnisvoll. Was machte er hier?

Katja fühlte sich schüchtern und verlegen in seiner Gegenwart, und sie mußte ihren Schulkameraden erklären, warum er da war. »Nikolai Afanasitsch ist ein Freund meiner Mutter.« Diese Eröffnung ließ ihre Schulkameraden ganz ungerührt. Sie konnten sehen, daß Schaljapin ganz anders war als sie. Sie waren die Kinder von Seeleuten und Fabrikarbeitern, trugen derbe Jacken und schwere Stiefel, waren ungebildete Rüpel und bedrohlich in ihrer Ignoranz, so daß Katja am liebsten bei Schaljapin Schutz gesucht hätte. Sie hörte, wie sie hinter ihrem Rücken klatschten, sie sei die Tochter eines Konterrevolutionärs und ihre Mutter würde von einem alten Mann ausgehalten.

Sie gingen am Wasser entlang. Die Wellen schlugen grau und ölig gegen die rostenden Schiffe. Schaljapin zog seinen Mantel aus und legte ihn Katja um die Schultern, und sie kuschelte sich so tief hinein, daß das Fell sie ganz einhüllte. Ihre Schulkameraden hatten sich in Bettler verwandelt und folgten ihnen lärmend, wie kläffende Straßenköter.

»Wen willst du heiraten?« fragte Schaljapin.

»Ich weiß nicht. Die Jungen in der Schule mag ich alle nicht.«

»Ich könnte dir helfen. Ich wollte dir und deiner Mutter immer helfen.«

»Könntest du meine Schwester Tanja wiederfinden?«

»Vielleicht.«

»Und Samdewjatow?«

»Wahrscheinlich, obwohl er selbst an allem schuld ist.«

»Und meinen Vater?« platzte Katja heraus.

»Sehr wahrscheinlich. Er ist eigentlich gar nicht tot. Die Geschichte wurde nur verbreitet, um die Roten an der Nase herumzuführen.«

Fräulein Bürli spielte in der Wohnung Klavier. Schaljapin stand neben ihr und sang mit klarer Tenorstimme melancholische deutsche Lieder.

»Ich wußte gar nicht, daß du Deutsch kannst«, sagte Katja.

Er lachte sein tiefes, dunkles Lachen und antwortete: »Erinnere dich an die Zeit in Tschita!«

»Als die Kappelewzi bei uns waren?«

»Natürlich.«

Erst jetzt fiel Katja ein, daß Schaljapin dabeigewesen war. Sie hatte ihn gesehen. Und sie konnte ihn immer noch sehen, wie er vor dem sterbenden Jungen kniete, der später mit der Fahne zugedeckt worden war, die das Bild von der Mutter und dem Kind trug.

Am Morgen hatte Katja den Traum vergessen, aber sie merkte, daß sie ihre Schulkameraden mit anderen Augen ansah. Sie erschienen ihr arm und jämmerlich. Als ihr einer der Jungen bei einer Balgerei einen Kuß gab, verspürte sie nichts als heftigen Widerwillen.

*

Auf ihrem Weg zum Krankenhaus kam Lara jeden Tag an einem Kinderheim vorbei. Daneben war ein Platz, auf dem die gesunden Kinder spielten. Im zweiten Stock war eine Reihe vergitterter Fenster zu sehen, gegen die die Kinder, die nicht mitspielen durften, ihre Gesichter preßten. Es waren kranke und verkrüppelte Kinder, Kinder, aus deren Augen jede Vernunft gewichen war. Zuerst hatte Lara sich vorgenommen, auf einem anderen Weg zur Arbeit zu gehen, aber sie fand immer wieder einen Anlaß, an dem Gebäude vorbeizulaufen, und das Schicksal dieser Kinder ging ihr nie aus dem Sinn. Sie sprach mit Lotte darüber.

»Immer wenn ich dort vorbeigehe, muß ich an Tanja denken.« Diese einfachen Worte brachten ihr ganzes Leid zum Ausdruck. »Ich kann es kaum ertragen, darüber nachzudenken, was mit ihr geschehen ist.«

»Es war nicht deine Schuld«, versuchte die kleine Frau sie zu trösten, wobei ihr Gesichtsausdruck eine beinahe engelhafte Sanftheit zeigte.

»Du bist zu gut«, murmelte Lara. Obwohl sie diese Worte ernst meinte, konnte sie nicht verbergen, daß Mitleid ihr fast genauso unerträglich war wie Vorwürfe, weil es ein Beweis für ihre Schwäche war. Und mehr konnte ihr die Freundin nicht bieten, diese merkwürdige kleine Person, die ihre Mutter hätte sein können.

Fräulein Bürli seufzte und bemerkte dann sachlich: »Offensichtlich wird sich dieses Problem nicht von alleine lösen. Wir müssen uns ein paar praktische Schritte überlegen. Ich bin sicher, daß wir etwas in der Sache unternehmen können. Hast du schon mit den Behörden gesprochen?«

»Nein.«

»Nein? Ich verstehe. Dann könnten wir da einen Anfang machen.«

»Viktor hat es versucht.«

»Wann?«

»Nachdem wir aus Tschita weggezogen waren. Er hat versucht, die Pflegeeltern ausfindig zu machen, aber sie waren umgezogen. Niemand wußte, wo sie waren oder ob Tanja noch bei ihnen lebte.«

»Das kann ich kaum glauben. In diesem Land wissen die Behörden doch scheinbar alles, was es überhaupt über einen Menschen zu wissen gibt. Daß Viktor sie nicht gefunden hat, heißt doch nicht, daß niemand sie finden kann. In seinem tiefsten Innern war er wahrscheinlich froh, daß er sie nicht finden konnte.«

War ich auch froh? Vor Laras geistigem Auge tauchten wieder die Bilder von verzweifelten Frauen auf, mit Gesichtern so schmal wie Schatten und Stimmen so hohl wie Echos. Sie hatte sie oft genug gesehen. Die Frau, die unter dem Zimmer wohnte, das Komarowski in Moskau für sie aufgetrieben hatte, die in einer Welt des trunkenen Mißbrauchs lebte. Die Witwe des Scherenschleifers, die hinter dem Holzschnitzer Wassili von nebenan her war, von ihm aber ihrer Kinder wegen abgewiesen wurde (würde sie die Kinder behalten oder verlassen?). Müde Frauen, die sich dabei ertappten, wie sie ihren greinenden Nachwuchs anstarrten und wünschten, wenn auch nur für einen Augenblick, daß ihre Kinder so vollständig von der Bildfläche verschwinden könnten, als hätte es sie nie gegeben. Frauen, die nächtens von tödlichen Unfällen ihrer Kinder träumten, so daß ihnen das schlechte Gewissen angesichts ihres Hasses erspart blieb und sie sich statt dessen über den kleinen Särgen genußvoll in den Tränen baden und sich mit dem Wissen beruhigen konnten, daß sie gute Mütter waren und Gott selbst sie nun von ihrer Last befreit hatte. Auch Lara hatte solche Träume gehabt, und sie wußte, daß ihre Verzweiflung genauso ohnmächtig gewesen war wie die jener anderen Frauen. Und wenn ihr Verstand auch den

Gedanken verwarf, daß sie Tanja vielleicht nicht gewollt hatte, und ihre Handlungen erklären und rechtfertigen konnte, so gab es doch immer wieder Momente wie jetzt, in denen sie über ihre Situation nachgrübelte und alle Argumente vor dem schlichten Gedanken an ihren Verlust und der Tatsache, daß sie mit dem Verbrecher, der ihn verursacht hatte, zusammenlebte, zu nichts als leeren Worten wurden.

Komarowski kam von einem seiner ausgedehnten Spaziergänge und Schachspiele mit seinem Freund Panow nach Hause. Er fand die Frauen in der Wohnung vor, doch sie hatten nichts zu Essen gekocht, und ohne sich zu beklagen, ging er daran, eine Mahlzeit zuzubereiten. Er hatte getrunken und heiterte sie mit lustigen Geschichten über seine Freunde, ihre Ideen und ihr Benehmen auf, das er mit der Distanziertheit eines Juristen und der Ironie eines alten Mannes studierte. Bei solchen Anlässen konnte er sehr komisch sein. Und nach dem Essen, als ihm Laras Teilnahmslosigkeit auffiel, erbot er sich, ihnen allen vorzulesen. Er las gut, mit schöner, voller Stimme, in der Intelligenz und Ausdruck lagen. Den ganzen Abend lang war er nachgiebig und in bester Laune.

Sie gingen schlafen. Mitten in der Nacht wachte Lara auf. Durch die schlecht abgedichteten Fenster war ein feiner Nebel in die Wohnung gedrungen, und von der Reede jenseits des Hafens war das Tuten von Schiffen zu hören. Lara konnte nicht wieder einschlafen, daher stand sie auf, zog ihren Morgenrock an und setzte sich eine Weile ans Fenster. Das Zimmer war kalt. Sie war unruhig. Sie ging in die Wohnstube, um sich am Ofen ein wenig aufzuwärmen. Ein Nachtlicht aus Talg brannte auf dem Tisch und verbreitete einen fettigen Geruch. Die reichverzierten Simse waren in geisterhafte Schatten gehüllt. Unter dem Fußboden raschelten Mäuse.

Komarowski lag auf der Polsterbank. Er war mit einer Pferdedecke und einem orientalischen Teppich zugedeckt, unter dem seine Füße in den gestopften Socken herausguckten. Sein Kopf ruhte auf einem Kissen. Lara konnte sein weißes Haar und seinen weißen Bart und die vom Alter runzlige Haut sehen. Und obwohl er reinlich war, konnte sie ihn riechen, seinen Schweiß, seinen Atem, seine animalische Gegenwart, das Alter und den Verfall. Wie er so dalag, erschien er ihr widerwärtig, bleich und kraftlos; weder sein Verhalten noch seine schöne Stimme vermochten jetzt, die Sinne abzulenken. Wie abstoßend er war – sie hatte ihn zwar nie geliebt, aber sie fragte sich, wie sie sich jemals hatte dazu überwinden können, mit ihm zusammenzuleben, aus welchem Grund und zu welchen Bedingungen auch immer.

Sie stand am Kopf der Polsterbank. Komarowskis verhüllter Körper breitete sich vor ihr aus wie die Schnitzerei auf einem Katafalk. Sie fühlte sich an die Beerdigung ihrer Mutter erinnert, an den Anblick der gepuderten Leiche, als sie zur allgemeinen Besichtigung freigegeben worden war. Sie hatte damals erwartet, daß der traurige Anblick des vergänglichen Fleisches Zuneigung in ihr erwecken würde, aber sie hatte nur einen kalten Widerwillen verspürt, so als sei die Leiche eine Attrappe, die nichts mit dem lebendigen Menschen zu tun hatte, der diese Zuneigung gerechtfertigt hatte. Sie erinnerte sich an die Kondolierenden. Nach einem Augenblick des frommen Gedenkens und der Verlegenheit hatten sie von alltäglichen Dingen gesprochen.

Dabei konnte man, wenn man vor einer Leiche stand, in Wahrheit alles sagen.

»Ich hasse dich«, sagte Lara.

Da – es war geschehen. Und es reichte nicht. Sinnlos, so sinnlos, unbedeutend und sinnlos. Wie ein Kind, das hinter dem Rücken eines Erwachsenen redete. Was kann ich sonst noch sagen oder tun, um diese Last loszuwerden? In der Stille des Zimmers war sie sich nicht einmal sicher, ob sie die Worte wirklich ausgesprochen hatte, so laut lärmten ihre Gedanken.

»Ich weiß«, sagte Komarowski.

Nein! Er hatte nicht gesprochen! Aber wie konnte sie sicher sein? Er hatte die Augen geschlossen und sagte nichts mehr. Er drehte sich auf die Seite, gab aber immer noch nicht zu erkennen, ob er Laras Anwesenheit bemerkt hatte. Sie würde es ihm noch einmal sagen. Nein, sie würde nichts mehr sagen. Es war nichts mehr zu sagen. Sie wollte nicht mit ihm darüber reden. Es reichte, daß er es wußte. Sie setzte sich auf einen Stuhl und zog fröstelnd den Morgenrock enger zusammen.

Dann hörte sie ein Geräusch. Ein ersticktes Schluchzen. Es kam von Viktor. Er lag immer noch auf der Seite, mit abgewandtem Gesicht. Er weinte im Schlaf!

Lara erstarrte. Sie war wütend. Wie konnte er es wagen zu weinen! Er hatte ihr alles genommen, wie konnte er ihr auch noch ihren Haß nehmen? Sie wollte ihn anschreien, selbst auf die Gefahr hin, daß sie ihn damit zu Gewalttätigkeiten reizen würde, nur um ihn wieder so sehen zu können, wie er wirklich war. Keine Tränen, Viktor, bitte, keine Tränen.

Eine Weile stand sie kopfschüttelnd mitten im Zimmer und murmelte vor sich hin, als würde sie ihn mit Zaubersprüchen beschwören. »Ich verliere den Verstand«, flüsterte sie dann lauter. »Was kann ich nur tun, damit er aufhört?« Doch da hatte er auch schon aufgehört. Er war in Tiefschlaf versunken, hatte sich wieder auf den Rücken gedreht und schnarchte nun. Und Lara spürte, wie eine große Ruhe sie überkam.

Ich muß der Sache ein Ende bereiten, sagte sie sich. So kann es nicht weitergehen. Sie hatte keine Ahnung, wie sie es bewerkstelligen sollte, nur ein überwältigendes Bedürfnis nach Endgültigkeit. Dann dachte sie: Ich werde ihn töten. Ich habe schon einmal versucht, ihn umzubringen, auf dem Fest bei den Swentizkis, da war ich fast noch ein Kind. Diesmal tue ich es wirklich. Auf dem Tisch liegt ein Küchenmesser. Ich brauche es mir nur zu nehmen und ihn damit zu erstechen.

Ganz ruhig griff sie nach dem Messer.

Und machte einen Schritt nach vorne. Es war Zeit, die Sache zu einem Ende zu bringen. Ein Stich ins Herz, und er wäre tot. Sie musterte die Decke, mit der er zugedeckt war, und versuchte, zwischen den Falten den Punkt ausfindig zu machen, wo sie ihm die tödliche Wunde beibringen konnte. Sie verwarf den Gedanken daran, daß sie für ihre Tat würde büßen müssen – das wäre so ungerecht, daß es nicht der Überlegung wert war. Sie hob die Hand mit dem Messer.

»Mutter?« Katja stand in der Tür.

»Einen Augenblick.« Lara drehte sich um.

»Was machst du da?« fragte ihre Tochter mit schläfriger Stimme. Sie hielt die Arme der Kälte wegen um den Leib geschlungen. Und dann war auch Fräulein Bürli da, die die Situation mit einem Blick erfaßte.

»Komm ins Bett zurück«, sagte sie sanft.

An ihrem nächsten freien Tag ging Lara in das Kinderheim. Sie fragte nach der Leiterin und wurde in ein muffiges Büro geführt und einer Frau in ihrem Alter vorgestellt, mit strengen Zöpfen und einem verwaschenen blauen Baumwollkleid. Lara trug ihr den Fall vor.

»Ich suche meine Tochter. Sie ist sieben.« Sie nannte Tanjas Namen und beschrieb sie.

»Das hier ist ein Waisenhaus«, sagte die Leiterin. »Wenn das Kind verlorengegangen ist, ist es ein Fall für die Polizei.«

»Tanja ist nicht verlorengegangen. Jemand hat sie mir weggenommen.«

»Ach ja?« sagte ihr Gegenüber, und Lara wurde klar, daß die andere Frau dachte, sie sei hysterisch und käme über den Tod ihres Kindes nicht hinweg. Lara sagte leichthin:

»Sie wurde zu Pflegeeltern gegeben. Ich habe ihre Namen. Ich habe mir die Geschichte nicht ausgedacht.«

»Das hatte ich auch nicht angenommen. Aber Pflegekinder haben wir hier nicht. Wo hat man sie Ihnen denn weggenommen?«

»In Tschita. Mein – Mann hat dort für die Regierung gearbeitet.«

»Vielleicht sollten Sie sich an die dortigen Behörden wenden.«

»Vermutlich könnte ich ihnen schreiben«, antwortete Lara mechanisch. Sie war stolz auf ihre Selbstbeherrschung, aber es irritierte sie, daß die Frau vor ihr sie so neugierig musterte. Doch vielleicht war sie auch nur überreizt. »Leider kenne ich in Tschita niemanden. Gibt es dort ein Kinderheim? Könnten Sie mir sagen, an wen ich mich wenden müßte?«

»Ich kann Ihnen eine Adresse geben. Und Sie sollten außerdem Kontakt mit der Polizei aufnehmen.«

»Ja, natürlich.«

Lara wartete, während die Leiterin ihre Feder in das Tintenfaß tauchte und die Adresse auf ein Stück Papier schrieb. Dann fragte sie: »Sind die Waisenkinder und die Pflegekinder nicht irgendwo zentral erfaßt?«

»Seit dem Krieg gibt es so viele. Vielleicht haben sie in Moskau eine Liste, aber ich habe nie davon gehört.«

»Haben Sie eine Liste?«

»Ja, von unseren Kindern. Mit Fotos. Wir fotografieren die Kinder, wenn sie zu uns kommen. Möchten Sie die Bilder sehen?«

»Ja, bitte.«

Die Frau holte aus einem Schrank zwei abgegriffene, in Leinen gebundene Alben und legte sie auf ihren Schreibtisch. »Sehen Sie sich die Fotos an, wenn Sie möchten. Aber seien Sie mir nicht böse, wenn ich Sie damit allein lasse. Es wartet noch andere Arbeit auf mich.«

»Sie sind sehr freundlich«, sagte Lara.

»Ich helfe Ihnen gerne, wenn ich kann.«

Als Lara allein war, öffnete sie das erste Album. Auf jeder Seite befanden sich vier Fotos, und unter jedem Foto klebte ein Schildchen, auf dem mit bräunlicher Tinte Name, Geburtsdatum und Tag der Ankunft und der Entlassung eingetragen waren. Lara blätterte eilig die Seiten durch, bis ihr Blick zufällig auf dem Bild eines kleinen Jungen haften blieb. Sie fragte sich, was wohl aus ihm geworden sein mochte, und schalt sich für ihren Eifer. Tanja konnte unmöglich in diesem Waisenhaus gewesen sein. Und eigentlich war Lara auch nicht mit dieser Erwartung hergekommen. Sie hatte sich nur Informationen darüber verschaffen wollen, wie sie ihre Nachforschungen beginnen sollte. Die Fotos erweckten nur falsche Hoffnungen. Es war einer jener törichten Momente, in denen sie sich den Glauben gestattete, daß es irgendein Prinzip von Ordnung und Gerechtigkeit gab, das diese Hoffnungen erfüllen würde.

Es klopfte, dann öffnete sich die Tür, und die Leiterin kam zurück. Im Flur hinter ihr warteten zwei unrasierte Männer in schlampigen Uniformen. Die Leiterin nahm weiter keine Notiz von ihnen, sondern fragte höflich, ob Lara fertig sei.

Lara bejahte und sagte sich innerlich: Ich hatte recht. Sie glaubt wirklich, daß ich verrückt bin. Die Männer hat sie mitgebracht, damit sie mich festhalten, wenn ich gewalttätig werde. Aber ich habe doch gar nichts getan, um diesen Eindruck zu erwecken.

Ruhig verließ Lara das Waisenhaus, und als sie wieder zu Hause war, berichtete sie Fräulein Bürli von ihrem Erlebnis. Nachdem Lotte geduldig zugehört hatte, sagte sie: »Um offen zu sein, Lara, du benimmst dich wirklich etwas merkwürdig.«

»In welcher Weise? Ich habe sehr darauf geachtet, meine Gefühle unter Kontrolle zu halten und das Problem vernünftig anzugehen.«

»Ja, das sehe ich.«

»Aber dann verstehe ich es nicht.« Lara ahmte das ruhige Verhalten ihrer Freundin ganz bewußt nach. Es war wie beim Tanzenlernen, wenn man die Füße des Partners beobachtet, um auf keinen Fall in Verlegenheit zu geraten. Sie war sich sicher, daß an ihrem Verhalten nichts auszusetzen war. In gewisser Weise war sie stolz auf ihre Fähigkeit, jeden Hinweis auf Probleme zu unterdrücken und der Welt in genau der richtigen Art gegenüberzutreten.

»Du wirkst einfach zu vernünftig«, erklärte Fräulein Bürli. »Zu distanziert. Und so klingst du im Moment auch. Aber Freundinnen sprechen anders miteinander. Eine Frau hält dich für verrückt, und du sprichst so sachlich darüber, als wäre es das Normalste auf der Welt. Aber das ist es nicht.«

»Glaubst du, daß ich verrückt bin?«

»Genau das meine ich. Was du gerade gefragt hast, ist keine normale Frage.«

»Aber bin ich denn verrückt, Lotte?« fragte Lara und spürte, wie ihr äußeres Ich Risse bekam. »Wie soll ich fragen? Glaubst du mir denn nicht, daß ich es wissen will?«

»Ach, natürlich bist du nicht verrückt, Lara!« rief Fräulein Bürli. Sie breitete die Arme aus, umarmte sie und streichelte ihr Haar, während sie ihren Kopf an ihrer Schulter wiegte. »Es ist einfach zuviel für dich gewesen, das ist alles. Du darfst es dir nicht so schwermachen.«

»Aber ich muß Tanja finden.«

»Ja, natürlich. Aber es gibt andere Möglichkeiten. Wenn du direkt zu den Leuten hingehst, werden sie dich nur enttäuschen oder wütend machen. Du mußt Schritt für Schritt vorgehen. Schreib ein paar Briefe. Versuch, in der Bibliothek oder über die Zeitungen etwas herauszubekommen. Ja?«

Lara nahm den Rat ihrer Freundin an. Sie schrieb an die Polizeibehörden in den Küstenprovinzen und in Tschita, an Parteifunktionäre und die verschiedenen Organe, die, aus welchen Gründen auch immer, die Bevölkerung erfaßten. Keiner dieser Briefe trug Früchte, aber allein die Tatsache, daß sie etwas für ihre Tochter tat, war Labsal für ihre Seele und verhinderte, daß es zu möglicherweise emotional aufgeheizten Begegnungen kam, bis sie wieder in ausgeglichenerer Stimmung war.

Wie nahm Katja diese Vorgänge auf? Sie befand sich in einer Phase, in der sie sich von ihrer Mutter, Viktor und Fräulein Bürli zurückzog, auf sich selbst bezogen und voller Ressentiments war. Wer bin ich? Was will ich? Sie stand vor dem Spiegel und spielte mit ihrem Haar, strich über ihre unreine Haut. Bin ich schön?

Lara flößte ihr Angst ein. Als sie in jener Nacht ihre Mutter über Viktor gebeugt gefunden hatte, hatte sie gewußt, daß Lara ihn hatte töten wollen. Lotte hatte sie wieder ins Bett geschickt, aber Katja hatte es gewußt. Oder etwa doch nicht? Am nächsten Morgen sprach niemand über die nächtlichen Ereignisse, sie konnte es also auch geträumt haben. Aber gut, wenn die anderen Geheimnisse für sich behalten konnten, konnte Katja das auch! Ihnen bloß nichts erzählen! Kleine Münzen und Schleifen stehlen – sie brauchte sie! Und nach der Schule eine halbe Stunde herausschinden, um sich mit den anderen Mädchen zu treffen und sich über die Jungs lustig zu machen. »Zeigt mal eure Höschen!« riefen die Jungs zurück. Die jüngeren Lehrer sahen sie seltsam an. Matrosen auf Landgang grinsten und machten anzügliche Gesten. *Bin ich schön?*

Mit wem kann ich sprechen? Mit niemandem. Was ist mit meiner Mutter los? Sie wirkt genauso zerbrechlich wie damals, als Tanja verschwand. Äußerlich ist sie ruhig. Sie hat sich die Ruhe wie eine Maske übergestülpt. Alles Oberfläche. Nur nicht berühren. Lotte beschäftigt sich nur mit Lara. Und Viktor ist lächerlich – vielleicht wird er wahnsinnig.

An einem Herbsttag gingen sie alle zusammen im Park spazieren. Komarowski trug aus diesem Anlaß ein Leinenjackett und einen zerdrückten Panamahut. Der alte Mann ging plattfüßig vor ihnen her und schlug mit seinem Malakkaspazierstock nach Grasbüscheln und Steinen. Katja ging neben ihrer Mutter und hörte zu, wie Fräulein Bürli über ihre musikalische Ausbildung sprach.

»Ich habe getan, was ich konnte«, sagte ihre Lehrerin, »aber ich habe nur gelernt, adlige junge Mädchen zu unterrichten, höhere Töchter sozusagen, gerade so weit, daß sie ihre Männer beim Singen am Klavier begleiten können. Katja muß irgendwo studieren, wo sie bedeutendere Musik hören kann und besseren Unterricht bekommt, als es hier möglich ist.«

»Meinst du in Moskau?« fragte Lara.

»Das wäre sicherlich am besten.«

Lara wandte sich an Katja: »Möchtest du gern in Moskau studieren?«

»Ich weiß nicht.« Doch Katja wußte es sehr wohl, sie wollte es nur nicht sagen. Sie konnte die Antwort umgehen, weil Onkel Viktor sich plötzlich umdrehte und gebückt auf sie zusprang, so wie er es manchmal getan hatte, als sie noch klein gewesen war. Dann hatte er sie hochgehoben und durch die Luft fliegen lassen. Sein Verhalten wurde mit dem Alter wirklich immer sonderbarer.

»Ho! Ho!« rief er.

»Hör auf, Viktor!« fuhr Lara ihn an, und er hörte auf und schlug schmollend weiter auf das Gras ein. Lara wandte sich wieder Katja zu. »Möchtest du dich nicht von deinen Freundinnen trennen? Ist es das?«

»Ich habe keine Freundinnen«, antwortete Katja ungeduldig. Sie haßte es, ausgefragt zu werden, und in letzter Zeit kam es ihr so vor, als würde niemand mehr normal mit ihr sprechen. Alles war offene oder unausgesprochene Kritik. »Ich möchte nicht von dir und von Fräulein Bürli weg.«

»Aber deine Musik?«

»Die ist nicht wichtig.«

»Wie kannst du das sagen?«

»Weil es stimmt.«

»Lotte ist aber anderer Meinung.«

Katja zuckte mit den Schultern. Erwachsene waren manchmal blind. Sie hatte bereits erkannt, daß sie zwar Klavierspielen konnte, eine gute Stimme hatte und daß die Musik ihr viel Freude bereitete, daß ihr aber die Leidenschaft fehlte. Sie wußte, daß sie zwar ein gewisses Können erworben hatte, aber eigentlich nicht begabt war. Wenn sie ihre musikalische Ausbildung fortsetzen würde, könnte sie vielleicht eines Tages eine Stelle im Orchester oder im Chor bekommen, aber als Solistin würde sie nie gut genug sein. Es reichte einfach nicht. Die Musik begeisterte sie nicht.

Als Katja sah, daß ihre mürrische Antwort den Frauen nicht gefiel, schloß sie sich Komarowski an. Er schien sich über ihre Gesellschaft zu freuen. Hinter sich hörte sie die Frauen sprechen. Über mich, dachte sie gereizt, und das stimmte tatsächlich.

»Ein Mädchen in ihrem Alter sollte Träume haben«, bemerkte Lara.

»Sie hat zuviel erlebt«, erwiderte Fräulein Bürli traurig.

Lara erinnerte sich dunkel an ihre eigene frühere Leidenschaftlichkeit. Vorbei und vergessen. Nur Trümmer und Enttäuschungen waren davon geblieben.

Und Katja weiß das, dachte sie. Sie sieht jeden Tag mit an, wo meine Gefühle und meine Ziele mich hingeführt haben. Wann bin ich zum letzten Mal wirklich glücklich gewesen? Mit Jura. Seitdem nicht mehr. Viktor konnte mir Tanja nur wegnehmen, weil ich innerlich wie tot war und nie richtig um sie gekämpft habe. Ich war ihr gegenüber gleichgültig.

Wenn Lara ihre Tochter in letzter Zeit ansah, wirkte diese so ruhig, so gefaßt, selbst in diesem schwierigen Alter. Sie hat gelernt, die Dinge so zu nehmen, wie sie sind, schloß Lara. Das hat sie von mir gelernt. Ist das eine gute Lehre oder eine schlechte?

Körperlich gesehen reifte Katja zur Frau heran. Und Lara wußte, daß ihr sexuelles Erwachen nur eine Frage der Zeit war. Und was dann? Wo würde ihre Distanziertheit sie hinführen? Aus Unwissenheit und Gleichgültigkeit könnte sie den ersten Mann nehmen, der ihr eine gewisse Sicherheit bot. Oder aber ihre Gefühle könnten plötzlich und ohne Vorwarnung auflodern, und Katja würde sich Hals über Kopf und ohne jede Überlegung dem Mann hingeben, der es verstünde, diesen Brand zu entfachen.

Und obwohl ich so viel über Katja weiß, kann ich doch nicht vorhersagen, welchen Weg sie wählen wird.

Moskau – Moskau. Katja könnte dort Musik studieren. Wenn es irgendwelche Hinweise auf Tanjas Aufenthaltsort gibt, dann dort. Auf meine Briefe haben sie nicht geantwortet. Katja könnte singen lernen – oder Klavierspielen –, ich bin für Singen. Jura hat gesungen. Oder vielleicht glaube ich das auch nur jetzt, im Rückblick. Vielleicht war es Pascha, der gesungen hat. Wenn überhaupt jemand etwas über Tanjas Verbleib weiß, dann in Moskau. Und jetzt kann ich, Lotte sei Dank, fremden Menschen wieder gegenübertreten. Monatelang habe ich Briefe geschrieben und keine Antworten bekommen. Nichts, was weiterhalf. Ich weiß jetzt, wann ich wütend werden muß und wann nicht. Daran erkennt man den vernünftigen Menschen. Singen wäre am besten.

Sie betrachtete Komarowski, der immer noch vor ihnen herging. Wenn Mütter an ihm vorbeispazierten, sprang er im Spiel auf deren

Kinder zu, und dabei schwang sein fetter Bauch hin und her wie bei einem alten Hund.

In den letzten paar Monaten wird er senil, dachte Lara und lächelte vor sich hin. Damit habe ich nicht gerechnet. Ich dachte, er würde bis zum Ende ein Teufel bleiben. Inkontinent und kindisch wird er enden, und ich werde wie eine Mutter für ihn sorgen müssen. Damit habe ich nicht gerechnet.

»Was willst du tun?« unterbrach Fräulein Bürli sie wie aus weiter Ferne.

»Ich fahre nach Moskau«, erklärte ihr Lara.

9

Verschwinden

Eines Tages im September jenen Jahres, 1929, ging Nikolai Afanasitsch Schaljapin die Kamergerski-Gasse in Moskau entlang und am Künstlertheater vorbei. Es war ein klarer, kühler Tag, und er trug eine graue Pelzmütze und seinen Fuchspelzmantel. Er schlenderte langsam dahin, wie jemand, der über etwas nachdenkt, wich anderen Spaziergängern aus und wartete geduldig, während eine Gruppe von Arbeitern Kulissen aus einem Wagen lud und sie in das Gebäude trug. Und während er wartete, knabberte er das Kerngehäuse seines Apfels ab und verfütterte die Überreste an das Pferd, das vor den Wagen gespannt war. Dabei ließ er seine Augen die Straße entlangwandern, und sein Blick fiel auf eine Frau in säuberlich gewendeten Kleidern, die gerade aus einem Mietshaus herauskam. Er betrachtete sie flüchtig und wurde dann von zwei Männern abgelenkt, die eine riesige, vergoldete Urne aus Pappmaché trugen und ihn baten, Platz zu machen. Erst danach kehrte sein Blick zu dem Mietshaus zurück, und ihm wurde klar, daß er Lara gesehen hatte. Aber da war sie schon fort.

Am Nachmittag begab sich Schaljapin wieder in die Kamergerski-Gasse und ging zu dem Haus, wo er die Frau gesehen hatte. Er fragte den *dvornik*, ob die Genossin Antipowa hier wohne. Dem alten Mann war der Name nicht bekannt. Schaljapin versuchte es mit Komarowskaja, hatte aber auch damit keinen Erfolg. Selbst die Beschreibung der Frau half nicht weiter. Doch der alte Mann war ein Trinker, der seinen eigenen Namen kaum kannte. So fragte Schaljapin bei einigen Hausbewohnern nach, aber auch bei ihnen hatte er kein Glück. Er glaubte schon, er hätte sich geirrt.

Damit hätte die Sache beendet sein können. Schaljapin sagte sich, daß er ja im Prinzip sowieso kein Interesse an Lara habe. Aber nach den anstrengenden Terminen, die seine Tage in Moskau ausfüllten, kehrten seine Gedanken ungewollt zu ihr und der Zeit, die sie in Jurjatin zusammen verbracht hatten, zurück. Es waren recht sentimentale Gedanken. Er erinnerte sich an ihre gemeinsamen Abendessen und an ihre Abende im Bett. Und wenn er überhaupt daran dachte, welche Rolle er dabei gespielt hatte, sie Komarowski zurückzugeben, so schämte er sich dafür nicht. Es war offensichtlich gewesen, daß ein weiterer Aufenthalt in Jurjatin für sie und das Kind zu gefährlich gewesen wäre. Er hatte ihr einen Gefallen getan.

Schaljapin hatte sich angewöhnt, in seiner freien Zeit spazierenzugehen und dabei über die Angelegenheiten nachzudenken, die er in Moskau zu erledigen hatte. Und ein paar Tage später, als er in der Gegend um den Kusnezki herumwanderte, fand er sich in der Kamergerski-Gasse wieder. Es war ein milder Abend, die Menschen tummelten sich draußen auf der Straße, und über die Köpfe einer Gruppe von Klatschweibern hinweg sah er Lara erneut. Sie entfernte sich in die entgegengesetzte Richtung. Er drängte sich an den Frauen vorbei, rannte ihr nach und holte sie ein, gerade bevor sie um die Ecke bog. Er legte ihr die Hand auf die Schulter.

»Lara!« sagte er atemlos.

Sie drehte sich um, erschrocken und verständnislos, und nur langsam ging ihr auf, wer da vor ihr stand. »Ach – du bist es. Du hast mich überrascht.«

»Ja, das hab' ich wohl.« Schaljapin war immer noch außer Atem. Lara sagte nichts weiter, und er konnte einen Augenblick lang nicht sprechen, wobei er sich gleichzeitig der merkwürdigen Tatsache bewußt war, daß er ihr hatte nachlaufen müssen, was früher anders herum gewesen war. Obwohl es in diesem Fall natürlich eine Erklärung dafür gab. »Ich war nicht sicher, ob du es warst.« Es klang gehetzt, weil er erst allmählich wieder zu Atem kam. »Ich habe dich vor ein paar Tagen schon einmal gesehen, aber ich war mir nicht sicher. Ich dachte, du wärst irgendwo im Osten.«

»In Wladiwostok.«

»Ja. Bist du immer noch mit Komarowski zusammen? Ist er hier?«

»Nein.«

»Nein«, wiederholte Schaljapin. Er nahm die Gelegenheit wahr, um Laras Gesicht zu betrachten. Sie sah – nicht glücklich aus, aber gefaßt. Als wenn sich ein Problem gelöst hätte: Sie hatte etwas Selbstsicheres an sich. »Wir müssen zusammen essen gehen«, schlug er vor, ohne zu wissen, warum. »Ich wohne in einem kleinen Hotel, dem Hotel Lublin, kennst du es? Es heißt inzwischen anders, aber alle benutzen noch den alten Namen. Wo wohnst du?«

»Ich habe ein Zimmer gefunden. Bei einer Familie. Danke für die Einladung, aber ich habe wirklich sehr viel zu tun.«

Obwohl ihr offensichtlich nichts daran lag, das Gespräch fortzusetzen, wollte Schaljapin sie nicht gehen lassen. Ihr Verhalten weckte seine Neugierde. Und vielleicht lag es auch an seinen gegenwärtigen Schwierigkeiten, daß er sich an ihre gemeinsame Vergangenheit erinnern wollte, die in seiner Erinnerung sehr angenehm gewesen war. »Bist du schon lange hier?« fragte er.

»Seit ein paar Wochen.«

»Und wann fährst du wieder? Ist deine Tochter auch hier?«

Lara zögerte, und Schaljapin dachte, sie überlege sich vielleicht eine passende Lüge, um ihn loszuwerden. Dann aber sagte sie mit ihrem neuen Selbstvertrauen: »Katja ist noch in Wladiwostok. Ich weiß nicht, wie lange ich noch hier sein werde. Ich versuche, hier am Konservatorium einen Platz für sie zu bekommen, und in dem Fall würden wir nach Moskau ziehen.«

»Aber dafür hast du doch nicht Wochen gebraucht?«

»Nein.«

»Also hattest du noch etwas anderes zu tun?«

»Ja.«

»Behördenkram? Wenn du es mir sagst, kann ich dir vielleicht helfen.«

»Ich glaube nicht, daß du mir helfen kannst.«

Schaljapin wagte ein Kichern, war sich aber nicht sicher, ob es angebracht war. »Das kannst du erst wissen, wenn du es mir sagst.«

Wieder zögerte Lara, als wäge sie ab, wieviel sie ihm sagen sollte, und dann entschied sie sich für Ehrlichkeit. »Ich habe noch eine Tochter – erinnerst du dich? Tanja.« Schaljapin erinnerte sich dunkel daran, daß sie ihm so etwas erzählt hatte, aber damals hatte ihn das nicht weiter interessiert. »Viktor hat sie mir weggenommen. Und jetzt versuche ich mit Hilfe der Behörden, sie wiederzufinden. Aber du kennst sie ja. Ihre Mühlen können sehr langsam mahlen.«

Lara wartete. Er wollte ihr helfen und war enttäuscht, weil er mit derartigen Problemen keine Erfahrung hatte. Er hatte die Angewohnheit, Menschen zu helfen, wenn es nicht allzuviel Mühe machte, eine Gewohnheit, die zu seinem Image des Einflußreichen paßte und den Vorrat an Gefälligkeiten, die andere ihm schuldeten, aufstockte. Und in diesem Fall erinnerte er sich an eine Vergangenheit, die im Vergleich zu seiner gegenwärtigen Lage geradezu rosig ausgesehen hatte. Trotzdem konnte er Lara nicht helfen, und das ärgerte ihn um so mehr, als sie offensichtlich keine Hilfe von ihm erwartete. Statt dessen musterte sie ihn.

»Wie geht es dir?« fragte sie jetzt.

»Sehr gut.«

»Deine Geschäfte laufen gut?«

»Ausgezeichnet. Wohnst du hier in der Kamergerski-Gasse? Ich habe versucht, deine Adresse herauszubekommen.«

»Nein.«

»Dann hast du Freunde hier?«

»Jemand, den ich früher einmal kannte, hat in einem dieser Häuser gewohnt.«

»Ist er nicht mehr hier?«

»Er ist gestorben.«

»Das tut mir leid. Habe ich ihn auch gekannt?«

»Vielleicht habe ich mal von ihm gesprochen. Schiwago. Ich habe erst nach meiner Ankunft herausgefunden, daß er hier in Moskau lebte. Es war eine Überraschung für mich. Ich hatte ihn jahrelang nicht gesehen, und ich hatte keine Ahnung, wo er war. Er war Arzt.«

Schaljapin war sich nicht ganz sicher, aber sie sah nicht traurig aus, eher so, als hätte sie einen großen Schmerz überwunden und könnte sich jetzt gefaßt daran erinnern. Ging es dabei um diesen Schiwago? Er erinnerte sich an den Namen, irgendeine Geschichte, die er aufgeschnappt hatte, als er sich über Laras Vergangenheit informierte, bevor er sie zu seiner Geliebten machte. Oder vielleicht hatte sie es ihm auch selbst erzählt, und er hatte nicht zugehört. Sie sprach wieder:

»Er hatte ein schwaches Herz, und eines Tages ist er auf der Straße zusammengebrochen und gestorben. Ein paar Tage später hätten wir uns wiedergesehen – und er ist gestorben.«

Doch Schaljapin wollte nichts von Schiwago hören. Er unterbrach sie: »Vielleicht kann ich etwas für dich tun. Sie haben die Fleischrationierung wieder eingeführt. Hast du eine Karte?«

»Nein.«

»Ich besorge dir eine. Sag mir nur, unter welchem Namen du hier lebst – Antipowa oder Komarowskaja?«

»Antipowa. Aber es ist wirklich nicht nötig. Ich komme auch so zurecht.«

»Trotzdem –«, er kramte in seinen Taschen nach Papier und Bleistift, »– ich komme hier oft vorbei. Bist du nicht in dem Haus da hinten gewesen? Ich hinterlege die Karte beim *dvornik*. Er kann sie dir dann geben.«

»Bitte…«, sagte Lara, hielt dann aber inne. Sie sah zu dem klaren Himmel hinauf, zu den Sternen und dem Mond über den Dächern. »Es ist schon spät«, beendete sie die Unterhaltung, »ich muß gehen.«

»Besuch mich in meinem Hotel.«

Sie nickte, drehte sich dann um und ging. Er blieb allein zurück. Und erst jetzt dachte er darüber nach, wie kühl sie ihm gegenüber gewesen war, und er wurde ärgerlich, weil er das nicht verdient hatte. Er versuchte, es mit einem Schulterzucken abzutun, während er die Straße zurückging und vor dem Mietshaus stehenblieb. Er musterte die schäbige, nichtssagende Fassade und ließ seinen Blick dann wandern, genau wie seine Gedanken, bis ihm auf der gegenüberliegenden Straßenseite zwei Arbeiter auffielen, die sich gegen eine Mauer lehnten und weiter nichts Auffälliges an sich hatten, außer daß ihre Hände ungewöhnlich weiß und sauber waren.

✳

Es stand schlimmer um Schaljapin, als er Lara gegenüber zugegeben hatte. Seine Geschäfte hatten hauptsächlich darin bestanden, als Mittelsmann den Überschuß der Bauern weiterzuverkaufen. Doch im vergangenen Jahr war die Regierung unter dem Druck der Kornknappheit wieder dazu übergegangen, die Ernte zu beschlagnahmen, genauso wie während der verhaßten Zeit des Kriegskommunismus, vor der Neuen Ökonomischen Politik. 1928 hatte es keine Überschüsse zu verkaufen gegeben. Schaljapin hatte von seinen Reserven und von einem kleinen Laden gelebt, in dem Seife, Paraffin und Nägel verkauft wurden.

In diesem Jahr durften die Bauern ihr Getreide wieder auf dem Markt verkaufen, aber sie glaubten nicht daran, daß es sich lohnte, und hielten es zudem für gefährlich. Auf dem Land wurde heftig Propaganda gegen die angebliche Ausbeuterklasse der Kulaken gemacht. Und die reichen Bauern, mit denen Schaljapin zu tun gehabt hatte – auch sie waren noch arm genug –, hatten ihr Vieh und ihren Besitz an Verwandte und Nachbarn verkauft oder verschenkt und waren zum Teil in den Städten untergetaucht, um der Aufmerksamkeit der Troikas der Kommunisten zu entgehen, die die Dörfer jetzt kontrollierten. Unter diesen Bedingungen hatte Schaljapin entschieden, daß seine Tage als NEP-Mann gezählt waren. Er war in der Hoffnung nach Moskau gekommen, eine Stelle als Funktionär zu finden.

Nach seiner Begegnung mit Lara kehrte er in sein Hotel zurück. Er war verwirrt und kam sich ein bißchen töricht vor. Er war es nicht gewohnt, sich um Frauen zu bemühen. Bei seinem guten Aussehen und seinem Einfluß waren sie immer zu ihm gekommen. Lara war in seinen Augen nie anders gewesen als die anderen, außer daß ihr Zögern sie in gewisser Weise anziehend gemacht hatte. Was ihn jetzt so ärgerte, war die Erkenntnis, daß sie ihm nie wirklich gehört hatte, und jetzt, da seine Macht abgenommen hatte, gehörte sie ihm um so weniger. Das ärgerte ihn maßlos, und gleichzeitig machte es Lara geheimnisvoll und begehrenswert.

Es war neun Uhr abends. Er war müde und gereizt, doch er hatte noch zu tun. Er fing an, das schmutzige Zimmer mit den Rissen in der Decke, den undichten Fenstern und den zerbrochenen Möbeln aufzuräumen. In die Mitte stellte er einen kleinen, fleckigen Tisch, deckte ein Bettlaken darüber und stellte vier Stühle darum herum auf. Dann ging er in die Hotelküche und holte einen Teller mit Brot und eingelegten Zwiebeln, für den er den Koch geschmiert hatte. Er stellte ihn auf den Tisch und legte einen Packen schmieriger Spielkarten daneben. Dann nahm er seine Geldkatze vom Gürtel und überprüfte die einzelnen Fächer, zählte sein schmaler werdendes Bündel Banknoten durch und kontrollierte den Vorrat an Eheringen und Schmuck, den er in den Dörfern eingesammelt hatte. Schließlich setzte er sich auf den Bettrand, betrachtete sein Werk und betete still zu niemand Bestimmtem, daß seine Bemühungen Erfolg haben möchten.

Um zehn klopfte es an der Tür. Schaljapin öffnete, und ein dicker Mann mit lächelndem Gesicht trat ein und sagte: »Sieht aus, als wäre ich der erste, Kolja. Wo sind die anderen? Kommen sie noch? Du hast nicht zufällig etwas zu trinken da, was?« Er zog seinen Mantel aus und warf ihn aufs Bett, schlug seine rotgefrorenen Hände zusammen, um sie zu wärmen, und bewegte die Finger. »Danke dir«, sagte er, als er den Wodka entgegennahm. »Hier versteckst du dich also. Nicht schlecht, ich habe schon Schlimmeres gesehen. Zwiebeln! Ich nehme mir eine, ja? Hast du Zigaretten, oder muß ich meine eigenen rauchen?« Schaljapin nahm eine Zigarettendose aus Geschützmetall aus seiner Jacke und bot ihm eine Zigarette an. »Hier, Sergej.« »Sehr schön«, sagte der Dicke und befühlte die Dose. »Du kannst sie gerne haben«, meinte Schaljapin beiläufig. »Ich kann mir eine neue besorgen.«

Kurz darauf trafen zwei weitere Männer ein. Sie begrüßten Sergej herzlich und bedienten sich unbefangen mit Wodka und Essen. Der größere der beiden, Makarow, war ein gebeugter Mann mittleren Alters mit schütterem Haar und dem wettergegerbten Gesicht eines Menschen, der viel im Freien gearbeitet hat. Jetzt aber trug er eine ausgebeulte Anzughose und ein nicht dazu passendes Jackett. Der Kleinere war jünger, schlank, hatte einen Spitzbart und lange, blasse Finger. Er trug ein Paar wollene Hosen und eine Armeejacke ohne Abzeichen. An seiner Brusttasche hing ein Kneifer. Er hieß Solowjew.

»Also, was machen wir heute abend?« fragte er schroff.

»Ich hatte an ein Kartenspiel gedacht«, antwortete Schaljapin.

»Von mir aus gern«, sagte Sergej.

»Und an welches?« fragte Solowjew.

»Skat.«

»Kenn' ich nicht.«

»Das ist ein deutsches Spiel. Ich habe es von deutschen Ingenieuren in Jurjatin gelernt.«

»Du bist wirklich ein Internationalist, Kolja«, sagte Sergej scherzhaft.

»Also gut«, stimmte Solowjew zu. »Du bringst uns die Regeln bei.«

»Wir spielen ein paar Runden zum Üben.«

»Und was dann? Spielen wir um Geld?«

»Wenn ihr wollt.«

»Geld?« fiel Sergej ein. »Geld ist doch uninteressant. Ich könnte mein Zimmer damit tapezieren. Kaufen kann man doch eh nichts mehr dafür.«

»Nein, da hast du recht«, pflichtete ihm Schaljapin mit schwerfälligem Humor bei. Innerlich dachte er: Das war keine gute Idee. Ich bin nicht in der Stimmung. Er hatte seine Besucher nicht nach ihrer Fähigkeit ausgesucht, ihn zu unterhalten. Diese Angewohnheit hatte er schon vor so langer Zeit aufgegeben, daß ihre ermüdenden Gespräche ihm normalerweise kaum noch auffielen. Man suchte sich seine Freunde danach aus, wie nützlich sie waren. Das tat schließlich jeder. Aber heute abend war er nicht ganz bei der Sache, und schuld daran war eine Frau, die anscheinend keine Ahnung davon hatte, welche Wirkung sie auf ihn ausübte, genausowenig, wie er selbst mit dieser Wirkung gerechnet hatte.

»Es ist ein eher freundschaftliches Spiel, deswegen könnten wir um Wodka spielen«, schlug er vor. Er holte einen Koffer vom Kleiderschrank herunter, legte ihn aufs Bett und nahm vier Flaschen Wodka und vier Gläser heraus. »Der Gewinner bekommt von jedem Verlierer ein Gläschen. Alles, was man nicht verliert, behält man.«

Makarow ergriff die Gelegenheit, um auch einmal etwas zu sagen: »Ich glaube, das ist nicht gerecht.« Die anderen sahen ihn scharf an, und er erklärte: »Wenn Kolja den Einsatz liefert, können wir doch nichts verlieren, selbst wenn wir verlieren.«

Genau das hatte Schaljapin mit seinem Vorschlag beabsichtigt, daher erwiderte er: »Dann seht es als Leihgabe an. Zahlt es mir irgendwann zurück. Einverstanden? Jetzt laßt uns spielen.«

Sie nahmen ihre Plätze ein. Schaljapin erklärte die Regeln, teilte die Karten aus, und drei Runden lang spielten sie schweigend und konzentriert. Dann erklärte Sergej: »Das ist nicht besonders schwer. Von mir aus können wir gern Skat spielen.« Die anderen stimmten ihm zu: Solowjew herablassend, als gestehe er ihm ein Privileg zu, und der alte Makarow zögernd, als habe er immer noch Bedenken.

Schaljapin gewann die ersten beiden Runden, um seine Gäste zu überzeugen, daß er ehrlich spielte. Er trank seinen Gewinn mit gespielter Gier, aber der Wodka brannte wie Galle. Das Zeug durfte ihm auf keinen Fall zu Kopf steigen. Er betete darum, nicht betrunken zu werden, und begann nun, ständig zu verlieren. Er redete sich damit heraus, daß die anderen Anfängerglück hätten und daß der Alkohol seine Wirkung zeige. Als der Wodka bei den anderen endlich zu wirken begann, ließen sie in ihrer Aufmerksamkeit immer mehr nach und waren es zufrieden, sich gegenseitig dazu zu gratulieren, wie gut sie das neue Spiel beherrschten. So ging es eine ganze Weile.

Weil Schaljapin sich nicht auf sein Spiel konzentrieren mußte, konnte er seine Gedanken wandern lassen. Er beobachtete Makarow. Der alte Mann arbeitete im Kommissariat für Landwirtschaft. Er war ein Freund von Sergej. Der Dicke nahm ihn überallhin mit, damit seine eigene Jovialität besser zur Geltung kam, so wie ein hübsches Mädchen oft eine unattraktive Freundin hat. Heutzutage hatte Makarow mit Produktionsstatistiken zu tun. Er ließ sich ganz von ihnen blenden und sagte mit nervösem Vergnügen die Zahlen für die Schweinefleischproduktion auf, so als wäre das eine gewinnende Art, Konversation zu machen. Schaljapin setzte keine besonderen Hoffnungen in den alten Bauern.

Solowjew brütete über seinen Karten, gelegentlich setzte er dazu sogar seinen Kneifer auf. Der Alkohol hatte seiner Aufmerksamkeit nichts anhaben können, aber wenn er verlor, machte sich in seiner Stimme Gereiztheit bemerkbar. »Verdammt. Die Karte muß ich noch mal angucken – von wem war sie? War sie von dir, Sergej?« Schaljapin hatte soviel wie möglich über ihn in Erfahrung gebracht. Solowjew war Buchhalter in einer Tuchfabrik gewesen, ein kleiner Angestellter, der seine Tage schwitzend über den Büchern seines Arbeitgebers verbracht und nachts den Marxismus studiert hatte. Weil der Marxismus Schaljapin genauso gleichgültig war wie der Buddhismus, war er neugierig, was die Leute daran fanden, und wenn er einen echten Kommunisten traf, stellte sich bei ihm manchmal ein distanziertes anthropologisches Staunen ein, so als sei er auf einen alternden Bonzen gestoßen, der in seinem Tempel betend vor einer Reihe vergoldeter Götzen kniete und ihnen faulende Früchte zum Opfer brachte.

Zwischen den einzelnen Runden versuchte Solowjew Makarow zum Schweigen zu bringen, indem er ihm Vorträge über die Vorzüge der Kollektivierung der Landwirtschaft hielt und über die Bedrohung räsonierte, die die Kulakenklasse darstellte. Der Dicke hörte auf, vor sich hin zu singen, und bemerkte: »Welche Kulakenklasse? Die einzigen Kulaken in meinem Dorf waren Geldverleiher, und die sind wir nach der Revolution schnell losgeworden. Ich verstehe dieses ganze Gerede von der Kulakenklasse nicht.«

»Weil du politisch ein Ignorant bist«, tadelte ihn Solowjew.

»Kann sein. Jedenfalls bin ich kein Alleswisser. Was meinst du, Kolja?«

»Ich?« Schaljapin hatte nicht richtig zugehört, sondern nur auf Solowjews Kneifer geachtet, der anzeigte, daß der Mann, wie immer er auch gekleidet sein mochte, sich selbst als Intellektuellen betrachtete. »Ich bin kein Theoretiker. Wenn die Partei sagt, daß es eine Kulakenklasse gibt, dann muß das wohl so sein.«

»Was ist denn das für eine Antwort? Hast du Angst, über Politik zu diskutieren? Leben wir in einer Demokratie oder nicht?«

»Wirklich, ich verstehe nichts von Kulaken. Ich habe nichts mit ihnen zu tun.«

»Du gehst doch in die Dörfer, oder? Du hast mehr gesehen als wir.«

»Ich habe nur mit Getreide gehandelt, das ist alles«, gab Schaljapin zurück, in der Hoffnung, das Thema damit abzuschließen. Er bemerkte, daß Solowjew über seine Antwort nachdachte, und hätte ihm am liebsten gesagt: Ich stimme Sergej zu – der einzige Kulak, den ich je gekannt habe, war ein reicher Bauer, der Geld verliehen hat, um seinen Nachbarn zu helfen –, und 1919 haben wir ihn erschossen, Gott möge uns verzeihen. Aber es war klar, daß Solowjew ihm in diesem Punkt nicht zustimmen würde, daher sagte er nichts.

Solowjew rückte seinen Kneifer zurecht und richtete sich auf, um eine Rede zu halten.

»Die Kulaken sind die bourgeoisen Elemente unter unseren Bauern. Sie halten am Privatbesitz fest und bringen mit dessen Anhäufung den Kapitalismus aufs Land.«

»Marx bewahre uns!« unterbrach Sergej ironisch.

»Das sind die Leute, mit denen du zu tun hattest«, sagte Solowjew kühl zu seinem Gastgeber. »Gib ihnen ein paar Pferde und zehn Desjatinen Land, und schon glauben sie, das wäre Sozialismus. Und scheren sich einen Dreck darum, was der Staat braucht, solange sie nur ihren Überschuß an die NEP-Leute verhökern können. Du solltest aufpassen, was du tust, Kolja. Wie heißt es in

Artikel 107? Da steht etwas über die Verursachung von Preisanstiegen und über das Versäumnis, Waren zum Verkauf anzubieten. Das hast du doch gemacht, oder? Aus genau dem gleichen Grund sitzen Leute in den Lagern von Solowki.«

»Kann sein«, antwortete Schaljapin. Er hatte eine andere Antwort geben wollen, ein paar fromme Sätze über die Neue Ökonomische Politik, die von der Partei propagiert wurde und die deshalb, zumindest für ein Weile, von allen guten Kommunisten unterstützt werden sollte. Aber er verwarf diese Antwort. Es hatte keinen Sinn. Solowjew wußte, wer er war und was er tat. Wenn er die Macht und den Wunsch hatte, ihn verhaften zu lassen, konnte Schaljapin ihn nicht daran hindern, was immer er auch sagen mochte. Und vielleicht war es ihm inzwischen sogar egal. Er legte seine Karten hin und fragte: »Spielen wir, oder diskutieren wir über Politik?«

»Wir spielen«, sagte Sergej.

»Ganz wie du willst«, murmelte Makarow vorsichtig.

»Gut, spielen wir Karten«, stimmte Solowjew nach kurzer Pause zu.

»Dann schlage ich vor, daß wir für diese Runde einen anderen Einsatz nehmen. Sergej, kannst du mir eine Fleischkarte besorgen?«

»So, wie du spielst, werde ich das kaum brauchen.«

»Aber du könntest mir eine besorgen?«

»Natürlich. Aber wofür willst du sie haben?«

»Ein Bekannter von mir ist in Moskau zu Besuch und hat keine Karte.«

»Ein Bekannter? Wie ich dich kenne, ist das bestimmt eher eine Bekannte. Hab' ich recht?«

»Bloß eine Freundin.«

»Und das soll ich dir glauben!«

»Ganz wie du willst. Gilt der Einsatz?«

»Na gut.«

In der nächsten Runde gewann Schaljapin die Fleischkarte.

✳

Um Mitternacht, als der Wodka ausging, endete das Spiel, und Schaljapins Gäste gingen müde und betrunken nach Hause. Er räumte sein Zimmer wieder auf, rauchte ein paar Zigaretten und trank die Wodkareste aus. Er zählte sein Geld noch einmal durch und untersuchte dann den Koffer, als wäre da vielleicht noch eine Flasche verborgen, genauso wie Menschen absurderweise immer wieder am gleichen Platz suchen, wenn sie etwas verloren haben, und immer wieder mit dem gleichen unbefriedigenden Ergebnis. Er rechnete sich im Geiste aus, wie lange er es sich bei seinen derzeitigen Aufwendungen noch leisten konnte, in Moskau zu bleiben, und versuchte, sich darüber klarzuwerden, welche Auswirkungen der heutige Abend haben würde, ob er dadurch an Einfluß gewonnen oder seine Stellung irgendwie verbessert hätte. Aus Erfahrung wußte er, daß man sich um etwas Ungreifbares bemühte, wenn man seine Beziehungen pflegte, aber der Versuch, solche Unwägbarkeiten genauer einzuschätzen, ist menschlich, und er beschäftigte sich eine Weile mit dem Problem. Schließlich gab er es auf und ging ins Bett.

Am nächsten Nachmittag besuchte Sergej ihn im Hotel. Sein Gesicht war aschfahl. Er fühlte sich offensichtlich elend und bat um einen Wodka gegen seine Kopfschmerzen.

»Ich habe dir die Fleischkarte mitgebracht«, erklärte er, während er sich auf einen Stuhl fallen ließ. »Für wen ist sie denn nun eigentlich?«

»Für eine Bekannte.« Schaljapin nahm die Karte entgegen, als sei sie nicht weiter wichtig.

»Ist sie schön?«

»Nicht besonders. Eine alte Freundin, mehr nicht.«

Der Dicke verlor das Interesse. Er suchte ziellos in seinen Taschen herum, dann fragte er: »Habe ich gestern abend irgendwas Dummes gemacht?«

»Eigentlich nicht.«

»Worüber haben wir gesprochen?«

»Über alles mögliche. Solowjew hat sich über die Kulakenplage ausgelassen.«

»Ach ja? Und was habe ich dazu gesagt?«

»Daß du nicht glaubst, daß es eine Kulakenklasse gibt.«

»Ach du lieber Himmel.«

Schaljapin bot ihm noch ein Glas aus der Flasche an, die er am Morgen besorgt hatte. Zögernd nahm Sergej an. »Habe ich das wirklich gesagt?« fragte er.

»Ja. Warum denn nicht? Ist das so wichtig?«

»Natürlich!« erwiderte der Dicke heftig.

»Und warum?«

»Weil es sonnenklar ist, daß wir im nächsten Jahr eine große Aktion in Richtung Kollektivierung erleben werden. Und die Partei erwartet Widerstand von den reicheren Bauern, daher wird man etwas gegen sie unternehmen müssen. Wir können uns alle auf eine große Kampagne gegen die Kulaken freuen. Zu sagen, daß sie nicht existieren, ist daher das Allerletzte. Verdammt noch mal! Und du? Was hast du gesagt?«

»Ich habe den Mund gehalten.«

»Dein Glück.«

Mein Glück, dachte Schaljapin und erinnerte sich auch an Solowjews Tirade gegen die NEP-Leute. Warnung oder Drohung? Beschwichtigend sagte er: »Mach dir keine Sorgen. Wir haben getrunken, und es war ein Gespräch unter Freunden.«

»Du kennst Mischa nicht.«

»Solowjew? Was ist mit ihm?«

Sergej klopfte sich auf die Nase. »Na, was meinst du?«

»Ein Spitzel?«

»Das habe ich nicht gesagt. Aber wer hat mit diesem Gerede von den Kulaken angefangen? Er hat die Meinung anderer vertreten. Das tun Leute seiner Art ständig: Jeden, der nicht linientreu ist, behalten sie genau im Auge.«

»Da irrst du dich, ganz bestimmt«, entgegnete Schaljapin. Doch er war sich selbst nicht sicher.

*

Zufällig kam auch Solowjew an diesem Nachmittag vorbei. Er hatte ein Paket mit Lebensmitteln vergessen gehabt und wollte es abholen. Er fand es sofort, doch statt gleich wieder zu gehen, gab er zu verstehen, daß er mit Schaljapin reden wollte, und fing an:

»Du weißt, daß ich dein Freund bin, Kolja?«

»Natürlich.« Aus lauter Gewohnheit bot Schaljapin ihm etwas zu trinken an, aber Solowjew lehnte ab. Normalerweise trank er nicht viel, nur wenn er bei gesellschaftlichen Anlässen nervös war. Mit seiner dünnen, hohen Stimme versuchte er, Schaljapin das klarzumachen.

»Ich bin froh, daß wir Freunde sind«, fuhr er fort, »weil ich dich in aller Freundschaft warnen möchte.«

»Wovor?«

»Vor Sergej.«

»Vor Sergej? Was meinst du damit? Ich dachte, ihr wärt Freunde.«

»Versteh mich nicht falsch. Der Mann ist schon in Ordnung. Aber wußtest du, daß er Verbindungen zur GPU hat?«

»Davon habe ich nichts gewußt. Bist du sicher?«

»Ganz sicher. Ich dachte, du würdest es an seiner Art erkennen. Als wir uns gestern unterhielten, weißt du noch? Er sagte, er glaubte nicht, daß es eine Kulakenklasse gäbe. Das hat er gesagt, um herauszubekommen, ob ihm jemand zustimmen würde. Das ist einer ihrer Tricks. Was glaubst du, warum ich so hochtrabend dahergeredet habe? Um mich zu schützen!«

»Ich hatte mich schon gewundert.«

»Man kann nie vorsichtig genug sein – ich meine, wir haben nichts zu befürchten, aber – hast du eine Zigarette für mich?«

Schaljapin gab ihm eine, und Solowjew rauchte geziert, er führte die Zigarette an den Mund, als wollte er sich damit die Lippen bemalen.

Wo hast du das denn gelernt? fragte sich Schaljapin. Er begann, an der intellektuellen Glaubwürdigkeit seines Besuchers zu zweifeln. Dieser Mann war nichts als eine Trickkiste, und er benutzte seine schlecht eingeübten Gesten, um Eindruck zu schinden. Dergleichen hatte Schaljapin schon oft gesehen: schlechte Schauspieler, die in billigen Theatern Aristokraten mimten.

Solowjew unterbrach sein Paffen: »Weißt du, daß sie eine Liste haben? Die GPU hat eine Liste von allen NEP-Leuten. Es ist nur eine Frage der Zeit, daß sie mit den Verhaftungen anfangen.«

»Ich habe mit der Sache nichts mehr zu tun.«

»Das spielt keine Rolle. Einmal Klassenfeind, immer Klassenfeind. So denken sie.«

»Warum sagst du mir das?«

»Du mußt ins Ausland.«

Schaljapin antwortete nicht gleich. Solowjews Kühnheit verschlug ihm die Spache. Er hatte ihm einen Vorschlag gemacht, der dem Verrat ebenso nahe kam, wie er praktisch keine Bedeutung hatte, und das, nachdem er Schaljapin gewarnt hatte, daß Freunden nicht zu trauen sei. Was ist denn so anders an mir? wunderte er sich, und laut fragte er: »Warum warnst du mich?«

Solowjew war empört: »Ich wollte dir nur ein guter Freund sein.«

»Entschuldige bitte.« Schaljapin gab seiner Stimme einen traurigen Klang, um ihn zu besänftigen. »Ich dachte – ich hatte gedacht, Sergej wäre auch mein Freund.«

»Das ist er wahrscheinlich auch«, erwiderte Solowjew vieldeutig. »Das gestern abend hatte vermutlich nichts zu sagen. Es kann gut sein, daß Sergej in dieser Sache gar nichts unternimmt. Leute auf diese Weise zu provozieren kann zu einer Gewohnheit werden. Und jetzt ist die Zeit noch nicht reif zum Handeln. Aber vielleicht in sechs Monaten oder in einem Jahr? Wenn es für Leute in deiner Lage ein bißchen brenzlig wird, wird sich Sergej vielleicht an den gestrigen Abend erinnern. Verstehst du, was ich meine?«

»Ja. Aber es ist ein Schock. Ins Ausland gehen? Daran habe ich noch nie gedacht.«

»Dann vergiß, daß ich es jemals gesagt habe. Wirklich. Ich habe nur versucht, dir ein Freund zu sein.«

»Und ich bin dir aufrichtig dankbar dafür.«

Solowjew war zufrieden.

Sie tranken noch einen Wodka, und Solowjew taute auf. Er fing an, von seiner Familie und seinem früheren Leben zu erzählen und von den Umständen, die dazu geführt hatten, daß er Marxist wurde. Schaljapin kam mit seinem merkwürdigen Gesprächsstil nicht zurecht. Einerseits hielt Solowjew die Unterhaltung auf einer fast spielerisch leichten Ebene, andererseits ließ er eine tiefe, wenn auch nicht näher erläuterte Bitterkeit seiner Familie und der Vergangenheit gegenüber erkennen. Er stellte ständig Vergleiche an. »Damit hast du dich bestimmt nicht herumschlagen müssen, Kolja, was?« oder »Du hast es wahrscheinlich leichter gehabt.«

Er ist eifersüchtig auf mich. Anders konnte Schaljapin es sich nicht erklären. Aber aus irgendeinem Grund bewundert er mich auch.

Solowjew blieb ihm ein Rätsel.

Mit der Fleischkarte ging er wieder in die Kamergerski-Gasse. Als er in die Straße einbog, zögerte er plötzlich. Er zündete sich eine Zigarette an und beobachtete die wenigen Pferdefuhrwerke, die vorbeifuhren. Die Strapazen seines Aufenthalts in Moskau machten sich bemerkbar. Er hatte Informationen zu verdauen und wichtige Entscheidungen zu treffen, gegen die diese Sache mit der früheren Geliebten die reinste Zerstreuung war.

Er versuchte, seine Situation ganz nüchtern zu betrachten. Was hatte sie ihm zu bieten? Sie war eine Frau mittleren Alters, mit Tochter und einer gefährlichen Geschichte. Und er war ihr, wenn er es genau betrachtete, bestenfalls gleichgültig. Ihr ganzes Verhalten war ihm ein Rätsel. Was wollte er von ihr?

Er beschloß, zumindest die Fleischkarte abzugeben. Das hielt sich im Rahmen und verpflichtete ihn zu nichts. Und wenn sie da war? Dann würden sie eben ein bißchen miteinander plaudern, ganz wie alte Freunde. Das mußte überhaupt nichts zu bedeuten haben. Während er noch darüber nachdachte, klopfte er schon an die Tür, und der alte *dvornik* öffnete ihm.

»Sie wünschen?«

»Ich möchte die Genossin Antipowa sprechen. Ist sie da?«

»Nein.«

»Wohnt sie nicht hier?«

»Nein.«

»Aber sie kommt gelegentlich vorbei?«

Knurrend bejahte der alte Mann. Doch heute abend käme sie gewiß nicht, meinte er. Er habe sie schon seit ein paar Tagen nicht mehr gesehen.

Schaljapin hatte sich zwar eingeredet, daß Lara ihm gleichgültig sei und daß es ihm bei diesem Besuch nur darum ginge, sein Versprechen einzuhalten, aber er war dennoch enttäuscht.

»Ich habe hier etwas für sie«, sagte er darum barsch zu dem alten Mann und reichte ihm den Umschlag mit der Fleischkarte. »Geben Sie ihr das.«

Er wandte sich zum Gehen, aber seine Wut stand wie eine Wand vor ihm. Er wandte sich noch einmal an den *dvornik*.

»Gibt es hier eine Familie Schiwago?«

Der Alte wiegte erwartungsvoll den Kopf. Schaljapin kramte in seinen Taschen und drückte ihm ein paar Münzen in die Hand.

»Na?«

»Zweiter Stock. Grüne Tür. Da wohnt keiner mehr. Nichts außer Büchern und Papieren. Muß wieder vermietet werden. Diese Antipowa hat sich deswegen erkundigt. Suchen Sie ein Zimmer oder eine Schlafecke? Ich könnte ein Wort für Sie einlegen, wenn ich auch was davon habe.«

Schaljapin überhörte ihn. Er ging bereits die Treppe hinauf.

Die Wohnungstür stand offen, und drinnen kniete eine alte Frau vor einem großen Haufen Bücher. Möbel waren nicht mehr vorhanden, kein Stück. Gestohlen, vermutete Schaljapin. Aber für die Bücher interessierte sich niemand außer der alten Frau, die sie wahrscheinlich zum Heizen verwenden wollte.

Schaljapin stellte sich neben sie und wühlte mit der Fußspitze in dem Berg herum. Medizinische Lehrbücher, Gedichte, ein paar Bände über Religion. Er selbst interessierte sich nicht für Bücher. Er war nur neugierig, was sie ihm über den Toten sagen konnten. Es war nicht viel, nur daß seine Verachtung gerechtfertigt war, wenn Schiwago wirklich von Büchern und in dieser Armut gelebt hatte.

»Haben Sie ihn gekannt?« fragte er die Alte. Sie reagierte nicht. »War er ein Freund von Ihnen? Oder ein Nachbar? Hatte er Familie?«

Mit wiegenden Hüften kam eine jüngere Frau herein. Sie hatte freche Augen, rosige Unterarme, und ihr Rock war kurz über den Arbeiterstiefeln abgeschnitten. Sie ließ ihren Blick von dem Fremden zu den Büchern wandern. »Nimm die dünnen«, wies sie die Alte an, »die anderen brennen nicht so gut.« Sie wandte sich an Schaljapin. »Und wer sind Sie?«

»Ein Bekannter. Sie haben Schiwago gekannt?«

»Nicht gut«, erwiderte sie ehrlich. »Die dünnen!« rief sie der alten Frau zu, und wieder zu Schaljapin gewandt, fuhr sie fort: »Er lebte sehr zurückgezogen. Ich glaube, er war nicht ganz richtig im Kopf. Das Zimmer hier war ein Saustall.«

»Hat er allein gelebt?«

»Er hatte wohl eine Frau, aber sie lebten getrennt. Sie kam zur Beerdigung. Ich glaube nicht einmal, daß sie verheiratet waren. Es heißt, daß er irgendwo im Ausland noch eine Frau hatte.«

»Wissen Sie, wo?«

»Keine Ahnung.«

Es war ihr völlig gleichgültig. Schaljapin war nicht ganz wohl dabei, sie auszufragen, ohne ihr zu erklären, warum er sich für Schiwago interessierte. Trotzdem erkundigte er sich:

»Hieß die Frau, die zum Begräbnis kam, Larissa Fjodorowna?«

»Nein.«

»Nein?«

»Nein, aber die habe ich auch gesehen. Sie versucht, dieses Zimmer zu mieten. Die Frau hieß Marina – Marina Soundso. Und die andere, seine richtige Ehefrau – Tonja?«

Es gab also drei Frauen in Schiwagos Leben. Und die dritte war nach Lara aufgetreten. Was mochten sie an ihm gefunden haben? Er erschien Schaljapin so unbedeutend. Zum Schluß hatte er allein in diesem Zimmer hier gehaust, während sein Leben in Trümmer zerfiel. Schaljapin verstand es nicht.

»Wie heißen Sie?« fragte er die junge Frau.

»Und Sie? Marfa – wenn Sie es unbedingt wissen wollen.«

»Verheiratet?«

»Witwe.«

Schaljapin betrachtete sie genauer. Er schätzte ihr Alter auf ungefähr zwanzig. Sie hatte ein gutgeschnittenes Gesicht, aber die Armut hatte es häßlich gemacht. Und dieser dreiste Blick –

»Kinder? Haben Sie Kinder?«

»Zwei, und eins ist gestorben.«

»Wovon leben Sie?«

»Ich arbeite in einer Zigarettenfabrik. Meine Mutter kümmert sich um die Kinder. Sagen Sie mal, wer sind Sie? Von der Polizei? Wie ein Tschekist sehen Sie nicht aus. Mehr wie ein – ich weiß nicht. Jedenfalls nicht wie ein Tschekist. Warum interessieren Sie sich für Schiwago? Er war ein Niemand. Er hat allein in diesem dreckigen Zimmer gehaust, ist hier verschimmelt. Er war krank. Das Herz. Und etwas verrückt. Also?«

Also? Was war das für eine Frage? Schaljapin bot ihr eine Zigarette an, woraufhin sie sagte: »Oh, warum nicht, vielen Dank«, wie eine höfliche Verkäuferin aus jenen Tagen, als die Verkäuferinnen noch höflich waren. Sie ließ sich von ihm Feuer geben und umschloß das Streichholzflämmchen mit ihren roten Händen.

»Du siehst aus wie ein Mann, der Geld hat«, sagte sie mit lässiger Vertraulichkeit. »Der Mantel!« Sie schnalzte bewundernd mit der

Zunge. »Ich hab's! Du bist ein NEP-Mann! Jetzt seh' ich's. Solche wie dich kenn' ich. Du interessierst dich nicht für Schiwago, sondern für diese Lara! Was willst du denn von der? Sie ist zu alt für dich und hochnäsig, als wäre sie Frau Gräfin persönlich. Und ich wette, daß sie Kinder hat.«

»Jetzt reicht's aber!« fuhr Schaljapin sie an.

*

Nach ihrer Begegnung dachte Lara kaum noch an Schaljapin. Die Zeit, die ihr neben ihren Bemühungen, Katja am Konservatorium unterzubringen und eine Unterkunft in Moskau zu finden, noch verblieb, verbrachte sie mit Gedanken und Erinnerungen an Schiwago. Natürlich dachte sie auch manchmal an Tanja, aber nicht sehr oft – denn es tat ihr weh, an Tanja zu denken, selbst wenn ihre Schuldgefühle seit ihrem Zusammenbruch etwas nachgelassen hatten. Sie ersetzte diese Gedanken durch Geschäftigkeit, indem sie bei den verschiedenen Behörden, die ihr vielleicht bei ihrer Suche helfen konnten, Erkundigungen einzog. Das endlose Pflastertreten und das lange Warten in düsteren Fluren auf Geheiß der Bürokraten wirkten wie Narkotika.

Ab und zu drängte sich ihr das Bild Komarowskis auf. Doch selbst was ihn anbetraf, hatte sie das Gefühl, daß die Krise vorüber war. Sie hatte aufgehört, ihn zu hassen.

Sie konnte jetzt ruhig über den Abend in Wladiwostok nachdenken, als sie so nahe daran gewesen war, ihn zu töten, und sie erkannte, wieviel Selbsthaß dabei im Spiel gewesen war. Es schien ihr, als wäre der Haß nur eine weitere Sache, die Komarowski ihr aufgezwungen hatte, denn er war nur deswegen in ihr aufgeflammt, weil sie seine Definition von ihrer Situation akzeptiert hatte.

Indem sie den Haß abgelegt hatte, hatte sie sich von ihren Ketten befreit. Komarowskis Düsterkeit hatte ihre eigene Denkfähigkeit beeinträchtigt, genauso wie sein Wille den ihren außer Kraft gesetzt hatte. Doch jetzt, da sie sich mit einer Aufgabe betraut sah, die nichts mit Viktor zu tun hatte, empfand sie eine berauschende Klarheit und genoß ihre neue Freiheit voll Zuversicht. Komarowski war nicht länger der verhaßte Hexenmeister. Er war ein Gegenstand der Verachtung, ja des Mitleids – weil er so mittelmäßig war und so sehr Sklave seines niederträchtigen Wesens.

In ihrer Freiheit hatte Lara eine Art Glück erreicht. Es war ein zerbrechliches Glück und vielleicht nicht von Dauer, und es konnte erschüttert werden wie an dem Tag von Schiwagos Einäscherung. Aber es war echt.

Am Tag der Einäscherung, nach ihrer Unterhaltung mit Juris Bruder Jewgraf, hatte sie vor Verzweiflung nicht mehr weitergewußt. Als sie zwischen den anderen Trauergästen an seiner Leiche gestanden hatte, war sie bei der Erinnerung an ihre Liebe zuerst von einer fast wahnsinnigen Hochstimmung ergriffen worden. Daß sie sich dabei in Gegenwart seiner sterblichen Überreste befand, war bedeutungslos gewesen. Sie hatte die Macht der Liebe über alles Materielle und Vergängliche plötzlich so stark empfunden, daß ihr schwindlig geworden war. Es war nur natürlich, daß es zu einer Gegenreaktion kam, bevor sie ihr Gleichgewicht wieder fand.

Jura und ihre Vergangenheit wurden verbrannt. Liebe schien erdgebundener und flüchtiger zu sein, wenn man vor den praktischen Problemen des Lebens stand. Zuerst einmal mußte sie sofort eine Unterkunft finden. Juras Zimmer vielleicht? Es würde genügen.

Nachdem Juris Leiche abgeholt worden war, ertappte sich Lara dabei, wie sie an ihn dachte und gleichzeitig im Geiste die Größe seines Zimmers überschlug. »Wie eine arme Verwandte, die die Hinterlassenschaft eines reichen Mannes durchsucht.« Sie erinnerte sich an Sonja Sergejewna, die in besseren Zeiten ihre Wäscherin gewesen war. Als ihr Vater gestorben war, war Lara aus Höflichkeit zur Beerdigung gegangen. Sie erinnerte sich daran, wie es sie angewidert hatte, als die arme Frau anschließend die Töpfe und Pfannen des Toten nach etwas Brauchbarem durchstöbert hatte. Und jetzt machte sie es genauso!

Der Gedanke versetzte sie in tiefe Depression. Die Liebe litt, wenn die Not an die Tür klopfte. Sie hatte keine Macht mehr, wenn es ums nackte Überleben ging. Die Liebe mußte sich damit abfinden, daß Räume abgemessen und Küchen ausgeplündert wurden. Wenn das Leben mit all seinen Belastungen weitergehen und trotzdem seine Alltäglichkeit verlieren sollte, dann mußte die Liebe ein Teil dieses Lebens werden, mußten jeder Gedanke und jede Handlung Ausdruck von ihr sein.

Lara würde nie darüber hinwegkommen, daß ihr Leben so seltsam war. Es hatte keine Logik, da war nichts, was man vernünftig hätte erklären können. Für Jura galt das gleiche. Er hatte wieder geheiratet – oder jedenfalls wie ein Ehemann mit Marina zusammengelebt und war der Vater ihrer Kinder. (Ob er dem Gesetz nach noch immer mit Tonja verheiratet war?) Lara akzeptierte das ohne Groll und hatte so etwas sogar erwartet. Ihr Abschied in Warykino war endgültig gewesen, und das Leben mußte irgendwie weitergehen.

Trotzdem war es merkwürdig, daß sie bereit gewesen waren, diese Endgültigkeit zu akzeptieren. Wie hatten sie beide um ihrer Liebe willen die geliebten Ehegefährten verlassen und dann das, wofür sie soviel geopfert hatten, wegwerfen können?

Das Merkwürdigste aber war Laras Gefühl, daß allem, was geschehen war, eine natürliche Ordnung zugrunde lag.

Früher hatte sie das Leben für erklärbar gehalten. Das Geheimnisvolle war nebensächlich gewesen. Aber jetzt schien es ihr, als seien die Erklärungen nebensächlich, als würfen sie einen falschen Schein auf der Oberfläche des Geheimnisvollen. Die Selbstverständlichkeit des Geheimnisvollen war Teil ihrer Persönlichkeit geworden.

Ihr Opfer war, so vermutete sie, der Kern des Musters, das Jura und sie aus ihrem Leben gewoben hatten.

Von außen gesehen wirkte es bedeutungslos, ja sogar verachtenswert. Aber sie hatten dieses Opfer gebracht. Ohne es zu wissen – jedenfalls nicht in dem Sinne, daß sie ihre Gedanken in Worte gefaßt hätten wie einen philosophischen Diskurs –, waren sie sich doch bewußt gewesen, welche praktischen Auswirkungen die Trennung haben würde. Und sie hatte unzweifelhaft eine Bedeutung gehabt.

Opfer waren der Kern von Religionen. Unabhängig voneinander waren Menschen auf der ganzen Welt zu der Erkenntnis gelangt, daß Opfer auf irgendeine Weise mit der Liebe und der Schöpfung in Verbindung standen. Falls Opfer verachtenswert waren, dann deshalb, weil die Menschheit im großen Plan der Dinge einen so kleinen und verachtenswerten Platz einnahm und so lächerliche Versuche machte, sich aus diesem Zustand zu erheben.

✳

Zwei Tage nach ihrer Begegnung mit Schaljapin kam Lara wieder in die Kamergerski-Gasse, um den Stapel Papiere durchzusehen, den Schiwago hinterlassen hatte.

Vor dem Künstlertheater wurde sie von zwei Männern angehalten, die wie Arbeiter gekleidet waren. Es waren GPU-Agenten, und sie nahmen Lara fest.

In einem geschlossenen Wagen wurde sie in eines der Moskauer Gefängnisse gebracht. Dort wurde sie mehrere Monate lang festgehalten. Ab und zu wurde sie verhört, auf eine so indirekte Art, daß es ihr schwerfiel, sich mit der Verbrecherin zu identifizieren, für die man sie hielt. Dann wurde ihr eines Tages mitgeteilt, daß sie wegen bestimmter Vergehen angeklagt, für schuldig befunden und zu zehn Jahren Zwangsarbeit verurteilt worden sei. Sie wurde vom Gefängnis aus in das erste von vielen Lagern geschickt.

Niemand hörte je wieder von ihr. Sie traf andere Frauen und erzählte ihnen ihre Geschichte. Aber sie kannten Schiwago, Strelnikow, Komarowski, Katja oder Tanja nicht – und wenn sie sie kannten, drangen die Nachrichten nie zu den Lebenden durch; die Frauen starben oder gaben die Geschichte nicht weiter, weil sie nur eine Geschichte unter Millionen von Geschichten und nicht besonders wichtig war. Lara wurde mehrmals vergewaltigt und war einmal schwanger, hatte aber aufgrund ihres Alters und der schlechten Ernährung eine Fehlgeburt.

Was fühlte sie? Sie hatte nur noch wenige menschliche Gefühle. Sie vergaß ihre Bemühungen, einen höheren Sinn hinter dem zu entdecken, was ihr zugestoßen war. Statt dessen konzentrierte sie sich auf das nackte Überleben. Sie kämpfte um Nahrung, Kleidung, Wärme und Schutz, und solange ihre Kräfte es zuließen, war sie bereit, im Gegenzug dafür Gewalt, Betrug und Verrat einzusetzen. Sogar ihre Gedanken wurden ihr ausgetrieben, bis ihr wenig mehr blieb als ihr Lebenswille und ihr Wille zum Glücklichsein, so unmöglich das unter den gegebenen Umständen auch erscheinen mochte.

An einem Frühlingsmorgen, kurz nach der Schneeschmelze, erwachte sie in einem Holzfällerlager in der Taiga, in einer Baracke, die sie mit hundert anderen Frauen teilte. Ihre Augen waren verklebt und ihre Gelenke steif und geschwollen. Sie atmete flach, denn tiefe Atemzüge lösten einen quälenden Husten aus. Draußen schien die Sonne.

Sie bat die Leiterin der Arbeitsbrigade um die Erlaubnis, sich der Gruppe der Wasserträgerinnen anschließen zu dürfen. Das waren

Frauen wie sie selbst, die kaum den Winter überlebt hatten. Zu zweit gingen sie über den sumpfigen, mit moderndem Gestrüpp bewachsenen Boden zum Bach hinunter. Sie halfen sich gegenseitig und trugen abwechselnd die Kanister. Der Bach war noch nicht ganz vom Eis befreit. In schattigen Winkeln glänzte es, durchsichtig und dünn wie Glas.

Lara setzte sich ans Ufer, um neue Kräfte zu sammeln. Das Wasser erinnerte sie an einen anderen Bach, den es zu einer anderen Zeit und an einem anderen Ort gegeben hatte, die ihr heute nicht mehr einfallen wollten, und obwohl es verrückt war, wickelte sie die schmutzigen Fußlappen von ihren geschwollenen, violetten Füßen. Zaghaft tauchte sie erst die Zehen ins Wasser, dann die ganzen Füße, wobei sie vor Kälte die Zähne zusammenbiß. Schnell wusch sie ihre Füße, und für diese kurze Zeit verspürte sie ein beißendes, angenehmes Gefühl.

Dann trocknete sie sich flüchtig die Füße ab, umwickelte sie wieder mit den Lappen, füllte die Wasserkanister und humpelte zu den anderen zurück. Außer etwas flachgedrücktem Gras und ein bißchen Blut dort, wo sie gesessen hatte, hinterließ sie keine Spuren.

An jenem Abend dachte sie daran, wie herrlich das Gefühl, lebendig zu sein, gewesen war. Wie sauber ihre Füße ausnahmsweise waren. Wie angenehm es war, die Zehen frei bewegen zu können, die Zehen anlächeln zu können, wie Kinder es tun – wie Tanja es getan hatte, wenn sie auf dem Rücken lag, Hände, Füße und Hintern in der Luft – zehn Zehen, zehn kleine Männchen, die zurückwinkten, als lachten sie mit ihr über einen Witz.

Doch als Ergebnis ihres morgendlichen Fußbades hatte sie den ganzen Tag über gefroren. Und so entschied sie, daß es zu riskant sei, das Experiment zu wiederholen.

10

Abschied

Katja hatte eine einzige deutliche Erinnerung an den Bürgerkrieg. Eines Tages, als sie mit ihrer Mutter zusammen in Jurjatin nach Lebensmitteln angestanden hatte, war eine Batterie der Weißen Artillerie auf dem Weg zur Front durch Kolodejew gejagt. Die Fußgänger hatten sich gegen die Mauern gedrückt oder in den Eingängen der Werkstätten Schutz gesucht. Die Kanonen fuhren vorbei, von Pferdegespannen gezogen, die durch Peitschenknallen und Rufe angefeuert wurden. Eine Kanone nach der anderen, eine Protze nach der anderen. Eine Reihe von Munitionswagen, eine fahrbare Schmiede. Es waren so viele Pferde, daß die Luft erfüllt war von ihrem Schweiß und dem Klappern und Rattern von Hufen, Geschirr und Wagenrädern.

Die Erinnerung an sich hatte keine besondere Bedeutung, aber Katja konnte sie genau datieren. Es fiel ihr in Wladiwostok wieder ein. Sie beobachtete, wie eine Reihe von Wagen vom Hafen abfuhr, und der Anblick der schweren Pferde brachte den Tag in Jurjatin zurück. Nach kurzem Nachdenken sagte Katja zu sich: »Das war vor zehn Jahren.«

Sie hatte natürlich auch frühere Erinnerungen, kleine Momentaufnahmen, die fast bis in ihre Säuglingszeit zurückreichten. Aber das waren persönliche Erinnerungen, die nichts mit der großen weiten Welt zu tun hatten, die in gewisser Weise kein Datum hatten, denn Daten beziehen sich auf Geschichte, und Kinder haben keinen Platz in der Geschichte. Daher war es Katja, obwohl sie manchmal an ihre Kindheit dachte, nie in den Sinn gekommen zu sagen: »Das war vor langer Zeit« oder »Das muß vor zehn Jahren gewesen sein.«

Darin lag der Unterschied. Als Katja sich sagte, daß es zehn Jahre her war, seit sie die Weißen Soldaten in Jurjatin gesehen hatte, erschrak sie. Zum erstenmal wurde ihr bewußt, daß das Leben endlich war und daß sie schon ein ganzes Stück davon zurückgelegt hatte. Ein Bewußtsein für längere Zeitspannen zu haben war typisch für Erwachsene. Ihre Gespräche waren durchsetzt mit Bemerkungen wie: »Ich habe ihn zehn Jahre lang nicht gesehen« oder »Vor ungefähr zehn Jahren haben wir hier gewohnt«. Jetzt fühlte sich Katja plötzlich von einem Kind, für das die Zeit unendlich war, in eine Erwachsene verwandelt, die eine Geschichte vorzuweisen hatte, die zu anderen Geschichten in Beziehung gesetzt werden konnte und die in große Zeiträume zerschnitten werden konnte, die Jahrzehnte ausmachten.

Nachdem Lara nach Moskau abgereist war, um alles für ihren Umzug dorthin vorzubereiten und nach Tanja zu suchen, kümmerte Fräulein Bürli sich um Katja. Sie lebten weiter mit Komarowski zusammen, der immer älter und hinfälliger wurde und ihnen wenig Beachtung schenkte. Er verbrachte seine Tage damit, mit seinem Freund Panow, dem Schiffbauingenieur, Kräutertee oder Wodka zu trinken, und in seinen schlaflosen Nächten arbeitete er an dem Briefwechsel für sein großes Projekt, das Kompendium des sozialistischen Rechts.

Im Alter war er einfacher geworden. Das hieß nicht, daß er ein besserer Mensch geworden wäre. Er war immer noch ab und zu betrunken und streitbar wie ein schlechtgelauntes Kind. Aber er war nicht mehr gefährlich. Früher schienen selbst seinen alltäglichen Verhaltensweisen, wie seiner Angewohnheit, gegen den Ofen gelehnt zu rauchen und dabei immer wachsam und auf dem Sprung zu sein, versteckte Motive zugrunde zu liegen. Jetzt konnte sein Verhalten stets mit den Schmerzen und der Müdigkeit eines alten Mannes erklärt werden. Katja merkte, daß sie keine Angst mehr vor ihm hatte, und hatte fast schon vergessen, daß das einmal anders gewesen war.

Sie besuchte weiterhin die Schule, war Mitglied in mehreren Chören, hatte aber kaum Freunde. Für wen zog sie sich dann so schön an? Wessen Augen betrachteten den Glanz auf ihrem Haar, wenn sie sich kämmte? Wem lächelte sie vor dem Spiegel zu? Nicht den Jungen mit dem Flaum auf den Lippen und den pickligen Gesichtern, das stand fest. Auch nicht den Lehrern, die jetzt darauf achteten, nie mit einer Schülerin allein zu sein. Und auch nicht Onkel Viktors Freunden, die entweder höflich und zuvorkommend oder abstoßend waren – und häufig beides in einem, je nachdem, ob sie getrunken hatten oder nicht. Abends leistete Fräulein Bürli ihr Gesellschaft. Sie sorgte dafür, daß Katja nie mit Komarowski alleine war.

Nach mehr als zwei Monaten bekamen sie beide Briefe von Lara. »Möchtest du meinen auch lesen?« bot Katja Lotte an. Sie hatte sich über den Brief gefreut, war aber nun enttäuscht und ärgerlich, weil er so nichtssagend war. Lara hatte versucht, sie zu beruhigen. Alles ging gut voran, brauchte aber seine Zeit. Sie hoffte, daß sie im Frühling nach Moskau umziehen könnten. Und was war mit Onkel Viktor? fragte sich Katja. Aber schwierige Fragen wurden im Brief nicht angesprochen. Hinter den liebevollen Worten verbargen sich nur wenige Informationen. Sie behandelt mich immer noch wie ein Kind, dachte Katja traurig.

Fräulein Bürli legte ihren eigenen Brief beiseite und las den von Katja. »Ein netter Brief«, bemerkte sie.

»Und deiner?« fragte Katja.

»Der ist ganz ähnlich.« Die kleine Frau steckte ihn in die Handtasche, die sie zur Vervollständigung ihrer malerischen Garderobe auf dem Flohmarkt erworben hatte. Katja fand ihn später. Fräulein Bürli hatte ihn noch einmal gelesen und war anscheinend dabei gestört worden (wahrscheinlich war gerade der alte Panow gekommen), denn sie hatte ihn offen auf dem Tisch liegenlassen. Lara hatte geschrieben:

Liebste Lotte,

ich habe weder gute noch schlechte Nachrichten. Es gelingt mir nicht einmal, wütend zu sein. Ich komme zwar so gut wie gar nicht voran, aber da ist nichts und niemand, dem ich die Schuld dafür geben könnte. Selbst die Funktionäre tun ihr Bestes, um mir zu helfen (ich hätte nie gedacht, daß ich so etwas einmal schreiben würde). Das Schlimmste, was mir begegnet ist, war Gleichgültigkeit.

Die Neuigkeiten, die ich habe, helfen nicht weiter. Das Konservatorium ist im Prinzip bereit, Katja aufzunehmen. Das heißt nichts weiter, als daß es Platz für sie gibt. Sie müßte vorsingen und vorspielen, um ihre Begabung zu zeigen, aber ich glaube, in der Beziehung brauchen wir uns keine Sorgen zu machen. Das Problem liegt in der Unterkunft. Es gibt in Moskau einfach keine Wohnungen. Selbst ein Zimmer mit anderen zusammen ist schwer zu finden – ich habe nur eine Ecke im Zimmer einer sechsköpfigen Familie gefunden. Wie ich etwas für uns auftreiben soll, weiß ich nicht, vor allem, weil wir gleichzeitig noch nachweisen müssen, daß wir Arbeit haben.

Als ich mit der Wohnungssuche anfing, hat mir jemand von einem freien Zimmer in der Kamergerski-Gasse erzählt, die ich von früher her gut kenne. Da war jemand gestorben. Ich ging hin und stellte fest, daß es Juri Andrejewitsch Schiwagos Zimmer gewesen war. Er war der Tote.

Ich weiß nicht, wie ich darüber schreiben soll. Jura war der Schriftsteller. Ich habe Dir erzählt, wie sehr ich ihn geliebt habe. Ich kann es nicht anders ausdrücken, aber die Worte wirken so nüchtern und scheinen nicht viel zu sagen. Dauernd behaupten Leute, sie wären ineinander verliebt, ich kann also nicht behaupten, daß es bei uns in irgendeiner Weise besonders oder anders gewesen wäre. Aber das war es. Es fühlte sich so an, als wäre es das erste Mal und nur für uns bestimmt.

Auf einem weiteren Bogen schrieb Lara:

Ich bin den ganzen Tag unterwegs gewesen und schreibe jetzt weiter. Nachdem ich Dir von Jura berichtet hatte, mußte ich aufhören. Ich konnte nicht weiterschreiben. Du denkst vielleicht, ich wäre traurig, aber ich weiß nicht genau, ob meine Gefühle damit richtig beschrieben sind. Seit ich von seinem Tod weiß, schwanke ich zwischen Verzweiflung und Euphorie hin und her. Die Verzweiflung brauche ich nicht weiter zu erklären. Die Euphorie dagegen verstehe ich selbst nicht richtig – vielleicht kommt sie daher, daß ich gezwungen war, Jura wieder in mein Herz zu lassen. Und die Erinnerung an das Glück, das wir zusammen erlebt haben, hat mir geholfen. Vielleicht ist mein Leben doch nicht ganz sinnlos gewesen? Ich hätte Dir das vielleicht nicht schreiben sollen, aber ich habe hier niemanden, mit dem ich darüber sprechen kann.

Später hatte Lara mit anderer Tinte weitergeschrieben.

Über Tanja bekomme ich überhaupt nichts heraus. Es gibt keine Aufzeichnungen, oder aber sie sind in dem Durcheinander der letzten Jahre verlorengegangen oder vernichtet worden. Ich bezweifle, daß ich etwas finden werde. Es fällt mir schwer, das zuzugeben. Mehr will ich dazu nicht sagen.

Geht es Euch gut? Wie geht es meiner lieben Katja? Hat sie Sehnsucht nach mir? Ich bin traurig, daß ich nicht bei Euch sein kann, aber ich sage mir, daß es notwendig ist – für Katjas Ausbildung, um Tanja zu finden und auch, wenn wir uns jemals von Viktor befreien wollen. Bitte, meine liebe Lotte, nehmt Euch vor ihm in acht! Sorge dafür, daß er nie mit Katja alleine ist. Du kennst meine Gründe.

Sonst gibt es nichts zu schreiben. Ihr fehlt mir beide sehr, und ich wünsche Euch alles Liebe und Gute.

Lara

Als Katja den Brief gelesen hatte, legte sie ihn wieder so hin, wie sie ihn gefunden hatte. Sie schämte sich, daß sie etwas gelesen hatte, was nicht an sie gerichtet war, aber gleichzeitig verspürte sie eine dumpfe Wut – weniger auf ihre Mutter als auf alle Erwachsenen –, weil sie so viel vor ihr verbargen, weil sie so unehrlich waren. Sie nahm den Brief wieder in die Hand und las den Absatz über Schiwago, den Onkel Jura ihrer Kindheit, noch einmal. Ohne daß sie viel darüber nachgedacht hätte, war ihr bewußt gewesen, daß Schiwago und ihre Mutter ein Liebespaar gewesen waren und daß er Tanjas Vater gewesen war. Aber das war etwas anderes, als sich vorzustellen, daß sie ineinander verliebt gewesen waren. Sie war noch ein Kind gewesen, als Lara und Schiwago zusammengewesen waren, und als Kind hatte sie die Beziehungen zwischen Erwachsenen als gegeben hingenommen, als Teil des beständigen Universums, so wie die Bäume oder den Himmel, in dem Menschen ihren Platz nicht aufgrund von Gefühlen zugewiesen bekamen, sondern durch Erlasse, wie durch einen Akt Gottes. Doch verliebt zu sein hieß, daß alles ein Produkt der vergänglichen menschlichen Gefühle war – leidenschaftlich und veränderlich. Ihre Mutter war ein Geschöpf, das solche Gefühle hatte.

Und dann waren da die Sätze über Viktor. Katja verstand sie recht gut und auch, wie absurd Laras Befürchtungen waren. Sie ließen Katja selbst ganz außer acht. Sie beschrieben einen Komarowski, den es schon lange nicht mehr gab, nicht den trotteligen alten Mann, mit dem man eher Mitleid haben als daß man ihn fürchten mußte. Bei der Erkenntnis, wie blind ihre Mutter der Gegenwart gegenüber war, fühlte sich Katja ihr in diesem einen Punkt überlegen. Sie war noch zu jung, um zu verstehen, daß jemand die Vergangenheit bereuen oder davon besessen sein konnte.

Als Fräulein Bürli in die Wohnung zurückkam, fand sie den Brief so vor, wie sie ihn liegengelassen hatte. Sie musterte Katja prüfend, aber als sie nichts Verdächtiges feststellen konnte, legte sie den Brief schweigend fort und erwähnte ihn nie wieder. Komarowski fand später den Umschlag und erkannte die Handschrift.

»Ich sehe, daß Lara geschrieben hat«, sagte er. »Geht es ihr gut?«

»Ja«, erwiderte Fräulein Bürli.

Es interessierte ihn eigentlich nicht, und er fragte nicht weiter.

Später schickten Katja und Fräulein Bürli Antwortbriefe an Laras Adresse in Moskau.

Lara schrieb nie wieder.

✳

Der Winter kam und mit ihm die Nebel und nachts das Tuten der Dampfer. Als Katja eines Abends nach Hause kam, wartete Lotte schon an der Tür auf sie.

»Was ist?« fragte Katja.

»Viktor ist krank.«

»Ist er hier?«

»Nein. Im Krankenhaus. Er hatte einen Schlaganfall.« Fräulein Bürli erzählte ihr, daß er bei seinem Freund Panow gewesen war, als der Schlag ihn traf. Panow hatte einen Arzt gerufen und ihn ins Krankenhaus bringen lassen. Dann hatte er ihr Bescheid gegeben.

»Warst du schon bei ihm?« wollte Katja wissen.

»Nein. Ich wollte auf dich warten. Ich wollte dir nicht einfach einen Zettel hinlegen.«

»Ja, das war wohl besser so«, meinte Katja ruhig. Ihr fiel auf, wie gelassen sie beide waren, und sie fragte sich, ob das wohl der Schock war, ob die Reaktion auf das, was geschehen war, erst später einsetzen würde oder ob es daran lag, daß es gerade Viktor getroffen hatte. »Ich ziehe meinen Mantel erst gar nicht aus«, sagte sie, »wir sollten sofort zu ihm gehen.«

Im Krankenhaus trafen sie Panow.

»Sie wollten mich nicht zu ihm lassen«, sagte er mit stockender Stimme, »weil ich nicht mit ihm verwandt bin.«

Er war ein großer Mann mit gewaltigem Bauch, grauem Haar, einem Bart und merkwürdig schaukelndem Gang, was daran lag, daß seine Hüften steif waren. Normalerweise war er ein Rauhbein, doch Komarowski gegenüber verhielt er sich respektvoll. Er sah aus, als hätte er geweint.

»Wissen Sie irgend etwas Neues, Alexej Valentinowitsch?« fragte ihn Fräulein Bürli.

»Der Arzt sagt, sein Zustand hätte sich nicht verändert. Er ist gelähmt und erkennt niemanden.« Panow wandte sich an Katja: »Wir haben Karten gespielt und uns unterhalten«, so als wäre das von Bedeutung und hätte Einfluß auf den Krankheitsverlauf.

»Es muß ein furchtbarer Schock für Sie gewesen sein«, sagte Katja mitfühlend.

»Ja, furchtbar.«

Sie warteten auf dem Korridor. Der Nebel war hereingekrochen, und die Lampen unter den grünen Schirmen leuchteten trübe im Dunst. An den Wänden klebten Aushänge über die Meldepflicht von Infektionskrankheiten – Typhus und Cholera. Kleine Bewegungen verursachten ein hohles Geräusch in dem leeren Raum.

»Sie haben ihn also nicht gesehen?« Fräulein Bürli wollte es noch einmal bestätigt haben.

»Ich hasse Krankenhäuser«, sagte Panow. Schweigen machte ihn nervös. Er war einer der Menschen, wie man sie oft bei Zugfahrten trifft, die einem auf die leiseste Ermunterung hin, ihre ganze Lebensgeschichte erzählen und sich anschließend für das interessante Gespräch bedanken. Als er erkannte, daß er angesprochen worden war, erklärte er: »Nein. Ich habe darum gebeten, aber sie wollten mich nicht zu ihm lassen. Ich hatte Angst, daß Sie nicht rechtzeitig herkommen würden.«

»Rechtzeitig?« Erst jetzt wurde Katja klar, daß Onkel Viktor nach Ansicht aller Beteiligten im Sterben lag.

»Das hier ist das beste Krankenhaus in der Stadt«, sagte Fräulein

Bürli. »Ich habe schon oft gehört, daß sie hier wahre Wunder vollbringen.«

Katja fiel es schwer, diese Botschaft zu verdauen. Viktor lag im Sterben? Der Viktor, den sie seit ihrer Kindheit kannte?

»Ich hatte einen Freund«, sagte Panow gerade, »kennen Sie Martow – Innokenti Semjonowitsch? Er hatte etwas an den Nieren. Viktor hat ihn auch gekannt. Er gehörte zu unserem kleinen Kreis, bis er dann zu seiner Tochter gezogen ist.«

»War das der Instrumentenbauer?«

»Ganz richtig, der war es.«

»Erinnerst du dich an ihn, Katja? Er ist ein paarmal bei uns gewesen.«

»Nein, ich kann mich nicht an ihn erinnern.«

Eine Schwester kam aus der Station und sagte, sie dürften den Patienten jetzt sehen. Er lag hinter einem Wandschirm, von den anderen Kranken abgesondert. Rechts und links von seinem Bett standen zwei Stühle. Panow wollte lieber stehen.

»Sprich du mit ihm«, forderte Fräulein Bürli Katja auf. »Vielleicht erkennt er deine Stimme.«

Katja sah Komarowski an. Ein Auge stand offen, das andere war geschlossen. Nur sein Kopf war sichtbar. Haar und Bart wirkten schweißverklebt.

»Onkel Viktor«, murmelte sie. Sie mußte sich anstrengen, damit ihr die Stimme nicht brach. Konnte er sie verstehen? »Onkel Viktor, ich bin's – Katja. Ich bin mit Fräulein Bürli und Alexej Valentinowitsch hier. Kannst du mich hören?«

»Schade, daß Larissa Fjodorowna nicht hier sein kann«, bemerkte Panow.

»Onkel Viktor?«

»Ja, das ist schade«, sagte Fräulein Bürli.

»Onkel Viktor?«

»Haben Sie etwas von ihr gehört?«

»Einmal hat sie geschrieben. Vielleicht ist ein zweiter Brief schon unterwegs. Sie wissen ja, wie langsam die Post sein kann.«

»Onkel Viktor, bitte –«

»Reg dich nicht auf, Katja. Ja, die Post kann ein Problem sein.«

Wenn Onkel Viktor sie nicht hören konnte, wie konnte er dann reagieren? Wie jämmerlich er aussah. Vielleicht konnte er sie doch hören. Was sollte sie ihm sagen? Daß sie ihn liebte? Daß ihm verziehen worden war? Sie liebte ihn nicht. Und nur ihre Mutter konnte ihm verzeihen. Was hätte Lara gesagt? Katja fühlte, wie ihr vor Frustration und Mitleid die Tränen über die Wangen liefen.

»Na, na, ist ja gut«, sagte Panow unschuldig. »Sie haben ihn gern gehabt, nicht wahr?«

In der folgenden Nacht starb Komarowski, und zwei Tage später wurde er beerdigt. Katja war überrascht, wie viele Menschen zum Begräbnis kamen, mindestens ein Dutzend, fast alle alte Männer wie Viktor selbst. Anschließend bot Panow taktvollerweise in seinem eigenen kleinen Zimmer, das mit Schiffsmodellen vollgestopft war, Erfrischungen an. Katja wurde als die trauernde Hinterbliebene behandelt, obwohl der Schiffbauingenieur wahrscheinlich am meisten unter dem Verlust litt.

»Er war ein großer Mann.«

»Ja wirklich?« fragte Katja aus echter Neugier.

»Einer der größten Juristen seiner Zeit. Wissen Sie, daß er an einer Enzyklopädie des sowjetischen Rechts gearbeitet hat? Niemand außer ihm hätte das gekonnt.«

»Nein, wohl kaum.«

»Und er war ein weitgereister Mann. Wußten Sie, daß er Experte für die Mongolei war? Die Regierung hat ihn immer um Rat gefragt.«

»Das habe ich nicht gewußt.«

Der Raum stank nach ungewaschenen Kleidern und Tabak. Es war ein dunstiger Tag, und im Zimmer war es warm. Panow glaubte, als Freund der Familie dürfe er vertraulich werden.

»Sie sind eine hübsche junge Frau geworden«, sagte er mit Tränen in den Augen. »So schön wie Ihre Mutter. Es ist so schade, daß sie nicht hier sein konnte. Weiß sie davon? Nein, wohl nicht – natürlich nicht. Er war sehr stolz auf Sie, Katja. Sehr stolz.«

»Bitte –« Katja wollte nicht sprechen. Sie kam sich vor wie eine Heuchlerin. Hatten sie und ihre Mutter sich in Viktor getäuscht? An Panows Aufrichtigkeit bestand kein Zweifel.

»Er war ein wunderbarer Freund«, sagte der Schiffbauingenieur. »Der Löwe des Gesetzes!«

Eines Tages, etwa einen Monat nachdem er Lara zum letztenmal gesehen hatte, als seine Mittel verbraucht waren und er kurz davor stand, seine Hoffnungen auf Moskau aufzugeben, bekam Schaljapin Besuch von Solowjew, seinem Skatbruder aus dem Kommissariat für Außenhandel. Schaljapin wohnte immer noch im Hotel Lublin, wo er weiter versuchte, den Schein zu wahren. Aus seiner letzten Flasche Wodka bot er dem Gast etwas zu trinken an.

»Ich habe gehört, daß du die Stadt verlassen willst«, begann Solowjew.

»Wer hat dir das erzählt?«

»Stimmt es?«

»Ich ziehe es in Erwägung. Meine Geschäfte hier sind abgewickelt, und ich muß mich um meine Angelegenheiten in Jurjatin kümmern. Warum interessiert es dich?«

»Es ist schade.«

»Nun, alles Gute muß ein Ende haben.«

Schaljapin merkte, wie schroff das klang. Erst tat es ihm leid, aber dann entschied er sich, daß es ihm egal war.

»Wir haben gute Zeiten zusammen verbracht«, fing Solowjew wieder an.

»Ja – hin und wieder. So ist das eben im Geschäftsleben.«

Solowjew bat um ein zweites Glas Wodka und setzte sich mißmutig auf die Bettkante. Schaljapin ging mit seinem Glas zum Fenster und starrte in den engen Innenhof hinunter, der voller Kisten und Müll war. Dann sah er zu Solowjew hinüber, und zum erstenmal fiel ihm dessen übertrieben gepflegte Erscheinung auf: der gestutzte Bart, der Kneifer, die makellos glatte Uniformjacke. Mit einem Anflug von Ärger fragte er sich, welcher plötzliche Anfall von Gefühlsduselei den anderen wohl dazu getrieben hatte, sich von ihm zu verabschieden. Er hatte Solowjew eigentlich nicht für sentimental gehalten, eher im Gegenteil. Er benahm sich nicht wie ein Mann mit echten Gefühlen. Er war steif, und im Gespräch ließ er immer nur den engagierten Marxisten heraushängen.

»Hast du Familie in Jurjatin?« fragte Solowjew jetzt.

»Nicht der Rede wert. Irgendwo habe ich einen Onkel, ich nehme an, daß er noch lebt. Und du?«

»Meine Mutter. Und ich habe zwei verheiratete Schwestern.«

»Du selbst bist nicht verheiratet?«

Nachdem Schaljapin die Frage gestellt hatte, kam es ihm merkwürdig vor, daß sie über diese grundsätzlichen Dinge noch nie gesprochen hatten.

»Ich habe nie das Glück gehabt«, antwortete Solowjew. Sein Tonfall war gleichzeitig bedauernd und überheblich. Schaljapin wurde nicht schlau aus ihm. »Meine Zeit wird fast ausschließlich von der Arbeit für die Partei in Anspruch genommen. Für anderes bleibt kaum etwas übrig.«

»Klingt nicht sehr aufregend.« Wie zum Trost machte Schaljapin den Vorschlag: »Hier, laß uns die Flasche leer machen.«

Sie kippten eine weitere Runde Wodka hinunter. Solowjew fühlte sich verpflichtet, einen schlechten Witz zu erzählen, was die Stimmung nicht hob. Obwohl Schaljapin sich mit seinem Besuch langweilte, zögerte er, ihn gehen zu lassen, genauso wie Solowjew zögerte, sich zu verabschieden. Schaljapin war sich mehr oder weniger bewußt, daß sein Verlangen nach Gesellschaft nur ein Symptom für seine Niedergeschlagenheit war. Und Solowjew? Schaljapin fragte sich plötzlich, ob sein Freund vielleicht homosexuell war. Wahrscheinlich nicht, und was spielte es schließlich auch für eine Rolle? Der alte Feldstein, Oberbuchhalter bei Moreau und Wetschinkin, war homosexuell gewesen. Und er war ganz in Ordnung, wenn er einmal wußte, wo man selbst stand. Und zu den jüngeren Angestellten war er großzügig, auch wenn bei ihnen nichts zu holen war für ihn. Ein gefühlvoller Mann.

»Wußtest du schon«, sagte Solowjew unvermittelt, »daß wir jemanden für unsere Handelsmissionen im Westen suchen?«

»Eine gute Stelle, wenn man sie kriegen könnte. Rechnest du damit?«

»Nein, ich kann nicht fort. Persönliche Gründe.«

»Aber für irgendwen sonst wird es ein gefundenes Fressen sein.«

»Zweifellos.«

Schaljapin musterte den anderen noch einmal. Er sah aus wie ein kleiner Junge, dessen Geschenk zerbrochen ist. Schaljapin hatte die Vorstellung, daß Homosexuelle glattrasiert waren. Solowjew trug einen Bart.

»Das Problem ist«, fuhr Solowjew fort, »daß es nur so wenige Leute gibt, die das richtige Kaliber haben.«

»Was heißt das?«

»Sie haben keine Erfahrung im Geschäftswesen. Parteimitglieder sind normalerweise nie Geschäftsleute gewesen.«

»Ich bin Parteimitglied. Und ich bin Geschäftsmann.«

»Es gibt Ausnahmen«, sagte Solowjew gedankenverloren. Seine Stimme war weicher geworden. »Wenn du nur nicht so einen schlechten Ruf hättest.«

»Ja, den habe ich wohl«, gab Schaljapin zu.

Vor lauter Enttäuschung schwieg er, und erst nach kurzer Zeit sah er auf und entdeckte die Sehnsucht in den Augen des anderen.

Mein Gott, es stimmt! dachte er. Er sieht aus, als wäre er über beide Ohren verliebt! Was mache ich bloß?

»Wenn du die Stelle willst«, murmelte Solowjew, »dann könnte ich dir helfen.«

*

Lara schrieb nicht. Es war jetzt sechs Monate her, daß sie gegangen war, der Winter wurde langsam zum Frühling.

»Ich weiß nicht, ob wir Nachforschungen nach ihr anstellen sollten oder nicht«, sagte Fräulein Bürli. »Wenn sie einen Unfall gehabt hätte, hätten wir doch sicher davon erfahren, oder?«

Sie versuchten, sich nicht gegenseitig Angst einzujagen wegen Laras Abwesenheit. Tatsächlich hatten sie sich daran gewöhnt, daß sie fort war. Sie waren besorgt, hatten aber nichts, woran sie die Besorgnis hätten festmachen können. Lara war nicht plötzlich verschwunden oder hatte einen Unfall gehabt, oder war gestorben. Es gab keinen offiziellen Bericht und kein Ereignis, das sie erschreckte, keinen Tag, der sich von den anderen Tagen unterschied, an dem sie hätten sagen können: »Wir sehen sie nie wieder.« Nur ein allmählich wachsendes Unbehagen, für das sie Ausreden erfanden, indem sie der Post oder ganz vage den Machthabern die Schuld dafür gaben, daß sie nichts von Lara hörten. Ab und zu warf Katja sich Herzlosigkeit vor, jedoch zu Unrecht. Sie wußte noch nichts von der Wirkung der Zeit.

Sie hatte die Schule verlassen und arbeitete im Büro einer Reederei. Die Musik hatte sie aufgegeben. Nur gelegentlich übte sie noch und sang mit Fräulein Bürli Duette. Manchmal ging sie mit jungen Männern aus, mit Angestellten aus dem Büro, und einmal mit einem Musiklehrer, der fünf Jahre älter war als sie und versuchte, sie mit Schmeicheleien über ihre Stimme zu betören. Aber all diese Begegnungen hatten etwas Unbefriedigendes. Die Männer hatten keine Vision, selbst der Musiklehrer nicht. Wie diese Vision beschaffen sein sollte, wußte Katja auch nicht, aber sie suchte nach mehr, nach etwas Größerem in ihrem Leben.

Sie erinnerte sich an ihren Traum von Schaljapin – Kolja! –, seine dunkle Schönheit, seine geheimnisvolle Vergangenheit und seine glanzvolle Gegenwart. Wenn es jemanden gab, von dem sie Hilfe erwartete, dann war er es. Sie spürte, daß er sie umschwebte wie ein Schatten, wie ein Versprechen, das ihr ins Ohr geflüstert wurde – *Kolja!*

Der Frühling kam. Wenn Katja abends nach Hause ging, waren die Straßen voll von Matrosen auf Landgang und Schauerleuten, die von den Docks zurückkamen. Sie pfiffen ihr oft nach oder riefen ihr Scherzworte zu. Katja achtete nicht darauf, doch die Männer machten ihr bewußt, welche Veränderungen mit ihr vorgegangen waren. Nicht nur ihr Körper hatte sich verändert, sondern auch ihr Gefühl davon, wer sie war. Der Übergang zum Erwachsensein war durch Opposition gegen die Erwachsenen gekennzeichnet. Das Kind warf seine Kindheit ab und rief: »Seht mich an!« Doch vor lauter Angst und Unglauben blieben die Erwachsenen blind. Zumindest eine Zeitlang. Diese Zeit war für Katja nun vorüber. Ihre Mutter war nicht da und konnte sich keine Sorgen um sie machen. Onkel Viktor war tot. Fräulein Bürli hatte nie irgendwelche Autorität für sich in Anspruch genommen und reagierte höchstens mit ein paar Bemerkungen und belustigter Toleranz. Katja hatte das Gefühl, sich selbst zu gehören, und dabei traten die Empfindungen auf, die mit jeder Form von Besitz verbunden sind: Stolz auf das Besitztum und Furcht vor dessen Verlust.

Im Gewühl der Menge wurde sie eines Abends von einem Mann angesprochen, einer schlanken Gestalt in einer Baumwollsteppjacke und mit Arbeitsmütze. Er stellte sich ihr in den Weg, und sie sah sich einem dunklen, gutaussehenden Gesicht mit neugierigen Augen gegenüber. »Das bist doch du, Katja, oder?« sagte er. »Ich erkenne dich kaum wieder. Du bist so gewachsen.«

Katja war überrascht, verspürte aber keine Angst. Ihr war klar, daß sie den Mann kannte, aber irgendwie fiel ihr der Zusammenhang nicht ein. Und dann dämmerte es ihr.

»Nikolai Afanasitsch!«

Er lächelte. »Früher hast du Kolja zu mir gesagt. Eben hatte ich schon Angst, ich hätte mich geirrt. Ich habe dich schon ein paarmal gesehen, aber erst heute abend war ich mir sicher genug, um dich anzusprechen. Ich staune, wie sehr du dich verändert hast – ich meine, du bist noch der gleiche Mensch, aber du hast dich eben verändert. Du hast jetzt etwas von deiner Mutter.«

»Was ist aus deinem Fuchspelz geworden?« fragte Katja und fand ihre Frage schon im selben Moment ungeschickt, aber sie hatte ihren Schreck noch nicht verwunden. Das hier war nicht Kolja! Das war ein leibhaftiger Mann, kein Traum. Katja war so überrascht, als wäre ein Bild aus einem Spiegel getreten und hätte sie angesprochen.

»Ich habe ihn verkauft«, sagte Schaljapin und lächelte sie auf seine alte, ironische Weise an. »Ist nicht mehr so modern wie früher. Aber du, wie geht es dir? Du siehst gut aus.«

Sie gingen zusammen weiter. Er brannte darauf zu reden, was Katja recht war, denn sie litt immer noch unter der Lähmung einer Träumerin. Schaljapin fragte:

»Wohnt ihr noch mit dem alten Komarowski zusammen?«

Katja wußte, daß sie antworten mußte.

»Nein. Hast du nicht davon gehört? Onkel Viktor ist vor ein paar Monaten gestorben.«

»Nein, davon wußte ich nichts. Es tut mir leid. Aber ich vermute, daß ihr damit gerechnet habt, bei seinem Alter.«

»Er hatte einen Schlaganfall.«

»Ach so.«

Katja sah Schaljapin an. Er wirkte angespannt und sorgenvoll, was er früher nie gewesen war – jedenfalls kam es ihr so vor, während sie immer noch versuchte, Träume und Erinnerungen, die hoffnungslos miteinander verschlungen waren, zu entwirren. Er war immer so selbstsicher gewesen.

»Was machst du in Wladiwostok?« fragte sie.

»Geschäfte – nichts Besonderes.«

»Bist du immer noch ein NEP-Mann?«

»Nein«, antwortete er kurz, »das ist vorbei. Für NEP-Leute gibt es keine Arbeit mehr. Wohnt ihr hier in der Nähe?«

»Ziemlich nah. Wir können die Schiffe hören.«

»Das Meer – weißt du, daß ich das Meer zum erstenmal sehe?« Er zögerte. »Wie alt bist du?« Dann entschuldigte er sich: »Ist es nicht sehr leicht, das Gefühl für die Zeit zu verlieren?«

Katja war enttäuscht. Die Frage zeigte, daß er ihr nie viel Beachtung geschenkt hatte. Das konnte nicht wahr sein. *Ihr* Kolja war immer aufmerksam, kannte ihre Gedanken und war unendlich einfühlsam. Doch sie sagte nur:

»Ich werde achtzehn.«

»Tatsächlich!«

»Ich arbeite jetzt, bei einer Reederei.«

Ihre Arbeit interessierte ihn nicht, aber ihr Alter beeindruckte ihn.

»Achtzehn! Einfach unglaublich – dabei kommt es mir so vor als – achtzehn!« Er lächelte. Es war ein nach innen gekehrtes Lächeln, wehmütig und ironisch, so als mache er sich über sich selbst lustig. Katja war bezaubert.

Sie standen vor ihrem Mietshaus auf der Straße. Der Wagen eines Schiffsausrüsters rumpelte vorbei, während der Kutscher auf das Pferd einschlug. Schaljapin sah zu. Er machte keine Anstalten zu gehen, und Katja merkte, daß er erwartete, hineingebeten zu werden. Sie freute sich. Es bedeutete, daß sie ihm nicht völlig gleichgültig war. Das hätte sie nicht ertragen können.

»Möchtest du hereinkommen?« fragte sie ihn. »Wir können dir bestimmt ein Glas Tee anbieten.«

»Ja, gern.« Zum erstenmal sprach er wieder mit seiner tiefen, klangvollen Stimme, und jetzt erkannte Katja, was so fremd an ihm gewesen war – es war nicht der fehlende Fuchspelz. Mit der Stimme kam *ihr* Kolja zurück.

Fräulein Bürli war zu Hause. Der unerwartete Besuch überraschte sie. Sie kannte Schaljapin nicht persönlich, sondern hatte von ihm und seinem Ruf nur von Glascha Tunzewa gehört und ihn in Jurjatin ab und zu kurz auf der Straße gesehen. Schaljapin stellte sich auf seine altvertraute Weise vor, höflich – sehr zu Katjas Entzücken, denn damit bestätigte er ihre Erinnerungen an seine Liebenswürdigkeit. Er erklärte kurz, daß er zufällig geschäftlich in der Stadt zu tun habe und Katerina Pawlowna begegnet sei. Die kleine Frau war sofort beruhigt und bereitete den Tee. Dann unterhielten sie sich höflich.

Dabei entspannte sich Schaljapin und ging zu dem leichten Plauderton über, den Katja von früher her kannte. Er hatte ein Gespür dafür, Frauen zu bezaubern, tat dies allerdings nicht mit dem erfundenen Charme der dämonischen Liebhaber, die in den zerlesenen Liebesromanen, die Katja gelegentlich zu fassen bekam, als Helden auftraten, sondern aus einem reinen Vergnügen an der Unterhaltung heraus. Er war also keine Traumgestalt. Doch das machte Katja nichts aus. Sie hatte jetzt begriffen, daß er wirklich existierte, und fand ihn immer noch wunderbar.

Die Neuigkeiten, die er zu berichten wußte, waren jedoch alles andere als gut.

»Samdewjatow – ja, das stimmt«, sagte er. »Bekannte haben mir erzählt, daß er erschossen wurde. Angeblich war er ein deutscher Spion. Aber wir wissen natürlich, daß das nicht stimmt. In den Krügerschen Fabriken hat es Probleme mit den Maschinen gegeben, die die Deutschen aufgestellt haben. In Wirklichkeit funktionierten sie nicht mehr, weil niemand sie reparieren konnte, aber es war einfach bequemer, es auf Sabotage durch Spione zu schieben.«

»Wie entsetzlich«, sagte Fräulein Bürli. »Und was ist mit Mikulizyn?«

»Er wurde zu zehn Jahren verurteilt, wegen Wirtschaftsverbrechen. Sein Sohn ist vor etwa einem Jahr verhaftet worden.«

»Und die Familie?«

»Sie haben Jurjatin verlassen – ich weiß nicht, wo sie hingezogen sind. Aber Ihren Freundinnen, den Schwestern, geht es gut.«

»Wir haben uns schon Sorgen gemacht. Es ist lange her, seit sie uns geschrieben haben.«

»Es werden nicht mehr viele Briefe geschrieben.«

»Gott sei Dank, daß sie nicht in Gefahr sind.«

Katja empfand die gleiche Traurigkeit und Erleichterung wie Fräulein Bürli, obwohl sie durch die Hinweise in Glaschas Brief auf alles vorbereitet gewesen waren. Vielleicht war ihre Traurigkeit deswegen nur gedämpft. Wenn sie es früher oder unter anderen Umständen erfahren hätten, hätten sie vielleicht geweint. Aber die Auswirkungen von Zeit und Ort ließen selbst Tragödien zu Banalitäten werden.

»Und was machen Sie inzwischen?« wollte Fräulein Bürli wissen. »Sind Sie immer noch NEP-Mann?«

«Mit der Neuen Ökonomischen Politik ist es vorbei«, erwiderte
Schaljapin. Er lachte: »Ich habe jetzt eine richtige Arbeit.«

»In Jurjatin?« fragte Katja. Schaljapin starrte sie an, nicht un-
freundlich, aber so, als sei er immer noch überrascht, daß sie sprechen konnte. Was hast du denn erwartet? dachte Katja. Ich bin kein
Kind mehr. Aber ich bin es immer noch, Kolja!

»In Moskau. Ich arbeite im Kommissariat für Außenhandel.«

»Ist das eine gute Sache?«

»Ich glaube schon.«

»Das freut mich.«

Er sah sich im Zimmer um. Katja hatte den Eindruck, daß er ein
guter Beobachter war. Er konnte Menschen und Dinge ganz offen
mustern, ohne jemanden zu beleidigen.

»Übrigens«, sagte er schließlich, »wann erwarten Sie Larissa
Fjodorowna zurück? Ich kann nicht lange bleiben, aber es wäre
schade, wenn ich ginge, ohne sie begrüßt zu haben. Was ist? Habe
ich etwas Falsches gesagt?«

»Nein – nein«, murmelte Katja.

»Habe ich Sie irgendwie verletzt?«

Er hatte die beiden Frauen daran erinnert, daß Laras zu langes
Ausbleiben einfach nicht mehr zu ignorieren war. Katja sprach für
beide:

»Meine Mutter ist in Moskau. Sie versucht, unseren Umzug
dorthin in die Wege zu leiten. Tut mir leid, daß ich dich enttäuschen muß. Aber du konntest es ja nicht wissen.«

Jetzt war Schaljapin überrascht.

»Hat sie nicht geschrieben? Hat sie nicht berichtet, daß wir uns
dort getroffen haben?«

»In Moskau?« fragte Katja aufgeregt. »Wann denn?«

»Das muß im September gewesen sein. Sie hat mir erzählt,
warum sie dort war. Aber als ich sie nicht wiedergesehen habe,
dachte ich, sie wäre wieder nach Wladiwostok gefahren.«

»Hast du sie da zum letztenmal gesehen? Im September?«

»Ja. Leider.«

Die Frauen drängten ihn, mehr zu erzählen, und er berichtete,
wie er Lara in der Nähe von Schiwagos Wohnung getroffen hatte.
Wie ging es ihr? Gut? Wirkte sie besorgt? Die Frauen versuchten,
Schaljapins Geschichte als gute Nachricht aufzufassen – die sie

auch war, wenn sie nur hätten vergessen können, wie lange die Begegnung zurücklag und daß es seitdem außer den beiden Briefen kein Lebenszeichen von Lara gegeben hatte. Sie mußten nach der Begegnung mit Schaljapin geschrieben worden sein, auch wenn sie ihn nicht erwähnt hatte. Katja ertappte ihn dabei, wie er sie verwundert ansah – wahrscheinlich fragte er sich, warum sie sich nicht schon längst nach Laras Verbleib erkundigt hatten. Aber ihm war nicht klar, daß die Angst vor dem Schlimmsten sie nicht nur in ihrem Handeln, sondern auch in ihrem Denken gelähmt hatte.

Irgendwann sagte Schaljapin, daß er nun gehen müsse. Er wirkte wieder fröhlich und gelassen. Katja dachte, er würde sich einfach nur höflich verabschieden, als wären sie flüchtige Bekannte, die sich vielleicht nicht wiedersehen würden. Doch dann griff er herzlich nach ihren Händen und küßte sie beide.

*

Schaljapin war nach Wladiwostok gekommen, um nach Lara zu suchen. Er hatte hier auch geschäftlich zu tun, hatte das aber absichtlich so eingefädelt, damit er sich die schwerverdauliche Wahrheit nicht eingestehen mußte: daß er nämlich hinter einer Frau her war, die mindestens zehn Jahre älter war als er, hinter einer Frau, die er irgendwann einmal zu seiner Geliebten gemacht und dann wieder fallengelassen hatte.

Nach ihrem Abschied in Jurjatin hatte er kaum mehr an Lara gedacht. Er mochte sie gern und wünschte ihr alles Gute. Aber nach der Verhaftung ihrer Freunde wurde ihr Privatleben in einer Welt, die schon schwierig genug war, zu kompliziert. Wenn er sie nicht zufällig in Moskau getroffen hätte, hätte er sie einfach vergessen.

Was also war anders geworden?

In jener Zeit, als es schlecht um ihn stand und er in seinem elenden Hotelzimmer in Moskau Zeit zum Grübeln hatte, hatte sie ihn fasziniert. Faszination war der richtige Ausdruck für ein Gefühl, das er rational nicht erklären konnte. Lara war ein Geheimnis für ihn, und er erkannte nicht, daß ein Geheimnis wie ein Spiegel ist, in dem wir unser eigenes Bild sehen – seitenverkehrt, auf dem Kopf oder verzerrt, aber unser Spiegelbild. So war sie ehrlich und er unehrlich; sie war direkt, und er wich aus; sie liebte, er war egoistisch. Und zu einem Zeitpunkt, als er verletzlich war, strahlte sie etwas aus, das sie in Jurjatin nicht gehabt hatte: Selbstvertrauen und die Gewißheit, sich selbst zu gehören. Sie wirkte, als hätte sie bestimmte Aspekte ihres Lebens endlich verstanden und als hätte sie eine klare Aufgabe im Leben.

Jetzt, als ihm klarwurde, daß Lara im Gefängnis war oder daß ihr sogar noch Schlimmeres zugestoßen war, spürte er eine entsetzliche Leere in sich.

Nach seinem kurzen Besuch bei Katja und Fräulein Bürli blieb er mehrere Tage lang im Hotel. Er wollte vor allem vermeiden, ihnen noch einmal über den Weg zu laufen.

Als er genug erfahren hatte, um Laras Schicksal erraten zu können, glaubte er, daß es nur eine Frage der Zeit sein würde, bis seine Vernarrtheit in diese merkwürdige Frau ein Ende hätte. Er hatte die Wohnung der Tochter und der alten Lehrerin in dem Glauben verlassen, daß er sie nie wiedersehen würde, und war kurz davor gewesen, sich einen Platz im Zug zurück in die Zivilisation reservieren zu lassen.

Aber dann war er von einer Trägheit befallen worden, die er sich nicht erklären konnte. Er ging ein paarmal aus, um seine Geschäfte zu erledigen, aber im übrigen blieb er auf seinem Zimmer und trank. Er lag auf dem Bett und starrte auf die Tür, wo der Mantel hing, den er nach dem Verkauf seines Fuchspelzes erstanden hatte. Er hielt ihm sein Versagen vor Augen. Schaljapin suchte einen Weg, sowohl diesem beengenden Land, das ihn bei dem Versuch, seinen Lebensunterhalt zu verdienen, frustrierte und terrorisierte, als auch dem Sumpf der Depressionen und Selbstzweifel zu entfliehen. Wie sah dieser Weg aus? So wie Solowjew es ihm skizziert hatte? Bei der Erinnerung an Solowjew überkam ihn der Ekel.

Während Schaljapin über seine Lage nachsann, litt Katja ebenfalls. Sobald sie einen ruhigen Moment hatte oder nicht aufpaßte, ertappte sie sich dabei, wie ihre Gedanken nur um ihn kreisten. Manchmal war er noch die Gestalt aus ihren Träumen, der starke, romantische Fremde, der geheimnisvolle Mann aus ihrer Vision. Dann wieder durchschaute sie ihre Phantasie und sah einen Mann wie andere Männer auch – attraktiv zwar, aber nicht attraktiver als andere. Katja war nicht dumm. Sie kannte den Unterschied zwischen Traum und Wirklichkeit. Doch Kolja stand genau auf der Grenze. Daß er so plötzlich wieder aufgetaucht war, schien eine besondere Bedeutung zu haben, so als ob das Schicksal oder Gott, oder wer auch immer die Geschicke des Lebens lenkte, ihr eine Möglichkeit bot. Katja konnte dieses Wunder nicht einfach übersehen.

Eine Woche nach seiner ersten Begegnung mit Katja paßte Schaljapin sie auf ihrem Heimweg vom Reedereibüro ab. Katja sah ihn zuerst. Er lehnte in seiner Baumwollsteppjacke und mit heruntergezogener Mütze an einer Mauer und rauchte. Zuerst hielt sie ihn für einen Polizisten in Zivil, weil diese häufig im Hafengebiet herumschlenderten. Sie wollte gerade die Straße überqueren, um ihm aus dem Weg zu gehen, als er aufsah und ihren Namen rief. Nach kurzem Zögern trat sie auf ihn zu.

»Hallo, Kolja«, sagte sie. »Das ist aber eine Überraschung. Ich dachte, du wärst inzwischen nach Moskau zurückgefahren.« Noch mehr überrascht war sie über ihre Stimme, die so ruhig klang, obwohl sie am liebsten aufgeschrien hätte vor Freude, daß ihre Befürchtung, er sei verschwunden, sich nicht bewahrheitet hatte.

»Ich habe noch ein paar Tage.«

»Hast du deine Geschäfte noch nicht erledigt?«

»Noch nicht ganz. Ich muß noch ein paar Sachen zum Abschluß bringen und mich dann um die Züge kümmern. Du weißt ja, wie schwierig das Reisen heutzutage sein kann. Geht's dir gut?«

»Ja.«

»Und Fräulein Bürli?«

»Auch.«

»Schön.«

Sie gingen nebeneinander weiter durch die Menge der Arbeiter. Schaljapin sprach nicht viel, stellte ihr nur ein paar unwichtige Fragen über ihre Arbeit. Es war Katja egal. Er war bei ihr, und das reichte ihr. Er war greifbar, ohne daß sie ihn berühren mußte. Er war ein Versprechen und eine Gefahr – vor allem aber ein Versprechen.

»Wolltest du nicht studieren?« fragte er.

»Nach Onkel Viktors Tod war das nicht mehr möglich. Kein Geld. Fräulein Bürli verdient nicht genug, um uns beide zu ernähren.«

»Aber du würdest gern studieren?«

»Ich weiß nicht. Vielleicht kann meine Mutter mehr dazu sagen, wenn sie zurückkommt.«

Beim Gedanken an ihre Mutter schwieg Katja plötzlich.

»Ja?«

»Ich glaube, Musik will ich nicht studieren.«

»Warum nicht?«

»Eigentlich bin ich nicht begabt genug. Vielleicht bin ich auch nur nicht genug bei der Sache. Ich würde gerne Menschen helfen. Weißt du, daß meine Mutter Krankenschwester war? Sie ist es während des Krieges geworden. Vielleicht werde ich es auch. Oder klingt das naiv und unreif? Angeblich wollen ja alle Mädchen in meinem Alter Krankenschwester werden —«

»Keine Ahnung.«

»Ich glaube ja. Es ist also kein besonders origineller Gedanke. Vielleicht entspricht es mir gar nicht.«

Katja sagte sich, daß sie nur so vor sich hinredete, ohne viel zu sagen. Was wollte sie denn sagen? Ich liebe dich? Wie dumm! Sie liebte ihn nicht. Sie kannte ihn ja kaum. Wie dumm – wie dumm! Sie wußte nicht, inwieweit Schaljapin ihr überhaupt zuhörte. Seine Antworten waren nichtssagend, aber er sah aus, als konzentriere er sich auf irgend etwas. Was will er? fragte sie sich. Seine Gegenwart machte sie verlegen und faszinierte und erregte sie gleichzeitig. Sie war es nicht gewohnt, mit Männern zu sprechen, außer bei ihrer Arbeit, wo sie nur Anweisungen entgegennahm. Schaljapin verhielt sich gewissermaßen, als seien sie einander ebenbürtig, doch Katja empfand das nicht so.

Ihr war bewußt, daß er zehn Jahre älter und unendlich erfahrener war als sie. Dann bemerkte sie zu ihrer Überraschung, daß sie jetzt ein wenig größer war als er, so daß sie sich beim Sprechen geradewegs in die Augen sahen. Seine braunen Augen waren von einer brennenden Intensität. Es war, als suchte er nach etwas. Katja dachte: Er erinnert sich daran, daß ich früher nur die Tochter war. Die Offenheit seines Blickes brachte sie aus der Fassung. Er will eigentlich nicht mich sehen, dachte sie. Er will meine Mutter. Es war eine bittere Erkenntnis, und den Rest des Weges schwieg sie deshalb absichtlich.

»Lotte, ich bin wieder da!« rief sie erleichtert, als sie die Wohnungstür öffnete. »Und Nikolai Afanasitsch ist auch hier! Kommst du mit rein?« fragte sie Schaljapin. Er nickte und schloß die Tür hinter sich.

Fräulein Bürli kochte Kascha. Zu Hause aßen sie nur kleine Gerichte. Es war einfacher, die Lebensmittelrationen auf der Arbeit zu bekommen. Die kleine Frau sah auf und hieß Schaljapin zurückhaltend willkommen.

Katja zog Mantel und Stiefel aus. Hier in der Wohnung fühlte sie sich wohler. Hier war sie zu Hause, und das gab ihr das Selbstvertrauen, ihren Gast anzulächeln. Schaljapin hatte sich, immer noch im Mantel, hingesetzt. »Ich möchte euch keine Umstände machen«, sagte er. »Du machst uns keine Umstände«, entgegnete Katja großmütig und war sich dabei ihrer Selbstbeherrschung bewußt, auf die sie ein wenig stolz war. Ich werde keine Dummheiten machen. Ich weiß, was hier vor sich geht.

Als Fräulein Bürli mit ihrer Hausarbeit fertig war, setzte sie sich und stellte Schaljapin die gleichen höflichen Fragen, die Katja ihm gestellt hatte. Wie gingen seine Geschäfte? Und so weiter.

»Übrigens«, sagte sie dann zu Katja, »Ich habe schlechte Nachrichten vom Hauskomitee. Weil Viktor nicht mehr bei uns ist, wollen sie, daß hier noch eine Familie einzieht. Kusnezow heißen sie. Sie waren heute hier und haben die Wohnung angeguckt. Er ist Schienenverkehrskontrolleur – was immer das auch ist. Was seine Frau macht, habe ich vergessen. Sie haben zwei Kinder, aber die habe ich nicht gesehen. Wir haben ein paar Sachen besprochen. Die einzige Lösung ist wohl, daß die Kusnezows dein Zimmer bekommen. Du mußt dann in das Zimmer von Lara und mir kommen. Und die Kinder werden wohl hier schlafen. Die Leute scheinen sehr nett zu sein«, schloß sie hoffnungsvoll.

»Wann kommen sie?«

»Nächste Woche. Entschuldigen Sie, Nikolai Afanasitsch –«

»– Kolja.«

»– aber ich wollte es Katja erzählen, bevor ich es wieder vergesse. Nein – das klingt dumm. Das hätte ich wohl kaum vergessen, oder?«

»Ich verstehe schon«, antwortete Schaljapin, aber es schien gar nicht in sein Bewußtsein zu dringen. Es war, als wisse er nicht, dachte Katja, warum er überhaupt bei ihnen war. Das erstaunte sie, bis er schließlich mit einiger Mühe hervorbrachte:

»Katja – ich weiß nicht, wie ich es sagen soll. Ich glaube nicht, daß deine Mutter wiederkommt.«

Er sprach so langsam und so ausdruckslos, daß Katja die einzelnen Wörter erst zusammensetzen mußte, damit sie einen Sinn ergaben.

Meine – Mutter – kommt – nicht – wieder.

»Nein!« schrie Katja.

»Es tut mir leid.«

»Ich glaube dir nicht!«

»Hör mir zu«, sagte er ruhig. Gleichzeitig sah er wie Katja zu Fräulein Bürli hinüber, aber die kleine Frau schwieg mit versteinerter Miene, und Katja kam die quälende Erkenntnis, daß ihre Freundin der gleichen Überzeugung war wie Schaljapin.

Nein! Aber diesmal wollte das Wort nicht herauskommen. Sie sah ihn an, und ihr Blick bat: Bitte, sag nichts, Kolja. Selbst wenn es stimmt, will ich es nicht hören. Was bleibt uns noch, wenn wir keine Hoffnung mehr haben? Ich werde nicht weinen.

»Weine nicht.« Schaljapin hielt ihr ein Taschentuch hin, ein spitzengesäumtes Damentaschentuch. »Ich würde es nicht sagen, wenn es zu umgehen wäre, aber wir müssen der Wirklichkeit ins Auge sehen. Ich habe deine Mutter im September in Moskau getroffen. Sie hat versucht, dort ein Zimmer zu finden. Sie hat das Zimmer gefunden, aber sie ist nicht wiedergekommen. Verstehst du? *Sie ist nicht wiedergekommen.* Habt ihr von ihr gehört?«

»Wir haben Briefe von ihr bekommen, vor vier oder fünf Monaten«, schaltete Fräulein Bürli sich ein.

»Habt ihr darauf geantwortet?«

»Ja.«

»Und hat Lara zurückgeschrieben?«

»Nein.«

Was habe ich gesagt? Nein, das sagte er nicht. Er schwieg, bis Katja selbst aus ihrer Erstarrung erwachte. Dann sprang er auf die Füße, als könne er die Spannung nicht mehr ertragen, und stellte sich mit dem Rücken zu den Frauen ans Fenster.

»Wir stehen kurz vor einer Katastrophe«, sagte er leise und monoton. »Das ganze Land, meine ich.«

Katja hatte sich wieder leidlich in der Gewalt. Sie sagte, vernünftiger, als sie sich fühlte: »Ich verstehe dich nicht.«

»Nein, das glaube ich. Vielleicht weiß ich selbst nicht genau, was ich meine. Aber etwas – irgend etwas wird passieren. Vielleicht passiert es jetzt schon, in diesem Moment, bloß sagt uns niemand etwas davon. Lest ihr Zeitung?«

»Ja.«

»Dann habt ihr von der Kampagne gegen die Kulaken gelesen?«

Katja nickte. Aber welche Rolle spielte das? Im Büro hatte man ihnen einen politischen Vortrag gehalten. Die Kulaken beuteten die Bauern aus. Den Menschen in den Städten war die Kampagne gleichgültig, solange es genug Lebensmittel gab.

»Es gibt keine Kulaken«, sagte Schaljapin müde. »Die echten Kulaken wurden im Bürgerkrieg ausgelöscht. Übriggeblieben sind nur ein paar Bauern, die sich die Neue Ökonomische Politik zunutze gemacht haben – aber mehr als ein Pferd und ein paar Kühe haben sie dabei auch nicht herausgeschlagen. Glaubt mir, ich weiß, wovon ich rede, ich habe von Geschäften mit den Bauern gelebt. Ich habe gesehen, wie schwer sie es haben.«

Ich kann ihm nicht zuhören, dachte Katja. Meine Mutter ist verschwunden, und er redet über Politik. Aber an ihre Mutter konnte sie auch nicht denken. Sie mußte die Tränen zurückhalten und diesem Mann zuhören, als sei sein Gerede vernünftig. Wahrscheinlich hielt er es sogar für vernünftig. Viktor war genauso mit Problemen umgegangen, hatte versucht, das Besondere des Leidens in einen allgemeinen Zusammenhang zu stellen, eine umfassende Erklärung dafür abzugeben, als würde es dadurch weniger schlimm. Wenn mich nur statt dessen jemand in die Arme nehmen würde, so wie meine Mutter es getan hat! Wenn du das nur könntest, Kolja.

Aber Schaljapin konnte es nicht. Und mit diesem Versagen machte er Katjas Phantasien ein Ende.

»Die Machthabenden haben die Kulaken verhaftet und in die Verbannung geschickt«, fuhr er unbarmherzig fort. »Tausende – niemand weiß, wie viele es waren. Und nicht, weil sie etwas Bestimmtes getan haben, sondern nur, weil sie sind, wer sie sind. Und sie sind die, als die die Machthaber sie definieren. Ganze Familien, mitsamt den Kindern.«

An diesem Punkt schien er sich darauf zu besinnen, daß seine Geschichte mit den Belangen der beiden Frauen nichts mehr zu tun hatte. Er bat darum, rauchen zu dürfen. Langsam steckte er sich eine Zigarette an und sprach dann weiter:

»Auf dem Weg von Moskau hierher wurde der Zug zwei Tage lang

aufgehalten. Wir mußten warten, bis ein Zug mit Truppen vorbeigefahren war. Die Soldaten sollten einen Aufstand in einem Dorf an
der Bahnlinie niederschlagen. Die Dorfbewohner leisteten Widerstand gegen die Kollektivierung. Offensichtlich waren es die
Frauen, die sich wehrten. Sie sollten ihre Kühe verlieren, und sie
brauchten die Milch für ihre Kinder. Später sind wir dann an dem
Dorf vorbeigefahren. Es war zusammengeschossen worden und
brannte. Ich sah, wie Soldaten Kuhkadaver verbrannten, damit es
keine Seuchen gab. So hat schließlich niemand die Kühe bekommen.« Er machte eine Pause, dann fragte er: »Wann habt ihr zum
letztenmal Fleisch gegessen?«

»Vor einer Woche«, sagte Fräulein Bürli.

»In der Ukraine soll es noch schlimmer sein.«

Katja verstand ihn, selbst in ihrem Kummer. Sie waren nicht
sicher. Aber war sie jemals sicher gewesen? Ihr Leben war eine Serie
von Umzügen von einem unsicheren Ort zum nächsten gewesen. Sie
hatte keine Angst vor Unsicherheit, weil sie sich nie sicher gefühlt
hatte. Trotzdem, ihm schien etwas an dieser Sicherheit zu liegen,
und weil er es nicht zulassen wollte, daß sie um ihre Mutter weinte,
tat sie weiter so, als unterhielte sie sich ganz vernünftig mit ihm.
Innerlich jedoch war sie leer vor Enttäuschung und verzweifelt über
ihren doppelten Verlust – Lara – Kolja – sie hatte beide verloren.

Sie fragte: »Heißt das, daß wir wieder umziehen müssen?«

»Ich gehe ins Ausland«, sagte er ausweichend.

»Wohin?«

»Das ist noch nicht sicher. Aber ich muß gehen. Leute in meiner
Situation – frühere NEP-Leute – werden jetzt verhaftet.«

»Dann hast du Glück, daß du ins Ausland kannst.«

»Ja.«

»Wie hast du das gemacht?«

»Ich habe eine Stelle im Kommissariat für Außenhandel angeboten bekommen. Sie brauchen Leute mit Erfahrung bei Geschäfts-
verhandlungen. Ein Freund hat mir die Stelle besorgen können.«

»Da hast du wirklich Glück gehabt.«

»Ja.«

Katja hörte ihm kaum zu, und plötzlich hatte sie eine Eingebung.
»Bist du deswegen hergekommen? Um meine Mutter zu bitten, mit
dir zu gehen?« Natürlich! Für mich interessiert er sich nicht im

222

geringsten. Und er hat sich auch nie für mich interessiert. Ich war nur ein unbequemes Kind.

»Es wäre möglich gewesen«, antwortete er ganz sachlich. »Und du hättest auch mitkommen können.«

»Und Fräulein Bürli?«

Er antwortete nicht. Statt dessen sprach nun die kleine Frau: »Ich will gar nicht weg von hier.«

»Lotte!«

»Ich bin zu alt und sonderbar, mein Kind. Ich lebe schon zu lange in Rußland. Hier ist jetzt meine Heimat. Glaub mir, das ist keine Selbstlosigkeit. Ich könnte jederzeit zurück in die Schweiz, und das ohne Nikolai Afanasitschs Hilfe. In meinem Alter bin ich eher eine Belastung als ein Gewinn. Die Machthaber würden mich nur zu gerne gehen lassen.«

»Sie müssen an Ihre Sicherheit denken«, sagte Schaljapin. Doch er sagte es mit müder, eintöniger Stimme, so daß Katja nicht ergründen konnte, was er eigentlich wollte – vielleicht wußte er es selbst nicht. Sie dachte: Er hat meine Mutter abgewiesen, und dann wollte er sie mit ins Ausland nehmen. Aber er weiß nicht, warum. Wie kann ein Mensch jemals einen anderen verstehen, wenn er sich selbst nicht versteht? Ich sehe ihn klarer, als er sich selbst sieht.

Schaljapin starrte sie an, aber sie war so mit ihren eigenen Gedanken beschäftigt, daß sie seinen Blick ungerührt ertragen konnte. Sie sah wieder Fräulein Bürli an, so als sei es das letzte Mal. Wie alt, verrunzelt und zerbrechlich sie war. Mit ihren steifen, knirschenden Bewegungen in dem absurden Korsett. O Lotte, wie sehr ich dich doch liebe. Wie gut du zu Mutter und mir gewesen bist!

»Du könntest das Land immer noch verlassen, Katja«, sagte Schaljapin gerade. »Ich kann dich mitnehmen. Dolmetscher werden immer gebraucht, und du sprichst französisch und etwas deutsch.«

»Ohne meine Mutter?« gab Katja zurück. Und wußte sofort:

Aber natürlich ohne meine Mutter. Sie ist im Gefängnis oder tot. Das wissen wir beide. O Gott, sie ist tot, aber ich werde es nie sicher wissen. Ich habe mich am Bahnhof von ihr verabschiedet und wußte es nicht. Und jetzt will er mich. Ich soll werden, was immer er in ihr gesehen haben mag. So wenig bedeute ich ihm. Ich bin nur ein leeres Gefäß, in das er seine Phantasien gießen kann.

Es war zuviel! Sie würde lieber in Rußland bleiben und bewältigen, was bewältigt werden mußte, als sich von diesem Mann seinen Willen aufzwingen zu lassen, so wie Komarowski ihrer Mutter seinen Willen aufgezwungen hatte. Wie anders er aussah. Sein Auftreten war bescheiden, und in seiner Schäbigkeit wirkte er niedergeschlagen, aber sein Gesicht, das immer noch so jung wirkte, war fast schön, gerade so, wie sie es in den Träumen ihrer erwachenden Sexualität geträumt hatte. Doch was dahinterlag, war ihr verhaßt, denn er versuchte, sie zu manipulieren, ohne Rücksicht auf sie zu nehmen, ohne wirklich um sie besorgt zu sein.

Es war zuviel, und sie hätte ihm das auch gesagt. Und vielleicht argwöhnte Lotte etwas, denn auch sie wartete auf ihre Antwort. Lotte, die nichts anderes im Sinn hatte als Katjas Wohlergehen und die trotzdem offensichtlich meinte, daß sie ja sagen sollte.

Was hätte Lara ihr geraten?

Als Komarowski gestorben war, war Katja nahe daran gewesen, ihre Mutter wegen ihrer Verbindung zu ihm zu verachten. Lara war Viktor gefolgt, weil er ihr Überleben und eine gewisse Sicherheit geboten hatte. So elementar und menschlich waren ihre Gründe gewesen. Und bei Katja hatte sie damit bestenfalls Mitleid erweckt.

Jetzt stand sie selbst vor einer ähnlichen Entscheidung. Sie konnte Schaljapins Angebot ablehnen und würde damit im gleichen Atemzug ihre Mutter ablehnen. Zumindest kam es ihr so vor. Wenn sie nur verstehen könnte, warum das Überleben manchmal um jeden Preis gesichert werden mußte und dann wieder mit einer romantischen Geste fortgeworfen wurde. Warum veränderte sich sein Wert ständig? Hatte Lara aus einem bestimmten Grund zu überleben versucht? War Katja dieser Grund gewesen? Wenn ihr das nur irgend jemand hätte sagen können!

Aber das konnte niemand. Die arme Lotte hatte das Leben einer Gouvernante gelebt, war nie von einem Mann geliebt worden, wußte nichts von Leidenschaft und war zu sehr daran gewöhnt, wie ein Gepäckstück von einem Ort zum anderen befördert zu werden. Bei ihr fand sie keine Hilfe. Sah so etwa das Erwachsensein aus? Der Verlust von Illusionen – Kompromisse – der Tod aller Gefühle, damit man ein Leben voller Trostlosigkeit im Herzen leben konnte? Katja war fast ohnmächtig vor Verzweiflung. All ihre Hoffnungen waren so grausam und in so kurzer Zeit zunichte gemacht worden.

»Die Vorbereitungen«, sagte Schaljapin nüchtern, »dauern etwa einen Monat. Du verstehst schon – Papierkram. Es ist nicht einfach, aber es ist möglich. Aber da ist noch etwas – nur eine Formalität – glaub mir, das ist der einzige Grund – aber nur so bekomme ich die Erlaubnis von den Behörden.«

Er hielt inne, und Katja sah, daß er glaubte, sie würde ihm nicht zuhören, und auf ein Zeichen von ihr wartete.

»Und was ist das?« fragte sie und rechnete damit, daß er ihr etwas von einem Formular erzählen würde, das sie auszufüllen hätte, oder von einem Eid, den sie schwören müßte, in der merkwürdig pedantischen Art, die anscheinend allen Männern zu eigen war.

»Du mußt mich heiraten«, erklärte er.

ZWEITES BUCH

Ratio und Romantik

11

Tonja

Im Winter nach dem Bürgerkrieg wirkte Moskau wie das Lager einer Armee, die sich auf dem Rückzug befand. Entlassene Soldaten zogen durch die Gassen, bettelten an den Türen oder suchten nach Verwandten, die vom Krieg und von der Revolution entwurzelt und fortgespült worden waren. Auf den Pflasterstraßen rasselten Munitionswagen und Karawanen ausgemergelter Packtiere entlang. Tag und Nacht ertönten Schüsse, weil Pferde wegen des Fleisches erschossen wurden oder weil die Tscheka sich mit den gesetzlosen Elementen aus den entlassenen Truppen Feuergefechte lieferte. Es war eine Zeit voller Not und Entbehrungen, in der das Geld wertlos war und Illusionen verlorengingen, eine Zeit, in der Menschen zu Tode geschunden wurden und die alten Gefühle von Anständigkeit und Ehrlichkeit wie schmückendes Beiwerk wirkten, so wie die Bäume an den Alleen oder die Zäune um die großen Villen, die man abreißen und zum Heizen verwenden konnte.

Tonja und ihre Familie lebten seit einigen Monaten in der Stadt. Sie hatte ein Zimmer für alle gefunden – in Wirklichkeit nur ein halbes Zimmer, aber für Neuankömmlinge in Moskau war das eine große Errungenschaft. Und es konnte beinahe als abgeschlossenes, ganzes Zimmer gelten, wenn ihre Familie und die anderen Bewohner die Decken, die über einem in der Mitte des Zimmers aufgespannten Seil hingen, als Wand ansahen. Es war nicht schwer, sich das einzubilden, denn die anderen Mieter waren freundlich zu ihnen und schienen sich über die Gegenwart der neuen Mitbewohner zu freuen.

Die Familie hieß Ljubischkin. Iwan Lukitsch Ljubischkin brauchte die Miete und die Lebensmittelkarten, die Tonja ihm anbot, um seine Frau und die vier Kinder ernähren zu können. Er kolorierte Fotografien und arbeitete zu Hause. Außerdem malte er Aquarelle vom alten Moskau, die er mit unermüdlichem Optimismus und wenig Erfolg zu verkaufen versuchte. Er war noch nicht dreißig, aber ein Bestandteil der Farben, die er verwendete, hatte ihn seine Haare und fast alle Zähne verlieren lassen. Das gab ihm ein furchterregendes Aussehen, das seinem Wesen so gar nicht entsprach und das er sehr bedauerte. Seine Frau litt an der Schwindsucht, und die Kinder waren unterernährt. Trotzdem war Ljubischkin fröhlich und hoffnungsvoll, was die Zukunft anging: Bei der Revolution ging es doch schließlich um die Zukunft, oder etwa nicht? Und die Zukunft, so wie die Bolschewiken sie sich erträumten, wurde von Wissenschaft und Fortschritt geprägt – und dabei würde die Fotografie natürlich mit an erster Stelle stehen. Woraus folgte, daß es nach dem Sieg des Kommunismus immer Arbeit für ihn geben würde.

Bis dahin waren seine Einkünfte mager. Es wurde nicht viel fotografiert – man konnte einen Fotoapparat für einen Beutel Mehl oder ein kleines Huhn bekommen –, und bei den wenigen Fotos, die gemacht wurden, schien der Schwarzweißkontrast gerade richtig, um dem Ganzen einen revolutionären Anstrich zu geben. Das waren fette Jahre gewesen, als die Leute sich für Porträtaufnahmen in Positur stellten, vor Topfpalmen und gemaltem Hintergrund. Aber im Moment galt das als gefährlich bürgerliche Attitüde. Daher ging Ljubischkin jeden Tag mit seinen Bildern hausieren und schleppte sich dann müde wieder nach Hause, trug sein Bündel die verfallene Treppe hinauf, an der das Geländer fehlte, weil es verheizt worden war. Tonja versuchte, ihm Mut zu machen, indem sie seine Aquarelle lobte. Die Farben waren so blaß und verwaschen, daß die Ansichten von Moskau etwas Ätherisches bekamen. Ja, es war alles ein Traum, dachte Tonja, während sie die Bilder betrachtete. Wir haben in einem Traum gelebt und es nicht gewußt. Iwan Lukitsch hat es ganz richtig erfaßt. In Wirklichkeit jedoch gingen Ljubischkin die Farben aus, und er konnte sich keine neuen leisten. Daher verdünnte er die Reste mit sehr viel Wasser, so daß auf seinen Bildern nur noch die Spuren von Farbe zu sehen waren.

Sein Glück verließ ihn ganz, als er kein Rot mehr hatte. Ein vornehmer Fotograf in einem abgetragenen Gehrock brachte ihm ein großes Gruppenbild. Ein paar Offiziere der Roten Armee hatten sich eine Erinnerung an ihre gemeinsame Zeit gewünscht und für dieses Bild mit ihrer Lieblingskanone vor der Mariä-Verkündigungs-Kathedrale posiert. Konnte Ljubischkin die Fotografie kolorieren? Die Offiziere würden mit Fleisch bezahlen – mit Pferdefleisch, aber das machte ja nichts. Ljubischkin arbeitete angestrengt einen Tag und eine Nacht lang, während seine Frau hustete und die Kinder jammerten, und dann ging ihm die rote Farbe aus, und er mußte als Fleischfarbe Gelb nehmen. Die Offiziere kamen geschlossen, um das Werk in Augenschein zu nehmen. Sie stampften die Treppe hinauf, standen auf der anderen Seite der behelfsmäßigen Wand, tranken Wodka und betrachteten das fertige Bild. Und wollten es nicht haben – mit den gelben Gesichtern sahen sie ja aus wie mongolische Invasoren.

Um ihr Einkommen aufzubessern und ihnen eine bessere Lebensmittelkarte zu verschaffen als die vierter Klasse, hielt Tonjas Vater landwirtschaftliche Vorlesungen ab. Das erforderte einigen Mut von Professor Gromeko. Wenn er morgens das Haus verließ und wenn er abends zurückkam, war es dunkel, und es gab häufig Raubüberfälle. Außerdem hatte sich die Studentenschaft geändert. Heute waren es frühere Soldaten und revolutionäre Bauern, die studierten, und ihr Komitee hatte einen von ihnen ernannt, der die politischen Ansichten ihres Professors überwachen sollte. Gromeko war bis dahin nicht bewußt gewesen, welch suspekte Wissenschaft die Agronomie war. Bei einer Diskussion über die richtige Knollenfrucht für das Winterfutter gelangte man unmittelbar zu den Grundlagen der Landwirtschaft. Und das konnte jetzt, da die großen Güter aufgeteilt und die Höfe beschlagnahmt wurden, sehr unsicherer Boden sein. »Land für Winterfutter zur Verfügung zu haben setzt eine bestimmte Mindestgröße des Hofes voraus, oder nicht, Genosse Gromeko?« fragte der hinterhältige Aufpasser. Ja, ja, natürlich, aber du wirst mich nicht dabei erwischen, daß ich dir in diesem Punkt zustimme. »Ich liefere nur Informationen«, antwortete der Professor und fügte schlau hinzu: »Es bleibt dem Volk überlassen, die richtigen politischen Schlüsse daraus zu ziehen.« Bitte schön. Ich bekomme ein Gefühl dafür, wie man bei euch reden muß. »Und wer ist in diesem Zusammenhang das Volk?« kam die Rückfrage. Oh, lieber Gott, hilf mir. Hilf mir, Tonja. Ich will doch nur über Rüben sprechen.

Wenn sie nicht nach Lebensmitteln und Brennholz suchte, nahm Tonja Näharbeiten an. Als Mädchen hatte sie Stricken gelernt.

Dafür bestand zwar jetzt kaum Bedarf, aber sie bekam ein paar Sachen zum Stopfen und Flicken. Ganz Moskau schien in Lumpen und Fetzen herumzulaufen. Auf diese Weise hatte sie das Gefühl, etwas zum Familienbudget beizutragen, und die Arbeit lenkte sie von dem Leiden ihrer Mitbewohnerin ab, die sich auf der anderen Seite des Vorhangs klaglos das Leben aus dem Leib hustete.

Zwischendurch schrieb Tonja Briefe an ihre Verwandten, die Krugers, die im Ausland lebten, und bat sie um Hilfe.

In diesem Winter starb Ljubischkins Frau. Ihre Leiche wurde ohne Leichentuch an einen unbekannten Ort geschafft. Ljubischkin war zu arm, um sich zu betrinken. Er hatte keine Farben mehr und war ans Haus gebunden, weil er sich um die Kinder kümmern mußte, obwohl Tonja ihm ihre Hilfe anbot. So konnte er nicht einmal seinen kleinen Vorrat an Aquarellen verkaufen, und seine Familie verhungerte still und allmählich. Nur nachts verließ er das Zimmer, um nach Schalen und Abfällen für eine dünne Suppe zu suchen. Manchmal schenkte Tonja ihm Lebensmittel, aber ihre eigenen Kinder waren ebenfalls hungrig. Ljubischkin nahm sein Leiden klaglos hin. Nur das Auf und Ab seiner Schritte hinter dem Vorhang verriet seinen Kummer. Manchmal schlug er gegen den Vorhang oder stieß mit dem Kopf dagegen. Doch wenn Tonja die Decke beiseite schob und in seine Welt eintrat, lächelte Ljubischkin zahnlos und sagte: »Es geht bergauf.«

»Würden Sie mir eine Ikone malen?« fragte sie ihn eines Tages. Sie brauchte einen Vorwand, um ihm etwas von dem Fleisch abzugeben, das Professor Gromeko von einem Studenten als Gegenleistung für eine gute Zensur erhalten hatte.

»Ich habe keine Farbe.« Doch nach einigem Suchen trieb Ljubischkin doch noch etwas auf und malte ihr ein Bildnis von der Madonna mit Engeln und einer Inschrift auf Kirchenslawisch, rahmte es und brachte Kerzenhalter an. Es war eine bleiche, leidende Gottesmutter, die nach Farbe hungerte und voller Mitgefühl auf die Hungernden sah. Tonja weinte, als Ljubischkin ihr die Ikone brachte, und nannte sie Unsere Liebe Frau von Moskau. Die Gottesmutter wachte nun über ihnen und teilte ihr Leid. Sie wurde Tonjas Talisman.

In diesem Winter starben zwei von Ljubischkins Kindern an Keuchhusten. Sascha wurde auch angesteckt, nur seine kräftige kleine Schwester blieb gesund. Vielleicht hatte die Ikone dieses Wunder vollbracht. Professor Gromeko rief einen Kollegen, der Arzt war, zu Hilfe. Für Ljubischkins Kinder kam jede Hilfe zu spät. Sascha schwebte eine Woche lang zwischen Leben und Tod, dann entschied er sich für das Leben. Und Tonja jubelte innerlich, obwohl die Kinder ihres Nachbarn im Sterben lagen. Zunächst hatte sie Schuldgefühle deswegen, aber als ihr einmal klargeworden war, daß es Schicksal war, akzeptierte sie das Wunder, das ihren Kindern das Leben gerettet hatte, und wußte, daß sie sich darüber freuen durfte.

Dann starb Ljubischkin selbst. Es war ein Unfall. Oder Selbstmord.

Eine alte Frau, Galina Mattwejewna, die hinter einem Stück Sackleinen in einer Nische unter der Treppe hauste, entdeckte ihn. Sie lebte von nicht viel mehr als Luft und Staub. Zahnlos und in Lumpen hämmerte sie gegen die Zimmertür und rief nach Tonja. »Schnell – schnell! Iwan Lukitsch ist tot!« Tonja griff nach ihrem Tuch und folgte der Alten die drei Treppen hinunter bis in die Halle. Auch die anderen Hausbewohner samt ihrer Kinder stürzten aus ihren Zimmern. Der Vorsitzende des Hauskomitees bat offiziell um Ruhe und fragte die Alte, was passiert sei.

»Er ist an meiner Wohnung vorbeigeflogen«, berichtete Galina Mattwejewna. »Einfach vorbeigeflogen, wie ein Vogel. Und er war ganz still – kein Schrei, nichts.«

»Woher wissen Sie, daß er geflogen ist?« fragte der Vorsitzende des Hauskomitees. »In Ihrem dunklen Loch konnten Sie doch gar nichts sehen.« Er tippte die Leiche, die mit ausgebreiteten Armen und Beinen auf den Fliesen lag, mit dem Fuß an.

»Wollt ihr ihn nicht zudecken?« fragte eine Stimme, aber niemand wollte das Risiko eingehen, ein Laken zu verlieren.

»Man wird die Sache untersuchen müssen.«

»Diese Treppen sind gefährlich. So ein schrecklicher Unfall!«

»Oder Selbstmord – er hat nicht geschrien und nichts, das ist nicht normal. Wie ein Vogel ist er geflogen.«

»Verdammter Kerl!« murmelte der Vorsitzende in Gedanken an die Unannehmlichkeiten, die eine Untersuchung mit sich bringen würde. Schließlich trug er die Verantwortung für das fehlende Treppengeländer.

Aber am Ende gab es dann doch keine Untersuchung. Der Vorsitzende und zwei Freunde schafften die Leiche nachts fort und ließen sie irgendwo auf der Straße liegen, so daß es nach einem Verkehrsunfall aussah. Parteifunktionäre kamen und nahmen die beiden übriggebliebenen Kinder mit, und Tonjas Familie hatte nun das ganze Zimmer zur Verfügung.

Er ist geflogen wie ein Vogel und hat nicht geschrien! O Herr, hab Erbarmen mit uns und rette uns durch deine Gnade!

Die Rettung kam in Form eines Briefes.

✳

Tonjas Großvater Krüger, Bergwerksbesitzer und Eisenfabrikant im Ural, hatte einen jüngeren Bruder, der nach Frankreich ausgewandert war, weil es im Familienunternehmen beruflich keine Zukunft für ihn gab. Er ließ sich in Paris nieder und machte ein Vermögen mit dem Handel zwischen den beiden Ländern. Er importierte Holz, Eisen und Pelze aus Rußland, und auf dem Rückweg nahmen seine Schiffe Fertigwaren und Luxusgüter für den russischen Adel und das gehobene Bürgertum mit, die Sprache und Gebräuche der Franzosen imitierten. Er vermachte das Unternehmen seinem Sohn, der 1921 bereits alt war und kränkelte, und inzwischen führte sein Enkel, Michail Alexejewitsch Krüger, ein Mann Mitte Dreißig, die Geschäfte. Dieser jüngste Krüger war in Frankreich geboren und aufgewachsen und hatte im Krieg seinen Namen geändert. Seinen Familiennamen behielt er bei, weil er nützlich für das Geschäft war, denn ohne es ausdrücklich zu sagen, tat er so, als käme seine Familie aus Elsaß-Lothringen, wo deutsche Namen üblich waren. Auf diese Weise wurde er von einem verdächtigen Ausländer zu einem Franzosen aus den besetzten Provinzen, zu einem Gegenstand des Mitgefühls und der Bewunderung. Als Vornamen wählte er Aristide, und damit hieß die Firma fortan ganz französisch Aristide Kruger & Cie.

Vetter Aristide schrieb in seinem Brief, daß ihm das Elend der Familie zu Herzen ginge und er deswegen alles für ihre Emigration vorbereiten und in Frankreich für ihren Lebensunterhalt sorgen wolle. Er hatte mehrere Formulare und Empfehlungsschreiben beigelegt, die ihnen helfen sollten, Ausreisevisen zu bekommen, und versprach, bald Fahrkarten nachzuschicken, so daß sie im Frühling von einem baltischen Hafen aus abreisen konnten.

»Geld wäre besser gewesen«, sagte Professor Gromeko, gab aber zu, daß sie dankbar sein müßten. »Also verlassen wir Rußland, oder? Darauf läuft es doch hinaus.«

»Ich möchte nicht fort«, beruhigte Tonja ihn.

»Vielleicht bleibt uns keine andere Wahl. Die Roten weisen viele Leute aus. Ich habe gehört, daß Miljukow und Kisewetter den Laufpaß bekommen haben, und die Kuskowa auch. Es ist genauso schlimm wie früher.« Er schüttelte den Kopf. Das alles war ihm ein Rätsel. Doch Tonja dachte: Wenn wir das Land verlassen – was wird dann aus Juri, wenn er zurückkommt?

»Wir können nicht fort«, sagte sie. »Ich werde ihm noch mal schreiben und ihn um Geld bitten.« Der Gedanke an Juri bereitete ihr solchen Kummer, daß es ihr nicht peinlich war, ihren Vetter um Geld zu bitten. »Er hat Mascha noch gar nicht gesehen. Vielleicht weiß er nicht einmal, daß sie geboren ist.« Dann sagte sie sich, daß es ihm wohl gleichgültig sein mußte: Der Bürgerkrieg war vorbei, und Schiwago mußte inzwischen freigelassen worden sein. Bestimmt war er nach Jurjatin zurückgekehrt und lebte dort mit der Antipowa und ihrer Tochter zusammen. Das war das Unerträgliche für Tonja – nicht die Trennung, sondern die Vorstellung, nicht geliebt zu werden.

Der Vorsitzende des Hauskomitees hatte den Brief mit den ausländischen Marken und den Spuren der Zensur bereits gelesen. Er berief eine Hausversammlung ein, »um den Ruf der Loyalität unseres Hauses zu wahren«. Sie fand in der Halle statt, in der Ljubischkin zu Tode gestürzt war, und er hatte einen Vertreter der Tscheka dazu eingeladen. Der junge Mann trug einen Ledermantel, hielt sich während der Versammlung im Hintergrund und rauchte.

»Genossen, ihr wollt vielleicht wissen, warum wir uns hier versammelt haben«, begann der Vorsitzende, obwohl das alle wußten. »Was soll ich sagen? Wir haben in den letzten Monaten eine Schlange an unserem Busen genährt!« Dann berichtigte er sich: »Schlangen an unseren Busen, meine ich. Genossen, ich spreche von unseren Mitbewohnern Alexander Alexandrowitsch Gromeko, früher ›Professor‹ genannt, und seiner Tochter Antonina Alexandrowna Schiwago.

Wir sind tolerante Menschen. Wir hatten keine Vorurteile gegen sie, auch wenn Alexandrowitsch ein sogenannter ›Professor‹ war und seine Tochter mit einem sogenannten ›Doktor‹ verheiratet war – solange sie die richtigen Ansichten hatten und sich nicht auf ihre sogenannte frühere ›Stellung‹ beriefen.«

»Nun mach schon, Josif Rodjonowitsch!« rief ein Betrunkener aus dem Hintergrund.

»Ja – also, ich komme zur Sache. Was ich wissen will, ist, ob sie sich gebessert haben. Das ist doch wichtig, oder? Oder nicht?« Er wartete auf ein Zeichen der Zustimmung. Da sich keine größere Begeisterung einstellen wollte, strengte er sich erst recht an. »Antonina Alexandrownas Familie waren Kapitalisten irgendwo im Osten. Das ist wichtig. Und sie hat Verwandte in Frankreich, die *Internationale Kapitalisten* sind. Das ist sehr verdächtig! Von denen hat sie uns nie erzählt! Aber geschrieben hat sie ihnen. Und sie haben zurückgeschrieben, jawohl! Sie wollen, daß sie mit den anderen nach Frankreich kommt – daß sie Rußland und der Revolution den Rücken kehrt und sich da zusammen mit den anderen Kapitalisten an den Fleischtöpfen gütlich tut. Das ist ungerecht!« schloß er zusammenfassend.

Während Rodjonowitsch die Vorwürfe wiederholte, weil er meinte, dadurch würde seine Beredsamkeit noch überzeugender wirken, studierte Tonja die verhärmten Gesichter der anderen Hausbewohner. Ihr fiel ein, welche Heimtücke Armut hervorrufen kann. Warum hassen sie uns? fragte sie sich, und plötzlich bekam sie Angst. Was passiert, wenn sie uns auf die Straße setzen? Sascha war immer noch schwach, ihr Vater war zu alt, ihre Tochter zu jung. Alexander Alexandrowitsch hörte mit verwirrtem Gesichtsausdruck zu, es fiel ihm schwer, zu begreifen, daß er einer der erwähnten Verbrecher sein sollte. Warum hassen sie uns? Doch dann erkannte Tonja, daß die anderen Hausbewohner sie nicht haßten. Sie hörten Josif Rodjonowitsch gleichgültig zu, so als hätten Tonja und ihre Familie die Erlaubnis erhalten, die Menschheit zu verlassen.

Zum Schluß entschied die Versammlung einstimmig, daß die Missetäter einen Verweis wegen unloyalen Verhaltens dem Haus gegenüber verdienten und als bürgerliche Verräter und mutmaßliche Spione angezeigt werden sollten. Dann gingen alle schnell auf ihre Zimmer zurück und ließen Tonja mit ihrem Baby und ihrem Vater, der sich immer noch im stillen über seine Lage wunderte, stehen. Nur der Tschekist blieb auf seinem Beobachtungsposten an der Tür, deren zerbrochene Scheiben mit Lumpen zugestopft waren, zurück. Tonja fragte sich, ob er gekommen war, um sie zu verhaften. Er war so schmächtig, daß man gar nicht glauben mochte, er könnte etwas so Gewaltsames tun. Aber wie um seine körperliche Unscheinbarkeit aufzuwiegen, umgab ihn eine Aura von Macht – oder vielleicht ging die Macht auch von seinem Ledermantel aus, den anscheinend alle Tschekisten wie ein Priestergewand zu tragen pflegten. Wie merkwürdig das war.

»Ich würde mir wegen dieser Sache keine Sorgen machen«, sagte er nach einer Weile. Tonja glaubte, etwas wie Sympathie zu entdekken, aber er fuhr fort: »Eure reichen Verwandten haben euch gekauft und bezahlt, und wir werden dafür sorgen, daß die Ware geliefert wird.«

»Sie meinen, daß wir ausgewiesen werden sollen?«

Er antwortete nicht gleich. Statt dessen kitzelte er Mascha mit seiner behandschuhten Hand unter dem Kinn und steckte sich dann eine weitere Zigarette an. »Josif Rodjonowitsch ist es, der aufpassen sollte. Wir beobachten ihn bei seinen Schwarzmarktgeschäften, und zum richtigen Zeitpunkt werden wir ihn einkassieren. Übrigens, was will dieser Kruger eigentlich von euch?«

»Was er von uns will? Ich verstehe Sie nicht. Er ist ein Verwandter von uns.«

»Na und? Was will er mit einer Familie von armen Leuten? Er ist Kapitalist, also muß irgend etwas für ihn dabei rausspringen.«

Das glaubte Tonja nicht. Diese Einschätzung von der menschlichen Natur erschien ihr zu grausam. Das hatte ihr Mann an der Revolution beklagt – nicht ihre Prinzipien, sondern die Grausamkeit im Denken und die Niederträchtigkeit bei der Durchführung. Vielleicht hatten sie recht, und sie war tatsächlich eine Verräterin. Dann war sie es aber von Natur aus, denn sie hatte nie viel über Politik nachgedacht. Wie jung dieser Mann war und wie glatt und wohlgenährt sein Gesicht. Er war schön. Im Vergleich zu ihm war sie dürr und verwelkt, obwohl sie noch nicht alt war.

Als die Ausreisevisen kamen, begann Tonja zu packen und sich um Reiseproviant zu kümmern, was weitaus schwieriger war.

Josif Rodjonowitsch wurde eines Nachts verhaftet und verschwand. Überraschenderweise wurde die alte Galina Mattwejewna zur Vorsitzenden des Hauskomitees gewählt, vielleicht weil sie zu hinfällig war, um sich irgendwo einzumischen. Die Atmosphäre im Haus wurde besser. Tatkräftig unterstützt von den anderen Bewohnern, machte die Familie sich reisefertig.

Tonja schrieb noch einmal ausführlich an Schiwago, in der Hoffnung, daß er den Bürgerkrieg überlebt hatte. Der Brief war lang, und sie konnte ihre vorwurfsvolle Haltung nicht ganz verbergen. Als sie fertig war, wußte sie zuerst nicht, was sie damit machen sollte, beschloß dann aber, ihn wie den vorigen Brief an Lara zu schicken, in der Annahme, daß diese noch in Jurjatin lebte. Wenn Juri überlebt hatte, würde er sicherlich dorthin zurückkehren und Lara ausfindig machen.

Sie schrieb:

Liebe Larissa Fjodorowna,
ich schreibe Ihnen kurz vor unserer endgültigen Abreise zu unseren Verwandten nach Paris. Ich lege einen Brief für Juri Andrejewitsch bei, für den Fall, daß er noch lebt. Bitte geben Sie ihm den Brief – ich bin sicher, daß er Sie finden wird. Ob er uns nach Paris folgen will, weiß ich nicht. Ich bedauere es, ihn zu verlassen. Wir sind ausgewiesen worden, aber vielleicht ist das gut so: Ich muß an die Kinder denken. Juri ist ein guter Mann, und ich verstehe, daß er sich zu einer guten Frau hingezogen fühlt. Aber ich verstehe immer noch nicht, warum er uns verlassen hat. Manchmal denke ich an ihn, und ich bin Ihnen böse, weil sie zwischen uns getreten sind, aber in meinen besseren Momenten weiß ich, daß Sie keine bösen Absichten hatten und daß auf merkwürdige Weise der Wille Gottes am Werk gewesen sein muß. Die Zeit in Moskau ist für uns sehr schwer gewesen.

Gott segne Sie
Antonina Alexandrowna Schiwago

Tonja legte ein Foto von der Familie in den Brief, das Ljubischkin koloriert hatte. Die Ikone Unserer Lieben Frau von Moskau verstaute sie im Reisegepäck.

Sie verließen Moskau Mitte März, während des ersten, noch zögernden Tauwetters. Vor ihrer Abfahrt bestand Tonja darauf, daß sie der alten Sitte folgten und sich kurz zu einem stillen Gebet niederließen.

Sie fuhren mit dem Zug durch Litauen bis nach Memel. Ihre Mitreisenden waren ebenfalls Flüchtlinge, die ihre Hoffnungen in den Westen setzten oder Verwandte dort hatten. Sie wurden von einer Gruppe Soldaten bewacht und unter einer Art Quarantäne gehalten, so als trügen sie den Bazillus des Verrats in sich.

Die meisten verließen das Land aus freien Stücken – Funktionäre, Fabrikbesitzer, Angehörige des Landadels, die sich nutzlos vorkamen und dem neuen Regime feindselig gegenüberstanden. Aber es gab auch andere, Radikale und Oppositionspolitiker, die während der Zarenzeit im Exil gewesen waren oder im Gefängnis gesessen hatten, nur um jetzt festzustellen, daß auch die neue Regierung ihnen nicht wohlgesonnen war. Sie verdienten das meiste Mitleid, denn sie hatten in dem Glauben durchgehalten, daß sie das Volk seien, und nun wollte die Revolution sie nicht haben. Es waren Männer, bar jeder Hoffnung, aber mit einem gewissen Anstand und einer ruhigen Würde. Im Vergleich dazu fand Tonja die nervöse Arroganz der anderen, ihre rachsüchtige Schwäche und unversöhnliche Feindseligkeit unerträglich. Sie verkörperten den Grundgedanken des alten Regimes, rauchten seine Zigarren und tranken sogar seinen Wein und hielten sich mit prahlerischem Gerede über die Zukunft bei Laune, wenn die Revolution erst vorbei wäre und die kommunistische Kanaille von den wiedererstarkenden Truppen des Zaren hinweggefegt würde. Ihre ganze Hoffnung bestand in ihrer Loyalität dem Zaren gegenüber, selbst wenn sie Nikolaus II. zu seinen Lebzeiten verachtet hatten. Unterdessen tobte draußen vor den Fenstern die Revolution.

Diesmal erlebte Tonja den echten Haß der Menge, nicht die Gleichgültigkeit, die Josif Rodjonowitschs Manipulationen begleitet hatte. Das dicke, schmutzige Fensterglas trennte Welten, was sich immer dann zeigte, wenn der Zug an Bahnhöfen oder Kohlenstationen anhielt und die hungernden Bauern und aufgebrachten Arbeiter- und Soldatenkomitees sie vom Bahnsteig aus beschimpften. Sie kennen mich gar nicht, dachte Tonja. Wenn wir miteinander sprechen könnten, wäre alles anders. Es sind die gleichen Leute, mit denen ich zusammengewohnt habe. Früher konnten wir miteinander reden, jetzt hat sich alles verändert. Wieder schien es ihr, als habe sie in einem Traum gelebt und als sei die erwachende Wahrheit von den Peitschen der Kosaken des Zaren unterdrückt worden.

Die Reise ging langsam vonstatten, wie alle Reisen in jenen Tagen. An der Grenze wurden sie einen ganzen Tag lang aufgehalten, weil die mißtrauischen litauischen Beamten alle Papiere streng kontrollierten und Reisende abwiesen, deren Dokumente nicht in Ordnung waren. Jeder betete darum, daß es den Nachbarn treffen möge und nicht ihn selber. Tonja hatte Mühe zu begreifen, daß sie jetzt ins Ausland fuhren, denn früher hatten die Krügers in der Nähe von Kaunas ein Gut besessen. Als Kind hatte sie dort auf den Hügeln zwischen dem Heidekraut Beeren gepflückt. Zu jener Zeit hatte es für sie genauso zu Rußland gehört wie das Haus in Moskau oder das Gut bei Warykino. Doch das war offensichtlich ein Irrtum gewesen. Litauen war nicht Rußland und war es in den Augen seiner Bevölkerung auch nie gewesen.

Der Zug durfte weiterfahren, jetzt allerdings in Begleitung litauischer Wachsoldaten. Trotz der Feindseligkeit der Soldaten entspannten sich die Reisenden allmählich. Die Litauer waren keine Kommunisten. Am Tag der Abrechnung würden sie auf der Seite der Weißen kämpfen und siegen. Diese Phantasien wurden immer stärker, während der Zug langsam durch kahle Berge fuhr, dann an Siedlungen vorbei, an Roggenfeldern und Wiesen und schließlich durch Kiefernwälder bis hin an die sandige Küste.

Während sie auf Memel zufuhren, veränderte sich die Landschaft, und die Felder waren mit deutscher Ordentlichkeit aufgeteilt. Vom Krieg war hier nichts mehr zu spüren. Als sie litauisches Hoheitsgebiet verließen, wurde der Zug von französischen Beamten der Alliierten Kommission angehalten. Wieder wurden ihre Papiere überprüft, und schließlich durften sie in den Bahnhof einfahren. Auf dem Bahnsteig drängten sich Soldaten, Beamte der Alliierten, Mitglieder von Hilfsorganisationen und Männer und Frauen in feinen Kleidern und Pelzen, die wie eine exotische Rasse aus all dem Grau hervorstachen. Es waren Adelige, die Glück gehabt hatten und die hier ihre Verwandten in Empfang nehmen wollten.

Tonja und ihre Familie wurden von einem kleinen dicken Mann in einem unauffälligen Anzug mit weißem Hemd und Zelluloidkragen begrüßt. Er trug einen Kneifer und einen schweren Schnurrbart, und sein Haar war stark pomadisiert. An jeder Schläfe klebte eine Schmachtlocke. Er blieb auf dem Bahnsteig zurück, als außer den Gepäckträgern und den Bahnbeamten schon alle gegangen waren, und stellte sich ihnen vor.

»Madame Schiwago? Mein Name ist Blanchard. Ich bin der Handelsvertreter von Monsieur Kruger, und man hat mich beauftragt, für Ihr Wohlergehen zu sorgen. Ist das hier Ihr Gepäck? Mehr nicht? Ich sehe – Ihre letzte Zeit in Rußland ist offensichtlich nicht sehr vergnüglich gewesen. Wir werden sehen, was sich tun läßt.« Er sprach französisch, und hinter seiner Steifheit ließ er eine gewisse Freundlichkeit erkennen. Er rief einen Gepäckträger für ihre Taschen und Bündel, und draußen vor dem Bahnhof nahm er eine Droschke, die sie ins Hotel bringen sollte.

»Sind wir in Frankreich?« fragte Sascha, als der Wagen durch die gepflasterten Straßen holperte. Er kannte die graublauen Uniformen der französischen Armee und die Helme mit den Federbüschen, und in den schmalen Straßen sahen sie Soldaten, die patrouillierten oder grüppchenweise in den Eingängen der Wirtshäuser standen und rauchten. »Noch nicht«, sagte Tonja und betrachtete weiter die fremdartigen deutschen Schriftzüge über den Läden, die improvisierten Wegweiser und die Anschläge der Militärregierung, die auf französisch waren. Verkehrte Welt – würde es nie ein Ende haben?

Das Hotel »Zum Roten Hahn« befand sich in der Hahnengasse, einem schmalen Seitensträßchen. Die kleinen Fenster guckten wie kurzsichtige Augen auf die Straße hinaus, und über der Tür hing ein geschnitzter roter Hahn. Monsieur Blanchard kümmerte sich um die Formalitäten und begleitete seine Schützlinge in ihre sauberen Zimmer. »Ich komme morgen wieder«, versprach er und verbeugte sich zum Abschied vor Tonja.

Man hatte zwei Zimmer für sie reserviert. Es waren kleine Zimmer, mit Betten auf Rollen für die Kinder, sauberem Bettzeug, frischem Wasser und Handtüchern, aber ihre Vollkommenheit und die ungewohnte Privatsphäre erschreckten Tonja. Monsieur Blanchard hatte es so eingerichtet, daß sie die Mahlzeiten im Haus einnahmen. Zum Abendbrot gab es Eisbein, Sauerkraut und Kartoffeln, und zu ihrem Erstaunen stellten sie fest, daß sie fast nichts zu sich nehmen konnten. Ihre Mägen hatten sich an die magere Kost in Moskau gewöhnt. In der Nacht wurde Sascha schlecht, und er machte ins Bett. Tonja versuchte verzweifelt, die Sache wieder in Ordnung zu bringen, bevor das Zimmermädchen kam, und als sie das Wasser im Krug aufgebraucht hatte, wartete sie ängstlich. Als das Mädchen kam, sah es sich die Bescherung ruhig an und machte sich dann an die Arbeit. »Verdammte Russen«, murmelte es vor sich hin, aber das verstand Tonja nicht.

Am Vormittag kam Monsieur Blanchard wieder, immer noch im gleichen Anzug, wie ein gemieteter Trauergast. Er teilte ihnen mit, daß ihr Schiff, die »Ville de Dinant«, noch Holz und Vorräte laden müsse und erst in einigen Tagen abfahrbereit sei. Er riet ihnen, bei Ausflügen in die Stadt vorsichtig zu sein, weil die Bewohner zum Teil russenfeindlich seien, und gab Tonja eine kleine Geldsumme, für die er eine Quittung verlangte. Dann verließ er sie mit dem Versprechen, ihnen am nächsten Tag neue Nachrichten zu bringen.

Professor Gromeko schlug einen Spaziergang vor: »Ich glaube, die Kinder brauchen nach der langen Zeit im Zug frische Luft.« In seinen Worten lag eine Autorität, die in seltsamem Widerspruch zu seinem abgerissenen Äußeren stand. Tonja stimmte ihm zu. Es war in der Tat eine gute Idee. Doch abgesehen davon glaubte sie, daß ihr Vater die Bestätigung brauchte, das Oberhaupt der Familie zu sein. Seit ihre alte Welt zusammengebrochen war, hatte ihm das gefehlt. Die großen Lebenspläne waren den kleinen, alltäglichen Entscheidungen gewichen, der Jagd nach Nahrung, Kleidung, heißem Wasser oder einem alten Lumpen, um eine Ritze zuzustopfen. Vor dieser Ebene der Realität hatte der Professor kapitulieren müssen. Die Autorität, an die er gewöhnt war, war ihm abhanden gekommen, und jetzt beugte er sich Tonja selbst bei den großen Entscheidungen. Heute morgen jedoch entschied er, daß es Zeit für einen Spaziergang sei.

Auf dem Weg durch die Stadt wurden sie vom Regen überrascht. Sie gingen gerade durch eine schmale Gasse, als zusammen mit dem Regen ein scharfer Wind einsetzte und die Tropfen auf die Dächer prasselten. Sie stellten sich im Eingang eines Cafés unter. Von drinnen waren Lärm und Gelächter zu hören. An einem der Tische saßen einige Gäste vor leeren Tassen und Tellern mit Tortenresten.

»Alexander Alexandrowitsch!« rief eine Stimme. »Was stehen Sie da draußen herum! Kommen Sie zu uns herein!«

Der Professor sah den Rufenden an und blickte dann verlegen an seinen schäbigen Kleidern hinunter. Tonja erkannte in dem Mann Maxim Jurjewitsch Golizin, einen Gutsbesitzer aus der Nähe von Minsk, der im Zug mit ihrem Vater Schach gespielt hatte. Er hatte seine Schäbigkeit abgelegt, trug einen guten Anzug aus Kammgarn und hatte einen polierten Spazierstock bei sich. Bei ihm befanden sich zwei ähnlich gekleidete Männer und eine auffallend schöne, dunkelhaarige Frau. Sie hatte mandelförmige Augen und trug einen offenen Zobelpelz über einem teuren Kleid. Die Gesichter der vier waren im Lächeln erstarrt, so als hätte man sie bei einer frivolen Unterhaltung unterbrochen.

Auf erneutes Drängen hin willigte der Professor ein, einen Kaffee zu trinken. Man holte ein paar weitere Stühle, und Golizin stellte sie einander vor. »Und das ist die Gräfin Kalinowska, die so weise war, Rußland vor der Revolution zu verlassen. Sie ist meine Retterin und Schutzpatronin.«

»Ich war zufällig gerade in der Schweiz«, sagte die Gräfin träge. »Mein Mann hatte leider nicht soviel Glück. Er diente unter Judenitsch und wurde getötet. Aber wir müssen diese schlimmen Sachen vergessen und an die Zukunft denken.« Ihre Stimme war ebenso bezaubernd wie ihr Aussehen. Sie sprach russisch mit einem schwachen polnischen Akzent und glitt leicht über die Wörter hinweg. Sie besaß jene dunkle Schönheit, wie sie für Polinnen typisch ist, mit einer etwas spitzen Stupsnase. Tonja überlegte, daß zwischen ihnen kein großer Altersunterschied bestehen konnte, aber ein Vergleich zwischen ihnen war so unsinnig wie der zwischen zwei verschiedenen Tierarten.

»Wir sind auf dem Weg nach Paris«, sagte der Professor unbeholfen.

»Mein Lieber, wir alle sind auf dem Weg nach Paris – Paris wird unser geliebtes Exilrußland werden. Jedenfalls so lange, bis wir nach Hause zurückkehren.«

»Und wir *werden* zurückkehren!« bestätigte Golizin, während er seinen Schnaps hob.

»Schiwago?« fragte die Gräfin. »Sind Sie mit dem Millionär Andrej Wassilitsch Schiwago verwandt? Ich habe in der Schweiz von ihm reden gehört, aber ich war natürlich zu jung, um ihm jemals persönlich zu begegnen.«

»Er war mein Schwiegervater«, sagte Tonja. »Aber Millionär war er nicht. Er ist arm gestorben.«

»Arm? Keineswegs –«, sagte die Gräfin in einem Ton, der deutlich machte, daß allein die Vorstellung von Armut sie kränkte. »Ich habe gehört, daß es finanzielle Schwierigkeiten gab – schuld daran waren vor allem seine Rechtsanwälte. Aber ein Mann kann finanziell in Schwierigkeiten sein, ohne deshalb arm sein zu müssen. Es hängt allein davon ab, ob er im richtigen Augenblick Bargeld beschaffen kann. Mein verstorbener Mann besaß ausgedehnte Ländereien, aber wenn seine Gläubiger kamen, hatte er nie Geld. Ach, das ist einfach zu deprimierend! Wir sollten uns darüber freuen, daß wir alle mit dem Leben davongekommen sind! Wir werden unsere Truppen neu organisieren, und wenn die Zeit dafür reif ist, werden wir die Juden und die Roten – das ist ja fast das gleiche – schon erledigen.«

In dieser Weise wurde die Unterhaltung fortgesetzt. Der Regen hörte auf. Tonja war der sorgfältigen Musterung und wohlerzogenen Verachtung seitens der Gräfin müde. Sie schätzte die Kommunisten zwar nicht, hatte aber das Gefühl, daß man sie nicht einfach abtun und die Zustände von früher wiederherstellen konnte. Wenn diese hochgelobte Vergangenheit nicht ihre Schwächen gehabt hätte, hätten die Kommunisten sich nicht durchsetzen können. Daraus war doch sicher etwas zu lernen. Dieser einfache Schluß bedrückte Tonja, und sie wünschte sich, sie hätte sich eingehender mit dem Thema beschäftigt. Was war daraus zu lernen? Sie tranken ihren Kaffee aus, bedankten sich bei der Gastgeberin und verließen das Café.

»Ich würde gerne in die Kirche gehen«, verkündete Tonja.

Es war schließlich eine evangelische Kirche, die sie fanden, ein strenger Backsteinbau mit einem eckigen Turm, die so ganz anders war als die Kirchen zu Hause. Im Innern war sie schmucklos, die Wände waren weiß, es gab weder Weihrauch noch Heiligenbilder. Das lange Kirchenschiff und die hölzernen Bänke verwirrten Tonja, weil sie an die wie ein griechisches Kreuz geformten Kirchen zu Hause gewöhnt war, in denen man im Stehen betete. Die Tür schloß sich knarrend hinter ihnen, und Hand in Hand gingen sie den Mittelgang entlang.

Außer ihnen befand sich in der Kirche nur noch ein Mann in einem einfachen schwarzen Talar, der sich in einem Querschiff mit einem Stapel Gesangbücher beschäftigte. Er hörte ihre Schritte auf dem Fliesenboden und blickte sich um. Als er erkannte, daß eine Gruppe abgerissener Russen auf ihn zukam, unterbrach er seine Arbeit und verschwand durch eine Seitentür.

Professor Gromeko blieb stehen. Er hielt das Baby auf dem Arm und Sascha an der Hand. Tonja kniete im Mittelgang nieder und versuchte zu beten. Sie spürte den Druck der harten Bodenfliesen. Meine Knie sind so knochig. Die Gebete wollten nicht kommen. Sie hatte die Worte im Kopf, aber niemand war da, um sie anzuhören. Im Hotel hatte sie die Ikone Unserer Lieben Frau von Moskau aus ihrem Gepäck geholt, und sie hatte ihr ein wenig Trost gespendet. Aber hier fand sie Gott nicht. Das Gebäude war so kalt. Wenn ich nur mehr Kleider hätte – ein warmes Umschlagtuch. Sie zählte im Geist die Kleidungsstücke der Kinder auf, so als bete sie den Rosenkranz. Es war schwierig, sie zu waschen, weil sie nicht wußte, ob sie bis zur Abfahrt des Schiffes noch trocknen würden. Und Sascha hatte sicher Läuse. Auch wenn er davon nichts hören wollte, denn er haßte es, wenn sie sein Haar durchkämmte und die Eier zwischen den Daumennägeln zerdrückte. »Maria, Gottesmutter, schütze uns auf unserer Reise!« Sascha log. Er kratzte sich ständig am Kopf. Da ist niemand. Sie haben mir meinen Gott genommen. Maschas Haar ist für Läuse zu kurz, aber ich werde wohl welche kriegen. »Herr, erbarme dich unser. Christus, erbarme dich unser.«

Draußen auf der Straße sahen die französischen Soldaten sie gleichgültig an. Sie wurde nicht mehr als Frau wahrgenommen. Tonja zog ihre Familie schnell weiter, um diese Blicke nicht länger ertragen zu müssen. Und jetzt hatte man ihr auch noch ihren Gott fortgenommen. In ihrem Kopf hämmerte es, als sie versuchte, eine Antwort auf all diese Fragen zu finden. Aber sie fand keine Erklärung, sondern ihr kam nur eine vage Vermutung.

Es hört erst auf, wenn ich alles verloren habe, dachte sie, und dabei fiel ihr Blick auf Sascha, der über das Pflaster hüpfte und zwischen den Pfützen herumtanzte.

Drei Tage später verließ die »Ville de Dinant« den Hafen. Sie hatte Holz geladen, und in den wenigen Kabinen, die zur Verfügung standen, drängten sich russische Emigranten. Das Schiff kämpfte sich auf der grauen See durch die Frühlingsstürme, und dann, eines Tages im April, kam es in Dieppe an. Auch hier wurden Tonja und ihre Familie wieder von einem Handelsvertreter Aristide Krugers in Empfang genommen, einem einarmigen Kriegsversehrten mit wächsernem Gesicht und Senfgashusten. Er brachte sie für die Nacht in einem Hotel unter und setzte sie am nächsten Morgen in den Zug nach Paris. Die Reise verlief ereignislos. Tonja staunte nur über die satte Behaglichkeit des Landes, über die Frauen, die auf den Feldern arbeiteten, die zahlreichen Ortschaften und die schönen geraden Alleen aus Pappeln und Platanen. Die Franzosen waren recht höflich, aber Tonja mußte immer wieder erklären, daß sie und ihre Familie keine Zigeuner waren.

In der Haupthalle des Gare du Nord wurden sie von zwei Männern erwartet, einem Chauffeur in grauer Uniform und Lackstiefeln und einem etwa fünfunddreißigjährigen, mittelgroßen Mann, der einen seidenen Hut und einen schwarzen Mantel mit einem Astrachankragen trug. Er trat auf sie zu, lächelte höflich und stellte sich als Aristide Kruger vor. Dann küßte er die Kinder und schüttelte Professor Gromeko die Hand.

Tonjas erster Eindruck von ihrem Vetter war gut. Er hatte ein vertrautes slawisches Gesicht mit einer Stupsnase, und wenn er den Hut lüftete, kamen darunter seine hellbraunen Locken zum Vorschein. Dazu hatte er schöne Zähne, strahlende Augen und ein gewinnendes Lächeln. Er sah aus, als sei er mit sich selbst im reinen. Er wirkte vertrauenerweckend, und Tonja sprach sofort auf die ungewohnte Herzlichkeit an.

»Liebe Kusine«, sagte er, »ich sehe, daß ihr eine anstrengende Reise hinter euch habt, und ich kann mir vorstellen, daß es in Moskau ziemlich schlimm gewesen sein muß. Selbst hier hören wir Geschichten darüber. Du hast doch nichts dagegen, wenn ich französisch spreche? Mein Russisch ist nicht sehr gut. Ich spreche nur mit meinem Vater russisch, und er verbessert mich nicht. Es wäre mir peinlich, wenn ihr mich sprechen hören würdet.«

Vor dem Bahnhof wartete ein Auto. Kruger ließ sie einsteigen und wies den Chauffeur an loszufahren.

»Wo fange ich an?« sagte er dann, als alle bequem saßen. »Ihr habt sicher viel zu erzählen. Moskau! Da bin ich nie gewesen, nicht ein einziges Mal. Deine Briefe waren so traurig. Du möchtest wahrscheinlich nicht darüber sprechen. Das verstehe ich.«

»Wir waren so dankbar, daß du uns retten konntest«, antwortete Tonja hölzern. So hatte sie es nicht sagen wollen. Der Tonfall stimmte nicht. Sie hatte vergessen, wie man Konversation machte.

»Das ist nicht der Rede wert. Wir sind alle eine Familie.«

»Bist du verheiratet?« Nein! Das hatte sie überhaupt nicht fragen wollen!

»Ich habe nie die Zeit dazu gefunden. Vielleicht eigne ich mich auch nicht für die Ehe! Leider werden Sascha und Mascha keine kleinen Vettern und Kusinen als Spielkameraden haben.«

»Wo fahren wir hin?«

»Zum Haus meines Vaters. Er wollte so gern seine – Großnichte? – bist du seine Großnichte? – kennenlernen. Ich finde diese Verwandtschaftsverhältnisse so kompliziert. Stimmt es, daß du mit dem Sohn des Millionärs Andrej Wassilitsch Schiwago verheiratet warst?«

Allmählich gelangten sie in die Vororte von Paris. Die Unterhaltung flaute ab, nur ab und zu lächelten sie sich noch bestätigend zu. Kruger ließ seine Knöchel knacken und sah auf die Uhr. Sie fuhren inzwischen durch ausgedehnte Weizenfelder, und dann bog der Wagen von der Straße ab, fuhr durch ein gemauertes Giebeltor und eine lange Allee aus blühenden Kastanien entlang.

»Ich muß euch etwas erklären«, sagte Kruger vorsichtig, »damit ihr keinen falschen Eindruck bekommt. Ich meine von der Lage unserer Familie.« Zu beiden Seiten der Allee erstreckte sich ein Park. Am Ende war ein großes Haus mit steilem Dach zu sehen. »Unser Haus hier ist ein teures Überbleibsel von früher. In Wirklichkeit können wir es uns gar nicht mehr leisten, aber wir führen es meines Vaters wegen weiter. Der Krieg hat unserem Geschäft schwer zu schaffen gemacht – und dann hat die Revolution dem Handel mit Rußland mehr oder weniger ein Ende gesetzt. Es ist ein Wunder, daß die Firma überhaupt noch existiert. Ich sage euch das, damit ihr wißt, daß der Schein trügt.«

»Ich weiß, daß wir eine Belastung für euch sein müssen«, erwiderte Tonja. »Wir sind euch sehr dankbar.«

»Nein – «, sagte Aristide einfühlsam, » – das dürft ihr nicht denken. Und so oder so wird eure gegenwärtige Lage nicht lange andauern.«

»Ich sehe nicht, wie sich daran etwas ändern sollte.«

»Nein? Da ist doch noch der Besitz deines Schwiegervaters.«

»Mein Schwiegervater war bankrott. Er hat Selbstmord begangen.«

»Mag sein. Aber daß er bankrott war, stimmt vielleicht nicht. Es muß zwar ein ziemliches Durcheinander geherrscht haben, aber die Situation war nicht unbedingt hoffnungslos – so habe ich es jedenfalls gehört.« Das Auto hatte den Kiesplatz vor dem Haus erreicht. Zwei Treppen schwangen sich von jeder Seite in einem Bogen zur Haustür hinauf. Kruger stieg aus und bot Tonja den Arm. »Wir können später darüber sprechen. Ich verstehe nicht viel von diesen komplizierten Sachen, deswegen habe ich meinen Rechtsanwalt, Maître Heriot, heute hergebeten. Vielleicht kann er ein bißchen Licht in die Angelegenheit bringen. Die Hauptsache ist jetzt erst einmal, daß ihr hier seid und in Sicherheit!«

Ein Diener öffnete die Türen und führte sie in die Eingangshalle, deren Wände mit Porträts und Wandteppichen bedeckt waren. Als Kruger Tonjas erstaunten Blick bemerkte, scherzte er: »Siehst du, was ich meine? Alles nur Schein.« Er ließ sich vom Diener Hut und Mantel abnehmen. Darunter trug er einen eleganten grauen Straßenanzug und ein gelbes Knopflochsträußchen. Er fragte den Diener, ob sein Vater bereit sei, den Besuch zu empfangen, und bekam zur Antwort, Maître Heriot sei bei ihm.

Dann fragte er Tonja, ob sie sich vielleicht ein wenig frisch machen wolle, und bat den Diener, sie in ein Bad zu führen. Sie nahm die Kinder mit und folgte dem Mann in einen Raum mit grüngekachelten Wänden und einem Becken mit fließendem Wasser, wie sie es seit Jahren nicht mehr gesehen hatte. Dort ließ er sie allein. Wie kühl es nach der sonnigen Straße hier in der Dämmerung auf der Schattenseite des Hauses war. Und wie gut es roch. In einer kleinen Schüssel lagen die zerpflückten Blütenblätter eines Potpourris. Tonja fing ihr Bild im Spiegel ein. Ja, ich sehe wirklich aus wie eine Zigeunerin. Ich habe hier nichts zu suchen. Sie wusch sich das Gesicht, glättete Saschas Haar mit Wasser und putzte Mascha die Nase. Dann setzte sie sich für einen Augenblick und sog die kühle Luft ein. Sie mußte sich beruhigen und einen guten Eindruck auf Vetter Aristides Vater machen.

Sie wurden in einen großen Salon geführt. Die Läden auf dieser Seite des Hauses waren geschlossen und ließen das Licht nur in schmalen Streifen herein. Im schattigsten Winkel saß in einem tiefen Sessel ein alter Mann. Neben ihm saß aufrecht, mit im Schoß gefalteten Händen, ein bärtiger Mann mittleren Alters in einem schwarzen Anzug. Aristide Kruger stand lässig am Kamin, wandte sich ihnen jedoch sofort zu, als sie eintraten.

»Da seid ihr ja. Habt ihr euch etwas erfrischt? Mein Vater hat euch schon erwartet, und Maître Heriot ist hier, um – um euch eure Lage und eure Aussichten zu erklären.« Der Rechtsanwalt verneigte sich respektvoll. Sie bekamen Stühle und etwas zu trinken angeboten. Der Diener brachte süßen Marsala und schenkte erst dem alten Mann und dann den Gästen ein. Aristide nahm sich einen Scotch aus der Karaffe, die auf einem Beistelltischchen stand.

»Laßt euch mal anschauen«, sagte der alte Mann. Tonja schätzte ihn auf etwa siebzig. Er hatte ein schmales, blasses Gesicht, mit einer Haut, die es zur Nase hinzuziehen schien wie eine Pflanze zum Licht. Gehorsam trat Tonja mit den Kindern vor und suchte nach Ähnlichkeiten oder einem Gefühl des Wiedererkennens, aber die Augen des alten Mannes bestätigten ihr nur ihre Fremdheit. Sie spürte einen Anflug von Panik und fragte sich: Was wollen sie von uns?

Der alte Mann sagte weiter nichts. Seine Hand mit den Altersflecken und den stark hervortretenden Adern hielt Tonjas Hand umklammert. Eine Uhr gab ein tiefes, klingendes Tock von sich, der Rechtsanwalt hustete, ein Glas stieß klirrend gegen einen Tisch, und Tonja hörte, wie ihr Vater um Entschuldigung bat, weil er seinen Marsala verschüttet hatte.

»Mein Vater«, sagte der junge Kruger, »hat Maître Heriot gebeten, heute zugegen zu sein.«

»Dokumente«, bemerkte der Rechtsanwalt mit sonderbarem Lächeln.

»Da sind ein paar Papiere zu unterschreiben. Ein Rechtsanwalt ist und bleibt eben ein Rechtsanwalt. Ich – ich verstehe nichts davon.«

»Lebt Ihr Mann noch, Madame Schiwago?« fragte Maître Heriot.

Tonja durchfuhr es kalt. Aristide Kruger sah sie aufmunternd an. Der Rechtsanwalt wiederholte seine Frage.

»Ich weiß es nicht, Monsieur«, antwortete sie zögernd. »Mein Mann ist vor etwa zwei Jahren verschwunden. Ich habe keine Ahnung, wo er sich aufhält.« Maître Heriot dachte über diese Antwort nach.

»Wären Sie bereit, eine Urkunde zu unterzeichnen, die seinen Tod bescheinigt? Ich bedaure, daß ich Ihnen diese Frage stellen muß, aber sie ist von gewissem technischem Interesse. Als Ehefrau des Monsieur Schiwago sind Ihre Befugnisse beschränkt, aber wenn Sie seine Witwe wären – verstehen Sie?«

»Nein.«

»Es ist Grundbesitz vorhanden«, führte der Rechtsanwalt geduldig aus. »Monsieur Kruger möchte möglicherweise Ihr Interesse daran sichern. Strenggenommen gehört das Gut jedoch Ihrem Mann, weil er es von seinem Vater geerbt hat. Es sei denn, Ihr Mann wäre tot – in diesem Fall wären andere Erwägungen anzustellen.«

»Was redest du so trübsinnig daher, Anatole«, unterbrach Aristide Kruger. »Siehst du denn nicht, daß du der armen Frau angst machst? Tatsache ist, Kusine Tonja, daß der alte Schiwago, dein Schwiegervater, bei seinem Tod ein ganz schönes Durcheinander hinterlassen hat. Wenn er Geschäftssinn gehabt hätte, hätte er sich vor dem Ruin retten können, aber den hatte er nicht. Statt dessen hat er überall Kapital festgelegt, einen Teil davon hier in Frankreich. Wenn wir dieses Geld freibekommen könnten, könntet ihr recht gut davon leben. Das wollte Anatole dir sagen.«

»In aller Kürze«, bestätigte der Anwalt. »Natürlich gibt es einige Probleme. Schulden und Forderungen sind zu begleichen, und Rechtsansprüche müssen geklärt werden. Ihr eigener Status ist auch nicht eindeutig. Und dann gibt es Komplikationen mit bestimmten von Rußland ausgegebenen Wertpapieren, weil nämlich die Sowjetregierung bestimmte Eisenbahnanleihen, die während der Zarenzeit hier auf den Markt gebracht wurden, nicht anerkennt. Aber man darf hoffen – ja, hoffen.«

»Hoffen«, wiederholte Tonja und versuchte, dabei so etwas wie Hoffnung zu empfinden. Aber sie merkte nur, wie müde sie war, wie müde sie alle waren: Die Kinder saßen eingeschüchtert und mutlos auf ihren Stühlen, ihr Vater besah abwesend das Porzellan

und die schweren Vorhänge, als sei er in eine Schatzkammer geraten. Vetter Aristide war ein attraktiver Mann, und sein Vater schien
ein alter Gentleman zu sein, aber für Tonja waren sie Fremde, und
sie konnte keine familiären Gefühle für sie aufbringen. Versuchten
sie ihr klarzumachen, daß sie eine reiche Frau war? Wie merkwürdig. Sie hatte sich an die Armut gewöhnt, und von all ihren Verlusten war der Verlust des Reichtums am leichtesten zu ertragen. Als
der Rechtsanwalt ihr einige Papiere zum Unterschreiben vorlegte,
lehnte sie ab und sagte, sie und ihre Familie seien sehr müde.

»Ich habe euch eine Unterkunft besorgt«, sagte Kruger, als er sie
zurück zum Wagen begleitete. Er wirkte irgendwie beunruhigt und
war nicht mehr so lebhaft wie vorher. »Leider ist es ziemlich bescheiden – Ergebnis der Zeit, in der wir leben. Aber ich bin sicher,
daß du es zu einem gemütlichen Heim machen wirst. Und mein
Vater hat einen monatlichen Betrag für euch ausgesetzt. Er wollte
sichergehen, daß es euch gutgeht, und er trifft alle Entscheidungen.« Aristide begegnete Tonjas fragendem Blick ganz offen. »Mein
Vater ist ein ganz stilles Wasser – ich weiß, er sagt nie viel.« Der alte
Mann hatte nach seiner ersten Frage nichts mehr gesagt, sondern
nur teilnahmslos in seinem Sessel gesessen und Tonjas Hand gehalten, und beim Abschied hatte er nach einer Schachtel auf einem
Beistelltischchen gegriffen und jedem Kind eine Praline geschenkt.

Sie fuhren nach Paris zurück. Tonja kannte die Stadt nicht, aber
die breiten Boulevards und die prächtigen Gebäude, die im milden
Licht des späten Nachmittags lagen, zeugten von Wohlstand. Dann
verließen sie diese Gegend, und der Wagen fuhr durch eine Reihe
gewöhnlicher Straßen mit Werkstätten, Mietshäusern, Kneipen
und Tanzlokalen, bis sie schließlich vor einem vierstöckigen, bau-
fälligen Haus anhielten. Auf dem Bürgersteig davor spielten Kinder.
Schweigend stieg Aristide Kruger aus und forderte die anderen auf,
ihm zu folgen.

Kruger sprach mit der Concierge und bat den Fahrer, das Gepäck
zu tragen. Sie stiegen mehrere Treppen hoch, bis sie schließlich das
oberste Stockwerk erreichten, das von einem verstaubten Ober-
licht erhellt wurde. Kruger zog einen Schlüssel aus der Tasche und
öffnete eine Tür zu einem großen, kaum möblierten Raum.

»Das ist eure Wohnung«, sagte er. Das Zimmer sah traurig und
verwahrlost aus und wirkte feucht. Außer den wenigen schäbigen

Möbelstücken stand nur ein kalter Ofen darin, unter dem ein Haufen Asche lag.

Nach kurzem Schweigen sagte Tonja: »Nach Moskau ist das hier der reine Luxus. Ich danke dir, Vetter.«

Kruger versuchte, fröhlich zu wirken. »Die Heimat ist, wo das Herz ist, oder? Ein bißchen putzen – ein paar mehr Möbel – und um das Dach werde ich mich kümmern.«

»Du bist mehr als großzügig.«

»Es war das beste, was sich unter diesen Umständen machen ließ. Ach so, Geld! Ihr braucht Geld, damit ihr erst mal zurechtkommt.« Er holte ein paar Francs aus der Tasche und drückte sie Tonja in die Hand. Dann zog er den weichen Lederhandschuh wieder an, den er zum Aufschließen ausgezogen hatte, und verabschiedete sich. Tonja stand mit den Kindern mitten im Zimmer und betrachtete den Staub. Es mußte gehen. Vetter Aristide war wirklich großzügig gewesen. Es war besser als das Leben in Moskau. Mit etwas Anstrengung ließ sich aus der Wohnung ein Zuhause machen.

Aristide Kruger verließ sie, und Tonja begann müde mit der Arbeit. Sie schickte ihren Vater los, um einen Eimer Wasser aufzutreiben, und setzte die Kinder in eine Ecke, wo sie mit dem Plunder spielen sollten. Im Geiste rückte sie die Möbel zurecht und gab ihrem Leben eine Form. Sie spürte, welches Mißverhältnis zwischen den Umwälzungen, die das Vergangene zerstört hatten, und dem unmittelbaren Problem, wo sie alle schlafen und was sie essen sollten, bestand. Sie vermutete, daß auf diese Weise alles auf die praktischen Alltagsprobleme reduziert werden konnte, aber es erschien ihr doch sonderbar, daß das die Lehre sein sollte, die aus so viel Leid zu ziehen war.

Wenn nur Juri bei ihr wäre!

Sie dachte an Lara und wünschte ihr alles Gute. Sie fragte sich, wer wohl ihre Nachbarn sein mochten. Unten war ein lautstarker Streit im Gange, und jemand brüllte etwas auf jiddisch.

12

Der Weiße Oberst

Als Sascha Schiwago zehn Jahre alt war, wurde er Zeuge des Mordversuchs an Oberst Menschikow. Das war 1925.

Der Oberst war sehr religiös. Er war jeden Sonntag der erste, der zum Gottesdienst in der St.-Alexander-Newski-Kathedrale in der Rue Daru eintraf. Saschas Mutter hatte sich ebenfalls angewöhnt, sehr zeitig zu erscheinen, aber fast immer war der Oberst vor ihr da. Manchmal war er allein, betrachtete die Ikonostase und ließ sich durch nichts stören. Häufiger jedoch begleiteten ihn, vor allem nach dem Mordversuch, zwei Männer in Trenchcoats, die im Vergleich zu ihm nervös und ungeduldig wirkten und eher auf die Menge als auf den Priester schauten. Normalerweise ging Menschikow auch als einer der letzten. Am Ende des Gottesdienstes verharrte er in seiner Gebetshaltung, ohne sich um das Stimmengewirr und die Begrüßungen rundum zu kümmern, und ganz zum Schluß erst drehte er sich vielleicht um, so daß Sascha sein langes Gesicht und den dichten, hochgezwirbelten Schnurrbart sehen konnte. Seine blassen, schmerzerfüllten Augen wanderten über die Menge, als suche er nach dem wiedergekehrten Christus oder nach seinem nächsten Attentäter.

»Ist er sehr böse?« fragte Sascha seine Mutter, denn er dachte, nur damit sei zu erklären, warum der Oberst so viel Zeit in der Kirche verbringen mußte.

Tonja erwiderte, der Oberst sei ein heiliger Mann, ein großer Patriot, der während des Bürgerkrieges in der Ukraine Heldentaten vollbracht habe.

»Stimmt das?« fragte Sascha seinen Großvater.

Professor Gromeko gab ein nichtssagendes Brummen von sich, und Sascha hatte das Gefühl, daß das Thema doch schwieriger sein mußte, als es auf den ersten Blick erschienen war. Sein Großvater ließ sich auf Gespräche, die mit dem Krieg zusammenhingen, nicht ein. Tonja dagegen wußte zwar keine Einzelheiten zu berichten, erzählte Sascha aber immer gern, daß *wir*, die Weißen, heldenhaft, großzügig, mutig, tugendhaft und so weiter waren, während die Roten üble Mörder waren.

Der Tag des Attentats war ein Sonntag wie jeder andere. Der Gottesdienst war vorbei, und die Menge hatte sich auf die Straße hinaus in die Sonne begeben. Keiner hatte es eilig, ein Taxi zu nehmen, von denen um diese Tageszeit in der Rue Daru immer eine ganze Reihe wartete, denn viele der Fahrer waren Russen, und hier bestand Aussicht auf Kundschaft. Zwischen den Motordroschken stand der Fiaker von Gromow, und Sascha winkte ihm zu. Gromow war wohl der letzte Fiakerkutscher in Paris, und er ernährte sich mehr schlecht als recht davon, sentimentale Amerikaner durch die Stadt zu kutschieren, die wie immer ihrer Zeit einen kleinen Schritt voraus waren und schon jetzt Sehnsucht nach den alten Tagen vor der Erfindung des Automobils verspürten.

Die Menschen vor der Kirche wirkten wie eine Ansammlung von Statisten bei Filmaufnahmen: Taxifahrer, Kellner, Diplomaten, Generäle, Näherinnen, vornehme Damen, Mätressen. Sascha war der Unterschied zu den französischen Kirchen aufgefallen. Dort gingen Menschen der gleichen Schicht in die gleiche Kirche, und alle sahen anständig und ordentlich aus. Er fragte sich, warum die Russen so anders waren. Sie unterhielten sich redselig und in aller Ausführlichkeit. Sie verabredeten sich in den verschiedenen Emigrantencafés und -restaurants. Sie berichteten einander von freien Arbeitsstellen und freien Wohnungen. Sie borgten einander Geld und zahlten es zurück. Sie erzählten sich Skandalgeschichten.

Diese Geschichten waren ein dickes, schäumendes, sprudelndes Gebräu, wie der Eintopf bei einem Fest, zu dem jeder Dorfbewohner seine schimmeligen roten Bete und sein zweifelhaftes Stück Fleisch beisteuert, der aber immer herrlich und aufregend schmeckt. Dieser Eintopf war besonders gut gewürzt, weil viele Flüchtlinge früher wohlhabend und einflußreich gewesen waren (und es in einigen Fällen immer noch waren) und sehr unter ihren Verlusten litten. Weil sie sich selbst so wichtig nahmen, entstanden viele kleine Eifersüchteleien, die zu Konflikten führten, und Machtphantasien, die die verlorene Macht ersetzen sollten.

Tonja war gegen die Klatschgeschichten keineswegs immun.

Nach dem Sonntagsgottesdienst hatte sie draußen vor der Kirche ihren festen Platz unter den frommen Frauen. Es war eine kleine Gruppe ordentlich gekleideter Kirchgängerinnen, die sich normalerweise um den bärtigen Priester scharten und über ihre Nachbarn herzogen. Diese bestanden aus mehreren unterschiedlichen Gruppen. Erstens den hohen Herren, den verschiedenen Großherzögen und ihren Haushalten, die meist schnell in ihren teuren Automobilen davonfuhren. Zweitens den Soldaten und Diplomaten, die einander begrüßten und Verschwörungen ausheckten. Drittens den Geschäftsleuten und Finanziers, die zwar imponierend, aber von zweifelhafter Ehrlichkeit waren, und es stand auch fest, daß sich unter ihnen mehrere getaufte Juden befanden. Und schließlich gab es noch die Künstler und Gesellschaftsmenschen unter Führung von Impresario Diaghilew (ob er nun zum Gottesdienst kam oder nicht). Seine Erscheinung war am eindrucksvollsten, und er wurde am heftigsten kritisiert. Vor den Umwälzungen waren viele der Künstler Atheisten gewesen. Doch seither kamen sie wieder in die Kirche, um, wenn nicht Gott, dann das romantische Ideal Rußlands und seiner Vergangenheit anzubeten, die slawische Seele, das Volk und die absurde Verkörperung all dessen, den Märtyrer Nikolaus II.

Während Tonja damit beschäftigt war, zuzuhören und ihre kleine Tochter Mascha abzuwehren, sprach Sascha mit seinem Großvater und behielt dabei seinen derzeitigen Helden Gromow, den Fiakerkutscher, im Auge. Plötzlich stieß in der lautstarken, lebensprühenden Gruppe der Künstler eine Frau einen Schrei des Erkennens aus und schoß auf sie zu. Sie war schön, und man sah ihr nicht an, wie alt sie war. Ihr dunkles Haar war der Mode entsprechend zu einem Bubikopf geschnitten, und ihre Kleider waren teuer und verströmten einen Duft, der bleiben würde, wenn sie längst wieder gegangen war. Sie lächelte Sascha wohlwollend an und griff nach Tonjas Ellbogen, um sie auf sich aufmerksam zu machen.

»Tonja Schiwago! Das sind Sie doch, oder nicht? Wie lange ist das jetzt her? Drei Jahre – vier Jahre? Seit dieser schlimmen Zeit in Memel? Sie sind also in Paris angekommen, mit Ihren großartigen Kindern und Ihrem wundervollen Vater. Wunderbar!«

Es war die Gräfin Kalinowska. Tonja erkannte sie erst auf den zweiten Blick, weil ihr Aussehen sich der Mode entsprechend verändert hatte, aber dann riefen ihre Lebhaftigkeit und ihr anziehender Akzent die Erinnerung wach. Temperamentvoll fuhr die Gräfin fort:

»Ich war mir wirklich nicht sicher. Ich bin zwar stolz darauf, daß ich nie ein Gesicht vergesse, aber Sie haben letztes Mal so krank ausgesehen. Und so *pauvre* –«, fügte sie hinzu. Wahrscheinlich verwendete sie das französische Wort, um den Gedanken daran erträglicher zu machen. Ohne den Unterschied zwischen ihrer und Tonjas Kleidung zu beachten, fuhr sie fort: »Nun, jetzt sieht jeder, daß es Ihnen gutgeht. Ich habe mir Sorgen um Sie gemacht. Jetzt kann ich das ja sagen. In Memel schien es so schlecht um Sie zu stehen, daß ich dachte – nun, ich dachte – sicher können Sie erraten, was ich dachte. Mein Herz war bei Ihnen. Wahrscheinlich hat man das gesehen. Aber was soll ich sagen?«

Und was sollte Tonja sagen? Sie war überrascht und nicht mehr sicher, ob sie ihre Erinnerungen an die Begegnung in Memel trogen. Hatte die Gräfin ihr geholfen oder sie erniedrigt? Sie sah zu ihrem Vater hinüber, aber er war höflich wie immer. Tonja murmelte: »Wie schön, Sie wiederzusehen. Sie sehen gesund aus.«

»Ja, das bin ich auch. Sind Sie oft hier?« fragte die Gräfin beiläufig und so, als sei »hier« eine Adresse, die gerade in Mode war.

»Jeden Sonntag und an den großen Festtagen.«

»Sie sind bestimmt ein sehr guter Mensch!«

»Ich habe Sie noch nie hier gesehen.«

»Nein, ich bin zum ersten Mal hier. Ich bin katholisch, aber ich bin mit einem Freund hier – Golizin, erinnern Sie sich? Er war auch in Memel. Er hat mich gefragt, ob ich mitkommen wollte, weil man hier so viele Leute trifft, und ich muß sagen, daß es fast so ist wie bei uns in der Kirche, außer daß unsere Priester nicht so sehr auf Bärte stehen. Ihre Priester haben alle Familie und sehen nicht besonders sauber aus. Unsere sind nicht verheiratet, das macht sie geheimnisvoller und gefährlicher. Aber die Unterschiede sind doch so geringfügig, daß man nicht groß darüber reden muß. Da drüben ist Golizin.« Sie wies auf einen wohlgenährten Mann mittleren Alters, der mit ein paar jungen Männern mit großen Hüten und Halstüchern sprach.

Tonja interessierte sich nicht dafür, was die Gräfin sagte, aber sie war wie gebannt von ihrer Stimme: Die Gräfin verstreute ihre

Bemerkungen mit einer Leichtigkeit und einem perlenden Lachen, als wären es zwischen Blumen umhergaukelnde Schmetterlinge. Wie ernst ich geworden bin, dachte Tonja.

»Und Sie, sind Sie reich geworden?« fragte die Gräfin, mit Betonung auf dem köstlichen Wort *reich*.

»Wie meinen Sie das?«

»Das Vermögen Ihres Schwiegervaters! Ist Ihnen das nicht zugefallen?«

»Nein – alles, was er hatte, war von seinem Rechtsanwalt langfristig festgelegt worden.«

»Das war doch Viktor Komarowski, nicht wahr? Ich verstehe. Er war ein Gauner – höchst charmant zwar, aber ein Gauner.«

»Meine Rechtsanwälte versuchen, die Geschichte zu entwirren.«

»Ja, natürlich«, sagte die Gräfin wissend, und einen Augenblick lang glaubte Tonja, daß sie in ihrer Taktlosigkeit jetzt von den anderen Erbberechtigten, der bigamistischen Ehefrau des alten Schiwago und seinem unehelichen Kind, sprechen würde. Statt dessen aber fragte sie: »Von was in aller Welt leben Sie nur? Sie arbeiten doch nicht etwa, meine Liebe?«

»Nein, ich arbeite nicht. Wir leben von der Unterstützung meines Vetters Aristide.« Tonja beendete das Thema schnell und stellte höflich die Gegenfrage.

»Oh, ich komme so durch«, erwiderte die Gräfin leichthin. »Golizin ist mir eine große Hilfe, er tut es für meinen verstorbenen Mann. Vor dem Krieg waren wir recht gut miteinander bekannt. Deswegen war ich in Memel und habe die Dinge dort für ihn geregelt. Leider konnte er überhaupt nichts von seinem Vermögen aus Rußland mit herüberbringen, buchstäblich keine Kopeke. Er hatte alles in Ländereien investiert, und die dreckigen Roten haben sie ihm weggenommen.« Sie fügte hinzu: »Es war eine große Enttäuschung – ja, das war es. Mittellos, wie wir waren, haben wir uns aus den Augen verloren. Eine Weile habe ich im Paramount Filmstudio gearbeitet. Kennen Sie das? Gegenüber von der Rennbahn in Vincennes? Und so habe ich Golizin wiedergetroffen. Er kam gerade vom Rennen. Er hatte ein Pferd!

Es war unglaublich, zwei Jahre vorher war er noch ein armer Schlucker gewesen, und jetzt gehörten ihm ein Pferd und ein Automobil! Anscheinend hat er in Frankreich sein *metier* entdeckt. In Rußland war alles so lähmend. Er besaß natürlich viel Land, aber es gab keine Entfaltungsmöglichkeiten für ihn. Aber hier in Frankreich ist alles anders! Er merkte, daß er ein Händchen für Aktien und Wertpapiere und so was hat, und innerhalb von zwei Jahren hatte er sein Vermögen wieder. Wir haben natürlich unsere Freundschaft sofort erneuert. Und seitdem ist er mir eine große Hilfe.«

Daraufhin konnte Tonja nur murmeln, sie freue sich, daß die Gräfin soviel Glück gehabt habe. Die Gräfin legte eine so unbekümmerte Amoralität und einen so unbefangenen Egoismus an den Tag, daß es schon wieder sympathisch wirkte. Wenn sie von ihrem Verhältnis mit Golizin erzählte, war es für sie klar, daß ihre Freunde ihr Verhalten billigen würden, da es so offensichtlich ihrem Wohlergehen und ihrem Reichtum zugute kam. Sie winkte Golizin.

»Er sucht nach mir, ich muß gehen.«

Tonja war neugierig:

»Mit wem steht er denn da zusammen?«

»Ach, das sind welche von Diaghilews jungen Männern, Tänzer. Golizin hat beschlossen, die Künste zu fördern. Aber ich muß jetzt wirklich gehen. Es war herrlich, Sie wiederzusehen, und wir müssen unbedingt in Verbindung bleiben. Und viel Glück bei Ihrer kleinen Rechtssache.«

»Ja, wir bleiben in Verbindung«, sagte Tonja hoffnungsvoll, und zu Saschas großer Überraschung beugte sich die Gräfin zu ihm hinunter und gab ihm einen Kuß auf die Wange. In diesem Augenblick trat Oberst Menschikow aus der Kathedrale und blieb oben auf den Stufen stehen. Ein Mann auf der anderen Straßenseite, der anscheinend nur unter den Bäumen entlangspaziert war, trat ein paar Schritte nach vorne, zog einen Dienstrevolver aus seiner braunen Jacke hervor und feuerte ruhig sechs Schüsse auf sein Opfer ab.

Tonja schrieb die Tatsache, daß dieser Mordversuch fehlschlug, dem wundersamen Eingreifen der Heiligen Jungfrau zu, doch tatsächlich feuerte der Attentäter aus einer Entfernung von dreißig Metern, was für eine Pistole zu weit war, und das gab dem Vorfall etwas Rituelles, ja beinahe Tänzerisches. Der Möchtegern-Mörder zeigte keine Eile, sondern stellte sich in Positur und benutzte beide Hände, um die Waffe ruhig zu halten. Und der Oberst bewies eine ähnliche Ruhe. Er griff in den Mantel, holte seine eigene Pistole heraus und gab Schuß um Schuß zurück. Die Menge hatte sich auf den Boden geworfen.

Nur Sascha behielt die Nerven und widersetzte sich den Versuchen seiner Mutter, ihn auch hinabzuziehen. Für ihn war es sonnenklar, daß man ihn nicht erschießen konnte, und er wollte dieses Schauspiel ganz genau beobachten. Und so sah er die grobe Wolljacke und die blauen Tuchhosen des Attentäters, sein dünnes Haar und den dünnen Schnurrbart. Und er sah auch die leichten, großen Schritte, mit denen der Mann davonlief. Er lief schnell, aber leichtfüßig, obwohl seine schweren, genagelten Stiefel auf dem Pflaster Funken schlugen.

*

Die Familie wohnte weiterhin in der Wohnung in der Nähe der Rue Mouffetard, die Vetter Aristides Vater gehörte. Das Haus war feucht und baufällig und zog nur Mieter mit geringem oder unregelmäßigem Einkommen an. Viele Bewohner lebten nicht ständig hier: Wenn die Miete fällig war, waren sie selten anzutreffen, und es war auch schwer festzustellen, in welchem Teil des Hauses sie eigentlich wohnten. Zu diesen gehörte auch Le Nain, der Zwerg vom Theater, der mit seiner Geliebten, einer schwindsüchtigen Sängerin, in einer *bal musette* zusammenlebte und dem man zu jeder Tages- und Nachtzeit auf der Treppe oder im Flur begegnen konnte. Er kündigte sich immer durch den Geruch seiner billigen Zigarren an, deren glühende Spitzen in der Dunkelheit auf Hüfthöhe leuchteten – viel zu niedrig für einen »normalen« Menschen – und hin und her schwirrten wie Glühwürmchen. In Saschas Augen hatte Le Nain sowohl etwas Geheimnisvolles als auch etwas Bedrohliches.

Die Frage der Gräfin Kalinowska, ob sie arbeite, hatte Tonja in Verlegenheit gebracht. Kurz nachdem sie eingezogen waren, hatte Vetter Aristide sie nämlich gebeten, ihm einen kleinen Dienst zu erweisen, der aber nichts mit der monatlichen Zahlung ihrer geringen Unterstützung zu tun habe. »Du würdest mir einfach einen Gefallen tun«, erklärte er, »– oder genauer gesagt, meinem Vater.«

Dieser Gefallen bestand darin, die Mieten für die Wohnungen, die Aristide Kruger et Cie gehörten, einzutreiben. Das betraf das Haus, in dem sie wohnten, und einige weitere Mietshäuser in der Nähe.

»Du siehst die Mieter jeden Tag«, sagte Vetter Aristide. »Sie geben das Geld sicher lieber dir als jemand anderem. Und du könntest natürlich gleich ihre Beschwerden aufnehmen.« Er fügte hinzu, daß es ihm selbst peinlich gewesen wäre, sie um diesen Gefallen zu bitten, daß diese Idee aber von seinem Vater stamme, der leider weniger feinfühlig sei. Ob Kusine Tonja helfen würde? Natürlich würde sie das.

Und so ging Tonja mit der kleinen Mascha in die Häuser, klopfte an Türen, trank Kaffee und bat um Geld. Sie sah die Juden mit ihren Menoras, den siebenarmigen Leuchtern, die Russen mit ihren Ikonen, die Polen mit ihren Gipsstatuen von der Jungfrau Maria: Es sah aus, als hätten sie nichts mitgebracht als ihre Religionen, ihre Küche und ihre Art, Familienstreitigkeiten auszutragen.

Tonja hielt viel von den Frauen, die sie um die Miete angehen mußte. Ihre Frisuren und Kleider fielen ihr auf. Während ganz Paris mit Bubiköpfen und Herrenschnitten und in kurzen Röcken herumlief, trugen diese Frauen Haare und Röcke lang und sittsam. Die Männer schwiegen meistens verbissen oder bekamen einen Wutanfall, wenn Tonja auftauchte. Die Frauen dagegen versuchten, vernünftig mit ihr zu reden: »Tee, Madame Schiwago?« – »Vielen Dank, Madame Grossmann.« – »Mein Mann würde gern mit Monsieur Kruger sprechen.« – »Monsieur Kruger ist leider sehr beschäftigt.« – »Das Dach ist immer noch undicht, und die Wände sind feucht. Ich habe Angst um das Baby.« – »Ich werde es Monsieur Kruger ausrichten.«

Sie hatten recht. Die Dächer waren undicht, die Wände waren feucht, aus den Ausgüssen stank es, die Fenster klapperten in ihren verrotteten Rahmen, und durch die Türen zog es herein. Es war schwer, vor einer anderen Frau, und ausgerechnet vor einer so sanften wie Tonja, zuzugeben, daß sie mit ihrem Haushaltsgeld nicht zurechtkamen, zumal sie wußten, daß Tonja in einer Wohnung lebte, die sich in nichts sehr von ihren eigenen unterschied.

Tonja überbrachte Vetter Aristide die Beschwerden. Er hatte immer Verständnis. Manchmal überraschte er sie, während sie ihm das Geld vorzählte, mit einem kleinen Blumenstrauß oder Bonbons für die Kinder, und dann war es ihr peinlich weiterzusprechen.

»Ich stimme ihnen ja zu«, sagte er. »Es ist wirklich schwer für sie. Wenn ich nur mehr tun könnte. Aber die Mieten sind sehr niedrig, was immer sie auch sagen mögen. Wenn das nicht so wäre, wären sie längst ausgezogen. Und das sind sie nicht.«

»Und was ist mit den Reparaturen?«

»Liebe Tonja, ich tue, was ich kann. Aber der Ertrag aus diesen Häusern ist so niedrig, daß ich mir keine weiteren Reparaturen leisten kann. Im Moment zahlen wir bei diesen Häusern drauf, ob du's glaubst oder nicht. Das sagt jedenfalls mein Vater, und er trifft die Entscheidungen. Ich tue mein Möglichstes, um ihn zu überreden, aber er ist derjenige, der etwas von Zahlen versteht.«

Tonja hatte den alten Kruger seit ihrer ersten Begegnung nicht wiedergesehen, aber sie bekam den unangenehmen Eindruck, daß er ein harter, habgieriger Mann sei, und sie hatte Mitleid mit Vetter Aristide, weil er ihm als Sprachrohr dienen mußte.

*

Als die Schießerei vorbei war, die Ordnung wiederhergestellt und der Oberst, von einer Phalanx von Exsoldaten abgeschirmt, zu einem Wagen geleitet worden war, spekulierte die Menge über die möglichen Hintergründe der Tat. Es gab deren zwei. Einmal operierte in Paris ein bolschewistisches Mordkommando. Das war eine unbestrittene Tatsache und bedurfte keiner Beweisführung. Dolschikow, der früher ein gebildeter Großbauer gewesen war, beschwor es. Er hatte vor etwa zwanzig Jahren in einer Provinzzeitung einen Artikel geschrieben, in dem er Stolypins Landreformen befürwortete, und seitdem stand er auf der schwarzen Liste. Zum Glück war er in diesen zwanzig Jahren dem Tod immer um Haaresbreite entronnen.

Die zweite mögliche Erklärung war, daß der Oberst Opfer einer jüdischen Racheaktion war. Während des Bürgerkrieges war Oberst Menschikow in der Ukraine an bestimmten Aktionen gegen staatsverdrossene kosmopolitische Elemente in der Bevölkerung beteiligt gewesen. Diese Aktionen waren notwendig und daher lobenswert gewesen, aber im hellen Tageslicht oder vor Kindern konnte man nicht darüber sprechen.

»Es gibt hier einige«, sagte Anna Borisowna, »die nur dem Namen nach Christen sind und deren Vorfahren Brot gegessen haben, das mit dem Blut Unschuldiger gefärbt war.«

Die anderen gläubigen Frauen nickten zustimmend, wahrscheinlich ohne sich groß Gedanken darüber zu machen, welcher Beschuldigung sie da zustimmten. Und Tonja merkte zu ihrem Entsetzen, daß auch sie zu diesem grausamen Unsinn nickte. Als ihr das bewußt wurde, zog sie ihren Vater und die Kinder schnell fort. Sie sah, daß Gromow bei seinem Fiaker stand, das Pferd hielt und zu ihnen herübergrüßte.

»Guten Morgen, Semjon Maximowitsch.«

»Guten Morgen, Antonina Alexandrowna«, antwortete der Kutscher und verbeugte sich scherzhaft bis zum Boden, so daß die kleine Mascha kicherte. »Darf ich Sie nach Hause fahren? Meine Equipage steht Ihnen zur Verfügung. Und wie geht es Ihnen, General Bonaparte?« wandte er sich an Sascha, der dort, wo der Attentäter gestanden hatte, Patronenhülsen vom Boden aufsammelte.

»Verlangen Sie keinen Fahrpreis?« fragte Tonja, die nichts bezahlen konnte.

»Nein, wie Sie sehen«, erwiderte Gromow fröhlich.

Die Polizei kam. Die Menge teilte sich auf in jene, die, aus welchem Grund auch immer, der Polizei am liebsten aus dem Weg gingen, und in jene, die behaupten würden, alles gesehen zu haben. Gromow drängte:

»Wenn wir jetzt nicht fahren, werden wir den ganzen Tag hier herumstehen, denn die Polizei wird versuchen, jeden einzelnen zu befragen. Und ich verliere nichts. Meine Amerikaner sind nach ihren vielen Cocktails gestern nacht sicher noch nicht wieder wach. Ich habe Zeit genug, Sie nach Hause zu bringen und dann zum Hotel Crillon zurückzufahren. Es müßte wirklich mit dem Teufel zugehen, wenn ich dort keine Fahrgäste fände.«

Als sie nach Hause kamen, zog Sascha sich um, ging mit den Patronenhülsen hinunter zu den Coëns und fragte, ob Daniel mit ihm spielen wolle.

Die Coëns wohnten schon länger im Haus, als Sascha einzog. Sie waren auf irgendeine Weise mit den Grossmanns verwandt. Beide

Familien waren russische Juden, die noch vor dem Krieg, während der Pogrome, ausgewandert waren. Jakob Coën war im Pelzhandel tätig. Seine Frau änderte zu Hause Pelze. Die Wohnung war immer voller Taschen mit Pelzen, und zu jeder Tageszeit konnte Sascha im Flur einem Boten des Kürschners begegnen, der Arbeit brachte oder abholte.

Obwohl Tonja die Miete kassierte, kamen die beiden Familien gut miteinander aus. Jakob Coën war ein energischer Mann, Autodidakt, und oft saß er stundenlang mit Professor Gromeko zusammen und plauderte mit ihm über den Lauf der Welt. Sophie Coën dagegen hatte nur wenig Freizeit. Wenn sie nicht mit ihrem Haushalt beschäftigt war oder einkaufte, arbeitete sie an den Pelzen. Wenn Tonja mit ihr sprechen wollte, mußte sie immer zu ihr hinuntergehen. Sophie war sehr sparsam und brachte noch Reste religiöser Gewohnheiten mit, die sie sich im Schtetl angeeignet hatte. Tonja dagegen kam aus einem wohlhabenden Hause, und das sparsame Wirtschaften ihres Pariser Lebens war ihr nie zur zweiten Natur geworden. So war es ihr peinlich, sich mit Ladenbesitzern zu streiten und die Waren zu befühlen, während Sophie beides genoß. Kurz, die Männer trafen sich in der Welt der Gedanken, wo Meinungsverschiedenheiten keine praktische Bedeutung hatten, doch die Frauen trafen sich auf der Ebene alltäglichen Handelns und mußten sich aufeinander einstellen, wenn sie sich vertragen wollten.

Sascha und Daniel gingen hinaus zum Spielen. In der Rue Mouffetard hängten sie sich hinten an die Fuhrwerke. Auf dem Markt suchten sie nach interessanten Abfällen, und stellten eine Rattenfalle aus zerbrochenen Kisten auf. Als Köder legten sie angestoßenes Obst hinein, hatten auf diese Weise jedoch noch nie eine Ratte gefangen. Sie sahen den Mädchen in ihren Sonntagskleidern nach und riefen ihnen Beleidigungen hinterher.

»Guck mal, was ich heute gefunden habe«, sagte Sascha. Er zeigte Daniel die Patronenhülsen. »Von echten Kugeln. Ich habe gesehen, wie jemand versucht hat, Oberst Menschikow zu erschießen.«

»Hat er nicht getroffen? Dann war er nicht besonders gut, was?« sagte Daniel nüchtern.

»Du kannst eine haben«, bot Sascha ihm an, und der Junge nahm die Hülse, ohne auf Saschas Großzügigkeit einzugehen. Er hatte beschlossen, keine weiteren Fragen nach dem Mordversuch zu stellen. Das wertete die Geschichte für Sascha ab, und er steckte die restlichen Hülsen traurig in die Tasche. Daniel wurde weich.

»Für mich ist es immer so langweilig, wenn du in die Kirche gehst. Warum machst du das überhaupt?«

»Meine Mutter will in die Kirche.«

»Dann kann sie doch allein gehen.«

Daniel zog einen Kreis auf dem Boden, und sie setzten sich auf ein Mäuerchen und warfen Steine hinein. Wie sie so nebeneinander-saßen, waren sie sehr verschieden. Sascha war größer, mit hellbrau-nem Haar und Stupsnase. Daniel hatte schwarzes Haar, das an den Seiten abrasiert war. Seine Haut war blaß, und im Kontrast dazu glitzerten seine dunklen Augen.

»Warum gehst du nicht in die Kirche?« fragte Sascha.

»Wir sind anders. Wir haben keine Kirche. Wir haben etwas, das heißt Synagoge. Unsere Leute gehen immer am Sonnabend dorthin – hast du den alten Fischbein nicht gesehen?«

»Und warum gehst du nicht?«

»Mein Vater interessiert sich nicht dafür.«

»Was machen sie da?«

»Ich glaube, sie beten zu Gott.«

»Zu welchem Gott? Ist das der gleiche wie unserer? Wie heißt er?«

»Er hat keinen Namen. Wenn man einen Namen sagt, wird man blind, und die Haare fallen einem aus. Wie heißt eurer?«

»Gott.«

»Das ist doch nicht sein Name.«

»Ist es doch.«

»Du bist dumm. Er heißt nicht ›Gott‹, er *ist* Gott. ›Gott‹ ist nicht sein Name, ›Gott‹ ist das, was er ist. Er heißt anders. Wenn du den Namen nicht weißt, ist es wahrscheinlich irgendwas Blödes – viel-leicht ›Maurice‹.«

Beide lachten bei der Vorstellung, daß Gott eigentlich Maurice hieß.

Dann fragte Sascha:

»Warum gehen deine Leute in die Synagoge und nicht in die Kirche?«

»Die Kirche ist für Gojim. Wir sind Juden.«

Diese Antwort half Sascha auch nicht weiter. »Jude« war für ihn ein Schimpfwort. Es bedeutete, daß man geizig war und eine krumme Nase hatte. Jesus und seine Jünger waren auch Juden gewesen, aber gute. Sascha schloß daraus, daß »Jude« eins dieser Wörter mit zwei Bedeutungen sein mußte. Auf Daniel traf dann wohl die zweite zu. Aber warum wohnte er dann nicht in einem Haus mit flachem Dach und ritt auf einem Kamel?

Religion verwirrte Sascha. Da seine Mutter religiös war, konnte er nicht umhin, sich damit auseinanderzusetzen. Selbst in schweren Zeiten brannte vor der Ikone Unserer Lieben Frau von Moskau eine Kerze. Er hätte Religion einfach als Teil seines Lebens ansehen können, als selbstverständliche Gegebenheit seiner Kinderwelt, aber dazu betrachtete er seine Umwelt zu aufmerksam. Die Franzosen gingen zum Beispiel nicht in die Kirche in der Rue Daru. Diese Kirche war offensichtlich ganz und gar russisch. Und die Juden taten anscheinend noch etwas anderes, abgesehen wiederum von Daniels Familie.

»Warum geht dein Vater nicht in die Synagoge?« wollte er wissen.

»Er glaubt nicht an Gott«, sagte Daniel und bekam plötzlich einen Lachanfall. »Er glaubt nicht an – Maurice!« Sascha schubste ihn von dem Mäuerchen herunter, und sie machten einen kleinen Ringkampf. Als sie genug gerangelt hatten, nahmen sie ihre Plätze wieder ein, und Daniel sagte: »Mein Vater ist Sozialist.«

»Was ist das?«

»Du weißt aber auch gar nichts«, antwortete Daniel überlegen. »Sozialisten glauben, daß alle gleich sein sollten. Alle sollten ihr Geld und was sie sonst noch haben, miteinander teilen, so daß keiner arm ist.«

Das erschien Sascha gerecht.

»Ich glaube, ich bin auch ein Sozialist«, sagte er.

»Ich auch«, sagte Daniel. »Hast du Geld?«

»Ein bißchen. Warum?«

»Dann gib mir die Hälfte«, verlangte Daniel ganz folgerichtig.

Sascha war Russe, Sozialist, und er glaubte an Gott. Außerdem war er heimlich ein Prinz, der darauf wartete, in sein Königreich berufen zu werden. Dieser Gedanke war nicht ausschließlich seiner Phantasie entsprungen, denn er wußte von der Existenz eines geheimnisvollen Vermögens, dessen Erbe er sein würde. Alle Prinzen waren Sozialisten – die guten jedenfalls –, weil sie von ihrem Volk geliebt werden wollten. Wenn er wirklich ein Prinz war, konnte er sein Volk glücklich machen. Das klang nicht besonders schwierig. Am frühen Morgen hörte man die *vidangeurs*, die die Fäkalien abholten, mit ihren Pferden die Straße entlangklappern. Und Sascha lag im Bett und träumte.

Es war das Jahr der Ausstellung der dekorativen Künste. Der Eiffelturm wurde durch Spiralen von Lichterketten hell erleuchtet. Der Eingang an der Place de la Concorde war durch eine Reihe von Säulen gekennzeichnet. Sascha hätte zu gerne die kitschigen Herrlichkeiten der Ausstellung bei Nacht gesehen, aber seine Mutter fühlte sich in Menschenmengen nicht wohl, und sein Großvater interessierte sich nicht dafür. Seiner Ansicht nach war die Ausstellung eine Ansammlung von ordinärem Glitzerkram, und er begriff nicht, daß es genau das war, was den Jungen anzog.

Eines Sonntags, als Gromow die Familie wieder einmal in seinem Fiaker nach Hause gebracht hatte, lud Tonja ihn zu einem Glas Wein ein. Gromow war noch nie in ihrer Wohnung gewesen.

Während Tonja die Erfrischungen vorbereitete, saß der Kutscher höflich im Sessel des Professors, den dieser für ihn freigemacht hatte. Er trug einen schweren Ulster und eine Melone, was ihm ein altmodisches Aussehen verlieh. Er schaut aus wie eine Wachsfigur, dachte Sascha, der schon einmal eine gesehen hatte.

»Sind Sie schon lange in Frankreich?« fragte Alexander Alexandrowitsch. Das war die Frage, die Emigranten einander immer stellten. Normalerweise leitete sie zu einer Reihe schrecklicher Geschichten über.

»Seit dreiundzwanzig«, sagte Gromow und nahm dankend einen Keks entgegen, den Tonja ihm anbot.

»Und was haben Sie zu Hause gemacht?«

»Ich war Droschkenkutscher.«

»Ich verstehe.«

Sascha und Mascha, beide in ihren Sonntagskleidern, beobachteten den Gast. Mascha, die sehr gut darin war, würdevolle Gesten nachzuahmen, bot ihrem Großvater einen Keks an. Sascha platzte fast vor Neugier.

»Haben Sie im Krieg gekämpft, Semjon Maximowitsch?«

Der Kutscher mußte lächeln. Sein flaches Gesicht mit den schweren Brauen verzog sich.

»In welchem?«

»Egal!« sagte Sascha, weil er sich nicht sicher war.

»Solche Fragen stellt man nicht«, tadelte Tonja, aber Gromow schien es nicht zu stören.

»Ich habe erst gegen die Österreicher und dann gegen die Roten gekämpft.«

»Wo kommen Sie her?« fragte Tonja.

»Aus Kiew.«

»Sind Sie da Soldat gewesen?« Sascha war hartnäckig.

»Ich war mit General Denikin auf der Krim.«

»Dann sind Sie über Konstantinopel rausgekommen?« erkundigte sich der Professor.

»Stimmt.«

Plötzlich entblößte Gromow sein rechtes Handgelenk und zeigte ihnen, mit einem Piratengrinsen zu Sascha hinüber, eine Narbe.

»Die stammt vom Bajonett eines Roten«, erklärte er.

Sascha war hingerissen.

»Haben Sie den Mann umgebracht, der das gemacht hat?«

Gromow bemerkte Tonjas Schrecken und ihre Verlegenheit und beschränkte sich deshalb auf einen wissenden Blick und ein Zungenschnalzen.

Er trank seinen Wein aus und bedankte sich. Aus Höflichkeit erkundigte sich Tonja danach, wie seine Geschäfte gingen. Schließlich hatte er ihnen seine Zeit geschenkt.

»Im Moment ganz gut. Wegen der Ausstellung sind viele Touristen hier.«

Sascha sah seine Chance gekommen: »Ich würde die Ausstellung gern sehen!«

»Dann nehme ich dich mit«, versprach Gromow.

»Er möchte die Lichter im Dunkeln sehen«, erklärte Tonja entschuldigend und lehnte Gromows Angebot an Saschas Stelle ab. Gromow sah zwar nicht gut aus, aber seine knappe Art hatte etwas Anziehendes. Und unbewußt empfand Tonja es als kompromittierend, einem attraktiven Mann etwas schuldig zu sein.

Nach einigem Hin und Her gab Tonja dann natürlich doch noch ihre Erlaubnis zu dem Ausflug, und Daniel durfte als Saschas Freund auch mit. Die Jungen genossen die Fahrt zu den Lichtern. Mehr aber noch genossen sie es, zusammen in einer Kutsche zu sitzen, das Pferd zu streicheln und Gromows grausige Geschichten anzuhören, die er ihnen jetzt ganz ungehindert erzählen konnte. Diese erste Fahrt war der Anfang ihrer Freundschaft mit dem Kutscher. Tonjas Ansicht nach war es besser, daß die Jungen mit Gromow zusammen waren, als daß sie die Straßen um die Place de la Contrescarpe unsicher machten. Natürlich konnten sie nicht mitfahren, wenn er Fahrgäste hatte. Aber sie konnten sich um das Pferd kümmern, während er wartete, und wenn er eine Fahrt hatte, richtete er es meist so ein, daß er sich mit ihnen in einem seiner Stammcafés treffen konnte.

Das Café Dantzig befand sich in der Nähe von La Ruche, einer Ansammlung kleiner, billiger Wohnungen und Studios um eine Weinstube herum. Dort wohnten hauptsächlich Künstler. Die Amerikaner wollten die Künstler besuchen, und Gromow kutschierte sie dorthin.

La Ruche war der Treffpunkt für Flüchtlinge aus Osteuropa. Wenn die Jungen nicht im Café essen wollten, konnten sie sich bei den Straßenverkäufern Pumpernickel und Wurst mit Meerrettich kaufen, und anschließend spielten sie dann im verwahrlosten Garten und hämmerten gegen die Ofenrohre, die durch die Fenster der Studios nach draußen geleitet wurden, oder sie gingen in die Weinstube und bestaunten deren achteckige Form. Sie erinnerte Sascha an einen Bienenkorb – einen Bienenkorb, in dem es vor russischen Stimmen summte. »Babbeldibabbel!« sagte Daniel, der kein Russisch konnte, sondern nur Jiddisch.

Ganz in der Nähe der Rue Dantzig befanden sich die Schlachthöfe von Vaugirard. Die Metzger besuchten das Café ebenfalls. Sascha faszinierten diese vierschrötigen Männer mit den blutverschmierten Kleidern. Sie kamen in Gruppen und waren so groß, daß es im Café dunkel zu werden schien, wenn sie in die Tür traten. Sascha sah zu, wie sie ihren billigen Rotwein tranken und mit den russischen Künstlern scherzten, und diese Kameradschaft von Kunst und Arbeit erschien ihm, wie der Sozialismus, eine durchaus vernünftige Sache zu sein.

Tonja bekam von all dem nur wenig mit. Gromow, der mit den Jungen unter einer Decke steckte, erzählte ihr von Fahrten in die Rue Castiglione, wo sie aus dem Hotel Continental Amerikaner abholten und sie zu den Kunsthändlern in der Rue Boetie brachten – und daran war nicht das geringste auszusetzen.

✳

Es war an einem regnerischen Sonntag in dem Winter ihrer Freundschaft mit Gromow. Sascha war in der russischen Kirche gewesen, hatte sich zu Hause umgezogen, und jetzt saß er mit Gromow und Daniel wartend im Fiaker. Der Regen trommelte auf das Dach und floß in kleinen Bächlein die Rue Castiglione entlang. Wie ein Entenjäger, der sich ins flache Wasser duckt, behielt Gromow von hier aus seine amerikanische Beute im Auge.

Wie üblich hatte der Fiaker nach dem Gottesdienst in der Rue Daru gestanden. Doch Sascha hatte bemerkt, daß Gromow nie in die Kirche hineinging.

»Warum fährst du eigentlich zur Kirche?« fragte er.

»Der Fahrgäste wegen.«

»Aber da findest du doch nie welche.«

Gromow knurrte. Es stimmte.

Der heutige Tag war der Tag der Autos. Wer wollte schon in einer Kutsche hinter einem zitternden Pferd sitzen? Heute flohen die Amerikaner in großen Limousinen, wie Enten, die vom ersten Schuß aufgeschreckt werden.

»Soll ich mal Leute fragen, ob sie mit dir fahren wollen?« bot Sascha sich an. Aber der Kutscher lachte nur.

»Wen kennst du denn?«

Weil ihm so schnell niemand einfiel, sagte Sascha: »Oberst Menschikow.«

»Natürlich«, sagte Gromow ironisch, »unseren Helden.«

»Er hat eine Pistole.«

»Das weiß doch jeder. Vergiß nicht, ich bin dabeigewesen.«

Sie gaben es für heute auf und fuhren ins Café Dantzig, wo Gromow für sich ein Glas Wein und für die Jungen *menthe à l'eau* bestellte.

»Was glaubt ihr, warum Oberst Menschikow eine Pistole bei sich hat?« fragte er die Jungen.

»Vielleicht war er früher Cowboy«, sagte Daniel, der sich gerade für Cowboys interessierte.

»Und du, Sascha?«

»Er ist ein Held – deswegen hat er Feinde.«

»Wen?«

»Die Roten.«

»Und wer sind seine Freunde?«

»Die Weißen.«

»Was bist du?«

»Ein Weißer.«

Gromow fuhr Sascha durchs Haar und sagte wehmütig: »Das möchtest du wohl auch werden, mein kleiner Alexander Jurjewitsch – ein Held.«

»Wenn ich kann«, gab Sascha zu.

Gromow trank seinen Wein aus und fuhr sachlich fort: »Du hast recht: Oberst Menschikow ist ein Held – ein zweiter Strelnikow.«

»Wer war Strelnikow?«

»Spielt keine Rolle. Wichtig ist nur, daß der Oberst in Gefahr ist. Das habt ihr selbst gesehen. Und wem kann er trauen? Die Roten haben überall Spitzel.«

Aber natürlich war es keine Frage, daß er ehrlichen Jungen wie Sascha und Daniel und zuverlässigen Exsoldaten wie Gromow trauen konnte. Wem er nicht vertrauen konnte, das waren die ehrgeizigen Postenjäger, die in die Kirche gingen und vor der Zarenfamilie und den Überbleibseln der Weißen Armee katzbuckelten. Die nämlich seien mit Verrätern durchsetzt, sagte Gromow.

Die Jungen erboten sich, auf den Oberst aufzupassen. Gromow lachte sie aus. Für Daniel war es ganz einfach: Er hielt Spionieren an sich für eine tolle Sache, und er konnte genausogut Oberst Menschikow nachspionieren wie irgend jemand anderem. Für Sascha jedoch war es mehr: ein Akt der Loyalität einer großen Sache gegenüber. Was diese Sache sein könnte, war ihm noch nicht klar, aber es hatte etwas mit der russischen Gemeinde, mit Geschichte und Treue, Adel und Blut zu tun. Er spürte es, und er wußte, daß Daniel es nicht spürte, und das tat ihm leid für Daniel.

Ihrem Wunsch, dem Oberst zu helfen, standen jedoch praktische Hindernisse im Wege.

Das erste bestand darin, daß man nicht viel über ihn wußte, nicht einmal, wo er wohnte. Auch Gromow wußte nichts Näheres, aber er gab zu, daß es eine gute Idee sei, das herauszufinden. Das Problem war, daß Sascha den Oberst nur in der Kirche sah, wo er mit seinen beiden schweigsamen Freunden zusammen war, und anschließend wurde er eilig zu einem Auto gebracht oder von seinen schwerbewaffneten Begleitern ein paar Straßen weiter in ein Taxi verfrachtet.

Zweitens mußten sie mehr darüber herausbekommen, wer er war. Sascha fragte seinen Großvater, der mit ein paar weiteren Ausführungen dienen konnte. Oberst Menschikow hatte in der Ukraine mit Wrangel zusammengearbeitet und war persönlich für den Tod vieler Roter verantwortlich gewesen. Da Rote zu töten für Sascha gleichbedeutend war mit Fliegen töten, nur heldenhafter, befriedigte ihn diese Antwort.

Unglücklicherweise erzählte Daniels Vater die Geschichte etwas anders. Oberst Menschikow hatte danach mit Hetman Petljura zusammen gekämpft und viele Juden abgeschlachtet. Das beunruhigte Sascha natürlich, aber ihm fiel ein, daß Jakob Coën während des Bürgerkrieges ja gar nicht in Rußland gewesen war. Seine Informationen stammten also aus zweiter Hand und konnten falsch sein. Vielleicht gab es zwei Oberst Menschikows? Sascha redete sich ein, daß es genauso sein mußte. Daniel war es gleichgültig. Ihm ging es nur um das Abenteuer an sich.

Wo der Oberst wohnte, war einfach herauszubekommen. Man mußte ihm nur folgen. Das war für Sascha allerdings schwierig, denn sonntags war er immer mit seiner Mutter zusammen, und außerdem trug er dann seine besten Kleider. Daniel fand eine Lösung.

Am nächsten Sonntag wartete er in der Rue Daru, bis der Gottesdienst vorbei war. Es war ein bitterkalter Tag, und als Sascha aus der Kirche kam, sah er seinen Freund auf der anderen Straßenseite stehen, mit rotem Gesicht, zitternd und Schutz vor dem Wind suchend. Die Freunde taten, als würden sie sich nicht kennen, und Daniel hatte sein Gesicht in einem Schal versteckt, um nicht erkannt zu werden. Als Oberst Menschikow und seine Begleiter die Kirche verließen, folgte er ihnen.

Am Nachmittag trafen die Jungen sich in der Rue Mouffetard. Sie hatten in einer ihrer Rattenfallen eine Taube gefangen. Es war ihr erster Fang, aber sie ließen den Vogel frei, nachdem sie zunächst überlegt hatten, ihm den Hals umzudrehen – beide waren dafür gewesen, vorausgesetzt, der andere würde es tun.

»Und wie war es bei dir?« fragte Sascha dann.

»Kein Glück. Sie haben ein Taxi genommen, und ich konnte sie nur bis zur Avenue des Ternes beobachten.«

Das war unbefriedigend. Sie beschlossen, Gromow nichts von ihrem Mißerfolg zu erzählen, sondern sich erst einen besseren Plan auszudenken. Sascha hatte eine Idee. Wenn man einmal annahm, daß der Oberst immer den gleichen Weg fuhr, konnte Daniel beim nächsten Mal in der Avenue des Ternes auf ihn warten und ihn von dort aus ein Stückchen weiter verfolgen. Das Problem war nur, daß es nicht immer möglich war, sein Taxi unter den anderen auszumachen, und außerdem fuhr er nicht immer den gleichen Weg. Manchmal ging er in ein Restaurant und einmal in ein Gebäude in der Rue du Colisée. Diese letzte Beobachtung fand Sascha so wichtig, daß er Gromow davon erzählte.

»Weißt du, was das für ein Gebäude ist?« fragte Gromow trocken.

»Nein.«

»Das war das Büro der ROVS.«

Es war Sascha zu peinlich, nachzufragen, was ROVS bedeutete. Daher erkundigte er sich bei seinem Großvater.

»Das ist die Weltorganisation Russischer Soldaten im Exil«, erklärte der Professor, und bei nächster Gelegenheit zeigte er Sascha deren Vorsitzenden, General Miller, einen älteren Mann mit Schnurrbart und Spitzbart, der dem Zaren ähnelte. Das bestätigte Sascha in seiner Meinung, daß Oberst Menschikow ein Held war, der Umgang mit anderen Helden pflegte.

Während des ganzen Winters verfolgten sie Stück für Stück die Bewegungen ihres Helden. Das bedeutete verstohlenes Warten in der Kälte unter Vordächern von Cafés, im Schatten froststarrer Bäume und in zugigen Winkeln; das bedeutete verlorene Tage, wenn der Oberst nicht nach Hause fuhr, sondern in einen anderen Stadtteil – und überhaupt wußten sie nicht, ob der Weg, den sie auszukundschaften versuchten, tatsächlich zu ihm nach Hause führte oder vielleicht nur zur Wohnung eines Freundes, zu einem Restaurant oder zu irgendeinem anderen Ort. Den größten Teil der

Arbeit erledigte Daniel, denn Sascha fand nur selten eine Ausrede, um nicht mit in die Kirche gehen zu müssen. Dann nahm auch er seinen Posten ein und fügte der Route ein oder zwei Straßen hinzu. Soviel Zeitaufwand für so geringe Entfernungen!

Gromow trafen sie nun seltener. Sie kamen zu dem Schluß, daß ihr Freund seine eigenen Geheimnisse haben müsse, was sie allerdings nicht im geringsten beunruhigte, denn sie waren in dem Alter, in dem Geheimgesellschaften gewöhnlich die größte Anziehungskraft ausüben. Im allgemeinen sprach der Kutscher in ihrer Gegenwart ganz offen. Sie saßen im Café Dantzig mit ihm am Tisch und hörten zu, wenn er sich mit den anderen Russen unterhielt. Aber manchmal kam ein Mann vorbei, kein Arbeiter in blauem Zeug und Baskenmütze, sondern ein Kerl in einem schäbigen Anzug, der Zelluloidmanschetten und einen Strohhut trug und Zigaretten aus einem Geschützmetalletui rauchte. Dieser Mann kam nie ins Café, nicht einmal, um sich aufzuwärmen. Das erste Mal sah Sascha ihn durch das beschlagene Fenster hindurch. Er stand auf der Straße und zog die Jacke fester um sich zusammen, denn er hatte keinen Mantel an. Manchmal kam er mit dem Gesicht ans Fenster, um hineinzuschauen. Und dann machte er von der Tür her ein Zeichen, und Gromow ließ sein Glas Wein stehen und die Jungen für ein paar Minuten allein – wohin er ging, das wußte niemand.

Außerdem nahm Gromow sie einmal im Fiaker nach Auteuil mit und ließ sie eine halbe Stunde auf das Pferd aufpassen. Er tat das nicht unter dem Vorwand, einen Fahrgast abzuholen, und allein der Gedanke daran wäre lachhaft gewesen: Auteuil war eine arme Gegend, wo die Leute überlegten, ob sie sich ein paar Schuhe leisten konnten, und an Droschken gar nicht dachten. Die Sache war äußerst rätselhaft.

Als der Frühling kam, hatten sie eines Tages eine Überraschung für Gromow. »Wir wollen Ihnen etwas zeigen!« riefen sie. Er polierte gerade die Messingbeschläge am Fiaker und seifte das Leder ab, um die Risse und den Schimmel des Winters zu entfernen. Die Jungen sangen ihre Worte eher, als daß sie sie sprachen, und er hörte das aufgeregte Klappern ihrer Stiefel auf dem Pflaster. Als er sich umdrehte, sah er, wie sie lächelten und sich gegenseitig anstupsten.

»Jetzt wißt ihr, wo Oberst Menschikow wohnt, stimmt's?« sagte er nüchtern. »Also los, steigt ein und zeigt es mir.«

Das war eine enttäuschende Reaktion. Er zeigte keine große Begeisterung, wo sie doch erwartet hatten, daß er ihre Aufregung teilen würde. Und in gewisser Weise war es beängstigend, denn sie sahen sich plötzlich einem Fremden gegenüber, der eher müde zu sein schien, als daß er sich über ihren Besuch freute, der dünn und humorlos lächelte und sie drängte, sich seinem Zeitplan anzupassen. Er hatte nicht einmal ein paar Augenblicke übrig, um sich über ihren Erfolg zu freuen. So fuhren sie nach Neuilly.

Es war nicht sehr weit – eine unbedeutende Strecke, wenn man bedachte, wie viele Monate sie zum Auskundschaften gebraucht hatten. Hier waren sie nun, in einer Vorortstraße, in der die Bäume noch nicht ausgeschlagen hatten und die Häuser sich hinter dicken Ästen und finsteren Eiben- und Lorbeerhecken versteckten. Daniel wies Gromow an, vor einer großen Villa zu halten, doch dieser fuhr weiter und band das Pferd erst in einer Querstraße an einen Baum, als wolle er die Gefährlichkeit ihres Unternehmens hervorheben. Und gefährlich war es natürlich. Oberst Menschikow war ein gefährlicher Mann. Man versuchte, ihn umzubringen. Sascha erholte sich von seiner anfänglichen Enttäuschung und steckte Daniel mit seiner guten Laune an. Und während Gromow nichts sagte, sondern einfach nur gedankenverloren dasaß, fingen die Jungen zu kichern an, brachen schließlich in berstendes Gelächter aus und wälzten sich im Fiaker herum, bis Gromow in scharfem Ton zu ihnen sagte, sie sollten damit aufhören und sich vernünftig benehmen.

Zu Fuß gingen sie zurück und an der Gartenmauer des Hauses entlang. Die Mauer war hoch und hatte ein eisernes Tor, durch das man einen Blick auf ungepflegte, im Unkraut erstickende Blumenbeete, vertrocknete Samenhülsen auf toten Stengeln und ungemähten Rasen mit giftig dunklen Eiben werfen konnte. Dahinter stand unter einem großen Ahornbaum das Haus selbst. Es war ein zweistöckiges Gebäude, mit einem mit roten Ziegeln gedeckten Mansardendach und ockerfarbener, stuckverzierter Fassade.

Gromow gab ein Grunzen von sich, sagte aber nichts. Es war ein Eckhaus, daher bogen sie an der Mauer entlang in die Seitenstraße ein, wo sie von einer kleinen Erhebung aus die Rückseite mit den Außengebäuden und einem verfallenen Stall sehen konnten. Die Fensterläden waren geschlossen.

Es war ein düsterer, stiller Ort. Sascha fühlte sich unbehaglich, aber die dunkle, hermetisch abgeriegelte Stille besaß etwas aufregend Anziehendes für ihn. Es erschien ihm ganz richtig, daß Oberst Menschikow hier wohnte. Er war selbst so einsam und geheimnisvoll, daß dieses Haus genau zu ihm paßte.

Wenn nur... wenn nur – was? Sascha hatte das Gefühl, daß irgend etwas passieren müßte, damit ihr Abenteuer weitergehen konnte. Aber nachdem sie sich das Haus von allen Seiten angesehen hatten, erklärte Gromow, nun sei es genug, und kutschierte die Jungen zurück. Und erwähnte das Haus des Obersten nie wieder.

✳

In den nächsten Wochen sah Sascha den Kutscher seltener. Gromow stand sonntags nicht mehr in der Rue Daru. Tonja meinte, wahrscheinlich lohne sich der Zeitaufwand für ihn nicht, denn er bekam ja fast nie eine Fahrt. Die Jungen machten keine Ausflüge mehr mit ihm und gingen nicht mehr ins Café Dantzig.

Nur Professor Gromeko wußte eines Abends etwas von ihm zu berichten. »Ratet mal, wen ich heute gesehen habe«, sagte er. »Semjon Maximowitsch. Aber er saß nicht in seinem Fiaker, sondern mit zwei Freunden in einem Auto.«

»Wahrscheinlich waren es Taxifahrer«, sagte Tonja.

»Das glaube ich nicht. Das Auto sah ziemlich teuer aus, es war kein Taxi. Und seine Freunde waren keine gewöhnlichen Arbeiter. Sie trugen Anzüge und sahen recht wohlhabend aus.«

Der nächste Sonntag war ein Sonntag fast wie immer, wenn auch ohne Gromow. In der Kirche sah Sascha Oberst Menschikow und außerdem die Gräfin Kalinowska mit ihrem Geliebten, Golizin. Die Gräfin vertrieb sich die Zeit mit Tonja, sagte ein paar oberflächliche Dinge und beeindruckte Sascha wieder mit ihrer glamourösen Erscheinung.

Am nächsten Tag kam Professor Gromenko mit einer Zeitung nach Hause. Er reichte sie Tonja. »Sieh dir das an! Sie haben den armen Menschikow umgebracht!«

»O Gott!« rief Tonja und bekreuzigte sich.

»O Gott!« wiederholte die kleine Mascha und bekreuzigte sich ebenfalls.

Sascha war sprachlos. Er wollte Fragen stellen. Wie? Wo?

Warum? Aber sein Großvater wurde ungehalten, als er dazu ansetzte, und seine Mutter weinte nur.

Später holte Sascha sich die Zeitung und schnitt den Artikel aus. Abends im Bett las er ihn.

Dem Bericht zufolge war Oberst Menschikow am Vortag um drei Uhr nachmittags von unbekannten Attentätern erschossen worden. In Begleitung zweier Freunde war er offensichtlich von der St.-Alexander-Newski-Kathedrale in das russische Koordinationszentrum im alten Versicherungsgebäude in der Rue Malesherbes gegangen. Sie hatten sich dort eine Viertelstunde aufgehalten und hatten dann zusammen zu Mittag gegessen. Anschließend hatten sie sich getrennt. Der Oberst hatte vorgehabt, sich ein Taxi zu nehmen, um sich zu seinem Haus in Neuilly fahren zu lassen.

Man vermutete (so hieß es im Bericht), daß ihm jemand gefolgt war. Auf dem Weg nach Hause wurde das Taxi in einer ruhigen Seitenstraße durch einen gestohlenen Gemüsewagen, der quer über der Fahrbahn stand, zum Anhalten gezwungen. Der Taxifahrer stieg aus, um das Hindernis genauer zu betrachten. In diesem Augenblick tauchten aus einem Garten in der Nähe zwei Männer auf und schossen den Oberst, der im Taxi sitzen geblieben war, in den Kopf. Sie flüchteten zu Fuß.

Die Polizei stellte Erkundigungen an. Man vermutete politische Motive hinter dem Attentat.

Sascha zerknüllte den Zeitungsausschnitt und warf ihn fort. Er lag im Bett, starrte an die Decke und versuchte, seines Unglaubens Herr zu werden, daß das Schicksal einen Helden wie den Oberst doch noch hatte bezwingen können. Wie furchtbar hatten sie versagt, er und Daniel, bei ihrem Versuch, ihn zu schützen! Sascha wußte jetzt, wo Gromow in diesen letzten Wochen gewesen war. Er hatte das Haus des Obersten beobachtet. Aber ohne Erfolg! Die Attentäter hatten nicht im Haus zugeschlagen. Die Feiglinge hatten gewartet, bis der Oberst sich von seinen Begleitern getrennt hatte, und dann hatten sie ihn in einer Vorstadtstraße aus dem Hinterhalt heraus überfallen. Sascha konnte es kaum ertragen, sich diese Szene vorzustellen.

Er schluchzte im Schlaf. In seinen Träumen sah er Oberst Menschikows asketisches Gesicht. Es war ausdruckslos, und in seiner Leere drückte es den Schmerz und das Leiden eines Menschen aus, der alles erlebt hatte. Sascha hatte dieses Gesicht schon einmal gesehen. Von den Christusikonen schaute das gleiche, selbstlose Gesicht mit offenen, empfänglichen Augen auf den Betrachter hinunter.

Oberst Menschikow war immer noch ein Held, aber auf andere Weise. Er war jetzt ein Symbol der Selbstaufopferung für Sascha.

✳

Am nächsten Morgen auf dem Schulweg berichtete Sascha Daniel von dem Mord.

»Ich weiß«, sagte dieser. »Mein Vater hat es mir erzählt.«

Es schien ihn nicht weiter zu bekümmern.

»Es ist schrecklich!« rief Sascha mit Nachdruck, denn er konnte Daniels Gleichgültigkeit nicht verstehen.

Daniel zuckte mit den Schultern. »Mir ist es egal. Mein Vater sagt immer noch, das wäre der gleiche Menschikow, der die Juden umgebracht hat.«

»Aber warum hast du uns dann geholfen?«

»Weil es mir Spaß gemacht hat.«

Sascha sprach mit seinem Großvater darüber, erzählte ihm aber nicht, daß sie Gromow geholfen hatten, Menschikow zu beschützen. Wieder fragte er:

»Hat Oberst Menschikow Juden umgebracht? Daniel hat das gesagt. Sein Vater hat es ihm erzählt. Der Oberst war doch ein Held, oder?«

»Ja«, sagte der Professor, ohne nachzudenken. Er sah Saschas Gesicht und den ungetrübten Idealismus darin, der ihn anflehte, die Illusion nicht zu zerstören. Trotzdem murmelte er noch etwas in der Art, daß »Held« vielleicht nicht das richtige Wort sei.

»Aber hat er Juden getötet?«

»Er hat vielleicht ein paar getötet. Er hat gegen die Kommunisten gekämpft. Viele Kommunisten waren Juden.«

»Warum?«

»Weil die Juden arm waren und der Zar sie unterdrückt hat.«

»Ich dachte, der Zar war ein guter Mensch.«

»Das war er wohl auch. Aber er war töricht und unwissend. Wie die Kommunisten übrigens auch. Es gibt auf beiden Seiten gute Menschen.«

Dieser moralische Relativismus ging über Saschas Verstand, und so wandte er sich an seine Mutter, die ihn trösten wollte und deshalb den Katechismus der Emigrantengemeinde herunterbetete. Die Roten mußte man einfach hassen. Sie waren von Dämonen besessen, kaum noch menschlich zu nennen. Jeder, der sie bekämpfte, war ein Held.

Damit war Sascha zufrieden. Er hatte Cowboyfilme gesehen – Will Hayes. Er kannte die Indianer.

∗

Unterdessen verloren sie Gromow aus den Augen. Wochenlang sah ihn niemand. Tonja erwähnte das einmal, aber dann wurde das Thema wieder fallengelassen. Es war ein Rätsel, beschäftigte sie aber nicht übermäßig, denn der Fiakerkutscher war keine Person, die weiter wichtig gewesen wäre.

Nur Sascha kannte die Wahrheit: Gromow war verschwunden, weil er das nächste Opfer der Roten Attentäter sein sollte. Das war ganz klar, denn Gromow hatte die Villa in Neuilly beschattet, und die Attentäter hatten das sicher auch getan. Sie wußten, wer Gromow war und daß er ihr erklärter Gegner war. Sie hatten bestimmt seinen Fiaker gesehen. Das Fahrzeug war auffällig, und jeder wußte, wem es gehörte.

Bis jetzt hatte die Polizei bei der Spurensuche kein Glück gehabt. Bevor die Öffentlichkeit das Interesse verlor, gab es ein paar wenig aufschlußreiche Berichte in den Zeitungen und außerdem einen Leitartikel, in dem behauptet wurde, daß die Landsleute des Toten bei der Suche nach dem Mörder nicht mitarbeiteten. Der Artikel warnte vor privaten Vergeltungsmaßnahmen. Der Professor meinte dazu, die Zeitung würde auf diese Weise versuchen, die Inkompetenz der Polizei zu entschuldigen, indem sie die Schuld bei den Emigranten suchte.

Selbstverständlich wurde das Thema auch nach der Kirche diskutiert. Die Gräfin Kalinowska war von dem Gedanken an private Vergeltungsmaßnahmen entzückt, und schon begannen die Weißen Offiziere in Saschas Augen wie Verschwörer auszusehen. Zu Tonja meinte die Gräfin:

»Meine Liebe, aber natürlich wissen sie, wer es war! Doch das so nachzuweisen, daß diese pingeligen Detektive zufrieden sind, ist eine ganz andere Sache. Und schließlich, was kümmert es uns? Haben wir Russen« – für diesmal war sie Russin, nicht Polin – »unsere Mannhaftigkeit denn so weit verloren, daß wir uns nicht mehr selbst schützen oder rächen können? Hier geht es nicht um Verbrechen, hier geht es um Krieg. Und im Krieg gibt es kein Berufungsgericht!«

Sascha stimmte ihr zu.

So kam der Sommer, und die Untersuchungen schleppten sich ohne Ergebnis dahin. Die Gräfin verlieh ihrer Enttäuschung Ausdruck. Dann verlor das Thema allmählich an Interesse, nur Sascha horchte noch auf jedes Gerücht, wonach »Kontr-Raswedka«, der Geheimdienst der Weißen, den Mördern auf der Spur sei. Er war immer noch unruhig, weil nur er allein von Gromow wußte und sich Sorgen um die Sicherheit seines Freundes machte.

Dann, eines Tages im August, stieß man im Bois de Boulogne auf ein freilaufendes Pferd. Nach einigem Suchen entdeckte man Gromows Fiaker, an dem Blutspuren und andere Zeichen von Gewaltanwendung zu sehen waren. Mehr wurde von dem Fiakerkutscher nie gefunden.

Als Sascha davon hörte, war er schockiert. Die Attentäter hatten seinen Freund ermordet!

Er ging zu den Coëns hinunter, nahm Daniel mit in ihr Versteck am Markt und erzählte ihm, was passiert war. Die Roten hatten Gromow umgebracht.

»Du bist doch blöd«, sagte Daniel weise. »Das waren nicht die Roten, das waren eure Leute, die Weißen.«

»Das glaube ich nicht!« rief Sascha aufgebracht. »Warum hätten sie das denn tun sollen?«

»Weil Semjon Maximowitsch ein Roter war. Er war einer von denen, die Oberst Menschikow umgelegt haben. Was glaubst du denn, warum er wissen wollte, wo der Oberst wohnt? Ach, mir ist es sowieso egal. Menschikow war ein Judenhasser. Wenn Semjon Maximowitsch auf seiner Seite war, hat er bekommen, was er verdient hat.«

»Du Lügner!« schrie Sascha und boxte Daniel auf die Nase. »Dreckiger jüdischer Lügner! Lügner! Lügner! Lügner!« Sie wälzten sich am Boden zwischen Säcken, Kisten und Gemüseabfällen. Sascha trat zu und biß, und weil er größer war, zwang er Daniel nieder.

Doch er glaubte ihm. Gromow war ein Roter gewesen und hatte ihn angelogen! Und Daniel hatte ihn auch angelogen. Sascha war über diesen Betrug seiner Freunde unglücklich. Wie hatten sie ihm das antun können?

Er schloß daraus, daß die Roten wie die Indianer waren. Grenzenlose Verräter. Sein Haß auf sie war völlig gerechtfertigt.

13

Der tanzende Jesuit

Der Mord an Oberst Menschikow geriet bald in Vergessenheit. 1926 wurde Hetman Petljura erschossen, und General Kutjepow, der Kopf des ROVS, verschwand 1930. Man nahm an, daß beide von Bolschewiken ermordet worden waren. Und sie waren nur die berühmteren unter den Weißen, die umgebracht wurden oder verschwanden.

Im März 1928 bekam Tonja eines Tages einen Brief von Maître Heriot. Er bat sie, ihn in seinem Büro in der Avenue Macmahon aufzusuchen, und sie folgte dieser Aufforderung.

Fast seit dem Tag ihrer Ankunft in Frankreich hatte Tonja mit Rechtsstreitigkeiten zu tun gehabt, bei denen es um den Besitz der Schiwagos ging. Die Geschichte war schnell erzählt – Juris Vater hatte ein Vermögen geerbt: Fabriken, Häuser, sogar eine Bank. Aber da er sich diesen Reichtum nicht selbst erarbeitet hatte, hatte er sich so verhalten, als sei er unerschöpflich. Er hatte den Weg eines Verschwenders und Taugenichts eingeschlagen, von dem er nur einmal abgewichen war, um in einem Anfall von Tugendhaftigkeit Juris Mutter zu heiraten, die er bald darauf wieder verließ. Seine leichtsinnige Lebensweise führte ihn an viele Orte, vor allem aber nach Frankreich, der geistigen Heimat der russischen Oberschicht. Dort begegnete er zwei Menschen, die für ihn die strafende Gerechtigkeit verkörpern sollten. Es waren Alice Mercier, eine schöne Frau ohne nennenswertes Vermögen, die ihm beim Geldausgeben begeistert zur Seite stand, und Viktor Komarowski, der Rechtsanwalt aus Moskau. Dieser hielt sich zufällig gerade in Frankreich auf, um hier wegen der Eisenbahnanleihen zu verhandeln. Was Alice nicht ausgeben konnte, legte Komarowski in einem unentwirrbaren Netz aus Wertpapieren, Treuhandvermögen und Scheingesellschaften fest.

Zu Komarowskis Gunsten mußte gesagt werden, daß er Schiwago zwar zweifellos betrog, aber ein Auge für kluge Investitionen und ein Gespür für die politische Entwicklung hatte, so daß er einen Großteil des Geldes im Ausland anlegte, wo es, als es zur Katastrophe kam, von der Sowjetregierung nicht enteignet werden konnte. Außerdem hatte Komarowskis Betrug insofern eine gute Seite, als er einen bedeutenden Teil des Vermögens vor Alices Verschwendungssucht bewahrte, um sich selbst daran bereichern zu können. Aber er war in seiner Habsucht diszipliniert und vorsichtig und bediente sich an den Zinsen, nicht am Kapital selbst.

Zwei Probleme galt es zu lösen, wie Maître Heriot nie müde wurde zu betonen. Erstens mußte herausgefunden werden, wo Komarowski mit seinen juristischen Kunstgriffen das Vermögen versteckt hatte. Seit dem Großen Krieg war es Komarowskis Zugriff entzogen, lag es irgendwo unberührt in Banktresoren herum und sammelte Zinsen an. Das zweite Problem hing wiederum mit der Lebensweise des alten Schiwago zusammen. Angeblich hatte er sich irgendwo auf Reisen auf fragwürdige Weise von Juris Mutter scheiden lassen und war dann eine Ehe mit Alice Mercier eingegangen. Schiwago selbst hatte Scheidung und Eheschließung zwar zugegeben, aber später als unverbindlich erklärt und war in Unkenntnis des Testaments gestorben, das vermutlich eine Fälschung war. Aus der zweiten Ehe stammte ein Sohn, jetzt in mittleren Jahren, den Tonja nicht kannte und deshalb aus tiefstem Herzen haßte. Augustin Mercier-Schiwago war der Gegenkläger.

Unter diesen Umständen war es nicht weiter verwunderlich, daß Juri und seine Mutter von Moskau aus ihre Rechte nicht weiter verfolgt, sondern in Armut gelebt hatten und daß Juri das Vermögen Tonja gegenüber nur einmal als Beispiel für die Machenschaften der Rechtsanwälte und die Ironie des Schicksals angeführt und erwähnt hatte. Juri war über das Schicksal, das ihm den ihm zustehenden Reichtum genommen hatte, nie verbittert gewesen: Er betrachtete es eher als Witz. Weil jedoch das Unternehmen Schiwago und sein spektakulärer Zusammenbruch allgemein bekannt waren, war die russische und in gewissem Maße auch die französische Öffentlichkeit mehr oder weniger genau über die Geschichte informiert. Auf diese Weise hatte, Vetter Aristide zufolge, der alte Kruger von der Geschichte erfahren. Und er war es gewesen – wiederum Vetter Aristide zufolge –, der darauf bestanden hatte, daß Tonja der Sache nachging, und der das nötige Geld dafür bereitstellte.

Tonja haßte diese Besuche in der Avenue Macmahon. Obwohl

Maître Heriot ihr Rechtsanwalt war, kam es ihr immer so vor, als würde sie wegen eines Verbrechens vor den Richter zitiert. Vor allem aber schien bei den Zusammenkünften nie wirklich etwas herauszukommen. Sie wurde entweder gerufen, um eine weitere eidesstattliche Erklärung abzugeben oder ihm die Vollmacht für einen weiteren Prozeß zu übertragen, in dem eine weitere Partei in den Sumpf der Rechtsstreitigkeiten gezogen wurde, und alles, was sie je an Zuspruch bekam, waren die selbstzufriedenen Versicherungen des Rechtsanwaltes, daß es um ihre Ansprüche nicht besser bestellt sein könnte und daß die Sache in Anbetracht ihres Umfangs und ihrer Komplexität erstaunlich schnelle Fortschritte mache. Und so waren Jahre vergangen.

Maître Heriot wartete in seinem Büro auf sie, in seiner düsteren Rechtsanwaltskleidung, mit dem Lächeln eines Leichenbestatters auf den Lippen. Zu Tonjas Überraschung war Vetter Aristide ebenfalls zugegen. Er saß in einem tiefen Sessel, rauchte und trank Whisky Soda. Als Tonja hereinkam, sprang er auf und umarmte sie herzlich.

»Wir haben endlich gute Nachrichten!« verkündete er. »Anatole wird dir gleich davon berichten, aber es läuft darauf hinaus, daß wir endlich etwas Geld aus den Halunken herausgepreßt haben! Das müssen wir feiern! Ich schenke dir etwas zu trinken ein, während Anatole dir die Geschichte erzählt.« Unbefangen öffnete er ein Boulle-Schränkchen und goß Tonja einen Aperitif ein. Völlig verdutzt über die Begeisterung ihres Vetters nahm Tonja das Glas und trank.

»Als Ergebnis des Urteils des Cour de cassation«, begann Maître Heriot, »haben wir Ihren unleugbaren Rechtsanspruch auf das Vermögen der Schiwagos wiederhergestellt und das kleine juristische Problem, das in den vergangenen Jahren das Haupthindernis darstellte, zufriedenstellend gelöst.«

»Ja, sicher«, unterbrach Aristide Kruger, »aber erzähl ihr doch von dem Geld.«

»Und – wie Monsieur Kruger schon angedeutet hat – wir haben einen Teil des Vermögens wiederbekommen, nämlich ein Paket Wertpapiere.«

»Was bedeutet das?« fragte Tonja.

»Das bedeutet«, sagte der Rechtsanwalt, »eine gewisse Erleichterung in Ihrer gegenwärtigen finanziellen Situation und die Aussicht auf weitere Verbesserungen in der Zukunft.«

»Ach komm, Anatole, es bedeutet ganz einfach, daß unsere liebe Tonja bald reich sein wird«, warf Aristide ein.

Etwas steif stießen sie auf den Erfolg an. Tonja wußte gar nicht, wie ihr geschah, während Maître Heriot mit seinen Ausführungen bereits fortfuhr:

»Es besteht zwar durchaus Grund zum Jubeln, aber ich bin nicht dafür, daß Sie jetzt im Hinblick auf Ihre Finanzen alle Vorsicht fahrenlassen. Ich werde Ihnen selbstverständlich einen vollständigen Bericht über die Ergebnisse, die wir erzielt haben, zuschicken, aber sie sollten in Betracht ziehen, daß aufgrund der Kosten des Rechtsstreites Abzüge vorgenommen werden. Und außerdem – wie soll ich mich ausdrücken – sind die Kosten Ihres Lebensunterhaltes zu berücksichtigen, die Sie bis jetzt von Monsieur Kruger als Darlehen erhalten haben, wobei das Vermögen als Sicherheit diente.«

Tonja nickte, und dann wurde ihr langsam klar, daß der Rechtsanwalt ihr gerade erklärte, daß sie das Geld, welches sie von ihrem Vetter bekommen hatte, zurückzahlen sollte. Ihren gesamten Lebensunterhalt für sechs Jahre!

»Das verstehe ich nicht«, begann sie, doch sofort war ihr ihre Einfältigkeit peinlich. Sie sah zu Kruger hinüber. »Ich dachte, ihr hättet uns das Geld geschenkt.«

»Ja, in gewisser Weise stimmt das auch. Ich meine, wenn bei dieser ganzen Rechtssache nichts herausgekommen wäre, hätten wir nicht mehr von dem Geld gesprochen. Und ich für meinen Teil habe nie daran gedacht, es zurückzuverlangen, wirklich nicht. Aber der Alte ist anders. Er kann sehr hart sein, und mir sind in dieser Hinsicht die Hände gebunden. Aber wir wollen die gute Seite des Ganzen sehen! Schenke Kusine Tonja noch etwas zu trinken ein, Anatole. Schließlich *hast* du gewonnen, und das Geld *ist* da. Und es ist mehr als genug, um die Rechnungen, die mit Anatole und meinem alten Herrn offenstehn, zu begleichen. Und dabei bleibt noch etwas übrig, und vielleicht kommt noch mehr. Ist das nicht Grund genug zur Freude?«

»Ja, natürlich – ich freue mich ja auch.«

Bin ich undankbar? fragte Tonja sich. Ohne Vetter Aristide und seinen Vater wären wir verloren gewesen.

Aber andererseits dachte sie an all die erniedrigenden Jahre, in denen sie von armen Leuten Miete einkassiert hatte.

»Es tut mir leid«, sagte Kruger sanft. »Daß du enttäuscht sein würdest, damit hatte ich nicht gerechnet.«

*

Die Nachricht vom Glück der Familie Schiwago breitete sich schnell aus. Besucher kamen, um ihnen zu gratulieren. Die Gräfin Kalinowska und ihr Geliebter fuhren in einer großen Limousine vor und stiegen die Treppe hinauf in die ihnen unbekannte Wohnung.

»Meine liebe Tonja! Ich konnte gar nicht erwarten, dir zu sagen – wir duzen uns doch? –, wie froh wir über diese gute Nachricht sind!«

Sie stellte Golizin vor. Tonja hatte noch nie mit ihm gesprochen, selbst bei ihrer ersten Begegnung in Memel nicht. Damals war er ein armer Flüchtling gewesen. Jetzt war er wohlhabend, eine Stütze der Gesellschaft, in Cutaway und Eckenkragen.

Mit ihnen zusammen war ein junger Mann von vielleicht dreißig Jahren gekommen. Er war blond, hatte ein gutgeschnittenes, schmales Gesicht und trug einen modischen Straßenanzug und ein Hemd mit weichem Kragen.

»Ich glaube, ihr kennt euch noch nicht«, sagte die Gräfin freundlich. »Alain war gerade bei uns, als wir von eurem Glück hörten und spontan beschlossen, euch zu besuchen. Alain, das ist Antonina Alexandrowna, ihr Vater, Professor Gromeko und – wo sind die Kinder? Ach, nun ich denke, das ist wohl nicht so wichtig. Alain ist Priester, hättet ihr das gedacht? Er ist Jesuit, aber ich kann mich nicht erinnern, ihn jemals in seiner Uniform gesehen zu haben.«

Der Jesuit lächelte. Es war ein bescheidenes, anziehendes Lächeln, mit einem Anflug von Humor darin. Tonja, die das strenge Wort »Jesuit« zuerst erschreckt hatte, konnte nicht anders, als zurückzulächeln. Er erklärte: »Bei meiner Arbeit wirkt das Priestergewand manchmal aufdringlich. Aber ich versichere dir, Lydia, ich besitze tatsächlich eine ›Uniform‹.« Er zog ein silbernes Zigarettenetui aus der Tasche und fragte höflich, ob er rauchen dürfe. Die Gräfin begutachtete inzwischen das Zimmer.

»Ihr werdet selbstverständlich hier ausziehen.«

Der Gedanke war Tonja noch gar nicht gekommen.

»Ich glaube nicht – jedenfalls nicht sofort. Bis jetzt haben wir eigentlich noch gar nicht viel Geld bekommen. Vielleicht später –«

»Jedenfalls würdest du nicht viel Geld brauchen, um etwas für dein Aussehen zu tun, meine Liebe.«

»Lydia, du bist mal wieder taktlos«, tadelte der Jesuit sie sanft.

»Bin ich das? Hast du das gehört, Tonja? Mein Beichtvater und Ratgeber in gutem Benehmen. Und ich dachte, ich würde ihr damit helfen. Ich wollte nur andeuten, daß Tonja vielleicht Rat braucht, und ich darf wohl sagen, daß ich mich in Modedingen auskenne. Mit Poiret ist es vorbei, man trägt jetzt Chanel. Wir könnten einen Ausflug in die Rue Cambon machen. Und deine Frisur – du mußt dein Haar kürzer tragen.«

»Das ist sehr freundlich von dir«, erwiderte Tonja.

Golizin hatte die ganze Zeit still dabeigesessen und mit seinem Zigarrenschneider herumgespielt. Als Tonja ihn so ansah, hatte sie den Eindruck, daß er irgendwie ungehalten war, weil das Naturell seiner Geliebten ihn langweilte und frustrierte, er aber nichts daran ändern konnte. In der folgenden Pause sprach er mit großer Ernsthaftigkeit Professor Gromeko an.

»Erinnern Sie sich noch an unser Schachspiel im Zug, Herr Professor? Das ist lange her, nicht wahr?«

»Sie haben sich sehr gut herausgemacht, Maxim Jurijewitsch.«

»Ja, das habe ich wohl. Und ich danke Gott dafür, das tue ich wirklich. Lydia und ich sind mit buchstäblich nichts hier angekommen, aber mit Seiner Hilfe konnten wir uns etwas aufbauen.«

»Das freut mich für Sie.«

»Vielen Dank.« Golizin war ein einfacher Mann. Sein Blick war direkt und seine Stimme wenig anziehend. Wenn man von seiner äußeren Erscheinung, die von Wohlstand zeugte, absah, war an ihm nichts Bemerkenswertes. Er fuhr fort: »Es ist nicht mein Verdienst. Sie wissen, daß auch Sie Glück haben, Alexander Alexandrowitsch. Emigranten helfen sich gegenseitig. Antonina Alexandrownas Verwandte mütterlicherseits haben Ihnen beigestanden, und meine russischen Freunde haben sich um mich gekümmert.«

»In welcher Weise?«

»Einige von ihnen waren reich, aber sie waren nicht daran gewöhnt, ihren Besitz selbst zu verwalten. Ich konnte ihnen bei Investitionen raten, und damit habe ich den Fuß auf die unterste

Sprosse der Leiter gesetzt. Inzwischen ist meine *clientèle* gewachsen, aber man vergißt nicht, wie man einmal angefangen hat. Wissen Sie schon, was Sie mit Ihrem Geld anfangen wollen, wenn Sie es haben?«

»Darüber haben wir noch nicht nachgedacht.«

Golizin nickte. »Ich verstehe.« Es schien, als sei er in Gedanken versunken, und dann setzte er, scheinbar zögernd, wieder an: »Nun, ich glaube, ich könnte Ihnen helfen. Normalerweise verlange ich eine Gebühr dafür, aber in Ihrem Fall kommt das natürlich nicht in Frage. Wo ist Alain?« fragte er die Gräfin.

»Oh, er ist verschwunden. Er verschwindet immer. Er ist der rätselhafteste Mann, den ich kenne!«

Sascha und Daniel trieben inzwischen auf dem Markt ihr Unwesen. Sie hatten in einer weggeworfenen Zigarettenschachtel noch eine Zigarette gefunden, sie mit Daniels Taschenmesser durchgeschnitten und rauchten sie nun, während sie nach Hause spazierten. Sie waren gleichzeitig dreist und vorsichtig: Sie rauchten in der Straße, in der man sie kannte, und sie hielten die Hände um die Zigarettenstummel, für den Fall, daß jemand sie sah.

Vor dem Haus stand eine schwarzgelbe Limousine. Le Nain, der Zwerg, hockte im Eingang, rauchte Zigarre und beäugte den Wagen und den Mann, der mit einem Fuß auf dem Trittbrett stand. Es war ein elegant gekleideter Herr, der mit belustigtem und leicht distanziertem Gesichtsausdruck frische Luft schnappte.

»Das ist ein Auto, was, Sascha?« knurrte Le Nain.

»Aha«, sagte der Fremde und nahm den Fuß vom Trittbrett. »Du bist also Sascha Schiwago? Freut mich, dich kennenzulernen, Alexander Jurijewitsch.« Der Jesuit bot den Jungen seine Zigarettendose an. »Hier, nehmt von denen. Die schmecken sicher besser, als das, was ihr da habt. Und versprecht mir, hinterher mit dem Rauchen aufzuhören.« Er schmunzelte über die Sprachlosigkeit der Jungen und stellte sich dann vor: »Ich heiße Alain Duroc. Ich bin mit der Gräfin Kalinowska befreundet. Sie unterhält sich gerade oben mit deiner Mutter. Wenn ich du wäre, würde ich hier unten bleiben – oben würdest du dich nur langweilen. Was habt ihr getrieben?« erkundigte er sich.

Die Jungen konnten dieser vertraulichen Eröffnung nicht widerstehen. Selbst Le Nain, der auf der Stufe hockte, mit dem gewaltigen Kinn auf der Brust seiner schmierigen Weste, grinste diabolisch und nickte. Und bevor sie noch wußten, wie ihnen geschah, erzählten sie dem Jesuiten alles über ihr Leben auf der Straße, von ihren Ausflügen auf den Markt, von den Rattenfallen – und sogar von Oberst Menschikow.

Bei diesem Thema schwieg Duroc erst einmal. Bis dahin hatte er gelacht und die Jungen zum Reden ermuntert, aber jetzt hörte er den Kummer in Saschas Stimme und reagierte mit einer Betroffenheit, die nicht gespielt zu sein schien.

»Ihr habt ihm also geholfen, seinen Feinden zu entkommen? Da wart ihr aber mutig, was?«

»Ich glaube, das war keine besonders gute Idee von uns«, sagte Daniel. »Er hat früher Juden umgebracht.«

»Das sagt dein Vater«, entgegnete Sascha, der wieder versöhnt mit Daniel war, aber in diesem Punkt nicht nachgeben wollte. »Wie kann er das denn wissen – wirklich wissen, meine ich.«

»Ist das denn so wichtig?« sagte ihr neuer Freund. Er betrachtete Daniel aufmerksam. »Ich meine nicht das mit den Juden – natürlich ist es verkehrt, Juden umzubringen. Aber vergeßt einmal, wer Oberst Menschikow wirklich war: Eure Handlungen waren das Wichtige, meint ihr nicht? Schließlich habt ihr euer Bestes getan, oder nicht?«

Sascha hatte keine Gelegenheit, ihm zu antworten, denn die Gräfin Kalinowska trat nun, gefolgt von Golizin, aus der Tür und sagte: »Da bist du ja, Alain!« Der Jesuit brachte eine scherzhafte Entschuldigung vor. Doch Sascha spürte einen Anflug von Wärme und Begeisterung für diesen Fremden, der zum Freund geworden war. Mit einem einzigen klaren Gedanken hatte er die Wolke des Selbstzweifels verscheucht, die Sascha seit der Sache mit dem Oberst verfolgt hatte. Sascha verstand jetzt, daß die Reinheit seiner Absichten das Entscheidende gewesen war, und das war eine Offenbarung für ihn.

Später erzählte Sascha seiner Mutter, wie sehr er den Jesuiten bewunderte. Tonja war über seine Naivität gerührt und warnte ihn. Jesuiten würden darin geschult, Seelen zu fangen, sagte sie, und man könne nicht sicher sein, ob sie es wirklich ernst meinten. Es war eine Warnung, die auch an sie selbst gerichtet war.

Allmählich besserte sich die Lage der Familie. Nach dem ersten Sieg, in dem man ihnen den rechtmäßigen Anspruch auf das Vermögen Schiwagos zugesprochen hatte, begann Maître Heriot den Besitz einzutreiben. Anfang 1929 konnten sie von ihrer Wohnung im Fünften Arrondissement in ein Haus in Neuilly umziehen.

Als der Umzugstag herannahte, verspürten sie ein merkwürdiges Widerstreben. Jeder Abschied ist schmerzhaft, aber die Übersiedlung von einem ungezieferplagten Mietshaus in eine Vorstadtvilla war besonders schwer. Teilweise war es eine Rückkehr in eine Welt, die sie verloren geglaubt hatten. Die wiedergewonnenen materiellen Annehmlichkeiten dieser verlorenen Welt konnten ihnen jedoch ihre seelische Sicherheit nicht wiedergeben. Ihre Geschichte hatte sie gelehrt, wie unbeständig die menschlichen Geschicke waren. So bezogen sie also ihr neues Haus trotz des augenscheinlichen Reichtums mit Armut im Herzen. Und das Schicksal oder der Zufall, wie immer man es auch nennen mochte, wartete an der Tür wie ein Gerichtsvollzieher, immer bereit, sie wieder zu enteignen.

Tonja war das karge Leben mitten unter armen Leuten nie leichtgefallen. Zu oft hatte Sophie Coën sie wie ein Kind hinter sich hergezogen, hatte den Hühnern ins Fleisch gekniffen und an den Marktständen gefeilscht und Tonja gutmütig aufgefordert, es ihr nachzutun. Tonja hatte sich trotz ihres Unbehagens an ihr Leben gewöhnt, und ihre Armut war ihr schließlich nicht mehr nur als Mangel an Geld und Bequemlichkeit erschienen, sondern als Zeichen, daß ihr Leben auf seine sündige Art dem Weg Christi folgte. Der Umzug nach Neuilly erschien ihr daher manchmal wie eine Verleugnung der spirituellen Ebene des Lebens.

In den Wochen vor dem Umzug war Tonja häufiger mit Sophie zusammen, so als wollte sie diese Erlebnisse im Gedächtnis festhalten. Und der Professor schien öfter als früher die Gesellschaft Jakob Coëns zu suchen. Sie gingen oft zusammen ins Café, manchmal mit Le Nain, der abstruse Geschichten aus dem Theater erzählte. Bis dahin hatten sie den Zwerg, der ihnen mit seinem unglücklichen Gesicht und dem wiegenden Gang als bedrohlich erschienen war, unbewußt gemieden, aber als der Abschied näher rückte, wurde ihm sein rechtmäßiger Platz im Chor der Hinterbliebenen zugestanden. Hinter seinem beißenden Humor und seiner verständlichen Bereitschaft, hinter allem eine Kränkung zu wittern, erwies er sich als heiterer, geselliger Mensch, der wunderschön Balladen singen konnte. Sie hatten seinen wahren Charakter zu spät erkannt.

Die bevorstehende Veränderung wirkte sich auch auf die Kinder aus. Mascha war unerträglich. Wenn sie nicht gerade Tonja nachäffte, stolzierte sie in ihren neuen Kleidern umher und ärgerte die anderen Kinder. Sascha fand durch den plötzlichen Reichtum bestätigt, was er im stillen schon immer gewußt hatte. Er war anders, ein Liebling der Götter, der verlorene Prinz, der sein Erbe angetreten hatte. Doch dieses Erbe bestand nicht nur in Reichtum. Das Geld war nur ein Zeichen für seine Verantwortung, für die Aufgabe, die er zu erfüllen hatte, für den Drachen, den er erschlagen sollte. Er spielte weiterhin mit Daniel, und eines Abends fingen sie tatsächlich eine Ratte, ein wildes Biest, vor dem sie Reißaus nahmen, bevor es seine Falle schließlich ganz durchgenagt hatte.

»Bist du immer noch Sozialist?« fragte Daniel provozierend.

»Natürlich.«

»Und was willst du dann mit deinem vielen Geld machen?«

»Ich weiß nicht. Und ich glaube auch, es gehört mir eigentlich gar nicht. Es gehört meiner Mutter.«

Im stillen beschloß Sascha zuerst, das Geld zu verschenken, und er träumte davon, großzügige Gaben an dankbare Empfänger zu verteilen. Nach einiger Überlegung wurde ihm jedoch klar, daß diese Großzügigkeit ihn schnell wieder genauso arm machen würde wie die anderen, und das paßte nun wieder nicht damit zusammen, daß er anders war. Schließlich ging er einen Kompromiß ein: Er wollte seinen Reichtum behalten, aber ihn weise und zum Wohle anderer einsetzen – was auch immer das bedeuten mochte. Sozialismus war eine komplizierte Angelegenheit.

Am Umzugstag bekam Sascha einen großen Schrecken. Ihr Weg führte sie durch die stille Straße, in der Oberst Menschikow gewohnt hatte. Sie fuhren an seiner Villa vorbei. Die Fensterläden waren geschlossen, und ihn schauderte, als er sich an den blutigen Tag erinnerte, an dem der Oberst von dem Fiakerkutscher und seiner Bande von Attentätern niedergeschossen worden war. Sascha war vorher nicht klargewesen, daß sie von diesem Schauplatz der Niederlage nur ein paar Minuten entfernt wohnen würden.

In Saschas Augen war das neue Haus prächtig. Es war fast so groß wie das Mietshaus, in dem sie vorher gewohnt hatten, und die einzelnen Räume mit den Stuckdecken und den vergoldeten Leuchtern waren so riesengroß und herrlich, daß man es fast als Schloß bezeichnen konnte. Das fand Mascha jedenfalls. Sie wirbelte mit fliegenden Röcken über die leeren, blankpolierten Böden und stieß jedesmal, wenn sie eine neue Tür öffnete, kleine Freudenschreie aus.

»Wie um Himmels willen sollen wir das bloß einrichten?« war Tonjas einziger Kommentar.

»Ich helfe dir, meine Liebe«, erklärte die Gräfin Kalinowska, die das Haus für sie ausgesucht hatte.

Sascha ging in den Garten. Ein Gärtner gehörte dazu, ein griesgrämiger Kriegsversehrter mit Gashusten und einem Holzbein, der es aber dennoch schaffte, alles in Ordnung zu halten. Bei einem kleinen Gewächshaus entdeckte der Junge seinen Großvater und Golizin. Golizin rauchte mißmutig eine Zigarre, wobei er die Asche in eine große Urne fallen ließ. Er erklärte seinem uninteressierten Gesprächspartner auf seine langweilige Art den Hanau-Skandal und erzählte vom Zusammenbruch der Compagnie Générale Financière et Fondière, der die Finanzwelt immer noch beunruhigte. Irgendwann unterbrach er seinen ermüdenden Bericht und bemerkte: »Ein schöner Besitz, Alexander Alexandrowitsch, aber er wird einiges an Unterhalt kosten –« Und mit einem Seufzer, als entledige er sich einer unangenehmen Pflicht, fuhr er fort: »Übrigens, haben Sie noch einmal über Ihre weiteren Investitionen nachgedacht? Ein Vermögen – selbst ein bescheidenes – darf man nicht sich selbst überlassen. Es muß verwaltet werden. In den Vereinigten Staaten herrscht zur Zeit ein Boom. Er wird wohl nicht anhalten, aber so lange er dauert, kann man dabei Geld machen. Kommen Sie doch irgendwann einmal in mein Büro. Wir könnten zusammen zur Börse gehen, und Sie könnten sich ansehen, wie es gemacht wird. Die Börse ist natürlich ein Irrenhaus, aber Wahnsinn kann sehr anregend sein. Sie sind nervös? Das ist verständlich, ich war das anfangs auch, aber man gewöhnt sich daran.«

»Ich glaube nicht, daß ich mich daran gewöhnen kann«, gab der Professor zurück.

Ein paar Tage später nahm Professor Gromeko Sascha mit in Golizins Büro in der Rue de Provence. Sie aßen ausgezeichnet zu

Mittag und warfen einen kurzen Blick in den Börsensaal, der Alexander Alexandrowitsch beeindruckte, ohne daß es ihm bewußt war. Er willigte ein, einen Teil des Geldes in Goldman-Sachs-Aktien anzulegen, was sich als weise Entscheidung herausstellen sollte. Golizin war so klug und machte die Aktien zu Gold, bevor sie im folgenden Herbst wieder fielen. Und die Familie erwirtschaftete bei dieser Transaktion einen sehr ansehnlichen Gewinn. Währenddessen war Maître Heriot eifrig damit beschäftigt, weitere Teile des Vermögens herbeizuschaffen.

Die Familie bekam nicht nur neue Möbel, sondern die Gräfin Kalinowska und ihr Liebhaber sorgten auch für neue Freunde. Sie kannte aus ihrer Zeit beim Filmstudio mehrere zugegebenermaßen kleinere Filmstars und deren Anhang, darunter einen Astrologen und einen Iraner, der die Bahai-Religion predigte. Golizin brachte Schauspieler und Tänzer aus den Theatern mit, die er finanziell unterstützte, und ab und zu Politiker, die er in Finanzdingen beriet. Tonja gab für diese Gäste Dinner- oder Cocktailpartys, ohne eigentlich zu wissen, warum oder wie sie in diese Situation geraten war.

✳

Vor ihrem ersten Weihnachten in Neuilly gaben sie eine Dinnerparty. Haus und Garten waren zu diesem Anlaß mit Lichtern geschmückt, und in der Auffahrt drängten sich Scharen von Limousinen und Taxis, die Gäste ablieferten. Tonja war noch oben beim Ankleiden und beobachtete sie vom Fenster aus. Sie hatte sich in der Zeit verschätzt, und Mascha hatte Tränen vergossen und einen Wutanfall bekommen, weil sie unbedingt zuerst angezogen werden wollte. Die Kinder sollten sich unter die Gäste mischen dürfen und dann zusammen mit den Dienstboten zu Abend essen.

Lydia Kalinowska war den ganzen Tag bei ihnen gewesen. »Meine liebe Tonja«, hatte sie gesagt, »ich werde das für dich organisieren, und du kannst dir ansehen, wie man so etwas macht.« Jetzt hieß sie die Gäste willkommen, begrüßte jeden einzelnen mit lässiger Vertrautheit, so als sei sie selbst die Gastgeberin, während Tonja, die sich ja erst noch ankleiden mußte, von oben aus zusah. Draußen nieselte es. Die wachsartigen Blätter der Stechpalmen im Garten glitzerten. Auf den Wagen spiegelten sich die Lichtkugeln der Gartenlaternen. Stimmengemurmel und das angenehme leichte Lachen der Gräfin füllten das Haus.

War Tonja glücklich? Sie konnte es nicht sagen. Sie hatte nichts gegen diese Art von Festen. Im Gegenteil, sie machten ihr in gewisser Weise Freude, weil sie Zeichen für das Ende ihres langen Alptraums waren. Sie dachte an Sophie Coën. Die Coëns würden nicht kommen. Sie waren nicht eingeladen worden. Was wäre gewesen, wenn sie Sophie eingeladen hätte? Was hätte sie wohl gedacht? Hätte ich sie doch nur eingeladen. Aber sie hätte nicht kommen können. Sie hätte sich kein Kleid leisten können und auch kein Geld von ihr angenommen, um sich eins zu kaufen. Tonja hatte Mühe gehabt, Sophie zu überreden, ihr Daniels Garderobe zu überlassen. Wenn Daniel und Sascha weiterhin Freunde bleiben sollten, war es wichtig, daß Daniel sich seines Aussehens nicht schämen mußte.

Das neue Haus hatte nichts Russisches an sich. Die Gäste würden sich wohl fühlen, weil die Gräfin Kalinowska es wie ein erstklassiges Hotel eingerichtet hatte. Die wenigen russischen Gegenstände – die Ikone Unserer Lieben Frau, ein Samowar, einige alte Fotografien – hätten als malerische Dekoration auch in ein Hotel gepaßt.

Manchmal fragte sich Tonja, was von ihrem Leben in Rußland übriggeblieben war. Ihre Religion und die Sitte, am Ostersonntag Paschka zu essen. Dieses Fest war anders als die Feste früher in Moskau. Ihre Gäste waren anders als die alte russische Intelligenzija. Es waren Leute, die versuchten, als Spekulanten schnell reich zu werden. Selbst die Russen unter ihnen.

Die Gräfin hatte eine kleine Jazzband engagiert. Der Saxophonist war ein schwarzer Amerikaner. Das war jetzt Mode. Die Frauen scharten sich um ihn: Er sah so gut aus und war so männlich. Tonja kannte die neuen Tänze nicht. Sie sah zu, wie Lydia mit ihrem Jesuiten einen Charleston tanzte. Alain Duroc war so anders als die ernsten, unwissenden orthodoxen Priester ihrer Kindheit. Lydia hatte sich der Mode angepaßt. Ihre Haut war leicht gebräunt. Tonja dachte an ihre eigene Haut, die sie immer mit breitkrempigen Hüten und Sonnenschirmen vor der Sonne geschützt hatte. Diese Sängerin, Josephine Baker, war jetzt in Paris der letzte Schrei. Eine blasse Haut galt nichts mehr.

Lydia hatte eine Freundin mitgebracht – angeblich eine Prinzessin, tatsächlich aber eine Millionärin aus Chicago, die einen winzigkleinen ältlichen Italiener geheiratet hatte. Mit ihrem schleppenden amerikanischen Akzent sagte sie: »*Tony*, das hier ist super. Die Partys in Europa sind viel schöner als bei uns zu Hause. Hier gibt es so guten Alkohol. Lydia hat mir von deinem Vermögen erzählt. Du kannst selbst über dein Geld verfügen, stimmt das? Wenn ich das nur auch könnte – aber was sage ich da, ich tue es ja. Carlo bekommt ein monatliches Taschengeld. Daddy hat gesagt, das wäre schlau von mir. Lydia sagt, du hättest Max gebeten, daß er sich um deine Investitionen kümmert. Das war auch schlau, es sei denn, du hättest Zeit, dich um das Finanzleben zu kümmern.«

Warum bin ich heute abend so unruhig? Tonja wanderte von einem Zimmer zum anderen.

Im Studierzimmer war ein Spieltisch aufgestellt worden. Ihr Vater spielte mit Golizin zusammen gegen zwei Politiker Bridge. Die Gräfin Kalinowska, in blasses Crêpe de Chine gehüllt, beugte sich über ihren Liebhaber und blies ihm auf das linke Ohr. Professor Gromeko bot ein Bild des Jammers. Während der wenigen Minuten, in denen Tonja das Spiel verfolgte, waren zweimal Leute hereingekommen, um mit dem Finanzier zu sprechen. Jedesmal hatte Golizin sie in einer Geldangelegenheit beraten, mit einem scheinbaren Widerwillen, der seine Meinung noch wertvoller zu machen schien. Dazwischen hatte er kaum auf das Spiel geachtet, sondern sich mit leiser, monotoner Stimme mit den Politikern über Darlehen für die Tschechoslowakei unterhalten.

Tonja floh vor dem Kartenspiel, dem Tanz und dem unaufhörlichen Gerede über Geld. Sie lehnte Vetter Aristides Angebot, ihr einen Cocktail zu mixen, ab und ging in den Garten. Es hatte gerade aufgehört zu regnen.

Antoine, der Gärtner, der für diesen Abend als Lakai gekleidet war, humpelte im Fackellicht zwischen den abgestorbenen Blütenständen herum, schnitt sie ab und schichtete sie auf, um sie zu verbrennen.

Tonja schämte sich, weil sie ihn gebeten hatte, statt seiner Arbeitsjacke die Lakaienuniform anzuziehen. Sein Humpeln und seine krumme Haltung kamen dadurch stärker zur Geltung und beraubten ihn seiner Würde.

»Das reicht für heute«, sagte sie zu ihm.

»Und das Aufräumen?« fragte er verdrießlich.

»Dafür sorge ich schon.«

»Wie Sie meinen.« Er steckte die Rosenschere in die Tasche und wandte sich zum Gehen. Tonja schämte sich immer noch und sah ihm nach, bis sie die Kälte spürte und den wieder einsetzenden Nieselregen, der Flecken auf ihrem Seidenkleid hinterließ. Eine Fackel flackerte und erlosch. Sie verspürte immer noch wenig Lust, zu den Gästen zurückzukehren, und sah sich nach einem Schutz vor dem Regen um.

Hinter den beschlagenen Glasscheiben des Gewächshauses glühte eine Zigarette. Die Tür stand offen. Die schwüle, drückende Luft roch nach dem Kerosinofen. Hinter Palmwedeln und Laubwerk versteckt saß Alain Duroc und rauchte.

»Sie haben doch nichts dagegen, daß ich hier bin, oder Tonja? Rauchen Sie? Aber ich darf? Ich glaube, den Pflanzen schadet es nicht.«

»Ich habe nichts dagegen.«

Tonja sah sich nach einer Sitzgelegenheit um, bei der sie ihr Kleid nicht beschmutzen würde. Schließlich fand sie einen einfachen Hocker, den Antoine benutzte, wenn er an den Pflanzen arbeitete. Ihr fiel auf, daß Duroc sie zum erstenmal »Tonja« genannt hatte. Sie spürte ein seltsames Gefühl in sich aufsteigen, das sie nicht genau definieren konnte. »Warum sind Sie nicht bei den anderen?« erkundigte sie sich.

»Ich gehe gleich zurück, aber das ist ja weiß Gott eine öde Gesellschaft. Haben Sie die Amerikanerin kennengelernt, diese Prinzessin Wanda – Dolores – Gertrude – oder wie sie heißt? Ich habe gehört, wie sie mit Ihrem Vetter gesprochen hat. Sie hatte dabei ihre Hand auf seine Hand gelegt – das ist immer ein schlechtes Zeichen. ›Die Demokratie in Europa ist tot. Die Zukunft gehört dem Kommunismus oder dem Faschismus, und die Frage ist, in welchem System man sein Geld behalten darf. Ich meine: Was hat die Demokratie für Frankreich getan? Vor zehn Jahren bekam man für einen Dollar fünfundzwanzig Francs, und jetzt kriegt man dafür fünfzig. Sie sollten sich einmal *Il Duce* anhören – Carlo hat mir eine Audienz bei *Il Duce* verschafft. Der Mann hat Italien seine Selbstachtung zurückgegeben – und außerdem ist dort das Geld sicher!‹«

Tonja lachte über seine gekonnte Nachahmung.

»Möchten Sie wirklich keine Zigarette?«

Sie schüttelte den Kopf. »Hat die Prinzessin recht?«

»Mit ziemlicher Sicherheit. Selbst dumme Leute haben manchmal recht, und Prinzessin Wanda ist keineswegs dumm, sie weiß nur nicht so genau, was Geld bedeutet, und es fehlt ihr an interessanten Gesprächsthemen.«

Tonja sah durch die Scheiben in die melancholische Winterstille des Gartens hinaus, und eine Weile schwiegen sie beide. Der Jesuit zündete sich noch eine Zigarette an. Tonja bat im stillen, er möge weitersprechen. Sie liebte den Klang seiner Stimme, die reizvolle Überheblichkeit, die darin lag, so als wüßte er immer mehr als andere.

Von den Jesuiten hatte sie gehört, sie seien weltoffen und bedrohlich zugleich. Duroc war weltoffen, das stand fest, mit seinem Abendanzug und seiner Zigarettenspitze aus Elfenbein; aber er gab sich leger und seine Stimme war zu vertrauenerweckend, als daß er bedrohlich hätte wirken können. Er sah eher aus wie ein Filmstar aus einer Matinee – Tonja war einmal mit der Gräfin Kalinowska zu einer Vormittagsvorstellung im »Marignan« an der Champs-Elysées gewesen. Er konnte sogar tanzen. Ein tanzender Priester!

»Warum lächeln Sie?«

»Ich habe vor mich hingeträumt – ich habe Sie vor mir gesehen, wie Sie tanzen.«

Er lachte.

»Sie spielen gerade einen Tango, hören Sie? Tanzen Sie?«

»Nein.« Tonja bedauerte, daß sie nicht tanzen konnte – jedenfalls nicht die modernen Tänze. Einen Moment lang fürchtete sie, er würde sie auffordern – und wünschte es sich im selben Moment. Die Musik war laut, und sie spürte, wie sie der Rhythmus gefangennahm. Aber er lächelte nur, blies den Rauch aus und sagte: »Sie sollten es lernen. Lydia könnte Ihnen sicher Tanzstunden organisieren. Dann würden Sie sich bei solchen Anlässen wie heute abend wohler fühlen. Das hat Sie vertrieben, nicht wahr? Nicht die Langeweile, wie in meinem Fall, sondern daß Sie sich unter diesen Leuten nicht wohl fühlen. Arme Tonja! Diese letzten Monate haben bestimmt eine große Veränderung für Sie bedeutet. Möchten Sie darüber sprechen?«

»Wo haben Sie tanzen gelernt?« fragte Tonja schnell.

»Das weiß ich nicht mehr so genau – wahrscheinlich hat Lydia es mir beigebracht. Einer ihrer Liebhaber war Argentinier.« Er sprach das Wort »Liebhaber« ohne jede Mißbilligung aus. Eher mitfühlend erklärte er: »Es war schwierig für sie, als sie nach Paris kam. Außer ein paar schönen Kleidern und einigen Schmuckstücken hatte sie nichts. Sie lebte mit ihrem Argentinier zusammen, bis Golizin seine Begabung zum Geldverdienen entdeckte.«

»Hatte sie etwas mit dem Film zu tun?«

»Ich glaube, es waren ziemlich zweifelhafte Filme, nur für ein ausgewähltes Publikum bestimmt. Schockiere ich Sie?«

Tonja nickte. Sie war jedoch nicht über die Gräfin schockiert, sondern einfach überrascht von Durocs Offenheit. Er fuhr fort:

»Ich sollte wohl etwas diskreter sein, aber Gottes Vergebung ist unendlich. Sie verstehen mich, Tonja, nicht wahr? Als ich in Ihrer Wohnung war, ist mir das Bild der Heiligen Jungfrau aufgefallen. Mein erster Gedanke war, daß es ein Bild der Barmherzigkeit und der Vergebung ist. Ist es eine alte russische Ikone?«

»Ein Bekannter in Moskau hat es gemalt.«

»Dann ist es zeitgenössisch? Da sehen Sie, wieviel ich von Kunst verstehe.«

Er erkundigte sich nach dem Maler, und Tonja erzählte ihm, daß er Fotografien koloriert hatte und wie seine Familie nach und nach ausgelöscht worden war. Bei der Erinnerung daran kamen ihr die Tränen, aber das schien dem Jesuiten nicht peinlich zu sein, und Tonja hatte nicht das Gefühl, ihre Tränen unterdrücken zu müssen. Als sie sich wieder beruhigt hatte, spürte sie, daß zwischen ihr und Duroc ein neues Vertrauen entstanden war und daß sie jetzt über alles mit ihm sprechen konnte. Sie sagte:

»Warum hat Gott das alles zugelassen – den Krieg, die Revolution, alles?«

»Erwarten Sie von mir, daß ich das weiß?« neckte Duroc sie sanft.

Einen Augenblick lang dachte Tonja, sie hätte sich geirrt in ihm und er würde, wie jeder andere Mann, nicht auf ihre Gefühle eingehen. Doch er dachte nach und antwortete ihr dann.

»Haben Sie in Ihrer Kindheit jemals gelitten, wenn es galt, eine Lektion zu lernen? Ich habe einmal etwas falsch gemacht, und mein Vater hat mich dafür bestraft, indem er mich ohne Abendessen in meinem Zimmer eingeschlossen und meiner Mutter verboten hat, mir gute Nacht zu sagen. Haben Sie Proust gelesen? Nein? Macht nichts.

Diese Nacht damals erschien mir so lang – so unendlich lang –, so einsam, als dauere sie ewig. Aber sie dauerte natürlich nicht ewig. Und ich glaube, ich habe meine Lektion gelernt. Heute sehe ich natürlich, daß diese Nacht nur eine von vielen war. Damals aber war sie mein ganzes Leben. Und in der Erinnerung ist sie nur ein flüchtiger Augenblick.«

»Und was war die Lektion?«

»Daß ich nicht vor Wut mein Spielzeug kaputtmachen darf oder etwas ähnlich Unwichtiges. Angeblich jedenfalls war das die Lektion – so wie mein Vater es sah. Sie war nebensächlich, und ich habe die Einzelheiten vergessen. Aber ich erinnere mich noch an die Atmosphäre des Zimmers, an die Schatten und die Gerüche, und an das veränderte Bild, das ich nach dieser unerwarteten Grausamkeit von meinem Vater hatte.« Er unterbrach seine Erzählung und fragte fröhlich: »Wie wollen Sie die Ewigkeit verbringen?«

Meinte er das ernst?

»Darüber habe ich mir noch nie Gedanken gemacht.«

»Ich möchte eine Weile Karten spielen – aber auf die Dauer ist das bestimmt entsetzlich langweilig. Oder meinen Sie, daß wir auf unsere Erfahrungen im Erdenleben zurückgreifen werden, um Gottes Absichten und Ziele zu verstehen? Könnte das die Lektion sein, daß wir leiden müssen, um zu lernen? Wenn das so wäre, wäre unser Leben eine kurze Lektion im Vergleich zur Ewigkeit, in der wir das Gelernte anwenden.«

»Wollen Sie damit sagen, daß unser Leiden eine Strafe Gottes ist?«

»Nein. Wenn es eine Strafe wäre, müßte eine Gerechtigkeit dahinter zu erkennen sein, aber das ist nicht der Fall. Ein armer Christ leidet genauso wie ein reicher Sünder. Meiner Erfahrung nach sogar mehr. Aber wenn unser Leiden eine Lektion ist, eine Bereicherung unseres Wissens, und zwar nicht für dieses unbedeutende Leben hier, sondern für die lange Zeit des wahren Lebens danach, dann wird, vom Blickpunkt der Ewigkeit her gesehen, unser Leiden uns kurz und kaum wichtiger als eine Schulerinnerung erscheinen.«

Duroc lächelte. Aus seinem silbernen Zigarettenetui nahm er eine weitere Zigarette und steckte sie in die Spitze aus Elfenbein. »Wir sind ganz schön tiefsinnig, was?« sagte er. Er zündete ein Streichholz an, hielt es so, daß sie sich im Schein des Feuers sehen konnten, zündete seine Zigarette an und blies das Streichholz aus. Dann fuhr er fort: »Ich diskutiere nicht gern über Theologie, aber es ist eine Schwäche in der Ausbildung der Jesuiten. Die Franziskaner sind übrigens zwar geselliger, aber ihre Ordensregeln verbieten ihnen das Tanzen. Die Dominikaner sind am schlimmsten. Sie können todlangweilig sein, foltern Ketzer und verstehen es nicht, sich zu kleiden – habe ich Sie wieder zum Lachen gebracht? Gut! Dann sind Sie wohl in der richtigen Stimmung, um sich wieder unter Ihre Gäste zu mischen.«

∗

Sascha mußte wegen des Umzugs die Schule wechseln. Er spielte nicht mehr mit den Jungen aus der Rue Mouffetard, die in ihren Taschen Mäuse, Schlingen, Steine und andere wichtige Dinge herumtrugen. Kein Daniel mehr, außer an den Wochenenden und in den Ferien, dank heikler Verhandlungen zwischen seiner Mutter und Sophie Coën, die den beiden Jungen Peinlichkeiten ersparen wollten. Professor Gromeko hatte die Idee gehabt, ein Stipendium auszusetzen, das Daniel – natürlich – gewann. Wenn Daniel von diesem Trick wußte, so zeigte er jedenfalls weder Dankbarkeit noch Ablehnung. Er deutete Sascha gegenüber an, daß ihm mehr oder weniger klar war, daß das Vermögen der Schiwagos ihm geholfen hatte, und meinte dazu trocken: »Ist der Sozialismus nicht prima?«

Die Verlegenheit war eher auf Saschas Seite. Im *lycée* fand er sich plötzlich mit Jungen zusammen, die von Geburt an reich gewesen waren. Sie konnten reiten und Tennis spielen und gaben sogar vor, Golf zu lernen; und sie zeigten ihre Überlegenheit auch auf verstecktere Art.

Sascha reagierte mit dem Trotz eines Vierzehnjährigen. Er tat so, als verachte er die Leistungen der anderen, und verteidigte seinen Nonkonformismus notfalls mit den Fäusten. Zu Hause verhielt er sich mißmutig und arrogant.

Tonja wurde in die Schule gebeten, und der Direktor teilte ihr mit, daß Sascha den Unterricht störe. Der Direktor gehörte der französischen antiklerikalen Tradition an und mißbilligte Tonjas offensichtliche Religiosität. Er empfahl Rationalismus und Selbstdisziplin. Das waren Allheilmittel, und er überließ es Tonja, sie anzuwenden. Tonja wandte sich an ihren Vater.

»Das wächst sich aus«, sagte Alexander Alexandrowitsch wenig hilfreich. »Wo ist er jetzt?«

»In seinem Zimmer. Er liest.«

»Na siehst du, so schlimm kann es also nicht sein. Was liest er denn?«

»Ich weiß nicht. Ich glaube, eine Biographie über Alexander den Großen.«

»Seinen Namensvetter«, bemerkte der Professor und lachte in sich hinein.

Was sollte sie nur tun? Sascha wütete im Haus herum, war ungehorsam, unordentlich und schämte sich nicht einmal, Mascha zu schlagen, wenn er dachte, man würde es ihm durchgehen lassen. Und wenn er eine ruhige Phase hatte, war er wie besessen von seinen Büchern. Er las über Alexander den Großen, Cromwell, Marlborough und Napoleon. Was bedeutete das? In seinem Zimmer hing eine Fahne des Zarenreiches. General Skoblin vom ROVS hatte sie Sascha persönlich geschenkt, denn er war von der Hingabe des Jungen an die Sache der Weißen begeistert.

Der Direktor empfahl Rationalismus und Selbstdisziplin, und ihr Vater schlug wohlwollende Nichtbeachtung vor: In jedem Fall aber blieb es Tonja überlassen, die jeweilige Politik umzusetzen. Die Männer waren es zufrieden, das Problem theoretisch gelöst zu haben, und sahen die praktische Lösung als nicht weiter schwierig an. Tonja war außer sich vor Sorge und konnte sich andererseits nicht konzentrieren, weil ihre Gedanken gleichzeitig noch mit etwas anderem beschäftigt waren.

Sie war verliebt.

＊

Tonja kämpfte sich durch den Winter und den Frühling des nächsten Jahres. Ihr war bewußt, daß ihr Kummer nicht allein durch Saschas Verdrossenheit und Maschas frühreife Flirtereien zu erklären war. Sie merkte, daß sie wieder an Juri dachte. Es kam ihr sonderbar vor, daß sie überhaupt jemals aufgehört hatte, an ihn zu denken.

Doch Juri war tot. Maître Heriot hatte ihn 1928 getötet – seine Waffe war ein Stück Papier gewesen und Tonjas Unterschrift die Kugel. In einem stillen Büro hatte er ihn eines Nachmittags bei einem Gläschen Magenbitter umgebracht, hatte ihn mit gerichtlicher Billigung ermordet, um der Familie Zugang zu seinem Erbe zu verschaffen. Abgesehen von diesem juristischen Mord gab es für seinen Tod weder Zeit noch Ort, weder ein Denkmal noch ein Andenken, angesichts dessen man hätte trauern können.

Was ist aus dir geworden, Juri? Warum hast du mich verlassen? Sie sehnte sich nach ihm oder überhaupt nach einem Mann.

In der Kirche sah sie Alain Duroc mit der Gräfin Kalinowska zusammen. Er trug einen blaßgrauen Anzug und Glacéhandschuhe. Seinen Stock und seinen weichen Hut hielt er während des Gottesdienstes respektvoll vor sich, und er betete die orthodoxen Gebete ganz selbstverständlich mit.

»Sie sind offensichtlich überrascht, mich hier anzutreffen«, sagte er später, als sie in dem milden Frühsommerwetter auf der Rue Daru standen. Aus irgendeinem Grund war die Truppe der Theaterleute vollständig erschienen, und die angeregte Unterhaltung zusammen mit der milden Luft führte zu einer leichten Benommenheit. Golizin sprach sehr ernsthaft mit den geschlechtslosen Tänzern, die von seiner humorlosen Schwerfälligkeit merkwürdig fasziniert zu sein schienen. Sie waren abwechselnd schockiert, belustigt, neugierig und begeistert und stellten ihre Gefühle durch übertriebene Gesten zur Schau, so als befänden sie sich immer noch auf der Bühne. Gelegentlich warf der Finanzier einen Blick zu seiner Geliebten hinüber, und wie immer bargen diese Blicke auch Wut und Enttäuschung. Die Gräfin ihrerseits war fröhlich und unbefangen. Sie war sich in keiner Weise bewußt, daß man ihr Verhalten auch mißbilligen könnte.

»Sie verstehen zwar, warum Lydia hierherkommt«, sagte Duroc gerade zu Tonja, »aber meine Anwesenheit verwirrt sie. Sie fragen sich: Wie kann ein katholischer Priester einen russisch-orthodoxen Gottesdienst besuchen?«

Tonja war es peinlich, daß er ihre Gedanken – zumindest zum Teil – lesen konnte.

Er fuhr fort: »Sie müssen unsere Kirchen wie langjährige Ehegatten betrachten, die zwar im Alter mürrisch geworden sind, aber ihre Zuneigung füreinander bewahrt haben. In unserem Fall ist es so, daß wir die Orthodoxen als Schismatiker, nicht als Häretiker betrachten – was zugegeben eine Spitzfindigkeit der Jesuiten ist, aber auf solchen Nadelspitzen tanzen wir eben, und ich will Sie nicht mit den Unterschieden langweilen. Die Sache ist die –«, schloß er mit einem Lächeln, »– daß orthodoxe Gottesdienste mir einfach gefallen. Und das ist der beste Grund für fast alles, meinen Sie nicht auch?«

»Ich habe Sie noch nie hier gesehen.«

»Sie kannten mich damals nur nicht. Aber ich war hier, und Sie sind mir aufgefallen.«

»Ich habe nichts Auffälliges an mir.«

»Wirklich nicht? Sie kamen immer als eine der ersten und gingen als eine der letzten, und Sie kleideten sich und Ihre Kinder sehr einfach. Ich bin darin geübt, Einfachheit zu erkennen, und ich sagte mir: ›Das ist eine wirklich gläubige Frau – wie schade, daß sie nicht zu uns gehört, sondern zu denen!‹« Er lachte. »Übrigens, wo sind Ihre Kinder?«

»Mascha ist dort drüben bei meinem Vater.«

Mascha spielte sich in ihrem neuesten Kleid vor den anderen Kindern auf. Alexander Alexandrowitsch sprach mit einem seiner Schachpartner, dem Majordomus eines großen Hotels.

»Und Sascha?«

»Er kommt nicht mehr her – er weigert sich einfach.«

Tonja schämte sich, daß sie dieses Eingeständnis machen mußte, aber der Jesuit schien die Sache für ganz normal zu halten.

»Seit wann will er nicht mehr kommen?«

»Seit einem Monat – seit sechs Wochen.«

»Hat er seinen Glauben verloren?« fragte Duroc unbekümmert. »Das ist bei Jungen oft so. Vielleicht ist er Sozialist geworden? Das hoffe ich. Jeder sollte irgendwann einmal Sozialist sein. Das zeigt, daß man ein Gewissen hat.«

»Er sagt, er könnte Gott im Himmel und in den Bäumen sehen. Kirchen findet er überflüssig.«

»Ist das alles? Dem ist leicht abzuhelfen. Ich habe kurz gedacht, er wäre vielleicht Marxist geworden. Er hatte doch einen jüdischen Freund, oder?«

»Daniel Coën.«

»Viele Juden sind Marxisten. Verständlicherweise. Aber das ist offensichtlich nicht das Problem.«

»Möchten Sie – möchten Sie mit uns zu Mittag essen?« fragte Tonja, ohne nachzudenken.

Duroc warf ihr einen merkwürdigen Blick zu und sah sich dann nach der Gräfin um. Sie hing an Golizins Arm und flirtete mit einem der Schauspieler.

»Ich war eigentlich mit Lydia verabredet. Aber, um ehrlich zu sein, würde ich lieber mit Ihnen essen. Ich kann ihr sagen, daß ich mich um ein Gemeindemitglied kümmern muß.«

Tonja bereute ihre Einladung bereits. »Sie dürfen nicht meinetwegen lügen.«

»Nein? Ich bin doch Jesuit – ich darf lügen. Von Morden und Stehlen ganz zu schweigen – alles für den Glauben. Man hat Sie doch bestimmt vor mir gewarnt. Und davon abgesehen ist die ganze Welt meine Gemeinde, so daß diese Ausrede gar keine Lüge ist. Treffen wir uns gleich bei Ihrem Wagen?«

Auf der Rückfahrt nach Neuilly machte Mascha dem Jesuiten schöne Augen, während er sie mit gutgelauntem Respekt behandelte. Sascha war nicht auf seinem Zimmer, und schließlich fanden sie ihn im Garten, wo er mit der Schleuder aufs Geratewohl nach Vögeln schoß.

»Alain!« rief er, als er den Priester sah.

»Du mußt ›Vater Duroc‹ zu ihm sagen«, mahnte ihn seine Mutter.

Sascha überhörte den Verweis, und fast frech wiederholte er den Namen.

»Alain geht schon in Ordnung«, sagte der Jesuit und sah den Jungen an. »Wie geht es dir? Es ist Monate her, seit wir uns das letzte Mal gesehen haben. Schön, daß du meinen Namen noch weißt.«

Sascha lachte und schmollte dann plötzlich.

»Das Essen wird kalt«, sagte Tonja. »Sascha, du mußt dir noch die Hände waschen.«

Während Alain und ihr Vater einen Aperitif nahmen, stieg Tonja schnell in ihr Zimmer hinauf. Sie nahm den Hut ab und musterte ihr Kleid und ihre Strümpfe im Standspiegel. Sie lächelte sich zu.

Sie lächelte auf fünf verschiedene Arten und fragte sich, welche wohl am anziehendsten war. Die Frau im Spiegel – die Lydia geschaffen hatte – reagierte. Manchmal hatte Tonja das Gefühl, mit dieser Frau sprechen zu können.

»Ich bin in einen Priester verliebt.«

Sie brauchte es nicht laut auszusprechen. Die andere Frau nickte. Sie schien nicht überzeugt zu sein. Tonja entdeckte das Gesicht hinter der Schminke. Alte Augen ließen sich nicht verbergen. Alles andere konnte man übertünchen, aber die Augen würden weiterhin wie Gefangene aus dem Gesicht herausschauen. Und in diesem Fall war das andere nicht einmal schön, auch wenn es vielleicht einmal schön gewesen war. Jedenfalls sagte die andere Frau das. Tonja beschloß, nicht zuzuhören. Sie war Tonja, nicht diese Fremde.

Duroc saß mit ihrem Vater und den Kindern im Eßzimmer. Er scherzte mit Sascha und lächelte, als Tonja eintrat. Sascha setzte sofort seine verdrossene Miene auf.

»Dann laßt uns jetzt essen«, sagte Tonja.

»Gerne. Und anschließend kann Sascha mir zeigen, mit was er sich jetzt so beschäftigt. Immer noch mit Rattenfallen?«

»Rattenfallen?«

»Danny und ich haben früher Rattenfallen gebaut«, gab Sascha abwehrend zu. »Aber jetzt habe ich einen Käfig für ein Eichhörnchen gebastelt. Antoine hat mir dabei geholfen. Das ist unser Gärtner. Er ist im Krieg verwundet worden.«

»Rattenfallen«, wiederholte Tonja, und sie fragte sich, was ihre Armut Sascha wohl angetan haben mochte. Doch Alain ging taktvoll dazwischen:

»Ich habe früher auch welche gebaut – und das ist verdammt schwer, wenn man die Viecher nicht umbringen will. Wenn man eine Ratte lebendig fängt, kann sie sich fast aus allem herausnagen. Habt ihr jemals eine gefangen, Sascha?«

»Einmal.«

»Da hattet ihr mehr Erfolg als ich!«

War es Takt, Feingefühl oder Klugheit? Mit seiner melodiösen Stimme lenkte Duroc die Unterhaltung so, daß die Interessen aller berücksichtigt wurden. Er sprach sachverständig über Schach, klatschte über Coco Chanel, bedauerte Diaghilews kürzlichen Tod: Ob Mode, Finanzen, Politik oder Botanik, er behandelte alle Themen mit erstaunlicher Gewandtheit und Intelligenz und schien sich für alles zu begeistern. Und er verstand es, alles unmerklich miteinander zu verknüpfen, so daß eine Bemerkung über Mode einen Punkt in der Botanik erhellte und Mascha und der Professor beide wie verzaubert zuhörten. Doch am meisten bezaubert waren Tonja – und Sascha.

*

Im obersten Stockwerk, neben dem Zimmer der Köchin, befand sich ein großes Kinderzimmer mit einem geräumigen Wäscheschrank für große Laken und einem Fenster, das wie ein Ecktürmchen ins Dach eingefügt war. Im unteren Stockwerk gab es schönere Zimmer, aber Sascha hatte sich dieses ausgesucht. Es enthielt Krimskrams aus einem halben Jahrhundert, auf Stapel gehäuft wie Seeräuberbeute.

»Komm rein.«

»Danke.«

Der Jesuit stand auf der Schwelle und sah sich das Zimmer lange an, als wäre es die Kulisse zu einem Theaterstück.

»Du mußt aufpassen«, sagte Sascha, »die Dielen sind zum Teil wurmstichig.«

Sie gingen über den knarrenden Fußboden. Vom Fenster her fiel helles Licht auf die ausgeblichene Tapete, deren dunklere Flecken zeigten, wo einst die Bilder gehangen hatten. Ein nicht mehr benutzter Gasanschluß warf einen langen Schatten. Sascha hatte nicht alles weggeworfen, was die Vorbesitzer hinterlassen hatten, sondern das behalten, was ihm etwas über die früheren Bewohner zu erzählen schien: einen Krockethammer, der ausrangiert worden war, als Tennis in Mode kam; eine Postkarte vom Eiffelturm aus der Zeit der Weltausstellung; ein Album mit Daguerreotypien; eine ausgestopfte Eule; ein Bajonett, eine Grenadiermütze und einen Soldatentornister aus Fell aus dem Krieg von 1870; und Kerzen, bündelweise, von denen Wachsflocken abfielen. Dazu kamen seine Bücher, seine Briefmarkensammlung aus den französischen Kolonien, ein Aquarium, ein Fußball, ein Florett und eine Fechtmaske und ein paar unvollständige Puzzlespiele. In einer Ecke auf einem Bambustisch stand ein Plattenspieler mit einem großen Schalltrichter aus Papiermaché.

»Das gefällt mir«, sagte Alain. »Es hat – Atmosphäre! Hast du Schallplatten?«

Unter dem Tisch lag ein Stapel Platten. Darunter befanden sich die »Ouvertüre 1812« und der alte Marsch »Veillons au Salut de l'Empire«.

»Was, keine Tanzmusik?«

»Ich kann nicht tanzen.«

»Keine Angst, das bringe ich dir schon bei.«

»Ich will es gar nicht lernen.«

Sascha bereute seine letzte Bemerkung sofort. Er kam sich albern vor. Er mochte den Jesuiten sehr gern, und ihm war klar, daß sein Verhalten in letzter Zeit flegelhaft und undankbar war. Aber was sollte er bloß tun? Ständig hieß es, er solle sich ändern und höflich sein. Doch was er auch empfinden mochte, die Wörter schienen immer auf die gleiche Weise aus ihm herauszusprudeln, und wie sehr er sich auch um sein Äußeres bemühte, er wirkte immer wie jemand, der etwas auf dem Kerbholz hat. Die Tatsache, daß er, ganz im Gegensatz zu seiner Absicht, Alain gegenüber unhöflich war, bewies ihm, daß es sein Schicksal war, so zu sein, wie er war.

Das Leben war schwer. Sein Großvater wurde mit den Jahren allmählich begriffsstutzig. Seine Mutter schien in einer anderen Welt zu leben (obwohl sie in letzter Zeit munterer und mädchenhaft geworden war, was genauso unangenehm war). Mascha mit ihrer Eitelkeit und ihren Wutanfällen hätte einen Heiligen zur Weißglut gebracht. Und die Schule erst! – Das war eine Schlangengrube voller pedantischer Lehrer und bösartiger, hochnäsiger Jungen.

Der Jesuit sah die Bücher durch.

»Warum liest du Bücher über berühmte Generäle?«

»Weiß ich nicht.«

»Hast du sie alle gelesen?«

»Das dicke über Napoleon da – das habe ich noch nicht geschafft.«

»Deine Mutter hat mir erzählt, du hättest Probleme in der Schule.«

Sascha strich sich das hellbraune Haar aus den Augen.

»Ich kann schon selbst auf mich aufpassen.«

»Mhm. Das Buch über Napoleon solltest du lesen«, sagte der

Jesuit behutsam. »Besonders das Kapitel über Napoleon in der Schule – in St. Cyr. Er war da sehr einsam. Die anderen Kadetten haben ihn ausgelacht, weil seine Familie arm war und er kein Franzose war.«

»Und was hat er dagegen unternommen?«

»Er hat gelernt. Er hat bewiesen, daß er besser war als die anderen.«

✱

Nach dem Mittagessen zog Tonja sich in ihr Zimmer zurück. Das tat sie immer, sonst war sie bei der Hausarbeit im Weg, die sich scheinbar wie von selbst erledigte. Sie las oder stickte und hörte zu, wie das Geschirr sich gewissermaßen selbst abräumte. Aber heute wandte sie sich, nachdem sie sich vor der Ikone Unserer Lieben Frau von Moskau bekreuzigt hatte, einem kleinen Spiegel mit Goldrahmen zu und sprach mit der anderen Frau.

»Hast du gesehen, wie er mit Sascha umgeht? Ist er nicht großartig?«

Die andere Frau war skeptisch: »Er ist Jesuit – und Franzose. Beide sind Frauen gegenüber gelernte Heuchler.«

»Er hat mich gern!«

»Oh, daran zweifle ich überhaupt nicht: Deine Religion erspart ihm die Mühe, dich zum Christentum zu bekehren, und sein Charme hat dich schon halb zur Katholikin gemacht.«

»Sei still!«

»Du bist älter als er.«

»Sei still!«

Es war kein echter Streit. Tonja wußte, daß ihre Liebe zu dem Priester nur in ihrer Einbildung existierte. Sie erkannte sogar, daß es keine echte Liebe war, so wie Anstrengung beim Sport etwas anderes ist als körperliche Arbeit. Sie übte sich in Gefühlen, und zu ihrer Überraschung funktionierten sie noch. Sie konnte ihr Herz noch verschenken, wenn es darauf ankam – allerdings an einen anderen Mann, nicht an den Priester. Es war die verschwendete Zeit, die ihr Kummer bereitete. All die Jahre, in denen sie hätte lieben und genießen können – vergeudet. Juri war es gewesen, der diese Jahre vergeudet hatte, und doch waren es nie *seine* Jahre gewesen. Tonja verstand jetzt, warum sie der Unterhaltung der

Emigrantinnen oft nur mit gelangweilter Höflichkeit lauschte. Sie sprachen über die Revolution und den Bürgerkrieg als die großen Ereignisse, die sie in die Armut gestürzt und die ihr Leben zerstört hatten. Tonja wußte, was sie meinten, aber aus ihrer Sicht fehlte es dieser Erklärung an Schlagkraft. Diese großen Ereignisse hatten dem Hintergrund des Lebens einen anderen Anstrich gegeben und die Kulisse neu gestaltet, so daß es jetzt statt im Reichtum und in der Heimat in Armut und im Exil spielte. Doch ihr Verlassenwordensein trug die Schuld daran, daß sie im gottgewollten Drama ihres Lebens sprachlos und ohne Ziel vor sich hinagierte. Und das hatte Jura ihr angetan.

Sie beschloß, nach Sascha und Duroc zu sehen. Als sie die Treppe hinaufkam, hörte sie die beiden über die großen französischen Entdecker sprechen. Sascha besaß ein Buch über dieses Thema. Seine Stimme klang begeistert. Tonja öffnete die Tür und sagte: »Hallo, ihr beiden.«

Sie hoben die Köpfe von Saschas Album mit den Briefmarken aus den Kolonien, und beide lächelten das gleiche Lächeln. Jeder fühlte sich in der Gegenwart des anderen wohl.

Tonja studierte das Gesicht des Jesuiten und sah die Liebe und Hingabe, mit der er sich um Saschas Wohlergehen kümmerte. Und sie wußte, daß er ihr nie die Liebe würde geben können, nach der sie verlangte.

14

Der König von Rom

»En garde!«

Die beiden Fechter machten Eisenberührung, und ein leichter Schlagabtausch fand statt. Dann setzte Constantine d'Amboise mit einem einfachen Klingenschlag seinen ersten Treffer. Monsieur Autones tat so, als würde er sich mit den vier Seitenrichtern, ebenfalls Fechtschülern, beraten, und gab ihm den Punkt.

Sascha war nicht besonders aufmerksam. Er kannte d'Amboises Stil, der eher auf Kraft als auf technischer Finesse beruhte. D'Amboise war groß und stellte ein träges Selbstbewußtsein zur Schau. Brutal war er eigentlich nicht, aber er erweckte diesen Anschein, weil er immer diese Selbstgewißheit zur Schau trug, daß er der Überlegene sei.

»En garde!«

Der Größere fintierte ein bißchen, aber sein Gegner nutzte das nicht aus, daher beseitigte er mit einem Gleitstoß die hohe Linie und setzte seinen zweiten Treffer.

Das führte zu leisem Beifall vom Publikum, von den Jungen, die an den Sprossenwänden lehnten oder schaukelten; und Lullien, der freundliche kleine Gegner, lächelte schüchtern, als wolle er andeuten, daß er selbst auch an seiner Niederlage beteiligt sei und daher etwas von der Anerkennung abbekommen sollte.

»Los, strengt euch an!« zischte Monsieur Autones. »Das ist ein Florett, was ihr da in der Hand habt, kein Zauberstab. Verteidige dich!« Aber die Warnung kam zu spät, denn Lullien war schon wieder getroffen worden. Er ging bereits von der Kampfbahn und sah sich nach seiner Brille um, die ihm ein Junge reichte. Dann applaudierte er mit den anderen zusammen dem Sieger.

»Nächster! Schiwago, du bist dran!«

Sascha schlenderte auf die Bahn, grüßte und setzte die Maske auf.

»Gib's ihm, Connie!« rief einer der Zuschauer.

»En garde!« rief Autones, und während d'Amboise noch lässig seinen Bewunderern zunickte, gab er das Gefecht frei. Sascha traf seinen Gegner mit einem geraden Stoß auf die Brust.

»Ich war noch nicht fertig«, beschwerte sich d'Amboise. Monsieur Autones sah das zwar ein, konnte aber nur mit den Schultern zucken. »Das war nicht besonders fair«, sagte d'Amboise zu Sascha.

Sie nahmen wieder ihre Ausgangsstellungen ein. Sascha bemerkte, daß die anderen Jungen sich alle auf der Seite seines Gegners aufhielten. Bevor er zum Kampf aufgerufen worden war, hatte er allein dagesessen, nicht gemieden, aber ignoriert, so als würde er nicht zu den anderen passen und auch keinen besonderen Wert darauf legen. Aber die beiläufige Zurechtweisung seines Gegners verletzte ihn, und er beschloß, es den anderen zu zeigen. Als er sah, daß d'Amboise mit seiner größeren Reichweite ein Stück weit von ihm entfernt stand und überlegte, was er als nächstes tun sollte, griff er mit einem heftigen Flèche an und setzte seinen zweiten Treffer.

Der dritte Punkt ging an d'Amboise. Sascha kam gegen die längeren Arme nicht an, und seine Wut machte ihn unvorsichtig. Monsieur Autones rief die Jungen zur Ordnung.

Der vierte Punkt kam durch einen Gleitstoß von d'Amboise zustande, den Sascha aber parierte, so daß die Klinge an seiner Flanke vorbeiglitt, ohne daß es zu einem Treffer kam. Der Seitenrichter jedoch zählte einen Treffer, und Monsieur Autones, der die Bewegung nicht hatte sehen können, fragte den anderen Richter nach seiner Meinung, und dieser bestätigte den Treffer. Sascha wartete darauf, daß d'Amboise zugeben würde, daß er nicht getroffen hatte, doch dieser hatte schon seine Maske abgenommen und schüttelte sich das blonde Haar aus den Augen, zufrieden mit dem Unentschieden. Sascha wußte, daß es sinnlos war, Widerspruch einzulegen, daher zog er sich in seine Ecke zurück und sah von dort aus den weiteren Kämpfen zu.

»Das Ergebnis hat dir nicht gepaßt, was?« sagte d'Amboise. Sie drängten sich in der Dusche, ein halbes Dutzend Jungen zusammen, und ihre Stimmen übertönten das Wasserrauschen und hallten von den weißgekachelten Wänden wider.

»Das war kein Treffer«, sagte Sascha ruhig.

»Soll das heißen, daß ich gemogelt habe?«

»Ja.«

Diese Antwort hatte d'Amboise nicht erwartet, aber anscheinend wollte er auch nicht weiter darauf eingehen, denn er lachte nur erstaunt auf. Er war eine Handbreit größer als Sascha, gut gebaut, und sah aus, als könne er jeden Kampf gewinnen, doch in seiner lässigen Gleichgültigkeit war er wahrscheinlich eher geneigt, die Sache auf sich beruhen zu lassen. Da mischte Lullien sich ein.

»Das kannst du dir nicht gefallen lassen, Connie.«

»Nein, da hast du wohl recht«, erwiderte d'Amboise und hätte wohl zugeschlagen, wenn Sascha nicht seine Faust gepackt und ihm den Arm umgedreht hätte, so daß er den Halt verlor und plötzlich auf dem Fliesenboden lag.

Die anderen Jungen stürzten sich auf Sascha und prügelten auf ihn ein, bis d'Amboise wieder auf die Füße kam und ihnen Einhalt gebot. Er grinste breit, und als die Jungen ihn erneut anfeuern wollten, lachte er nur.

✳

Eigentlich war es Golizin, der sie auf die Idee brachte, nach Nizza zu fahren. Beim Mittagessen im Garten des Landsitzes der Schiwagos in Ozoir-la-Ferrière, unter der blühenden Magnolie, erwähnte er beiläufig, daß er geschäftlich dort unten zu tun hätte.

»Wie lange sind Sie fort?« fragte Professor Gromeko.

Alexander Alexandrowitsch lebte fast nur noch für sein Schachspiel. Zum Lesen waren seine Augen inzwischen zu schwach. Die Botanik hatte er aufgegeben, weil er sich wegen seiner Arthritis kaum noch nach den Pflanzen bücken konnte und seine Augen wiederum es ihm fast unmöglich machten, sie zu studieren. Er brauchte Wärme, trug selbst an milden Tagen einen Schal und suchte nach etwas Geselligkeit.

»Eine Woche – vielleicht zwei.«

»Und was genau machen Sie dort?«

»Ich will mit meinen Klienten dort unten deren Investitionen überprüfen. Einige leiden immer noch sehr unter dem Börsenkrach.«

Golizins Klienten an der Riviera waren zum größten Teil russische Emigranten. In Paris kümmerte er sich um die Vermögen kapitalkräftiger französischer Investoren, unter denen sich mehrere Minister befanden – so hieß es jedenfalls, und der Finanzier widersprach dem in keiner Weise.

Sascha hörte nicht zu. Er ruhte sich gerade vom Tennisspielen aus. Jetzt waren Constantine und Daniel auf dem Platz, und er saß mit einem Glas in der Hand im Schatten. Durch die offene Tür konnte er Lydia und Alain sehen. Sie hatten den Teppich aufgerollt und tanzten zu einem Medley von Charlie Kuntz Foxtrott. Mascha beobachtete sie hingerissen. Mit ihren zwölf Jahren wollte sie sich schon unbedingt schminken und tanzen lernen. Lydia war ihr großes Vorbild. In letzter Zeit war Mascha in die Höhe geschossen. Jetzt war sie fast so groß wie ihr Bruder und knochendürr, was bei ihrer natürlichen Koketterie bezaubernd wirkte.

»Warum lernst du nicht auch tanzen?« fragte Tonja.

»Vielleicht lerne ich's bald.«

»Dein wievieltes Glas Wein ist das?«

»Ach Mutter«, erwiderte Sascha abwehrend. Tonja bohrte lieber nicht weiter.

»Soll ich mich um Tanzstunden für dich bemühen?«

»Wenn ich Alain bitte, bringt er es mir sicher bei.«

»So ist es richtig!« stimmte Golizin ihm zu, obwohl er selbst nicht tanzte und Männer ablehnte, die gut tanzen konnten. Er beobachtete seine Geliebte und den Jesuiten und sah, welche Faszination die beiden aufeinander ausübten. »Gesellschaftlich gesehen ist es von Vorteil.«

Constantine und Daniel kamen von ihrem Spiel zurück, beide leicht verstimmt. Ihre Spiele verliefen immer recht eintönig. Constantine war zu gut für Daniel, und Daniel tat so, als mache ihm das nichts aus.

»Wenn dir das Ergebnis so egal ist, warum spielst du dann überhaupt?« fragte Constantine. Er legte seinen Schläger beiseite, setzte sich, streckte seine langen Beine aus und schüttelte sich eine lange Stirnlocke aus dem hübschen Gesicht.

»Wenn du dich darüber ärgerst, ist mir das die Sache schon wert«, entgegnete Daniel. »Sascha, schenkst du mir ein Glas eurer Kapitalistenbeute ein?«

»Warum mußt du so tun, als wärst du Sozialist?« bohrte Constantine weiter.

»Ich bin wirklich Sozialist. Was glaubst du, warum ich Sascha auf
der Tasche liege? Wie könnte ich sonst mein Gewissen beruhigen?«
Tonja hatte seine Bemerkung aufgeschnappt, doch Daniel war
auf ihren fragenden Blick schon gefaßt und grinste ihr zu. Dann
wandte er sich an Sascha.

»Du bist doch auch Sozialist, Sascha, stimmt's? Danke –«, er
setzte das Glas, das Sascha ihm gereicht hatte, an die Lippen,
»– oder etwa nicht?«

»Ich wüßte nicht, was am Sozialismus schlecht sein sollte.«
Sascha tat so, als langweile ihn das Thema. Er sah zum Tisch
hinüber, wo Blütenblätter von der Magnolie zwischen die Reste des
Mittagessens gefallen waren.

»Ich weiß es aber«, sagte Constantine träge. »Es ist einfach eine
lächerliche Idee. Und unchristlich.«

»Ich bin kein Christ«, warf Daniel ein, »ich bin –«

»Das brauchst du mir nicht zu erzählen.«

»– Atheist. Hast du gedacht, ich würde sagen ›Jude‹?«

»Nein, ich weiß, daß du Atheist bist.«

»Aber ich habe gelogen. Erst wollte ich sagen ›Jude‹, aber dann
hab' ich's mir anders überlegt.«

»Zankt euch doch nicht«, sagte Sascha sanft, als würde ihm nur
die Lautstärke Kopfschmerzen bereiten. Er kehrte weiter den Gelangweilten heraus, obwohl er sich in Wirklichkeit über die komplizierte Frage des Sozialismus den Kopf zerbrach und wünschte,
seine Freunde würden das Thema wechseln und über Mädchen
reden.

Tonja hörte sich das Geplänkel mit dem leichten Unbehagen an,
das sie in diesen Tagen ständig befiel. Sie hatte die Herrschaft über
ihr Haus verloren, und auch ihre Kinder schienen ihr aus der Hand
zu gleiten. Es hatte keine Krise gegeben, aber Mascha war von der
Gräfin Kalinowska und Sascha von Alain Duroc wie in Bann geschlagen. Sie vermutete, daß sie zu schäbig und unmodern gekleidet war
und zu wenig intelligent, um für ihre Kinder noch interessant zu
sein. Aber das war nicht immer so gewesen. Was hatte sich verändert? Es lag nicht einfach nur daran, daß Sascha jetzt siebzehn war.
Der Wandel hatte in ihr selbst stattgefunden, oder besser in ihrer
Beziehung zur Welt. Sie gehörte einer anderen Zeit an, einer vergangenen Zeit. In der Gegenwart hatte sie keinen Platz. Sie wünschte,

sie wäre Lydia oder ihrer amerikanischen Freundin, die scherzhaft als Prinzessin Wanda bezeichnet wurde, etwas ähnlicher.

»Ich brauche was zu trinken!« verkündete Lydia, die gerade mit vor Anstrengung gerötetem Gesicht aus dem Haus kam. Tonja gab es einen Stich, aber sie gestand sich ihre Eifersucht nicht ein. Die Gräfin bemerkte, daß Sascha ihr einen bewundernden Blick zuwarf, und dachte beiläufig und nicht ohne Selbstgefälligkeit, daß man einem Jungen in seinem Alter eigentlich zu seinen ersten sexuellen Erfahrungen verhelfen müßte. Allerdings dachte sie nicht im Traum daran, diese Aufgabe selbst zu übernehmen. »Was trinkst du da?« fragte sie Sascha. »Igitt! Gräßlich! Maxim, mein Schatz, mach mir doch einen Whisky Soda – mit viel Soda und viel Eis. Erinnere mich daran, nie mit einem Priester Foxtrott zu tanzen: Dieses ruhige Schreiten macht sie zu echten Salonlöwen.« Sie ließ sich auf einen Stuhl fallen, richtete sich aber gleich wieder auf und zeigte ins Haus: »Guckt euch Mascha an – dieser kleine Vamp! Gönnt unserem *bon abbé* aber auch wirklich keine Pause. Deine Tochter ist völlig schamlos, Tonja. Ein Naturtalent!«

Der Jesuit hatte eine andere Platte aufgelegt und sich die Schuhe ausgezogen, um sich an Maschas Größe anzupassen, und jetzt nahm er das schlanke Mädchen in die Arme, um ihr den Tanz zu zeigen. Mascha jedoch hielt nichts davon, daß ihr Partner sie auf Abstand hielt, um ihr als Anfängerin nicht auf die Zehen zu treten, sondern drückte sich so eng an ihn, wie sie es bei der Gräfin gesehen hatte.

»Seht ihr!« sagte diese anerkennend. »Sie läßt sich nicht herumschieben wie ein Kinderwagen. Haha! Kinder! Sind sie nicht göttlich!«

Tonja versuchte, gelassen zu bleiben. Doch die Grobheit ihrer Freundin erschreckte sie. Aber waren sie tatsächlich Freundinnen? Tonja kam es manchmal so vor, als hätten die Gräfin und ihr Liebhaber sich nur bei ihnen eingeschmeichelt. Alle Welt schien sie jedoch für ihre Freunde zu halten, so daß sie es wohl auf irgendeine Art sein mußten. Jedenfalls waren sie oft genug in Neuilly zu Gast. Golizin behauptete, er habe eine Wohnung in der Rue Masseran und ein Haus in Vincennes, aber Tonja und ihr Vater hatten beides noch nie gesehen. Wenn sie nicht in Neuilly zusammen aßen, dann auf Vorschlag des Finanziers im »Ambigu«, im »La

Coupole« oder im »Bœuf sur le Toit«, Restaurants, die alle gerade in Mode waren, was Tonjas Unbehagen nur verstärkte. Waren sie Freunde? Sie waren so anders.

Tonja fragte ihre Freundin: »Fährst du mit nach Nizza?«

»Ich denke schon – sehr wahrscheinlich, ja. Ich war vor, warte mal – zwei – drei Jahren dort. Neunundzwanzig. Zum Begräbnis von Großherzog Nikolaus.«

»Das war in Cannes«, berichtigte Golizin sie leicht gereizt.

»Ist doch das gleiche. Ich verstehe nicht, warum du immer so pedantisch sein mußt.«

»Ich bin Geschäftsmann, meine Liebe. Damit mache ich mein Geld: Ich sehe die Details, die anderen Leuten nicht auffallen.«

»Maxim hat natürlich recht. Der Großherzog ist in Antibes gestorben, deswegen war die Trauerfeier in Cannes. Wenn er in seinem Haus in Choigny gestorben wäre, hätte die Trauerfeier hier in Paris stattgefunden, und wir hätten alle etwas davon haben können. Marschall Pétain war da, und der Herzog von Genua und natürlich eine ganze Menge Romanows. Das Ende eines Zeitalters, meine Liebe!« seufzte die Gräfin und lächelte die Jungen gewinnend an. Sascha spürte, wie er rot wurde, und sah zu Constantine hinüber, der ebenfalls in Lydia Kalinowska verliebt war. Nur Daniel schien immun gegen sie zu sein. Er brütete finster über seinem verdünnten Wein, während Lydia fortfuhr:

»Der Onkel wäre ein besserer Zar gewesen als der Neffe, auch wenn der ein Heiliger war. Zumindest wäre Rußland nicht unter den Einfluß dieser deutschen Frau geraten –«, so nannte sie die Zarin, »– und was hätte dann alles werden können?«

Das schien einen Augenblick pietätvollen Schweigens zu verdienen, selbst wenn die Gesellschaft nicht von der Hitze und vom Essen schon so träge gewesen wäre. Doch Tonja dachte etwas ganz anderes: War Lydia wirklich bei dem Begräbnis gewesen? Golizin hatte schon einmal von diesem Aufenthalt an der Riviera gesprochen, aber abgesehen vom Geschäft hatte er nur seine Gewinne im Kasino erwähnt. Lydia war ein Snob. Ihr war durchaus zuzutrauen, daß sie behauptete, bei dem Begräbnis dabeigewesen zu sein, obwohl es gar nicht stimmte.

Sascha dagegen glaubte ihr, und er stellte sich vor, daß es ein unerhört großartiges Erlebnis gewesen sein mußte: gedämpftes

Trommeln, der Leichnam auf einem Kanonenwagen, das Lieblingspferd mit dem leeren Sattel, behangen mit schwarzem Crêpe, das von einem treuen Pferdeknecht geführt wurde – so kam der Leichenzug in der Kirche an, wo die Priester den Gottesdienst intonierten. Das Bild war so lebendig, daß es fast wie eine Erinnerung auf ihn wirkte. Es sagte ihm, was alle ihm seit seiner Kindheit immer wieder einhämmerten: daß nämlich Zivilisation und Kultur tot waren und man in der Asche ihres Prunks und ihrer Herrlichkeit dahinlebte, bis man irgendwie wieder neu inspiriert werden würde.

»Ich wünschte, ich wäre dabeigewesen«, seufzte Sascha. Niemand antwortete, aber seine Mutter sah ihn zärtlich an.

»Ich wünschte, ich hätte die Kleider gesehen!« sagte Mascha und kam zu ihnen in den Garten. Der Plattenspieler spielte gerade ein fröhliches Stück. Alain Duroc folgte ihr.

»Das ist für unser kleines Mädchen zu schnell«, bemerkte er. »Warum seid ihr alle so ernst?«

»Wir sind müde«, antwortete Daniel scharf.

»Wir könnten doch alle nach Nizza fahren!« sagte die Gräfin plötzlich. »In Paris ist doch nichts los. Tonja, du würdest viel attraktiver aussehen, wenn du ein bißchen braun wärst. Etwas Farbe würde dein Gesicht interessanter machen. Nur ein bißchen.«

»Lydia ist von den Musikern in diesen Niggerbands so fasziniert«, bemerkte Golizin beißend, hatte aber sonst nichts gegen den Vorschlag einzuwenden.

»Kommst du auch mit?« fragte Sascha den Jesuiten. »Mit Lydia und Maxim Jurjewitsch nach Nizza?«

»Das ließe sich einrichten.«

Das ließe sich einrichten. Daher hatte Sascha also seine neumodischen Ausdrücke. Tonja fragte sich, ob es am Wetter lag, daß sie so empfindlich war. Sie wunderte sich. Wie konnte Alain sich einfach dazu bereit erklären, seine Arbeit in Paris zu vernachlässigen und nach Nizza zu fahren? Worin bestand überhaupt seine Arbeit? Seelen für die römisch-katholische Kirche zu gewinnen? Golizin war offensichtlich zum Katholizismus übergetreten. Ob das nun den Predigten des Jesuiten zuzuschreiben war oder der Tatsache, daß seine Geliebte Katholikin war, war schwer zu sagen. Jedenfalls war in seinem Verhalten kein Unterschied zu entdecken. Er besuchte weiterhin die Kirche in der Rue Daru, und die Gräfin und der Jesuit begleiteten ihn anscheinend gern dorthin. Manchmal machte es Tonja angst, daß Duroc seine Religion so auf die leichte Schulter nahm. Und ihm hatte sie ihren Sohn anvertraut.

»Dann ist das also abgemacht«, sagte Lydia Kalinowska.

✳

»Ich schlage vor, daß wir morgen nach Grasse fahren.« Die Gräfin Kalinowska hatte die beunruhigende Angewohnheit, spontane Vorschläge zu machen, ohne daran zu denken, welche Vorbereitungen vielleicht nötig waren, um sie umzusetzen, oder welche Pläne die anderen hatten.

»Ich muß nach Antibes, um mit dem Prinzen zu sprechen.« Das war eine der typischen, vagen, aber beeindruckenden Bemerkungen Golizins. »Aber kümmert euch nicht um mich. Macht euch einen schönen Tag.«

»Das werden wir«, erwiderte Lydia und bat Sascha, ihr die Lotion zu reichen, mit der sie ihre Haut vor der Sonne schützte. Sascha gehorchte nur zu gern, und als er sich zu ihr hinüberbeugte, roch er den Duft von Kokosöl. Lydia trug einen Turban und einen Strandanzug. Sie war braungebrannt und unterstrich das noch, indem sie ihre Lippen purpurrot bemalte.

»Dank dir, mein Lieber«, gurrte sie, und Sascha versuchte, die Herablassung in ihrem Tonfall mit einem leicht hingeworfenen amerikanischen Slangausdruck fortzuwischen, einem dieser Ausdrücke, die sich ein Jahr lang halten und dann wieder verschwinden.

Nur Mascha war von dem Vorschlag der Gräfin begeistert, sonst reagierte niemand darauf.

Der Junge, der zur Villa gehörte, kam mit Getränken aus dem kühlen Hausinneren und nahm die leeren Gläser wieder mit. Er war so alt wie Sascha, aber Sascha bemerkte ihn nicht einmal.

»Ist es im Landesinnern nicht noch heißer?« fragte Tonja nach ein paar Minuten, in denen sie nur an ihren Gläsern genippt und belanglose Bemerkungen ausgetauscht hatten, etwa darüber, wie schnell das Eis geschmolzen war.

»Wir fahren mit dem Auto. Das wird uns sicherlich abkühlen. Und die Luft dort ist trockener, das ist weniger anstrengend. Und außerdem liegt Grasse höher, in den Bergen.«

»Aber warum gerade nach Grasse?«

»Weil in Grasse die Parfums hergestellt werden, meine Liebe. Und denken Sie an die Blumen, Alexander Alexandrowitsch: Sie haben dort die Gelegenheit, Pflanzen zu studieren, die Sie hier an der Küste nicht finden.«

»Ach, tatsächlich?« murmelte Professor Gromeko, der in zunehmendem Maße taub oder zerstreut war – man konnte nie genau sagen, welches von beidem gerade mehr.

»Im Auto ist nicht genug Platz für alle«, bemerkte Tonja.

»Ich bleibe gern hier«, sagte Alain.

»Ich bleibe bei Alain«, erbot Sascha sich schnell.

Und so fuhren sie zu viert nach Grasse, und Sascha blieb bei dem Jesuiten in Nizza.

Sascha langweilte sich. Schon vom ersten Tag an hatte er sich gelangweilt. Die einzige Ablenkung bestand ab und zu in einem Tennisspiel, aber auch die Spiele waren immer die gleichen. Entweder schlug er Mascha haushoch, was ihm bei den ersten Malen noch ein bißchen Schadenfreude bereitet hatte, oder er wurde von Alain geschlagen, der im Tennis genausogut war wie in allem anderen. So oder so aber war es zu heiß zum Spielen, und nach jedem Match war er immer erhitzt und schlecht gelaunt. Sonst spielte er nur noch Pétanque mit seinem Großvater, aber er hätte sich geschämt, den alten Mann zu besiegen.

Er langweilte sich. Er hatte angefangen, »Krieg und Frieden« zu lesen.

Merkwürdigerweise gefiel ihm das Buch. Er hatte das Alter erreicht, in dem kein Buch zu abschreckend ist und man umfangreiche Wälzer des neunzehnten Jahrhunderts genauso gierig verschlingt wie experimentelle moderne Prosa. Bücher waren für ihn wichtig geworden, und er hatte keine Ahnung davon, daß seine Begeisterung irgendwann einmal auch wieder abflauen würde. Er saß mit seinem Buch in einem Rattansessel unter einem Sonnenschirm, während der Picknickkorb in der offenen Limousine verstaut wurde und die Expedition nach Grasse aufbrach. Als der Wagen um die Ecke bog und hinter einer Platane und rosablühenden Oleanderbüschen verschwand, hörte Alain auf zu winken, schlenderte zu Sascha zurück und schlug ihm vor, in die Stadt zu spazieren, solange der Morgen noch kühl war.

Sie gingen die Promenade des Anglais entlang. Der Himmel war von einem klaren Blau und das Meer beinahe violett mit weißen Spiegelungen. Auf dem Kiesstrand spielte eine Gruppe von Mädchen Ball. Ihre aufgeregten Rufe klangen in der stillen Morgenfrühe klar wie ein Chor oder wie Vogelsang, wie der Gesang einer Amsel an einem Frühlingsabend hoch oben auf einem Schornstein, so daß Sascha wie gebannt stehenblieb und Alain vorausgehen ließ. Er beobachtete die Mädchen, und seine Sinne waren vom Fleischlichen und vom Ätherischen gleichermaßen überwältigt. Er sah die braunen Beine und bewunderte die weichen Brüste, und die Stimmen bildeten dazu einen melodiösen Kontrapunkt, als würden die Engel selbst ihm etwas vorsingen.

Während sie weiter die Promenade entlangschlenderten, wurde der Tag wärmer, und Schwaden heißer Luft bliesen ihnen ins Gesicht. Sie waren sich ähnlich wie Brüder, nur daß der Jesuit blonder und etwas größer war. Er trug einen leichten Anzug aus Tussahseide, und Sascha hatte sich absichtlich einen ganz ähnlichen gekauft, nur in einer etwas anderen Farbe. Der Jesuit trug einen Panamahut.

Auf seinen Vorschlag hin gingen sie ins Musée Massena.

»Was, du interessierst dich für Napoleon und warst noch nicht hier?« neckte er Sascha lachend.

Sie spazierten durch die elegant geschnittenen Räume und betrachteten die Bilder und die Erinnerungsstücke aus seinen Kriegen.

Sascha hatte die Biographie Napoleons gelesen. Er wußte von den Jungen in seinem Alter, den »Marie-Louises«, die in den letzten verzweifelten Feldzügen für den Kaiser gekämpft hatten. Er wußte von dem Sohn, dem »König von Rom«, der, seiner Erbansprüche beraubt, in der Enge des österreichischen Hofes an Schwindsucht gestorben war – von dem Sohn, dessen Kinderbild bei der Parade vor der Grande Armée in Moskau entlanggetragen wurde und der dem Kaiser im Exil Hoffnung gab, wenn er über den weiten Atlantik blickte und vergeblich auf die Ankunft von Kind und Mutter wartete.

Alain schien Saschas Stimmung zu verstehen. Er lächelte ironisch, aber wohlwollend und sagte: »Komm, laß uns einen Cocktail trinken gehen. Im Negresco oder lieber im West End?«

Nach dem Cocktail gingen sie zu einem Buchladen in der Avenue de la Victoire. Alain ließ Sascha draußen warten, wo er den Mädchen nachgucken konnte, und erschien bald wieder mit einem Buch, das er ihm überreichte: »Le Rouge et le Noir«. »Ein Geschenk für dich«, sagte Alain, »und jetzt laß uns zu Mittag essen.«

Wegen der Hitze nahmen sie nur eine leichte Mahlzeit zu sich und tranken nur einen Aperitif und Mineralwasser. Sie sprachen nicht viel, während sie aßen. Sascha stocherte in seinem Essen herum. Die Mädchen, die auf der Straße vorbeigingen, lenkten ihn ab. Es kam ihm so vor, als sei die Welt in letzter Zeit voller Mädchen.

Alain lehnte sich zu Sascha hinüber und fragte leise: »Siehst du auch so viele hübsche Mädchen auf der Straße wie ich?«

Sascha nickte stumm.

»Und würdest du sie gerne ansprechen, hast aber nicht den Mut dazu?«

»Ich komme ja nicht viel mit Mädchen zusammen. Wenn Constantine oder Daniel Schwestern hätten, wäre das vielleicht anders, aber sie haben keine. Und Mutter hat keine Freundinnen, deren Töchter ich kennenlernen könnte. Wie soll man sonst Mädchen treffen? Beim Tanzen? Beim Tennis? Die Mädchen, die ich da kennenlerne, wirken – ich weiß nicht – oberflächlich?«

»Was suchst du? Die große Leidenschaft?«

»Ist das unvernünftig? Sucht nicht jeder danach? Warum sind so viele Bücher darüber geschrieben worden? Ich weiß, daß das Leben nicht für jeden so ist, aber kann man sich nicht über das normale Leben erheben?«

»Vielleicht«, sagte Alain mitfühlend und bat um die Rechnung.

Die Sonne hatte ihren höchsten Stand erreicht. Das Licht war so hell, daß man den Staub auf den Handflächen sehen konnte. Sie hatten zu früh und zu schnell gegessen. Die Läden waren geschlossen, und die Straßen waren ganz den Ausländern überlassen. Ein paar Amerikaner saßen vor einer Bar und tranken Whisky pur. Sie langweilten sich und luden alle Vorübergehenden ein mitzutrinken. Eine Kutsche stand im Schatten, und das Pferd wühlte mit dem Maul in seinem Futtersack. Alain bog in eine stille Straße ab, in der die Platanen kühlen Schatten spendeten. Die Fensterläden der Häuser waren geschlossen. Es waren verschwiegene, respektable Häuser, in denen die Männer ihre Frauen mit vergifteten Kräutertees ermordeten, bevor sie ihre Zelluloidmanschetten wieder anlegten und zu ihrer Arbeit in der Apotheke zurückkehrten. Alain blieb vor einem Haus stehen und klopfte an die Tür. Eine ältere Bedienstete öffnete.

»Madame Adélie erwartet mich«, erklärte er, und die Alte bat sie zu warten, während sie fragen ging.

»Woher kennst du sie? Geschäftlich? Oder ist es eine Freundin?« wollte Sascha wissen.

»So ungefähr«, sagte Alain mit einer Forschheit, die Sascha sich nicht erklären konnte.

Sie wurden in einen Salon geführt, der genauso respektabel war wie das Haus. Die geschlossenen Fensterläden machten ihn recht dunkel, und die Möbel waren gut gearbeitet, aber schwer und unmodern. Eine matronenhafte Frau von etwa dreißig Jahren, mit pausbäckigem, aber hübschem Gesicht und großem Busen wartete dort auf sie, und als sie den Raum betraten, beugte sie, noch bevor sie etwas sagte, ihren Kopf, um den Segen des Priesters zu empfangen. Dann musterte sie ihren Besuch und lächelte.

»Sie sind also ein Freund von Maxie, Vater?«

Sascha nahm an, daß mit »Maxie« Golizin gemeint war.

»Ja. Er hat mir erzählt, daß Sie sich schon lange kennen.«

»O ja! Maxie und ich sind seit Jahren befreundet. Und jetzt kümmert er sich um meine Aktien – er kann gut mit Zahlen und Geld umgehen. Ist das Ihr Junge? Was für eine dumme Frage!« Sie kicherte und streckte Sascha ihre pummelige Hand hin. »Enchantée.«

Sie setzten sich, und Madame Adélie bat die Alte, Kaffee zu bringen. Sie bot ihren Gästen etwas zu trinken an, Alkohol oder einen Fruchtsaft, Grenadine vielleicht? Neben ihrem Stuhl stand auf einem Tischchen eine Schachtel mit Pastillen, aus der sie sich bediente, und Sascha nahm an, daß ihr Atem deswegen so gut nach Veilchen roch. Als Alain um ein Glas Wasser bat, erhob sie keine Einwände, aber zu Sascha gewandt sagte sie: »Sie sollten nach dem Mittagessen einen Digestif trinken – einen Kognak?« Der Kognak wurde gebracht, obwohl Sascha sich nicht erinnern konnte, zugestimmt zu haben.

Eine Weile unterhielten sie sich über Golizin – »Maxie«. Sascha erfuhr, daß der Finanzier von seinen Freunden in der Regierung dazu gedrängt worden war, ein Programm zur Verbesserung der Lage von Witwen und Kriegsversehrten auszuarbeiten. Nach der Abwertung des Francs und dem Zusammenbruch der Preise an der Börse ging es ihnen schlecht. »Sie wissen ja, daß er sich nicht gern in anderer Leute Angelegenheiten einmischt. Aber sie drängen und drängen, und schließlich erklärt er sich dann doch bereit, etwas zu tun, stimmt's?« Das Ergebnis war die »Société Financière des Veuves et Blessés de la Patrie«. Madame Adélie gab nicht vor, die ganze Sache zu verstehen, und Sascha verfolgte nur einen Teil dessen, was sie sagte, aber im Grunde ging es darum, daß die Société, indem sie die Ersparnisse von Witwen und Kriegsversehrten zusammenfaßte, zu günstigen Bedingungen Staatspapiere kaufen konnte. Diese bildeten eine sichere Basis, und mit den übriggebliebenen Mitteln konnte die Société spekulieren – um den Ausdruck zu benutzen –, um hohe Gewinne zu erzielen. Zusätzlich, und das war das Einzigartige an dem Programm, sollte die Société Geld für eigene Werkstätten aufbringen, die sowohl Profit für die Investoren abwerfen als auch Arbeitsplätze für die Witwen und Kriegsversehrten bereitstellen würden. Das Programm wurde allgemein bewundert und sollte zu gegebener Zeit in die Tat umgesetzt werden.

»Noch einen Kognak?« lud Madame Adélie Sascha fröhlich ein, und diesmal nahm er bereitwillig an. Sie lächelte befriedigt und wandte sich jetzt an ihn. Wie gefiel ihm Nizza? Wie lange wollte er bleiben? Ging er noch zur Schule? – Aber er wirkte so viel älter! Wofür interessierte er sich? Für Mädchen nicht? Alle Jungen in seinem Alter interessierten sich doch für Mädchen, oder? Sie war eine gute Zuhörerin, und Sascha redete drauflos, weil sie sich dafür zu interessieren schien, was er dachte. Er erzählte ihr sogar von »Krieg und Frieden«.

Irgendwann verschwand Alain leise.

»Er hat gesagt, er hätte noch etwas vor, das haben Sie wohl nicht gehört«, erklärte Madame Adélie. »Wahrscheinlich ist es beruflich, und es ist so heiß draußen, daß Sie bestimmt nicht mitgehen möchten.«

Sascha merkte, daß es ihm gleich war. Madame Adélie war so aufmerksam und so fröhlich und lachte so viel. In ihren Pausbacken hatte sie Grübchen.

»Finden Sie nicht auch, daß es zu heiß ist? Ich werde mich umziehen. Helfen Sie mir bitte bei den Häkchen.«

Sie wandte Sascha den Rücken zu und warf ihm über die Schulter einen bezaubernden Blick zu. Sascha fummelte ungeschickt an den Häkchen herum, und sie legte die Hände auf die Schultern, damit ihr Kleid nicht herunterrutschte.

»Dauert keine Sekunde«, sagte sie. »Schenken Sie sich noch etwas zu trinken ein.« Sie verließ das Zimmer, und Sascha hörte ihre Schritte auf der Treppe. Die Alte trat ein, räumte die benutzten Gläser fort und goß Sascha, ohne zu fragen, noch einen Kognak ein. Er trank gierig und wartete dann. Worauf er wartete, wußte er nicht genau. Angenehme, aber beunruhigende Gedanken gingen ihm im Kopf herum, und es fiel ihm schwer, sie festzuhalten. Seine Verwirrung ließ sich daran messen, daß sein vordringlichster Gedanke die Sorge war, daß er vielleicht unhöflich erscheinen könnte.

Madame Adélie kam wieder. Sie trug ein loses Gewand aus indigoblauer Seide, mit Pfauenfedern bestickt, und sie hatte sich geschminkt. Ihre Lippen waren rot, und das Gesicht, das vorher vor Hitze und guter Laune geglänzt hatte, war nun gepudert. Sie strahlte Sascha so natürlich und herzlich an, daß er das Gefühl hatte, was immer sie auch vorschlagen mochte, es wäre unhöflich, es abzulehnen. Sie nahm seine Hand und bettete sie auf ihrem weichen Busen.

»Das wird dir gefallen«, sagte sie. »Bleib nur ganz locker und laß dir Zeit.«

*

Als Alain zurückkam, saß Sascha still im Salon. Der Priester fragte nach Madame Adélie, und die alte Dienerin sagte: »Sie ist oben. Um diese Zeit ruht sie normalerweise, aber wenn Sie hinaufgehen wollen – sie wird sicher nicht schlafen.«

»Geht's dir gut?« erkundigte Alain sich leise bei Sascha.

Sascha brummte etwas. Er trank immer noch Kognak, und sein Blick war geistesabwesend.

Der Jesuit fand Madame Adélie im Bett in ihrem Zimmer, das giftgrün tapeziert war. An der Wand hing in einem schweren Rahmen ein Bild der heiligen Johanna. Es roch nach Jasmin und ganz schwach nach dem Nachttopf, der unter dem Bett stand. Madame Adélie war hellwach und trank heißen Kamillentee.

»Wie war es mit Sascha?« fragte der Priester.

»Er ist ein lieber Junge«, sagte sie versonnen. »Aber er hat so merkwürdige Vorstellungen. Er hat gesagt, er würde mich lieben.«

Der Jesuit lächelte, bedankte sich bei ihr und ging wieder nach unten, wo Sascha bereits auf ihn wartete. Er wirkte recht nüchtern, wenn auch ziemlich abwesend. Draußen blinzelten sie in die Sonne und machten sich auf den Weg zurück zur Avenue de la Victoire, wo Alain ein Taxi zu finden hoffte.

Die Luft wurde allmählich kühler. Fensterläden wurden geöffnet, und die Straßen wurden wieder lebendig. Die beiden eleganten Männer in ihren Anzügen aus Tussahseide erregten die Aufmerksamkeit der Ladenmädchen, die beim Bedienen aufsahen und ihnen mit den Blicken folgten. Alain verstand das. Sascha sah nicht überschwenglich glücklich aus, aber er hatte etwas Verklärtes an sich, das ihm keineswegs bewußt war, so daß keine Spur von Eitelkeit seine Schönheit beeinträchtigte. Doch es ging vorbei – tatsächlich dauerte es nur ein paar Minuten, und dann sah der junge Mann melancholisch aus, und auch der Priester war betrübt. Er dachte an Adam und Eva und wie sie von der Frucht der Erkenntnis gekostet hatten, was ihnen Aufklärung gebracht hatte, aber auch den Schatten des Todes. Sascha dachte offensichtlich in eine ähnliche Richtung, denn er sagte:

»Es war eine Sünde, Alain.«

»Das stimmt«, erwiderte der Jesuit sanft.

»Warum hast du es dann in die Wege geleitet?«

»Weil die Sünde Teil des menschlichen Lebens ist. Sie ist nicht zu umgehen und wird nur durch die Gnade unseres Erlösers vergeben. Du bist in einem Alter, in dem du zwangsläufig Frauen begegnest. Ich dachte, es wäre besser, wenn du ihnen nicht unwissend und ignorant, oder schlimmer noch, blind und brutal begegnest. Madame Adélie ist eine reizende Frau, findest du nicht auch?«

»Doch.«

»Gut.«

»Bist du jemals mit einer Frau zusammengewesen?«

»Ja, im Seminar, bevor ich mein Gelübde abgelegt habe. Man hielt es für notwendig. Und du, bist du nicht froh darüber?«

»Doch«, erwiderte Sascha, und er sagte die Wahrheit. Er war zwar ein linkischer und unerfahrener Liebhaber gewesen, aber die

Weichheit und Zärtlichkeit einer Frau waren für ihn eine Offenbarung gewesen. Es war ihm jetzt peinlich, daß er Madame Adélie im Überschwang seiner Gefühle eine Liebeserklärung gemacht hatte. Doch was er gesagt hatte, war nicht völlig lächerlich gewesen, und Madame Adélie hatte auch nicht gelacht. Er hatte es wirklich so gemeint, und in gewisser Weise stimmte es nach wie vor. Die Vertraulichkeiten zwischen ihnen bedeuteten, daß sie sich nie gleichgültig sein konnten, und die plötzliche Auflösung der Schranke zwischen ihnen, der kurze Augenblick der Einheit, selbst mit einer ansonsten fremden Frau, konnte mit Recht als Liebe bezeichnet werden.

*

Als sie in die Villa kamen, fanden sie dort Golizin vor, der aus Antibes zurückgekehrt war und Prinzessin Wanda und ihren Mann mitgebracht hatte. »Ich habe sie ganz zufällig getroffen«, erklärte er. Sie saßen auf der Terrasse und warteten darauf, daß das Essen serviert würde und daß die anderen aus Grasse zurückkamen. Golizin besprach mit der Prinzessin finanzielle Angelegenheiten, währen der Prinz so unbehaglich danebensaß und zuhörte, als wolle er sich Geld leihen. Sascha konnte sich nicht daran erinnern, den Prinzen jemals sprechen gehört zu haben. Er war klein und dunkel, wie ein levantinischer Kellner, und seine Aufmerksamkeiten seiner Frau gegenüber wirkten, als erwarte er ein Trinkgeld von ihr. Golizin unterbrach seine Ausführungen und meinte zu Sascha:
»Waren Sie bei Adélie?«
Alain nickte.
»Wenn Sie sie noch einmal sehen, könnten Sie ihr sagen, daß ich ihr Geld wie versprochen in langfristigen Wertpapieren angelegt habe. Ich wette, Sie waren mit ihr zufrieden.«
»Sie war reizend.«
Golizin wandte sich wieder seinem Programm für die Witwen und Kriegsversehrten zu, und Prinzessin Wanda gurrte: »In Italien kümmert sich natürlich *Il Duce* um solche Dinge. In unserer Audienz hat er mir gegenüber so etwas erwähnt, nicht wahr, Carlo?«
»Ja, *carissima*.«
»Wer ist Adélie?« erkundigte sich die Prinzessin.
»Nur eine Bekannte«, erklärte Golizin.

Eine Bekannte.

Plötzlich ging Sascha auf, daß der Besuch bei Madame Adélie kein spontaner Einfall von Alain, sondern geplant gewesen war. Er war nicht wütend – denn dann hätte er auch auf Adélie wütend sein müssen, an die er nur mit den zärtlichsten Gefühlen dachte –, aber er war tief beschämt darüber, daß seine privatesten Angelegenheiten derart besprochen und organisiert wurden.

»Ich gehe auf mein Zimmer!« sagte er abrupt.

»Alles in Ordnung?« fragte Alain.

»Die Frage kommt so oder so zu spät, meinst du nicht auch?« sagte Sascha in einem Tonfall, der bedeutungsschwer gemeint war, aber nur theatralisch klang. Als er die Treppe hinaufging, konnte er von der Terrasse her das kurze Auflachen der Prinzessin hören, und er stellte sich vor, daß Golizin ihr gerade von seiner Schande erzählt hatte. Er warf sich auf sein Bett und schluchzte.

Er schlief eine Stunde lang, und als er aufwachte, war es fast dunkel. Er zog sich um, kämmte sich und beschloß, im folgenden würdevoll aufzutreten. Als er auf die Terrasse kam, war der Wagen gerade aus Grasse zurückgekehrt, und Lydia und seine Mutter erzählten von ihrem Ausflug.

»Riech mal! Riech mal!« rief Mascha. Sie hielt ihm ihren Hals unter die Nase, der nach einer schweren Mischung von Parfüms duftete.

»War es schön?«

»Es war herrlich. Wir sind bei Molinard gewesen. Hier, riech mal!«

»Und Mutter?« Tonja sah müde aus. Sie war die Sonne nicht gewöhnt und hatte sich Nase und Kinn verbrennen lassen.

»Keine Sorge, Tony«, sagte die Prinzessin, »du gewöhnst dich noch ans Sonnenbaden, und dann wirst du dich fragen, wieso du nicht dein ganzes Leben damit zugebracht hast.«

Tonja lächelte erschöpft und streckte sich auf einer Rattanliege aus. Alexander Alexandrowitsch hatte gar nichts gesagt, sondern sich nur hingesetzt und war sofort eingeschlafen. Der Junge kam auf die Terrasse hinaus und zündete die Laternen an, und schon versammelten sich die Motten um die Lichter. Die Gräfin Kalinowska wickelte Päckchen aus und zeigte der Prinzessin ihre Einkäufe.

»Essen!« rief die Gräfin, die einen gesunden Appetit hatte.

Während Golizin Cocktails mischte, bereiteten die Köchin und der Junge den Tisch vor.

Sascha hatte gar keinen Appetit. Er merkte, daß Lydia ihn verstohlen betrachtete, und wußte, daß auch sie an der Verschwörung beteiligt gewesen war. Er stand auf und fand im Garten ein dunkles Plätzchen, von wo aus er das Meer sehen konnte. Auf diesem Aussichtspunkt stand eine weiße Bank, und daneben wuchs in einem Terrakottatopf ein kleiner Orangenbusch. Er stützte sich auf die steinerne Balustrade und starrte auf das Wasser hinaus, das in der Ferne glitzerte.

Und wieder wurde er von einer Welle der Scham überflutet. Es war der Angriff auf seine Selbstachtung, der ihm zu schaffen machte, nicht das Gefühl, daß er etwas getan hatte, das vielleicht falsch war. Wer wußte alles davon? Alain, Lydia und Golizin ganz sicher, und die Prinzessin wahrscheinlich auch. Doch auch sein Großvater? Seine Mutter? Mascha? – Gott bewahre! Jedes Lachen und alle undeutlichen Geräusche, die vom Eßtisch her zu ihm herüberdrangen, klangen wie Witze auf seine Kosten, und jeder Blick in seine Richtung hatte eine verborgene Bedeutung. Es war unerträglich. In dem Versuch, seine Würde zu bewahren, sagte er leichthin: »Ich gehe spazieren.«

»Ich komme mit«, sagte Alain.

»Ich möchte lieber allein gehen«, gab Sascha zurück und war ein wenig befriedigt, weil der Jesuit verletzt wirkte.

Seine Mutter hielt ihm entgegen, daß es schon spät sei, obwohl es tatsächlich noch früh am Abend war, und Alexander Alexandrowitsch fragte: »Was hat der Junge denn?« »Er ist verliebt«, kicherte Mascha und traf damit unwissentlich den Nagel auf den Kopf. Doch er ließ sich nicht von seinem Vorhaben abbringen, zog eine Jacke an, nahm einen Stock und wandte sich zum Gehen. Mochten sie doch hinter seinem Rücken reden, soviel sie wollten.

Sein Weg führte ihn ans Meer hinunter. Die Luft war warm. Scharen von Insekten zirpten und schwirrten umher, und die Palmblätter raschelten. Auf der Promenade des Anglais rollten offene Wagen mit Amerikanern entlang, und ein paar Matrosen von einer der Jachten, die in der Nähe festgemacht hatten, spazierten Arm in Arm singend und lachend vorbei. Ein Araber in einem dunklen

Burnus bot stumm seine Messingwaren zum Verkauf. Ein Senega-
lese, dessen Gesicht so schwarz war, daß es fast ganz in der Dunkelheit verschwand, saß in einem alten, mit Medaillen behangenen
Uniformrock auf dem Bürgersteig und bettelte um Almosen. Und
die Wellen schlugen gegen den Strand und ließen sachte die Kiesel
rollen.

Das Meer tröstete ihn. Die Jachten schaukelten an ihren Anker-
ketten, und ihre Ankerlichter warfen farbige Streifen auf das Wasser. Auf einem Boot wurde ein Fest gefeiert. Funkensprühend
zischte ein Feuerwerkskörper in den Himmel hinauf, und ein paar
Takte Tanzmusik drangen an Saschas Ohr. Eine Kolonne offener
Automobile mit jungen Leuten darin fuhr hupend die Promenade
entlang. Als sie vorbei war, kam Sascha die Stille noch tiefer vor, so
sanft, als atmete das Meer im Schlaf. Dann sah er das Mädchen.

Sie war so alt wie er selbst, vielleicht etwas älter, und schlecht,
aber nicht schäbig gekleidet: Sie trug einen flaschengrünen Mantel
mit einem verblichenen Samtkragen, ein billiges Baumwollkleid,
einen billigen Filzhut und eine billige Handtasche. Der Hut verbarg
ihr Haar und ließ auch von ihrem Gesicht nicht viel sehen, das aber
sowieso im Dunkeln war, weil sie unten auf dem Kiesstrand ent-
langging. Sascha hatte also keinen Grund, anzunehmen, daß sie
schön sei. Doch genau das stellte er sich vor, denn er war melancholisch, und der Anblick eines einsamen Mädchens, das für einen
Strandspaziergang so unpassend gekleidet war, spiegelte seine eigene Melancholie wider. Er vermutete, daß Enttäuschungen und
Erniedrigungen sie zu der Entscheidung getrieben hatten, im Dunkeln spazierenzugehen und ihre Gedanken im Meer zu verlieren.

Sascha zündete sich eine Zigarette aus seinem silbernen Zigarettenetui an, das Lydia ihm zum letzten Namenstag geschenkt hatte.
Das Mädchen bemerkte anscheinend das Licht, denn sie warf ihm
einen Blick zu, und Sascha hielt das Feuerzeug höher, so als könnte
das schwache Flämmchen ihm helfen, sie besser zu sehen. Aber sie
interessierte sich eigentlich nicht wirklich für ihn, die Flamme
hatte sie nur kurz aus ihren Gedanken gerissen. Sie wandte sich
wieder dem Wasser zu, und zu Saschas Überraschung setzte sie nun
ihre Handtasche ab und zog den Mantel aus.

»Du erkältest dich!« rief er ihr zu. Er hoffte, daß sie mit ihm
sprechen würde. Er hätte alles gerufen, nur um ihre Aufmerksam-

keit zu gewinnen. Sie beachtete ihn jedoch nicht und begann, langsam ins Meer hineinzuwaten, bis das Wasser um ihre Knie spielte und das Kleid auf einer Seite an ihren Beinen klebte und auf der anderen wie ein Seerosenblatt auf dem Wasser schwamm.

»Sie will sich umbringen!« sagte Sascha so laut, daß sie es hören konnte, aber in seiner Überraschung formulierte er den Satz so, als gehöre er zu dem Gespräch, das er gern mit ihr geführt hätte. »Nein, tu's nicht«, sagte er dann vernünftigerweise. Er hatte Angst, sie in der Dunkelheit aus den Augen zu verlieren, wenn sie noch weiter hinausginge.

Er war jetzt auch unten am Strand und rannte über den Kies auf das Meer zu. Aber ob er versuchte, das Mädchen zu retten oder sich ihrem todbringenden Vorhaben anzuschließen, war schwer zu sagen.

15

Tanzen im Meer

Katja heiratete Schaljapin. Sie ließen sich in Wladiwostok trauen und wollten anschließend nach Moskau fahren, um dort ihre Papiere abzuholen und sich Schaljapins Versetzung ins Ausland bestätigen zu lassen. Während der Ziviltrauung wurde ihnen ein Vortrag über die Bedeutung der Ehe im Sozialismus gehalten. An der Wand hing neben den Fahnen der Föderation ein Zitat von Engels, und auf dem Tisch des Standesbeamten stand eine kleine Topfpflanze. Der Standesbeamte, der ununterbrochen rauchte, versuchte, der Zeremonie einen Hauch von Aufrichtigkeit zu verleihen. Es war eine müde Aufrichtigkeit, so als hätte die Erfahrung frühere Hoffnungen zunichte gemacht – so jedenfalls erschien es Katja. Doch wie konnte sie darüber urteilen, wenn sie bewußt an einem Betrug teilhatte? Obwohl sie nicht religiös erzogen worden war, hatte sie das Gefühl, ein Sakrament zu verletzen. Selbst wenn es kein Symbol für Gott war, war es doch ein echtes Sakrament. Sie trug ein schlichtes graues Kostüm und Schaljapin einen braunen Anzug. Fräulein Bürli und Panow, der Schiffbauingenieur, waren Trauzeugen, und anschließend gingen sie in die Wohnung, wo sie nicht feierten, weil es nichts zu feiern gab. Es war, wie Schaljapin sagte, eine rein geschäftliche Abmachung.

Außer ihrem leichten Unbehagen darüber, daß sie ein Sakrament verletzt hatte, spürte Katja nichts, und das wunderte sie. Es war nicht angemessen. Sie schrieb es einer Willensanstrengung zu und dachte, sie müßte, sobald dieser Wille nachließe, unweigerlich von Gefühlen überschwemmt werden. Doch sie hatte keine Vorstellung davon, welcher Art diese Gefühle sein könnten.

Im Geiste hatte sie zwei Versionen von ihrer Beziehung zu Kolja. In der einen war sie ein mutterloses Kind, ein sentimentales Schulmädchen, das sich die Aufmerksamkeiten eines gutaussehenden, bezaubernden Mannes herbeiphantasierte, eine junge Frau, die an der Schwelle zur Liebe stand und sich großzügig jedem Mann hingegeben hätte, der sie lieben würde. O ja, sie hätte Kolja lieben können – sie hatte davon geträumt, ihn zu lieben, in jenen längst vergangenen Tagen der Liebe vor einem Monat.

In der anderen Version sah Katja sich ganz nüchtern: als Tochter einer Frau, die die Geliebte ihres jetzigen Ehemannes gewesen war, als Ehefrau eines Mannes, der ihre Mutter zynisch benutzt und dann aus rein zweckmäßigen Gründen gegen die Tochter eingetauscht hatte. Sie hielt es für möglich, daß Kolja sie tatsächlich liebte, aber in seiner Liebe gab es weder Vertrauen noch Offenheit, sonst hätte er ihr eine Liebeserklärung gemacht, statt sich hinter dieser simulierten Eheschließung zu verstecken. Kolja erinnerte sie an Viktor – nicht im Auftreten oder im Verhalten, sondern in seiner Auffassung von der Welt und den Menschen, die von beiden als bloße Werkzeuge für die Befriedigung ihrer Wünsche begriffen wurden und an sich weder Wert noch Integrität besaßen. Das verwirrte und betrübte Katja, denn sie fragte sich, ob vielleicht alle Männer so waren, ob überall an den Schaltstellen der Welt moralisch und emotional verkrüppelte Wesen saßen, denen nur Wutanfälle blieben, wenn etwas nicht nach ihrem Willen ging. Kolja – Viktor – sogar ihr Vater? Sie hatte seinen zärtlichen Brief von der Front gelesen, aber sie wußte auch, daß er zum Ungeheuer Strelnikow geworden war. Nur Schiwago hatte sie zärtlich geliebt, doch er hatte Mutter und Tochter aus unerfindlichen Gründen fallengelassen.

Der Eisenbahner Kusnezow, der inzwischen mit seiner Familie bei ihnen wohnte, machte taktvollerweise einen Ausflug, und seine Frau, Marja Pawlowna, hatte die offensichtlichsten Hinweise auf ihre Anwesenheit in der Wohnung fortgeräumt. Panow humpelte im großen Zimmer herum und zeigte sich zufrieden über die Veränderungen, die in der Wohnung vor sich gegangen waren. Vor allem gefiel ihm der Vorhang, mit dem man das Zimmer, wenn nötig, für die beiden Parteien abteilen konnte. Das sei wirklich praktisch, erklärte er, viel besser als eine Wand, weil man einen Vorhang nach Belieben zurückziehen oder sogar entfernen könnte: ein Zeichen des Fortschritts. Obwohl er Bescheid wußte, wahrte er den Schein der Normalität. Er strich sich erst über den Bauch und dann über seinen grauen Bart und sagte: »Laßt uns auf das glückliche Paar anstoßen!«
Er hatte eine Flasche Wodka mitgebracht.

»Wir haben nichts zu essen«, sagte Katja.

»Das macht nichts. Wichtig ist, daß uns der Anlaß bewußt ist! Ihr seid das neue sowjetische Ehepaar! Und wenn Nikolai Afanasitsch erst einmal in Frankreich ist, wird er unser Fenster zum Westen sein!«

Schaljapin ärgerte sich über die Phrasendrescherei des Alten und erwiderte scharf: »Verschwinden Sie lieber, wenn Sie nicht vernünftig reden können!«

»Aber das sagt man doch so«, verteidigte sich Panow.

»Das ist genau das Geschwätz, das uns in diesem Land als Wahrheit verkauft wird.«

»Sie sollten aufpassen, was Sie sagen.«

»Und warum? – Warum?«

»Nur so – passen Sie auf, was Sie sagen.«

Katja griff ein: »Ihr dürft euch nicht streiten. Heute ist mein Hochzeitstag.«

»Ich werde mich nicht streiten«, sagte Panow würdevoll. »Ich werde gehen.«

»Bitte gehen Sie nicht.«

Panow wurde sanfter, blieb aber hartnäckig: »Es ist das Beste. Ich wünsche Ihnen alles Gute, Katerina Viktorjewna – und Ihnen auch, Nikolai Afanasitsch. Ich sehe Sie vielleicht nicht mehr, bevor Sie abreisen. Das Leben . . .« Er war wieder im Begriff, etwas Schwülstiges von sich zu geben, lächelte dann aber nur und seufzte: »Ja, das Leben!« Er faßte Schaljapin herzlich an den Schultern: »Seien Sie gut zu ihr!« Dann umarmte er Katja: »Werden Sie glücklich.« Und zu Fräulein Bürli gewandt sagte er: »Besuchen Sie mich doch einmal.« Dann ging er.

Katja beobachtete vom Fenster aus, wie er die Straße hinunterspazierte. Seine Zuneigung rührte sie. Dann erhaschte sie die Andeutung ihres Spiegelbildes im Glas, ihr rührseliges Lächeln und aufgesetztes Strahlen. Und plötzlich dachte sie kalt: Was für ein seichter Narr der alte Mann ist, ein Idiot, weil er mit einem Gauner wie Viktor Komarowski befreundet war, ein Idiot, weil er in ihrer Ehe mit Kolja noch etwas anderes sah als einen Betrug – und daß sie selbst eine noch größere Idiotin war, weil sie sich einen Moment lang von diesem Unsinn hatte einlullen lassen.

Panow hatte seinen Wodka dagelassen.

»Betrink dich nicht«, sagte sie zu ihrem Mann.

Schaljapin beachtete sie nicht und schenkte sich ein Glas ein.

»Ilja Tichonowitsch wird bald zurück sein«, sagte Fräulein Bürli mit unpassender Fröhlichkeit. Sie zog den Vorhang zurecht, so daß Sergej und Varja, die Kinder des Eisenbahners, auf der anderen Seite schlafen konnten. Dann betrachtete sie das Sofa, auf dem früher Komarowski und in den letzten Wochen Schaljapin geschlafen hatte, und fragte sich, ob sie dort wohl das Bett zurechtmachen sollte.

Schaljapin meinte, sie solle es lassen, wie es sei. Er starrte die Wodkaflasche an, besaß aber genug Selbstbeherrschung, um nicht weiterzutrinken. In diesem Augenblick klopfte es, und Kusnezow steckte schüchtern seinen rasierten Kopf in den Raum. »Dürfen wir hereinkommen?« Die Kinder und Marja Pawlowna folgten ihm.

»Hier – feiern!« sagte Schaljapin wie versteinert und streckte ihm die Flasche entgegen. Frau und Kinder zogen sich hinter den Vorhang zurück, aber Kusnezow schenkte sich ein Glas Wodka ein. »Hatten Sie einen schönen Tag?«

»Einen wunderbaren!« antwortete Schaljapin mit einem Anflug von Spott.

»Gut – gut. Nichts geht über das Eheleben.« Kusnezow trank seinen Wodka aus. »So, ich gehe wohl am besten nach Hause. Gute Nacht Ihnen allen und – herzlichen Glückwunsch.«

Er ging durch den Vorhang »nach Hause«, und außer dem Rascheln und Flüstern der Kinder hörten sie nichts mehr von der Familie. Fräulein Bürli löschte die Lampen, bis auf die eine, die auf dem kleinen Tischchen brannte. Sie sagte gute Nacht und zog sich in ihr Zimmer zurück, das sie früher mit Lara geteilt hatte. Schaljapin und Katja blieben schweigend sitzen.

Er weiß nicht, was er sagen soll, dachte Katja. Er schafft es nicht einmal zu lügen.

Aber was dachte er? Mit einem Mann verheiratet zu sein, dessen Gedanken ihr ein Geheimnis waren, machte ihr angst, gab ihr das Gefühl, in einer Beziehung gefangen zu sein, in der sie nicht vorhersagen konnte, was in den nächsten fünf Minuten geschehen würde. Vielleicht würde er sie einfach ignorieren oder aber ihr einen leisen Wink geben, oder ihr sogar Gewalt antun. Alles war möglich. Sie wußte nicht, ob er sie liebte, begehrte, haßte oder ob sie ihm einfach gleichgültig war. Und sie selbst? Liebte sie ihn? Haßte sie ihn? Verachtete sie ihn? Alles war glaubhaft. Alles unglaubhaft. Wie ruhig ich bin. Ich bin völlig aufgewühlt. Ich fühle nichts. So hat meine Mutter Viktor gegenüber empfunden – nichts gefühlt und alles. Heute nacht wird es neblig. Ich höre schon die Schiffe tuten. Ich hoffe, daß Ilja Tichonowitsch keinen Frühdienst hat, damit er die Kinder nicht aufweckt und Varja wieder weint. Und wenn ich aufwache, kann ich nicht wieder einschlafen. Meine Mutter ist tot – meine Mutter ist tot. Lotte betet. Er weiß nicht, was er sagen soll.

Meine Mutter ist tot!

»Ich bin müde«, sagte Schaljapin. Er stand auf und ging in Katjas Zimmer. Er sagte nicht, was er vorhatte, verriet sich nicht einmal durch einen Blick, sondern blieb nur ganz kurz zögernd auf der Schwelle stehen. Sie hörte, wie er Wasser aus dem Krug in die Schüssel goß und sich wusch.

Auch Katja war müde. Sie hatte Kolja zugesehen, als spiele er in einem Theaterstück, und seine pantomimischen Gesten gedeutet. Und jetzt erinnerte sie sich wieder daran, daß sie entscheiden mußte, in welchem Zimmer sie schlafen wollte. Sie beschloß zuerst einmal sehr nüchtern, praktisch und vernünftig, sich hier auszuziehen, und zwar jetzt, während sie noch überlegte.

Die Kinder schnieften im Dunkeln, und Varja rief: »Birnen!« Katja legte ihre Kleider zusammen und untersuchte sie auf Flecken und gestopfte Stellen. Ein Wagen rasselte auf der Straße vorbei, und die schaukelnden Laternen warfen Schatten an die Wände.

Wenn er zu mir kommt und sagt, daß er mich liebt, werde ich ihn lieben und ihm eine gute Frau sein.

Ich werde ihn mit einem Messer umbringen, so wie meine Mutter Viktor umbringen wollte.

Meine Mutter ist tot.

Ließ sie sich von Leidenschaft leiten oder von Vernunft? Das war die Frage, die Katja glaubte, beantworten zu müssen, wenn sich etwas Derartiges überhaupt entscheiden ließ. Ich bin doch, was ich bin – aber was bin ich? Und wenn Kolja mich berühren würde, was wäre ich dann?

Ihre Haut reagierte schnell, nahm seine Berührung vorweg, als wäre sie von einem Geist berührt worden. Katja umarmte sich selbst vor Kälte und ging in dem kleinen Rechteck auf ihrer Seite des Vorhangs auf und ab, während Varja auf der anderen Seite »Birnen« wimmerte und Sergej ärgerlich flüsterte: »Sei doch ruhig.«

Wenn Kolja mich berührt, werde ich ihm in die Arme fallen, und alles wird vom Schicksal vorherbestimmt sein. Ich werde kein Mensch mehr sein, nur noch eine Wirkung, die vorgibt, Ursache zu sein. Werde auf ewig versuchen, die Ereignisse zu verstehen, und mich auf ewig fragen, was ich eigentlich getan habe. Kann ich ihm widerstehen? Will ich die Last meines Lebens überhaupt tragen?

Sie legte ihre Kleider auf Viktors früheres Bett und ging im Hemd zu Lottes Zimmertür. Die alte Dame schnarchte. Mit Schrecken erinnerte Katja sich daran, daß sie sie bald verlassen würde, und sie empfand große Zuneigung für diese Fremde, die als Viktors Geburtstagsgeschenk in ihr Leben getreten war, und gleichzeitig schämte sie sich, daß sie überhaupt daran denken konnte, sie zu verlassen.

»Katja«, sagte Schaljapin im Nebenzimmer.

Katja erstarrte. Trotz allem, was sich verändert hatte, hatte Koljas Stimme nie ihre Anziehungskraft verloren. Sobald er sprach, fühlte sie sich zu ihm hingezogen, und jetzt ging sie in Gedanken wieder den gleichen endlosen Kreis von Argumenten durch, während ihr Wille wie gelähmt war, weil sie sich selbst und ihre Wünsche nicht kannte.

Mutter – hilf mir!

»Katja.«

Sie spürte, wie ihr Körper in seiner Sehnsucht nach Trost und Umarmung sich für den Betrug erwärmte.

Wenn er noch einmal ruft, bin ich verloren!

Aber er rief nicht mehr, und Katja merkte, daß sie wie eine Schlafwandlerin, die kalt und verwirrt irgendwo aufwacht, neben dem Bett stand. Als sie nichts mehr von ihrem Mann hörte, schlüpfte sie neben Fräulein Bürli unter die Decke und küßte die alte Dame sanft auf die Schläfe. Sie wandte im Schlaf den Kopf und lächelte mit alten, spuckeverkrusteten Lippen.

Am nächsten Morgen erklärte Katja Schaljapin, daß sie bereit sei, mit ihm zusammenzuleben, aber nie richtig seine Frau werden würde. Sie war ganz ruhig, und die Entscheidung schien ihr jetzt

logisch und einfach. Mit einem Nicken erklärte Schaljapin sein
Einverständnis, doch Katja hatte das Gefühl, daß er sie haßte.

*

Sie fuhren nach Moskau und von da aus weiter nach Budapest. Und
eines Tages im Januar 1932 verließen sie die sowjetische Botschaft
dort und kehrten nicht wieder zurück. Agenten durchsuchten ihre
Wohnung, andere Angestellte wurden verhört und der Komplizenschaft beschuldigt, doch sie waren unauffindbar, und Drohungen
und Strafen bewirkten nichts, wurden aber trotzdem verhängt, weil
das System es zu diesem Zeitpunkt so verlangte. Außerdem fehlte
Geld. Schaljapin hatte verschiedene Dokumente gefälscht und die
Kontrollsysteme, die Unterschlagungen verhindern sollten, um-
gangen. Die Summe war jedoch nicht groß, und die beiden würden
sich nicht lange damit über Wasser halten können.

Schaljapin änderte seinen Familiennamen in Safronow um, und
mit Hilfe der gefälschten Papiere und Schmiergeldern erwarb er für
sich und Katja Fahrkarten nach Frankreich. Zuerst fuhren sie nach
Paris.

Sie mieteten ein Zimmer in der Nähe der Kasernen in der Rue
Ortolan und suchten Arbeit. Es gab eine Organisation der Weißen,
RIS, die sie vielleicht unterstützt hätte, aber Kolja war sich sicher,
daß sie von sowjetischen Agenten durchsetzt war, und wollte es
lieber auf eigene Faust versuchen. Doch er hatte kein Glück. Die
Depression war immer noch überall spürbar, und es gab keine
Arbeit. Nach zwei Monaten erfolgloser Suche beschlossen die beiden daher, an die Riviera zu ziehen, solange sie noch Geld hatten.
Sie wählten Nizza, weil es dort eine russische Gemeinde gab, die
ihnen helfen würde. Zuerst wohnten sie in einem Haus in St. Lau-
rent, das für arme Flüchtlinge gedacht war, doch bald zogen sie in
ein Zimmer in der Rue Gambetta in der Nähe der Institution
Alexandrino. Das war eine kleine russische Schule am Boulevard
du Zarewitsch, und Katja bekam dort Arbeit als Sekretärin. Auch
Kolja fand Arbeit. Lomnowski, der unternehmungslustige Weiße
General, hatte eine Joghurtfabrik gegründet, und dort war eine
Stelle für einen Arbeiter frei.

Das alles klingt kurz und bündig, und das war es in gewisser Weise
auch – in der Weise, daß kurze Jahre aus langen Tagen bestehen

können, in denen das Leben aufgeschoben wird, aus Tagen voller Gleichgültigkeit, die langsam vergehen und nicht der Erinnerung wert sind und alle zusammen nicht eine einzige Geschichte hergeben, mit der man ein Kind zum Lachen bringen könnte.

Zuerst lebte Katja mit Kolja zusammen, weil die sowjetische Botschaft es so verlangte. Später in Nizza blieb sie bei ihm, weil er das Geld hatte, solange sie arbeitslos war. Sie lebten wie Fremde, die von den Umständen zum Zusammenhalten gezwungen werden. Das hatte für Katja jedoch auch etwas Gutes, weil genau diese Nähe zu Kolja sie ständig an ihre Unabhängigkeit erinnerte.

Katja reagierte auf den Frühling und die Vorboten des Sommers so wie jeder Mensch. Sie kaufte sich von ihrem selbstverdienten Geld einen Hut, einen Mantel und ein Kleid. Sie hätte sich gerne etwas Leichtes angeschafft, das dem Wetter mehr entsprach, aber sie würde ihre Kleider vielleicht auch im nächsten Winter tragen müssen, wo auch immer sie dann sein mochte. Immerhin waren sie neu, und sie gehörten ihr, sie hatte sie selbst gekauft und bezahlt. Sie besaß eine Handtasche, in der sie Gesichtspuder und Lippenstift bei sich trug. Beides hatte sie mit schlechtem Gewissen, aber auch mit heimlicher Freude erstanden.

Sie gewöhnte sich an, abends spazierenzugehen. Sie war jetzt zwanzig Jahre alt, blond, schön und sich ihrer Schönheit nicht bewußt. Das lag nicht daran, daß sie nicht eitel war. Sie war eitel genug, um vor dem Spiegel zu stehen und ihr Haar auf verschiedene Weisen zu frisieren, sich zuzulächeln und ihr Gesicht hin und her zu wenden, um einen Eindruck davon zu bekommen, wie die Welt sie sah. Allerdings konnte sie sich die Antwort schon denken. Oft genug hatte sie in Schaufenstern ihr Spiegelbild gesehen: ein blasses Mädchen mit Flüchtlingsaugen und in billigen Kleidern.

Die Restaurants um den Port Lympia herum waren geöffnet und warfen gelbes Licht in den Abendhimmel, der sich in allen Tönen von Lila bis Malve verfärbte. Auf dem Schloßberg zeichneten sich die Schirmpinien scharf gegen den Himmel ab, und in der Aloe zirpten Insekten. An einem Abend wie diesem spürte Katja, daß sie noch lebendig war.

Auf der Place Massena verbargen sich die Jungen im Schatten der roten Arkaden. Nur die glühenden Spitzen ihrer Zigaretten waren zu sehen.

Am Quai des Anglais strich das Meer sanft über die Kieselsteine, wie eine Mutter, die ihr Kind beruhigt. Ein leichter Wind bewegte die Palmen, und der blühende Oleander glühte im staubigen Licht der untergehenden Sonne.

Katja wollte den Abend mit irgendeiner unüberlegten Handlung begehen, die für die Anarchie der Freude stehen würde.

Sie ging am Strand entlang und hatte nur die Vorfreude auf diese törichte Handlung im Sinn, eine Erwartung, sich selbst zu überraschen, wie ein Kätzchen, das plötzlich seinem Schwanz hinterherjagt. Auf der Promenade zündete ein Mann sich eine Zigarette an. Katja sah sein im Schein des Feuerzeugs rosiges Gesicht. Spontan setzte sie ihre Tasche ab, zog ihren Mantel aus und ging auf das Meer zu. Sie hörte, wie der Mann etwas sagte, achtete aber nicht weiter darauf. Sie schlüpfte aus den Schuhen. Das Wasser leckte um ihre Füße, und sie krümmte die Zehen, wie um die Kiesel damit zu umarmen, während das Wasser um sie herum immer höher stieg und ihr leichtes Baumwollkleid hob und zu einem schwimmenden Seerosenblatt formte.

An diesen Augenblick würde sie sich erinnern, dachte sie, einfach wegen des sinnlichen Vergnügens. Und der Tag selbst würde ein Tag in der Handvoll Tage im Leben werden, die man nicht wegen irgendeines augenscheinlich wichtigen Ereignisses in Erinnerung behält, sondern weil der Körper mit all seinen Sinnen so wach ist, vor Empfänglichkeit geradezu bebt, so daß die Welt wirklicher ist als die Wirklichkeit selbst und der Körper tief in ihr verwurzelt. Daß so ein Moment existieren konnte, bewies, daß sie lebendig war – wurde zum Prüfstein für das Leben.

In diesem Augenblick hörte sie ein Platschen und spürte, wie zwei Arme sie umfaßten. Eine ernste Stimme sagte: »Um Gottes willen, du darfst nicht versuchen, dich umzubringen.«

Sie wandte sich um und sah in das ernsthafte, besorgte Gesicht eines Jungen. »Du bist sehr schön, wirklich«, sagte er. »Und jung. Das ist nicht richtig. Das darfst du nicht.« Er keuchte, und plötzlich lachte er, hörte aber abrupt wieder auf. »Ich sollte nicht lachen. Oh, ich bin so außer Atem. Es ist ganz schön anstrengend, über den Kies zu laufen. Ich hätte mir den Knöchel verstauchen können. Kann ich dich loslassen? Ohne daß du ausrutschst oder hinfällst, oder –?«

Er hielt immer noch ihre Taille umfaßt, so eng, daß sie das

Gleichgewicht nicht halten konnten, und es schien, als würde einer den anderen zu Boden ziehen. Aber dann trat er einen Schritt zurück und ließ sie behutsam los. Und jetzt konnte sie ihn besser sehen. Auf den ersten Blick wirkte sein Gesicht nicht hübsch, sondern komisch. Er hatte eine kleine, breite Stupsnase. Auch sein Mund war leicht nach oben gerichtet, wenn er nicht sprach, und seine Augen waren so beweglich, daß sein Gesicht ungewöhnlich ausdrucksvoll war. Bei dem schwachen Licht konnte Katja seine Haarfarbe nicht genau erkennen, aber er mußte wohl blond sein. Er war gut gebaut, allerdings nur mittelgroß, nur wenig größer als sie selbst.

»Was soll das?«

Er war ein Fremder, aber sie hatte keine Angst vor ihm. Das Hochgefühl, das sie veranlaßt hatte, ins Meer hinauszuwaten, hatte sie noch nicht verlassen, und es schien ihr unmöglich, daß dieser Junge etwas Böses im Sinn haben könnte. Leicht verärgert sagte er:

»Das ist doch klar, denke ich! Du hättest ertrinken können!«

»Red keinen Unsinn.«

»Wieso Unsinn? Du hast doch versucht, dich umzubringen. Vielleicht hätte ich dich das einfach tun lassen sollen.«

»Nein, das habe ich nicht versucht. Und du kannst mich ruhig ganz loslassen.«

Er drehte sich um und platschte an den Strand zurück. Katja folgte ihm. Sie konnte ihm nicht böse sein. Sein Verhalten brachte sie zum Lachen.

»Du solltest mich wirklich nicht auslachen!«

Das war zuviel. Katja lachte nur noch herzlicher. Zum Glück war er anscheinend gutmütig. Er lachte mit, beschwerte sich aber zwischendurch, daß sie nicht fair sei und vielleicht doch besser hätte ertrinken sollen.

Auf der Promenade hatte ein Auto angehalten, und ein Mann und eine Frau waren ausgestiegen. Der Mann trug einen Smoking und einen weißen Seidenschal. Die Frau hatte platinblondes, in steife Wellen frisiertes Haar und trug ein langes, lachsrosa Seidenkleid und ein kurzes Pelzjäckchen. »Kinder!«, sagte der Mann, schnippte seine Zigarette fort und stieg wieder in den Wagen. Die Frau rief ihnen zu: »Warum habt ihr im Meer getanzt?« Ihr Begleiter meinte auf englisch: »Laß die Kinder, Harry wartet.« »Ich komme schon, Schatz«, gab sie zurück, fragte aber noch einmal: »Warum habt ihr im Meer getanzt?« und fügte hinzu: »Wirklich eine tolle Idee.« Sie ging zurück zum Auto und stieg ein, ohne auf Antwort zu warten.

»Findest du nicht auch, daß Amerikaner verrückt sind?« fragte der Junge.

»Aber schließlich waren wir es, die im Meer getanzt haben«, antwortete Katja.

So muß es ausgesehen haben, dachte sie – und so war es auch beinahe gewesen. Wie sollte man es sonst beschreiben? Und sie war traurig, weil sie wußte, daß die außergewöhnliche Schärfe ihrer Wahrnehmung vergehen und ihre Sinne morgen wieder stumpf sein würden, schlimmer noch, daß das als normal galt.

»Du bist Russin, oder?« fragte der Junge. Er sprach Russisch mit französischem Akzent. »Wo kommst du her? Seit wann bist du hier?«

Der Schleier schob sich bereits wieder vor die Wirklichkeit. Als Katja ihre Sachen anzog, merkte sie, daß ihre Schuhe naß geworden waren, ihr einziges gutes Paar. Den Jungen schien es nicht zu stören, daß sein teurer Anzug bis zu den Knien durchnäßt war.

»Ich bin aus Paris«, begann er. »Wir machen hier so etwas wie Ferien. Lebst du hier? Ich bringe dich nach Hause. Wenn es weit ist, nehmen wir ein Taxi. Rauchst du?« Er bot ihr eine Zigarette an. »Ich heiße Alexander Jurjewitsch, aber du kannst mich Sascha nennen.«

»Katerina Pawlowna – Katja. Du brauchst mich nicht nach Hause zu bringen. Mach dir keine Sorgen – ich habe nicht versucht, mich umzubringen.«

»Aber was hast du denn dann gemacht?«

»Im Meer getanzt, wie die Amerikaner gesagt haben. Ich kann es dir nicht erklären, es ist zu kompliziert.«

»Ich möchte dich trotzdem nach Hause bringen. Es ist gefährlich für dich, so allein.«

Katja zuckte mit den Achseln.

Unterwegs plauderte und scherzte der Junge mit ihr. Er schien genauso in Hochstimmung zu sein, wie sie es vorhin gewesen war. Was er sagte, klang manchmal ein wenig närrisch. Er vertraute sich ihr an, ohne daß sie das gleiche bei ihm getan hätte. So erfuhr sie seine Lebensgeschichte einschließlich aller Personen, die darin eine Rolle spielten. Sie kannte sie alle nicht, und sie waren nicht besonders interessant, weil alle russischen Emigranten ähnliches erlebt hatten und Saschas Bericht so unpersönlich war wie Geschichten aus zweiter Hand. Er erwähnte seinen Nachnamen nicht, und Katja fragte ihn nicht danach. Sie hielt ihn für intelligent und liebenswert, aber naiv.

»Wir wohnen in der Villa des Capucins«, erzählte Sascha ihr gerade und deutete auf die Berge. »Wir müssen sie jetzt wohl Villa Capuccino nennen, denn wir haben Italiener zu Besuch. Schreckliche Leute! Sie werden dir gefallen.«

Sie standen an der Tür des Mietshauses, und er zögerte.

»Besuch uns doch mal. Komm doch gleich morgen zum Mittagessen. Wir haben nichts weiter vor. Du wirst meine Familie mögen. Ich kann dir einen Wagen schicken.«

»Wie kannst du eine Fremde so einfach zu dir nach Hause einladen?«

»Ich vertraue auf mein Gefühl.«

»Ich bin verheiratet«, sagte Katja. In ihrem Tonfall lag etwas Grausames. Sie wollte das Vertrauen, das er in sie setzte, enttäuschen, weil es so gar nicht mit ihren eigenen Gefühlen übereinstimmte. Und sie hatte das Gefühl, ihm die Wahrheit schuldig zu sein. Vielleicht war sie sogar neugierig, wie sie auf ihn wirken würde. Er war offenbar nicht ganz richtig im Kopf. Für Katja war der Zauber des Abends vergangen, nicht aber für diesen albernen, rührenden Jungen. Und schließlich war Kolja, welche Wünsche oder Absichten sie auch immer haben mochte, eine unbestreitbare Tatsache. Sie sah, daß Sascha enttäuscht war. Tapfer sagte er:

»Ach, das macht nichts. Bring ihn einfach mit. Wirklich, ich bestehe darauf! Du bist der einzige interessante Mensch, den ich in Nizza kennengelernt habe. Bitte, Katja.«

Sie nickte langsam, aber er sah ihr trauriges Lächeln, und so bohrte er so lange nach, bis er mit ihrer Antwort zufrieden war. »Bis dann also. Bis morgen!« sagte er schließlich übertrieben fröhlich, und wieder mußte sie zusagen. Endlich ging er. Er sah sich noch ein paarmal nach ihr um. Er steckt so voller Optimismus und Idealismus, dachte Katja. Der Junge tat ihr leid.

Kurz nach zwölf am nächsten Tag erschienen Katja und ihr Mann am Tor der Villa des Capucins. Der Hausjunge ließ sie ein. Es war wieder so heiß wie am Vortag, und in jeder Steinritze schien sich eine Eidechse zu verstecken. Katja trug ein blaßgrünes Baumwollkleid, keine Strümpfe, und an den Füßen weiße Leinenschuhe. Kolja trug einen Leinenanzug, aus dem sie die Flecken herausgewaschen hatten, und hielt seinen flachen Strohhut in beiden Händen.

Er wußte alles über die Familie. Das gehörte zu seinem Geschäft.

Katja war am Vorabend mit nassen Schuhen und Salzwasserflecken im Kleid nach Hause gekommen. Er fragte sie in seiner ruhigen Art, wo sie gewesen sei und was sie gemacht hätte, und sie erzählte ihm von Sascha. Daß sie ihm Antwort gab, bedeutete für sie gleichzeitig Sieg wie auch Niederlage. Wenn Kolja schlecht gelaunt war, duldete er keinen Widerspruch, und es war gefährlich, ihm dann in die Quere zu kommen. Aber indem Katja ihm freimütig antwortete, bewies sie ihm, daß ihr seine Meinung gleichgültig war. Sie erzählte ihm einfach von ihrer Begegnung mit einem bezaubernden dummen Jungen.

»Das ist der Erbe von Schiwago«, erklärte Kolja gelassen. Er trug seine Arbeitskleidung, Jacke und Hose aus grobem, indigoblauem Tuch. Katja erinnerte sich noch daran, wie er sie das erste Mal angezogen hatte, und sie konnte nicht anders, als ihn dafür zu bewundern, mit wieviel Gleichmut er die Verschlechterung seiner Lebensumstände hinnahm.

»Sie hatten ein großes Vermögen«, führte Kolja aus, »Banken und Fabriken. Das meiste hat der Großvater durchgebracht, aber in Frankreich lag noch Geld, an das er nicht herankonnte. Über den Sohn weiß man nur wenig. Er hat Gedichte geschrieben. Vor ein paar Jahren ist der Enkel an das Geld rangekommen.«

Katja wußte, daß Saschas Vater Juri geheißen hatte – und jetzt wußte sie auch, daß er mit Familiennamen Schiwago hieß. Zufall? Natürlich war es kein Zufall. Schon als sie es dachte, wußte sie, daß es kein Zufall sein konnte. Und Kolja wußte das auch. Er hatte ihre Mutter gekannt und deren Vergangenheit. Sascha war Juris Sohn! Der Sohn *ihres* Onkel Juri, der beinahe wie ihr Vater gewesen war. Beim Gedanken daran schwindelte Katja, ihr wurde so ängstlich zumute, als hätte Gott selbst in ihr Leben eingegriffen und längst Totgeglaubtes wiederauferstehen lassen.

»Katerina Pawlowna, darf ich dir meine Mutter vorstellen?« Sascha hatte getrunken und war auf angenehme Art angeheitert. Im Schatten der Palmen stand Katja vor einer Frau mit ernstem, sanftem Gesicht. Dann wurde sie der Reihe nach Saschas Schwester vorgestellt, einem alten Großvater, einem gutaussehenden französischen Priester, einer schönen Polin, einem Russen mittleren Alters mit schwerfälliger, eher unangenehmer Art, einer Amerikanerin mit auffallendem, recht knochigem Gesicht und einem kleinen, schon älteren Italiener.

»Ich habe meiner Mutter erzählt, daß wir im Meer getanzt haben«, sagte Sascha nun.

»War das wirklich so albern, wie es klingt?« fragte Tonja.

»Ich weiß nicht, was Alexander Jurjewitsch Ihnen erzählt hat – aber es war ein schöner Abend. Ja, ich glaube, wir haben uns wohl etwas – albern gefühlt.«

Prinzessin Wanda unterbrach sie: »Ich finde, das klingt romantisch, besonders mit einem Ehemann im Hintergrund. Tanzen im Meer – geht das denn überhaupt? Carlo –«

»*Prego!*«

»Was hältst du davon, im schäumenden Salzwasser Shimmy zu tanzen?«

»Für dich tue ich alles, *carissima!*«

»Wir könnten eine Band mieten und die Jungs am Strand aufstellen. Aber der Strand ist doch voller Kieselsteine, oder? Und das Wasser ruiniert die Kleider!«

»Wir haben nicht richtig getanzt«, sagte Sascha. »Ich weiß nicht genau, was wir eigentlich gemacht haben. Es war nur ein kleines Mißverständnis.«

»Du hattest zuviel getrunken«, sagte die Prinzessin bestimmt. »Aber bei einem Mann ist das kein Fehler. Meine sind mir immer lieber, wenn sie ein paar Gläser intus haben. Sie sind dann einfach umgänglicher. Wo wir gerade davon sprechen, Carlo, bitte hol mir doch noch etwas zu trinken, Darling.«

Katja fiel auf, daß Tonja die Unterbrechung durch die Amerikanerin geduldig hingenommen hatte. Das also war Juris Frau, die Frau aus der Zeit, bevor er und ihre Mutter sich geliebt hatten. Diese Frau ist gut und liebevoll und rechtschaffen, dachte Katja, aber etwas fehlt ihr, etwas Undefinierbares. Was ist es? Besitze ich es?

Tonja fragte gerade:

»Wie sind Sie nach Frankreich gekommen? Während der Revolution? Ich habe Sascha schon danach gefragt, aber er wußte es nicht. Wahrscheinlich hat er Ihnen die ganze Zeit von sich selbst erzählt, das ist typisch für ihn.«

»Mein Mann hat bei der sowjetischen Botschaft in Budapest gearbeitet. Aber wir sind dann geflohen.«

»Und woher kommen Sie ursprünglich?«

»Aus Wladiwostok.«

»Haben Sie dort noch Familie.«

»Meine Eltern sind tot.«

»Und Geschwister?«

»Ich hatte eine Schwester...«

Ich hatte eine Schwester! Die kleine Tanja. Ich habe sie fortgewünscht, und daraufhin ist sie verschwunden.

»Sie weinen ja«, sagte Tonja sanft. »Das tut mir leid, ich wollte keine bösen Erinnerungen wecken.«

In einiger Entfernung sprach Golizin mit Alain Duroc und Lydia Kalinowska. Kolja wußte, daß ihm die Bekanntschaft mit dem Finanzier nützlich sein konnte, und gesellte sich zu ihnen. Maxim Jurjewitsch, in seiner Rolle als Kunstmäzen, hielt in seiner unerschütterlichen Art gerade einen Vortrag über das Ballett.

»Das Publikum sieht die Ballerinas. Sind sie nicht schön? So leicht, daß man meinen könnte, sie hätten keinen Körper. Was für eine Illusion! Und doch – und doch – ihre Füße stinken entsetzlich! Glauben Sie mir, ich weiß, wovon ich spreche. Aber was soll man auch erwarten? Das viele Training, die viele Fußarbeit. Da tanzen sie – wunderschön, einfach wunderschön! Und ihre Füße stinken!«

Kolja benutzte die folgende Pause, um sich vorzustellen. Er ließ durchblicken, daß er zu Hause in Rußland Geschäftsmann gewesen war. Golizin musterte ihn prüfend und sagte dann:

»Ich hoffe nur, daß Sie keinen Rat in Finanzangelegenheiten brauchen. Jeder kann Ihnen sagen, daß ich nur selten Ratschläge in Finanzangelegenheiten gebe.«

Sie wurden zu Tisch gebeten, und das Essen wurde aufgetragen. Katja saß neben ihrem Mann, Sascha ihr gegenüber und Tonja am Kopf der Tafel. Sascha schlug vor, auf die neuen Freunde anzustoßen, und man trank, allerdings lächelten die Gräfin Kalinowska und die Prinzessin dabei säuerlich. Letztere schien zu glauben, daß Kolja Kommunist sei, weil er bis vor kurzem in der Sowjetunion gelebt hatte, und nachdem sie in höchsten Tönen Mussolini, *Il Duce*, gepriesen hatte, fuhr sie fort, in höchsten Tönen von Amerika zu schwärmen.

Als sie mit diesem Thema fertig war, wandte sie sich an Lydia Kalinowska und knüpfte ein Gespräch über Mode mit ihr an. Katja beobachtete sie. Sie staunte über das Selbstbewußtsein der Amerikanerin und fragte sich, ob das wohl typisch für die Frauen dort war.

Golizin hatte ihren Mann inzwischen in eine Unterhaltung über die Witwen und Kriegsversehrten und ihre finanzielle Situation verwickelt und erklärte ihm gerade, daß er die Aufgabe, diese Probleme zu lösen, nur widerstrebend auf sich genommen habe, gewissermaßen aus Pflichtgefühl der Öffentlichkeit gegenüber.

Katja beobachtete immer noch Prinzessin Wanda und Lydia Kalinowska, als Sascha ihr zuflüsterte: »Lydia ist Max' Geliebte«, und dabei grinste. Katja sah zu Tonja hinüber, die aber nichts gehört hatte. Sie überlegte, daß ihre Mutter die Geliebte von Tonjas Mann gewesen war – auch eine Geliebte. Und trotzdem waren die beiden Frauen grundverschieden. Die Gräfin Kalinowska war lebhaft, aber leidenschaftslos. Lara dagegen war – von der Liebe gelähmt gewesen? Wie konnte man sie nur beschreiben? Und wie sollte gerade Katja das können? Sie war noch ein Kind gewesen, und ihre Erinnerungen an Schiwago waren die eines Kindes. Es schien ihr, als würde das Wort »Geliebte« genausoviel verbergen, wie es erklärte. Es war ein Wort, das die Frage umging, warum Frauen Männer liebten – oder warum Frauen sich an Männer banden, die sie nicht liebten (was Katja als der häufigere Fall erschien, wenn sie an ihre Mutter und Viktor oder an sich selbst und Kolja dachte).

Sascha hatte inzwischen über den Durst getrunken. Er unterhielt sich gutgelaunt mit dem Jesuiten, der auf Katja distanziert und ironisch wirkte. Ihr war jedoch aufgefallen, daß Tonja ihm aufmerksam zuhörte, und das war traurig. Gerade verkündete der Jesuit:

»Napoleon hat seine Kriege gewonnen, weil er seine Feinde ebenso moralisch beherrschte, wie er sie militärisch schlug.«

»Napoleone war *Italiano*«, bemerkte der Prinz klug.

»Du hast doch ›Krieg und Frieden‹ gelesen, Sascha? Erinnerst du dich an die Haltung der Russen vor der Schlacht von Austerlitz?«

»Er stammte aus Korsika«, sagte der Prinz, »und das war auch italienisch, bevor die Franzosen es sich einverleibt haben.«

»Die Hälfte der Russen hielt Bonaparte für ein menschenfressendes Ungeheuer. Tatsächlich haben sie ihn auch so genannt. Er war für sie ein Ungeheuer, ein Unhold, was ein sexuelles Bild ist, eine Phantasie vom Mann als Vergewaltiger. Und die andere Hälfte hatte sich schon von seinem Zauber verführen lassen.«

»Er war kein Ungeheuer!« beschwerte sich der Prinz. »Er war von durchschnittlicher Größe – so groß wie ich.«

»Nach ihrer Niederlage bei Austerlitz waren alle Russen wie geblendet von ihm. Napoleon wurde als der große Kaiser gefeiert, und man begeisterte sich für alles Französische. Aber wie gesagt, das war *nach ihrer Niederlage!* Es war, als hätte man die russischen Aristokraten dazu zwingen müssen, sich verführen zu lassen.«

Sascha lächelte Katja über sein Weinglas hinweg zu. »Was willst du damit sagen?«

Duroc lachte: »Ich glaube, das weiß ich selbst nicht genau. Vielleicht, daß wir die Geschichte der Nationen neu überdenken und eher als sexuelles Abenteuer denn als politischen Prozeß betrachten sollten.«

»Was meinst du dazu, Katja?«

Die Frage kam unerwartet, und Katja mußte erst einmal überlegen. Sie hatte mehr auf die Menschen und weniger auf die Worte geachtet.

»Ich finde, daß man nicht so leichtfertig über vergewaltigte Frauen sprechen sollte.«

»Alain hat doch von Ländern gesprochen«, protestierte Sascha.

»Er hat von Frauen gesprochen«, entgegnete Katja, »er hat Länder als Frauen angesehen.«

»*Essato!*« rief der Prinz. »Das schöne Frankreich! Das schöne Italien! Wir sehen sie als Frauen an, und deswegen lieben wir sie.«

»Oder aber Sie vergewaltigen sie«, sagte Katja.

»Unsinn«, widersprach der Prinz. »Unsere Heimatländer sind unsere Mütter. Wir lassen nicht zu, daß unsere Mütter vergewaltigt werden!«

Katja antwortete nicht. Die Sache war wirklich nicht klar. Spra-

346

chen sie über die Beziehung zwischen Männern und Frauen oder zwischen Männern und Ländern? Sie war sich sicher, daß dem Jesuiten diese Doppeldeutigkeit durchaus bewußt war, und mißtraute ihm. Tonja hörte zu, ohne etwas zu dem Gespräch beizutragen. Katja schien es, als sei sie entweder nicht fähig oder nicht gewillt, sich dem Jesuiten oder ihrem Sohn entgegenzustellen. Trotzdem konnte man sie eigentlich nicht als passiv bezeichnen. Nach dem, was Sascha auf ihrem Spaziergang gestern abend erzählt hatte, hatte seine Mutter ganz allein ihre Flucht aus Rußland organisiert und in den ersten Jahren in Paris gearbeitet, um sie zu ernähren. Sie besaß eine Stärke, die ganz anders geartet war als das oberflächliche Selbstbewußtsein, das die Prinzessin und die Gräfin Kalinowska zur Schau stellten.

✳

Nach dem Mittagessen ruhte man sich aus oder schlenderte durch den Garten. Jemand meinte, man könne doch in den Autos von Golizin und dem Prinzen gemeinsam einen Ausflug machen, aber wegen der Hitze fand dieser Vorschlag keinen Anklang. Katja suchte im Innern der Villa Schutz vor der Sonne und fand sich in einem Salon wieder. Die Jalousien waren herabgelassen, und das Sonnenlicht fiel in Streifen auf die tanzenden Staubkörner. Katja hatte noch nie so kostbare Möbel gesehen.

»Gehört die Villa euch?« fragte sie Sascha, der ihr ins Haus gefolgt war. Er trug immer noch seinen Sonnenhut, der ihm verwegen schief auf dem Kopf saß.

»Max hat sie gemietet.«

»Die Möbel sind sehr schön.«

»Ja, ganz nett. Zu Hause haben wir noch schönere Sachen.«

»Seid ihr wirklich so reich?«

»Ziemlich reich, jedenfalls sagt Max das. Er und Vetter Aristide kümmern sich um die Finanzen.« Seine Stimmung wechselte plötzlich, und er fuhr fort: »Es ist nicht richtig, so reich zu sein, oder? Wir waren arm, ich weiß also, wie das ist. Es ist mir ein Rätsel. Ich denke immer, daß es einen Grund für das alles geben muß – daß ich eine Aufgabe zu erfüllen habe.«

»Nein, es ist einfach Zufall.«

»Das sagt Daniel auch – das ist ein Freund von mir, zu Hause. Er

347

ist Materialist, obwohl er arm ist. Sehen wir uns wieder? Max hat hier alles erledigt, und wir wollen in den nächsten Tagen wieder nach Paris fahren.«

Katja ließ die Finger über die gewölbte Vorderseite eines der Schränkchen gleiten und wischte eine Fingerspitze voll Staub aus den Schnitzereien eines vergoldeten Rahmens. Auf dem Fußboden lagen die Überreste eines großen Käfers. Eine Maus hatte an ihm herumgeknabbert und nur die Flügeldecken übriggelassen. Sie sahen aus wie vertrocknete Blätter. Sascha fuhr fort:

»Wie alt bist du?«

»Zwanzig – und du?«

»Siebzehn. Magst du Opern?«

»Ich weiß nicht, ich habe noch nie eine gesehen. Aber ich höre gern Musik. Früher habe ich Klavier gespielt und gesungen. Und du, magst du Opern?«

»Es geht so. Alain und Max sind ganz begeistert davon. Wir gehen immer mit Lydia zusammen, aber Lydia kommt nur mit, weil man sich in der Oper eben zeigt.« Sascha zögerte. »Du wirst mir fehlen.«

Katja drehte sich zu ihm um und sagte, heftiger als sie beabsichtigt hatte: »Du wirst mich schnell vergessen.«

Sascha fing an, mit der Fußspitze den Teppich aufzurollen. Sein Blick wurde unkonzentriert und verschwommen, und er wich ihrem Blick aus.

»Ich bin in dich verliebt«, murmelte er. »Ich habe mich in dich verliebt, als wir im Meer getanzt haben – oder was immer wir da auch gemacht haben. Ist das komisch? Ich erwarte keine Antwort von dir, aber ich mußte es dir sagen, weil ich dich vielleicht nie wiedersehe. Ich habe Angst, daß das Leben vorbeigeht und ich nie herausfinden werde, was ich eigentlich tun soll.«

»Du sollst überleben.«

»Liebst du mich?«

»Nein.«

Katja wußte, daß sie zu schroff geantwortet hatte, zu kalt. Sie wußte, in welchem Tonfall sie gern gesprochen hätte, aber es kam ihr vor, als würde sie nach einem Ton suchen, den es nur in ihrem Kopf gab. Sascha nickte.

»Ich habe mir gedacht, daß du das sagen würdest. Aber eines Tages wirst du mich lieben. Da bin ich mir sicher. Es ist Schicksal.

Ich glaube an das Schicksal. Nur so lassen sich die Ereignisse erklären. Ich habe es nicht verdient, arm zu sein, und ich verdiene es nicht, reich zu sein – beides hat nichts mit mir zu tun. Wir hatten nicht geplant, im Meer zu tanzen, aber so ist es gekommen.«

Jetzt war Katja wirklich ärgerlich.

»Du redest romantischen Schwachsinn!«

Sascha zuckte die Achseln. Auf dem Tisch stand eine Cloisonné-Schüssel mit Trockenobst. Er nahm sich eine Handvoll Rosinen und musterte die braunen, verschrumpelten Schalen mit dem staubigen Schimmer darauf. Sachlich erwiderte er:

»Du brauchst mir nicht zu sagen, daß ich naiv bin. Das sagt mir jeder. Aber ich bin intelligent – das weiß ich, ohne daß es mir jemand sagen muß. Eines Tages werde ich weise sein, wenn ich lange genug lebe. Schon jetzt denke ich über manches nach. Ich unterhalte mich viel mit Alain, deswegen lerne ich schnell. Und ich bin schon so klug, daß ich weiß, wie schade es ist, seinen Enthusiasmus zu verschwenden. Warum siehst du so traurig aus?« fragte er.

»Ich bin nicht traurig.«

»Doch, das bist du. Ich bin immer fröhlich – fast immer. Aber du siehst traurig aus. Ist es klug, traurig zu sein? Traurige Menschen setzen nichts in Bewegung. Und ich will etwas in Bewegung setzen.« Er lachte: »Vorausgesetzt, daß ich herausbekomme, was ich eigentlich tun soll!«

Listig sagte er: »Du bist traurig, weil du deinen Mann nicht liebst. Warum hast du ihn geheiratet?«

»Um aus Rußland herauszukommen.«

Sascha freute sich. »Du könntest dich scheiden lassen. Hier, in Amerika, in Mexiko – irgendwo. Ich könnte mit meinem Anwalt sprechen.«

In diesem Moment öffnete sich die Tür, und Mascha kam herein. Sie beäugte die beiden mißtrauisch und grinste dann. »Oje. Entschuldigt bitte!« sagte sie und ging wieder hinaus.

Katja ließ sich vorübergehend von Saschas Unbekümmertheit anstecken und lächelte. Auch Sascha lächelte. Doch ihr Verstand fragte: Liebe ich ihn? Sie verwarf den Gedanken, denn wenn sie ihn geliebt hätte, hätte sie der Frage nicht so sachlich nachgehen können. Sie musterte den Salon mit seinem unfaßbaren Luxus und dachte daran, wie sie mit Kolja nach Hause zurückgehen würde, in ihr gemietetes Zimmer, zurück zu dem prosaischen Alltag, der ihr wirkliches Leben ausmachte. Diese beiden letzten Tage waren Phantasiegebilde, und das Phantastischste daran war Sascha. Sie mußte der Sache ein Ende bereiten.

»Kolja und ich müssen jetzt gehen«, sagte sie. »Du fährst wieder nach Paris, und wir bleiben hier. Es ist unwahrscheinlich, daß wir uns wiedersehen –«

»Das sagst du.«

»– aber ich bin dir dankbar, Sascha. Du hast mich aufgeheitert. Ich finde es schön, daß du mich gern hast.«

»Ich bin in dich verliebt«, verbesserte Sascha geduldig. »Es ist nur eine Frage der Zeit. Sobald ich mich erst einmal öfter rasiere, wirst du mich ernst nehmen. Menschen wie ich verschreiben sich mit Leib und Seele einer Sache, und dabei bleibt es dann.«

Katja schüttelte den Kopf. Dann bemerkte sie das Klavier in der Ecke. »Darf ich darauf spielen?« fragte sie.

»Natürlich.«

Sie hob den Deckel und schlug versuchsweise ein paar Töne an. Das Instrument war nicht so verstimmt, wie sie befürchtet hatte. Sie setzte sich davor und spielte aus dem Gedächtnis heraus eins der Schubertlieder, das Fräulein Bürli ihr beigebracht hatte.

Das erregte die Aufmerksamkeit der anderen. Sie kamen aus dem Garten herein und hörten zu. Als Katja geendet hatte, sagte Prinzessin Wanda: »Wunderschön – aber warum so trübsinnig?« Sie bat Katja, selbst etwas spielen zu dürfen, und fing an, ein Jazzstück herunterzuhämmern.

*

Das Taxi, das sie nach Hause bringen sollte, fuhr vor. Es war bereits Abend. Während der Fahrt bemerkte Kolja:

»Der Junge ist in dich verliebt.«

»Wie kommst du darauf?«

»Bitte«, antwortete Kolja mit lässiger Ungeduld, »tu nicht so, als wäre ich blind. Beim Mittagessen sind ihm fast die Augen aus dem Kopf gefallen, und dann ist er dir ins Haus gefolgt. Die Frage ist nur: Hat er es dir gesagt? Ich vermute ja. Manche Jungen tun es und andere nicht, aber diesem hier liegt das Herz auf der Zunge. Hör mir mal zu.« Er beugte sich zu ihr hinüber, und seine dunklen Augen waren unergründlich. »Max Golizin hat mir etwas erzählt. Gestern hat der Priester, nachdem Golizin sie angemeldet hatte, den Jungen –«

»Warum nennst du ihn ›den Jungen‹? Er hat einen Namen.«

»– der Priester hat ihn also zu seinem ersten Rendezvous mit einer Prostituierten mitgenommen, das ist hier in Frankreich durchaus so üblich. Als er dich gestern abend am Strand getroffen hat – als ihr im Meer getanzt habt –, da kam er also gerade von einer Hure.«

»Das glaube ich dir nicht«, unterbrach ihn Katja.

»Aber jetzt kommt der Witz an der Sache! Er hat der Frau gesagt, er würde sie lieben. Er hat es zu ihr gesagt, er hat es zu dir gesagt – und wahrscheinlich war es ihm sogar beide Male ernst damit. So ist das, wenn man siebzehn ist. Was hast du ihm geantwortet?«

Katja schwieg. Sie war erschrocken – vor allem aber entsetzte sie Golizins und Koljas Roheit: daß Golizin Sascha erst in eine derartige Situation brachte und sich dann über ihn lustig machte und daß beide darin überhaupt nichts Unrechtes sahen. So gingen Männer eben mit ihren sanfteren Gefühlen um: Sie verhöhnten sie, sobald sie sie in anderen entdeckten. Schaljapin fuhr fort:

»Du hast gesagt, daß du ihn nicht liebst, stimmt's? Sag es ruhig, wenn ich mich irre. Es ist deine Sache, in wen du dich verliebst. Früher einmal wäre es mir vielleicht wichtig gewesen, aber als wir unsere Abmachung getroffen haben, war von Liebe nicht die Rede, oder?«

»Du warst es, der gesagt hat, daß unsere Heirat nur eine Formsache ist!« rief Katja, empört über seinen Vorwurf.

»Stimmt. Und du hast dich daran gehalten. Als ich dir mehr anbieten wollte, hast du mich abgewiesen.«

»Weil du mich nicht liebst!« entgegnete Katja verächtlich. »Oh, ich weiß, du empfindest bestimmt *irgend etwas*, aber das ist alles von so kalter Berechnung überzogen, daß daran nichts mehr echt ist. Du hast meine Mutter zur Hure gemacht, und du willst mich auch zur Hure machen. Du tust so, als würdest du mich lieben, damit du ein ruhiges Gewissen hast und mich betrügen kannst. Das mache ich nicht mit!« schrie sie ihn an. »Ich will weder dich noch Sascha. Ich will überhaupt keinen Mann, der bei jedem winzigen Anflug von Gefühl gleich von Liebe redet. Eure Gefühle sind nichts als Egoismus. Ihr denkt nie daran, welche Konsequenzen eure angebliche ›Liebe‹ für eine Frau haben kann. Du hast mir in Jurjatin geholfen, und bestimmt bist du dir dabei ungeheuer gut und großmütig vorgekommen, und meine Mutter und das kleine Mädchen sind dir sicher furchtbar bedauernswert und sehr dankbar erschienen. Aber wo war da echte Großmut? Du hast uns geholfen und von meiner Mutter einen Preis dafür verlangt – und als sie dir unbequem wurde und Viktor sie haben wollte, warst du froh, daß du sie loswurdest. Was hast du gedacht? Daß meine Mutter so von Dankbarkeit überwältigt war, daß sie sich in dich verliebt hat? Also –«

»Also?« erkundigte Kolja sich leicht verächtlich.

»Vielleicht hätte sie das sogar getan.« Katja schwieg, weil sie plötzlich verwirrt war. Von wem spreche ich? Von meiner Mutter? Von mir? Dann fuhr sie fort:

»Ja, vielleicht hätte sie das. Wenn du wirklich an sie gedacht und nichts verlangt hättest. Wenn du gewartet hättest, bis sie sich selbst und das, was zwischen ihr und Viktor und Juri geschehen ist, verstanden hätte. Aber das ist dir nie in den Sinn gekommen. Du kanntest ihre Geschichte, aber du hast dir nie irgendwelche Gedanken über ihre Gefühle gemacht, du hast dir nie überlegt, daß sie vielleicht mehr Zeit brauchte als du. Du hast dein erbärmliches kleines Gefühl für Liebe gehalten, und bloß weil *du* es gefühlt hast, mußte es sofort befriedigt werden. Und was kam dabei heraus?« Katja hielt inne und wandte den Blick von ihm ab. Sie hatte ihre Verachtung für Männer noch nie in Worte gefaßt, aber jetzt wünschte sie nur noch, ihr Zorn könnte die Worte wie Messer in Kolja hineintreiben.

Er reagierte nur mit einem Lippenzucken, aus dem Katja eine bittere Selbstzufriedenheit herauslas. Sie wußte, daß er sich ihr überlegen fühlte. Nichts von dem, was sie gesagt hatte, erforderte eine Antwort. Er brauchte nicht einmal darüber nachzudenken, denn für ihn war es nur das Gerede einer Frau, ganz ohne Sinn und Verstand. Und so wechselte er dann auch dreist das Thema und meinte:

»Übrigens, Maxim Jurjewitsch hat mir eine Stelle angeboten.«

»Tatsächlich.«

»Ja.«

»Gut.«

Katja sah aus dem Fenster. Von dem tiefrosa Himmel im Westen hoben sich scherenschnittartig die Pinienwipfel ab, und in der Abendstille waren über dem Zirpen der Zikaden Bruchstücke eines sentimentalen Liedes zu hören. Sie sah ihr Gesicht im Rückspiegel. Es war blaß und hart, und die Härte machte ihr angst, denn sie konnte darin eine bittere Zukunft erkennen, in der alle Gefühle abgestorben waren, sinnlos geworden angesichts dieses Felses der Selbstzufriedenheit, wie Kolja einer war. Mit betonter Gleichgültigkeit fragte sie:

»Wo?«

»In Paris natürlich. Max hat eine Maklerfirma, und er gründet gerade eine neue Investmentgesellschaft, die die Ersparnisse von Witwen anlegen will. Er braucht einen zuverlässigen Buchhalter.«

»Dann ziehst du also nach Paris?«

»Sobald wie möglich. Kommst du mit? Du mußt natürlich nicht, so weit waren wir ja bereits. Die Frage ist, ob du Lust dazu hast – und wenn auch nur, damit du bei diesem Jungen sein kannst.«

»Ich bin nicht in Sascha verliebt«, sagte sie müde, und wieder antwortete Kolja ihr nicht.

Katja hatte plötzlich den Eindruck, daß er für Worte unempfänglich war – oder besser noch, daß er sie nicht als Ausdruck ihrer Gefühle deuten konnte. Statt dessen machte er sie zu Echos seiner eigenen Gedanken. Jetzt war es zum Beispiel gerade bequem für ihn, auf Sascha eifersüchtig zu sein, denn eine Beziehung zwischen Katja und Sascha würde viel erklären und das auf eine Weise, bei der sein Stolz unverletzt blieb. Ihre vermeintliche Liebe zu einem kleinen Jungen bewies einfach ihre eigene emotionale Unreife. Daß sie diese Liebe leugnete, spielte keine Rolle. Was sie auch sagen mochte, er konnte ihr immer einen Tonfall oder eine Geste unterstellen, die ihre Worte widerlegten. Katja erkannte, daß er sie für dumm halten würde, wenn sie nachgab, und daß er auch die Antwort auf die Frage, die er gerade gestellt hatte – ob sie mit ihm nach Paris ziehen würde –, seiner vorgefaßten Meinung entsprechend deuten würde.

Sie lachte.

»Warum lachst du?« fragte er scharf.

Katja schüttelte den Kopf und lachte weiter. Und eine Stimme in ihrem Kopf rief immer wieder: Ich bin dumm! Ich bin dumm! Aber das belustigte sie: Denn wenn ihre Worte für ihn so oder so keine Bedeutung hatten, gab er ihr damit die Freiheit, zu sagen, was immer sie wollte.

Ihr Gelächter brachte ihn aus der Fassung.

»Also, kommst du jetzt mit nach Paris?«

»O ja, ich komme mit nach Paris – ich komme mit nach Paris!« antwortete Katja vergnügt. Und ihr plötzlicher Stimmungsumschwung bewirkte, daß Kolja sich, obwohl Katjas Antwort seinen Erwartungen entsprach, nicht ganz sicher war, was sie zu bedeuten hatte.

✱

Sascha war immer noch im Salon. Er saß am Klavier und suchte mit zwei Fingern Töne zusammen. Draußen war die Dämmerung hereingebrochen, und eine Fledermaus auf der Jagd nach einem Insekt war von den Pinien ins Zimmer geflogen und umkreiste jetzt still den Kronleuchter. Sascha bemerkte Tonjas Eintreten, klimperte aber weiter. Sie nahm ein Buch und setzte sich.

Er spielte schlecht, aber Tonja konnte, auch wenn der Rhythmus verzerrt war, Fetzen des Liedes wiedererkennen, das Katja gesungen hatte. Sascha war offensichtlich traurig, und der Grund dafür war ebenso offensichtlich. Sie hätte etwas sagen können, aber sie hoffte, daß seine Stimmung vergehen würde wie jede Art von Trübsinn, die für dieses Alter so typisch ist.

»Magst du sie?« fragte Sascha, ohne sich umzudrehen oder sein Klavierspiel zu unterbrechen. »Sie liebt ihren Mann nicht, weißt du. Es war eine Zweckehe, damit sie beide aus Rußland herauskonnten. Und es war nur eine Ziviltrauung. Das zählt für die Kirche nicht – da kannst du Alain fragen.«

Tonja knipste das Licht an, und die Fledermaus floh vor der plötzlichen Helligkeit und hängte sich an den Vorhang. Während Tonja ihren Sohn beobachtete, tat er ihr von Herzen leid, aber ihr war klar, daß es absurd gewesen wäre, mit einem Siebzehnjährigen über die Liebe zu sprechen.

»Ja, ich mag sie«, antwortete sie und wurde dann von der Gräfin Kalinowska abgelenkt, die aus dem Garten hereinkam. »Schätzchen, es ist Zeit zum Umziehen«, sagte sie. »Maxim Jurjewitsch und Carlo haben beschlossen, daß wir ins Negresco tanzen gehen.«

»Fahr nur mit«, murmelte Sascha mit Blick auf seine Mutter. »Ich komme schon klar.«

»Ganz bestimmt?«

Seine Lippen schlossen sich zu einer dünnen Linie, dann sagte er: »Es ist alles Unsinn, oder? Wenn ich bloß Klavier spielen könnte.« Er schloß den Deckel. »Ja, du solltest mitfahren. Die Ferien sind fast vorbei. Ich spiele mit Großvater Schach.« Er trat zum Vorhang und nahm vorsichtig die Fledermaus in die Hand.

»Igitt!« Die Gräfin Kalinowska wandte sich ab.

»Sieh sie dir nur an. Es sind Warmblüter, und sie haben ein Fell wie meine Mäuse, die ich früher gehalten habe.« Zärtlich streichelte Sascha den niedlichen Kopf mit den Knopfaugen und den großen Ohren und entließ das kleine Wesen durchs Fenster. Dann ging er in den Garten hinaus, wo er nach seinem Großvater rief.

Tonja zog sich in ihr Zimmer zurück, um sich umzuziehen. Sie bekreuzigte sich vor der kleinen Ikone, die auf ihrem Frisiertisch stand, und setzte sich vor den Spiegel. Sie betrachtete ihr Spiegelbild, das kurze Haar, an das sie sich nie gewöhnen würde und das ihr Lydia eingeredet hatte, und das Gesicht, das von vielen vergeudeten Jahren sprach.

»Ich mag sie«, wiederholte sie für sich und wünschte gleichzeitig, es wäre nicht so. Sie erinnerte sich, daß sie sich das auch in bezug auf die Antipowa gewünscht hatte. Sie hätte sie gern gehaßt und hatte feststellen müssen, daß ihr das nicht möglich war. Wenn jemand Schuld hatte, war es Juri – und selbst dessen war sie sich nicht sicher.

Sie mochte die Tochter, und sie hatte die Mutter gemocht. Die physische Ähnlichkeit war unverkennbar, und auch an ihren Namen, Katerina Pawlowna, erinnerte Tonja sich gut.

Sie war sich sicher, daß Katja Laras Tochter war.

16

Vera

Vera hieß mit Familiennamen Michailowna, nach ihrem Vater Michail Semjonowitsch Petrow. Sascha lernte sie kennen, weil Michail Semjonowitsch bei Maître Heriot, dem Rechtsanwalt der Schiwagos, angestellt war. Petrow war früher selbst einmal Rechtsanwalt gewesen und hatte vor der Revolution eine angesehene Praxis in Kiew gehabt. Da es ihm zu schwierig erschien, in Frankreich noch einmal von vorne anzufangen, erneut Jura zu studieren und Examina abzulegen, nahm er die Stelle bei Maître Heriot an. Man schätzte ihn, weil er intelligent und gewissenhaft war und weil Maître Heriot eine ganze Reihe russischer Klienten hatte.

Saschas erstes Zusammentreffen mit Vera war eine Folge der Gastfreundschaft ihres Vaters. Er hielt selbst in seinen beschränkten Verhältnissen die russische Tradition der Gastfreundschaft aufrecht, und seine Wohnung im Sechzehnten Arrondissement stand allen offen – Soldaten, Ingenieuren, Universitätsdozenten, Medizinern und Leuten, deren Berufsstand unklar war. Ihnen allen ging es mehr oder weniger schlecht, und sie waren schon über eine karge Mahlzeit glücklich. Eine Madame Petrowa gab es nicht. Es hieß, sie sei an der Grippe gestorben, und mehr wurde über das Thema nicht gesprochen.

Sascha mußte immer noch häufiger in Maître Heriots Büro vorsprechen, entweder um Schriftstücke zu unterzeichnen oder um sein monatliches Unterhaltsgeld abzuholen, und außerdem wurde immer noch um das Vermögen der Schiwagos prozessiert. So begegnete er Michail Semjonowitsch regelmäßig. Er war ein freundlicher Mann in den Vierzigern, mit frischer Gesichtsfarbe, einem Spitzbart und buschigen Augenbrauen. Sie unterhielten sich häufig auf russisch, während Maître Heriot Papiere heraussuchte. Sascha bezeichnete Petrow im stillen als altmodischen Russen, ohne dabei genau zu wissen, was er damit eigentlich meinte. Als Michail Semjonowitsch daher eines Tages beiläufig vorschlug, Sascha sollte ihn doch nach Hause begleiten, sie könnten ihre Unterhaltung dort fortsetzen und etwas echt Russisches essen, war Sascha so neugierig, daß er die Einladung annahm. Erst als sie in Petrows Wohnung ankamen, stellte er fest, daß für seinen Empfang und seine Bewirtung keinerlei Vorkehrungen getroffen worden waren, daß es ein reges Kommen und Gehen von Besuchern gab und daß das alles ganz normal schien.

»Kommen Sie herein. Das hier ist meine Tochter Vera – Vera, das ist Alexander Jurjewitsch, oder für dich wohl Sascha. Nein, treten Sie doch ein, legen Sie ab. Darf ich vorstellen, Vanja. Vanja, das ist Sascha. Vanja ist – Major?«

»Straßenkehrer«, sagte Vanja.

»Major und Straßenkehrer.«

»Major von Beruf, aber ich arbeite als Straßenkehrer. Ich muß gehen.«

»Mußt du wirklich schon gehen?«

»Leider«, antwortete Vanja, zog einen weiten, schäbigen Pelzmantel über seine Arbeiterkluft, setzte seine Fellmütze auf und verschwand in den kalten, nassen Herbstabend.

»Da haben Sie es«, sagte Michail Semjonowitsch seufzend. »Das russische Dilemma.« Er zog den Mantel aus und reichte ihn zusammen mit Saschas Mantel seiner Tochter. »Wissen Sie, in meinem ganzen Bekanntenkreis gibt es niemanden, der hier in Frankreich zu Geld gekommen ist. Keinen einzigen! Die Soldaten fegen Straßen, die Admiräle putzen Klos, der Adel bedient in Restaurants. Selbst Leute mit nützlichen Berufen, wie Ingenieure, arbeiten als Automechaniker. Irgend etwas stimmt mit uns Russen nicht. Emigranten aus anderen Ländern gründen Unternehmen, und bevor sie sich's versehen, haben sie ein Vermögen gemacht. Aber was für Unternehmen gründen wir? Restaurants! Und die meisten machen damit Verluste und sind innerhalb von zwölf Monaten pleite. Natürlich gibt es auch reiche Russen, aber die haben ihr Geld dann schon vor der Revolution gehabt und es irgendwie mit herausbringen können. Oder es sind Juden – nicht daß ich etwas gegen die Juden hätte. Viele sind gute Menschen. Was meinen Sie dazu?«

Auf einem Gasring wurde ein Topf mit Suppe aufgewärmt. Nach

kurzem Klopfen trat ein weiterer Besucher ein. Er begrüßte seinen Gastgeber freundlich und bediente sich dann ungezwungen mit Suppe. Michail Semjonowitsch winkte ihm nur zu, murmelte einen Namen und sagte: »Elektriker und Konzertgeiger.«

»Wir verachten Geld«, erklärte Sascha.

»Ich verachte Geld nicht«, warf Vera trocken ein. Sie hatte sich neben ihren Vater gesetzt, eine junge Frau von etwa achtzehn Jahren, mit grobknochigem Gesicht, braunen Augen und braunen Haaren, die nichts besonders Bemerkenswertes an sich hatte, aber eine Art ironisches Selbstbewußtsein ausstrahlte. An ihrem Gesicht fiel Sascha nur die glatte Haut auf und der feine Flaum, der von ihrem Haaransatz bis hinunter zu den Wangen reichte. Sie bewegte sich, als wären ihre Gliedmaßen etwas zu lang geraten und müßten behutsam zusammengelegt werden, damit sie nicht knickten. Aufgrund einer bloßen Beschreibung hätte man sie nicht für attraktiv gehalten, doch das war sie durchaus, wenn man sie auch nicht als schön bezeichnen konnte.

Wieder kam ein Besucher herein. Sascha vermutete inzwischen, daß die Wohnung der Petrows Zwischenstation für wurzellose Männer war, die von der Arbeit kamen. Der neue Gast war mittleren Alters und trug Ärmelschützer und einen goldenen Kneifer. Seinen Namen verstand Sascha wieder nicht, wohl aber den Beruf: »Bankangestellter und Mathematikprofessor.« Auch der Mathematikprofessor nahm sich einen Teller Suppe und setzte sich, ohne seinen Gastgeber zu beachten, neben den Elektriker und Violinvirtuosen und fing ein Gespräch über das Pressewesen an. Im Zimmer lagen stapelweise alte russische Zeitungen herum. Vera holte einen Teller mit Piroschki, kleinen Pastetchen, und reichte ihn herum. Dann setzte sie sich wieder neben ihren Vater und fragte Sascha:

»Hat mein Vater dir schon erklärt, daß unser Versagen nur damit zusammenhängt, daß wir soviel Wert auf unsere ›russische Seele‹ legen?«

»Das wollte ich dir überlassen«, sagte ihr Vater nachsichtig, »aber ich wäre schon noch darauf zu sprechen gekommen.«

»Das Getue um die russische Seele langweilt mich.«

»Warum?« wollte Sascha wissen.

»Weil wir versuchen, praktische Fragen mit Metaphysik zu beantworten. Eigentlich ist es gar kein Wunder, daß die russischen Emigranten in wirtschaftlicher Hinsicht gescheitert sind. Unser Rußland war in ökonomischer Hinsicht unterentwickelt, und wo es Entwicklungen gab, beruhten sie auf Rohstoffen, nicht auf Produktion oder Handel. Wir waren wirtschaftlich gesehen auf Ausländer und auf unsere eigenen Juden und Deutschen angewiesen. Und die Leute, die aus Rußland geflohen sind, sind Adlige, Rentiers, Beamte und Soldaten – also Parasiten. Zweifellos reizend und kultiviert, aber wirtschaftlich gesehen nutzlos. Jetzt weißt du, warum wir in Frankreich keine wirtschaftlichen Erfolge verbuchen können. Dazu braucht man unsere schönen russischen Seelen gar nicht zu bemühen.«

»Bist du Marxistin?« fragte Sascha.

»O Gott, nein! Ich habe nur versucht, der russischen Seele den ihr gebührenden Platz zuzuweisen. Daß sie existiert, will ich gar nicht leugnen. Bist du Marxist?«

»Beleidige unseren Gast nicht«, tadelte ihr Vater.

»Laß ihn doch selbst antworten.«

»Nein, ich bin kein Marxist. Aber ich sehe ein, daß es durchaus sinnvoll sein kann, Gesellschaften von ihrer Struktur her zu analysieren, nicht einfach nur aus moralischer Sicht. Hast du das nicht auch gerade gemacht, um den Charakter unserer Emigranten zu erklären?«

»Stimmt, das habe ich – aber das ist auch langweilig. Tanzt du? Oder gehst du gern ins Kino?«

✳

»Die Wohnung gehört einem Bekannten«, sagte Golizin. »Monsieur Aristide Kruger, ihr habt vielleicht schon von ihm gehört. Ich werde euch irgendwann einmal miteinander bekannt machen, Kolja. Ich gebe zu, daß sie ein klein wenig luxuriöser sein könnte.«

Das Gebäude machte wirklich einen sonderbaren Eindruck. Als sie die Treppen hinaufstiegen, wären sie fast über einen betrunkenen Zwerg gestolpert, der mit Theaterschminke bemalt war und eine Brokatweste trug. Er hatte ausgestreckt auf einem Treppenabsatz gelegen, eine Zigarre geraucht und ein komisches Lied gesungen. Bei ihrem Anblick war er aufgesprungen und hatte sich tief verbeugt. Während er sie zur Tür begleitet hatte, hatte er sich vorgestellt: »Ich bin Le Grand Nain. Verstehen Sie den Witz daran? Le Grand Nain – hihi!«

Durch die schmutzige Fensterscheibe, die in ihrem verrotteten Rahmen klapperte, beobachtete Katja das geschäftige Treiben auf der Rue Mouffetard: das Taxi des Finanziers, den Boten eines Kürschners, der eine große Tasche trug, zwei Prostituierte und einen Metzger mit blutiger Schürze.

»Wenn du hältst, was du versprichst«, sagte Golizin vertraulich, »dann bin ich ganz zuversichtlich, daß ihr euch schon in Kürze verbessern könnt.«

»Ich hoffe, daß ich deine Erwartungen erfülle«, gab Kolja zurück.

»Ihr braucht Zeit, um euch einzurichten, müßt ein paar Möbel kaufen und so weiter. Sollen wir sagen, Montag im Büro?«

»Morgen, wenn du willst.«

Golizin zog die Augenbrauen hoch und lächelte gönnerhaft. »Ich hoffe nur, daß dein Arbeitseifer nicht größer ist als deine Besonnenheit.«

»Ich kann sehr besonnen sein«, erklärte Kolja.

Golizin verabschiedete sich von ihnen mit den üblichen Floskeln, wie sie ein Arbeitgeber seinen Angestellten gegenüber gebraucht.

»Und was soll ich machen?« fragte Katja und sah sich in dem feuchten, seit längerer Zeit nicht bewohnten Zimmer um.

»Das ist deine Sache. Du hättest ja in Nizza bleiben können. Ich habe nicht darauf bestanden, daß du mit nach Paris ziehst.«

Diese Bemerkung war gemein, entsprach aber der Wahrheit.

»Ich suche mir Arbeit«, sagte sie.

»Viel Glück. Hast du vor, hier sauberzumachen?«

»Wir können zusammen saubermachen.«

Doch weil Katja nichts Besseres zu tun hatte, putzte sie die Wohnung, ging auf den Markt und kochte. Kolja war überrascht und freute sich. Ich muß unbedingt Arbeit finden, sagte Katja sich. Am nächsten Morgen klopfte sie bei der Familie in der Wohnung unter ihnen und stellte sich vor.

»Ich bin in die Wohnung oben eingezogen.«

»Bitte, kommen Sie doch herein, kommen Sie herein!« sagte Madame Coën fröhlich. »Daniel, mach unserem Gast Platz.«

Die Wohnung war voller Pelze und Musterstücke aus changierender Futterseide. Eine Singer-Nähmaschine stand mitten im Zimmer, und in einem alten Sessel lümmelte ein junger Mann herum, vielleicht zwei oder drei Jahre jünger als Katja. Er war, was zu seiner Umgebung nicht paßte, teuer gekleidet, schien aber nicht auf seine Kleider zu achten. Sein dunkles Gesicht war unrasiert, und nach Katjas erstem Eindruck war er schlechtgelaunt und verwöhnt.

Madame Coën dagegen hieß sie herzlich willkommen und war sehr gesprächig. Nachdem sie Katja Kaffee eingeschenkt hatte, entschuldigte sie sich allerdings, daß sie während ihrer Unterhaltung weiternähen müsse. Katja nahm an, daß sie normalerweise den ganzen Tag allein arbeitete und sich über jede Gesellschaft freute.

»Sie sind Russin?« fragte Madame Coën. »Das höre ich am Akzent, aber Sie sprechen ein ausgezeichnetes Französisch. Wo haben Sie das gelernt?«

»Ich hatte eine Privatlehrerin.«

»Dann stammen Sie aus reichem Hause?«

»Nein, und auch jetzt bin ich nicht reich. Es ist eine komplizierte Geschichte.«

»Unsere Geschichten sind alle kompliziert«, sagte Madame Coën und erzählte ihre eigene, die bekannte Geschichte von Pogromen und Kosaken. Später schämte sich Katja, daß sie kaum zugehört hatte. Statt dessen trank sie ihren Kaffee und dachte im stillen an nichts anderes, als daß sie unbedingt Arbeit finden mußte. Nur so konnte sie sich von Kolja unabhängig machen.

»Was können Sie? Können Sie nähen?« fragte Madame Coën.

»Ein bißchen, aber nur ganz einfache Stiche, und vom Schneidern habe ich fast gar keine Ahnung.«

»Das macht nichts, es lohnt sich sowieso nicht. Ich kann nichts anderes. Aber es lohnt sich nicht. Immerhin, Sie sind eine gepflegte Erscheinung. Können Sie tippen? Oder vielleicht könnten Sie als Telefonfräulein arbeiten?«

»Ich bin musikalisch«, sagte Katja, nicht weil sie das für eine nützliche Eigenschaft hielt, sondern weil der Gedanke, daß sie nichts zu bieten hatte, sie entmutigte.

»Paris ist voller Musiker«, sagte ihre neue Freundin. »Und sie werden ausgesprochen schlecht bezahlt.«

Katja hängte in den Tabacs in der Gegend kleine Zettel auf, daß sie Arbeit suchte. Als sie ein paar Tage später mit zwei schweren Einkaufstüten beladen nach Hause kam, traf sie Daniel Coën an der Haustür. Er brachte es immer noch fertig, gleichzeitig unverschämt und ernsthaft zu wirken, aber heute fehlte ihm der mißmutige Gesichtsausdruck, der Katja zunächst so abgeschreckt hatte. Eigentlich sieht er ganz gut aus, dachte sie. Als er sie erkannte, lächelte er und sprach sie an.

»Ihre Taschen sehen so schwer aus. Kommen Sie, ich trage sie Ihnen hoch.« Er nahm ihr die Tüten ab, und sie gingen zusammen die Treppen hinauf.

Unterwegs stießen sie auf Le Nain. Der Zwerg streckte den Zeigefinger nach Katja aus und sagte scharf: »Sie da – ich habe ein Wörtchen mit Ihnen zu reden. Aber nicht jetzt. Ich bin in Eile.« Er verschwand in einer Wolke von Kognakdunst.

»Ich habe Angst vor ihm«, sagte Katja, lächelte aber dabei.

»Er ist eigentlich ein netter Kerl«, meinte Daniel nachdenklich. »Er ist viel zu großzügig, wenn man bedenkt, daß er kein Geld hat. Und das Leben ist nicht gerade sanft mit ihm umgegangen, warum sollte er also eine gute Meinung davon haben?«

»Wohnt er hier?«

»Das ist schwer zu sagen. Er hatte einmal eine Geliebte, die hier ein Zimmer hatte. Sie war Sängerin, aber sie ist letztes Jahr gestorben. Sie war wohl schwindsüchtig. Niemand weiß, wo er seitdem lebt, und ich glaube, es interessiert auch keinen. Er ist ja nur ein Zwerg, und im Gegensatz zu den richtigen Menschen brauchen die bekanntlich kein Essen, keine Wohnung, keine Liebe, keine Zuneigung und auch kein Geld. Haben Sie den Schlüssel? Diese Tür hat immer ein wenig geklemmt.«

Katja reichte Daniel den Schlüssel. Er stieß die Tür mit der Schulter auf und trat zurück, um Katja eintreten zu lassen.

»Sagen Sie«, fragte er, »kennen Sie die Schiwagos?«

Katja war überrascht und sah ihn prüfend an.

»Warum sollte ich die Schiwagos kennen?«

»Sie kennen sie also. Das habe ich mir gedacht. Max Golizin hat Ihnen diese Wohnung besorgt, stimmt's? Er ist mit den Schiwagos befreundet. Sie haben früher hier gewohnt.«

Daniel war Katja in die Wohnung gefolgt und betrachtete mit bewunderndem Blick ihre Einrichtung. Dann fuhr er fort:

»Damals waren die Schiwagos natürlich arm. Jetzt sind sie reich. Sie haben mir diese Kleider gekauft. Sie kaufen mir ständig Sachen. Ich versuche, dankbar zu sein, und irgendwie bin ich das wohl auch. Das Problem ist, daß sie gute Menschen sind, und gute Menschen verhindern, daß ein schlechtes System zerstört wird, weil niemand ihnen weh tun möchte. Wie kann ich Revolutionär sein, wenn ich solche Kleider hier trage?«

Katja hörte ihm kaum zu. Es erschreckte sie, daß die Schiwagos in ihrer Wohnung gewohnt hatten, denn es verstärkte ihr Gefühl, an diese Familie gebunden zu sein. Daniel machte inzwischen keine Anstalten zu gehen, sondern fragte:

»Sind Sie die Frau, die Sascha in Nizza kennengelernt hat? Als er aus den Ferien wiederkam, hat er mir von dieser wunderbaren Frau erzählt, der er da unten begegnet ist.«

Katja wurde ärgerlich.

»Sprechen Sie immer so geringschätzig von Ihren Freunden?«

»Verachten wir unsere Freunde denn nicht immer? Abgesehen davon kann man über Sascha sagen, was man will, es macht ihm nichts aus – wirklich nicht. Er ist ein Idiot, der sich für ein Genie hält, wenn das das richtige Wort ist. Und das Merkwürdige daran ist, daß man ihm fast glauben könnte. Waren Sie es, die er getroffen hat?«

»Nein, das muß jemand anders gewesen sein«, sagte Katja.

✳

Le Nain lauerte Katja auf. Er kauerte vor ihrer Wohnungstür auf dem Boden, als sie nach Hause kam, und warf ihr einen giftigen Blick zu.

»Da sind Sie ja endlich. Ich warte schon seit Ewigkeiten. Ich habe Ihnen doch gesagt, daß ich Sie sprechen will.«

»Jetzt bin ich hier«, sagte Katja. Sie fürchtete sich, die Tür zu öffnen, denn der kleine Mann hätte ihr in die Wohnung folgen können. »Was wollen Sie von mir?«

»Ich höre, daß Sie Arbeit suchen.«

»Das stimmt.«

»Arbeit ist schwer zu finden. Man darf nicht wählerisch sein. Zu was wären Sie bereit? Ich hoffe, Sie sind nicht eins dieser ›netten‹ Mädchen, die sich die Hände nicht schmutzig machen wollen. Mit

›netten‹ Mädchen kann ich nichts anfangen. Und normalerweise mag ich keine Russen – sie sind faul.« Le Nains Tonfall und seine Worte sollten anscheinend beleidigend wirken, und er wartete auf Katjas Reaktion. Er nahm einen Zigarrenstummel aus seiner Westentasche, zündete ihn an und schwenkte ihn herum.

»Ich habe gehört, Sie wären musikalisch.«

»Warum interessiert Sie das?« gab Katja mit gleicher Schärfe zurück, und er lächelte.

»Was spielen Sie?«

»Klavier.«

»Können Sie singen?«

»Ja.«

Unbeeindruckt sagte er: »Ich kann singen. Ich habe eine schöne Stimme, aber den Kunden ist das egal. Sie halten es schon für ein Wunder, daß ich sprechen kann. Singen Sie mir etwas vor.«

»Nein.«

»Können Sie eine Jazz- oder eine Blues-Nummer singen? Eins von diesen Niggerstücken? Das hören die Leute gern.« Er stand auf und stolzierte auf seinen kurzen Beinchen um Katja herum, musterte sie eingehend und paffte dabei weiter an seiner Zigarre. »Sie sehen gut aus, das muß man Ihnen lassen. Vielleicht habe ich eine Arbeit für Sie. Arbeitszeit spät abends, schlechte Bezahlung, und die Kunden sind Schweine. Interessiert?«

Plötzlich mußte Katja lachen. Sie selbst war darüber genauso erstaunt wie Le Nain. Verdutzt sagte er:

»Hoffentlich lachen Sie nicht über mich. Das lasse ich mir nicht gefallen!«

»Nein – nein! Ich lache über ... Ach, ich weiß gar nicht, worüber ich lache!« Als sie sah, daß er immer noch skeptisch war, ging sie in die Hocke, so daß sich ihre Augen auf gleicher Höhe trafen. »Ihr Angebot ist das einzige, das ich bekommen habe.« Bei dieser Bemerkung versagte ihr die Stimme, und der Zwerg blickte sie mitfühlend an.

»Früher hatte ich eine Partnerin«, sagte er. »Sie war groß, so wie Sie. Sie ist gestorben, das Miststück. Wir haben diese Nummer zusammen gemacht, dieses ›Die Schöne und das Biest-Ding‹, versteh'n Sie? Das war nicht komisch. Daß Sie mich nicht falsch verstehen. An denen hier ist überhaupt nichts Komisches«, fügte er bitter hinzu und klopfte sich auf die Beine. »Na? Was meinen Sie? Wollen Sie es versuchen?«

»Herzlich gern«, war Katjas Antwort.

✳

Kolja ging völlig in seiner Arbeit auf. Er hatte die Stelle bei Golizin in der Überzeugung angetreten, daß er ein Weltmann sei und fast alles wisse, was man wissen müsse. Nach einer Woche war er nachdenklich, nach zwei Wochen begeistert. Im Finanzgeschäft gab es eine Alchemie, die ihn faszinierte, und er machte sich daran, sie zu studieren. Was seine Frau tat, interessierte ihn nicht, und meist blieb er bis spät abends im Büro, so daß Katja sich eines Abends ohne Schwierigkeiten mit Le Nain auf den Weg machen konnte. Sie hatten keine Möglichkeit gehabt, richtig zu üben, wovon Le Nain im übrigen auch nicht viel hielt.

»Das macht diese Art von Musik kaputt. Und das Publikum, so dumm wie es ist, merkt sowieso nichts.«

Er gab Katja die Noten. Sie summte die Melodien. Er verbesserte sie. »Schneller. Sehen Sie mich an. Ich gebe Ihnen die Einsätze.«

Sie nahmen einen Bus zum Montparnasse, und während der Fahrt versuchte der Zwerg, seine Partnerin aufzuklären.

»Erwarten Sie nichts Großartiges. Wir sind keine Stars, tatsächlich sind wir überhaupt nicht viel. Wenn wir dem Publikum nicht passen, holt der Direktor uns sofort von der Bühne. Sollte das passieren, heißt es, Mund halten. Bleiben Sie höflich und nett, dann kriegen wir vielleicht trotzdem etwas Geld dafür.«

Sie stiegen aus, und Le Nain schob sich mit Katja im Schlepptau durch ein paar Seitenstraßen, bis sie zu dem düsteren Hintereingang eines Nachtclubs kamen. Katja bemerkte nicht einmal, wie er hieß. Während Le Nain drinnen mit dem Direktor sprach, änderte sich sein Verhalten. Er war nun liebenswürdig und scherzte freundlich mit jedem, der ihm über den Weg lief.

»Nervös?« fragte er Katja.

»Ein bißchen.« Aber die Nervosität war Vorfreude, nicht Angst. Sie hatte keine Ambitionen als Nachtclubsängerin. Der Gedanke war absurd! Aber das Risiko und die Freude über diese Gelegenheit zur Selbstbestätigung versetzten sie in Erregung. Le Nain mußte ihr das angesehen haben, denn er sagte: »Beruhigen Sie sich. In zwei

365

Minuten sind wir dran. Dann geht's auf die Bühne und hinterher gleich wieder weg, denn wenn die Kunden mich sehen, vergeht ihnen das Trinken.«

Sie wurden durch eine Tür auf eine kleine Bühne mit einem Klavier geführt, und unten im Raum sah Katja verschwommen einen Tanzboden mit einigen tanzenden Paaren, Tische und eine Bar, alles in Zigarettenrauch und bunten Lichterschein gehüllt. Der Zwerg schob sie zum Klavier, und während sie sich setzte, unterhielt er die Kundschaft mit einem derben Witz. Dann spielte sie, und er sang dazu.

Er sang schmachtend, wunderschön, liebkoste jedes Wort des banalen Textes. Sechs Lieder waren es, und jedes trug er voller Schmelz vor. Dann stand er plötzlich neben Katja. »Sie sind dran.« Er setzte sich ans Klavier, und sie trat nach vorn auf die Bühne, verschämt, die Hände über dem einfachen Kleid gefaltet. Sie sah nur die glitzernden Lichter, die Kaskaden von Farbe, die sich über die Tänzer ergossen. Sie sang ihre Lieder und erinnerte sich hinterher an nichts.

Anschließend bezahlte der Direktor sie in seinem Büro.

»Nicht schlecht«, sagte er zu Katja. »Aber lassen Sie sich einen Tip geben. Wir sind hier nicht in der Oper. Ihre Stimme braucht mehr Klang. Rauchen Sie? Nein? Sie sollten damit anfangen.« Und an Le Nain gewandt: »Hier sind deine Moneten, Marcel. Vielleicht nächste Woche wieder? Ich hab' nichts gegen das Mädchen, aber kannst du dir nicht eine schwarze Partnerin besorgen? Das ist momentan Mode. Liegt an dieser Baker.«

Le Nain steckte sich eine Zigarre an.

»Das Publikum will Amerikaner. Sie sind Gold wert.«

Der Direktor nickte.

»Kann schon sein. Und Sie, meine Kleine, denken Sie daran, was ich Ihnen gesagt habe. Singen Sie heiserer, rauchiger.«

Draußen gab Le Nain Katja ihren Anteil am Verdienst. »Finden Sie allein nach Hause? Sie waren nicht schlecht. Ihre Stimme ist ein bißchen zu fein, aber daran können wir arbeiten.«

»Danke.« Katja ergriff seine Hände.

»Wofür?« fuhr er sie an. »Das ist bloß eine Arbeit.«

»Ich brauchte eine Arbeit.«

»Denken Sie bloß nicht, daß es mehr ist.«

Er entzog ihr seine Hände und ließ sich einen Kuß auf die Wange geben. Dann wandte er sich um und ging auf seinen kurzen Beinchen mit beschwingten Schritten davon. Katja sah ihm nach, immer noch wie im Rausch. Sie wußte, daß dieses Gefühl vergehen und daß ihre Arbeit mit Le Nain zu einer ermüdenden Abfolge kurzer Auftritte in billigen, zweifelhaften Etablissements werden würde. Aber sie war ein Zeichen ihrer Freiheit.

*

An Weihnachten 1933 konnte Nikolai Afanasitsch Safronow wieder mit Fug und Recht von sich behaupten, er habe eine Stellung in der Welt. Seit achtzehn Monaten war er jetzt in Paris. Er hatte sich etabliert während dieser Zeit und war bei Börsenmaklern und an der Börse als rechte Hand des Finanziers Max Golizin bekannt, der die »Société Financière des Veuves et Blessés de la Patrie« gegründet hatte. Die Regierung war Golizin – *Le Grand Max*, wie die Presse ihn nannte – wohlgesinnt, denn er half einem Teil der Bevölkerung, den Witwen und den Kriegsversehrten, den die wirtschaftliche Krise stark getroffen hatte. Seit 1929 waren die Löhne um ein Drittel gesunken, und die Zahl der Betriebe, die pro Monat bankrott machten, war um siebzig Prozent gestiegen. Auch wenn diese Statistiken nicht immer in allen Einzelheiten bekannt waren, wußte doch jeder Franzose, der um seine Rente, seine Ersparnisse oder seinen Arbeitsplatz bangte, wie es um die Wirtschaft im allgemeinen bestellt war. Überall herrschte Nervosität, denn die Regierung schien der Katastrophe hilflos gegenüberzustehen. Man war nervös, denn wenn die Demokratie tatsächlich den Willen des Volkes verkörperte, hatte sie versagt, das Volk hatte nämlich den Verlust aller finanziellen Sicherheiten nie gewollt. Die Rechten und die Linken warteten gleichermaßen gespannt auf den Schnitzer, der zur Vernichtung des ganzen Systems führen würde.

Manche jedoch verdienten sich eine goldene Nase. Der Erfolg der Société rechtfertigte das Vertrauen, das Golizin in seinen Oberbuchhalter gesetzt hatte, und die Belohnung ließ nicht auf sich warten. Nach wenigen Monaten schon konnte Safronow mit seiner Frau aus der schäbigen Wohnung in der Rue Mouffetard in eine neue Wohnung umziehen, die von der Spezialistin für Fragen des zeitgenössischen Geschmacks, Lydia Kalinowska, eingerichtet worden war. Nicht ohne Bedauern gab Katja ihre Auftritte mit Le Nain auf und unterrichtete nun Russisch und Musik. Kolja meinte, sie brauche gar nicht zu arbeiten, denn er verdiene mehr als genug für sie beide. Katja erwiderte darauf, daß sie sehr wohl arbeiten müsse und daß ihn das nichts anginge.

Am Weihnachtstag hockte Safronow im leeren Büro neben dem schweigenden Fernschreiber über den Büchern der »Witwen und Kriegsversehrten« und fügte Korrekturen ein, wo es ihm angebracht schien. Er trug einen Anzug mit Weste und ein feines Hemd mit Ärmelhaltern und Manschettenschonern, und zum Lesen verwendete er eine Schildpattbrille. Seine Haare waren geölt und gescheitelt und seine Lippen von einem hübschen dunklen Schnurrbart bedeckt. Er war in jeder Hinsicht eine Respektsperson.

Er arbeitete am Weihnachtstag, weil der Erfolg der »Witwen und Kriegsversehrten« seine ganze Aufmerksamkeit verlangte und weil er nichts Besseres zu tun hatte. Die wenigen Menschen, die ihn näher kannten, erzählten sich, seine Ehefrau sei zwar intelligent, aber so kalt wie Eis. Man wußte auch, daß er eine Geliebte hatte, aber diese fühlte sich verpflichtet, Weihnachten mit ihrem Mann und ihren Kindern zu verbringen. Und so kam es, daß Safronow arbeitete.

Kurz nach Mittag klingelte das Telefon. Der Anrufer nannte sich Frossard und wollte Max sprechen. Kolja wußte, daß Frossard der Vertraute von Josephe Garat, dem parlamentarischen Abgeordneten für Bayonne, war und daß er, ebenso wie Golizin, einen bekannten Rennstall besaß.

»Ich habe es schon bei ihm zu Hause versucht«, sagte Frossard, »aber dort war er nicht.«

»Er ißt mit Freunden zu Mittag. Wo, kann ich Ihnen nicht sagen, aber wenn Sie ihm eine Nachricht hinterlassen möchten, werde ich sie weitergeben.«

»Aber es ist dringend!« rief Frossard ärgerlich.

»Das werde ich ihm auch ausrichten.«

Bei soviel Ruhe wurde auch der Anrufer ruhig. »Hören Sie zu, ich weiß nicht, inwieweit Max davon betroffen ist«, sagte er, »aber sagen Sie ihm, daß Tissier beim Subpräfekten war und gestanden hat.«

An diesem Punkt in seiner Karriere hatte *Le Grand Max* beschlossen, daß er es sich leisten könne, im Hotel Crillon ein großes Mittagessen zu geben. Seine Sparsamkeit veranlaßte ihn dazu, Freunde, Geschäftspartner und Kontaktpersonen aus der Politik gemeinsam einzuladen. Auch die Schiwagos kamen, abgesehen von Professor Gromeko, der gebrechlich war und lieber zu Hause eine leichte Mahlzeit zu sich nahm. Maxim Jurjewitsch saß am Kopfende einer mit etwa zwanzig Personen besetzten Tafel und sah aus wie immer, ernst, gütig und leicht irritiert, wenn die Rede auf das Geschäft kam, so als wäre das das letzte, worüber er sprechen wollte.

Sascha saß zwischen Vera und der Gräfin Kalinowska. Lydia Kalinowskas reife Schönheit hatte ihren Höhepunkt erreicht. Als Vera sie im Hotelfoyer gesehen hatte, hatte sie in ihrer direkten Art gesagt:

»Sie sieht aus wie eine Edelnutte. Und ich glaube, das ist sie im Grunde auch. Aber immerhin ist das auch eine Möglichkeit, sich zu ernähren.«

Vera sprach mit Sascha immer auf die gleiche, hemmungslose Art, aber er konnte nicht ergründen, ob sie damit ein besonderes Vertrauen ihm gegenüber bewies. Sie zeigte nie offen Zuneigung. Trotzdem nahm man allgemein an, daß zwischen ihnen ein bestimmtes Einvernehmen herrschte. Manchmal wünschte sich Sascha, Vera möge ihn darüber aufklären, worin dieses Einvernehmen bestand.

Ihnen gegenüber saß Vetter Aristide. Sascha hatte kürzlich die Idee gehabt, sich für die Finanzen der Familie zu interessieren, um die sich weiterhin sein Vetter und Golizin kümmerten. Das war notwendig, wenn er sein Vermögen sinnvoll einsetzen wollte. Aus diesem Grund hatte er ein paarmal das Büro von Golizin et Cie in der Rue de Provence aufgesucht und war sogar in der Börse gewesen. Dabei hatte er Kolja Safronow wiedergetroffen, aber sie hatten nur über Geschäfte gesprochen. Kolja hatte ihn mit seinem Wissen über Aktien und Wertpapiere beeindruckt, aber Sascha hatte von diesem verzwickten Geschäft keine Ahnung und bezweifelte, daß er es jemals haben würde. Es kam ihm grob und materialistisch vor.

Von Katja sprachen sie nie. Sascha hatte sie seit den Ferien in Nizza nur selten gesehen. Bei einem von Golizins Mittagessen waren sie sich begegnet, und Sascha hatte sie noch anziehender gefunden als früher. Die Schönheit des Kummers, die ihr in Nizza zu eigen gewesen war, war von der Schönheit des Selbstbewußtseins abgelöst worden. Ihren Mann ignorierte sie anscheinend unbekümmert, und sie betrachtete die Welt aus einer gewissen Distanz heraus. Sascha war enttäuscht gewesen, als sie beiläufig erwähnt hatte, daß sie eine Stelle als Lehrerin gefunden hatte, und sich dann freundlich nach seiner Ausbildung und seinen Plänen, an die Sorbonne zu gehen, erkundigt hatte. Er wollte ihre Freundlichkeit nicht. Freundlichkeit war ein Bonbon, das man braven Kindern schenkte.

Golizin sprach gerade zu den Politikern über das Thema der Witwen und Kriegsversehrten.

»Die Société ist bei der Schicht, der sie dient, selbstverständlich ein großer Erfolg. Die Schwierigkeit liegt jedoch darin, daß deren Ersparnisse, bedingt durch die allgemeine Wirtschaftslage, zu klein sind, um große Vorhaben damit auszuführen, und natürlich sind sie zur Sicherheit zum größten Teil in Staatspapieren angelegt. Wenn wir wirklich etwas für diese Unglücklichen tun wollen, müssen wir unser Anlagepublikum vergrößern, indem wir etwa die Ersparnisse von Angestellten, Ladeninhabern und anderen kleinen Leuten, die für sich allein nicht investieren könnten, hinzunehmen. Denken Sie an das Darlehen für die Tschechoslowakei: Ich bin der erste, der sagen würde, daß das für kleine Leute zu riskant ist! Aber für die Société? Die Société verteilt ihre Risiken und hat in den Staatspapieren immer eine solide Grundlage. Meine Herren, wir müssen die Societé weiter voranbringen, und das können wir nur, wenn wir auf Ihre Empfehlungen hin neue Investoren gewinnen!«

Er fügte hinzu, daß das natürlich seine ganz persönliche Meinung sei. »Als Diener der Société bin ich zufrieden, wenn alles so bleibt, wie es ist. Sie, meine Herren, setzen die Ziele, die Sie von der Societé erreicht sehen wollen – die darin bestehen, das Leiden der Unglücklichen zu verringern. Ich kann nur Beobachtungen über die Vorgehensweise anstellen, die nötig wäre, um *Ihre* Ziele zu erreichen.«

Da die Zuhörer Politiker waren und Golizin als kluger Kopf und gewitzter Finanzier galt, war man unsicher, wie man auf diese Rede reagieren sollte. Die Gräfin Kalinowska nahm an, sie wäre ironisch gemeint.

»Haben Sie bemerkt«, meinte sie, »daß von den Werkstätten für unsere lieben Witwen und Kriegsversehrten nicht mehr die Rede ist? Max hat wirklich eine Werkstatt in Nantes eingerichtet – ich glaube, es war eine Schneiderei. Aber unsere Witwen waren zu hübsch und zu enthusiastisch, und unsere Verwundeten zu lebenslustig und zu sportlich, so daß die Werkstatt, kurz nachdem sie vom Präfekten eröffnet worden war, vom Magistrat wieder geschlossen wurde.« An Tonja gewandt sagte sie entschuldigend: »Meine Liebe, ich habe nicht *alle* Witwen gemeint.«

»Ich weiß – nur die hübschen und enthusiastischen.«

»Das Projekt ist allein aus finanziellen Gründen gescheitert«, sagte Golizin gewichtig. »Die Produktion in kleinen Betrieben ist nicht wirtschaftlich.«

Daraufhin brachte er das Gespräch auf das Zugunglück bei Lagny, das sich vor zwei Tagen ereignet und weitere Witwen und Verletzte hervorgebracht hatte, auch wenn letztere keine Kriegsversehrten waren.

»Wenn die Regierung nichts für sie tut, kann die Société vielleicht etwas unternehmen. Eine philanthropische Geste würde unseren Ruf noch verbessern.«

Eine philanthropische Geste würde jedoch auch Geld kosten, und die Versammlung zog es vor, die Nachlässigkeit und das mangelnde Gespür der Regierung zu verurteilen.

»Hast du gemerkt«, flüsterte Vera Sascha zu, »daß sogar die Politiker der Regierungsparteien hemmungslos die eigene Regierung kritisieren?«

»Weil sie im Grunde nicht glauben, daß sie das Land regieren. Es wird von etwas Abstraktem regiert, dem sogenannten System – und das System ist ihnen genauso ein Rätsel wie uns anderen auch.«

Es bedrückte Sascha, daß der Ton der politischen Gespräche gemein oder bestenfalls zynisch gehalten war, selbst wenn es um Hilfe für die Opfer des Zugunglücks bei Lagny ging. Doch gerade erschien ein Kellner. Er wandte sich an Golizin und wies auf die Tür, wo ein Mann in Mantel und Schlapphut stand.

»Das ist ja Kolja!« rief Lydia Kalinowska und fügte hinzu: »Er war natürlich auch eingeladen, aber er hat gesagt, er müßte arbeiten. In Wirklichkeit hat seine Frau sich geweigert mitzukommen.«

»Stimmt das?« fragte Sascha.

»Sie will mit seiner Arbeit nichts zu tun haben, hält das für unter ihrer Würde. Ich finde, die Frau hat etwas beleidigend Hochmütiges an sich.«

Golizin faltete seine Serviette zusammen und stand auf. »Ich höre mir nur kurz an, was er will.« Er ging zur Tür, und die Unterhaltung wurde ohne ihn fortgesetzt. Sascha jedoch warf ab und zu einen Blick zu ihm hinüber, und ihm fiel auf, daß die schweren Gesichtszüge des Finanziers ungewöhnlich belebt waren, während er mit seinem Angestellten sprach. Als er zurückkam, sagte er höflich: »Probleme – Probleme. Die Welt ist voller Probleme. Meine Hilfe wird gebraucht. Es ist Weihnachten, und ich glaube, ich sollte sie nicht verweigern.«

✻

Drei Tage später saß Sascha nachmittags in einem Café in der Rue Saint Jacques. Er und seine Freunde gaben sich gern als Studenten und diskutierten in den Cafés nahe der Sorbonne über Politik und Religion. Daniel, dessen Freundin Yvonne und Vera waren da. Yvonne war blond, und ihre Gesichtszüge sahen aus wie gemalt, wie bei einem Stoffpüppchen. Sie war von Daniel ganz hingerissen, saß dicht neben ihm und ließ eine Hand von seiner Schulter herabhängen. Daniel betonte, daß ihm das lästig war – wenn er daran dachte –, und schob die Hand ab und zu fort. Sein Kinn war jetzt blau vor Bartstoppeln. Er behandelte selbst seine Freunde geringschätzig, was ihn als ernstzunehmenden Mann auswies.

»Warum sagst du, daß es mit der Demokratie aus ist?« fragte ihn Vera gerade.

»Ich habe nicht gesagt, daß es mit der Demokratie allgemein aus ist, sondern nur mit dieser Demokratie, wie wir sie in Frankreich haben. Bist du in letzter Zeit mal in einem der Cafés in der Nähe des Palais Bourbon gewesen? Sie haben dort Schilder aufgestellt: Abgeordnete werden hier nicht bedient.«

»Die Regierung ist unbeliebt. Das heißt aber doch nicht, daß es mit dem System vorbei ist. Wie sollen wir denn sonst Gesetze machen, die allgemeine Zustimmung finden?«

»Dein Vater ist Rechtsanwalt, das hört man!«

»Versuch nicht, mit persönlichen Angriffen vom Thema der Diskussion abzulenken. Ich brauche meinen Vater nicht zu verteidigen. Aber du mußt deine Meinung über die Demokratie verteidigen. Du hast das Zeug zum Demagogen. Ich sehe, daß ich bei dir gut aufpassen muß.«

»Und dann alles deinem Vater erzählen, damit er es der Sûreté sagen kann.«

Vera schenkte ihm eines ihrer seltenen Lächeln. »Beantworte meine Frage.«

»Also gut. Sagen wir mal – um der Diskussion willen –, daß das Volk den Gesetzen zustimmen sollte. Was machen wir nun, wenn es darum geht, daß du mir etwas gestohlen hast? Wenn ich es zurückhaben will, muß ich die Diebin dann um ihre Einwilligung bitten?«

»Zur Polizei gehen.«

»Und wenn die Polizei von den Dieben gekauft ist?«

»Wer sind diese Diebe? Du brauchst es mir gar nicht erst zu sagen – alle sind Diebe, außer den Arbeitern. Und besonders die Rechtsanwälte und die Kapitalisten. Du bist Marxist. Ich weiß gar nicht, warum ich dir überhaupt zuhöre. Na gut, red weiter, damit ich was zu lachen habe.«

Sascha griff ein: »Warum sind solche Leute Diebe? Die meisten von ihnen arbeiten hart. Sie verdienen ihr Geld. Sie wenden keine Gewalt an, um es zu bekommen. Du hast nicht stichhaltig bewiesen, daß sie Diebe sind.«

»Was meinst du mit ›verdienen‹? Meinst du, ihr Geld steht ihnen zu?«

»Doch, ja.«

»Du meinst, sie verdienen es moralisch gesehen?« fragte Daniel. »Wir reden von Moral, nicht von Macht, stimmt's? Ein Einbrecher kann sehr hart arbeiten, um in ein Haus hineinzukommen.«

»Ja, moralisch gesehen«, stimmte Sascha ihm zu.

»Gut, darüber läßt sich wunderbar diskutieren! Nehmen wir den Fall der Rechtsanwälte – tut mir leid, Vera.«

»Das macht mir nichts.«

»Gut. Also, wenn du deinem Anwalt sein Honorar zahlst – ich weiß nicht, vielleicht fünftausend Francs? –, fragst du dich dann, ob er das Geld moralisch gesehen verdient? Natürlich nicht. Du hast vielleicht das Gefühl, daß der Kerl überbezahlt ist, aber wenn du dich umhörst, stellst du fest, daß alle Anwälte mehr oder weniger das gleiche verlangen – das ist der Marktpreis. Und der Markt schert sich nicht um Moral. Der Markt sagt einem, daß ein Waffenhändler mehr wert ist als eine Krankenschwester und ein Gutsbesitzer mehr als seine Pächter, selbst wenn er keine Moral hat. Kurz und gut, der Markt sagt etwas über das Verhältnis der wirtschaftlichen Stärke der Parteien aus, nicht über das Verhältnis ihrer moralischen Stärke. Aber im Grunde ist beides das gleiche: Machtausübung gegenüber den Machtlosen.«

Vera fragte kühl: »Aber was hat das mit Demokratie zu tun?«

»Darauf komme ich jetzt!« fuhr Daniel fort. »Deine Demokratie ist nichts weiter als eine Methode, Regeln aufzustellen, die die Anwendung wirtschaftlicher Kraft – der Stärke der Reichen – für rechtmäßig erklären, während die Anwendung von Körperkraft – der Stärke eines jeden Arbeiters – als Unrecht gilt. Und wo physische Gewalt rechtmäßig ist, benutzen die Reichen den Markt, um sie aufzukaufen, nennen sie würdevoll ›Polizeimacht‹ und setzen sie gegen die Armen ein.«

»Unsinn«, erwiderte Vera, aber bevor sie fortfahren konnte, wurde die Tür geöffnet, und Constantine trat ein. Als Vera Daniels selbstzufriedenes Lächeln sah, bemerkte sie: »Glaub nur nicht, du hättest gewonnen, nur weil wir unterbrochen werden.«

Constantine strahlte alle an, küßte die Mädchen und fragte: »Störe ich euch?« Er legte seine Zeitung auf den Tisch, nahm seine Baskenmütze ab und bestellte einen Kaffee. »Was gibt's Neues?« erkundigte er sich.

»Nichts«, antwortete Sascha. »Wir haben über Politik diskutiert. Daniel hat sich über den bevorstehenden Niedergang der Demokratie ausgelassen.«

»Im Prinzip stimme ich ihm zu, nur will er die Macht dem Gesindel übergeben, während ich sie bei den Schlächtern der Arbeiterklasse lassen will. Aber warum über Theorien diskutieren, wenn wir Informationen aus erster Hand haben, wie die Sache abläuft?« Er deutete auf das Exemplar der »Action Française«, das er mitgebracht hatte.

»Klär uns auf, Connie.«

Vergnügt sagte er: »Na gut, wenn ihr darauf besteht, bleibt mir wohl nichts anderes übrig. Offensichtlich hat am Weihnachtsabend irgendein kleiner Verwaltungsbeamter in Bayonne dem Subpräfek-

374

ten gestanden, daß er gefälschte Kommunalobligationen im Wert von Millionen von Francs herausgegeben hat. Sie wurden von einem Burschen namens Stavisky auf den Markt gebracht – habt ihr den Namen schon mal gehört? Nein? Ich auch nicht. Dieser Stavisky ist aber mit Garat, dem Abgeordneten dort, befreundet und auch mit Albert Dubarry!«

»Wer ist Albert Dubarry?« fragte Yvonne.

»Ihm gehört ›La Volonté‹«, erklärte Daniel in einem Tonfall, als wollte er sagen: Du weißt aber auch gar nichts. »Und um das einmal festzuhalten, er haßt die ›Action Française‹. Und das, mein lieber Connie, bedeutet, daß deine Geschichte nichts als ein Schlagabtausch zwischen zwei Zeitungen ist.«

»Warten wir's ab«, antwortete Constantine selbstzufrieden.

✳

Daniel und Yvonne gingen. Vera wandte sich an Constantine. »Ist an dieser Geschichte in der Zeitung wirklich etwas dran? Greift Pujo Dubarry nicht einfach nur deshalb an, weil Dubarry links ist?«

»Das kommt drauf an, wer sonst noch beteiligt ist. Es scheint so, als hätten ein paar Minister und Abgeordnete Bestechungsgelder angenommen, um die gefälschten Wertpapiere in Umlauf zu bringen. Sascha sollte Max Golizin fragen, oder seinen Freund da, den Safronow. Die müßten eigentlich Bescheid wissen.«

»Das könnte ich«, stimmte Sascha zu. »Warum gehen wir nicht einfach hin? Bist du nicht neugierig?«

»Geht das denn?« fragte Constantine. »Ich meine, daß wir da so einfach hereinschneien?«

»Doch, natürlich«, erwiderte Sascha, der diese Tatsache für nicht der Rede wert hielt.

Sie fuhren mit dem Bus, gingen dann ein Stück zu Fuß und erreichten die Rue de Provence, als es gerade zu dämmern begann. Ein Schwarm Spatzen wirbelte auf der Suche nach Schlafplätzen wie Rauch über der Straße und zwitscherte so laut, daß der Verkehr kaum noch zu hören war. Unterwegs versuchte Constantine, Sascha für die »Camelots du Roi«, den Wehrverband der »Action Française« zu gewinnen, was ihn aber nicht davon abhielt, jedem attraktiven Mädchen zuzulächeln und ständig seine Baskenmütze zu ziehen, um sein blondes Haar zu zeigen.

»Ich bin Russe, nicht Franzose«, entschuldigte sich Sascha.

»Was ist das denn für eine Antwort? Du bist doch Monarchist, oder? Ich habe deinen russischen Freunden zugehört, und sie reden dauernd davon, daß sie die Romanows wiedereinsetzen wollen. Warum also nicht die Bourbonen wieder an die Macht bringen und damit dieser elenden Republik hier ein Ende bereiten? Was meinst du, Vera?«

»Ich bin nicht dagegen, ein System umzustürzen, das so offensichtlich versagt hat, aber davon zu sprechen, daß die Bourbonen wieder an die Macht kommen sollen, ist romantisches Geschwafel. Frankreich braucht Radikale, nicht Priester und gepuderte Perükken.«

»Du meinst, jemanden wie Hitler oder Mussolini?«

»Ich spreche nicht für sie. Aber es ist naiv, anzunehmen, daß eine Revolution der Rechten in der Hand eines saft- und kraftlosen Aristokraten bliebe und nicht von einem energiegeladenen Radikalen übernommen würde. Deine Art des Legitimismus ist seit Metternich überholt.«

»Aber was soll das Ganze dann?« rief Constantine. »Ob die Rechte oder die Linke gewinnt, ist doch ganz egal, wenn der Anführer in beiden Fällen ein jämmerlicher Journalist ist oder ein Exsoldat, dem der Hintern aus der Hose hängt. Wenn wir nicht von den Gedanken an die Monarchie inspiriert werden, wo soll dann die Inspiration herkommen?«

»Aus Ideen«, antwortete Vera.

»Der Himmel bewahre mich vor Ideen! Die bringen mich nur durcheinander. Und du, Sascha – willst du dich nun den ›Camelots du Roi‹ anschließen?«

»Ich werde es mir überlegen.«

Golizin war im Büro, aber er hatte sich in sein Zimmer zurückgezogen und war nur für seinen Oberbuchhalter zu sprechen. Sascha hatte sich ein wenig mit der Telefonistin angefreundet, und sie erzählte ihm, in den letzten Tagen sei es im Büro wie in einem Tollhaus zugegangen. Constantine hielt das für vielsagend.

Als Kolja aus Maxim Jurjewitschs Zimmer herauskam, stellte Sascha ihm seine Freunde vor.

»Sie haben einen ziemlich ungünstigen Zeitpunkt erwischt«, meinte Kolja. »Aber wir müssen uns schließlich um unsere Kunden kümmern, was? Und ich könnte eine kleine Pause gebrauchen. Mademoiselle Lebrun, würden Sie uns bitte Kaffee bringen?« Er führte die kleine Gesellschaft in sein Zimmer. Er wirkte zwar etwas erschöpft, war aber freundlich und bot ihnen Zigaretten an. »Was kann ich für Sie tun?«

»Eigentlich sind wir nur neugierig. Constantine glaubt, daß sich in der Finanzwelt ein Skandal zusammenbraut. Und da dachte ich, daß wir am besten dich oder Max fragen.«

Constantine erklärte: »Jemand, er heißt Stavisky, verkauft gefälschte Wertpapiere. Die ›Action Française‹ wirft der Regierung vor, sie sei ebenfalls an der Sache beteiligt.« Boshaft fügte er hinzu: »Haben Sie deswegen so viel zu tun?«

Zu Saschas Erstaunen beantwortete Kolja Constantines Frage ganz ernst.

»Vielleicht ist an der Geschichte etwas dran, das kann ich nicht sagen. Aber die Gerüchte bringen Unruhe in den Markt. Das bereitet uns hier Probleme. Die Witwen und Kriegsversehrten hatten überlegt, ihre eigenen Obligationen auszugeben, aber der Erfolg hängt vom Vertrauen des Marktes ab. Was wir am wenigsten gebrauchen können, sind viele ängstliche kleine Investoren, die alle auf einen Schlag ihr Geld zurückhaben wollen.«

Der Kaffee kam, und während sie tranken, plauderte Kolja über Themen, die ihm für Studenten von Interesse zu sein schienen. Sascha dachte: Er ist ein komischer kleiner Kerl, aber er kann mit Menschen umgehen.

Es gab ihm einen Stich, daß dieser Mann es auf unerklärliche Weise geschafft hatte, Katja an sich zu binden. Theoretisch gesehen war er Kolja deswegen böse, aber wenn er ihm gegenübersaß, war es unmöglich, seinem Charme nicht zu erliegen. Als sie ausgetrunken hatten, sagte ihr Gastgeber:

»Bitte entschuldigen Sie, wenn ich Sie jetzt verlasse und mich weiter darum bemühe, die Gerüchte und Spekulationen einzudämmen.«

»Er ist beeindruckend, was?« war Constantines Kommentar, als Kolja sich wieder dem Fernschreiber und den Telefonen zugewandt hatte.

In diesem Augenblick klopfte es an der Eingangstür, und hinter der goldenen Firmenaufschrift auf der Milchglasscheibe war ein

Gesicht zu sehen. Der jüngste Angestellte sprang von seinem hohen Hocker herunter, rückte seine Armbinden zurecht, strich sich mit spuckefeuchten Handflächen die Haare zurück und lief zur Tür.

Und da stand Katja.

✳

»Guten Tag, Katerina Pawlowna.«

»Guten Tag, Alexander Jurjewitsch.«

Sascha war sich bewußt, daß sie sich ein wenig formal begrüßt hatten, nicht mit »Sascha« und »Katja«. War das Angst vor Vertraulichkeit oder einfach höfliche Distanz?

»Darf ich dir meine Freunde Constantine d'Amboise und Vera Michailowna Petrowa vorstellen?«

»Freut mich, Sie kennenzulernen.«

Was immer Sascha auch fühlen mochte, Katja ihrerseits schien die Begegnung gelassen hinzunehmen. Und eigentlich enttäuschte sie ihn, wie schon bei den anderen kurzen Zusammentreffen, zu denen es seit Nizza gekommen war. Sie war hübsch, aber konventionell gekleidet, trug einen erbsengrünen Wintermantel mit dazu passendem Hut und pfirsichfarbene Seidenstrümpfe. Ihr Haar war frisch frisiert. Sie war selbstsicher und bemühte sich, wie es Sascha schien, nicht aufzufallen. Sie war immer noch schön, aber selbst ihre Schönheit war unauffällig. Nicht zu vergleichen mit dem aufgeputzten Äußeren der Verkäuferinnen, die Sascha einmal auf der Champs-Elysées gesehen hatte. Sie hatten makellose Haut gehabt, strahlende Augen und rote, wohlgeformte Lippen. Es war seltsam, wie gewöhnlich Schönheit sein konnte.

Kolja unterbrach sein Telefongespräch kurz und begrüßte seine Frau mit einem flüchtigen Kuß auf die Wange. Sie sagte:

»Ich war auf dem Nachhauseweg, aber ich habe meinen Schlüssel verloren. Die Concierge ist den ganzen Tag fort, sie besucht eine Verwandte in Beauvais. Leihst du mir deinen?«

»Natürlich.« Er löste den Schlüssel von seiner Uhrkette.

»Danke. Sehe ich dich heute abend noch? Oder wird es wieder spät?« Und zu Sascha und seinen Freunden gewandt: »Auf Wiedersehen. Ich hoffe, wir sehen uns einmal wieder.« Mit diesen Worten wandte sie sich zum Gehen, doch Sascha sagte schnell:

378

»Wir wollten gerade in ein Café gehen. Wenn du nichts anderes vorhast, könntest du mitkommen.«

Vera widersprach jedoch und meinte: »Ich muß nach Hause.«

Galant erbot Constantine sich, sie zu begleiten.

»Und was ist mit dir, Sascha?« Vera sah ihn an, nicht gekränkt, sondern einfach neugierig.

Sascha wollte sie nicht vor den Kopf stoßen, sagte aber: »Ich muß ein paar Worte mit Katerina Pawlowna reden. Kann ich morgen bei dir vorbeikommen?«

»Wie du willst.«

Damit verließen Vera und Constantine das Büro.

Katja hatte Saschas Vorschlag, zusammen Kaffee trinken zu gehen, weder zugestimmt, noch hatte sie ihn abgelehnt, aber jetzt war klar, daß sie einwilligen mußte, und so gingen sie zusammen in ein nahegelegenes Café, wo Sascha ihr einen Kaffee und sich einen Kognak bestellte. Dann lehnte er sich zurück und dachte darüber nach, was er getan hatte und warum, freute sich aber, daß er es getan hatte. Und seine Freude reichte, um Katjas Stimmung aufzuhellen, denn es erinnerte sie an Nizza und Saschas unerschütterliche Liebenswürdigkeit. Bei der Erinnerung an Nizza fiel ihr auch Saschas Liebeserklärung ein, und sie mußte lächeln. Ihr Lächeln wiederum ließ Sascha breit grinsen. Und dann dachte Katja auch an das Mädchen, das er ihr gerade vorgestellt hatte.

»Ich glaube, Vera Michailowna war nicht sehr erfreut. Warum wolltest du mit mir ins Café gehen? Worüber sollen wir denn reden?«

»Ich hatte nichts Bestimmtes im Sinn. Es ist so lange her, daß ich dich gesehen habe, und da dachte ich – ach, wir müssen miteinander sprechen. Über was, ist mir ziemlich egal.«

»Ich verstehe, oder ich glaube jedenfalls, daß ich verstehe. Ist sie deine Freundin?«

»Ich weiß nicht. Vielleicht ja. Manchmal benimmt sie sich so, als wäre sie das, und ich übrigens auch. Andererseits ist sie intelligenter als ich, was ja normalerweise nicht gut sein soll. Oder vielleicht drückt sie nur ihre Meinung klarer aus.«

»Stört es dich, daß sie intelligenter ist?«

»Eigentlich nicht. Wenn ich mich wirklich für sie interessieren würde, könnte ich mir sicher einreden, daß ich intelligenter bin als sie. Bist du intelligenter als ich?«

Katja lachte. »Woher soll ich das wissen? Wir kennen uns doch kaum. Und woran erkennt man das? Du hast eben angedeutet, daß man für intelligent gehalten wird, wenn man sich gut ausdrücken kann.«

»Mein Vater war Dichter.«

»Ich weiß.«

»Du weißt das? Woher? Ich dachte, ich hätte dir erzählt, er wäre Arzt gewesen!«

Katja zögerte, weil sie nicht wußte, ob sie an dieser Sache wirklich rühren sollte. Schiwago war für sie eine persönliche Erinnerung. Sie kannte ihn genausogut, wenn nicht besser als Sascha. In ihrer Erinnerung an Schiwago gab es keinen Platz für Sascha. Daher war ihr, als versuchte Sascha, ihr den Gefährten ihrer Kindheit zu rauben. Sie sagte:

»Du mußt es irgendwann einmal erwähnt haben. Warum? Ist es wichtig?«

»Ich weiß nicht…« Saschas Augen blitzten. »Ist dir aufgefallen, daß ich das oft sage: ›Ich weiß nicht!‹ Es gibt einfach so vieles, was ich nicht weiß. Aber was ich eben gemeint habe, weiß ich, ich wußte nur nicht, wie ich es ausdrücken sollte.«

»Und was hast du gemeint?«

»Daß mein Vater in bestimmter Hinsicht weise gewesen sein muß, sonst wären seine Gedichte für niemanden interessant gewesen. Es gibt ja schließlich genug Gedichte. Ich schreibe sogar selbst welche, aber es ist alles Gefasel. Ich finde es so seltsam, daß mein Vater weise war oder überhaupt anders als normale Väter.«

»Was ist aus ihm geworden?« fragte Katja vorsichtig, weil sie fürchtete, daß die Frage einen Angriff auf ihre Mutter auslösen könnte.

Doch Sascha spielte nur an seinem Glas herum.

»Ich weiß es nicht genau. Meine Mutter spricht nicht viel über ihn. Ich glaube, er ist im Bürgerkrieg von den Roten Partisanen gefangengenommen worden, und die haben ihn wohl umgebracht. Das ist jedenfalls die offizielle Version. Unsere Anwälte haben ihn aufgrund dieser Version für tot erklärt.« Er rieb sich den Kopf. Plötzlich wirkte er traurig. »Es ist so schwer zu begreifen – es ist, als wenn wir ihn umgebracht hätten, indem wir ihn für tot erklärten. Du siehst ja ganz erschrocken aus.«

»Nein, nein.« Doch Katja war wirklich erschrocken. Der Tote war ihr Onkel Jura, der aus dem Krieg zurückgekommen war und Lara und ihre Tochter mit nach Warykino genommen hatte. Aber Sascha wußte das nicht – er wußte überhaupt nichts von Lara und ihrer Tochter – von ihren Töchtern: Katja erinnerte sich an die kleine Tanja, und der Kummer über all die Trennungen, die sie hatte hinnehmen müssen, stieg in ihr auf. Daß ein Kind seine Vergangenheit und die ganze Welt verlieren konnte. Und in diesem Fall besaß sie ein Wissen, das einem göttlichen Wissen gleichkam: das Wissen vom Leben nach dem Tode. Sollte sie es Sascha sagen? Wie sollte sie es anfangen? Sie kannten sich schon so lange, daß er ihr Betrug vorwerfen würde. Aber es ihm nicht zu sagen, war ebenfalls Betrug. Die kindliche Furcht, er könne seine Eltern ermorden, quälte ihn, und sie konnte ihm diese Furcht nicht nehmen. Was sie empfand, war nicht Liebe, sondern Mitleid. Doch die beiden Gefühle sind verwechselbar, und Sascha entdeckte, daß ihre Gesichtszüge weicher wurden, und fragte:

»Hast du jemals wieder an die Zeit gedacht, als ich dir sagte, ich wäre in dich verliebt?«

Sie schüttelte den Kopf, unfähig etwas dazu zu sagen. Unbekümmert fuhr Sascha fort:

»Bin ich taktlos? Liebe ist taktlos. Sie bricht sich einfach irgendwo ihre Bahn und räumt alles andere aus dem Weg.«

»Dann bist du immer noch in mich verliebt?«

»Ich weiß nicht. Verdammt. Ich hab' es schon wieder gesagt! ›Ich weiß nicht.‹ Ich muß damit aufhören. Aber ich weiß es wirklich nicht. Ich bin noch unentschieden. Du hast dich verändert.«

Er verlangte keine Antwort, sondern bestellte noch zwei weitere Tassen Kaffee. Dann sah er sich im Café um und nickte Bekannten zu, immer in seiner liebenswürdigen Art. Katja wußte nicht so recht, was sie von ihm halten, wie sie auf ihn reagieren sollte. Sie war zwar überzeugt, daß er alles ernst meinte, was er sagte, aber er war dabei so fröhlich. Jetzt fragte er gerade beiläufig:

»Bist du glücklich?«

»Nein«, antwortete sie langsam.

»Zufrieden?«

»Auch nicht. Ich akzeptiere alles so, wie es ist. Nein, das hört sich zu passiv an. Ich meine, ich sehe die Dinge so, wie sie sind. Ich ärgere mich nicht darüber. Ich bin nicht sentimental, auch nicht in bezug auf die Vergangenheit. Ich orientiere mich jeden Tag wieder neu an der Realität. Ich habe mich mit ihr arrangiert und beherrsche sie, so gut ich kann. Ich habe mich ihr nicht gebeugt, und ich erwarte nichts von ihr.« Es fiel ihr nicht leicht, das zu sagen. Nur aus Höflichkeit fragte sie: »Und du? Was willst du vom Leben?«

»Ich möchte ein Narr werden.«

»Wie bitte?« Katja dachte zuerst, sie hätte sich verhört, aber Sascha lächelte so gewinnend, daß sie lachen mußte.

»Warum willst du ein Narr werden?«

»Ach, das scheint mir das Naheliegendste zu sein. Die meisten Menschen versuchen, vernünftig zu sein, und sind dann jämmerliche Versager, es hat also keinen Sinn, sie nachzuahmen. Und wenn jemand anders handelt als die Mehrheit, hält man ihn für einen Narren. Also werde ich diesem Weg folgen«, schloß er, »ich könnte schlicht und einfach ein Narr sein.«

✳

Am Sonnabend nach Silvester feierte man nach dem orthodoxen Kalender erneut Weihnachten. Man beschenkte sich gegenseitig, und die Schiwagos hatten offenes Haus. Vera und ihr Vater kamen zusammen mit einem Majordomus, der früher Bischof, und einem Automechaniker, der früher Physiker gewesen war, sowie einem lauten Menschen, der behauptete, schon in Rußland Alkoholiker gewesen zu sein, und der die Vorzüge dieser sicheren Beschäftigung in unsicheren Zeiten pries. Sie aßen Piroschki mit Pilzen und Vatruschki mit eingelegten Gurken. Dazu tranken sie Wodka, pur oder mit Beeren oder Kräutern gewürzt. Sie sangen bei Kerzenlicht vor den Ikonen Weihnachtslieder und »Bolshe Zarja Chrami« vor einem Bildnis des ermordeten Nikolaus II. Sie lasen eine Erzählung von Puschkin vor und erzählten den anwesenden Kindern eine Geschichte von der Hexe Baba Jaga. Sie schworen sich unsterbliche Liebe – unsterblich wie Rußland – unsterblich wie Christus, der gestorben und in Wahrheit wiederauferstanden war.

In einer dunklen Ecke küßte Vera Sascha und preßte ihre Brüste gegen ihn. Sie küßte ihn lange und nachdenklich. Ihr Gesicht war gerötet, und ihre Haut glühte, doch ihre Lippen waren trocken, und plötzlich brach sie ab und stolzierte wie verärgert davon.

Am nächsten Tag gingen sie in die Kirche. Zu Weihnachten war selbst die Gräfin Kalinowska leidenschaftlich orthodox. Weil Weihnachten mit seinen Erinnerungen an vergangene Jahre alles Verlorene wieder ins Gedächtnis rief, konnte es auch eine Zeit der Bitterkeit sein. Ein beliebter Streitpunkt war, ob die Kirche im Exil das Patriarchat in Moskau anerkennen durfte. Die Ansicht der Mehrheit, die jetzt von der St.-Alexander-Newski-Kathedrale in Paris vertreten wurde, lautete, daß das Patriarchat von den Bolschewiken hoffnungslos korrumpiert worden war. Tonja hatte da allerdings ihre Zweifel, solange das Patriarchat in theologischen Fragen richtig entschied. Lydia Kalinowska andererseits brauchte gar nicht zu überlegen: »Moskau ist ein verseuchter Brunnen, aus dem nie wieder gesundes Wasser geschöpft werden kann. Was meinst du dazu, Max?«

»Ich gebe keine Ratschläge«, sagte Golizin nach kurzer Bedenkzeit, so als wollte das Patriarchat Geld anlegen.

Nach dem Gottesdienst versammelte man sich wieder im Hause der Schiwagos. Alexander Alexandrowitsch konnte sein Schlafzimmer nicht mehr verlassen.

»Er liegt im Sterben«, erklärte die Gräfin jedem, der sich nach ihm erkundigte. »Und das ist eine Gnade. In den letzten beiden Jahren war er nicht mehr bei klarem Verstand.«

Tonja wußte, was Lydia sagte, aber sie selbst erklärte nur, ihr Vater empfinge keine Besucher. In klaren Momenten war sich Professor Gromeko bewußt, daß er im Sterben lag, und war voller Groll. Er hielt es dann für unnötig, taktvoll zu sein, und Tonja wollte ihn davor bewahren, daß er sich in seiner Senilität erniedrigte oder durch einen plötzlichen Wutausbruch Freunde verlor. In ihren Augen lag der Grund für seinen Groll in seinem Verhältnis zur Religion. Sie glaubte, daß er wütend war, weil er nicht zugeben wollte, daß er Gott jetzt brauchte. Er war wütend, weil Gott die Kühnheit besaß, Alexander Alexandrowitsch Gromeko in diese tödliche Lage zu bringen, obwohl er doch gar nicht existierte.

In schweigendem Einverständnis mit seiner Mutter verließ Sascha die Gesellschaft, um den Kranken zu besuchen. Gromekos Schlafzimmer wurde nur von den Kerzen, die vor den Ikonen standen, erhellt, so daß es wie umzingelt wirkte. Der alte Mann atmete schwer. Unten im Haus wurden Weihnachtslieder gesungen.

Sascha bekreuzigte sich vor der Ikone Unserer Lieben Frau von Moskau. Er kannte die Geschichte ihrer Entstehung, und ihm war, als könnte er sich selbst daran erinnern. Aber er wußte auch, daß es möglicherweise eine trügerische Erinnerung war. Moskau war jetzt so lange her, daß Sascha nicht mehr sicher war, ob er überhaupt Russe war. Was hieß es, Russe zu sein? Wenn es hieß, Erinnerungen an das Leben im alten Rußland zu haben – die hatte er nicht. Wenn es hieß, das Land selbst zu lieben – die Landschaften, das Spiel des Lichts in den verschiedenen Jahreszeiten, die Knospen an den Birken, die dicht mit Kätzchen besetzten Weidenzweige zu Pfingsten in der Kirche, die Vogelbeerblüte, die Wälder und die reifenden Weizenfelder, den Schnee –, dann war er kein Russe. Er kannte nur Frankreich, das üppige Land mit all seinen vertrauten Konturen, den heißen Sommern und den milden, regnerischen Wintern. Die Älteren sprachen von der russischen Seele und verglichen sie mit dem krassen Materialismus der Franzosen. Selbst Maxim Jurjewitsch, der vermeintliche Millionär, beschrieb die Franzosen als unmäßig in ihrer bäuerlichen Gier nach Gold und als unfähig zu einem zarten religiösen Gefühl. Doch was war diese russische Seele? Sascha zweifelte daran, daß sie existierte, wollte den Gedanken aber auch nicht völlig verwerfen. Wenn er eine Vorstellung von sich hatte, ein Programm für sein Leben, dann bestand es darin, den Funken, der angeblich in jedem Russen glomm und auch ihn als Russen kennzeichnete, zu entdecken und zu kultivieren. Für ihn bestand dieser Funke aus Mitgefühl und Großzügigkeit – also aus Liebe –, und obwohl er ihn in den Menschen um sich herum nur schwer ausmachen konnte, fand er ihn so reizvoll, daß er ihm nachgehen mußte.

Jetzt stand er in dem düsteren Raum, zwischen den Biologie- und Botaniklehrbüchern mit den kyrillischen Buchstaben auf den Buchrücken und dem modrigen Geruch, allein mit seinem sterbenden Großvater, einem Vertreter des alten, toten Rußland, einem gebildeten, freundlichen, liebenswürdigen Mann. Wenn Alexander Alexandrowitsch sich von seiner Krankheit erholen sollte, war Sascha dazu entschlossen, sich von ihm wie ein Zauberlehrling über die Geheimnisse des russischen Lebens unterrichten zu lassen. Er würde ihn über das wirkliche Leben, das nicht von Mythen über den Zaren und das heilige Rußland und dem ganzen sprücheklopfenden Sammelsurium adliger Aristokraten und Weißer Oberster verzerrt war, ausfragen. Er würde seinen Großvater bitten, ihm von den Birkenkätzchen zu erzählen und vom Eis zu Beginn des Winters, wenn es sich eben erst über einem Fluß bildete, grau und hauchdünn.

Inzwischen waren Kolja Safronow und seine Frau Katja eingetroffen. Kolja war noch in seiner Bürokleidung, mit Tinte an den Manschetten und Zigarrenstummeln in den Jackentaschen, aber er lächelte auf seine ihm eigene charmante Art. Er hatte sich sofort in eine private Unterhaltung mit Golizin vertieft, doch jeder wußte, es ging um den Stavisky-Skandal, wie man die Geschichte jetzt nannte. In gekränktem, moralisierendem Tonfall erklärte die Gräfin Kalinowska immer wieder:

»Es ist gar nicht schön, daß die Leute jetzt Vorurteile gegen Max haben, nur weil dieser Stavisky auch Russe ist. Die ›Witwen und Kriegsversehrten‹ sind eine *patriotische* Unternehmung zum Wohle Frankreichs. Max hat sich die Finger wundgearbeitet, um diesen Unglücklichen zu helfen. Die Leute sollten zum Investieren *gezwungen* werden, es müßte zur Pflicht werden.«

Es war jedoch bekannt, daß sich unter ihren Zuhörern viele befanden, die ihrer Investitionspflicht noch nicht nachgekommen waren, selbst wenn sie vorgaben, ihr zuzustimmen.

Sascha kam wieder hinunter und sah, daß Katja mit Vetter Aristide sprach. Ihr Haar war elegant geschnitten, und sie trug ein schwarzes Cocktailkleid. Damit war sie zwar modisch, aber nicht, wie Lydia, auffallend schick gekleidet, und Sascha war enttäuscht. Warum wollte er dann unbedingt mit ihr sprechen?

Tonja beobachtete Laras Tochter schon eine ganze Weile. Als Sascha auf Katja zuging, trat sie ihm in den Weg.

»Wie geht es Großvater?«

»Er schläft.«

»Er schläft? Ist das alles, was du dazu zu sagen hast? Du solltest ihm Gesellschaft leisten.«

»Ich glaube, er hat gar nicht gemerkt, daß ich bei ihm war.«

Tonja konnte nicht verhindern, daß er mit Katja sprach. Sie suchte nach Vera, suchte nach Unterstützung, konnte sie aber nirgends finden. Enttäuscht und besorgt sagte sie: »Dann ist es wohl besser, wenn ich nach deinem Großvater sehe. Wenn nur diese Leute endlich gehen würden!«

Sascha schenkte sich etwas zu trinken ein, und Vetter Aristide machte ihm Platz, so daß er sich mit Katja unterhalten konnte. Sie überraschte ihn mit der leisen Bemerkung: »Deine Mutter mag mich nicht.«

»O nein, das ist es nicht. Ich glaube, sie mag dich schon. Sie... Mein Großvater ist schwer krank.«

»Das tut mir leid«, erwiderte Katja ernsthaft.

»Er ist alt«, meinte Sascha und fügte aufrichtig hinzu: »Vielleicht stirbt er. Und ich habe nie richtig mit ihm gesprochen.«

»Über was?«

»Rußland. Wie war es wirklich? Stimmt das, was in den Büchern steht? Tolstoi? Tschechow? Hier stehe ich, und angeblich bin ich Russe, aber wir sprechen französisch, weil Französisch mir geläufiger ist.« Die Satzfetzen, die sie aus dem Stimmengewirr ringsumher aufschnappten, waren zum größten Teil russisch. Und englisch, von einer Jazzplatte, die Lydia Kalinowska aufgelegt hatte. Sie tanzte gerade mit Alain Duroc.

»Warum interessierst du dich dafür?« wollte Katja wissen. Grausam fuhr sie fort: »Das ist alles romantischer Unsinn. Wir sind viel zu sehr mit dem alltäglichen Leben beschäftigt, um uns um die Seele Gedanken machen zu können.«

»Aber ich mache mir darüber Gedanken.«

»Aber du willst ja auch ein Narr werden, wie Prinz Mischkin. Das hast du mir selbst erzählt.«

»Und was willst du?«

»Überleben. Mir ist es egal, ob ich nützlich oder weise bin. So was ist reiner Luxus.«

Ungestüm fragte Sascha: »Warum verläßt du Nikolai Afanasitsch nicht? Er macht dich nicht glücklich.«

»Ich erwarte kein Glück. Ich will nicht einmal verliebt sein. Man liebt jemanden, und dann stirbt er oder geht fort. Solange ich versucht habe, mit Kolja glücklich zu sein, ging es mir schlecht. Seit ich diesen Unsinn aufgegeben habe, kommen wir recht gut miteinander aus. Wenn ich jemanden finde, mit dem ich besser auskomme, verlasse ich ihn. Das ist eine einfache, vernünftige Rechnung.«

»Es hört sich schrecklich an!« rief Sascha.

»Aber so geht es den meisten Frauen. Sie sind nicht mehr in ihre Männer verliebt und leben einfach von einem Tag zum anderen.

Männer sind Sklaven ihrer Gefühle, aber was bringt das ihren Frauen schon! Kein einziges dieser Gefühle hilft ihnen, Nahrung, Kleidung und Wohnungen für ihre Familien herbeizuschaffen. Und dann verlieben die Männer sich in ihr Land oder in irgendeine großartige Idee und ziehen los in den Krieg und fallen. Ihr angebliches Gefühl ist reine Zügellosigkeit.«

Katja war wütend und versuchte gleichzeitig, ihrer Wut Herr zu werden. Sie wollte Sascha mit ihrer Verachtung für Männer verschonen, auch wenn schon allein dieser Wunsch bedeutete, daß sie ihn wie ein Kind behandelte. Er hatte keine Ahnung von den heiklen Kompromissen, die das Leben zusammenhielten. Er dachte nicht darüber nach, wie gefährlich seine Versuche, sie von dem abzubringen, war er für falsch hielt, für sie waren. Vor allem aber würde er nie einsehen können, daß ihre Beziehung zu Kolja für sie keine Niederlage, sondern einen Sieg über die Umstände bedeutete.

»Sind Prinzessin Wanda und ihr Mann auch hier?« fragte sie.

»Nein. Ich glaube, sie sind in Italien. Wußtest du, daß Prinz Carlo ein ziemlich bedeutender Faschist ist, ein General oder so?« Sascha lachte und fand wieder zu seiner Fröhlichkeit zurück. »Im Vergleich zu seiner Frau ist er so unscheinbar. Ein komisches Paar.«

»Sie betet ihn an. Er ist ihr Ersatz für Mussolini.«

»Das wußte ich nicht. Ich dachte, er würde sie langweilen. Er langweilt doch jeden. Ich habe noch nie jemanden gesehen, der so hartnäckig ignoriert wird.«

»Ja, aber sie ist in ihre Vorstellung von ihm verliebt und glaubt, die Welt würde ihn als großen Helden sehen und nicht als kleinen dicken Italiener. Aus dem gleichen Grund ist Lydia Kalinowska in Maxim Jurjewitsch verliebt. Diese oberflächlichen Frauen lassen sich von der Oberfläche der Dinge anziehen. Deswegen haben sie oft so einen schlechten Geschmack.«

»Maxim Jurjewitsch genießt großes Ansehen.«

»Die Leute halten ihn für einen Gauner. Sie werden ihn nur so lange respektieren, wie er nicht erwischt wird.«

Bei diesen Worten wanderte Saschas Blick zu Golizin hinüber, der mit Vetter Aristide, Kolja und der üblichen Schar von Politikern zusammenstand. Lydia plauderte mit einigen eleganten Frauen und seiner Schwester Mascha, die in ihrem prächtigen Kleid aufmerksam zuhörte. Als Vater Sergej um Aufmerksamkeit bat, wurden alle

Gespräche eingestellt, und er deklamierte ein langes Weihnachts-
gebet auf kirchenslawisch. Als der Segen vorbei war, stellte Sascha
fest, daß Katja ihn verlassen hatte und sich nicht mehr im Raum
befand. Er hatte sie fragen wollen, wann sie sich wieder treffen
könnten.

Tonja trat ein. Sie war sehr blaß und hatte geweint, doch das fiel
niemandem auf, da sie nur anstandshalber die Gastgeberin spielte.
Weil Tonja nicht zur ganzen Versammlung sprechen wollte, ging
sie von Gruppe zu Gruppe, wartete auf eine Gesprächspause und
erklärte ihren Gästen entschuldigend, ihr Vater, Professor Gromeko, sei soeben gestorben.

*

Der Tag des Begräbnisses war kalt, und es regnete. Sie sangen
»Vechnaja Pamjat...« am offenen Grab. Sascha vergoß Tränen und
umklammerte Veras Hand. Seine Freundin war ernst, weinte aber
nicht.

Man sang »Ewiges Gedenken«, wobei allen bewußt war, daß das
Gedenken nicht ewig war und auch nicht ewig sein konnte, weil
uns sonst der unstillbare Schmerz zu Boden drücken würde.

Der Wind pfiff durch die Bäume, und die wenigen Vögel hüpften
mit zerzaustem Gefieder über den Rasen. Was für Bäume waren
das?

Die Trauergäste gingen zu den Autos. Sascha erkannte den sprö-
den Holunder. »Komm, bevor es wieder regnet«, forderte ihn Vetter
Aristide, der alles organisiert hatte, auf.

Und die anderen Bäume? Sascha war sich nicht sicher. »Wer fährt
in welchem Auto mit?« Eibe – Weide – möglicherweise. Kleine
braune Vögel, die er nicht kannte. »Ihr seid alle zum Pomeenki
eingeladen.«

Sein Großvater war Biologe gewesen. Sein Vater hatte Gedichte
geschrieben, die von der Liebe zur Natur erfüllt waren. Und Sascha
selbst hatte Mühe, ganz gewöhnliche Sträucher zu benennen. Ewiges Gedenken. Die Namen von Bäumen und Sträuchern wurden
von einer Generation zur nächsten vergessen. »Wie kann ich Rußland lieben, wenn ich nicht einmal weiß, wie die Blumen dort
heißen?«

Sascha fühlte sich beim Leichenschmaus höchst unwohl. Die

Trauergäste sangen alte Lieder und erzählten alte Geschichten. In dem Glauben, das echte Rußland lebendig zu halten, schufen sie das falsche Rußland des Exils. Eine Geschichte von sentimentalen Betrunkenen, die um ihre tote Mutter weinten. Ewiges Gedenken. Sascha wartete, bis Vera und ihr Vater aufgebrochen waren, und zog sich dann angewidert in sein Zimmer zurück.

Er zürnte seinem Großvater, weil er gestorben war. Es war der Zorn des schlechten Gewissens, den die Lebenden gegen die Toten hegen, denn die Toten sterben immer zur falschen Zeit, bevor das, was gesagt werden muß, gesagt wurde und bevor alle Fragen gestellt wurden. Und wie Diebe nehmen sie einen Teil unseres Gedächtnisses mit, und ihre Geschichte, die unsere Geschichte ist, ist damit verschwunden.

Wie war es? Wie war es? Die Toten sagen es uns nicht. Unsere Erinnerungen sind wie Grabbeigaben um sie herum aufgehäuft, um die gierigen Toten: Generationen von Erinnerungen, die Bilder, Geräusche, Gerüche und sinnlichen Empfindungen, die sie mit ihren Geschichten hervorriefen. Und im Exil ist es noch schlimmer, denn wenn der Tote geht, dann nimmt er oft gleichzeitig unser Land mit sich fort.

Sascha schlich in den oberen Stockwerken des Hauses umher. Er betrat das Zimmer seines Großvaters, dessen Luft noch immer mit den Chemikalien des Todes erfüllt war.

Er berührte Alexander Alexandrowitschs Lehrbücher, öffnete das Kästchen mit den biologischen Präparaten und legte einige davon unter das Mikroskop, besichtigte die getrockneten Pflanzen und den merkwürdigen Inhalt der Schraubgläser und las Beschriftungen in unbekannter Handschrift.

In einer Schublade fand er ein Fotoalbum. Auf den Rückseiten der Fotos klebten die Adressen der Ateliers, Adressen in Moskau. Ob man wohl bei Oblomow & Sohn, Minskaja Uliza 47, immer noch »Erstklassige Porträts im klassischen und im modernen Stil« aufnehmen lassen konnte? Und ob Klugmann & Krestinski immer noch deutsche Lehrbücher »Nur per Versand – Bitte angeben, ob mit Halbleder- oder Leineneinband« importierten?

Sascha fand auch ein Foto von seinem Vater. Es war um die Zeit seiner Verlobung mit Tonja gemacht worden. Die Aufnahme ließ seine Kleider schäbig wirken, und sein Gesichtsausdruck erschien verwirrt. Er stand mit Tonja vor einem Hintergrund unbenennbarer Bäume und war von seiner Erscheinung her alles andere als ein Dichter.

Hatte er gelacht und gesagt, er sei eben nicht fotogen? Oder seine Krawatte zurechtgerückt und gefragt: Ist es so besser? Oder so? Hatten in den Baumwipfeln Vögel (von denen er ebenfalls nicht wußte, wie sie hießen) gesessen? Und hatten sie im Wind geschwankt?

17

Absoluter Unsinn

In jenen Januartagen des Jahres 1934 konzentrierte sich ganz Frankreich auf den *Skandal*. War es eine Affäre der Rechten oder der Linken? Der linke Zeitungsmann Dubarry wurde verhaftet. Andererseits begann man an Chiappe, dem Polizeipräfekten, dessen konservative Vergangenheit man für makellos gehalten hatte, zu zweifeln, als die Abgeordnetenkammer eine Untersuchungskommission einsetzte und eine Umgestaltung der Polizei vorschlug. Es herrschte zwar ein dringender Verdacht, daß Chiappe direkt oder indirekt Stavisky geschützt hatte, doch die »Action Française« beeilte sich, ihn zu verteidigen, wobei sie einfach vergaß, daß sie selbst als erste über den Skandal berichtet hatte und immer noch darauf drängte, daß die Schuldigen vor Gericht gestellt werden sollten. Nach der Entlassung des Kolonialministers machte man nun Raynaldi, dem Siegelbewahrer, Vorwürfe.

»Chiappe trifft keine Schuld«, bestätigte Constantine. »Aber wen kümmert das? Wir bewegen uns auf eine Revolution zu, und da ist jedes Mittel recht. Ich mag Chiappe. Er hat Stil! Habt ihr jemals einen Mann gesehen, der weniger nach Polizist aussieht?«

Sie waren mit den Mädchen tanzen gegangen. Eine Jazzband spielte, und sie tranken zuviel. Am nächsten Morgen hatte Sascha einen Kater. Mascha war die erste, der es auffiel. Sie spottete:

»Na, wer hat gestern zuviel Wein getrunken?«

»Du trinkst wirklich zuviel«, tadelte Tonja ihren Sohn.

»Nein, das ist es nicht. Ich denke über etwas nach.«

»Möchtest du darüber sprechen?«

»Nein, natürlich nicht.«

Sascha versuchte, seine unbefriedigende Beziehung zu Vera zu verstehen. Sie hatten vor kurzem das erste Mal miteinander geschlafen. Es war nicht der Rausch gewesen, den er gewünscht und gesucht hatte. Es verwirrte ihn, daß er das Wesen der Liebe vielleicht verkannt hatte. Sollte diese vernunftbestimmte, blutleere Beziehung wirklich alles sein? War das vielleicht das Normale? Auch die Politik verwirrte ihn, wobei er das Thema für wichtiger für sein Glück hielt, als es tatsächlich war. Für ihn stand fest, daß das System korrupt war und gestürzt werden mußte. Die Zeiten verlangten nach einem neuen Napoleon, der Frankreich Ordnung, Moral und Mut bringen würde. Tatsächlich aber schienen nur billige und zynische Manipulationen stattzufinden. Frankreich suchte nach einem neuen Empire, hatte aber ein neues Direktorium gefunden.

In der Nacht hatte es gefroren. Im Garten stand die Eibe wie ein dunkler Wächter im weißbereiften Gras. An den Scheiben des Gewächshauses tropfte das Wasser herunter, weil es drinnen warm war. Mißmutig stapfte Sascha in den vernachlässigten Teilen des Gartens umher, zwischen Brennesseln und Mutterkraut, Weidenröschen und abgestorbenen, mit Spinnweben behangenen Blütenständen. Zwischen Blättern und leeren Schneckenhäusern fand er einen toten Sperling. Er hob ihn auf und betrachtete das mit weißen Sternchen übersäte Federkleid. Antoine, der Gärtner, mit Schnauzbart und im blauen Arbeitsanzug, beobachtete ihn von seiner Hütte aus und hustete seinen Gashusten.

Alain war gekommen. Durch ein Fenster konnte Sascha sehen, wie er sich mit seiner Mutter unterhielt. Seine Stimmung hob sich, denn nun war jemand da, mit dem er sprechen konnte – und dann wurde er wieder bedrückt, weil er wußte, daß Tonja versuchte, den Jesuiten für ihren moralischen Feldzug zu gewinnen.

»Sascha trinkt zuviel«, erklärte Tonja gerade. »Ich habe keinen Einfluß auf ihn. Er hat nichts zu tun. Ich habe ihm vorgeschlagen, Vetter Aristide oder Maxim Jurjewitsch ein bißchen im Büro zur Hand zu gehen, aber er weigert sich. Er hat die Vorstellung, daß Arbeit unter seiner Würde ist, daß er zu etwas Höherem bestimmt ist.«

Tonja schien es, als blickte der Jesuit sie zärtlich an – auf eine Art, wie Vater Sergej es nie tun würde.

»Er ist ein leidenschaftlicher Junge. Sein Vater war Dichter, oder?«

»Ja. Aber dazu hat Sascha nie eine Neigung gezeigt.«

»Nein. Statt dessen will er etwas Schwierigeres, ja Absurdes tun. Nur ein Heranwachsender kann auf die Idee kommen, daß er sein Leben gestalten könnte, als wäre es ein Gedicht.«

Der Jesuit nahm Tonjas Hände. Ihr war bewußt, mit welcher Selbstverständlichkeit er das tat und wie unbeholfen ihre eigenen Gesten waren. Sie wußte, daß Juris Liebe zu ihr an ihrem Mangel an innerer Poesie zerbrochen war. Vielleicht war es das gewesen, was Lara ihr vorausgehabt hatte. Und was die Frau besaß, an die sie so häufig denken mußte – Laras Tochter.

Alain küßte sie auf die Stirn. »Ich rede mit ihm.«

Er ging in den Garten hinaus. Sascha stand, die Hände in den Taschen vergraben, neben dem Gärtner und unterhielt sich mit ihm. Als Alain dem Invaliden eine Zigarette anbot, nahm dieser dankend an und ging an seine Arbeit zurück, so daß die beiden ungestört zwischen den gestutzten Hecken entlangspazieren konnten. Es war unvermeidlich, daß sie zuerst über Politik sprachen.

»Wird die Regierung stürzen?« fragte Sascha.

»Ganz bestimmt.«

»Und gibt es eine Revolution?«

»Das bezweifle ich. Die Ligisten sind nicht gut genug organisiert, um eine Revolution anzuzetteln. Und eine Revolution der Rechten müßte, wenn sie Erfolg haben sollte, von einem starken Mann angeführt werden. Er müßte nicht notwendigerweise ein guter Mann sein – könnte ein Tyrann sein. Die Führer der Ligisten sind zu sehr mit ihrem kleinlichen Gezänk und ihren schmutzigen Geschäften beschäftigt, um irgend etwas Großes auf die Beine zu stellen.«

»Und wann wird es passieren?«

»Bald. Irgendwo da draußen gibt es einen neuen Napoleon, der in aller Stille Mathematik oder Maschinenbau oder sonstwas studiert. Er spürt die Umwälzungen, aber er wartet seine Gelegenheit ab. Warum arbeitest du nicht für deinen Vetter oder für Max, bis du an die Sorbonne gehst?«

»Sie interessieren sich nur für Geld.«

»Geld ist eine sehr wichtige Sache. Unter Ludwig XVI. kam es zur Revolution, weil das Finanzwesen zusammenbrach. Wenn der König Finanzwesen studiert hätte, statt Schlosser zu sein, hätte er seinen Kopf behalten.«

Sascha lachte.

»Ich meine es ernst«, sagte Alain. »Große Männer werden nicht aus Träumereien geboren. Sie haben ganz bestimmte Fähigkeiten.

Sie können organisieren. Sie haben Selbstdisziplin. Wußtest du, daß Hitler Vegetarier ist?«

»Was hältst du von Hitler?«

»Mir gefällt seine Zielstrebigkeit. Er hat ein System zerstört, in dem genausoviel Durcheinander und Korruption herrschten wie bei uns, und zwar, weil er sein Vorhaben mit Entschlossenheit und Disziplin durchgeführt hat. Du solltest nicht soviel trinken.«

»Russen sind große Trinker!« brüstete Sascha sich.

»Russen sind große Spinner. Der Zar und Kerenski hatten beide gute Absichten, aber sie haben nichts erreicht. Es brauchte einen entschlossenen Juden wie Trotzki und einen Verbrecher wie Lenin, um etwas aus dem Land zu machen. Russische Dichter und Träumer sollten der Welt erspart bleiben.«

Am gleichen Tag noch erklärte Sascha seiner Mutter, er wolle mit Maxim Jurjewitsch sprechen und vorübergehend eine Stelle bei Golizin et Cie annehmen.

✳

Am siebenundzwanzigsten Januar trat die Regierung Chautemps zurück, und Daladier wurde aufgefordert, eine neue Regierung zu bilden. Er wollte seine Anhängerschaft in der Abgeordnetenkammer vergrößern, doch der Preis für die Unterstützung der Linken war die Entlassung des Polizeipräfekten. Das konnten die Rechten nicht hinnehmen.

Am zweiten Februar erhielt Daladier ein Dossier, das zu seiner Befriedigung bewies, daß Chiappe tatsächlich mit dem Betrüger Stavisky zusammengearbeitet hatte. Da er schlau war, versuchte er, den Polizeipräfekten, statt ihn zu entlassen, aus der Gefahrenzone zu bringen, und zwar durch die zweifelhafte Ehre, ihm den Titel eines Generals in Rabat zu verleihen. Am nächsten Tag wurde dieser Vorschlag Chiappe unterbreitet. Dieser gab an, er leide unter Ischias, und weigerte sich, nach Marokko zu gehen. Das Gespräch fand am Telefon statt, und da die Leitung schlecht war, endete es mit Verwirrung. Hatte Chiappe nun gesagt, er würde als Demonstrant gegen Daladiers Regierung »auf der Straße« enden oder er würde nach jahrelangen treuen Diensten mittellos »auf der Straße« enden? (Wobei »mittellos« übertrieben war, denn Chiappe hatte für seine Bedürfnisse genügend Geld.) Jedenfalls war der Polizeipräfekt nicht mehr im Amt. Und am nächsten Tag, einem Sonntag, demonstrierten die Ligisten in voller Stärke, um ihren gebeutelten Helden zu unterstützen.

Constantine war außer sich. Sein Vater hatte ihn, weil er zu großes Interesse für die Unruhen gezeigt hatte, zu seiner eigenen Sicherheit in ihr Landhaus ins Exil geschickt. Daher verpaßte Constantine die Sonntagsdemonstrationen und lebte nur von Gerüchten und den Berichten im Radio. Zum Wochenende besuchte ihn Sascha, und um ihre nervöse Energie abzuarbeiten, machten die beiden jungen Männer einen Ausritt.

Sascha ritt auf die zähe, gekonnte Art, auf die er die meisten Dinge tat. Er lenkte sein Pferd im Schritt über die schlammigen Feldwege und durch das Dorf und ließ es in Trab fallen, als der Boden besser wurde. Im Gegensatz dazu ritt Constantine schlecht, behandelte sein Pferd grob und ging auf dessen Nervosität nicht ein. Er war schlechtgelaunt aufgebrochen und zwang sein Tier jetzt zum Galopp. Daß Sascha zurückblieb, schien ihn nicht weiter zu kümmern.

In der Gegend wurde Weizen angebaut. Hinter dem Dorf stiegen die Felder zu einer sanften Anhöhe an. Oben standen einige Ulmen, in denen die Krähen ihre Nester gebaut hatten. Ein leichter Wind wehte, und die Vögel ließen sich von ihm treiben, kreisten dann und flogen krächzend zu ihren Nestern zurück.

Als Sascha bei den Bäumen ankam, sah Constantine abwesend in den bewölkten Himmel hinauf. Beim Galopp über den schweren Boden hatte sein Pferd sich mit Lehm bespritzt. Es schwitzte und kaute unruhig am Zügel.

»Du solltest absteigen und dein Pferd beruhigen«, meinte Sascha.

»Hör mal!« sagte Constantine. »Sie hören sich an wie Politiker.«

»Die Krähen?«

»Dieser blöde Gaul! Ja klar, die Krähen. Wie Politiker oder wie Frauen. Genau wie meine Mutter und meine Tanten! Fängt es an zu regnen? Das fehlt gerade noch. Magst du Frauen? Oder Mädchen?«

»Ja.«

»Fängt es jetzt an zu regnen, oder magst du Frauen?«

»Ich glaube, es fängt gleich an zu regnen. Und ja, ich mag Frauen. Mein Gott, du bist aber wirklich in einer merkwürdigen Stimmung.«

Constantine musterte Sascha und antwortete dann plötzlich: »Ja, das stimmt wohl. Tut mir leid.«

Sie stiegen ab und banden die Pferde an. Unter den Bäumen lag der Abfall aus den Nestern: Vogelmist, Federn, Eierschalen und tote Küken. An feuchten Stellen wuchs Schöllkraut, und der gefleckte Aronstab begann gerade, sich auf verstohlene Weise zu entfalten, als würde er sich verstecken und sein Geschlecht enthüllen.

»Warum magst du Frauen?« fragte Constantine.

»Weiß ich nicht. Ich weiß, warum ich sie anziehend finde, aber ich glaube, das bringt uns nicht weiter. Es ist nicht selbstverständlich, daß wir sie gernhaben oder sie uns. Ich glaube, sie verstehen mehr als wir.«

»Was verstehen sie?«

Sascha grinste: »Wie soll ich das wissen? Wenn ich es wüßte, würden sie nicht mehr verstehen als ich, oder? Magst du Frauen?«

Constantine zuckte mit den Achseln und antwortete gleichgültig: »Es geht. Aber sie sind nicht so, wie sie uns erscheinen. Wer glaubt, daß Frauen sich von ihren Gefühlen leiten lassen, ist ein Idiot.«

»Warum sagst du das?«

»Weil ihre Gefühle – wenn man das überhaupt so nennen kann – anders sind als die unsrigen. Frauen haben nie reine Gefühle. Alles Höhere, alles Abstrakte spricht sie nicht an. Natur, das Land, die Kunst – das alles hat keine Bedeutung für sie. Selbst die Religion nicht. Denk mal an die heilige Katharina von Siena. Sie wollte mit Jesus schlafen und die Jungfrau dazu bringen, ihr ab und zu den Gefallen zu tun, mehr nicht. Und das liegt daran, daß die Gefühle der Frauen immer auf Beziehungen ausgerichtet sind: auf Väter, Brüder, Schwestern, Liebhaber, was weiß ich – Gott nicht zu vergessen. Bei ihnen ist alles Taktik. Deswegen sind sie so wechselhaft und versuchen erst das eine und dann das andere, je nachdem, womit sie ihr Ziel erreichen können. Und hinter jedem Gefühlsausbruch steckt ihr gemeiner kleiner Verstand, der die Wirkung berechnet.« Er hielt inne und blickte über die Landschaft. Kilometerweit erstreckten sich Felder in der Winterruhe, und den weichen Himmel durchzogen Regenschatten. Es war einer jener Tage, an denen der Winter nur ausdruckslos und trübe ist, aber trotz der kalten Luft und der Windstöße spürten die Jungen das nicht. Statt dessen überkam sie ein träumerisches Wohlgefühl, das die graue Landschaft in etwas Geheimnisvolles verwandelte. »Von den frühen Christen glaubten einige, daß Frauen keine Seele haben«, sagte Constantine und sah Sascha an. »Ich neige dazu, ihnen zuzustimmen. Männer haben Seelen. Russen haben – wie heißt euer Wort noch?«

»*Duscha.*«

»Duscha? Duscha – Duscha! Bade mich in *duscha*! – Sieht es in Rußland so aus wie hier? Weizenfelder? Baut ihr nicht Weizen an?«

Sascha strengte vergeblich sein Gedächtnis an.

»Ich weiß nicht. Manchmal denke ich, ich würde mich an etwas erinnern, aber ich bin nie sicher. Es gibt dort Birkenwälder und Fichten, aber vielleicht habe ich das auch nur gelesen. Die Häuser sind aus Holz – glaube ich jedenfalls.«

»Wie kannst du ein Land lieben, das du nicht kennst?«

»Ich weiß nicht, ob ich es liebe. Wenn ich es liebe, ist es das Rußland, das ich aus den Büchern kenne.«

»Aus den Büchern!« rief Constantine. »Ich hasse russische Romane. Sie sind immer so lehrhaft und nicht besonders witzig.«

»Manchmal denke ich, daß Rußland gar kein Ort ist, sondern aus Wörtern und Vorstellungen besteht. Es ist... *duscha*! Bist du schon einmal in einer von unseren Kirchen gewesen? Die Gottesdienste dauern ewig. Sie betäuben dich. Gebete, Gesänge, Weihrauch, Ikonen. Nach einer Weile vergißt du, wer du bist, wo du bist. Du hörst nicht mehr zu. Du siehst nichts mehr. Es ist zuviel. Deine Sinne ziehen sich zurück, und du überläßt dich einfach der Herrlichkeit. Dann wirst du von etwas berührt – von Gott, nehme ich an.«

»Und so ist Rußland?« fragte Constantine ernsthaft.

Sascha war unbehaglich zumute. »Vielleicht. Ich weiß es nicht. Manchmal macht es mir angst. Es könnte alles Illusion sein.«

»Ich glaube an Illusionen«, verkündete Constantine mit Nachdruck. »Ich glaube sogar an Unsinn – je mehr Unsinn, desto besser! Hast du gewußt, daß die ›Action Française‹ die Wiedereinsetzung der Bourbonenkönige fordert? Ich habe gehört, daß Pujo und einige andere Führer, als diese Sache mit Stavisky angefangen hat, nach Brüssel gefahren sind, um mit dem Comte de Paris zu sprechen und sich der Unterstützung der königlichen Familie zu versichern. Hast du schon einmal so etwas Absurdes gehört? Ich, ich bin dafür. Ich weiß, daß das Universum nur aus Dreck und Atomen besteht und daß Menschen scheißen und pissen und rammeln wie die Tiere. Aber was habe ich von diesem Wissen? Ich will etwas, das mich lebendig macht! Weißt du –«, murmelte er, weil Sascha ihn so skeptisch ansah, »– weißt du, worin der Unterschied zwischen Menschen und Tieren besteht? Nein? Weder in der Intelligenz noch in der Sprache, der Kultur oder den Werkzeugen. Das haben die Schimpansen auch alles, die Unterschiede sind nur graduell.«

»Und worin besteht der Unterschied?« Sascha lächelte.

»Im Unsinn! Tiere sind todernste Realisten. Sie essen, sie schlafen, sie treiben Unzucht, sie haben keinen Besitz und glauben nur an das, was sie sehen oder fühlen können – sie sind eigentlich ein bißchen wie die Kommunisten. Nur Menschen glauben an totalen Unsinn! Kein Schimpanse ist für die Wiedereinsetzung der Bourbonen. Aber ich bin dafür! Jedenfalls so lange, bis ich eine bessere Idee habe.«

Der Regenschatten wanderte über das Feld, und die beim Pflügen nach oben gebrachten Feuersteine glänzten feucht. Und schon regnete es auch auf die Ulmen, deren kahle Äste wenig Schutz boten. Sascha und Constantine lehnten sich an die Baumstämme, und der Regen rann ihnen über die Gesichter.

»Herrlich«, rief Sascha und leckte sich das Wasser von den Lippen.

Constantine sprang mit einem Satz ins Freie und machte ein paar Freudensprünge im Schlamm, bevor er schwer atmend wieder an seinen Platz unter der Ulme zurückkehrte.

»Ist das blöd!« rief er fröhlich.

»Lang sollen die Bourbonen leben!« rief Sascha.

»Lang sollen die Bourbonen leben! Nieder mit Kommunisten, Anarchisten, Republikanern, Schimpansen und allen Intellektuellen, gleich welcher Richtung! Lang lebe der absolute Unsinn! Lang sollen die ›Camelots du Roi‹ und ihre schlampigen Politiker leben!«

»Ein Hoch dem absoluten Unsinn!«

Der Regen war weitergezogen. »Ich glaube, ich lasse mich tätowieren«, sagte Constantine, senkte das Kinn auf die Brust und schüttelte seine Haare aus. »Ich war einmal in Marseille. Die Matrosen da haben herrliche Tätowierungen. Ach, du hast Glück, Sascha«, fügte er verdrießlich hinzu.

»Warum?«

»Weil du an deinen heiligen Zaren glauben kannst und immerhin eine gute Chance besteht, daß das bolschewistische Pack vernichtet wird und ihr nach Rußland zurückkehren könnt. Aber an was soll ich glauben? An den Comte de Paris?«

»Und an den absoluten Unsinn.«

»Das stimmt. Was hältst du von diesem Hitler?«

»Ich habe noch nicht allzuviel über ihn nachgedacht.«

»Er scheint den Deutschen gutzutun. Aber er sieht aus wie ein Angestellter bei der Eisenbahn. Ich weiß nicht.«

Er ging zu den Pferden hinüber.

»Wir bringen sie lieber zurück, damit sie trockengerieben werden können und ihre Mäuler in die Futterkrippen stecken können. Obwohl ich glaube, daß Tonnerre hier bald in die Wurst kommt, wenn er nicht lernt, das zu tun, was ich will. Brrr! Ruhig, bleib doch stehen!«

Sascha beruhigte sein eigenes Pferd. Constantine war im Begriff aufzusteigen, zögerte aber.

»Wir werden doch immer Freunde sein, Sascha, oder?«

»Ja, bestimmt. Warum denn nicht?«

»Ich weiß nicht. Doch, ich weiß es. Weil wir später langweilig und anständig werden und uns nicht mehr mit absolutem Unsinn, sondern mit Frauen und Kindern abgeben werden.«

»Wir können trotzdem Freunde bleiben.«

»Aber nicht so wie jetzt.«

»Warum nicht? Ich habe nicht vor, langweilig und anständig zu werden.«

»Ich auch nicht. Ich glaube, ich werde jung sterben, wenn ich nur etwas finde, was so lächerlich ist, daß man dafür sterben kann. Vielleicht Gott. Ich denke ernsthaft daran, Priester zu werden. Guck mich nicht so an. Ich will ja nicht gut oder tugendhaft werden, sondern nur Priester.«

Sascha verkniff sich das Lachen. »Ein tätowierter Priester?«

»Ja! Mit einem tollen Bild von der Heiligen Jungfrau auf der Brust! Und einem Bild vom Teufel auf dem Arsch!«

Sie schüttelten sich vor Lachen. Dann packte Constantine Sascha plötzlich an den Schultern, lächelte ihn glückstrahlend an und küßte ihn auf den Mund.

Schweigend bestiegen sie ihre Pferde.

An diesem Sonntag hatten Katja und ihr Mann mit Golizin und der Gräfin Kalinowska in einem Restaurant am linken Seine-Ufer zu Mittag gegessen. Anschließend waren sie im Taxi den Quai d'Orsay entlanggefahren, wo sich die Jugendlichen drängten. »Croix de Feu« demonstrierte gegen den Sturz Chiappes.

Der Tag war kalt, und Kolja trug einen Homburg und einen Kaschmirmantel mit Astrachankragen. Sein Gesicht war von Natur aus blaß, und er hatte immer noch einen Schnurrbart.

Das Taxi fuhr im Schrittempo durch die Menge, um niemanden anzufahren, und Koljas Aussehen erregte die Aufmerksamkeit eines Jugendlichen. Er drückte die Nase gegen die Fensterscheibe und rief dann seine Kameraden.

»He, hier haben wir einen Juden!«

Eine Gruppe von Jungen versammelte sich um das Taxi, so daß es zum Halten gezwungen war. Kolja drängte den Chauffeur, weiterzufahren, doch der weigerte sich, stieg aus und ließ seine Fahrgäste allein.

Die Jungen fingen an, am Wagen zu rütteln, und riefen dabei: »Jude! Jude! Jude!« Kolja versuchte, sie nicht zu beachten, und blickte schweigend starr geradeaus.

»Jude! Jude! Jude!«

Katja schaffte es nicht, so ruhig zu bleiben. Der plötzliche Angriff auf den Wagen, das Rütteln und Schreien und der irrationale Haß in den Gesichtern der Jungen erschreckten sie. Ohne zu merken, daß sie unbewußt deren Vorurteile übernahm, schrie sie zurück: »Wir sind Christen! Ihr Idioten, wir sind Christen!«

Und plötzlich begannen die Jungen zu lachen, schüttelten die Köpfe, als wären sie erstaunt, und schlenderten weiter die Straße entlang, als wäre nichts gewesen, sangen ihre Lieder und machten derbe Späße.

Katja und ihr Mann blieben eine Weile schweigend im Taxi sitzen.

Als der Fahrer sich nicht wieder blicken ließ, sagte Kolja ruhig: »Wir gehen zu Fuß. Vielleicht finden wir ein anderes Taxi.« Sie stiegen aus, und Katja stolperte.

Sie merkte, daß ihre Knie weich waren und daß sie vor Schreck zitterte. Kolja nahm ihren Arm und geleitete sie sicher auf den Bürgersteig.

Zu ihrer Überraschung befand sich auch Daniel Coën unter der zuschauenden Menge. Rauchend kam er auf sie zu. »Kann ich etwas für Sie tun?«

Kolja kannte ihn nicht, obwohl sie im gleichen Mietshaus gewohnt hatten, aber Katja, immer noch mit einem Zittern in der Stimme, stellte sie einander vor.

»Sie können uns ein Taxi besorgen«, sagte Kolja, und zu Katja gewandt: »Ich habe Aristide versprochen, heute nachmittag bei ihm vorbeizuschauen. Wir werden zu spät kommen.«

Katja schüttelte den Kopf und sagte stockend: »Ich kann nicht – ich kann einfach nicht.«

Kolja sah auf die Uhr. Daniel bemerkte es.

»Wenn Sie wollen, bringe ich Sie nach Hause«, wandte er sich an Katja.

»Kann ich dich allein lassen?« fragte Kolja und gab Daniel großspurig seine Karte. »Danke für Ihre Hilfe. Wenn ich etwas für Sie tun kann – Sie wissen, wo ich zu finden bin.«

Belustigt steckte Daniel die Karte ein und bot Katja den Arm.

Sie fanden ein Café, und Daniel ließ seine Begleiterin Platz nehmen und bestellte zwei Kognaks. Da Katja schwieg, machte er Konversation.

»Sie sehen gut aus. Das Leben hat Sie offensichtlich freundlich behandelt, seit Sie bei uns ausgezogen sind. Die Wohnung muß Glück bringen. Alle, die darin wohnen, werden irgendwann plötzlich reich. Le Nain spricht immer noch von Ihnen. Er hat jetzt eine neue Partnerin, eine große, dicke Frau. Sie raucht und säuft wie ein Loch. Und wenn sie sich streiten, hebt sie ihn hoch und schüttelt ihn. Sie sind sehr glücklich miteinander.«

»Ich habe gesagt, ich wäre Christin«, murmelte Katja.

»Ach, deswegen würde ich mir keine Sorgen machen. Einige meiner besten Freunde...«

»Ich bin keine Christin. Ich bin gar nichts.« Katja zitterte und schluchzte, weil sie sich so schämte.

Sie tranken ihre Kognaks.

»Diese Demonstrationen können einem angst machen«, begann Daniel wieder. »Ich hatte selbst Angst, aber die Partei wollte, daß jemand die Kerle im Auge behält und Bericht erstattet. Wir stehen kurz vor einer Krise.«

»Es war wie in Rußland – die Revolution. Ich dachte, ich hätte das vergessen. Ich war damals noch so klein.« Katja wunderte sich selbst über ihre Reaktion. »Haben Sie bemerkt, daß wir bei einer plötzlichen Krise wie Kinder reagieren?« fragte sie Daniel. »Es war die Erinnerung – die Erinnerung. Wenn etwas anderes passiert wäre – etwas, was ich noch nicht erlebt habe –, dann hätte ich mich vielleicht anders verhalten.«

Daniel hörte ihr mitfühlend zu. Er erwartete von anderen keinen Mut, nicht mehr, als man brauchte, um den normalen Problemen des Lebens, wie etwa seine Eltern sie hatten, entgegenzutreten. Er sah Katjas Entschlossenheit, mehr als diesen üblichen Mut aufzubringen, und er bewunderte sie deswegen. Und er bewunderte sie auch, weil sie schön war, wobei er diese beiden Dinge nicht miteinander in Zusammenhang brachte.

Der Kognak machte Katja ein wenig benommen. Sie fühlte sich verpflichtet, ebenfalls Konversation zu machen, und fragte Daniel nach seiner Vergangenheit. Er antwortete knapp und beobachtete sie dabei. Sie nickte zu jedem Punkt, wobei sie vergaß, daß sie das meiste schon von seiner Mutter Sophie gehört hatte. Als Daniel sagte, er sei Kommunist, klang das völlig vernünftig. Wenn er gesagt hätte, er sei ein Massenmörder, hätte Katja das ebenso ruhig aufgenommen. Daniel lächelte, aber seine Bewunderung für sie ließ nicht nach.

»Sie sind die Frau, die Sascha in Nizza kennengelernt hat, oder? Ich weiß, daß ich Sie das schon einmal gefragt habe und daß Sie es verneint haben.«

Heute sagte sie ihm die Wahrheit. Ja, sie war es gewesen. Aber es war nur eine Spinnerei. Wie leicht ihr das von den Lippen ging!

»Ich möchte nicht geliebt werden!« erklärte sie dann, traurig, aber plötzlich nüchtern.

»Warum nicht?« fragte Daniel so eindringlich, als hätte er ihr eine Liebeserklärung gemacht und sei sich dieser Tatsache nicht ganz bewußt, nur verwirrt, daß das Gespräch diese Wendung genommen hatte.

»Es ist zu zynisch.« Das stimmte nicht. »Ich meine, Liebe ist eine Illusion. Selbst Aufrichtigkeit ist kein Prüfstein. Wir betrügen uns alle selbst.«

Sie schüttelte mehrmals langsam den Kopf. Das gefiel Daniel

nicht. Er hatte sich von seinem leichten Schrecken erholt und sah in dieser stillen, rhythmischen Bewegung einen Anflug von Hysterie. Da er normalerweise nicht über die Liebe nachdachte und eher ein analytischer Kopf war, betrachtete er sie jetzt kalt.

Aber sie faszinierte ihn. Und wie sie ihn faszinierte! Selbst nachdem er sie schließlich nach Hause gebracht hatte, auf dem Weg zurück in die Rue Mouffetard, während er im Geiste der Partei von den heutigen Aktivitäten der Ligisten berichtete, drängte sich ihr Bild in seine Gedanken. Sie hatte gesagt:

»Liebe ist nichts weiter als Chemie und äußere Umstände. Darwin und Geographie. Selbst euer Marx könnte sie besser erklären als jeder Dichter. ›Junge trifft Mädchen‹. Tausend Jahre Kriege und wirtschaftliche Verhältnisse erklären, warum gerade dieser Junge eben dieses Mädchen trifft, und ein paar Drüsen besorgen den Rest. Ist das nicht zum Heulen?« fragte sie und wiederholte: »Ist das nicht zum Heulen?«

Ja, es war zum Heulen. Daniel stimmte jedem Wort ihrer Analyse zu und merkte dabei, daß er das gar nicht wollte.

✳

Einem Gerücht zufolge unternahm die Regierung Schritte zu ihrem eigenen Schutz. In den Vororten wurden Maschinengewehre und Panzer zusammengezogen. Die Spahis und senegalesische Truppen wurden mobilisiert.

»Sie werden die Nigger auf ihr eigenes Volk hetzen!« höhnte Constantine.

Am Montagabend tauchte er bei Sascha auf und bat um Unterkunft für die Nacht.

»Was willst du denn hier?«

»Ich konnte einfach nicht auf dem Land bleiben. Mein Vater weiß nicht, daß ich hier bin. Die Ligisten haben für morgen eine große Demonstration angesetzt. Wenn wir noch etwas Druck machen, fällt der ganze korrupte Haufen in sich zusammen! Du mußt mitkommen!« drängte er Sascha. »Du kannst aufpassen, daß mir nichts passiert. Wenn du dabei bist, werde ich so sittsam sein wie eine Jungfrau.«

Sascha sagte zu. Es hatte schon so viele Demonstrationen gegeben, daß er wenigstens bei einer dabei sein mußte. Tonja fand

nichts Außergewöhnliches daran, daß Constantine bei ihnen übernachten wollte, und sie erzählten ihr nichts von ihrem Vorhaben.

✳

Der große Tumult am sechsten Februar 1934 entwickelte sich eher
zufällig, so als hätten weder die Rechten noch die Linken es über
sich gebracht, die Entscheidung zu erzwingen, als es soweit war. Bis
zum sechsten Februar hatte die »Action Française« die Aufstände
gefördert. Sie hatten Chautemps und seine Regierung gestürzt und
dem gleichermaßen verhaßten Daladier zur Macht verholfen. Zur
Vernichtung des Systems würden die Unruhen erst dann führen
können, wenn man das Palais Bourbon und die wichtigsten Mini-
sterien besetzte und einen Plan aufstellte, nach dem die Führer der
Rechten ihren Erfolg nutzen und eine Revolutionsregierung bilden
konnten. Einen derartigen Plan hatte es im Januar zu keiner Zeit
gegeben. Am sechsten Februar befanden sich nur wenige Führer der
»Action Française« oder der anderen Ligen bei ihren Gruppen, und
es gab kein Kommunikationssystem, mit dessen Hilfe sie die Ereignisse hätten steuern können. Wenn das Palais Bourbon vom Mob
eingenommen worden wäre, hätte niemand etwas damit anzufangen gewußt. Die Führer der Ligen ordneten die Demonstration an –
wie Tolstois große Männer der Geschichte –, weil ihre Anhänger
danach verlangten, und diese wären auch ohne Befehl dazu auf die
Straße gegangen. Die Demonstration entwickelte sich in einer
Weise, die mit den Befehlen oder Absichten der Führer wenig zu tun
hatte. So stellten die Ligen sich in verschiedenen Entfernungen
ringförmig um das Palais Bourbon herum auf, wobei die einzelnen
Gruppen von den Standorten der anderen kaum wußten, so daß eine
Koordinierung unmöglich war. Zusätzlich strömte eine große,
nichtorganisierte Menge unvermutet auf der Place de la Concorde
und in den Tuilerien zusammen. Die Kommunisten und ihre Anhänger versammelten sich auf der Champs-Elysées zwischen dem
Rond Point und dem Palais Grand, nicht etwa, um die gegnerischen
Ligisten zu bekämpfen, sondern um zusammen mit ihnen das Palais Bourbon zu stürmen.

Die Führer der »Action Française« sahen richtig voraus, daß jeder
Versuch, das Palais Bourbon von der Place de la Concorde aus
anzugreifen, an der Brücke über die Seine von Polizei und Truppen

vereitelt werden würde. Daher gaben sie mündlich die Parole aus, daß ihre Hauptmacht sich am linken Seine-Ufer versammeln sollte, auf dem Boulevard St. Germain und dem Boulevard Raspail, von wo aus sie gegen das Kriegsministerium in der Rue Ste. Dominique vorrücken könnten. Zusätzlich schickten sie eine kleine Gruppe »Camelots du Roi« aus, die das Geschehen beim Hôtel de Ville beobachten sollten, wo »Jeunesse Patriotes«, mit Blick auf den Präzedenzfall »Commune« überlegten, den Sturz der Republik auszurufen.

Doch diese Befehle wurden nicht ausgeführt. Ihre Ausführung war unmöglich, weil niemand da war, der sie den Anhängern hätte überbringen können. Die Mehrzahl der »Camelots du Roi« wußte nichts von den Absichten der Führer und versammelte sich zusammen mit der Masse auf der Place de la Concorde.

Da Constantine auf dem Landsitz seiner Eltern gewesen war, kannte er weder die Versammlungsorte noch die Zeiten, zu denen die Demonstrationen beginnen sollten. Allerdings hatten die Führer auch darauf keinen Einfluß mehr, denn sobald sich eine kritische Masse von Demonstranten versammelt hatte, zog sie los. Für drei Uhr nachmittags war eine Sitzung der Abgeordnetenkammer anberaumt worden, bei der Daladier sein Kabinett vorstellen sollte. Wenn überhaupt ein Faktor den Beginn der Demonstrationen beeinflußte, dann der, daß sowohl Abgeordnete als auch Aufrührer erst in Ruhe zu Mittag essen wollten.

Tonja bemerkte beim Mittagessen: »Ihr seid ja so aufgeregt.« Die Jungen lächelten sich verstohlen zu. Sie hatte den Verdacht, daß etwas nicht stimmte, und wandte sich an Constantine: »Hast du deinen Eltern gesagt, daß du hier bei uns bist?«

»Ja, natürlich«, log Constantine mit ernster Miene.

»Habt ihr heute nachmittag etwas vor?«

»Nur ein bißchen herumtreiben«, erklärte Sascha.

Als sie wieder auf seinem Zimmer waren, sagte er: »Ich hasse es, meine Mutter zu belügen.«

»Ja?« Constantine war erstaunt. »Ich finde es ganz selbstverständlich, daß ich meine Mutter anlüge. Wenn jemand nach etwas fragt, das ihn nichts angeht, muß er damit rechnen, daß er belogen wird. Außerdem werden wir uns ja mehr oder weniger ›herumtreiben‹, genaugenommen hast du also gar nicht gelogen.«

»Willst du Jesuit werden, wenn du Priester wirst?«

»Jesuiten lügen nicht. Sie treiben die Wahrheit nur in eine Ecke und argumentieren so lange, bis sie aufgibt. Hast du ein Messer?«

»Wozu?«

»Zur Selbstverteidigung.«

»Ich dachte, wir wollten uns heraushalten und nur zugucken«, sagte Sascha erschrocken.

Aber mit Constantine war heute nicht vernünftig zu reden. Die Unsicherheit, die er auf ihrem Ausritt gezeigt hatte, war verschwunden. Die Aussicht auf Aktion hatte bei ihm unreflektierte Arroganz, ja sogar Eitelkeit ausgelöst. Er kämmte sein blondes Haar vor dem Spiegel und schmierte sich Brillantine hinein.

»Das wollen wir ja auch. Selbstverteidigung habe ich gesagt. Du glaubst doch nicht etwa, daß die Regierung ruhig zuguckt? Was willst du tun, wenn so ein großer Niggersoldat sich von einem Baum herunterschwingt und dich mit seiner Keule erschlagen will?«

»Weglaufen, wenn's sein muß«, sagte Sascha scherzhaft, aber bestimmt.

»Ach, mach, was du willst.« Constantine zog ein Messer aus der Tasche, ließ es aufschnappen und bewunderte die Klinge. Beruhigend sagte er: »Keine Sorge, ich habe nicht vor, es zu benutzen. Ich hätte zuviel Angst. Wir machen das ja nur aus Quatsch. Absoluter Unsinn, weißt du noch? Wenn ein Niggersoldat hinter mir her ist, muß ich mich wohl einfach von ihm kochen und auffressen lassen.«

Doch Sascha war trotz allem nervös. Er hatte keine Angst vor dem Aufstand selbst, aber wie ein Soldat vor der Schlacht fragte er sich: Wie bin ich hierhergekommen? Was soll das alles? Er spürte ein unwiderstehliches Verlangen dabeizusein und gleichzeitig den unüberwindbaren Druck der Umstände, die ihn auch gegen seinen Willen zum Mitgehen gezwungen hätten. Fürst André fiel ihm ein, der bei Austerlitz das Kampfgeschehen beeinflußt hatte, indem er die Fahne ergriffen und sich an die Spitze seines Regiments gesetzt hatte; und Napoleon, der bei Toulon die Gelegenheit beim Schopf gepackt hatte. Es war eine typische Eigenschaft großer Männer, daß sie im Tumult der Geschichte, im Chaos der Ereignisse den entscheidenden Moment erkannten.

»Worüber denkst du nach?« fragte Constantine.

»Über absoluten Unsinn«, grinste Sascha. »Wollen wir los?«

Constantine trug seine Baskenmütze. Die Armbinde mit dem Emailleabzeichen, das ihn als »Camelot du Roi« auswies, hatte er vorerst noch in der Tasche gelassen. Er würde sie erst später überstreifen, denn es war möglich, daß sie in dem Durcheinander auf Gruppen von Kommunisten stoßen würden, und es war klüger, sich nicht mit ihnen anzulegen. Sascha trug keinerlei Abzeichen.

Sie nahmen den Bus, aber der öffentliche Verkehr wurde durch die Unruhen behindert, so daß sie bald zu Fuß weitergehen mußten. Der Himmel hing voll finsterer Wolken, und bald würde es dunkel sein.

Auf der Champs-Elysées stießen sie auf die erste von vielen Versammlungen. Unter der Schirmherrschaft der Kommunisten versammelte sich hier die »Assoçiation Républicaine des Ançiens Combattants« hinter ihren Fahnen. Sie forderte eine gerechte Behandlung der Kriegsveteranen. Die älteren Exsoldaten stellten sich von selbst in Reih und Glied auf. Sie hatten ihre Uniformen und ihre Orden angelegt.

Es herrschte nur noch wenig Verkehr. Die anständigen Bürger wichen den Massen der Jugendlichen aus, aber auf ihren Gesichtern spiegelte sich Respekt und in vielen Fällen Sympathie. Manche verschenkten Geld. Andere äußerten Unterstützung. »Richtig so, Jungs! Zeigt den Schweinen, wer hier der Herr ist!«

Constantine brüllte:

»Siehst du! Frankreich steht hinter uns! Lang lebe Frankreich!«

Die »Camelots du Roi«, die sich jetzt zu größeren Gruppen vereinigten, fingen an, ihre Fassung des »Ça Ira« zu grölen. Es wurde viel gelacht und gescherzt. Brechstangen und Knüppel tauchten auf und wurden rasselnd über das Pflaster gezogen. Wenn ein Kiosk umgeworfen wurde, gab es lauten Beifall.

Inzwischen war die Sonne, die nur selten zwischen den Wolken hervorgesehen hatte, hinter dem Horizont verschwunden. Die Lampen wurden angezündet. Die Place de la Concorde füllte sich mit Menschen. Am Obelisken brannte ein Bus. Gruppen von Jugendlichen schwärmten durch die Tuilerien, warfen Geländer und Bänke um und rissen Steine aus dem Pflaster.

Sascha, der so etwas noch nie gesehen hatte, nahm an, daß die

Menge einen gemeinsamen Plan verfolgte, den er nicht kannte. Er wurde im Gedränge gegen Constantine gedrückt. Auf der anderen Seite der Seine konnte er die Lichter des Palais Bourbon ausmachen, wo die Deputierten ihre Sitzung abhielten, und er vermutete, daß die Demonstration sich auf die Brücke zubewegte. Doch die Bewegung, sofern sie überhaupt stattfand, verlor sich im wilden Durcheinander der Menge, so daß Sascha, obwohl er die Ereignisse an der Brücke mitverfolgen wollte, auf die amerikanische Botschaft an der anderen Seite des Platzes zugeschoben wurde. Unter dem Druck der Menschenmassen wurden die beiden Freunde getrennt.

Das Gedränge vor der Botschaft löste sich schließlich auf, und die Bewegung schien nun in entgegengesetzte Richtung zu gehen. Die dichte Menschenmenge, in die Sascha eben noch eingezwängt gewesen war, verteilte sich, und der Platz wirkte plötzlich weit, nur an der Brücke drängten sich noch Menschen. Doch niemand hatte den Platz verlassen. Im Gegenteil, ständig strömten mehr Menschen hinzu, und die Schreie und rhythmischen Rufe wurden immer lauter. Sascha verstand nicht, wie sich die Menge einfach so, unabhängig von der Zahl der Menschen, ausdehnen und zusammenziehen konnte, und er verstand auch nicht, woher die Schreie und der Krach kamen, denn die Menschen, die er sah, verhielten sich ruhig. Dort, wo er stand, waren die Demonstranten entspannt. Sie ignorierten das entfernte Handgemenge mit der Polizei und standen schwatzend und rauchend in Gruppen zusammen oder hörten den Rednern zu. Manche lasen sogar im Feuerschein des brennenden Busses Zeitung. Doch auch das war nur ein Zwischenspiel.

An der Brücke feuerten Polizei und Truppen Warnschüsse ab. Sascha hörte nur ein trockenes Knattern, weit entfernt und ohne Bedeutung, doch es provozierte zwei entgegengesetzte Bewegungen: die Aufständischen zogen sich von der Brücke zurück, und andere Kampfeslustige und Neugierige liefen auf die Brücke zu. Das Gefühl von Weite, das Sascha eben noch gehabt hatte, verschwand, und das Gewicht der Körper um ihn herum, nahm ihm wieder den Atem.

Sascha merkte, daß er sich nicht von der Stelle bewegte. Die Menge hatte ihn hin und her geschubst, gedreht, fast zerquetscht und wieder freigegeben. Aber er war auf dem gleichen Fleck geblieben. Ich bin gar nicht hier, dachte er, das hier hat nichts mit mir zu tun. Er konnte in der Dunkelheit das Pulsieren der Menge ausmachen, aber die Bewegungen, die Rufe und Schreie, die Explosionen der Feuerwerkskörper, mit denen die Pferde der republikanischen Garde beworfen wurden, und die Schüsse hatten keinerlei sichtbaren Zusammenhang für ihn.

Nun marschierten die Kriegsveteranen auf, die er Stunden zuvor auf der Champs-Eylsées gesehen hatte. Sie sahen den Krawall, ignorierten ihn aber. Sascha sah die Verachtung auf ihren Gesichtern. Da sie im Elyséepalast eine Petition abgeben wollten, verließen sie den Platz wieder und marschierten die Rue Royale hinauf. Die Polizei bedrängte sie, doch sie boten keinen Widerstand. Sascha sah ihnen nach und bemerkte dabei zum erstenmal, daß das Marineministerium brannte und daß Feuerwehrleute versuchten, die Flammen zu löschen. Sie verrichteten ihre Arbeit, ohne die Unruhen zu beachten. Es war, als hätte jemand Szenen aus verschiedenen Geschichten miteinander vermengt: die Unruhen auf dem Platz, die marschierenden Kriegsveteranen auf der Straße – und die arbeitenden Feuerwehrleute.

Sascha entschloß sich, näher an die Brücke heranzugehen, um besser sehen zu können. Er sah sich nach Constantine um, konnte ihn aber nirgends entdecken. Er blieb stehen. Hier war er dem Zentrum des Tumults näher, und um ihn herum rannten Menschen zur Schlägerei hin oder von ihr fort oder feuerten Wurfgeschosse ab. Er blickte zurück auf die Brände am Obelisken und vor der amerikanischen Botschaft und auf das brennende Marineministerium und dann auf die Menschenstrudel. Jetzt erst erkannte er das zufällig entstandene Drama und seine Choreographie. Eine Szene, die nur durch Zufall im Rampenlicht stand, in der die Schauspieler Muster bildeten, die nicht beabsichtigt, aber doch Muster waren. Wie sinnlos, dachte er – und wie schön.

Die Veteranen wurden bei ihrem Vormarsch auf den Elyséepalast von Polizei und Gardes mobiles aufgehalten und auf die Rue Richelieu zu gedrängt. Ziellos und entmutigt trieben sie wieder auf die Place de la Concorde zurück. Unter den Kommunisten, die die Exsoldaten begleitet hatten, befand sich auch Daniel Coën, doch als er die Rue Drouot erreicht hatte, kehrte auch er auf den Platz zurück. Er drängte sich ohne bestimmte Absicht durch die lockeren Menschengruppen auf die Brücke zu. Dabei erblickte er Sascha.

»Du siehst aus, als würdest du vor dich hin träumen.« Er klopfte Sascha auf die Schulter.

»Ach, du bist es. Wie geht's? Wie geht's deinen Eltern?«

»Ich kann dich nicht verstehen!« rief Daniel. Die Menge brüllte. Ein Reiter der republikanischen Garde war vom Pferd geworfen worden, das jetzt frei herumlief.

»›Wie geht's deinen Eltern?‹ habe ich gesagt. Ich habe sie ewig nicht gesehen.«

»Gut. Und deiner Mutter?«

»Auch gut.«

»Und was machst du hier?«

»Ich schaue nur zu. Ich bin mit Constantine hergekommen.«

»Das wundert mich nicht. Diese Faschistenschweine haben ungefähr sein Format. Aber ich dachte, du wärst Sozialist?«

»Ich weiß nicht, was ich bin.«

»Ein verweichlichter Bourgeois. Hast du mal 'ne Zigarette? Ich hab' so wenig Geld, daß ich Zigaretten schnorre, wo ich kann. Das nennt man Kommunismus. Und Feuer? Danke. He! Was schubsen Sie mich so?« schnauzte er einen Vorbeigehenden an, der ihn angerempelt hatte.

»Entschuldigung.« Der Fremde trug die Armbinde der »Camelots du Roi«, und nun fiel ihm Daniels Abzeichen der Kommunisten auf. »Hätten Sie für mich vielleicht auch eine?« fragte er Sascha. Sascha gab ihm eine Zigarette. Er zündete sie an und inhalierte tief. Dann sah er zur Brücke hinüber und sagte, als gäbe er eine wissenschaftliche Beurteilung ab: »Noch ein Schlag, und wir schieben diese Schweine aus dem Weg. Dann werden ein paar Abgeordnete baumeln, heute nacht noch. Na dann, bis später.« Er lief auf die Brücke zu.

»Was für eine Zeitverschwendung«, bemerkte Daniel. »Sie sehen einfach nicht, daß die Geschichte gegen sie ist. Wenn sie heute abend gewinnen, dann nur, um uns die Revolution auf dem Tablett zu servieren.« Er trat seine Zigarette aus. »Wir können hier nicht einfach so herumstehen. Hast du Lust, mit mir die Zivilisation umzustürzen?«

»Warum nicht?« Sascha lachte.

Die beiden Jungen stießen ein Kriegsgeheul aus und machten sich ebenfalls auf den Weg zur Brücke.

Sascha hatte erwartet, daß der Aufstand hier, wo man Polizei und republikanischer Garde von Angesicht zu Angesicht gegenüberstand, Ziel und Ordnung erkennen lassen würde. Statt dessen erwartete ihn das gleiche Durcheinander wie zuvor auf dem Platz, nur ging alles in größerem Tempo vor sich, so als hätte man in einem Insektennest herumgestochert. Statt daß alle Demonstranten gemeinsam angriffen, gingen sie grüppchenweise vor und wurden unter dem Druck von Wasserstrahlen, Gewehrfeuer und Schlagstöcken bald wieder zurückgeworfen.

Daniel schaute sich nach einer Gruppe um, der sie sich anschließen konnten. Sascha sah die undeutlichen Silhouetten von Männern und Pferden und dachte nur: Ich bin hier. Es ist nicht so, wie ich erwartet hatte. Aber hier wird vielleicht Frankreichs Schicksal entschieden.

Auch er blickte sich nun um, aber er suchte, ohne es zu wissen, jenen geheimnisvollen Menschen, dessen Gegenwart nach dem Willen des Schicksals die Menge heute abend anfeuern sollte, so daß sie die Barrikade erobern und sich auf das Palais Bourbon stürzen würde. Da sah er Constantine.

Constantine hockte auf dem Boden. Sein Gesicht war in der Dunkelheit kaum zu sehen, aber er erkannte Sascha und sagte nur: »Sie haben mir den Arm gebrochen. Den rechten Arm. Gebrochen! Was soll ich bloß meinem Vater sagen? Sie haben ihn mir gebrochen!«

Sascha mußte einer Gruppe von Jugendlichen ausweichen, die Schlachtrufe grölend aus der Dunkelheit hervorbrachen und sich auf die Barrikade stürzten. Als sie fort waren, war auch Constantine verschwunden, doch kurz darauf sah Sascha ihn wieder. Er drückte seinen gebrochenen Arm an sich wie ein Baby. Ein Polizist verfolgte ihn und schlug mit dem Schlagstock nach ihm, verfehlte ihn aber, wendete sein Pferd und galoppierte zu seiner Truppe zurück. Constantine lief auf den Platz hinaus, und Sascha verlor ihn wieder aus den Augen.

Daniel hatte sich einer Gruppe von Kriegsveteranen und Kommunisten angeschlossen. Es waren nicht so viele wie die »Camelots du Roi«, aber sie waren disziplinierter.

Als er sie sah, fühlte Sascha sich an die alte Garde des Kaisers erinnert, und mit der Distanz, die ihn den ganzen Abend nicht verlassen hatte, dachte er: Das ist es! Das sind die Männer, die die Abgeordnetenkammer stürmen werden. Heute nacht wird ein neues Kaiserreich ausgerufen, und ich werde dabeisein!

Und immer noch sah er sich nach der geheimnisvollen Gestalt um, die das Schicksal verkörpern würde. In den Massen der Jugendlichen in ihren Baskenmützen und schäbigen Anzügen, mit ihren Knüppeln, Steinen und Rohren in den Händen, suchte er nach dem einen, der wie Christus den Glorienschein um den Kopf trug.

Von der Place de la Concorde her näherte sich johlend und schreiend eine Gruppe von »Camelots du Roi« der Brücke. Daniel und die Kommunisten und Kriegsveteranen stießen zu ihnen, und Sascha schloß sich an der Spitze des linken Flügels seinem Freund an. Wieder sah er Constantine, der immer noch seinen gebrochenen Arm festhielt, dabei aber zwischen den »Camelots du Roi« herumsprang. Seine Augen glänzten fiebrig, und er rief mit hoher Stimme, so daß es fast wie ein Schrei klang: »Verrückte aller Länder, vereinigt euch!«

Hinter der Vorhut, die die Verteidiger der Barrikade mit Salven von Steinen bombardierte, wurden sie auf der Enge der Brücke zu einer geschlossenen Phalanx zusammengedrängt. Von der Barrikade her wurde ihnen mit Wasserschläuchen und Gewehren geantwortet. Manche Schüsse gingen in die Luft, andere waren auf die Angreifer gerichtet. Einige von ihnen fielen zu Boden. Die Spitze des Zuges wurde von der nachfolgenden Masse weitergeschoben.

Obwohl Sascha jetzt so dicht am Feind war, konnte er kaum etwas sehen. Er stand eingezwängt in der Menge, mehrere Reihen hinter den Anführern. In seiner Vorstellung glich eine Schlacht einem Gemälde, auf dem alles so klar angeordnet war wie auf einem Schachbrett, wo man Reichweite und Absicht jeder Figur kannte. Aber hier, dem entscheidenden Augenblick so nah, gab es nur Chaos und Verwirrung.

Unter den flatternden Fahnen fühlte er die Geborgenheit der Gemeinsamkeit und das Erhabene und Glanzvolle der Stunde. Aber damit einher ging eine würgende Angst, eine Gewißheit, daß er sterben würde. Nein. Er würde ewig leben! Angst, Scham, Aufregung, Stolz – kein Gedanke und kein Gefühl war eigenständig oder rein. Alle führten ihr Gegenteil als Schatten bei sich. Und alle drängten ihn vorwärts, so als wäre jedes wie auch immer geartete

Gefühl Treibstoff. Vorwärts! Jetzt ist die Menge fast bei der Barrikade angelangt, und die Vorhut schlägt sich bereits mit der Polizei herum.

Doch Sascha sieht nur die dunklen Umrisse der republikanischen Garde und spürt das Hin- und Herwogen der Menge unter dem Druck des Kampfes. Er nimmt daran nur teil wie jedes Molekül im Meer letztlich dafür verantwortlich ist, daß eine Welle auf den Strand treibt. Er selbst befindet sich nicht in der Welle. Der Lärm ist entsetzlich.

Schüsse, Gewieher, Kommandorufe, Feuerwerkskörper, das Krachen der Steine, Wasserstrahlen, Hufgeklapper, das Klatschen der Stöcke gegen Schilder und Helme, Schreie, Schluchzen, Siegesgeheul, Stöhnen und immer wieder »Lang lebe Frankreich«, die »Internationale« und »Ça Ira«. Die Veteranen, zwischen denen Sascha sich wiederfindet, sind vom Haß wie verwandelt. Einige schreien Beleidigungen gegen die Boches, als würden sie mit ihren Bajonetten Deutsche angreifen. Es ist unmöglich, weiter unbeteiligt zu bleiben oder irgendein Gefühl zu haben, das sich von dem namenlosen Gefühl der Menge unterscheidet. Auch Sascha schäumt vor Wut. Lauthals beschimpft er Verbrecher, Faschisten, Kommunisten, Deutsche – alle Zielscheiben des Hasses, die das Universum bereithält. Mit Händen und Füßen erkämpft er sich den Weg nach vorn, entschlossen, als einer der ersten die Barrikade zu stürmen. Jetzt! Jetzt! Dies ist der Augenblick!

Mit Kameraden auf beiden Seiten erklimmt Sascha die Barrikade und sieht sich plötzlich der dichten Menge von Polizei und Gardes mobiles gegenüber. Vor ihm hat ein junger Offizier sein Käppi verloren. Neben dem Offizier schlägt ein junger Polizist mit seinem Schlagstock ruhig und besonnen nach jedem Angreifer, der in Reichweite kommt. Dieser junge Mann hat kurze Haare und ein klassisches, beinahe römisches Gesicht. Er ist klein, dunkel und kräftig. Auf der Uniformjacke trägt er einen Orden. Er ist stolz. Wie er zuschlägt! Vor Vergnügen lächelt er schwach, beherrscht, ungerührt. Ein Mann, der gut und richtig handelt und mit seiner Beförderung rechnet.

»Nein«, schreit Sascha, »so kann es nicht sein! Das ist verkehrt! Ihr seid auf der falschen Seite! Auf der falschen Seite!«

Der junge Polizist starrt Sascha an, so voller Selbstbewußtsein, daß ihn die Bedeutung dieser an ihn gerichteten Worte gar nicht interessiert.

Er sieht aus wie Napoleon.

Er hebt seinen Schlagstock und schlägt ihn Sascha mit voller Wucht auf den Kopf.

Sascha fällt bewußtlos zu Boden und wird fortgetragen.

18

Ratio und Romantik

»Die Kunst der Revolution«, sagte Alain Duroc, »besteht darin, den Mob zu beherrschen, nicht ein Teil davon zu sein.«

Sie waren in Vincennes. Fleur de la Russie, Golizins Pferd, hatte gerade ein Rennen gewonnen, und man hatte sich, nachdem man den Sieger begrüßt hatte, zurückgezogen, um mit Champagner auf ihn anzustoßen. Bei solchen Gelegenheiten, besonders an schönen Tagen, wenn alles in hellen Farben leuchtet, haben selbst ernsthafte Gespräche etwas Leichtfertiges. So konnte zum Beispiel der Militäraufstand in Spanien, der sich zu einem Bürgerkrieg zu entwickeln schien, mit einer geringschätzigen Bemerkung über die Spanier abgetan werden: Man wußte ja, wie sie waren. Es war nichts anderes zu erwarten von ihnen.

Doch die Bemerkung des Jesuiten bezog sich auf die Unruhen, die vor zwei Jahren in Paris stattgefunden hatten. Lydia Kalinowska hatte sie soeben mit den Ereignissen in Spanien verglichen. »Hier beschränken wir uns auf einen zivilisierten Aufstand – der zudem erst stattfand, als der Comte de Paris seine Einwilligung dazu gegeben hatte.«

Es war ein offenes Geheimnis, daß Sascha an den Februarunruhen beteiligt gewesen war. Dieser ernste junge Jude, Daniel Coën, hatte ihn mit einer Gehirnerschütterung nach Hause gebracht, aber sonst war ihm nicht viel passiert. Selbst seine Moral hatte keinen größeren Schaden genommen. Seine Verletzungen hielten Tonja davon ab, ihn zu tadeln, und der übliche Spott seiner Schwester Mascha wurde durch die Bewunderung für seinen Wagemut abgemildert. Maxim Jurjewitsch gab seine Zustimmung zu erkennen, und Lydia war einfach begeistert: Nichts war so herrlich oder so idealistisch, als sein Leben zu riskieren, um das Gesindel fertigzumachen, das die Blume der Zivilisation, *la belle France*, ruinierte. Lydia konnte immer noch ganz nach Laune Polin, Russin oder Französin sein.

Nur Alain schien gewisse Vorbehalte zu haben.

»Eine Erhebung zum falschen Zeitpunkt kann die Hoffnung auf Veränderung für eine ganze Generation zerstören. Die Anhänger von Ruhe und Ordnung, die deine natürlichen Verbündeten waren, haben vor der Unordnung, die ihr geschaffen habt, Angst. Nur ein Krieg kann Frankreich verändern und retten.«

»Ich bin aus Aufständen und Revolutionen herausgewachsen«, entgegnete Sascha.

»Stimmt das, Vera Michailowna?«

»Ich glaube nicht«, antwortete Vera zweifelnd. »Er meint es zwar ernst, aber so wie ein Mann mit einem Kater, der sagt, er wolle aufhören zu trinken. Seit er an der Sorbonne Philosophie studiert, glaubt er, daß er klüger wird, dabei findet er nur elegantere Begründungen für seine schlechten Entscheidungen.«

»Ist das wahr, Sascha?«

»Wahrscheinlich ja«, gab Sascha fröhlich zu. »Wer möchte noch etwas trinken?«

Es war schwer, das Thema Spanien nicht zu erwähnen. Die Zeitungen schrieben beinahe über nichts anderes, und es lieferte neuen Zündstoff, um auf die Regierung zu schimpfen. Lydia regte sich auf:

»Wenn dieser fürchterliche Jude, dieser Blum, uns auf der Seite der Republikaner in die Sache mit hineinzieht, glaube ich nicht, daß das Land sich das gefallen läßt. Max, wieviel hast du getrunken, Schatz? Bitte, halte dich zurück.«

Max hatte einen roten Kopf und wirkte trotz des Sieges bleischwer. Voller Verachtung sah er seine Geliebte an und erwiderte:

»Wenn es nur so wäre. Aber bereits am Tag nachdem das Kabinett beschlossen hatte, die Waffenexporte nach Spanien einzustellen, war unser Freund Blum in St. Cloud, und die Menge jubelte ihm zu, obwohl sie eigentlich Waffen für Spanien wollten. Die Republikaner haben eine Menge Anhänger.«

»Nur aus dem Pöbel, mein Lieber, nur aus dem Pöbel. Denkende Menschen unterstützen Franco und die Kirche. Aber dein Mißtrauen Blum gegenüber ist berechtigt. Er hat dem Waffenembargo nur unter dem Druck der Briten zugestimmt, und die haben nur darauf bestanden, um den Schein zu wahren, nicht aus Prinzip. Der Mob weiß, daß Blum mit den Roten sympathisiert.«

Tonja mochte die Gespräche über den Krieg in Spanien nicht. Sie erinnerte sich nur allzu genau an den Bürgerkrieg in Rußland und wunderte sich, daß die anderen – vor allem Lydia – so beiläufig über den Krieg sprechen konnten. Es beunruhigte sie, daß die Erinnerung für die anderen anscheinend nicht schmerzhaft war und sie von der bewaffneten Auseinandersetzung sprechen konnten wie von einer chirurgischen Operation an einem kranken Körper, ohne an Tod oder Zerstörung zu denken. Doch sie konnte ihre Besorgnis nicht in Worte fassen. Statt dessen sagte sie schüchtern:

»Was für ein herrlicher Tag. Müssen wir über Politik reden? Die Sonne scheint, und unser Pferd hat gerade ein Rennen gewonnen.« Sie lächelte Katja freundlich an. Sie lächelte Katja immer freundlich an, weil das ihre Pflicht war. Es wäre falsch gewesen, wenn sie ihren Gefühlen der Mutter gegenüber erlaubt hätte, ihre Einstellung zur Tochter zu beeinflussen. Und die beiden waren nicht gleich. Als sie sich zum erstenmal begegnet waren, in Nizza, hatte Tonja sich vor Katja gefürchtet, weil sie gedacht hatte, sie besäße die gleiche gefährliche Leidenschaft wie Lara. Doch sie hatte sich getäuscht. Katja war zu einer eleganten, zurückhaltenden und berechnenden Dame geworden – tatsächlich war sie alles andere als ein angenehmer Mensch. Tonja konnte es sich leisten, ihr zuzulächeln.

Katja hörte Tonja sprechen und dachte: Sie ist eine unbedeutende Frau, die sich hinter der Religion versteckt und den Problemen des Lebens aus dem Weg geht. Lydia ist vielleicht ordinär, aber sie hat vor nichts Angst. Männer können Frauen wie Tonja zerstören, aber jemand wie Lydia ist unverwundbar. Welche von beiden ist repräsentativ für unser Geschlecht?

Kolja stupste sie am Ellbogen und bot ihr ein Glas Champagner an. Mit einem seidenen Taschentuch wischte er sich die Spritzer von der Hand und betrachtete sie dann unter der Krempe seines Panamahutes hervor.

»Ist das heiß«, murmelte er. »Was hast du gerade gedacht?«

»Daß ich lieber Lydia wäre als Tonja.«

»Keine besonders schwere Entscheidung.«

»Aber auch keine leichte. Beiden fehlt etwas. Als Frauen bewundere ich sie beide nicht. Tonja ist Opfer der Männer, und Lydia ist eine Schmarotzerin. Allein sind beide ziemlich verloren. Und warum ziehst du Lydia vor?«

»Weil ich, wenn ich schon keine Liebe haben kann, wenigstens Zynismus will. Ich will kein seichtes Wesen, das sich aus lauter Bedürftigkeit an mich klammert. Lydia besitzt wenigstens die Aufrichtigkeit einer Hure. Das kann ich respektieren.« Er verzog die Lippen zu einem dünnen Lächeln.

Lydia sprach über dieses und jenes. Ihre Stimme war so melodiös und der Inhalt des Gesagten so oberflächlich, daß man oft nicht darauf achtete. Und auch ihre Gesten waren unbeschwert und ausdrucksvoll. Wie ein Stück Gaze, das hoch ins Sonnenlicht geworfen wird und freischwebend in der Luft hängt, dachte Katja. Und sie dachte auch an ihre eigene verkümmerte Sexualität und unterdrückte den flüchtigen Gedanken, daß Zuneigung jeden Preis wert sein könnte.

»Was macht sie, wenn sie nicht mehr schön ist?«

»Dann fängt sie sich einen Idioten wie Prinz Carlo, bevor er es überhaupt bemerkt. Oder sie verpaßt die Gelegenheit und wird arm, alt und häßlich. Wen juckt das?«

Katja sah ihren Mann an. Sein tiefsitzender Zynismus war beinahe bewundernswert, und er tat ihr die Ehre an, ihn nicht vor ihr zu verbergen. Sie dachte daran, wie er vorgab, die Aufständischen in Spanien zu unterstützen, in Wirklichkeit aber bis zum Embargo am Verkauf von Flugzeugen an die Regierung beteiligt gewesen war. Er hatte damit eine Menge Geld gemacht.

Sie nahm nie Geld von ihm an. Ihre Kleider, die Tonja so schick fand, kaufte sie sich von ihrem eigenen Geld. Kolja bezahlte die Wohnung, und als Gegenleistung dafür begleitete sie ihn, wenn er mögliche Investoren für die »Witwen und Kriegsversehrten« ausführte. Golizin sagte gerade voller Stolz: »Ich habe den Hanau-Skandal, den Zusammenbruch an der Wall Street und den Stavisky-Skandal überlebt! Und meine Investoren haben immer Geld gemacht! Warum sollten sie kein Vertrauen zu mir haben?«

»Schatz«, sagte Lydia, »wir wissen alle, daß du der größte Finanzier Frankreichs bist. Aber warum machst du soviel Lärm darum? Nein, nicht noch ein Glas, ich finde wirklich, daß du genug getrunken hast.«

Golizin schwankte unsicher und sagte: »Man sollte die Leute zwingen, in die ›Witwen und Kriegsversehrten‹ zu investieren. Es ist wichtig für das Land. Es ist ihre Pflicht zu investieren.«

»Natürlich, Max. Aber wo kämen wir hin, wenn wir alle unsere Pflicht tun würden? Als erstes müßte ich mir Arbeit suchen!«

Sascha war sich der Gegenwart Katjas bewußt, aber da er mit Vera zusammen war, richtete er seine Aufmerksamkeit mit Gewalt auf das nächste Rennen. Doch er sah nicht das Rennen, sondern das Spiel der Farben im Sonnenschein, die leuchtenden Seidenblusen der Jockeys, die staubige Luft, die Bäume in ihrer natürlichen Ruhe, mit so sattgrünem Laub, als wären sie des Sommers müde.

Wenn er nicht studierte – und er war kein eifriger Student, er war zu beliebt und zu gesellig –, war er mit Vera zusammen. In regelmäßigen Abständen dachte er darüber nach, ihr einen Heiratsantrag zu machen. Ihr Aussehen und ihre schrullige Intelligenz zogen ihn an, und er hielt das für den wichtigsten Teil der Liebe, wenn es auch wenig inspirierend war. Und Sexualität war ihr wichtig, wenn sie auch immer den Eindruck machte, es ginge ihr vor allem darum, ihr Wesen zu ergründen. Sascha fürchtete, daß sie eines Tages in ihrer unverblümten Art verkünden könnte: »So, das reicht jetzt! Sex ist Zeitverschwendung, wenn man einmal richtig darüber nachdenkt, oder?«

Aber welche Alternative hatte er? Er erinnerte sich an den zauberhaften Abend in Nizza, als er sich in Katja verliebt hatte. Er sagte sich, daß das absoluter Unsinn gewesen sei. Bei den wenigen Gelegenheiten, bei denen sie sich begegnet waren, hatte er versucht, dieses Gefühl der Vertrautheit wieder zum Leben zu erwecken, aber sie hatte darauf nicht reagiert. Er spürte, daß sie über die Liebe nachgedacht und sie als Selbstbetrug verworfen hatte. Sie hatte sich mit ihrem Mann irgendwie arrangiert, und das genügte ihr offensichtlich.

»Sie ist schön, nicht?«

»Wer?«

»Katerina Pawlowna. Du hast sie angestarrt.«

»Ja?«

»Ja. Das tust du immer, wenn du sie siehst.« Vera blickte wieder auf die Rennbahn. »Sind Pferderennen nicht langweilig? Beim ersten Mal ist das Ganze noch irgendwie interessant, aber wenn man es einmal besser kennt, was hat es dann noch für einen Sinn?«

»Was hat denn überhaupt Sinn?«

»Auch so eine langweilige Frage. Sieh dir Maxim Jurjewitsch an.«

Sie zupfte Sascha am Ärmel und zeigte zu Golizin hinüber, der offensichtlich betrunken war. Lydia Kalinowska neben ihm schaffte es, ihn heimlich immer wieder halbwegs in Form zu bringen, wie eine Vertreterin, die minderwertige Waren herrichtet. »Mit Max ist es aus«, erklärte Vera. »Seine ›Witwen und Kriegsversehrten‹ stehen kurz vor dem Zusammenbruch, und es wird einen Skandal geben, genauso wie damals bei Stavisky, nur daß es diesmal ohne Unruhen ablaufen wird.«

»Warum?«

»Würdest du noch mal mitmachen?«

»Nein.«

»Und so geht es allen. Die Unruhen haben nichts erreicht, nur allen angst gemacht, die Aufrührer eingeschlossen. Es war einfach eine Modeerscheinung, und nichts ist so langweilig wie die Mode vom letzten Jahr.«

✳

Sascha fiel der Rückgang der Aktivitäten bei der »Société Financière des Veuves et Blessés de la Patrie« kaum auf. In der Presse wurde der Finanzwelt nur noch wenig Aufmerksamkeit geschenkt. Die Rebellion in Spanien und die Intervention der faschistischen Kräfte hatten das Gespenst eines gesamteuropäischen Krieges an die Wand gemalt. An der Sorbonne waren die Studenten in zwei Lager gespalten. Ein paar Abenteuerlustige hatten sogar ihre Studien aufgegeben, um Soldaten zu werden.

Bei einem Besuch im Büro in der Rue de Provence traf Sascha nur die Tippfräuleins und die Angestellten an. Sie hatten nichts zu tun und schwatzten miteinander. Die Telefone waren abgestellt worden, weil zu viele Anrufe kamen. Der Fernschreiber arbeitete, aber die Mitteilungen wurden nicht beachtet.

»Kann ich Ihnen helfen, Monsieur Alexandre?« fragte die Chefsekretärin. Er wurde wie ein Familienmitglied behandelt. Sascha vermutete, daß man ihn für Golizins Sohn hielt.

Sascha spielte an den Gegenständen auf dem Schreibtisch herum. »Wissen Sie, daß Ihre Telefone nicht funktionieren? Ich wollte mit Monsieur Golizin über unsere Investitionen sprechen.«

»Monsieur Golizin ist nicht da, wie Sie sehen. Und Monsieur Safronow auch nicht.«

Sie war eine dunkelhaarige alte Jungfer, die schon seit Jahren für Maxim Jurjewitsch arbeitete. Ihre Augen und ihr Mund verrieten nichts. Sascha zündete sich eine Zigarette an.

»Das Geschäft scheint sehr ruhig zu gehen...«

»Das ist die Jahreszeit«, antwortete sie unverbindlich.

Sascha fiel auf, daß in den Regalen viele Akten fehlten. Dabei waren die Schreibtische leer. Hinter der Milchglasscheibe in der Tür zu Koljas Büro sah er nur Dunkelheit. Die Fensterläden waren geschlossen und nicht wieder geöffnet worden. Kolja hatte in der Nacht gearbeitet.

»Es hat wohl keinen Sinn, daß ich warte?«

»Nein. Soll ich etwas ausrichten?«

Aber Sascha hatte keine Nachricht zu hinterlassen. Er war nur vorbeigekommen, um sein zunehmendes Unbehagen loszuwerden.

Auf der Treppe wurde er von Männern in Regenmänteln und Schlapphüten aufgehalten.

»Haben Sie irgendwas mit diesem Golizin zu tun?«

Sascha nickte.

»Dann müssen wir Sie wieder mit nach oben bitten.« Sie schoben ihn ins Büro zurück und lüfteten die Hüte.

»Polizei«, sagte der Anführer zur Sekretärin, »ist Ihr Chef da?«

»Wir erwarten ihn heute nicht.«

»Wissen Sie, wo er ist?«

»Er hat keine Nachricht hinterlassen.«

»Wir haben einen Durchsuchungsbefehl.«

Die Sekretärin war nicht überrascht. Sie nickte nur.

»Niemand darf das Büro verlassen.«

Die sechs Detektive durchsuchten alle Räume. Sie sammelten die Akten ein und packten sie in einen Jutesack. Sie durchstöberten die Schubladen nach Terminkalendern und Notizblöcken. Sie nahmen die Hauptbücher mit. Die Büroangestellten hatten ihren Spaß daran. Sie standen kichernd in den Türen, sahen der Durchsuchung zu und unterhielten sich. Sascha zündete sich noch eine Zigarette an und rauchte nervös. Er wußte, daß er von diesen Männern eigentlich nichts zu befürchten hatte, aber ihn überkam eine irrationale Angst, daß auch sie ihn für Golizins Sohn halten und er ihnen unmöglich das Gegenteil beweisen könnte.

»Und wer sind Sie, mein Sohn?« fragte einer von ihnen Sascha.

»Ich bin ein Klient von Monsieur Golizin.«

Der Detektiv pfiff durch die Zähne. »Ach, tatsächlich! Was sind Sie denn? Eine Witwe oder ein Kriegsversehrter?« Er lachte, und die anderen lachten mit, auch die Büroangestellten. »Na, was Sie auch sein mögen, Sie haben Ihr ganzes Geld verloren, mein Sohn. Es sei denn, Sie sind zufällig Rechtsanwalt. Die Rechtsanwälte werden bei dieser Sache ganz schön absahnen!«

Sie ließen sich Saschas Namen und Adresse geben.

✳

Herauszubekommen, wie es nun genau um die finanzielle Situation der Familie bestellt war, war schwierig. Die Polizei hatte alle Papiere von Golizin et Cie beschlagnahmt und das Büro geschlossen. Sie hatten noch Geld auf der Bank liegen, aber darüber hinaus herrschte Unsicherheit. Sascha fühlte sich verpflichtet, die Sorge um die finanziellen Angelegenheiten der Familie auf sich zu nehmen, und wandte sich an Vetter Aristide, der ihm auf gewohnte Weise antwortete:

»Mich darfst du in Geldangelegenheiten nicht fragen. Ich befolge immer den Rat meines Vaters.«

Der alte Kruger mußte jetzt neunzig sein, dachte Sascha. Vetter Aristide fuhr fort: »Meine eigenen Finanzen sind wegen Max auch völlig durcheinandergeraten. Das Geld ist sehr knapp. Aber am Ende wird sicher alles gut werden. Du hast nicht in die ›Witwen und Kriegsversehrten‹ investiert, oder? Sehr klug von dir! Ich denke gern nur das Beste von meinen Mitmenschen, aber ich muß leider zu dem Schluß kommen, daß Max nicht ganz ehrlich war.«

»Mach dir um deinen Vetter keine Gedanken«, sagte Daniel beim nächsten Treffen in ihrem Stammcafé. »Der ist im Waffengeschäft.«

»Bist du sicher?« Sascha wunderte sich.

»Damit hat der alte Kruger doch sein Geld gemacht: Er hat während des türkischen Krieges Waffen an die Griechen verkauft und auch an die Weißrussen. Bei dieser Sache in Spanien wird er ein Vermögen verdienen. Soweit ich sehe, steht ihm das Embargo dabei nicht im Wege. Man muß den Kapitalismus wirklich bewundern!« schloß er ironisch.

Sascha machte sich Sorgen um Daniel. Seine nervöse Energie

schien sich in einer Art unterdrückter Wut aufzustauen. Er rauchte ununterbrochen. Seine Gesten wirkten wie eine Sammlung nervöser Ticks: Er rieb sich die Stirn, schüttelte sich eine dunkle Locke aus dem Gesicht, strich sich über Kinn und Schnurrbart. Yvonne, die sonst so unbeschwert war, sah aus, als hätte sie geweint.

»Was hast du denn?« fragte Sascha.

»Nichts!« erwiderte Daniel und schüttelte energisch Yvonnes zärtliche Hand von seiner Schulter. »Jetzt ist alles geklärt. Ich gebe mein Studium auf und gehe nach Spanien.«

Sascha versuchte, diese Nachricht herunterzuspielen. »Alle reden davon, nach Spanien zu gehen, als wenn das ein Ausflug ins Paradies wäre, mit dem man alle Probleme lösen könnte. Du kannst dein Studium nicht einfach aufgeben«, fügte er ernsthaft hinzu.

»Ich kann nicht einfach weiterstudieren. Das kommt der Wahrheit schon näher. Wie kann ich zu meinen Überzeugungen stehen, wenn ich mir einen Wendepunkt der Geschichte nur aus der Ferne anschaue?«

»Willst du mich damit kritisieren?«

»Nein – nein! Aber ich bin in einer anderen Situation. Ich bin Kommunist und Jude. Ich kann nicht einfach nur zugucken. Ich brauche eine Art *moralischer* Existenzberechtigung.«

»Brauche ich das nicht?«

»Doch, aber du mußt sie selbst finden. Die Situation der Unternehmer und der Arbeiter ist eindeutig: Wir kämpfen! Aber du bist ein Märchenprinz. Ich habe keine Ahnung, in welches Raster du hineinpaßt. Du behauptest ja auf deine verrückte Art, du wärst Sozialist. Jetzt ist der Zeitpunkt gekommen, wo du herausfinden kannst, was das bedeutet.«

»Es bedeutet nicht, Leute abzuschlachten.«

»Wir haben nicht mit dem Abschlachten angefangen. Mola, Franco und all diese Kerle wollten keine Demokratie. Hitler und Mussolini helfen ihnen. Jemand muß doch die Republik verteidigen!«

»Warum tun die Spanier das nicht selbst? Es ist ihr Krieg.«

»Es ist nicht ihr Krieg! Es ist ein Konflikt der Ideen, der Vorstellungen von der Welt. Ideen kennen keine Grenzen. Verstehst du das nicht? Es ist ein Kampf um die menschliche Seele!«

Vera lachte trocken. Daniel warf ihr einen giftigen Blick zu.

»Und wie kommst du nach Spanien?«

»In der Rue Lafayette ist ein Büro, dort rekrutieren sie Freiwillige. Ich habe mich erkundigt.« Daniel schwieg und drängte dann leise: »Komm doch mit.«

Sascha war entsetzt. Allein der Gedanke ans Kämpfen machte ihm angst, und dazu kam die Vorstellung, sein Studium aufgeben und seine Familie verlassen zu müssen. Er schämte sich. Er war im Begriff, seine Mutter ins Spiel zu bringen, aber Vera bewahrte ihn vor dieser Schwäche.

»Dumm«, sagte sie nur.

»Was?«

»Ich habe gesagt, daß der Krieg dumm ist. Die Leute, die mitmachen, sind Idioten, und euer sogenannter Konflikt der Ideen ist ein Konflikt der Idioten. Euer Idealismus langweilt mich.«

Daniel brüllte etwas zurück, aber es war unmöglich, sich mit Vera zu streiten, weil ihrer Ansicht nach nichts eine Reaktion verdiente, Streit sinnlos war und jeder ihr ganz nach Belieben entweder zustimmen konnte oder nicht. Sie legte nur ihre eigene Meinung dar, ohne jemanden davon überzeugen zu wollen. Ein Kellner trat an den Tisch und erklärte Daniel, er müsse sich beruhigen oder das Café verlassen. Als Daniel schließlich schwieg, fragte Sascha Vera:

»Erklär es mir. Warum findest du das alles so dumm?«

»Weil der Kampf beide Seiten zu extremen Handlungen veranlassen wird, was für wunderbare Ideen jede auch haben mag. Alles Gute oder Schöne, oder Liberale wird vernichtet werden. Und selbst wenn die Republik gewinnt, wird sie sich selbst zerstören und von Ungeheuern und Terroristen übernommen werden. Das ist so offensichtlich, daß ich nicht verstehe, warum ich es euch überhaupt erkläre.«

Sascha brachte Vera nach Hause. Sie war schweigsamer als sonst. Er fragte sie, was sie bedrücke.

»Du gehst nach Spanien«, antwortete sie, »mit Daniel oder mit sonst jemandem.«

»Ach was«, sagte er und versuchte, seiner Stimme einen scherzhaften Unterton zu geben. »Ich bin ganz deiner Meinung: Das ist alles Unsinn.«

»Du bist ein Narr«, sagte Vera bitter.

Sie hat mich wirklich gern, dachte Sascha. Ihr Gesicht war leicht gerötet, und ihre Augen leuchteten. Er staunte darüber, wie schön sie manchmal sein konnte. Ihre Kritik nahm er gar nicht ernst, denn selbstverständlich würde er nicht nach Spanien gehen.

»Können wir nicht zusammen wegfahren?« fragte Vera. »Nur für ein paar Tage? Das Wetter ist so herrlich. Vielleicht könnten wir nach Deauville fahren?«

»Warum nicht? Und was willst du deinem Vater sagen?«

»Daß ich mit dir wegfahre. Ich bin einundzwanzig. Er weiß, daß ich kein Kind mehr bin.« Sie lachte und küßte ihn. »Du bist so oberflächlich!«

Sascha mußte auch lachen.

»Siehst du!« sagte Vera. »Es macht dir nicht einmal etwas aus. Ich kratze an dir herum, um an die Tiefen zu kommen – und da sind überhaupt keine Tiefen!«

Sascha fühlte sich nicht betroffen. Er wußte, daß sich hinter seiner Gutmütigkeit tiefe Gedanken und Gefühle verbargen. Es konnte gar nicht anders sein.

Sie küßten sich noch einmal, und Sascha ging nach Hause.

✳

Alain Duroc hatte eine Wohnung in der Rue d'Alsace. Der Jesuit pflegte keinen Umgang mit anderen Priestern. Welcher Art seine Verpflichtungen waren, blieb ein Geheimnis, man nahm allerdings an, daß sie mit der Evangelisierung der russischen Gemeinde zu tun hatten. Manche hielten ihn für einen Spitzel der Sûreté oder des Vatikans, aber was immer er auch sein mochte, seine Bildung und sein kultiviertes Auftreten verschafften ihm überall leicht Zutritt.

Sascha war schon oft in Alains Wohnung gewesen. Sie hatten in den vergangenen Jahren viel Zeit miteinander verbracht, waren einmal sogar in der Auvergne zusammen gewandert. In der Wohnung sprang einem Alains Beruf gleich ins Auge. Sie war klein, die Wände waren weiß gestrichen und die Möblierung sparsam und funktional. Im großen Zimmer war auf einem rohen Tisch ein Altar aufgebaut, und selbst dieser war so einfach gehalten, daß ihn ein Feldprediger mit in den Krieg nehmen konnte.

Alain begrüßte seinen Gast auf seine gewohnt freundliche Art.

»Entschuldige, daß hier so ein Durcheinander ist. Ich bin am Packen, aber ich glaube, ich kann dir trotzdem etwas zu trinken anbieten. Irgendwo habe ich eine gute Flasche Wein, wenn dir das recht ist.«

Die Bilder waren von den Wänden genommen, und der Altar war abgebaut worden. Auf dem Tisch standen nur die Reste einer einfachen Mahlzeit. In der Mitte des Raumes lagen zwei Koffer auf dem Fußboden, einer war offen und wurde gerade gepackt. Alain kam mit zwei Gläsern aus der Küche.

»Auf deine Gesundheit!«

»Ja – und auf deine.« Sascha staunte. In Hemdsärmeln sah sein Freund sehr häuslich aus, und er strahlte eine undefinierbare Zärtlichkeit aus, die so anders war als seine übliche Distanziertheit.

»Zigarette?«

»Ja, danke.«

Alain gab ihm Feuer. »Schlimme Sache, das mit Max«, sagte er. »Ich habe zwar für einen besseren Ausgang gebetet, aber so etwas befürchtet. Habt ihr Geld verloren?«

»Ich glaube nicht. Aber die, die etwas verloren haben, tun mir leid. Lydia ist bei uns gewesen. Sie hat gar nichts mehr.«

»Lydia kommt schon durch.«

»Ja, wahrscheinlich.«

Sie tranken im Stehen. Sascha betrachtete das Zimmer und wunderte sich, daß alles, was für seinen Freund stand, in zwei Koffern Platz fand.

»Hast du eine andere Wohnung gefunden?«

»Noch ein Glas Wein?« Aus der Küche sprach Alain weiter: »Bei mir war Lydia auch. Sie wollte natürlich Geld. Sie meinte, die Kirche sollte ihr etwas geben. Offensichtlich muß man ihr Zusammenleben mit Max als Missionsarbeit betrachten. Es ist nicht zu fassen, aber als sie kam, trug sie einen Schleier – einen schwarzen Schleier.«

»Sie hat gesagt, Max wäre Jude.«

»Das glaube ich kaum. Hier, dein Wein. Noch mal, auf deine Gesundheit! Lydia ist einfach böse auf Max und glaubt, sie könnte ihn damit erniedrigen, daß sie ihn als Juden bezeichnet.«

»Wo ziehst du hin?« fragte Sascha.

Alain stellte sein Glas auf den Tisch, und die Zärtlichkeit, die

Sascha aufgefallen war, lag jetzt in seinen Augen. »Ich bin nach Spanien beordert worden.«

Sie setzten sich. Sascha musterte seinen Freund und fühlte sich von allen verlassen.

»Warum gehst du nach Spanien?«

»Die Kirche dort ist in Gefahr.« Alain lächelte: »Du mußt bedenken, daß ich nicht nur Salonlöwe bin – ich bin Priester, wenn auch ein schlechter.«

»Alle reden davon, daß sie nach Spanien gehen wollen.«

»Wer zum Beispiel?«

»Lydia. Ich weiß, daß es Unsinn ist und daß sie niemals gehen wird. Aber sie hat kurz daran gedacht, so als hätte Spanien eine magische Anziehungskraft. Daniel Coën hat sich als Freiwilliger gemeldet. Er will für die Republik kämpfen.«

»Der arme Junge.«

»Er wollte, daß ich mitkomme, aber das tue ich natürlich nicht.«

»Nein, natürlich nicht.«

Heute wirkte Alain tatsächlich wie ein Priester. Er schien verändert – geläutert. Er war nicht länger zynisch und geistreich, sondern bescheiden – ein arbeitender Priester in bescheidenen Verhältnissen. Sascha dachte: Ich habe alles falsch verstanden. Er ist immer so gewesen.

Im offenen Koffer lag ein Spanischlehrbuch.

»Sprichst du Spanisch?«

»Ein bißchen«, sagte Alain. »Ich muß es aufpolieren. Kannst du Spanisch?«

»Überhaupt nicht. Gibst du mir deinen Segen?«

»Wenn du möchtest. Ja sicher, bevor ich fahre.«

»Ja, und du mußt dich von meiner Mutter verabschieden.« Sascha zögerte. »Warum eigentlich Spanien? Was ist an diesem Krieg so wichtig?«

Der Jesuit dachte lange über die Frage nach. Sascha hatte zuerst das Gefühl, er würde gar nicht antworten, denn er bot ihm noch ein Glas Wein und eine Zigarette an und erkundigte sich nach Tonja und Mascha. Doch dann begann er langsam:

»In den letzten zweihundert Jahren wurde ein Feldzug um die Seele des Menschen geführt. Ich spreche dabei nicht von den mittelalterlichen Vorstellungen von Gott, der das Böse in all seinen grotesken Verkleidungen bekämpft, sondern vom modernen Menschen, wie wir ihn kennen. Wir wollen die gegnerischen Parteien in diesem Kampf einmal die Kräfte der Ratio und der Romantik nennen.

Die Ratio behauptet, daß sie den Menschen erhebt, daß sie ihm hilft, die Fesseln der Unwissenheit und des Aberglaubens abzuschütteln. Mit seiner Fähigkeit zum Experimentieren und zum Analysieren will der menschliche Verstand die wahre Natur des Universums aufdecken: seine physikalischen Gesetze, die Psychologie des Menschen und die Strukturen seines Denkens und seiner Gesellschaften – und schließlich wird er uns erklären, welche moralische Bedeutung unser Leben hat und uns, wenn du so willst, den Geist Gottes offenbaren.

Die Vorgehensweise der Vernunft hat zwei Schwächen. Die erste liegt darin, daß die Vernunft die Auswirkungen der Sünde ignoriert. Tatsächlich ist sie in sich selbst schon Sünde, weil sie den Stolz des Menschen auf seine eigenen Errungenschaften verherrlicht. Das aber ist wohl ein religiöses Argument, und ich will es deshalb übergehen. Die zweite Schwäche besteht darin, daß der Status, den man der Vernunft zuschreibt, auf Trugschlüssen beruht, auf Annahmen, für die es keinerlei Gründe gibt. Man nimmt nämlich an, daß der Mensch ein vernunftbegabtes Wesen sei, daß das Universum einer rationalen Analyse zugänglich sei und daß der Mensch die Macht habe, das, was er entdeckt, auch zu beherrschen. Ob man das für wahr hält oder nicht, ist reine Glaubenssache. Und an diese Dinge zu glauben ist um so unvernünftiger, als wir wissen, daß der Mensch nicht vernünftig ist. Seine Fähigkeit, Tatsachen aufzudecken, wird nämlich von seinen Wertvorstellungen und Vorurteilen beeinflußt, und seine Interpretationen werden nur allzu leicht von seinen Ängsten und Wünschen verzerrt. Er beherrscht nicht einmal das, was er versteht.

Und – zum Schluß – welchen Anspruch die Ratio auch erhebt, sie setzt den Menschen herab. Er hört auf, wirklich zu existieren. Sein Verhalten, seine Wünsche, seine Gefühle und seine Erkenntnisse gehören ihm nicht mehr. Er ist nicht mehr ihr Verursacher, sondern nur noch das Ergebnis chemischer, physischer und sozialer Kräfte. Demnach ist es, wenn ich nach Spanien gehen möchte, nicht mein persönlicher Wunsch, der mich treibt, sondern das Produkt der

Kräfte, die bewirken, daß Spanien zu einem bestimmten Zeitpunkt in der Geschichte eine Bedeutung hat, die Männer eines bestimmten Alters und einer bestimmten sozialen Schicht anzieht, Männer, die bestimmte Vorstellungen gemeinsam haben und von einer bestimmten Kombination aus politischem und ökonomischem Druck getrieben werden, die Spanien unwiderstehlich für sie macht. Wo komme ich selbst darin vor? Ich bin ein Niemand, eine Blase auf der Wasseroberfläche, die nur aufgrund von Strömungen, die das Wasser bewegen, existiert.«

Alain hielt inne und lächelte, als wollte er sagen: »Das ist ziemlich geschwollen dahergeredet.« Er nippte an seinem Wein, rauchte und grübelte dabei vor sich hin. Sascha hörte wie gebannt zu. Er spürte die Macht, die jeder Konvertit spürt und die der Beobachter nicht begreift, weil er nicht den Propheten sieht, der die Seele entzündet, sondern nur den Schamanen und Scharlatan, der über seinem Beutel mit Zauberknochen Beschwörungen singt.

»Du bist ein Romantiker«, schloß Alain leise. »Schäme dich deswegen nicht. Der Romantiker ist sich seiner eigenen Seele bewußt, ihrer Individualität und Integrität, und der Tatsache, daß sie weniger ist als die große, geheimnisvolle Schöpfung, der sie gegenübersteht. Er ist sich damit der grundlegenden Freiheit des Menschen bewußt, erkennt aber auch voller Demut seine Schwäche. Dieses Bewußtsein macht ihn für die Herrlichkeit und die Gnade Gottes empfänglich.

In seiner Schwäche bemüht sich der Romantiker, ein Held zu sein. Es gibt so viel für ihn zu erobern, und er beherrscht so wenig. Er ist ein Held, weil er weiß, daß er seine Aufgabe nicht erfüllen kann, es aber trotzdem um jeden Preis versucht. Mit seinem Bemühen bestätigt er alle Fähigkeiten des Menschen. Und mit seinem Versagen bestätigt er die Größe Gottes.

Ich will damit nicht sagen, Sascha, daß der Romantiker notwendigerweise ein guter Mensch ist. Er versagt, weil seine Kräfte schwach sind und weil er von der Sünde und den tausend Illusionen heimgesucht wird, die der Vernunftmensch leugnet. Aber er läßt sich nicht den Stolz zuschulden kommen, der ihn so dünkelhaft machen würde, daß er die Möglichkeit der Gnade Gottes außer acht ließe. Seine Demut läßt ihn zu einem Gefäß werden, das für die Liebe empfänglich ist.«

Zwei Tage später reiste Alain nach Spanien ab. Die Familie versammelte sich am Gare d'Austerlitz, um sich von ihm zu verabschieden: Tonja, Mascha und Sascha, und auch Lydia Kalinowska, die einen Schleier und ein schwarzes Kleid trug und aussah wie die junge Witwe eines reichen Mannes, die über ihr Erbe enttäuscht ist.

Tonja konnte nicht einfach hinnehmen, daß der Jesuit sie verließ. Sie spürte immer noch den Funken sexueller Liebe, den der Jesuit in ihr entzündet hatte. In all den Jahren hatte sie in ihrer Phantasie daran festgehalten, und jetzt wurde diese Liebe in ihrer ganzen Unfruchtbarkeit bloßgestellt.

Sie fühlte sich verlassen. Alain hatte sie nur mit der distanzierten Liebe eines Priesters geliebt – so abstrakt, so leidenschaftslos – so sinnlos. Sie bot sich ihm an, mit emporgewandtem Gesicht, die Arme an den Seiten herabhängend.

»Sie brauchen meinen Segen nicht«, sagte Alain leichthin. »Sie sind eine gute Frau, Antonina Alexandrowna.«

Er machte das Kreuzzeichen über ihr.

Umarme mich! schrie ihr Herz.

»Gott sei mit Ihnen.«

Umarme mich!

Lydia Kalinowska hob ihren Schleier, stürzte auf Alain zu und küßte ihn. Er kletterte in den Wagen und suchte sich einen Fensterplatz. Der Zug war abfahrbereit, und auf den Gängen drängten sich die Fahrgäste, so daß er sich zwischen Menschen hindurchzwängen, sich entschuldigen und sich um sein Gepäck kümmern mußte und für Tonja nicht einmal mehr einen Blick übrig hatte. Und dann setzte der Zug sich in Bewegung.

Umarme mich!

Sascha umarmte sie, und in dieser Haltung sahen sie zu, wie der Zug aus dem Bahnhof fuhr.

Daniel reiste am gleichen Tag nach Spanien ab, aber Sascha schaffte es nicht, sich von ihm zu verabschieden.

✳

Kolja war nicht mit Golizin geflohen. Er hatte zu Hause gewartet, bis die Polizei kam, die ihn festnahm und vor den Untersuchungsrichter führte.

Er erklärte, er sei unschuldig und gern bereit, mit den Behörden bei ihren Ermittlungen zusammenzuarbeiten. Er sagte, er sei nur Golizins Oberbuchhalter gewesen. Er hätte die Bücher geführt und die Schecks unterschrieben, aber bei Zahlungen und Investitionen im Zusammenhang mit der Société hätte man ihn nie um Rat gefragt. Und Madame Lebrun schwor, daß die Unterlagen über die Société in ihrer Abwesenheit entfernt worden waren, an dem Wochenende, bevor der Skandal ans Licht kam. Ob Golizin das allein oder zusammen mit seinem Oberbuchhalter getan hatte, konnte nicht ermittelt werden. Da die Akten jedoch wahrscheinlich vernichtet worden waren, war Kolja nichts nachzuweisen, und so wurde er freigelassen.

Bei den weiteren Ermittlungen gegen den Finanzier stellte sich heraus, daß seine Betrügereien sich nicht auf die Witwen und Kriegsversehrten beschränkt hatten. Man untersuchte die Wertpapiere für das Darlehen an die Tschechoslowakei und stellte fest, daß sie gefälscht waren. Andere Sicherheiten beruhten ebenfalls auf Fälschungen oder existierten nicht. Kurz, alles deutete darauf hin, daß Golizin et Cie vollständig bankrott war und von den Geldern, die bei der Gesellschaft angelegt worden waren, nichts mehr zu retten war.

Sascha und seine Mutter erhielten eine Einladung, Maître Heriot in seinem Büro aufzusuchen. Vetter Aristide wartete im Vorzimmer. Er sprang auf und ergriff Tonjas Hände.

»Meine liebe Tonja«, rief er aus, »wir müssen alle tapfer sein. Max hat uns ruiniert.«

Tonja war bleich und gefaßt. Sie befürchtete das Schlimmste. Sascha hatte die Vorgänge in der Presse verfolgt und seine Mutter vorbereitet.

»Habt ihr große Summen verloren?« fragte Tonja ihren Vetter.

»Alles, was wir Max anvertraut hatten.«

»Wir haben nicht in die ›Witwen und Kriegsversehrten‹ investiert. Sascha sagte Maxim Jurjewitsch, er solle das Geld – anlegen in – in – wie hieß das noch?«

»Staatspapiere und solide Aktien«, sagte Sascha.

»Das spielt keine Rolle«, meinte Vetter Aristide. »Alles, was Max in den Händen gehabt hat, ist verschwunden. Ich kann euch gar nicht sagen, wie leid mir das tut. Mein Vater – ach, unsere eigenen Verluste haben ihn völlig niedergeschmettert.«

»Wieviel habt ihr verloren?«

»Alles, was Max für uns angelegt hat.«

»Auch eure Mietshäuser? Eure Fabriken?«

Vorsichtig antwortete Vetter Aristide: »Ich kann nicht genau sagen, wieviel. Mein Vater führt die Geschäfte.«

»Wie alt ist dein Vater jetzt eigentlich?« erkundigte sich Sascha kühl.

»Warum fragst du?«

Sascha schüttelte den Kopf. Was spielte das für eine Rolle? Das Geld war ihnen zugefallen wie im Märchen, und jetzt war es eben weg. Wenn seine Mutter und Mascha nicht gewesen wären, hätte er sich gefreut, daß er es los war. Vielleicht konnte er jetzt einen Sinn in seinem Leben finden, und wenn dieser Sinn sich auch nur aus der äußeren Not ergab. Nur Vetter Aristides gespieltes Mitleid ärgerte ihn.

Auch Tonja war nicht besonders traurig. Ihre Gedanken wandten sich sofort praktischen Dingen zu. Was sollte sie Mascha sagen, die jetzt sechzehn war, eitel und oberflächlich und für nichts Interesse zeigte? Wovon sollten sie leben?

»Es tut mir leid, daß ihr auch Geld verloren habt«, sagte sie.

»Was? Oh, das ist lieb von dir, Tonja.«

Einen Augenblick glaubte sie, ihr Vetter würde gleich anfangen zu weinen. Sie mochte seine Rührseligkeit nicht. Ein Mann mittleren Alters in taubenblauem Anzug, inzwischen eher wohlbeleibt als gutaussehend, der ein Taschentuch aus fliederfarbener Seide und einen mit Chagrin bezogenen Spazierstock bei sich trägt, kann nicht erwarten, daß man seinen Gefühlsäußerungen großen Glauben schenkt.

Maître Heriot bat sie in sein Büro. Vetter Aristide schenkte sich Whisky und Wasser ein und machte es sich bequem.

»Ich habe Tonja die Geschichte erzählt«, sagte er, »du brauchst uns also nicht zu schonen, Anatole.«

Der Rechtsanwalt war erleichtert.

»Ich weiß nicht genau, was Monsieur Kruger Ihnen berichtet hat, aber es sieht wirklich sehr schlecht aus.«

»Wie schlecht?«

»Ziemlich schlecht. Ein kleiner Teil des Vermögens ist übriggeblieben, weil Monsieur Golizin davon nichts in die Hände bekommen hat. Etwas Geld liegt auf der Bank, und ich bin im Besitz einiger Aktien, die mir vor mehreren Jahren als Sicherheit für mein Honorar überlassen wurden. Sie haben ein Haus auf dem Lande – Monsieur Golizin hat leider eine Hypothek darauf aufgenommen, aber nach dem Verkauf wird noch ein wenig übrigbleiben. Das Haus in Neuilly ist gemietet, und sie werden es nicht weiter unterhalten können. Es ist jedoch möbliert, und wenn Sie die Möbel in Zukunft nicht brauchen, können Sie sie verkaufen. Vor allem die Louis-quinze-Kommode wird einen guten Preis erzielen. Das Auto muß verkauft werden. Die Pferde auch. Ich freue mich, Ihnen sagen zu können, daß Ihre Schulden unbedeutend sind, und was Monsieur Alexandres Kosten und Ausgaben an der Sorbonne angeht, ist es vielleicht möglich, ein Stipendium zu erhalten.«

Tonja nickte angestrengt, wie jemand, der nicht versteht, was gesagt wird, und fragte dann:

»Was bedeutet das denn nun für uns?«

Der Rechtsanwalt und Aristide Kruger sahen sich kurz an, und Sascha schämte sich für seine Mutter, für ihre Unwissenheit. Dann dachte er: Aber was habe ich getan, um diese Katastrophe zu verhindern? Ich hätte es kommen sehen müssen. Ich hatte die Gelegenheit, Einblick in Max' Geschäfte zu gewinnen, und ich habe sie nie richtig wahrgenommen. Maître Heriot antwortete:

»Sie müssen in eine billige Wohnung ziehen und Ihren Lebensstandard stark einschränken. Wenn Sie das tun, können Sie weiterhin von den Zinsen Ihres restlichen Vermögens leben. Das Hauptproblem werden die Kosten für Monsieur Alexandres Studium sein. Für dieses Jahr ist der größte Teil der Stipendien schon vergeben. Es wäre sicher hilfreich, wenn Monsieur Alexandre für das kommende akademische Jahr sein Studium unterbrechen würde.«

»Sascha muß fertig studieren«, sagte Tonja.

»Nein, Mutter.« Sanft sagte Sascha: »Es ist kein Opfer für mich, die Sorbonne für ein Jahr aufzugeben. Ich finde schon Arbeit. Ich werde dir keine Last sein.« Und an den Rechtsanwalt gewandt:

»Vielen Dank für Ihren Rat.«

»Das war das mindeste, was ich für Sie tun konnte.«

»Nimm es von der guten Seite«, sagte Vetter Aristide. »Es wird einen Mann aus dir machen. Und wenn du um Arbeit verlegen bist, kann ich einmal mit meinem Vater reden.«

»Das ist nicht nötig.«

»Es macht mir keine Umstände.«

»Es ist nicht nötig«, wiederholte Sascha.

＊

Sascha ging nicht gleich mit Tonja nach Hause. Er war zu wütend und zu verzweifelt und hatte das Gefühl, etwas Praktisches tun zu müssen, um sich zu beruhigen. Daher sagte er seiner Mutter, er wolle noch mal in Max' Büro gehen. Er hoffte, daß er dort vielleicht doch noch Papiere finden würde, die ihm weiterhelfen könnten. Daß das Büro wahrscheinlich geschlossen sein würde und die fraglichen Papiere sich in Händen der Polizei befinden würden, kam ihm nicht in den Sinn.

Das Wetter paßte gar nicht zu seinen trübseligen Gedanken. Paris war in strahlenden Septembersonnenschein getaucht, milder als im Hochsommer, von einem matten Gold. Das Wetter und Saschas unbesiegbarer Optimismus hellten seine Stimmung schließlich auf. Er fing an, sich einzureden, daß es ein edelmütiger Zug von ihm sei, sein Studium zu opfern. Er würde irgendeine Arbeit annehmen – er wußte noch nicht genau welche, aber er hatte das Gefühl, für eine Büroarbeit geeignet zu sein. Und vielleicht könnte er das Vermögen der Familie zurückholen. Wenn er Jura oder Finanzwissenschaften studierte, würde er vielleicht verstehen, was sich bei Golizin et Cie ereignet hatte, und etwas von dem verlorenen Geld retten können.

Andererseits lag in seiner neuen Freiheit auch eine Chance, und er fürchtete, diese nicht zu nutzen, wenn er irgendeinem langweiligen Beruf nachging. Draußen in der Welt passierten große Dinge, und es konnte kein Zufall sein, daß der Reichtum, der seine Entscheidungsfähigkeit bislang beeinträchtigt hatte wie eine Droge, jetzt dahin war, so daß er tun und lassen konnte, was er wollte.

Während er noch über die verschiedenen Möglichkeiten nachgrübelte, erreichte er die Rue de Provence. Auf dem Bürgersteig vor dem Eingang zu Golizins Büro stand eine elegante Frau mittleren Alters.

»Madame Adélie?«

»Monsieur Alexandre?«

»Ich habe nicht erwartet, Ihnen hier in Paris zu begegnen! Wie geht es Ihnen? Was führt Sie her?«

Madame Adélie war in ihrer Molligkeit immer noch hübsch, aber in ihrer Straßenkleidung hatte sie etwas Matronenhaftes, wie die Besitzerin eines angesehenen Hutgeschäftes. Sie lächelte, bot ihm die Wange zum Kuß und sagte dann munter:

»Ach, ich war gerade in Paris, und man liest ja soviel in den Zeitungen – und Maxie ist zwar ein Schwindler, aber er ist doch nicht so schlecht, wie man ihn macht. Ich wollte mal bei ihm reinschauen und mit ihm über den Stand der Dinge plaudern.«

»Max ist nicht hier«, erklärte Sascha. »Er wird von der Polizei gesucht.«

»Ja? Ach, es wird sich bestimmt alles aufklären. Max hat sicher eine Geschichte parat, die alles erklärt, das hat er immer.«

Sascha nahm ihre Hände und sagte ernst: »Max ist ein Betrüger, Adélie. Er hat meine Familie ruiniert.«

Sie zuckte zusammen, fing sich aber gleich wieder und strahlte: »Finanzangelegenheiten sind so kompliziert, finden Sie nicht? Maxie hat es mir einmal erklärt. Es hängt alles von der Bewegung ab. Es ist wie beim Jonglieren. Man kann immer nur einen Ball in der Hand haben, niemals zwei. Aber das macht nichts, solange man immer weiter jongliert. Verstehen Sie? Wahrscheinlich hat er Frankreich verlassen. Vermutlich ist er in der Tschechoslowakei, er hat immer von der Tschechoslowakei gesprochen. Ich bin froh, daß Sie hier sind. Wir können zusammen hinaufgehen.«

Sascha bot ihr den Arm. Sie redete eifrig weiter.

»Sie sind erwachsen geworden. Haben Sie eine kleine Freundin?«

»Ja.«

»Sie ist bestimmt hübsch – hübscher als die arme Adélie. Ich bin nicht mehr im Geschäft, wußten Sie das? Ich habe jetzt eine kleine Pension. Max hat das für mich arrangiert. Ist diese Geschichte in Spanien nicht schrecklich? Selbst wenn man Geldsorgen hat, das zeigt einem doch, wie gut es einem geht. Und so viele arme Jungen gehen dorthin, hübsche Jungen, es ist so schade. Ach, da sind wir ja!«

Sie standen vor der Tür von Golizin et Cie und spähten durch die Milchglasscheibe in das Büro hinein. Ein bleiches, perlmuttfarbenes Licht sickerte durch die Scheibe. Die Tür war nicht abgeschlossen.

»Hallo!« rief Sascha. »Ist hier jemand?«

»Wer ist da?« antwortete eine Stimme, und Katja kam aus Maxim Jurjewitschs Büro. »Ach, du bist es, Sascha, und –«

»Darf ich dir Madame Lossec vorstellen? Madame Safronowa.«

»Sehr erfreut«, sagte Adélie überschwenglich.

»Ist sonst noch jemand hier?«

»Nein«, erwiderte Katja. »Ich wollte Unterlagen für Nikolai Afanasitsch holen, aber die Polizei hat fast alles mitgenommen.«

»Wie geht es ihm?«

»Sie haben ihn festgenommen, aber sie mußten ihn wieder laufenlassen. Jetzt hilft er der Polizei.«

»Das ist gut«, mischte Adélie sich ein. »Aber, wie ich eben schon zu Monsieur Alexandre sagte, Maxie ist kein so schlechter Mann. Es ist sehr schwer, diese komplizierten Angelegenheiten zu verstehen. Wenn man ihn in Ruhe lassen würde, würde sicher alles gut werden. Sie wissen nicht, wo er ist, oder?«

Katja warf Sascha einen besorgten Blick zu.

»Madame Lossec gehörte zu seinen Investoren«, erläuterte er.

»Das tut mir leid.«

»Oh, das braucht Ihnen nicht leid zu tun, Chérie!« sagte Adélie. »Ich komme schon zurecht, bis der Sturm sich gelegt hat. Sie doch auch, oder? Ist das hier schmutzig«, fügte sie hinzu und fuhr mit dem Finger über den staubigen Schreibtisch neben dem schweigenden Fernschreiber. Sie nahm auf dem hohen Hocker Platz, auf dem ansonsten der Buchhalter gesessen hatte. »Mahagoni«, stellte sie mit Blick auf den Schreibtisch bewundernd fest. »Das ist Qualität.«

»Was willst du hier?« fragte Katja.

»Ich dachte, ich könnte hier vielleicht nützliche Informationen finden. Aber wie ich sehe, war das dumm von mir.« Sascha sah traurig zu Adélie hinüber und fuhr fort: »Wir Investoren sind alle ein bißchen verrückt.«

»Habt ihr Geld verloren? Ich habe gehört, daß ihr nicht in die ›Witwen und Kriegsversehrten‹ investiert habt.«

»Es geht nicht nur um die Société. Max hat alles beiseite geschafft oder in den Sand gesetzt. Wir sind ruiniert.«

»O Gott! Das wußte ich nicht.«

Sascha wollte gerade sagen: Woher hättest du das auch wissen sollen? Doch dann dachte er bitter: Natürlich hätte sie es wissen müssen. Sie lebt ja mit Kolja zusammen. Sie konnte sehen, daß er nicht allein vom Lohn eines Buchhalters lebte. Und ihre Kleider waren so elegant und so teuer, und ihr Make-up und ihre Frisur so perfekt. Katja erriet seine Gedanken.

»Kolja ist unschuldig«, sagte sie.

»Bitte, Katja, enttäusche mich nicht. Ich kann viel verzeihen – ich muß mir selbst viel verzeihen –, aber erwarte nicht von mir, daß ich etwas Unglaubwürdiges glaube. Ich wußte, daß Max und Kolja gierig sind und keine Prinzipien haben, aber ich war faul und verwöhnt. Für mich spielt es keine Rolle: Ich verdiene den Reichtum nicht, und vielleicht fange ich jetzt etwas Sinnvolles an mit meinem Leben. Aber daß meiner Mutter wieder so schwere Zeiten bevorstehen, ist ein Verbrechen. Und Mascha ist so leichtsinnig, ich weiß nicht, was aus ihr werden soll.«

»Soll das ein Vorwurf gegen mich sein?« fragte Katja.

Sascha schüttelte den Kopf. Er sah sie an. Sie wirkte wie nackt auf ihn. Ihre Arme hingen an den Seiten herunter. Ihr Gesichtsausdruck war so ungekünstelt, daß er nichtssagend wirkte. Wenn er die Hand gegen sie erhoben hätte, hätte sie keinen Widerstand geleistet, das wußte er. Und er fühlte nichts.

»Du warst nicht perfekt«, sagte er schließlich.

»Hätte ich perfekt sein sollen?«

»Es war unvernünftig von mir, aber ich wollte Perfektion. An dem Abend in Nizza, als ich dich am Strand gesehen habe, dachte ich, ich hätte mein verlorenes Reich wiedergefunden. Du warst so schön. Du hattest keine Vergangenheit. Ich dachte, ich wäre verliebt, aber es war natürlich reiner Egoismus – ich habe versucht, aus einer Frau aus Fleisch und Blut ein Ideal zu machen, ich habe versucht, dich so zu behandeln, als wärst du nur das, wozu ich dich in meiner Phantasie gemacht hatte. Dazu hatte ich kein Recht.«

Madame Adélie kletterte von ihrem Hocker herunter, als sei sie betrunken. Sie deutete auf eine Landkarte an der Wand.

»Wo ist die Tschechoslowakei?«

Katja zeigte ihr das Land.

»So klein! Wozu wollten die Tschechoslowaken mein Geld? Haben sie viele Witwen und Kriegsversehrte?«

»Ich glaube nicht, daß das Darlehen für die Witwen und Kriegsversehrten bestimmt war«, sagte Sascha sanft. »Und die Tschechen haben es auch nicht bekommen. Max hat das Geld gestohlen.«

Adélie weinte still vor sich hin. Sie schlug sich die Hände gegen die Seiten, als sei ihr kalt. Dann fielen ihr die beiden jungen Leute wieder ein. »Ist das Ihre kleine Freundin?« fragte sie Sascha.

»Nein.«

»Nein? Sie haben sich so ernsthaft unterhalten – eben *so*, na, Sie wissen schon. Sie sprechen so schön, Monsieur Alexandre. Spricht er nicht wie ein Dichter, Mademoiselle? Und Ihr Akzent ist so hübsch, Chérie. Wo kommen Sie her?«

»Aus Rußland«, antwortete Katja.

»Wie mysteriös!« rief Madame Adélie und brach in Tränen aus. Katja nahm sie in die Arme. Sie roch ein starkes Parfüm, das den Geruch eines nicht allzu sauberen Körpers überdeckte, aber während sie die fremde Frau noch umarmte und tröstete, dachte sie: Das haben Max und Kolja also mit ihren Betrügereien erreicht! Und sie fühlte sich selbst davon beschmutzt. Natürlich war Kolja ein Verbrecher! Sie hatte es immer gewußt. Sein Charme, sein gutes Aussehen, seine Besorgtheit, seine Liebeserklärungen, all das war von Anfang an nichts als Betrug gewesen. Und Katja hatte sich hinter seinem Rücken versteckt, in dem Glauben, daß sie sich, weil er nie ihr Geliebter gewesen war, vor ihm bewahrt hatte. So jämmerlich war es um ihre Integrität bestellt gewesen. Sie hatte sich an die bürgerlichsten, konventionellsten Formen gehalten und sich dabei eingeredet, sie sei ehrlich.

»Ich muß gehen«, sagte Madame Lossec und schob Katja von sich. »Ich habe soviel zu tun – muß Rechtsanwälte aufsuchen – zur Bank gehen. Was glauben Sie, wann Max zurückkommt? Er macht wohl eine lange Mittagspause. Wahrscheinlich hat er Gäste. Er ist so ein kluger Mann! Er wird den Spieß schon umdrehen, Sie werden sehen!« Sie tupfte sich mit einem duftenden Taschentuch die Augen ab. »Ich werde euch beiden Turteltäubchen jetzt allein lassen. Ja, ich muß fort, ich habe soviel zu tun.«

Sie lehnte würdevoll jede Hilfe ab. Sascha und Katja sahen ihr nach, wie sie die Treppe hinunterstieg. Dann waren sie miteinander allein.

»Ich muß auch gehen«, sagte Katja. »Hier ist nichts mehr. Willst du noch hierbleiben? Ich habe den Schlüssel.«

Ohne Papiere und Akten wirkte das Büro merkwürdig leer. Sascha blickte sich um. Er sah den hohen Schreibtisch des Buchhalters, den Fernschreiber, das Schaltpult für das Telefon, das nicht mehr angeschlossen war, die Tintenfässer und Löschkissen, aber kein Papier.

»Sehen wir uns wieder?« fragte er.

»Das ist sehr unwahrscheinlich, meinst du nicht?« antwortete Katja. »Jetzt ist alles anders. Wir haben keinen Grund, uns noch einmal zu treffen.«

»Wahrscheinlich hast du recht.«

»Ja.«

Sascha suchte in seinen Taschen herum und förderte eine Zigarette und ein mit Perlmutt verziertes Feuerzeug zutage. Er lächelte schwach. »Das hat Max mir geschenkt«, sagte er. »Er hat es damals in Nizza gekauft. Ich glaube, ich behalte es, als Andenken.« Er sah Katja in die Augen und bemerkte, daß sie errötet war. »Ich bin dir nicht böse«, sagte er.

»Dazu hast du auch keinen Grund«, empörte sich Katja.

»Gut – wenn du meinst.« Sascha versuchte, seine gute Laune wiederzugewinnen, den strahlenden Sascha zu spielen, den jeder mochte. »Übrigens, du brauchst mich nicht mehr zu heiraten! Tut mir leid – ich weiß, daß du ganz wild darauf bist –, aber ich entbinde dich hiermit von deinem Versprechen.« Leiser fügte er hinzu: »Ich liebe dich nicht. Das erleichtert dich sicher. Wahrscheinlich habe ich dich nie geliebt.«

Katja gab keine Antwort. Wütend sagte sie sich, daß sie froh sei, ihn und seine Verrücktheiten endlich los zu sein. Seine Liebe war seicht und verachtenswert gewesen. Und sogar seine versöhnliche Stimmung, wie ernst es ihm damit im Augenblick auch sein mochte, war wie jedes männliche Gefühl: kläglich und vorübergehend; selbstbezogen, weil er annahm, da sei etwas zu vergeben. Sie war wütend darüber, daß er auf diesen emotionalen Müll auch noch eine Antwort erwartete.

✳

Katja beschloß, nicht allzuviel an ihre Begegnung mit Sascha in Golizins Büro zu denken. Und wenn sie daran dachte, konzentrierte sie sich auf ihre Wut, nicht auf ihr schlechtes Gewissen. Auf diese Weise schaffte sie es, die nächsten Tage so zu verbringen, als sei nichts geschehen.

Kolja hatte nur zwei Dinge im Kopf: Er mußte mehrere Male zur Polizei und aussagen, was er über Max' Firma wußte, und in der übrigen Zeit trieb er sich in Kneipen und Cafés herum. Man sah ihn hier mit einem Spanier und dort mit einem Deutschen, der angeblich Vertreter von Krupp in Essen war. Geredet wurde über Rüstungsfragen und den Spanischen Bürgerkrieg.

Drei Tage nach Katjas Begegnung mit Sascha erschien ein Artikel in »Le Jour«, demzufolge der Betrüger Max Golizin von einer seiner ruinierten Anlegerinnen ermordet worden war. Madame Adélie Lossec, Witwe eines Kriegshelden, die von der Führung einer kleinen Pension in Nizza lebte, hatte ihre sämtlichen Ersparnisse bei Golizin et Cie angelegt und bei dem Zusammenbruch alles verloren. Sie war nach Paris gefahren, um von dem Verbrecher Rechenschaft zu fordern, und hatte ihn in ein Haus bei Passy verfolgt, das Aristide Kruger, einem seiner Geschäftspartner, gehörte. Es war zum Streit gekommen, in dessen Verlauf Madame Lossec den Dienstrevolver ihres gefallenen Mannes gezogen und auf beide Männer geschossen hatte. Golizin war an den Schußwunden gestorben. Kruger war unverletzt geblieben, aber man hatte ihn verhaftet. Warum – so fragte »Le Jour« – hatte die Polizei den Aufenthaltsort des Betrügers nicht selbst herausgefunden?

Katja hatte niemanden, mit dem sie darüber sprechen konnte. Die Wörter sprangen ihr aus der Zeitung entgegen, und sie konnte mit niemandem sprechen. Statt dessen kreisten ihre Gedanken immer wieder um die arme Frau. Sie war sich ihrer stillschweigenden Komplizenschaft und der Mitschuld an ihrem Unglück bewußt.

Sie erhob sich von dem Tisch, an dem sie gelesen hatte, und sah sich in der Wohnung um, die sie mit Kolja teilte. Die bequemen, mit Chintz bezogenen Sessel, das Radiogrammophon, die amerikanische Cocktailbar, die Kolja auf den Rat von Prinzessin Wanda hin hatte aufstellen lassen, alles war auf verbrecherische Weise erworbenes Beutegut. Katja sah die Gegenstände jetzt als das, was sie waren: als ordinären Schund, den ein geschmackloser Betrüger wie Kolja sich kaufte; absurd in ihrem Anspruch auf Stil und Luxus; genauso betrügerisch wie er selbst. Beim bloßen Anblick wurde ihr übel.

Katja sah sich außerstande, noch länger in dieser Wohnung zu bleiben. Sie zog ihren Mantel an und floh. Über eine Stunde lang wanderte sie ziellos in den Straßen umher, bis sie schließlich vor lauter Müdigkeit ins »Ambassadeurs« in der Avenue Gabriel ging. Dort sah sie sich einen Liebesfilm an und die Wochenschau, die über die Ereignisse in Spanien berichtete, und wieder einen Film, eine Komödie über einen Bankangestellten, der zurück zur Natur wollte. Nachdem sie den Liebesfilm noch ein zweites Mal gesehen hatte, verließ sie das Kino und stellte fest, daß es darüber Abend geworden war und daß der Film sie zum Weinen gebracht hatte.

Sie lief weiter. Es wurde dunkel. Überall sah sie Tauben, die zu ihren Schlafplätzen in den Häusernischen flogen, und auf dem Straßenpflaster sammelten sich die ersten herbstlichen Blätter. Der September war ein bewegender Monat. Ein Monat, der die Seele berührte. Er deutete an, daß das Glück verging, daß man es aber immer noch zurückholen konnte, so wie der Sommer noch nicht ganz vorbei war. Ein Soldat spielte Ziehharmonika. Zu seinen Füßen stand eine Schachtel mit Bändern und Knöpfen.

Wie albern es war, über einen Film zu weinen! Und es war nicht einmal ein guter Film gewesen. Die Ladenmädchen hatten alle mit trockenen Augen auf die Leinwand geschaut und gekichert. Ein paar Jungen hatten gejohlt, als in der Wochenschau Bilder von den Kriegsvorbereitungen der Republikaner und den Schäden, die die Aufständischen angerichtet hatten, gezeigt wurden. Jeder Schmerz, ob er nun durch Liebe bedingt oder durch Krieg verursacht war, hatte auch seine komische Seite. Es war ganz gesund, über das Leiden anderer zu lachen, denn die Alternative dazu war unerträglich.

Aber ich habe geweint, dachte Katja. Eine Schranke ist gefallen, und ich habe über Leid geweint, das ganz und gar erfunden war. Es erschien ihr wie ein Wunder. Es erschreckte sie. Sie hatte furchtbare Angst davor, sie könnte eines Tages imstande sein, sich von echtem, nicht erfundenem Leid in ihrem tiefsten Inneren berühren zu lassen. Während sie in der lauen Abendluft durch die Straßen ging, hörte sie wieder die süßliche Filmmusik und sah die gequälten Gesichter. Sie dachte daran, wie würdelos das Leiden war – wie roh. Und sie betete darum, daß die hartnäckige Melodie bald von ihr abfallen und sie ihre wohltuende Gleichgültigkeit wiederfinden würde.

Sie kam im Dunkeln nach Hause, aber es war nicht das Zuhause, das sie kannte. Es war eine andere Welt, die weit entfernt war und wirkte wie eine Bühne. Unbedeutende Gegenstände, denen man normalerweise kaum Beachtung schenkt, wurden plötzlich aufdringlich wie Requisiten, von denen das Publikum erwartet, daß die Schauspieler sie einsetzen. Wie war es möglich, in dieser hermetisch abgeschlossenen Welt zu leben, in der selbst die Luft, die nach Tau und feuchter Erde duftete, nicht mehr einfach eingeatmet werden konnte, sondern aufmerksam beobachtet werden mußte? Wie konnte sie sich bewegen, wenn jeder Schritt, jede Armbewegung, das Drehen des Wohnungsschlüssels im Schloß, das Schließen der Schnalle an ihrer Handtasche, nicht spontan war, sondern überlegt und genau beobachtet werden mußte, damit sie nicht von ihrem inneren Skript abwich? Noch mehr aber fürchtete sie sich vor dem Sprechen.

»Hallo«, sagte Kolja. (Achte darauf, wie er sitzt – ordentlich – klein – gerade – mit Ärmelhaltern.) »Wo warst du?«

Katja dachte daran, wie gefährlich es war, überhaupt etwas zu sagen. Wie würde ihre Antwort aussehen?

»Ich war im ›Ambassadeurs‹.«

»War der Film gut?« (Er blättert in den Papieren, die vor ihm auf dem Tisch liegen. Zahlen stehen darauf. Das Papier raschelt. Die Zeitung liegt noch dort, wo Katja sie hingelegt hat.)

»Er war albern.«

(Sie durchforscht ihr Gedächtnis danach, was bei solchen Gelegenheiten üblich ist, und erinnert sich, daß man normalerweise Hut und Mantel ablegt, wenn man in die Wohnung kommt. Es gibt einen Platz dafür, wo man sie aufhängt.)

»Sonst gehst du doch nie ins Kino. Gab es etwas Besonderes, oder hast du dich gelangweilt?« (Er spielt den Umgänglichen, Freundlichen, lächelt. Wahrscheinlich ist ihm bewußt, daß er den Konsequenzen seines Verbrechens ungeschoren entkommen ist.) »Geht es dir gut? Du siehst aus, als wäre dir kalt.«

»Mir geht's gut. Es ist ein bißchen kühl draußen. Ich sehe, daß du arbeitest. Hast du schon gegessen? Ich habe nicht gekocht. Ich habe keinen Hunger. Möchtest du einen Aperitif?«

Katja studierte die fremde Form ihrer amerikanischen Bar. Sie nahm allen Mut zusammen, ging hinüber und mixte nach einem

Rezept der Prinzessin einen Cocktail. Sie reichte ihn Kolja. Ihr wollte nicht einfallen, was man normalerweise als nächstes tat, daher blieb sie an der Bar stehen, als warte sie auf einen Kunden. In einem Tonfall, den sie selbst nicht deuten konnte, fragte sie:

»Hast du schon die Zeitung gelesen?«

»Steht da etwas über Max' Tod?« fragte Kolja, ohne aufzublicken.

»Die Polizei hat davon gesprochen, als ich heute morgen dort war. Es war dumm von Max, sich bei Aristide zu verstecken, aber er war ja nie besonders intelligent.« Nun wandte er sich Katja zu. »Wundert dich das? Mich nicht. Menschen wie Max vertrauen blind auf ihre eigenen Fähigkeiten. Es würde mich auch nicht wundern, wenn er wirklich an die ›Witwen und Kriegsversehrten‹ geglaubt hätte und gedacht hätte, die Société würde Wunder bewirken, obwohl er sie ausplünderte. Willst du da stehenbleiben?«

»Nein. Ich setze mich.« Katja trat zu einem Sessel und überlegte, wie man sich hinsetzte. Und legte sie normalerweise die Füße übereinander?

»Was Madame Adélie, die arme Witwe, angeht, so war sie eine Hure aus Nizza, bei der Max häufiger zu Besuch gewesen ist. Er hat ihr Sascha Schiwago vorgestellt. Sie war Saschas erste Liebe, schon bevor er dich kennengelernt hat, mein Schatz.«

Katja war dahintergekommen, wie man sich setzte. Nun mußte sie daran denken, Kolja zuzuhören. Das war so üblich, wenn andere sprachen. Und man mußte passende Antworten geben. War das jetzt passend?

»Ist etwas übriggeblieben?«

»Von seinem Geld? Jetzt, wo er tot ist, kann ich der Polizei vermutlich sagen, wo er sein Geld versteckt hat. Aber sie werden nicht viel finden. Max war nicht reich. Ironischerweise hat er sich selbst auch in den Ruin getrieben. Er hat mit den Geldern spekuliert und versucht, höhere Gewinne zu erzielen, als er seinen Anlegern versprochen hat. Wenn er das geschafft hätte, wäre nicht das geringste passiert. Tatsache ist jedoch, daß er zwar sehr gut Leute dazu überreden konnte, sein Geld bei ihm anzulegen, aber wie man vernünftig investiert, davon hatte er keinen blassen Schimmer.«

Katja versuchte, aus ihrer inneren Liste von möglichen Reaktionen eine Auswahl zu treffen. Sollte sie Kolja fragen, wie weit er selbst an der Sache beteiligt gewesen war? Sollte sie auf ihn zuge-

hen? Sie beschloß zu schweigen. Mit ihm zu sprechen war vergebli-
che Liebesmüh. (Sieh ihn dir an – es interessiert ihn nicht. Er
wendet sich wieder seinen Papieren zu. Seine Augen sind müde,
und er reibt sie.)

»In Spanien kann man Geld machen«, sagte er befriedigt. Er rieb
sich wieder die Augen, schob seine Papiere zu einem ordentlichen
Stapel zusammen, stand auf und streckte sich. »Ich glaube, ich gehe
ins Bett. Morgen werde ich noch einmal bei der Polizei vorbei-
schauen. Wenn ich ihnen einen Tip gebe, wo sie Max' Geld finden
können, mache ich mich bei ihnen lieb Kind. Gehst du auch schlafen? Bist du wirklich nicht krank?«

Er verließ das Zimmer. Katja hörte, wie er seine abendlichen
Rituale vollzog. Das Badewasser floß ab. Der Nachtwind rüttelte an
den Läden. Der Fahrstuhl rasselte, und eine Stimme wünschte gute
Nacht. Es kam zu einer Schwankung im Stromnetz, und das Licht
wurde schwächer und wieder heller, und ein Blatt Papier, das auf
der Tischkante gelegen hatte, rutschte herunter und schwebte auf
den Fußboden.

Katja hatte in dieser allzu greifbaren Welt Angst, sich zu bewegen. Sie fürchtete, daß der Teppich wie Eis unter ihren Füßen
zersplittern könnte und daß die Luft so dick sein könnte, daß sie
sich schwimmend ihren Weg hindurchbahnen müßte. Ihre Gedanken tobten. Sie konnte sie wie Radiosender einstellen, aber nicht
abdrehen. Es war unerträglich.

Sie hatte ihr Gewissen nie als körperliche Last empfunden, aber
jetzt konnte sie fühlen, wie es sie fast erdrückte, wie es sich um sie
legte, einer bleiernen Decke gleich. (Sieh her, ich hebe meinen Arm
– fühle, wie schwer er ist – ah! fast schaffe ich es nicht.) Ihr Hals
bewegte sich leise knirschend, wie ein schlecht geöltes Getriebe,
und ihre Augen machten einen langsamen Schwenk durch das
Zimmer bis zu der Tür, aus der nun Kolja trat, selbstzufrieden,
gewaschen, parfümiert, in einem seidenen Morgenrock. Er sagte
etwas (ich höre nicht zu) und ging in sein Schlafzimmer. Das Licht
ging an. Durch die halbgeschlossene Tür fiel ein Lichtstreifen auf
den Flur.

Katjas Gedanken wurden bearbeitet, und jedes Wort wurde im
stillen sorgfältig abgewogen.

Ich habe es nicht geschafft, wirklich frei zu werden. Ich habe alle

Gefühle in Zynismus verwandelt. Ich habe jegliche Liebesfähig-
keit verloren. Welche Sühne kann ich leisten? Welche Gnade kann
mir gewährt werden, damit ich wieder ganz werde?

*

Kolja saß im Bett. Er hatte sich bequem in die Kissen zurückge-
lehnt, rauchte und las. Ab und zu ließ er das Buch sinken und sann
über seine Zukunft nach. Er war dem Debakel mit einem hübschen
Sümmchen auf seinem eigenen Bankkonto entronnen. Seine Beziehungen zu dem Spanier und dem Deutschen versprachen weitere
einträgliche Geschäfte.

Aus dem Nebenzimmer hörte er Geräusche: Katja zog sich aus.
Seine Gedanken wandten sich ihr zu, und heute abend waren sie
zärtlicher Natur. Er konnte die Zärtlichkeit, die er einst für Laras
Tochter empfunden hatte, nie ganz ablegen. Wenn sie damals nur
reagiert hätte – er hätte sie geliebt.

Das erste Geschäft mit dem Spanier würde eine Million Franc
einbringen. Er mußte mit Prinz Carlo sprechen. Mit wem sollte er
Kontakt aufnehmen? Wer konnte ihm Auskunft über Italiens Bedarf an spanischem Eisen geben?

Die Schlafzimmertür öffnete sich, und Katja erschien nackt im
Gegenlicht. Kolja war fassungslos. Er hatte sie nie zuvor nackt
gesehen, und sie war noch schöner, als er sie sich vorgestellt hatte.
Sie wirkte überirdisch, ausdruckslos, unbeteiligt. Es schien unmöglich, daß ein Mensch Schönheit in so abstrakter Form verkörpern
konnte.

Sie trat ans Bett und legte ihre Hand auf die seine.

»Heute nacht schlafe ich mit dir«, sagte sie, »und morgen werde
ich dich verlassen, und alles wird vorbei sein.«

DRITTES BUCH

Vom Tod ins Leben

19

Die Abteilung für Belangloses

Sascha wurde nicht vom Läuten der Kirchenglocken geweckt, sondern von Josés gaumigem Schnarchen, das durch sein Asthma bedingt war. Die Glocken waren das Zeichen zum Aufstehen. Das Asthma jedoch meldete sich, pünktlich wie ein Uhrwerk, schon eine halbe Stunde früher. Sascha lag da und horchte auf das Zischen und Pfeifen, während das Morgenlicht durch die Jalousien fiel, den Staub aufwirbelte und so der Vermieterin die Mühe und Schande des Staubwischens ersparte.

Er benutzte den irdenen Nachttopf, auf den Doña Rosa so stolz war. Als Sascha ihn gekauft hatte, hatte sie ihn bei den Nachbarinnen herumgezeigt, als Beweis dafür, daß ihre drei jungen Mieter vornehme Herren waren.

Jeder Mensch reagiert auf andere Reize, und so weckte Saschas Benutzung des Nachttopfes Miguel, und dessen Grunzen und seine Angewohnheit, den Tag mit dem Beten des Rosenkranzes zu beginnen, veranlaßten wiederum José zum Aufstehen. Während Sascha sich wusch, befühlte José seine Socken, beschnupperte sie und überlegte, ob er sie wechseln sollte, und Miguel lächelte engelhaft, bis er seine dicke Brille aufsetzte, die seine kurzsichtigen Augen zu kleinen Punkten machte und sein Lächeln, als ertrage es das Gewicht der Brille nicht, erlöschen ließ.

»Frühstück?« schlug Sascha vor, nachdem er das schmutzige Wasser aus der Schüssel in den Nachttopf gegossen hatte. Die anderen willigten ein, wie immer.

»Warum gehen wir immer in das gleiche Café?« beschwerte sich José, während sie in dem schmalen Gäßchen, das von ihrem Stadtviertel zu dem Platz vor dem Bischofspalast führte, einem Esel auswichen. »Es liegt nicht einmal in der Nähe des Büros, oder? Ist es von da aus etwa nah zum Büro?« Das Gehen nahm ihm den Atem. Seine Methode der Vorwärtsbewegung bestand aus Pausen, gefolgt von einem eiligen Watschelgang, mit dem er seine Kameraden wieder einholte.

»Drücken deine Stiefel? Läufst du deswegen wie eine Ente?« erkundigte sich Sascha.

»Ho, ho. Warum sagst du immer das gleiche?«

»Warum beschwerst du dich immer, wo wir frühstücken?«

»Ich war schon wieder nicht in der Frühmesse«, bekannte Miguel im resignierten Tonfall eines Sünders.

»Du gehst nie zur Frühmesse«, bekam er zur Antwort.

»Aber es ist keine vorsätzliche Sünde. Ich nehme mir jeden Morgen vor, in die Frühmesse zu gehen.«

»Und ich nehme mir jeden Morgen vor, mit einer Frau zu schlafen«, sagte Sascha, »aber wir sind eben beide Versager.«

»Ho, ho«, wiederholte José trocken. Ho, ho – allerdings.

Auf der Plaza Anaya blinzelte Sascha in das Sonnenlicht, das zwischen der Kathedrale und dem Palast hindurchströmte. Er konnte sich einfach nicht an die plötzlichen Wechsel von Schatten und Licht gewöhnen. In der kühlen, schattigen Rua Mayor saßen Soldaten vor den Cafés und streckten den vorübergehenden Nonnen die Beine in den Weg.

»Seht ihr«, keuchte José, »hier könnten wir doch frühstücken.«

Aber das sagte er immer, und sie taten es nie. Statt dessen frühstückten sie auf der Plaza del Coralillo, im Schatten einer Arkade mit eisernen Säulen. Ein hochgewachsener blonder Offizier schlenderte an ihnen vorbei und betrat eine kleine romanische Kirche, die an der Ecke des Platzes stand.

»Glaubt ihr, daß der Dicke heute im Büro ist?« fragte José. Weil er Asthma, Übergewicht und Plattfüße hatte, machte er sich immer Sorgen, daß er ausgemustert werden könnte.

»Warum sollte er da sein?«

Ihr Vorgesetzter war ein sympathischer, umgänglicher Mann, dick und mit nur einem Auge.

»Er hat sich anscheinend über die ›Koblenz‹ aufgeregt.«

Die »Koblenz«, ein kleiner deutscher Frachter, hatte in Coruña Kriegsmaterial gelöscht, und die Lieferung stimmte angeblich nicht mit der Frachtgutliste überein.

Doch Sascha hatte keine Lust, sich über deutsche Frachter den Kopf zu zerbrechen. Statt dessen sagte er:

»Ich glaube, ich kenne den Mann.«

»Wen?«

»Den, der gerade vorbeigegangen ist. Ich komme gleich wieder.«

»Willst du dich vor dem Zahlen drücken?«

»Ho, ho.« Sascha war schon aufgestanden und betrat die Kirche. Einige Frauen beteten, und vor dem Altar kniete ein elegant gekleideter Offizier. Die barocken Altaraufsätze standen in krassem Kontrast zu der sonstigen Schlichtheit des Kirchenraumes.

»Constantine?« fragte er zögernd.

Der junge Offizier drehte sich um, und auf seinem hübschen Gesicht breitete sich ein freudig überraschtes Lächeln aus.

»Sascha! Du lieber Himmel, das ist ja Sascha!«

»Connie!«

Die beiden Männer umarmten sich, und einen Moment lang ließ Constantine seinen Kopf auf Saschas Schulter ruhen. Dann befreite er sich aus der Umarmung und sagte schroff:

»Na, warum sollst du mir nicht ausgerechnet in Salamanca über den Weg laufen?«

»Und du mir in einer Kirche. Was machst du hier?«

»Ach, ich mache eine Tour durch die Kirchen. Heute bete ich zu Unserer Heiligen Jungfrau von den Feiglingen und morgen zu Unserer Heiligen Jungfrau von den entgegenkommenden Generälen. Und in einer Woche oder so, wenn ich mit den anderen fertig bin, gehe ich in die Kathedrale und bete zu Unserer Heiligen Jungfrau vom absoluten Schwachsinn. Aber es ist wirklich schön, dich zu sehen!«

»Ja«, sagte Sascha überwältigt, »ich freue mich auch. Aber sag schon: Was machst du in Salamanca? Hast du schon gefrühstückt? Draußen sitzen ein paar Freunde von mir.«

»Frühstück wäre toll. Ich war in der Frühmesse. Und warum ich in Salamanca bin? Ja, warum eigentlich? Warum macht man im Krieg überhaupt irgend etwas? Es ist mir ein Rätsel. Ich dachte, man würde losziehen, um Leute umzubringen, aber das ist offensichtlich nicht der Fall. Die meisten Soldaten bleiben Elektriker oder Fahrer, oder Schreiberlinge, oder was immer sie auch im Zivilberuf waren, oder jedenfalls mehr oder weniger. Die spanische Armee braucht anscheinend Herumtreiber und Faulenzer, also bin ich dem Ruf der Pflicht gefolgt.«

Sascha wollte über die Exzentrik seines Freundes lachen, beschränkte sich aber auf einen zärtlichen Händedruck.

»Du hast dir einen Schnurrbart wachsen lassen«, sagte er.

»Ja. Gefällt er dir?«

Er war rötlich und war gewachst worden.

»Frühstück?«

»Geh du vor!«

Sie kehrten auf den Platz zurück, und Sascha stellte den Freund seinen beiden Kameraden vor. In seinem schrulligen Spanisch gab Constantine ihnen eine Kostprobe von seinem übersprudelnden Wesen. Als die beiden anderen taktvoll zum Dienst aufgebrochen waren und die Freunde allein gelassen hatten, meinte er:

»Nette Kerle, was? Was macht übrigens dein Spanisch?«

»Ich spreche so fließend wie eine Kuh.«

»Ich auch. Wo ist deine Kaserne?«

»Nicht Kaserne – Büro. Kennst du die Calle San Pablo?«

»Ich kenne die Stadt überhaupt nicht, bin gestern erst angekommen. Du arbeitest also in einem Büro? Das haut mich um. Ich habe noch nie jemanden vom Generalstab kennengelernt.«

»Nein, nein, das nicht gerade – wir nennen uns –«, Sascha zögerte, ob er Constantine den Witz erzählen sollte, »– die Abteilung für Belangloses. Nur wir drei und unser Chef. Er ist ein alter Africanista, deswegen haben sie ihm wohl Arbeit gegeben. Er hat im Er-Rif gekämpft, und ein Araber hat ihm ein Auge ausgeschossen. Merkwürdige Verletzung. Und mit dem übriggebliebenen Auge kann er angeblich nicht das geringste lesen. Deswegen bleibt der ganze Papierkram an uns hängen.«

»Aber was macht ihr eigentlich?«

»Laß mal überlegen. Letzte Woche haben wir die Provinz nach Ersatzpferden durchkämmt, und diese Woche verteilen wir Decken an die Armen. Warum gerade wir? Schließlich hat die Kavallerie selbst eine Remontenabteilung, und die Auxilio de Invierno gibt Decken aus. Wenn ich das bloß wüßte! Wir sind eben die Abteilung für Belangloses, das erklärt wohl alles.«

Auf dem Weg zum Büro blieben sie vor der Plaza Colón stehen.

»Da vorne ist es.« Sascha deutete auf ein unauffälliges Gebäude. Dann zeigte er über den Platz, über die ruhige Gartenanlage und die Kolumbusstatue hinweg, auf die Kasernen der Guardia Civil, die sich hinter einem steinernen Torbogen mit der Inschrift »Todo por la Patria« befanden.

»Wir haben kein Telefon. Die da drüben halten einen Stuhl für uns frei, und alle zwei Stunden wechseln wir uns mit dem Draufsitzen ab und warten, ob bei ihnen Anrufe für uns ankommen. Willst du mit rein?«

»Nein, ich kann nicht. Wo wohnst du?«

»Im Barrio de Santiago. Ich habe ein Zimmer mit José und Miguel zusammen. Es ist unten am Fluß, aber es würde dir nicht gefallen, gräßliches Elendsviertel. Die höheren Offiziere haben sich die besten Zimmer geschnappt. Und wo wohnst du?«

»Im Hotel. Ich bin nur für ein paar Tage hier.«

Einen Moment lang schien es, als wäre die Sache damit erledigt. Dann sah Constantine Sascha strahlend an:

»Wie muß ich jetzt zu dir sagen, Don Alejandro?«

»›Sascha‹ reicht wohl. Ich bin nur Korporal. Und du? Ich kenne mich mit diesen Abzeichen immer noch nicht aus. Bist du Karlist?«

Sascha wußte, daß die Karlisten Monarchisten waren. Zuerst war er erstaunt gewesen, als er entdeckt hatte, daß die Nationalisten in verschiedene Parteien gespalten waren, zwischen denen zum Teil Uneinigkeit herrschte, obwohl sie sich zusammenschlossen, um gegen die Republik zu kämpfen.

»Ich bin nur als Offizier eingekleidet. Ich erzähle dir später davon.«

»Gehörst du zum Stab?«

»Ich bin einem General unterstellt, aber nur einem winzig kleinen General, das heißt, er ist wichtiger als Gott, aber nicht so wichtig wie Franco. Ist die Sonne nicht furchtbar grell? Wie halten die das bloß aus?« Constantine zündete sich eine Zigarette an und sah sich um. Über den Kronen der Platanen bemerkte er ein Storchennest, ein merkwürdiges Gebilde, das auf dem Glockenturm der Kirche neben den Kasernen der Guardia Civil zu schweben schien.

»Und was macht ihr hier abends so?« fragte er Sascha.

»Wir hocken in Cafés herum und gehen spazieren. Eigentlich ziemlich langweilig. Mit Mädchen ist es aussichtslos. Wenn du eine ansprichst, ist sie gleich deine *novia*, und du mußt sie heiraten. Es gibt ein Kino, das Teatro Moderno, und in der Calle del Prior sind ein paar gute Cafés.«

»Und Tanzen?«

»In der Cuesta del Carmen habe ich Tanzlokale gesehen. Und die Deutschen sind oft im Barrio Chino, aber das ist nicht zu empfehlen.«

»Ich habe gehört, daß es hier einen Offiziersklub geben soll.«

»Gibt es, aber nur vom Hauptmann an aufwärts – nicht für arme Korporäle.«

»Ach, ich denke, da kämen wir schon rein«, sagte Constantine, und Sascha glaubte ihm aufs Wort.

✱

Sascha fand tatsächlich zwei Mädchen, die die beiden Jungen gern in den Offiziersklub begleiteten. Dolores und Mercedes arbeiteten als Tippfräulein im Hauptquartier im Bischofspalast. Es waren zwei nette junge Frauen, die züchtige, langärmelige Kleider trugen, ganz in dem konservativen Stil, den das Regime befürwortete. Sie sprachen kein Französisch. Constantine, der in seiner Uniform einen glänzenden Eindruck machte, traf in einem Café auf der Plaza Mayor mit ihnen zusammen.

»Ich sehe, daß du zwei Mädchen aufgetrieben hast«, bemerkte er beiläufig.

»Ich dachte, wir könnten uns einen netten Abend machen. Bist du sicher, daß wir in diesen Klub hineinkommen?«

»Mein General nimmt mich überall hin mit. Das ist kein Problem.«

»Was sagt er?« erkundigte sich Dolores, die Gesprächigere der beiden. »Warum spricht er nicht Spanisch?«

»*No hablo Español*«, versuchte Constantine sich herauszureden. Die Mädchen waren ihm gleichgültig. Er streckte seine langen Beine aus und sah versonnen auf den öffentlichen Park, wo die übliche abendliche Menschenmenge promenierte und plauderte. Vom Rathausturm hing in der warmen, stillen Luft schlaff die Fahne der Monarchisten herab.

Hin- und hergerissen zwischen den Mädchen und dem Freund versuchte Sascha, Konversation zu machen.

»Du hast mir noch nicht erzählt, was du eigentlich machst, Connie. Bist du wirklich beim Stab?«

»Ja. Ich bin der Lange im Hintergrund. Verstehst du? Auf den

Fotos von berühmten Persönlichkeiten steht im Hintergrund immer irgendein langer Kerl, den keiner kennt. Das bin ich. Eine sehr wichtige Aufgabe.«

Sascha versuchte zu übersetzen, aber die Mädchen verstanden den Witz daran nicht. Träge fuhr Constantine fort:

»Mein General hat gerne große, junge, blonde Offiziere um sich.« Er zog eine Augenbraue hoch. »Keine Ahnung, warum.«

»Hast du schon richtig gekämpft?«

»Eigentlich nicht. Mein General folgt dem Heer im Abstand von etwa zehn Kilometern. Wir haben einen großen Wagen, den unsere deutschen Verbündeten uns freundlicherweise zur Verfügung gestellt haben, und damit fahren wir herum und terrorisieren die Bauern. Mein Beitrag zu den Kämpfen besteht im Beten. Die Artillerie feuert die Granaten ab, und ich bete, daß sie treffen. Und du?«

»Ich sitze in meinem Büro fest. José und Miguel sind beide für den aktiven Dienst untauglich, und Ausländer zu sein gilt ebenfalls als eine Art von Behinderung. Und unser Vorgesetzter, ein Major, kümmert sich um uns, wenn er Lust dazu hat. Ich hatte mir das ganz anders vorgestellt, als ich mich gemeldet habe. Irgendwie wollte ich ein Held sein – eigentlich hatte ich fast damit gerechnet, inzwischen schon tot zu sein. Aber nachdem man eine Weile Dienst geschoben hat im Hauptquartier, verliert sich das mit der Begeisterung. Ich glaube, inzwischen hätte ich zuviel Angst, wenn ich dem Feind gegenüberstünde.«

Sie verließen die Plaza Mayor. Die jungen Männer gingen voran und die Mädchen ein wenig unbeteiligt hinterher. Sascha genoß diese Abende in Spanien: das Promenieren, die Bars mit ihren hellen, aber geheimnisvollen Innenräumen, das Licht, das sich aus den Cafés auf die dunklen, schmalen Gassen ergoß. Der Offiziersklub befand sich in einem gotischen Gebäude nahe bei der Cuesta del Carmen. Die schmalen Fenster im Erdgeschoß waren vergittert, und abgesehen von dem erleuchteten Eingang lag das Haus im Dunkeln. Ein Posten stand Wache. Nachdem Constantine ein paar Worte mit ihm gewechselt hatte, wurden sie eingelassen.

Da Sascha vorher abgewiesen worden war, hatte er angenommen, daß der Klub etwas ganz Besonderes sei. Nun aber erwies er sich als einfacher, schmaler, verrauchter Raum, in dem sich Offiziere und ein paar Frauen drängten. An einer Seite gab es eine kleine Bühne und einen Plattenspieler, der von einem gemeinen Soldaten bedient wurde. Vereinzelt wurde zu den Schallplatten getanzt, und da nicht genug Frauen anwesend waren, tanzten auch Männer miteinander. An den Wänden hingen Filmplakate und Propagandasprüche: »España, Una, Grande, Libre« – »Por la Patria, el Pan y la Justicia«, und andere vertraute Parolen.

Die vier jungen Leute drängten sich notgedrungen dicht aneinander, und Constantine sagte verdrießlich: »Was für eine Bombenstimmung.«

»Was sagt er?« fragte Dolores. »Warum spricht er nicht Spanisch? Das ist unhöflich.«

»Sag ihr, daß sie die Klappe halten soll«, sagte Constantine lässig. »Übrigens, was ich dich schon längst hätte fragen sollen: Wie geht's deiner Mutter? Wie hat sie reagiert, als du nach Spanien abgehauen bist?«

»Es geht ihr gut«, erwiderte Sascha mit schlechtem Gewissen. »Sie ist natürlich auf der Seite Francos und der Kirche. Aber du verstehst wohl, daß sie nicht wollte, daß ich herkam. Wir hatten Streit deswegen.« Er versuchte, gleichgültig mit den Schultern zu zucken. Als ihm das nicht gelang, sagte er heftiger: »Sie wollte nicht verstehen, daß ich nicht zu Hause bleiben und mich als Verkäufer in einem Textilwarenladen oder was auch immer durchschlagen konnte, finanziell ruiniert, wie ich war.«

»Da siehst du, wie die Frauen sind. Sie sehen nur das Persönliche und Konkrete. Obwohl ich gerechterweise sagen muß, daß meine Mutter halbwegs Verständnis für ihr Schätzchen gezeigt hat. Es war mein Vater, der einen Wutanfall gekriegt hat. Aber du hast ja keinen Vater.«

»Nein.«

»Zigarette?« Constantine schien endlich zu merken, wie unbehaglich Dolores und Mercedes zumute war. »Möchtet ihr rauchen?« fragte er auf spanisch.

»Spanische Mädchen rauchen nicht«, erwiderte Dolores gekränkt, und Constantine ließ mit verständnislosem Gesichtsausdruck sein Feuerzeug zuschnappen.

»Um ehrlich zu sein«, wandte er sich wieder an Sascha, »ich hätte nicht erwartet, daß ich dich hier treffen würde. Hier in Salamanca meine ich – man läuft hier wohl früher oder später jedem über den Weg, den man auf unserer Seite kennt. Ich meine, ich hatte eher damit gerechnet, daß du auf der anderen Seite bist.«

»Wie kommst du denn darauf?« fragte Sascha erstaunt. »Ich war doch nie ein Roter.«

»Du warst mit diesem Juden zusammen, mit Coën, und er ist mit ziemlicher Sicherheit ein Roter. Hast du noch Kontakt zu ihm?«

»Natürlich nicht! Unsere Mütter treffen sich gelegentlich, aber für meine ist es schwierig, etwas über Daniel zu schreiben. Man muß zwischen den Zeilen lesen. Soweit ich weiß, geht es ihm gut.«

»Und Vera? Ich hatte fest damit gerechnet, daß du Vera heiraten würdest. Bin froh, daß du das nicht gemacht hast. Die Frau hatte etwas Grausames an sich.« Constantine überlegte einen Augenblick und fügte dann hinzu: »Weißt du, ich habe nie verstanden, warum Männer für Verstandeswesen und Frauen für Gefühlswesen gehalten werden. Es ist doch offensichtlich, daß es genau umgekehrt ist. Was war denn mit euch beiden?«

»Wir haben uns einfach auseinandergelebt.« Sascha wollte nicht weiter darüber sprechen. Kurz bevor er nach Spanien gegangen war, hatte er Vera während eines Ausflugs nach Deauville einen Heiratsantrag gemacht, den sie abgelehnt hatte. Und sie hatte recht gehabt. Er war nicht in sie verliebt gewesen. Wenn er überhaupt an sie dachte, dann mit einigem Staunen darüber, daß ihre Beziehung so gewesen war, wie sie gewesen war.

Sascha erbot sich, den Mädchen etwas zu trinken zu besorgen. Nachdem sie sich zunächst gelangweilt hatten, zeigten sie jetzt lebhaftes Interesse an den anderen Offizieren im Raum, und die jüngeren erwiderten ihre Blicke. Sascha war enttäuscht darüber, daß Constantine Mercedes' dunkeläugige Schönheit so einfach ignorierte. Er selbst hätte gerne Dolores näher kennengelernt.

Als er mit den Getränken zurückkam, fiel sein Blick auf die Tür.

»Ich könnte schwören«, sagte er zu Constantine, »daß ich gerade eben Prinzessin Wanda gesehen habe. Das wären aber zu viele Zufälle auf einmal!«

»Schicksal – ich glaube an das Schicksal.«

»Du glaubst an absoluten Unsinn.«

»Na klar. Wo ist sie denn?« Als er sich umsah, fiel sein Blick auf eine Frau mit knochigem Gesicht, die am Arm eines gutaussehenden italienischen Hauptmanns hing. Prinz Carlo war es nicht.

Constantine drängte sich durch die Menge und rief: »*Principessa!*«, verbeugte sich, ergriff ihre freie Hand und küßte sie.

»Meine Güte, das ist ja dieser Junge, dieser Verrückte!« erwiderte die Prinzessin ohne jede Spur von Überraschung in der Stimme.

»Ihr ergebenster Diener.«

»Paolo«, wandte sie sich an ihren Begleiter, »das ist Constantine. Der Verrückte. Ich habe dir schon von ihm erzählt. Erinnerst du dich nicht? Paris? Die Schiwagos? Ich habe mir gedacht, daß er früher oder später in Spanien auftauchen würde.«

»Sie sind der Sohn des Millionärs?« erkundigte sich der Hauptmann höflich.

»Nein, Sie meinen Sascha. Der, meine liebe *Principessa*, ist sogar noch verrückter als ich.«

Sascha trat auf die Gruppe zu. Prinzessin Wanda bot ihm die Wange zum Kuß.

»Darf ich vorstellen? Hauptmann Marchesi«, verkündete sie.

»Sie sind es ja wirklich!« rief Sascha voller Freude, so als sei die Prinzessin seine beste Freundin.

»Ich weiß nicht, warum Sie so überrascht sind«, gab sie ruhig zurück. »Wenn wir uns nicht gerade in Salamanca befänden, könnte ich es ja noch verstehen. Aber seit Franco sein Hauptquartier hierher verlagert hat und Spanien zum größten Basar Europas geworden ist, muß man in dieser Stadt damit rechnen, alten Freunden über den Weg zu laufen.«

»Ist der Prinz auch hier?«

»Natürlich. Und, um Ihrer Frage zuvorzukommen, wir bleiben nur für ein paar Tage. Carlo begleitet eine Handelsmission. Haben Sie sonst noch jemanden gesehen, den wir kennen?«

»Nein.«

»Ich habe Alain Duroc in Burgos getroffen, und ich habe gehört, daß Kolja Safronow häufig in Spanien zu tun hat. Er verkauft Waffen, hauptsächlich an die Roten. Ich glaube kaum, daß er mit dem Herzen dabei ist, aber Geschäft ist Geschäft. Seine Frau hat ihn verlassen.«

Sascha überging den Gedanken an Katja so schnell wie möglich. »Und Lydia – haben Sie von Lydia gehört?«

»Sie lebt mit Kolja zusammen. Ich vermute, es hat eine rührende Szene gegeben, als sie ihn um Hilfe bat – er wußte, wo Max das Geld von den ›Witwen und Kriegsversehrten‹ versteckt hatte. Früher war sie zehn Jahre älter als Kolja, aber jetzt ist sie natürlich zwei oder drei Jahre jünger.« Die Prinzessin wandte sich an den Hauptmann und sagte auf italienisch: »Hol mir was zu trinken, *caro*. Martini, wenn sie haben.« Und zu Sascha: »Was ist denn aus Koljas Frau geworden, nachdem sie ihn verlassen hat?«

»Das weiß ich nicht«, erklärte Sascha.

✳

Was mit dem fehlenden Frachtgut von der »Koblenz« geschehen war, blieb ein Rätsel, das nur mit Diebstahl oder dem allgemeinen Durcheinander im Hafen von Coruña zu erklären war. Major Ruiz jedoch, der einäugige Kämpfer aus dem Rif-Krieg, haßte die Deutschen und glaubte, ihnen die Schuld in die Schuhe schieben zu können. Zur Überraschung seiner Untergebenen kam er ins Büro und schlug vor, das Ergebnis seiner Ermittlungen Franco persönlich vorzutragen. Es sei, gab er zu verstehen, eine Sache von internationaler Bedeutung. Daraufhin knöpften der dicke Major und seine drei belustigten und ein wenig ängstlichen Helfer ihre Uniformen zu, polierten ihre Stiefel und machten sich auf den kurzen Weg von der Calle San Pablo zum Bischofspalast.

Sascha war der Fröhlichste von den dreien. Er hatte am Morgen aus dem Fenster auf den Fluß hinausgeschaut, hatte die Wäsche über den Büschen hängen und die Ziegen zwischen dem Schilf und der Iris grasen sehen, und er hatte beobachtet, wie die träge Strömung das Wasser gegen die Inseln im Fluß plätschern ließ. Doña Rosa, barfuß und mit dünnem Lächeln, hatte ihn bemerkt und ihm munter zugerufen, er sei heute wohl guter Laune. Zweifellos mochte sie ihn von all ihren Mietern am liebsten.

Die maurische Wache des Generalissimo stand vor dem Palast, und Fluten von Menschen strömten hinein oder in den Sonnenschein heraus. Es war, fand Sascha, ein bescheidenes Gebäude, wenn man bedachte, daß von hier aus ein Krieg geführt wurde. Wie es so mattgolden im Morgenlicht glänzte, wirkte es eher wie das Wohnhaus eines Provinzbürgermeisters. Auch die Fahnen und Wachtposten konnten ihm seine freundliche Ausstrahlung nicht nehmen. In dem der Öffentlichkeit zugänglichen Teil im Erdgeschoß war eine ganze Heerschar von Militär aller Art versammelt.

Franco selbst saß im ersten Stock, und sein Stab arbeitete im zweiten. Unter den Soldaten, den Karlisten mit den roten Baskenmützen und den Falangisten in den blauen Hemden, bemerkte Sascha zwei Zivilisten, die förmlich in schwarze Gehröcke und graugrüne Kniehosen gekleidet waren und von einem gedrungenen italienischen Offizier in sandfarbener Uniform und blankpolierten Stiefeln begleitet wurden. Wortreich versuchten sie, die Aufmerksamkeit eines Adjutanten zu gewinnen. Sascha stürzte auf den Offizier zu.

»Prinz Carlo?«

Der Angesprochene wandte sich um. Sein Gesicht, das Sascha als dick und freundlich in Erinnerung hatte, war jetzt ernst und sah aus, als wäre es gewohnt, Befehle zu erteilen.

»Signor Alessandro – Ja? Warten Sie.« Der Prinz beobachtete, wie ein deutscher General, gefolgt von seinen Leutnants, die marmorne Treppe herunterkam. Er marschierte durch die Menge, trat auf den Platz hinaus und wartete darauf, daß man ihm die Wagentür öffnete.

»Ich hasse den Mann!« bemerkte der Prinz. Er sagte etwas auf italienisch zu seinen Kollegen. »Er hat es durchgesetzt, mit Franco zu sprechen.«

»Wer ist es?«

»Faupel, der Chef der deutschen Gesandtschaft. Haben Sie gesehen, wie er gelächelt hat? Das ist ein schlechtes Zeichen. Die Männer, die bei ihm sind, sind von der HISMA. Sie wollen die Spanier ausplündern und nennen das ›Handel‹.« Er schüttelte den Kopf und versuchte wieder, sich an einen Adjutanten des Generalissimo heranzumachen, um eine Unterredung herauszuschinden.

Sascha hatte Major Ruiz in dem Gewühl aus den Augen verloren. Am Eingang stand keuchend José, und eben kam ein Offizier in karlistischer Uniform die Stufen herauf. Constantine trug ihm seine Tasche nach.

»Hallo«, begrüßte er Sascha. Mit einem Nicken in Richtung der versammelten Menge meinte er: »Das übliche Durcheinander, was? Das muß unseren lieben Generalissimo ja freuen, daß so viele um seine Aufmerksamkeit buhlen. Gut für sein Selbstbewußtsein. Ob er wohl einen großen Blonden braucht, der hinter ihm steht und ihm sein Schreibzeug reicht?«

»Ich habe gerade Prinz Carlo gesehen.«

»Tatsächlich? Es müssen schwere Zeiten für ihn sein. Für die Italiener stehen die Aktien in Spanien im Moment nicht besonders gut. Mein General hat sich über ihre Niederlage in der Schlacht von Guadalajara köstlich amüsiert.«

»Was machst du hier?«

»Wir wollen um Nachschub bitten. Munition oder Gebetbücher, beides ist drin. Die Karlisten sind nicht ganz dicht, was Religion angeht. Sie würden uns am liebsten auf den Knien sehen, in Sack und Asche, und wir sollten uns am besten geißeln und Gott um den Sieg anflehen.«

Major Ruiz übertönte den allgemeinen Lärm. Er bestand weiterhin auf seinem Recht, Franco seine Erkenntnisse mitzuteilen.

»Das ist mein Chef«, sagte Sascha, »ich sollte ihm wohl lieber beistehen. Wie lange bist du noch hier? Wollen wir uns nicht noch mal treffen, bevor du wieder zu deiner Einheit zurückmußt? Ich fand's gestern abend nett. Und hat dir Mercedes nicht gefallen? Du hast sie doch sogar noch nach Hause gebracht?«

»Klar. Aber ich weiß nicht, wie lange das hier dauern wird. Willst du mir nicht im Hotel eine Nachricht hinterlassen? Wir könnten auf dem Fluß Boot fahren oder reiten gehen.«

»Ja, mache ich.« Sascha zeigte zum Prinzen hinüber. »Da ist Carlo. Findest du nicht, daß er in seiner Faschistenuniform etwas Beeindruckendes hat? Ich habe ihn immer für einen absoluten Niemand gehalten, einen kleinen dicklichen Italiener, der nichts zu melden hat, aber jetzt bin ich mir da nicht mehr so sicher. Ja, gut. Ich schicke dir eine Nachricht ins Hotel, und du weißt ja auf alle Fälle, wo mein Büro ist.«

»Die Abteilung für Belangloses.«

»Genau.«

Von Miguel erfuhr Sascha, daß das Durcheinander im Bischofspalast daher rührte, daß Faupel unbedingt mit Franco hatte sprechen wollen. »Ich habe gehört, daß einer von seinen Fliegern im Barrio Chino war, um sich zu amüsieren, und dort von der Guardia Civil in einer skandalösen Lage angetroffen und verhaftet wurde.« Vor dem Krieg hatte Miguel ein Priesterseminar besucht. Er kicherte anzüglich, wenn er über Sexualität sprach. »Faupel hat versucht, den Mann freizubekommen.«

Sascha hielt es für wahrscheinlicher, daß Prinz Carlo recht hatte und der Deutsche mit Franco über Geschäfte gesprochen hatte. Jedenfalls aber hatte sein Besuch alle Termine für den Tag durcheinandergebracht, und man konnte nicht mehr tun, als neue zu machen und wieder zu gehen. José und Sascha waren froh darüber, denn sie waren nicht besonders überzeugt, daß die Geschichte mit dem fehlenden Frachtgut wirklich von Bedeutung war, und wollten sie lieber vergessen.

Sascha wunderte sich ein wenig, als er auf dem Weg über die Plaza Anaya von Prinz Carlo angesprochen wurde.

»Ich habe Ihnen etwas auszurichten. *La Principessa* lädt Sie ein, uns zu besuchen und Ihren Freund d'Amboise mitzubringen.«

»Das ist sehr freundlich von Ihnen. Wo wohnen Sie denn?«

»Capitano Marchesi wird es Ihnen erklären«, antwortete der Prinz. Er schnippte mit den Fingern, und ein Offizier trat zu ihm, in dem Sascha Paolo, Prinzessin Wandas Begleiter vom vergangenen Abend, erkannte. Der Prinz ging mit den beiden Zivilisten im Gehrock davon, und Paolo beschrieb Sascha den Weg zu einem beschlagnahmten Bauernhaus etwa fünfzehn Kilometer außerhalb von Salamanca, an der Straße nach Peñaranda de Bracamonte.

✳

»Wir hatten Sie früher erwartet«, sagte Prinzessin Wanda und fügte in ihrem breiten amerikanischen Akzent hinzu: »Macht aber nichts.«

»Unterwegs war viel Militärverkehr«, erklärte Sascha.

»Ich weiß. Und wenn man abends fährt, ist es anscheinend auch nicht besser. So ist das wohl im Krieg. Ein Glas Wein?«

Prinz Carlo schlief. Alle italienischen Offiziere schliefen und würden etwa um vier Uhr wieder aufstehen. Die gemeinen Soldaten dösten unter den Akazien, spielten Karten oder schrieben Briefe nach Hause. Außerhalb der Mauern, die die Finca und ihre schattenspendenden Bäume wie ein kühles Nest umschlossen, schmorte die kahle Ebene in der Sonne. Es war noch früh im Jahr, erst April. Sascha überlegte, daß die Hitze im Sommer im Süden unvorstellbar sein müsse. Aber was wußte er schon von Spanien?

Die Prinzessin hatte Cold Creme aufgelegt, um ihr Gesicht vor der Sonne zu schützen. Neben ihr auf dem Tisch lagen eine kleine goldene Brille und ein Exemplar des »Christian Science Monitor«.

»Sie haben das Mittagessen verpaßt. Sie könnten noch eine Stunde Siesta machen. Sie sehen etwas abgekämpft aus.«

»Wir waren noch kurz schwimmen«, erklärte Sascha.

»Ich erinnere mich, daß Sie einmal im Meer getanzt haben.«

Constantine, der seit dem gestrigen Abend merkwürdig schlecht gelaunt war, sagte: »Ich glaube, ich mache noch etwas Siesta.« Die Prinzessin entließ ihn mit einer Handbewegung.

»Es kommt mir so vor, als wäre das eine Ewigkeit her«, sagte Sascha.

»Das war mit... Katja Safronowa? Ach ja, Katja! Ich hatte fast vergessen, daß sie es war. Ich hatte ein Bild von der Szene im Kopf, ganz lebendig, aber ich konnte mich beim besten Willen nicht daran erinnern, wer die Frau war. Ich vermute, sie war nicht weiter wichtig – für das Bild, meine ich. Für Sie ist Katja bestimmt wichtig gewesen. Und da habe ich neulich abends einfach so von ihr gesprochen – und dabei habe ich völlig vergessen, daß Sie sich vielleicht für sie interessiert haben. Das tut mir leid.«

»Es spielt jetzt keine Rolle mehr.«

»Nein, wohl kaum.«

Prinzessin Wanda ließ teilnahmslos ihre Augen umherwandern. Sascha kam es so vor, als seien sie beide die einzigen Wesen, die in dieser Hitze noch wirklich lebendig waren. Die Soldaten schienen nur so wach zu sein wie ein Hund, der sich kratzt, weil er Flöhe hat. Das Haus, dessen Mauern mit einem staubigen Ocker gestrichen waren, wirkte mit seinen geschlossenen Fensterläden wie blind. Im Staub des Hofes wuchsen Yuccas, Mimosen und Oleander. Die Prinzessin sah ihren Gast wieder an und sagte gleichgültig:

»Ich werde mit diesem Krieg eine Menge Geld machen, Sie werden schon sehen. Aber wen kümmert das schon, was, Sascha?«

Durch das Tor konnte Sascha den Weg sehen, der von der Finca zur Straße nach Peñaranda führte. Es war schwer, auf der Ebene die Entfernung abzuschätzen. Ein paar Kiefern und Stechpalmen als Anhaltspunkte hätten helfen können. Immerhin war die Straße so nah, daß man die Autos hören konnte. Der Himmel über dem Horizont war orange vor Staub. So war der Krieg gegenwärtig wie der Herzschlag, der immer spürbar ist, wenn man seine Aufmerksamkeit darauf richtet. Sascha war sich der unsichtbaren Spannung bewußt.

Prinz Carlo war früh erwacht. Er kam nicht heraus, sondern machte sich an die Arbeit. Sascha hörte, wie er nach dem Hauptmann rief, und er verstand genug Italienisch, um zu erkennen, daß er genaue und detaillierte Befehle gab. Nur sein Verstand sagte ihm, daß das der Prinz war, den er kannte; nichts an der Stimme erinnerte an den zurückhaltenden Mann, der einmal völlig im Schatten seiner Frau gestanden hatte. Dieser Gedanke brachte Sascha zu dem zurück, was Prinzessin Wanda gesagt hatte. Sie würde einen Haufen Geld mit dem Krieg machen. Er hatte diese Bemerkung zunächst für einen typischen Amerikanismus gehalten, der mit seinen Vorurteilen und seiner früheren Meinung von ihr übereinstimmte. Doch dann hatte sie hinzugefügt: »Aber wen kümmert das schon?«

Was sollte dieser kleine Nachsatz bedeuten? Daß sie eigentlich eine sentimentale Frau war, die mehr aus Gewohnheit als aus Überzeugung materialistisch dachte? Schließlich hatte sie sich daran erinnert, daß er im Meer getanzt hatte, und dieses phantastische Bild hatte sich ihr eingeprägt. Sascha mußte sich eingestehen, daß er möglicherweise sowohl die Prinzessin als auch ihren Mann falsch eingeschätzt hatte.

Der Prinz trat aus der Tür und bemerkte den Gast. Ziemlich steif sagte er: »Da sind Sie ja, Alessandro. Gut. Entschuldigen Sie, daß ich weiter keine Zeit für Sie habe, aber ich muß arbeiten.« Hauptmann Marchesi und die beiden Zivilisten in Gehröcken folgten ihm. Die Gruppe setzte sich in den Schatten, und Prinz Carlo rief nach Wasser mit Eis. Als ein Soldat es brachte, verschüttete er ein wenig, und Carlo schlug nach ihm. »Idiot! Hol einen Lappen!«

Ein Stück Papier war vom Tisch gefallen. Sascha hob es auf und las: »Società Anonima Finanziere Nazionale Italiana«. Er legte es an seinen Platz zurück und sah den Soldaten an, einen Bauern mit schwerem Unterkiefer.

»Da geht es um die Quecksilberminen in Almadén«, sagte die Prinzessin. »Wir versuchen, unseren Anteil an der Konzession zu bekommen, und Franco versucht natürlich, das zu verhindern. Aber wirklich, Carlo«, wandte sie sich an ihren Mann, »du solltest die Leute nicht schlagen.« Sie lächelte Sascha zu. »Das entspricht nicht meiner Vorstellung vom Krieg. Wissen Sie, das war gerade die erste Gewalttat, die ich bis jetzt gesehen habe.«

Sie fuhren langsam in die Stadt zurück. Der Verkehr war genauso dicht wie auf der Hinfahrt, so als hätte die Front sich verlagert und als strömten die Massen von Wagen und Menschen jetzt in die Gegenrichtung, als würden die Truppen, die morgens noch Madrid angreifen sollten, jetzt gebraucht, um Salamanca zu verteidigen. Sie fuhren an einer Gruppe von *requetés*, Anhängern der Monarchie aus Navarra, vorbei, die in einem Weizenfeld biwakierten. Einer von ihnen hatte Constantines rote Mütze gesehen. Er sprang aus dem Dunkeln auf und hielt den Wagen an.

»Herr Hauptmann... Entschuldigen Sie bitte. Hab' mich geirrt. Ich dachte, Sie wären unser Hauptmann.«

»Was ist denn los?«

»Wir haben unsere Zelte und unsere Verpflegung verloren. Unser Hauptmann ist zurückgefahren, um danach zu suchen. Haben Sie ihn gesehen?«

»Nein.«

»Kein Glück, Amigos!« rief der Soldat in die Dunkelheit hinein, und jemand rief zurück: »*Hombre!* In dieser verdammten Armee klappt aber auch gar nichts!«

Bei den Männern befand sich auch ein Priester. Er trug Kampfstiefel, Wickelgamaschen und eine kurze Feldbluse über seiner Soutane. Zu Saschas Erstaunen sprang Constantine, als er den Priester sah, aus dem Wagen, kniete vor ihm nieder und bat um seinen Segen.

»Meinen Segen? Also gut. *In nomine patris...* Haben Sie den Wagen mit unserer Verpflegung gesehen?«

»Nein, hat er nicht«, sagte der Soldat.

»Verdammt!«

Es war fast Mitternacht, als Constantine den Wagen zurückgebracht hatte und sie in ein Café auf der Plaza Mayor gingen. José und Miguel saßen an ihren Stammplätzen. Die Unterhaltung drehte sich immer noch um die Niederlage der Italiener bei Guadalajara. Es machte ihnen Spaß, Geschichten von dieser Blamage ihrer Verbündeten zu erzählen.

Gleichzeitig war die Atmosphäre gespannt. Zahlreiche Angehörige der Guardia Civil durchstreiften paarweise die abendliche Menge und kontrollierten Papiere. Vor einigen Tagen hatte es im Hauptquartier der Falangisten Ärger gegeben, und Kadetten der

Pedro-Llen-Schule waren in das Gebäude eingedrungen, um die Ordnung wiederherzustellen. Dann war es in einer Pension an der Plaza Mayor selbst zu Unruhen gekommen, und der Leibwächter eines Falangistenführers war getötet worden. Auf diese Zwischenfälle waren Festnahmen erfolgt. Heute konzentrierte sich die Guardia Civil besonders auf diejenigen, die die Abzeichen der Karlisten oder das blaue Hemd der Falangisten trugen.

Ohne ersichtlichen Grund schien Constantine, der sich schon den ganzen Tag über seltsam aufgeführt hatte, plötzlich betrunken zu sein. Sascha, der gerade beobachtete, wie die ledernen Hüte der Guardia Civil zwischen den Cafégästen auf und ab wippten, hörte, wie er Miguel ansprach, in vertraulichem Tonfall, aber mit lauter Stimme.

»Ich hatte einmal einen Freund – der Name tut nichts zur Sache. Kommunist, obwohl man es ihm nicht ansah. Er war einer dieser lauen Roten, die alles kaputtmachen können, weil man denkt, daß jemand, der doch anscheinend so anständig ist, einen niemals verletzen könnte. Er hat sich in eine verheiratete Frau verliebt. Dabei trifft das Wort ›verheiratet‹ nicht ganz zu, denn es war nur eine Ziviltrauung gewesen, ja, und eigentlich wissen wir es nur von ihr, daß überhaupt eine Trauung stattgefunden hat. Also bezeichnen wir sie als Hure, einverstanden? Meine Geschichte handelt von einem Roten, der in eine Hure verliebt ist.« Zu Sascha sagte er, todernst in seiner Betrunkenheit: »Ich erzähle von einem Freund. Willst du zuhören?«

»Nein«, gab Sascha wütend zurück. Er konnte kaum glauben, was Constantine da von sich gab, und diese Ungläubigkeit hielt ihn davon ab, etwas dagegen zu unternehmen. Entschlossen fuhr Constantine fort:

»Dieser Rote war ein Idiot. Er glaubte an die Liebe und an Ideale. Ich weiß, daß ihr gleich sagen werdet, die Roten seien Söhne des Teufels und würden nicht an Liebe und Ideale glauben, aber da irrt ihr euch gewaltig. Roter zu sein hängt mit falsch verstandener Liebe und unangebrachten Idealen zusammen. Glauben Sie bloß nicht diesen ganzen Quatsch über den Materialismus.«

Er sprach auf französisch weiter, das nur Sascha richtig verstehen konnte. Die anderen, die erst noch zugehört hatten, wandten ihre Aufmerksamkeit nun dem Radio drinnen im Café zu, das eben noch eine Hymne geplärrt hatte und aus dem jetzt Francos Stimme ertönte. Die Tische leerten sich, und alle versuchten, sich in das Café zu drängen. Einige Männer erhoben sich feierlich.

Sascha blieb schließlich allein zurück. Er sah, daß sich überall auf dem Platz die gleichen Szenen abspielten. Nur die Spaziergänger im Park hatten von der Rede nichts mitbekommen und schlenderten weiter. Unter ihnen entdeckte er Dolores und Mercedes, die beiden Mädchen, mit denen Constantine und er am Abend zuvor ausgegangen waren.

Franco verkündete die Auflösung der Falange und der Karlisten. Ihre Anhänger sollten eine neue Partei bilden, deren Vorsitzender er selbst sein würde. Bestürzung machte sich unter den Zuhörern breit, und dann waren Liederfetzen zu hören – »Cara al Sol« – »Oriamendi« – »El Novio de la Muerte« –, bis einer den Vorsänger machte und die ganze Menge im Stehen mitsang.

So schien es Sascha jedenfalls. Später sagte José, daß die Leute wenig begeistert gewirkt hätten und daß die Anhänger der alten Parteien Widerstand gezeigt hätten. Er erinnerte sich nicht an das Singen und auch nicht an die Vivarufe für Franco. Doch Sascha klangen die Hymnen noch im Kopf, als er den leeren Tisch verließ, um auf die beiden Mädchen zuzugehen. Er sprach Dolores an. Mercedes wandte sich ab.

»Hallo. Wie geht's dir?«

»Was? Ach, du bist es. Was machst du hier?«

»Wie bitte? Ich bin mit Constantine hier.«

»Hach!«

Dolores wandte sich abrupt ab, packte Mercedes am Arm, und zusammen strebten sie durch den Park von ihm fort. Sascha folgte ihnen verwirrt. Er dachte nicht mehr an Constantine, denn er sah, daß sich hinter der Schroffheit der beiden Mädchen Schmerz verbarg.

»Dolores?«

»Geh weg!«

»Was ist denn los?«

»Geh weg!«

Doch sie blieben stehen, und Sascha war jetzt so ernst, daß er gar nicht bemerkte, wie anziehend ihn Dolores trotz ihrer Wut fand. Er sah Mercedes an. Sie weinte.

»Komm, du mußt mir sagen, was los ist«, drängte er Dolores.

»Frag doch Constantine!« zischte sie ihn an.

»Constantine? Was hat das mit Constantine zu tun?«

Sascha blickte zum Café zurück und glaubte, Constantine in der singenden, jubelnden Menge zu erkennen.

»Er hat versucht, sie zu vergewaltigen!« sagte Dolores.

20

Der Karyatidenbrunnen

Die beiden Frauen stupsten sich vergnügt an, während sie die Auslagen im Fenster von Tomas Collomer betrachteten, einem Juwelierladen im Paseo de Gracia. Nach einer Pause von mehreren Monaten, während der man damit hatte rechnen müssen, daß die Anarchisten den Laden bei jedem Anzeichen von Luxus plündern würden, war der Inhaber vor kurzem so mutig gewesen, seine Waren wieder auszustellen. Jetzt hätte man, wäre die Scheibe nicht mit Streifen beklebt gewesen, damit sie nicht splitterte, beinahe glauben können, daß alles wieder normal sei.

An der Ecke hatte ein Schuhputzjunge sein Geschäft aufgemacht, und gerade ließ sich ein Soldat die Schuhe putzen: Katja hatte ihn nur undeutlich wahrgenommen. Erst als sie den Kopf wandte, um zu ihrer Freundin etwas zu sagen, erkannte sie ihn. »Daniel?«

Der Soldat sah von seiner Zeitung auf. Er war dunkel und sah gut aus, aber sein Gesicht wirkte verhärmt, so als sei er krank gewesen. Er trug eine Uniform, die für den Kampf nicht geeignet und für den Stabsdienst nicht schick genug war. Katja hatte solche Uniformen schon gesehen. Sie wurden von Offizieren getragen, die Truppentransporte organisierten und Quartier machten. Ein Lächeln breitete sich auf seinem Gesicht aus, er faltete die Zeitung zusammen und steckte dem Schuhputzjungen einige Münzen zu.

»Katja! Ich hatte keine Ahnung, daß du in Barcelona bist!«

Das vertraute Du wirkte bei dieser unerwarteten Begegnung in der Fremde ganz selbstverständlich. Katja lächelte.

»Aber ich wußte, daß du hier bist. Deine Mutter hat mir geschrieben. Ich habe in der Woroschilow-Kaserne nach dir gefragt, aber niemand hatte von dir gehört.«

»Ich war in der Pedrera-Kaserne, das hätten sie dir sagen sollen. Aber ich bin ganz überrascht, dir hier zu begegnen. Ich hätte nie gedacht...«

»Daß ich nach Spanien gehen würde? Nein, ich war selbst überrascht!« Sie lachte, und ihre Freundin lachte mit. Daniel staunte. Diese Katja kannte er nicht. Sie wirkte so vergnügt. »Darf ich dir Maria vorstellen«, sagte sie. »Wir arbeiten zusammen. Das hier ist Daniel Coën. Ich habe dir schon von ihm erzählt.«

»*Bon día*«, sagte Daniel, was nur noch mehr Gelächter hervorrief. Die Frauen schienen vor Ausgelassenheit überzusprudeln.

»Maria ist nicht Katalanin, sie ist Ausländerin wie ich, Italienerin! Aber im Ernst, es ist schön, dich zu sehen, Daniel. Ich hätte nie gedacht, daß ich froh sein würde, jemandem zu begegnen, den ich aus Paris kenne, aber da bist du, und es ist herrlich.«

»Du wirkst so fröhlich.«

»Ja, das bin ich auch. Grotesk, nicht wahr? Mitten in einem Bürgerkrieg bin ich plötzlich so glücklich wie noch nie. Ich sollte mich schämen.« Aber offensichtlich schämte sie sich überhaupt nicht. »Wir haben ein paar Sachen zu erledigen. Wollen wir weitergehen? Wir dürften eigentlich gar nicht hier sein, wir haben viel zuviel zu tun, aber wir hatten Lust, uns einen Film anzusehen.« Etwas weiter die Straße hinunter, noch unterhalb der Fénix-Versicherung, war ein Kino.

»Was macht ihr hier?« fragte Daniel. Die Frauen gingen Arm in Arm und genossen ihr Zusammensein. Sie trugen zwar triste blaue *monos* mit Ölflecken, wirkten darin aber flott und attraktiv. Maria war sehr hübsch, mit schwarzen Haaren, schwarzen Augen, olivfarbenem Teint und einem leichten Überbiß. Wenn sie nicht lächelte, ruhten ihre Zähne auf ihrer Unterlippe, so als sei sie ständig im Begriff, etwas zu sagen. Die Frauen hatten sich offensichtlich sehr gern.

»Wir versuchen, Arzneimittel zu kaufen.«

»Nein, ich meine hier in Barcelona.«

»Wir sind nicht immer hier. Wir fahren einen Krankenwagen zwischen Barcelona und der Front hin und her. Maria ist Krankenschwester. Und ich bin Fahrer und Mechaniker, kaum zu glauben, was? Ich finde es auch unglaublich. Kolja hat mir das Fahren beigebracht, und was die Reparaturen angeht, so scheinen die Spanier alle Ausländer für Genies im Umgang mit Maschinen zu halten. Stimmt das nicht, Maria?«

»Katja ist eine tolle Mechanikerin!« bestätigte Maria.

»Machst du jetzt unseretwegen einen Umweg?« fragte Katja.

»Nein, ich gehe ins Hotel Colón. Und wenn ihr mich einmal suchen solltet, schlage ich vor, daß ihr da eine Nachricht hinterlaßt, nicht in der Kaserne.«

Das Hotel Colón war das Hauptquartier der Kommunisten.

»Warum da? Bist du denn nicht ständig in Barcelona? Bist du nicht bei einer Einheit? Ich habe gehört, daß das Fünfte Regiment...«

»Ich bin wegen Dienstuntauglichkeit aus dem Heer entlassen worden«, antwortete Daniel ruhig, und Katja sah auf seinen linken Arm. Der Ärmel seiner Khakijacke war hochgeschlagen und unter dem Ellbogen festgesteckt. Sie hatte das gleich bemerkt, als sie ihn gesehen hatte, aber nicht weiter darauf geachtet. Es war einer jener kleinen Unterschiede, die, wie eine neue Frisur, das Aussehen verändern, ohne daß man den Grund dafür sofort erkennt. Sie rief:

»Du hast einen Arm verloren? Ich meine – oh, Daniel, das tut mir aber leid!«

Jetzt lächelte Daniel mit einem Anflug von Ironie. »Ich habe mich dran gewöhnt.«

»Wie ist es denn passiert?«

Daniel schien es, als sei sie betroffen, aber nicht erschüttert. Die meisten Menschen wären verlegen gewesen, doch Katja war das nicht. Er nahm an, daß sie an den Anblick Verwundeter gewöhnt war.

»Ich habe einen Teil meiner Ausbildung in Albacete gemacht, und dann haben sie mich nach Madrid geschickt. Es passierte während des großen Rebellenangriffs auf die Universitätsstadt. Da haben wir jeden verfügbaren Mann eingesetzt, selbst frische Rekruten. Ich wurde dabei von Granatsplittern getroffen.« Er ließ den Stumpf hin und her baumeln und versuchte, seiner Stimme einen aufmunternden Klang zu geben. »Seht ihr, ich habe ja nur den Unterarm verloren. Der Rest ist immer noch ziemlich nützlich. Ich kann ein Päckchen drunterklemmen und tragen.«

Sie standen an der Plaza de Cataluña. Katja ließ die Straßenbahn vorüberfahren, bevor sie zu den Grünanlagen in der Mitte hinüberspazierten.

»Weiter gehe ich nicht mit«, sagte Daniel.

»Nein? Ach natürlich, ich habe ganz vergessen, wo wir sind.«

471

Das Hotel Colón, mit roten Fahnen geschmückt, war nur ein paar Schritte weit entfernt.

»Die Partei hat mir eine politische Arbeit gegeben.«

»Du hast nicht daran gedacht...«

»Nach Hause zu gehen? Nein. Was hätte das für einen Sinn? Ich würde keine Arbeit finden. Hier kann ich wenigstens etwas Sinnvolles tun.«

»Ja... das verstehe ich.«

Sie blieben einen Augenblick lang im Strom der Menge stehen. Katja dachte daran, wie begriffsstutzig sie gewesen war. Sein blasses Gesicht zeigte nicht die geringste Sonnenbräune. Er mußte in einem Büro arbeiten.

»Wo wohnt ihr?« fragte Daniel.

»Im Hotel Jardín. Kennst du das?«

»Nein, aber ich werde es schon finden.«

Katja lächelte ironisch. »Wir haben zu sechst ein Zimmer.« Sie wandte sich an ihre Freundin. »Zu sechst, Maria?«

»Zu sechst oder zu acht, oder so.«

Das war offensichtlich ein Scherz.

»Wir sind alle Sanitäterinnen. Die Hälfte unserer Zeit verbringen wir an der Front und holen Verletzte von den Verbandsplätzen. Wir wissen nicht so genau, wie viele in unserem Zimmer wohnen, weil wir nie alle gleichzeitig da sind.«

Daniel fand die Vorstellung lustig. Im Geiste sah er ein Zimmer voller Frauen und zum Trocknen aufgehängter Unterwäsche vor sich. Er nahm an, daß das Hotel Jardín eine schmuddelige Pension im Barrio Gótico sein müsse, was auch stimmte.

»Dann besuche ich dich vielleicht dort besser nicht.«

»Nein. Aber wir könnten ins Kino gehen. Ich habe dir ja schon gesagt, daß ich mir gerne Filme ansehe.«

»Ich auch.«

»Dann laß uns das tun. Abgemacht?«

Sie vereinbarten Zeit und Treffpunkt, und die beiden Frauen verabschiedeten sich eilig. Daniel sah ihnen noch nach, wie sie zwischen Straßenbahnen und Versorgungsfahrzeugen über den Platz liefen. Irgendwo in der Mitte zwischen den Bäumen und dem Denkmal, bevor sie das obere Ende der Ramblas erreichten, verlor er sie aus den Augen, aber er bemerkte noch, daß sie sich, als sie wieder allein waren, an den Händen faßten und weiter vergnügt und vertraulich miteinander plauderten, die Köpfe einander zugeneigt, als tauschten sie Geheimnisse aus.

Er erinnerte sich an eine melancholische, enttäuschte Frau und fragte sich, was mit ihr geschehen war.

✳

»Hattest du nicht gesagt, er hätte etwas Finsteres, Fanatisches an sich?« fragte Maria. Ab und zu hatte sie sich noch umgesehen und einmal kichernd gewunken.

»Früher kam es mir so vor«, antwortete Katja. »Er war so unzufrieden und voller Groll. Und damals habe ich gedacht, alle Kommunisten wären finstere Fanatiker.«

Marias Augen funkelten. Sie war selbst Kommunistin. Deswegen war sie aus Italien geflohen und nach Spanien gekommen.

»Aber jetzt sieht er nicht mehr finster aus. Und das mit dem Arm ist uns beiden nicht aufgefallen. Er scheint die Sache nicht als Behinderung anzusehen. Es gibt ihm etwas Distinguiertes, er sieht aus wie ein Mann mit Vergangenheit. Ich hoffe nur –«, fügte sie schelmisch hinzu, »– daß alles andere heil geblieben ist, daß keine lebenswichtigen Organe verletzt sind, du verstehst schon.«

»Du bist ordinär!« Katja gab ihrer Freundin einen spielerischen Schubs.

»Natürlich bin ich ordinär. Dafür ist die Arbeiterklasse schließlich bekannt. Das ist unser Beitrag zur Kultur. Und es ist mir egal, denn es stimmt. Sein Arm stört mich nicht, so lange er ein richtiger Mann ist.«

Aber, dachte Katja, er hat sich verändert. Nicht, daß er weicher geworden wäre, aber er ist lockerer und unbefangener. Er scheint mit sich selbst mehr im reinen zu sein. Das hat er Spanien zu verdanken, genau wie ich auch. Es hat uns Klarheit gebracht.

In den Ramblas, nicht weit vom Platz entfernt, befand sich eine alte Apotheke mit einer Fassade aus braunen und grünen Kacheln. Maria ging hinein, um das Warenangebot zu inspizieren. Katja bog um die Ecke in ein schmales Seitengäßchen, wo sich unter einer dunklen Arkade ein Tuchhändler versteckte. El Indio hieß der Laden, und sie kaufte dort Baumwollreste für Verbände. Gegenüber war eine Konditorei.

»Hier, etwas zum Naschen.« Sie reichte Maria ein Stück Gebäck. »Ißt du nichts?«

»Ich habe keinen Hunger«, sagte Katja. Sie hatte ihren Kuchen einem der bettelnden Kinder geschenkt, die vor der Konditorei herumlungerten. Maria akzeptierte die Ausrede. Sie aß mit sichtlichem Vergnügen. »Hast du etwas gefunden?« fragte Katja.

»Nur das hier.« Maria zeigte ihr eine Flasche Salmiakgeist. »Da hinten ist noch eine Apotheke. Laß es uns da auch noch probieren.«

Dort ergatterten sie Desinfektionsmittel und Aspirin.

»Und jetzt? Sollen wir es noch anderswo versuchen?«

»Morgen. Ich muß schlafen.«

»Schlafen? Ich muß meine Schlüpfer waschen. Und mein Haar übrigens auch.«

»Du bist ordinär«, wiederholte Katja lächelnd. Arm in Arm kehrten sie ins Hotel Jardín zurück.

＊

Die Fenster des Münzengeschäftes auf der Plaza del Angel waren auf fast künstlerische Weise mit Papierstreifen beklebt. Jemand hatte den Handel mit Münzen als Kapitalismus gebrandmarkt und eine Parole auf die Wand geschmiert: »¡Proletarios de Todos Países! ¡Unios!« Aber heutzutage war es erlaubt, solche Parolen abzuwaschen und so zu tun, als ginge das Leben weiter. Man konnte sogar wieder Hut und Krawatte tragen.

Daniel kam mit der Straßenbahn die Via Laietana entlang, eine bedrückende Geschäftsstraße, die von den Gebäuden rechts und links eingeschüchtert wurde, so schien es Katja. Sie hatten sich auf der Plaza del Angel verabredet, weil das Café dort günstig lag und verhältnismäßig billig war. Daniel trug den gleichen Uniformrock wie bei ihrer ersten Begegnung und zu diesem Anlaß eine der üblichen *gorrillos,* ein Schiffchen mit rotem Stern. Katja hatte ihr einziges Kleid tragen wollen, hatte sich aber gedankenloserweise an diesem Nachmittag vor der Rückkehr an die Front zum Schutz gegen Läuse die Haare schneiden lassen, und als sie das Kleid anzog, hatte ihr Gesicht verhärmt gewirkt. Daher trug sie jetzt einen sauberen blauen Overall.

»Bist du immer noch so vergnügt wie heute morgen mit deiner Freundin?« fragte Daniel. Ihm war aufgefallen, daß ihr Gesicht sich verändert hatte, aber daß es an ihrem Haarschnitt lag, hatte er nicht bemerkt, und daher glaubte er irrtümlicherweise, sie sei ernster geworden. Doch Katja grinste.

»Du freust dich also wirklich, mich wiederzusehen?« fragte er.

»Ja, ich weiß, was du meinst. An fremden Orten erscheinen einem auch Menschen, die man nicht gut kennt oder nicht besonders mag, plötzlich wie alte Freunde – tut mir leid, das klingt taktlos.«

»Ich verstehe. Und bin zufällig deiner Meinung. Möchtest du noch was trinken? Ich kann mich gar nicht mehr erinnern: Rauchst du eigentlich?« Er zog ein Päckchen Zigaretten hervor. »Du rauchst nicht? Ich dachte gerade – hat Le Nain nicht mal versucht, dich zum Rauchen zu überreden? Da war irgendwas mit deiner Stimme –«

»Ja, das stimmt! Ich hatte es ganz vergessen.« Katja schüttelte den Kopf. Die Erinnerung freute sie und berührte sie gleichzeitig peinlich. Sie hatte wirklich versucht zu rauchen, und es hatte ihr überhaupt nicht geschmeckt. »Wie geht's ihm?«

»Gut! Er hat eine neue Nummer – ganz neue Idee. Er verkleidet sich und stolziert wie Mussolini auf der Bühne herum. Ein Zwerg, der aussieht wie Mussolini! Kannst du dir das vorstellen?«

»Er sollte Franco nachahmen. Franco ist kleiner.«

»Das stimmt. Andererseits liegt der Witz wohl gerade in dem Größenunterschied.«

Sie schwiegen und genossen das Schweigen. Katja überlegte, daß Daniel der erste Mann war, mit dem sie sich ganz und gar wohl fühlte, und sie fragte sich, ob das an einer bestimmten Eigenschaft Daniels oder an einer Veränderung in ihrem eigenen Wesen lag. Schließlich schlug er vor, sie sollten nun ins Kino aufbrechen. Nach kurzer Diskussion einigten sie sich auf das Poliorama.

Es gab ein russisches Drama und eine amerikanische Komödie, und die Wochenschau war heroisch und irreführend. Anschließend, als sie in die Nacht hinaustraten, hörten sie ganz in der Nähe, vor einem Café in der Nähe des Hotel Falcón, eine Gruppe POUMistas ein revolutionäres Lied singen. Die jungen Männer und Frauen saßen draußen unter den Platanen. Jemand spielte Akkordeon. Sie sangen gefühlvoll, ja sogar schön; aber Daniel zog Katja fort, und sie gingen in die entgegengesetzte Richtung, zum Kai hinunter.

»Warum wolltest du nicht zuhören?« fragte Katja.

»Sie ärgern mich. Für revolutionäre Posen ist jetzt nicht die Zeit. Es gilt, einen Krieg zu gewinnen. Aber ich habe keine Lust, über Politik zu reden.«

»In Paris hast du immer über Politik geredet.«

»In Paris gab es sonst nichts zu tun. Wir konnten uns leisten, Puristen zu sein. Hier müssen wir realistisch sein. Die Partei will keine Revolution. Die Bedingungen stimmen nicht. Wir arbeiten gerne mit den bürgerlichen Demokraten zusammen. Und das Singen überlasse ich lieber Maurice Chevalier.«

Plötzlich lachte er auf.

»Darf ich mitlachen?« fragte Katja.

»Mir ist gerade etwas eingefallen. Als wir Kinder waren, Sascha Schiwago und ich, da hatten wir diesen Witz, daß Gott eigentlich Maurice heißt.«

»Warum Maurice?«

»Keine Ahnung! Maurice...? Nein, ich weiß es nicht mehr.«

Beide lachten und wiederholten: »Maurice! Maurice! Ha! Maurice!«

»Weißt du etwas von Sascha?« fragte Daniel. »Ich habe seit letztem September, das war noch bevor ich hergekommen bin, nichts mehr von ihm gehört. Meine Mutter hat mir nichts von ihm geschrieben. Ich hatte damit gerechnet, daß Sascha mir selbst schreiben würde.«

»Dann weißt du es noch nicht?«

»Was denn?«

»Daß er auch in Spanien ist?«

»Seit wann?« rief Daniel überrascht.

»Ich weiß nicht genau – seit vier oder fünf Monaten? Er ist ein paar Wochen vor mir aus Paris abgereist.«

»Und wo ist er? Bei welcher Miliz? Das ist ja nicht zu fassen! Ich wollte ihn überreden, sich mir anzuschließen, aber ich hätte nie gedacht, daß er wirklich herkommen würde.«

Katja wurde klar, daß er wirklich nichts wußte, und ihr fiel nichts Besseres ein, als ihm die Wahrheit zu sagen. Bei der Nachricht, daß Sascha in Spanien war, war Daniel stehengeblieben und hatte sich ihr zugewandt. Sie hatte die Arme ausgestreckt, um ihn zu berühren. Eine Hand lag auf seinem rechten Unterarm. Die andere hatte nach dem linken gegriffen und nichts gefunden. Daniel spürte, wie Katja ungeschickt ins Leere griff, und nahm ihre beiden Hände in seine gesunde Rechte. »Was ist denn los?«

»Sascha ist zu den Rebellen gegangen«, erklärte Katja. »Wahrscheinlich hat deine Mutter dir deswegen nichts von ihm geschrieben.«

»Zu den Rebellen?« Er war entsetzt. Nein, es ist kein Entsetzen, dachte Katja, sondern eine Art resignierter Wut, als hätte er damit gerechnet, es aber nie akzeptiert. Düster sagte er: »Das waren Constantine und dieser verdammte Jesuit«, und fügte hinzu: »Wollen wir etwas trinken?«

Sie gingen ins Café de l'Opéra. Man konnte Wein bekommen, allerdings keinen Kaffee, und der Kellner erbot sich schüchtern, Lucky Strike zu besorgen, für zehn Pesetas – das war ein Tageslohn. Bitter begann Daniel wieder:

»So ein Idiot wie Sascha ist mir noch nie begegnet! Warum haben ihn alle gern? Warum muß man ihn einfach gern haben? Es ist verrückt, aber selbst jetzt würde ich ihn wahrscheinlich umarmen, wenn er hier vor mir stünde.«

»Das liegt daran, daß er andere Menschen gern hat«, sagte Katja. »Er denkt immer von jedem das Beste. Er versteht jeden Standpunkt. Ich glaube, er hat sogar mit allen Mitleid.«

»Aber er ist doch Sascha Schiwago, nicht Jesus Christus! Und selbst dann – wie kann er für Franco kämpfen?«

Katja schüttelte den Kopf. Sie erinnerte sich an den Abend in Nizza, als Sascha ihr zum ersten Mal begegnet war und gedacht hatte, sie wollte sich umbringen. Er hatte sich sofort mit ihr, einer Fremden, angefreundet und sie in seine Familie eingeladen. Er schien seine Zuneigung völlig wahllos zu vergeben. Bei ihm würde man niemals das Gefühl haben, daß er sich ausschließlich an einen Menschen band. Und es lag etwas Entwürdigendes darin, mit Wohlwollen bedacht zu werden, ohne daß man es sich verdienen mußte. Vielleicht konnte sie ihn deswegen nicht lieben.

Beim Anblick Daniels, der über die Torheit seines Freundes so wütend war, fühlte Katja sich an ihre eigene Kindheit erinnert, in der es keine Freunde gegeben hatte. Viktor hatte es damals fertiggebracht, eine Situation herbeizuführen, in der sie nur mit Erwachsenen zusammen war. Es war ein schrecklicher Gedanke, aber Viktor hatte gewollt, daß auch sie möglichst schnell erwachsen würde, ein Ersatz für ihre Mutter. Und so war es schließlich auch gekommen, nach dem Verschwinden ihrer Mutter hatte sie ihm in gewisser Weise den Haushalt weitergeführt.

»Katja?«

»Ich war mit meinen Gedanken anderswo.«

Daniel, der immer noch mit Sascha beschäftigt war, sah ihr nicht an, daß er qualvolle Erinnerungen aufgewühlt hatte. Katja erkannte das und lächelte bitter. Daniel dachte, sie hätten beide den gleichen Gedanken gehabt, und sagte:

»Ich glaube, du hast recht. Sascha fehlt das moralische Unterscheidungsvermögen. Wenn er einen gern hat, hält er einen für gut und anständig und glaubt, daß alle Ideen, die man hat, bedenkenswert seien. Er ist nicht liberal, er ist mehr als das. Jeder moralische Standpunkt erscheint ihm richtig, wenn man ihn nur ernsthaft genug vertritt.« Daniel lachte, und Katja fand, daß sein Lachen sein sonst so ernstes Gesicht zum Strahlen brachte. »Ist das nicht Ironie, daß ausgerechnet Sascha *Philosophie* studiert hat?« fragte er. »Da fängt man ja fast an, an Gott zu glauben! Das ist ein kosmischer Witz! Aber so ist das mit der Philosophie. Sie gibt einem nur ein Vokabular für die eigene Verwirrung an die Hand, eine formale Struktur für den Irrsinn.«

In den Ramblas, unter den Platanen und den Fahnen der politischen Parteien, rot für die Kommunisten, rot und schwarz für die Anarchisten, spazierten an diesem milden Abend immer noch plaudernd Menschen herum. Als sie das Café verließen, nahm Daniel Katjas Arm. Katja freute sich über diese beiläufige Geste der Vertrautheit. Sie war sich sicher, daß die Gedanken ihres Begleiters im Moment ganz und gar bei Sascha und der Politik waren, doch sie irrte sich. Daniel dachte über sie nach, und daß er ihren Arm genommen hatte, war keineswegs beiläufig geschehen.

Vor dem Platz, in den die Straße einmündete, befand sich auf der linken Straßenseite ein Brunnen. Ein Kind trank Wasser daraus, und Katjas Blick fiel zuerst auf das Kind und dann auf den Brunnen. Ohne gleich zu wissen, warum, blieb sie wie angewurzelt stehen.

»Was ist?«

»Was? Ach, tut mir leid, ich habe mir den Brunnen angesehen. Irgend etwas ist damit. Ist er nicht wunderschön?«

Ihre anfängliche Überraschung war einem Glücksgefühl gewichen.

»Ja, er ist schön. Wunderschön meinetwegen«, antwortete Daniel. Dann fragte er in einem Ton, der seine Verwunderung über ihre Veränderung erkennen ließ: »Wer bist du? Was ist mit der Frau geschehen, die ich in Paris kannte?«

Fröhlich antwortete Katja:

»Ich weiß nicht. Was meinst du? Inwiefern bin ich anders?«

»Du bist glücklich. Das klingt komisch, wenn man es so sagt, aber es stimmt. In Paris warst du vielleicht nicht gerade unglücklich, aber gefaßt. Ich mochte deine Gefaßtheit nicht. Es war – wie soll ich sagen –, als wenn du aus Stücken zusammengeklebt gewesen wärst, die nicht zusammenpaßten. Ich hätte gesagt, daß du ein Mensch bist, der nicht für das Glück geschaffen ist.«

»Das hätte ich auch gesagt«, meinte Katja versonnen.

Ihr Blick war an dem geheimnisvollen Brunnen hängengeblieben.

»Komm, wir wollen ihn genauer ansehen«, schlug Daniel vor.

Der Brunnen stand auf einem bauchigen Sockel und wurde von einer Kuppel bedeckt, deren Spitze ein Schwarm Delphine krönte. Vier Karyatiden trugen die Kuppel, und auf einer Seite floß Wasser in eine Muschelschale. Der Brunnen war aus Eisen und vielleicht fünfzig Jahre alt, ein unauffälliger Bestandteil der Straße.

Katja musterte die vier Frauengestalten und murmelte: »Die Karyatiden.«

Daniel sagte nichts, sah ihr aber zu, wie sie die Finger über die geschwungenen Linien des Brunnens gleiten ließ, und einen Augenblick schien sie Teil der Figurengruppe zu sein, so als wäre diese plötzlich zum Leben erwacht und wunderte sich über ihre Lebendigkeit. Katja zog die Hand zurück, aber ihr Gesicht behielt etwas von der Gelassenheit der Figuren. Dann lächelte sie und sagte:

»Als meine Mutter und ich in Jurjatin lebten, stand gegenüber von unserem Haus ein Gebäude. Genau erinnere ich mich nicht mehr – ich war ja noch klein –, aber in die Wände waren Karyatiden hineingemauert. Ich habe sie jeden Tag gesehen, Frauen aus Stein – und sie haben das Gebäude getragen!«

»Ja?«

Katja schüttelte den Kopf. »Wie kann man jemandem die eigene Kindheit beschreiben?«

»Du warst dort glücklich?«

»O ja!« erwiderte sie begeistert. »Es waren die einzigen Jahre meiner Kindheit, in denen ich glücklich war. Onkel Jura war aus dem Krieg zurückgekehrt, und wir haben dort und in Warykino gelebt. Es sind alles nur Eindrücke. Ich kann es dir nicht beschreiben. Aber wir waren glücklich, ja.«

»Wer war Onkel Jura?«

»Er hat meine Mutter geliebt«, antwortete Katja leise und schlug dann vor: »Wollen wir tanzen gehen?«

Daniel schrak zurück und konnte nur erwidern: »Mit diesem Arm?«

Katja faßte ihn, und er ließ es zu, daß sie ihn in Tanzhaltung brachte.

»Warum soll das nicht gehen?« fragte sie.

»Du spinnst. Wir können doch nicht auf der Straße tanzen.«

»Auf der Straße! Im Meer! Sogar in einem Tanzlokal! Komm, ich kenne eins!«

Katja zog Daniel mit sich fort. Er staunte immer noch über ihre Fröhlichkeit. Und auch sie dachte daran, wie sehr er sich verändert hatte und daß all die finsteren Eigenschaften, die sie in ihm vermutet hatte, verschwunden waren. Es kam ihr nicht in den Sinn, daß Daniel möglicherweise nur ihren eigenen Lebensüberschwang widerspiegelte und daß sich bei ihm in Wirklichkeit nichts verändert hatte, außer daß seine früheren Überzeugungen jetzt gefestigter und reiflicher überlegt waren.

Und später dann, beim Tanz, fragte sie sich: Werde ich mit diesem Mann schlafen?

Als sie schließlich vor dem Hotel Jardín standen, lud Katja Daniel ein, sich ihr Zimmer anzusehen, das sie an diesem Abend für sich alleine hatte, denn ihre Mitbewohnerinnen waren ausgeflogen. Und als sie später nebeneinander auf ihrem schmalen Bett saßen und beide nichts mehr zu sagen wußten, überließ Katja sich einfach nur dem Augenblick und ihrem neuen Gefühl von Lebendigkeit … Nicht daß sie in ihn verliebt gewesen wäre. Jedenfalls nicht mit den Fesseln, die man gemeinhin mit Liebe verbindet. Aber der Gedanke, daß einer von ihnen sterben sollte, ohne von der Liebe in ihrer Unmittelbarkeit berührt worden zu sein, selbst wenn sie nur oberflächlich und vorübergehend war, entsetzte sie.

Es wäre besser, mit der Lüge eines Judaskusses zu sterben und der Wahrheit hinter der Lüge zu vertrauen, als ein Leben ohne Liebe hinzunehmen. Seit ihrer Veränderung konnte Katja nicht mehr zu stolz für die Liebe sein. Sie konnte sich nicht mehr auf ihre Würde oder ihre Selbstachtung berufen. Sie konnte sich nicht mehr in Positur werfen. Sie konnte keine Gegenleistung mehr verlangen, nicht einmal die Widerspiegelung ihrer eigenen Liebe. Sie gab sich nicht hin in dem Sinne, daß sie sich unterwarf, sondern sie gab, sie schenkte, selbst den Unwissenden und Undankbaren. Großzügig. Töricht.

Soviel zu Katjas Liebe. Ein Klischee. Extrem, töricht, vergänglich und verachtenswert. Dafür machte sie Katja auch nichts weiter als glücklich.

*

Am nächsten Tag mußten Katja und Maria nach Lérida fahren und dann zwei Wochen lang Verwundete vom Verbandsplatz bei Monflorite nach Sietamo transportieren und Verwundete für die Krankenhäuser in Tarragona und Barcelona in Züge verladen. Danach kehrten sie in ihrem alten Hispano-Suiza, den Katja häufig reparieren mußte, mit Verwundeten für das Santa Cruz y San Pablo Hospital nach Barcelona zurück.

In der Zwischenzeit hatte Katja Marias Zeitung, die »Mundo Obrero«, gelesen, die zunehmend kommunistische Beschimpfungen gegen die POUM enthielt. Bis jetzt hatte sie dem keine besondere Bedeutung beigemessen. Die Streitereien zwischen den verschiedenen linken Parteien, die für die Republik waren, interessierten sie wenig. Sie nahm an, daß die POUM und die Anarchisten die soziale Revolution fortführen wollten, zu der es im vergangenen Juli und August gekommen war und in deren Verlauf die Arbeiter Kirchen angezündet und Syndikate gebildet hatten. Die Kommunisten waren, zusammen mit den bürgerlichen Parteien und im Namen der antifaschistischen Solidarität und einer Volksfrontregierung, dagegen gewesen. Das waren Dinge, zu denen Katja keine Meinung hatte.

Es war keine bestimmte Ideologie, die sie nach Spanien geführt hatte. Die gespannte Atmosphäre jedoch, die das Land politisiert und zwischen Nationalisten und Republikanern aufgeteilt hatte, wirkte selbst innerhalb jener Gruppierungen weiter. Bei den Nationalisten hatte Franco im April 1937, als er die Vereinigung von Falangisten und Karlisten erzwang, die Situation zu seiner Zufriedenheit gelöst. Bei den Republikanern sah es jedoch anders aus. Dort besaß keine Gruppe den Vorteil, so wie Franco die Armee unter sich zu haben.

Die katalanische Tradition enthielt ein starkes anarchosyndikalistisches Element, das nicht auf Marx zurückging und prinzipiell gegen Regierungen war. Die Kommunisten dagegen neigten zu Autoritarismus und Zentralismus. Vor dem Aufstand war der Einfluß der Kommunisten so gering gewesen, daß man ihn hatte vernachlässigen können, aber während des Krieges hatte er beträchtlich zugenommen, vor allem aus zwei Gründen. Der erste war das enorme Prestige der Sowjetunion, die bedeutende Mengen von Kriegsmaterial geliefert hatte, während die Demokratien tatenlos abgewartet hatten, und der zweite war die Disziplin der Kommunisten, die selbst die Mittelschicht ansprach, als sie mit der Alternative konfrontiert wurde, die in Chaos und Revolution bestand. Die Haltung der POUM war die einer nichtstalinistischen, marxistischen Partei, die von Stalin folglich angefeindet wurde. Jetzt war es Mai, und die Situation in der Republik war noch immer nicht geklärt.

Am Morgen nach ihrer Rückkehr von Lérida, nach einem Schlaf der Erschöpfung, suchte Katja das Hotel Colón auf. Eigentlich wollte sie Daniel nur mitteilen, daß sie wieder in der Stadt war. Und wenn sich daraus mehr entwickeln sollte – warum nicht? In ihrer neuen Freiheit machte Katja keine Pläne mehr.

Daniel traf sich im Foyer mit ihr. Da sie keinen Parteiausweis hatte und auch sonst keine Begründung für ihren Besuch, war ihr der weitere Zutritt nicht gestattet. Daniel wurde von einem Spanier begleitet, den er einfach als Pedro vorstellte. »Bist du Kommunistin?« fragte dieser Katja.

»Sie ist Sympathisantin«, erklärte Daniel. Und an Katja gewandt sagte er: »Hier können wir nicht bleiben. Aber ich weiß, wo wir Kaffee trinken können.«

Unterwegs fragte Katja: »Warum hast du – wie hieß er noch, Pedro? – erzählt, daß ich mit den Kommunisten sympathisiere?«

»Weil du das tust, oder?«

»Nein. Ich habe in Rußland zuviel vom Kommunismus mitgekriegt.«

»Und warum bist du dann überhaupt hier?«

Er war verärgert, vor allem, weil sie ihm widersprochen hatte. Doch Katja konnte nur lachen.

»Lydia Kalinowska hat mich überredet, kaum zu glauben, was?«

»Lydia Kalinowska? Ich hätte erwartet, daß sie eine Anhängerin Francos ist!«

»Ist sie auch!«

»Aber?«

»Wie konnte ich eine Bewegung unterstützen, die nichts weiter ist als gedankenloser Autoritarismus und hinter Frömmelei und leeren Phrasen versteckter Eigennutz? Alles, was dagegen war, mußte besser sein. Ich unterstütze die Kommunisten nicht, aber die Idee der Republik ist mehr als Kommunismus. Sie ist *besser* als Kommunismus.«

Daniel schüttelte den Kopf. »Weil sie von guten Menschen unterstützt wird? Willst du das damit sagen?« In seiner Stimme schwang herablassende Ungläubigkeit mit. »Mein liebes Kind, das Gute ist in der Geschichte immer wieder vom Bösen zerschlagen worden. Wenn wir darauf gehofft hätten, aufgrund der Bemühungen von guten Menschen Fortschritte zu erzielen, würden wir immer noch Leichen fressen. Lies deinen Marx. Fortschritt entsteht durch die Entwicklung objektiver sozialer Strukturen, nicht aufgrund von Hirngespinsten der Reformer.« Er schien seine Rechthaberei zu bemerken, und seine Stimme wurde sanfter. »Aber ich will mich nicht mit dir streiten. Von mir aus kannst du aus egal welcher merkwürdigen Laune heraus hier sein. Jedenfalls bist du hier, und darüber freue ich mich. Reicht das?«

Es reichte, um nicht zu streiten. Darüber hinaus aber wollte Katja vorsichtig sein. Sie erkannte schnell, daß Daniel ihr Schweigen als Zustimmung auffassen würde, daß er ihr Einverständnis mit seinen Überzeugungen voraussetzen würde und alle Argumente, die sie anführen würde, als intellektuell unbedeutend abtun würde. Katja hatte sich nicht von ihrem Mann getrennt, um mit offenen Augen in eine andere Falle zu gehen.

Der Kellner im Café trug ein weißes Hemd und sprach sie mit dem formalen *usted* an, nicht mit dem persönlichen *tú*. Das waren kleine Anzeichen dafür, daß die Kameradschaft der Revolutionstage vorüber war. Katja wünschte die Revolution nicht herbei und glaubte nicht an die Perfektionierbarkeit des Menschen. Aber sie konnte den Verlust der Hoffnung bedauern. Sie bemerkte, daß Daniel auf die Uhr sah.

»Stehle ich dir die Zeit?« fragte sie.

»Wie lange bist du in Barcelona?«

»Zwei oder drei Tage. Was wollen wir machen? Ins Kino gehen? Oder wieder tanzen? Maria hat sich in einen Jugoslawen verliebt – er ist ein Riese! Wir könnten zu viert etwas unternehmen. Arbeitest du sonntags? Wenn du morgen frei hast...«

»Weißt du, welches Datum wir heute haben?« fragte Daniel. Katja mußte überlegen.

»Den ersten Mai.«

»Genau. Ist dir nichts aufgefallen? Es gibt überhaupt keine Anzeichen für Demonstrationen und Aufmärsche der Arbeiter.«

Das stimmte. Die Stadt wirkte sogar noch ruhiger als sonst. Daniel erklärte: »Die UGT und die CNT haben beschlossen, die üblichen Demonstrationen abzusagen.« Die UGT war die sozialistische und die CNT die anarchistische Gewerkschaft. »Die Lage hier ist so gespannt, daß es jederzeit zu Kämpfen kommen kann.«

»Warum?«

»Weil Franco genau das will. Du glaubst doch nicht etwa, daß es in Barcelona keine Faschisten gibt? Franco hat in der ganzen Stadt Provokateure verteilt, und die POUM ist nichts anderes als ein Tarnmanöver, das zur Spaltung der Sozialisten führen soll.«

Katja bezweifelte, daß Franco die POUM beherrschte, aber sie hatte keine Lust, darüber zu diskutieren. Die Paranoia der Kommunisten war ihr vertraut. Sie sollte oft keinem anderen Zweck dienen, als die Bevölkerung in Unruhe zu versetzen. Weit mehr beunruhigte sie Daniels Ernsthaftigkeit. Sie versuchte abzulenken.

»Angenommen, es gibt morgen keinen Putsch – wollen wir dann mit Maria und ihrem riesigen Jugoslawen...«

»Ich kann morgen nicht«, unterbrach Daniel sie. »Das heißt nicht, daß ich dich nicht sehen möchte. Aber wir befinden uns wirklich in einer Krise, glaub mir.«

»Ich glaube dir.«

»Braves Mädchen.«

Katja zuckte zusammen, aber Daniel bemerkte es nicht. Es verletzte sie, denn es bedeutete, daß ihm sein Drang, sie herabzusetzen, nicht bewußt war. Sie spürte zwar, daß er eine tiefe Zuneigung für sie hegte, aber sie sah auch, daß er eine ebenso große Gefahr für sie bedeutete wie Kolja damals und daß der Unterschied zwischen den beiden nur darin bestand, daß die Verbrechen, in die sie als schweigende Komplizin hineingezogen wurde, verschieden waren.

✳

In der Nacht kam es zu Schießereien, und die SIM fuhr mit Autos in der Stadt umher und verhaftete Feinde, um sie in ihre geheimen Gefängnisse zu bringen. Am nächsten Tag stürmten der Polizeichef und die Guardia Civil die Telefonzentrale und besetzten die Zensurabteilung im ersten Stock, während die anarchistischen Arbeiter sie vom zweiten Stock aus beschossen, bis schließlich ein Waffenstillstand ausgehandelt war. Die übrige Munition wurde durch die Fenster des Sandsteingebäudes verschossen, und auf der Plaza Cataluña versammelte sich eine Menschenmenge.

Es war kein Putsch, denn sonst hätte die Welt es gewußt und wäre auf das, was folgte, vorbereitet gewesen. Es war eher ein Stein, der in einen See voller Spannung geworfen wurde und dessen Auswirkungen als verspätete und abgeschwächte Ringe wahrgenommen wurden, so daß man in einigen Außenbezirken von Barcelona glauben konnte, die Unruhen seien nur auf Ausschreitungen von Gesindel und Provokateuren zurückzuführen. Die Zeitungen erschienen weiterhin, und die Straßenbahnen fuhren mehr oder weniger pünktlich. Am Tag selbst dauerte es eine ganze Weile, bis die Nachrichten über die Ereignisse bis zum Barrio Gótico vorgedrungen waren, das nur einen Kilometer vom Telefónico entfernt lag. Doch dann zogen sie von der Plaza Cataluña aus weiter ihre Kreise. In den Ramblas und den Barrios der Arbeiter wurden zu beiden Seiten die Fensterläden geschlossen, Sandsäcke erschienen auf geheimnisvolle Weise, und aus dem Straßenpflaster wurden Steine herausgerissen. Fahnen in leuchtendem Rot und Schwarz tauchten auf, und auf den Türmen der zerstörten Kirchen und den Kuppeldächern der Hotels suchten mit Gewehren bewaffnete Posten die Straßen nach verdächtigen Bewegungen ab.

Die Spannungen waren auf so kleine Gebiete begrenzt, daß Katja und Maria, die auf dem Gemüsemarkt eingekauft hatten und auf die Ramblas hinaustraten, eine leere Straßenbahn und in Richtung des Poliorama verlassene Autos entdeckten, deren Fahrer nun zwischen den Platanen und den neuen Kiosks herumliefen, während sich der Verkehr auf der anderen Seite normal weiterbewegte und die Menschen ungerührt ihren Geschäften nachgingen.

»Was ist denn hier los?« fragte Maria. Sie konnte Schießereien, die sich auf ein paar einzelne Schüsse beschränkten, so als würde ein Farmer Raubzeug abknallen, nicht ernst nehmen.

Doch Katja wußte auch keine Antwort. Ein Lastwagen mit jungen Anarchisten, die grölend Fahnen schwenkten und bis an die Zähne bewaffnet waren, fuhr mit hoher Geschwindigkeit vorbei, und ein patrouillierender Stoßtrupp scheuchte Zivilisten auf, die sich in die Hauseingänge verkrochen hatten, und überprüfte ihre Papiere. Katja erschienen die Vorgänge nicht wie ein weiterer Aufstand, sondern wie eine Parodie, in der sich Elemente aus Krieg und Frieden miteinander vermischten und Zivilisten einkaufen gingen, während Heckenschützen sich von den Dächern aus gegenseitig beschossen. Dieses Gefühl von Anomalität war so stark (sie hielt eine Tüte mit Gemüse in der einen und ihr Wechselgeld in der anderen Hand), daß es ihr so vorkam, als könnten die Milizen es ebenfalls spüren, sich lächerlich vorkommen und nach Hause gehen.

Ein paar hundert Meter drückten die beiden Frauen sich im Schutz der Gebäude entlang, dann liefen sie vorsichtig auf die Ostseite der Ramblas hinüber und gelangten ohne weitere Schwierigkeiten in ihr Zimmer im Hotel Jardín. Die kleinen Händler, die Konditoren, Süßwarenverkäufer, Buchhändler, Messerschmiede, Kurzwarenhändler und Hutmacherinnen, hatten zwar ihre Fensterläden geschlossen, bedienten aber weiterhin Kunden und wurden von der PSUC und Guardia-Civil-Patrouillen auch dazu ermutigt. Parolen wurden an die Wände geschmiert, und junge Männer, kühn, reizbar, undurchsichtig und gerissen, schlenderten durch die schmalen Gassen und harrten der Dinge, die da kommen würden. Katja und Maria beschlossen, im Hotelzimmer zu bleiben und ihre Kleider zu flicken, bis man nach ihrer Hilfe verlangen würde.

In der Nacht fielen vereinzelte Schüsse, ein Auto hupte, eilige Schritte klapperten über das Pflaster. Am Morgen sagte Maria:

»Wir sollten uns wohl lieber nach Arbeit umsehen. Sieht so aus, als hätten sie vergessen, daß wir hier sind. Oder vielleicht denken sie auch, daß eine Nachricht an uns nicht durchkäme.«

»Concha braucht eine Benzinpumpe«, meinte Katja. Sie hatten ihren alten Hispano-Suiza »Concha« getauft.

»Ja? Dann laß uns sehen, ob wir für die alte Dame eine auftreiben können.«

Sie verließen das Hotel und stellten fest, daß es in der Stadt ruhiger geworden war. Die Geschäfte hatten geschlossen. Von den Ramblas her war Maschinengewehrfeuer zu hören. Dort und in den anderen Straßen um die Plaza Cataluña herum fanden die meisten Kämpfe statt, was einfach daran lag, daß die Gewerkschaften, die politischen Parteien und ihre jeweiligen Milizen die Hotels und Geschäftsgebäude dort zu ihren Büros gemacht hatten und beim Ausbruch der Unruhen zu ihrer Verteidigung herbeigeeilt waren. Sie waren alle nicht weit voneinander entfernt und daher um so bedrohlicher und um so stärker bedroht. Doch außerhalb dieses Gebietes herrschte eine unheimliche Stille, die nur durch einzelne Schüsse unterbrochen wurde, die in ihrer Sinnlosigkeit fast wie ein Scherz wirkten.

Dies waren die Voraussetzungen, unter denen sie durch die Stadt gingen. Bis zu dem großen Militärkrankenhaus im hügeligen Vall-carca, wo Concha untergebracht war und wo sie ihre Befehle empfingen, war es weit. Aber es machte Spaß, Hand in Hand die leeren Straßen entlangzuschlendern, über Belanglosigkeiten zu plaudern oder stehenzubleiben und den verblichenen, bemalten Stuck auf den Gebäuden zu betrachten oder das Spiel des Lichtes unter den Pinien und Platanen zu beobachten.

»Um Himmels willen!« sagten die Ärzte beim Anblick der Frauen.

»Um Himmels willen!« sagte der Mechaniker. »Ich soll wohl die Benzinpumpe reparieren?«

»Das mache ich selbst«, sagte Katja. Es gab ein paar alte Fahrzeuge zum Ausschlachten, und nach harter Arbeit, als der Tag schon fortgeschritten war, hatte sie es geschafft.

»Könnt ihr zum Hotel Colón fahren?« sagte der Fahrdienstleiter. »Da werden die Verwundeten gesammelt.« Und so fuhr Katja mit Maria und einem Arzt ins Stadtzentrum zurück.

Möglicherweise gab es für Krankenwagen eine Sondergenehmigung, sie konnten jedenfalls unbehelligt durch die Stadt fahren und auf der Rückseite des Hotels parken. Die Leichtverwundeten gingen rauchend im Foyer auf und ab und erzählten sich ihre Geschichten. Der Arzt blieb gleich dort und behandelte sie und kümmerte sich um die Notfälle, die eingeliefert wurden. Guardia Civil und kommunistische Milizionäre luden die Bahren mit den Verwundeten in den Wagen ein. Katja fuhr zweimal zwischen Hotel und Krankenhaus hin und her. Beim zweitenmal wurden auf dem Weg zum Hotel Conchas Reifen zerschossen, und Katja mußte den Wagen zwischen den anderen aufgegebenen Fahrzeugen im Paseo de Gracia stehenlassen und sich ins Hotel flüchten. Dort sprach man von Artillerie. Bis jetzt war mit leichten Waffen und Granaten gekämpft worden, und die Möglichkeit, daß die Regierung oder ihre Feinde 75-Millimeter-Feldkanonen auffahren könnten, sorgte gleichzeitig für Schrecken und Spannung.

Katja fand Daniel auf dem Verladeplatz hinter dem Hotel, wo er die Milizionäre organisierte. Sie wurden in bestimmten Abständen eingesetzt, um Stellungen zwischen den Bäumen und Denkmälern auf dem Platz oder in Seitenstraßen und Gäßchen zu verstärken und als Stoßtrupps gegen Gebäude, die in Händen der POUM oder der Anarchisten waren.

»Hast du schon gegessen?« fragte Daniel.

Sie gingen in eine Kantine, die in einem einstmals eleganten Restaurant eingerichtet worden war. Zwischen den Säulen und Kronleuchtern, inmitten von Unordnung und Schmutz, aßen sie einen Brei aus Bohnen und Kichererbsen. Daniel rauchte seine Lucky Strike. Er hatte sich nicht rasiert, und sein Gesicht sah grimmig aus. Er trug eine Pistole in einem ledernen Koppel bei sich.

Katja sagte etwas von Tragödie – die Kämpfe wären eine Tragödie. Es schien ihr selbstverständlich, aber Daniel reagierte heftig:

»Sie sind notwendig. Die Luft muß gereinigt werden. Die Regierung kann mit dieser Uneinigkeit im Rücken keinen Krieg gewinnen. Die Anarchisten müssen auf ihren Platz verwiesen werden, und die POUM muß aufgelöst werden.«

»Wie lange wird das Ganze dauern?« fragte Katja.

Er zuckte mit den Schultern. »Ein paar Tage. Beide Seiten sind auf diesen Kampf nicht vorbereitet. Er war nicht geplant.« Dann sagte er ihr, was er wirklich dachte: »Der wahre Kampf wird sich in den Gefängnissen abspielen.«

Im Foyer stürzte Maria, die bei einer kleinen Gruppe von Krankenschwestern gestanden hatte, auf Katja zu.

»Ich habe Arbeit für uns«, verkündete sie.

Sie hatte sich freiwillig dafür gemeldet, mit Katja zusammen zwei Verwundete zu bergen, die mitten auf dem Platz lagen. Vier Sturmsoldaten würden sie begleiten, Feuerschutz geben und die Bahren tragen.

»Guck mal, was sie uns gegeben haben!« Maria zeigte ihr zwei alte deutsche Stahlhelme, so groß wie Eimer und viel zu weit für ihre geschorenen Köpfe. Sie hielt sich einen vor die Brust. »Wir können unsere *mammelle* damit schützen.«

»Du bist verrückt«, sagte Katja.

»Kann gut sein.«

Katja dachte: Das ist überhaupt nicht lustig. Aber wie kann man andererseits ernsthaft damit umgehen? Niemand interessierte sich dafür, welcher Gefahr sie sich aussetzten. Katja sah sich im Foyer um. Ein Milizionär hockte auf der Rezeptionstheke und reinigte sein Gewehr mit einem in Olivenöl getränkten Lappen. Ein anderer visierte mit seiner Waffe eine Lampe an und flüsterte tonlos: »Peng! Peng!« Munitionskisten wurden vom Keller aufs Dach getragen. Ein sechzehnjähriger Junge ging von einem zum anderen und schnorrte Zigaretten. Katja empfand sich plötzlich selbst als bedeutungslos, und sie fragte sich, ob es das sei, was Mut ausmachte: daß man die Bewertung anderer im Hinblick auf die eigene Person übernahm.

Nach dem dämmrigen Licht im Hotel war es auf dem Platz gleißend hell. Die kleine Gruppe rannte die Auffahrt entlang und auf die Grünanlagen in der Mitte des Platzes zu. Es war nicht auszumachen, ob jemand auf sie schoß. Die Salven von Gewehrfeuer waren jetzt so häufig geworden, daß man sie ignorierte, wenn nicht gerade ein Querschläger oder ein Splitter auf einen zukam. Hinter einer steinernen Balustrade lag ein Mann mit einer Brustwunde und unter einem Baum in der Nähe ein zweiter, der eine schwere Beinverletzung hatte. Katja half Maria, das Blut zu stillen, so daß die Männer transportiert werden konnten. Währenddessen sah sie eine weitere Gruppe mit einer Bahre – Anarchisten, der Farbe ihrer Halstücher nach zu urteilen. Man ignorierte sich gegenseitig.

Sie waren schon auf dem Rückweg, als Maria von einer Kugel getroffen wurde, die wahrscheinlich für die Sturmsoldaten gedacht gewesen war. Sie sagte nichts, stürzte nur vornüber auf die Straße und blieb bewegungslos liegen.

»Wir holen sie gleich!« rief einer der Männer. Katja jedoch sank auf die Knie. »Meine Liebe«, murmelte sie, »hab keine Angst – meine Liebe – hörst du mich?« Es kam keine Antwort, aber Katja tat so, als hörte sie etwas. »Siehst du, sie kommen gleich wieder. Was hast du gesagt?« Sie erinnerte sich an die Vorschriften, und während ihr die Tränen über das Gesicht liefen, ging sie die Erste-Hilfe-Maßnahmen durch, bis auch diese erschöpft waren. Dann brach sie zusammen und stupste die Leiche immer wieder liebkosend mit dem Kopf an, wie ein Tier, das seinen toten Gefährten betrauert.

Vom Hotel her kam Hilfe. Ein paar Männer, nervös und mit entsicherten Waffen, schlichen um die Leiche herum. Mit ihnen zusammen kamen Milizionäre, die im Foyer herumgestanden hatten. Sie zerrten die schreiende Katja ins Hotel und trugen dann die Leiche herein.

✳

Die Ereignisse des vierten Mai bildeten die Krise der Maitage in Barcelona. Kompromisse wurden geschlossen, die Zusammensetzung der Regierung wurde verändert, und nach und nach wurde eine Waffenruhe durchgesetzt. Maria wurde begraben. Vier Frauen trugen ihren Sarg.

Katja weinte in aller Öffentlichkeit, betrank sich und fing in einer Bar mit einer anderen Frau eine Schlägerei an. Kurz, sie benahm sich wie ein Mann, was in Kriegszeiten durchaus nicht ungewöhnlich ist.

Das Hospital teilte ihr eine neue Krankenschwester zu. Sie hieß Isabel und war Spanierin. Isabel war dick, und ihre gute Laune hielt sich in Grenzen. Sie haßte das Land, denn sie war auf dem Land aufgewachsen und kannte es zur Genüge. Wie viele übergewichtige Menschen konnte sie sich auf ihren kleinen Füßen mit wiegenden

Hüften vorwärts bewegen, schwebend, als würde sie Ballett tanzen. Katja fragte sich, ob die fröhliche Vertrautheit, die zwischen Maria und ihr geherrscht hatte, auch mit Isabel möglich sein würde, und sie stellte fest, daß das der Fall war. Die Gefühllosigkeit der Lebenden den Toten gegenüber war beschämend. Katja dachte das häufig, wenn sie Concha nachts über die schwarzen, sich dahinschlängelnden Straßen der Sierra steuerte und mit Isabel zum Rütteln des Wagens unter dem Licht der Sterne ein herzliches Lächeln austauschte. Schuldgefühle wegen Marias Tod und ein Gefühl ihrer eigenen moralischen Wertlosigkeit bedrückten sie. Aber wie leicht war es, zu vergessen. Sie hielten an, um sich von Soldaten, die auf den Feldern biwakierten, Wasser und Wegbeschreibungen geben zu lassen, scherzten mit den Männern und tranken *aguardiente,* wenn sie welchen bekommen konnten. Katja war oft betrunken, wenn sie fuhr. In der Zeit, als sie um Maria trauerte, war sie egoistisch, gedankenlos, extravagant, liebevoll, schuldbewußt, ordinär und gefühllos. Es gab allerdings eine Ausnahme: Bettlern gegenüber war sie freigebig, selbst den Schwindlern unter ihnen.

Daniel war nicht da, um sie in ihrem Kummer zu trösten. Dafür war keine Zeit. Sie mußte Concha reparieren und wurde dann zurück an die Front gerufen. Ihr blieben nur Träume von Daniel; Träume, die sie als absurd und sentimental erkannte, die aber doch lebendig und greifbar waren. Sie wußte, wie falsch Sentimentalität sein konnte: wertloses emotionales Kleingeld, aus dem sich kein Vermögen anhäufen ließ. Aber da sie emotional auf das Betteln angewiesen war, wußte sie auch, wie nötig sie dieses Kleingeld brauchte, wie wertvoll es war. Sie spazierte wieder durch ihre Galerie der Geister. Ihr Vater, Schiwago, Lara, Fräulein Bürli und, immer wieder, Tanja (die *kleine* Tanja, wenn sie betrunken war). Und jetzt hatte sich auch Maria zu ihnen gesellt.

Doch die Zeit verging, und als Ergebnis der kommunistischen Schachzüge wurde die Regierung von Largo Caballero durch die von Negrín ersetzt. Der Krieg ging weiter, der Sommer kam, und Katja kehrte nach Barcelona zurück.

Die Maitage waren nur ein Symptom gewesen. Die Republik war anfällig, weil sie trotz der guten und liberalen Absichten der Politiker den Kommunisten ausgesetzt war, die von der Sowjetunion unterstützt wurden, ihrem einzigen Verbündeten, wenn man von der achtenswerten und bizarren Hilfe Mexikos absah. Die anderen Demokratien ließen die Republik fallen. Die Vereinigten Staaten verhielten sich isolationistisch. Die Regierung Frankreichs sympathisierte, war aber angesichts der deutschen Bedrohung und einer Spaltung der Bevölkerung gezwungen, sich nach den Briten zu richten. Großbritannien verhielt sich in seinem Wunsch nach Frieden aus den edelsten Motiven heraus niederträchtig, wozu eine Handvoll weniger edle Heuchelei kam, die dem zivilisierten Autoritarismus seiner herrschenden Klasse und ihrem kurzsichtigen Glauben an die verborgenen Tugenden des Faschismus entsprang. Die Demokratien schrien, die Republik sei kommunistisch, wozu sie sie schließlich machten, indem sie sie der Sowjetunion überließen.

In diesem Fiasko aus Lügen und Fehleinschätzungen war die Rolle der Kommunisten unheilvoll, ja kläglich. Stalin hatte entschieden, daß ein rotes Spanien der Sowjetunion keinerlei Vorteile bringen würde. Der militärische Gewinn wäre unbedeutend, und es würde Großbritannien und Frankreich bedrohen, die das einzige echte Gegengewicht zur Macht der Nazis bildeten. Für eine Allianz mit den Demokratien konnte man Spanien getrost opfern.

Es gab jedoch ein Problem. Spanien hatte eine starke linke Tradition, die Stalin nichts zu verdanken hatte. Diese Sozialisten und Anarchisten waren es gewesen, die nach dem Militärputsch im republikanischen Spanien eine soziale Revolution entfacht hatten. Diese Kräfte waren es, nicht die Kommunisten, die den Briten und Franzosen Angst einjagten. Doch jene waren entweder zu dumm oder zu voreingenommen, um den Unterschied zu bemerken.

Die Kommunisten saßen daher in der Falle. Man setzte sie mit Revolutionären gleich, die nicht von ihnen unterstützt wurden, die ihren politischen Grundsätzen zuwiderhandelten und die bei den Demokratien Befremden auslösten. Doch indem sie die bürgerlichen Parteien unterstützten, um die Revolutionäre zu unterdrücken, verstärkten sie wiederum ihren eigenen Einfluß und ihre Bedeutung und befremdeten Großbritannien und Frankreich ebenfalls. Selbst Stalin konnte diese Widersprüche nicht auflösen.

Aber inzwischen war es Juni, und in Barcelona schienen wieder Ruhe und Ordnung zu herrschen. Es hatte Veränderungen gegeben, aber man mußte schon genau hinsehen, um sie zu bemerken. Zum Beispiel war »La Batalla«, die Zeitung der POUM, aus den Kiosken verschwunden. Und die Parteimilizen waren nun weniger und die reguläre Polizei stärker sichtbar im Straßenbild. Die kommunistischen Zeitungen verurteilten die POUM mit aller Schärfe. Daniel weigerte sich, anders über das Thema zu sprechen, als es offiziell in der Presse behandelt wurde. In allen anderen Dingen jedoch konnte er recht vernünftig sein.

»Ich habe einen Brief von meiner Mutter bekommen«, erzählte er Katja.

»Wie schön! Geht's ihr gut?«

»Ja, und meinem Vater auch. Und sie haben von Sascha gehört!«

»Ich dachte, sie könnte der Zensur wegen nicht über Sascha schreiben?«

»Ich mußte ein bißchen zwischen den Zeilen lesen, aber er schiebt offensichtlich irgendwo beim Stab eine ruhige Kugel. Meine Mutter schreibt es nicht genau, aber sie meint wohl Burgos oder Salamanca. Findest du das nicht komisch?«

»Was?«

»Daß von uns dreien ausgerechnet du als Frau der Front am nächsten bist.«

»Das ist einfach Zufall. Ich wollte ja gar nicht so nah an die Front.«

»Das ist die Ironie an der Sache. Ich nämlich wohl! Obwohl es mich beim letzten Mal den Arm gekostet hat.« Er zog den Brief aus der Tasche. »Sie schreibt auch etwas von Safronow. Willst du es hören?«

Katja nickte. Der Gedanke an Kolja beunruhigte sie noch am wenigsten.

»Lydia erwartete ein Kind von ihm, aber es war eine Fehlgeburt. Wahrscheinlich war sie zu alt. Für wie alt hältst du sie? Dreißig? Fünfzig? Ich fand Lydia immer schön, aber ich habe sie nie für jung gehalten. Und der Gedanke, daß sie ein Kind bekommen könnte, wäre mir absurd erschienen. Findest du nicht auch, daß sie etwas an sich hat, das sie als Frau zur Versagerin macht?«

Katja fand, daß diese Beobachtung ziemlich ins Schwarze traf. Sie erinnerte sich an ein Gespräch.

»Ich habe Kolja einmal gefragt, was aus Lydia werden würde, wenn sie älter würde. Er sagte, sie würde einen Idioten wie Prinz Carlo heiraten.«

Daniel lachte. »Und jetzt lebt sie mit Kolja zusammen! Herrlich!«

Katja überlegte, wie unberechenbar menschliche Beziehungen doch sein konnten und wie voller Kompromisse. Hier war sie nun, mit einem Mann, der sie zum Leben erweckt hatte, dem sie aber mißtraute. Und doch hatte sie Daniel gegenüber einmal behauptet, man könnte die Liebe einfach mit Marx und Darwin erklären.

»Du hast einmal etwas zu mir gesagt«, erinnerte er sich gerade. »Was war das noch? Liebe, das ist nichts als Drüsen und Ökonomie? Das ist wohl eine gute Erklärung für die Beziehung zwischen Kolja und Lydia. Geld und sexuelle Anziehungskraft.«

✳

Am nächsten Tag machten Katja und Isabel einen ihrer Ausflüge, um mit dem Geld, das Katja immer noch monatlich von Kolja als Unterstützung bekam, zusätzliches Verbandsmaterial zu kaufen. Am Beginn der Ramblas, vor dem Hotel Falcón, herrschte großes Durcheinander. Posten der Guardia Civil standen an der Tür, und kommunistische Milizionäre trugen Kisten mit Papier zu einem Lastwagen.

»Was ist denn hier los?« fragte Katja Isabel.

»Ich erkundige mich mal. Warte du hier.«

Katja ging in die Apotheke und feilschte um Pflaster und Mull. Als sie zurückkam, wartete Isabel schon mit wutrotem Gesicht auf sie.

»Sie haben die POUM verboten!« rief sie ihr entgegen. »In der ganzen Stadt verhaften sie Leute!«

Katja versuchte, Daniel im Hotel Colón ausfindig zu machen, aber im kommunistischen Hauptquartier herrschte Verwirrung. Paranoia lag in der Luft, und die Männer, die sie ansprach, interessierten sich mehr für ihre Papiere und ihre Vergangenheit als für ihr Anliegen.

Als sie einen von Daniels Kollegen sah, Pedro, der sie einmal gefragt hatte, ob sie Kommunistin sei, und zur Antwort erhalten hatte, sie sei Sympathisantin, verlangte sie, er solle die Gültigkeit ihrer Papiere bestätigen.

»Weißt du, wo Daniel ist?« fragte sie ihn dann.

Pedro hatte es eilig.

»Er ist im Kloster San Juan.«

Katja mußte Isabel fragen, was es mit dem Kloster San Juan auf sich hatte. Offensichtlich diente es nicht mehr als Kloster, aber sie konnte sich nicht erklären, was Daniel dort trieb.

Auf Isabels Gesicht zeichnete sich Angst ab.

»Das ist ein Gefängnis – ein geheimes Gefängnis der SIM.«

Einen schrecklichen Augenblick lang dachte Katja, Daniel sei verhaftet worden.

Dann wurde ihr klar, daß ja die POUMistas verhaftet worden waren und die Kommunisten ihre Kerkermeister waren. Daniel war also einer der Wärter.

Und was war er noch? Geheimpolizist? Folterknecht? Mörder?

21

Tod vor dem Frühstück

Nach der Erschießung der Gefangenen ging der Priester frühstükken.

Die Gefangenen waren Juan Moreno, Tagelöhner, José Avilo, ein kleiner Pächter, Antonio Naranjo, Ziegenhirte, und Eugenio Martínez, Lehrer. Alle vier hatten sich dazu bekannt, Sozialisten zu sein, wie das ganze Dorf. Drei empfingen die Sterbesakramente und starben mit der Kirche versöhnt, aber der vierte, der Lehrer, blieb dabei, daß er Atheist sei, und hielt eine lange Rede über Proudhon. Das Exekutionskommando – das die Männer während ihrer Gefängniszeit kennengelernt hatte und eigentlich wenig Gefallen an seiner Aufgabe fand – erschoß die Männer angesichts dieser Rede mit einer Mischung aus Ärger und Langeweile. Die Schützen zielten so schlecht, daß ihr Leutnant jedem Delinquenten noch zusätzlich eine Kugel in den Kopf jagen mußte. Der Priester bestätigte die Tode.

Das alles fand an einem ausgetrockneten Fluß statt. Die Gefangenen standen im steinernen Flußbett und das Exekutionskommando am Ufer. Die Kugeln wirbelten weißen Staub von den Steinen auf, der sich wie Puder über die graugrünen Agaven legte. Der Himmel war strahlend blau, und die Oleander blühten leuchtend rosa.

✱

Der Korporal kam mit dem Abendzug in Málaga an. Unterwegs hatte der Zug oft für längere Zeit in der glühenden Sonne gestanden, und es war eine Wohltat, aus dem stickigen Wagen auf den kühlen Bahnsteig hinaustreten zu können, über dem im schwarzen Himmel die Sterne glitzerten.

Im Bahnhof befand sich eine Leitstelle für Truppenbewegungen. Der Korporal, in grünem Khakizeug, mit einer Deckenrolle unter dem Arm und einer *gorrillo*-Mütze mit roter Quaste auf dem Kopf, stellte sich ans Ende der Schlange und sprach schließlich mit einem gelangweilten Eisenbahnbeamten, der seine Papiere überprüfte und ihm erklärte, daß es zu seinem Zielort keine Eisenbahnverbindung gäbe, wohl aber einen Autobus, der etwa im Morgengrauen abfahren würde. Dem Korporal blieb nichts anderes übrig, als mit den anderen Soldaten zusammen auf dem Bahnsteig zu übernachten, wo sie immer wieder von den regelmäßigen Kontrollgängen der Guardia Civil und der Militärpolizei gestört wurden.

In einem Gasthaus bekam er ein Stück Brot und ein Glas Wein. Der Bus hatte Verspätung und war fast leer. Eine alte Dame, eine *recovera*, die in der Stadt Eier verkauft hatte, schlief neben ihrem leeren Korb auf der Rückbank. Ein junger Mann in gutem Anzug, der in Málaga bei einer Hure gewesen und immer noch betrunken war, saß neben dem Korporal und fing ein Gespräch an. Er war der Sohn eines Dorfoberhauptes, der während der Revolution geflohen und mit Queipo de Llanos Armee zurückgekommen war. Er besitze zwar ein Auto, sagte er, könne aber kein Benzin bekommen.

Der Korporal war müde und nicht besonders aufnahmebereit, aber die Selbstgefälligkeit des jungen Mannes entging ihm nicht.

»Ich bin nicht böse auf die Bauern«, sagte dieser gerade. »Im Grunde genommen sind alle Menschen gleich. An ihrer Stelle hätte ich wahrscheinlich auch die Kirchen verbrannt und die Großgrundbesitzer umgebracht. Wir müssen sie natürlich trotzdem erschießen, um sie auf ihren Platz zu verweisen – aber was hätte es für einen Sinn, böse auf sie zu sein?«

»Sind Sie nicht gegen Ungerechtigkeit?« fragte der Korporal.

»Ungerechtigkeit? Wo sehen Sie da Ungerechtigkeit? Wenn jemand beim Lotto gewinnt und ich nicht, beschwere ich mich dann über Ungerechtigkeit? Doch wohl nicht. Ich betrachte das Leben als Lotteriespiel, und das tun die Bauern auch. Ich bin nicht ungerecht gegen sie, denn ich verhalte mich nur so, wie sie sich verhalten würden, wenn sie an meiner Stelle wären und ich an ihrer. Das Leben ist ein Lotteriespiel«, wiederholte er. »Ich habe gewonnen, und sie haben verloren.«

Der junge Mann schlief ein. Sein Anzug aus Tussahseide roch nach Parfüm und verschüttetem Wein. Sein Haar war eingeölt und sein Schnurrbart so langgezogen wie ein Bleistiftstrich.

Draußen, in der Morgenkühle, war es hell und still. Die Straße schlängelte sich die terrassierten Abhänge vor dem kiefergrünen Rand der Sierra hinauf. Einmal hielt der Bus an, und der Fahrer stieg aus und pinkelte gegen ein Rad. Einmal hielt er einfach nur so an, und die Fahrgäste stiegen aus und spazierten zwischen Agaven und Maulbeerbäumen herum, während der Fahrer leise auf sein Fahrzeug schimpfte.

Der neue Freund des Korporals schlug vor, Karten zu spielen. Er hatte ein Spiel in der Tasche und lieh dem Korporal sogar Geld für die Einsätze. Während des Spiels erzählte er weitere Einzelheiten aus seinem Leben. Das Geld, das er verspielt hatte. Wie oft er betrunken gewesen war. Seine Motorräder. Sein geiziger Vater. Frauen. Er war auf perverse Weise stolz auf die Sinnlosigkeit seines Lebens. Die Hauptsache war, so schien es, frei zu sein. Jedes Ziel im Leben bedeutete eine Verpflichtung und eine Einschränkung der Freiheit.

Draußen glitt weiter die Landschaft an ihnen vorbei. Die Terrassen waren mit Oliven bepflanzt, und hier und dort wurden auf bewässerten Feldern Kohl, Salat oder Artischocken angebaut. Auf trockenem Land versuchten die Bauern alle vier Jahre, Weizen anzubauen. Mit ihren hölzernen Pflügen gelang es ihnen jedoch kaum, die Erde aufzukratzen. Man mußte pflügen und wieder pflügen, die Arbeit war schwer und der Ertrag gering. Auf manchen Feldern waren die Weinstöcke gerodet worden, weil sich die Mühen der Verwaltung und Verpachtung für die Besitzer nicht lohnten.

Auf einer schmalen Pflasterstraße fuhren sie zwischen weißgetünchten Häusern mit Ziegeldächern endlich in das Dorf hinein. Der Fahrer kündigte ihre Ankunft mit lautem Hupen an und hielt auf einem kleinen Platz mit einem Brunnen an, in dem barfüßige Frauen ihre Wäsche wuschen. Ein Feigenbaum spendete Schatten. Auf der Ostseite stand ein ausgebranntes Kirchlein und auf der Westseite eine ausgebrannte *casa del pueblo*. Vor dem Gasthaus saß, mit dem Rücken zum Platz, in Soutane und mit Barett ein Priester und frühstückte. Auf dem Rathaus wehte eine monarchistische Flagge.

Der Korporal stieg als einziger aus dem Bus. Er legte seine Bettrolle auf den Boden und sah sich um. Ein unrasierter Angehöriger der Guardia Civil kam aus dem Rathaus heraus und erkundigte sich nach seinen Papieren und dem Grund für seinen Besuch im Dorf.

»Man hat mich gebeten, einen Gefangenen zu verhören«, sagte der Korporal.

»Wir haben alle Gefangenen erschossen«, entgegnete der Polizist. Er zuckte mit den Achseln. »Sprechen Sie lieber mit dem Leutnant.«

»Wo ist er?«

»Keine Ahnung. Fragen Sie den Priester.«

Der Korporal schleppte seine Bettrolle zum Gasthaus hinüber und hüstelte. Der Priester drehte sich um. Es war Alain Duroc.

»Hallo, Sascha«, sagte er.

»Alain.« Sascha legte die Bettrolle ab, und die beiden Männer umarmten sich. Während sie sich voneinander lösten, fiel Sascha auf, wie alt und verhärmt sein früherer Mentor in seiner staubigen Amtstracht wirkte.

»Setz dich«, sagte der Priester. »Hast du schon gefrühstückt?«

»Ja, gegessen habe ich, aber nicht viel geschlafen. Kann ich noch ein Stündchen die Augen zumachen, bevor wir an die Arbeit gehen, oder ist die Sache eilig?«

»Nein, gar nicht. Hier im Gasthaus gibt es ein Bett für dich. Ich werde Leutnant Torres sagen, daß du angekommen bist.«

»Ich soll einen Russen verhören?«

»Wie geht's deiner Mutter?«

»Meiner Mutter? Gut. Sie ist wütend auf mich – oder vielleicht ist wütend nicht das richtige Wort –, aber ich weiß im Moment kein anderes dafür. Aber sie schreibt dir doch bestimmt?«

»Regelmäßig«, sagte der Jesuit und sah wehmütig vor sich hin. »Und sie versucht, mir die Wahrheit zu sagen, aber so ein enger Blickwinkel verzerrt die Sachen nur. Ich würde sie besser verstehen, wenn sie ab und zu lügen würde.«

Gerstenkaffee und ein paar Oliven wurden gebracht. Sascha gestattete sich eine Pause, in der Fragen gestellt wurden wie etwa: Wie war die Fahrt von Málaga hierher? Sind die Busse nicht schrecklich? Diese Klapperkästen!

»Ich war nicht sicher, ob ich dich hier finden würde«, sagte er dann. »Meine Befehle waren nicht eindeutig. Ich dachte, du wärst in Burgos?«

»Und du warst in Salamanca?«

»Ja.«

Der Jesuit drehte langsam den Kopf, wie eine Katze, die sich das Fell auf dem Rücken leckt. Die Geste sollte nur der Entspannung dienen. Und mit dem unbekümmerten Ausdruck einer in dieser Hinsicht befriedigten Katze sagte er schließlich:

»Ich war in Burgos, habe aber um Versetzung näher an die Front gebeten. Und meiner Sünden wegen –«, er lächelte, »– wurde sie mir gewährt. Aber eigentlich ist jetzt nicht die Zeit zum Plaudern, oder? Du siehst erschöpft aus.«

»Gib mir den Segen.«

Der Jesuit sah Sascha prüfend an, als suche er nach einer Spur von Ironie in seinen Worten. Er gab ihm den Segen und wandte sich dann wieder seinem Frühstück zu. Sascha ging ins Wirtshaus und fand dort sein Zimmerchen, das mit einem aus der Zeitung ausgeschnittenen Foto Francos geschmückt war.

✳

Der Leutnant war mittleren Alters, bleich, und er blinzelte, als sei er kurzsichtig, trug aber keine Brille. Ohne die üblichen Fragen nach Name, Einheit und den Unbequemlichkeiten der Reise zu stellen, kam er gleich zur Sache:

»Sie sind also hergekommen, um uns zu helfen, das Gesindel zu liquidieren, was?«

»Wollen Sie meine Papiere sehen?«

Der Leutnant biß sich auf die Lippen und sagte nach einer kurzen Pause schroff: »Legen Sie sie auf den Schreibtisch. Papierkram für die Federfuchser, was? Und Kämpfe für die Soldaten?«

Sascha wußte nicht, ob seine Fragen nach Antworten verlangten und wie diese Antworten aussehen könnten.

»Also...«

»Ja, bitte?«

»Ha! Viele Kämpfe gesehen?«

»Nein.«

»Gut.« Der Leutnant zögerte und fragte dann neugierig weiter: »Sie sind aber kein Spanier?«

»Nein. Es steht in meinen Papieren. Ich bin französischer Staatsbürger.«

»Aber Sie sprechen Russisch? Wo haben Sie das gelernt?«

»Meine Familie stammt aus Rußland – es sind Emigranten.«

»Kommunisten?«

»Natürlich nicht.«

»Gut.«

Der Leutnant lächelte verschlagen, und Sascha erwartete, daß seine Fragen nun in eine neue Richtung zielen würden.

»Ich spreche nur Spanisch«, sagte der Leutnant.

Sollte Sascha jetzt »gut« sagen? Oder »schlecht«? Er versuchte es mit einem unverbindlichen Gebrummel.

»Sind Sie ein gebildeter Mann?«

»Ich habe mein Studium an der Sorbonne abgebrochen.«

»Und die Sorbonne –«, sagte er langsam, »– wo ist die?«

»In Paris.«

»Ich bin noch nie im Ausland gewesen.«

✳

»Ein drolliger Kerl, dein Leutnant«, sagte Sascha zu Alain, als dieser die Abendmesse gelesen hatte. »Ich konnte beim besten Willen nicht herausbekommen, warum ich hier bin – um einen Russen zu verhören oder damit der Leutnant mich verhört?«

»Er ist einer jener Menschen, die lebende Karikaturen sind. Man kann zwar ihre Eigenheiten beschreiben, aber ihr Innenleben verschließt sich einem völlig. Man fragt sich tatsächlich, ob sie überhaupt eins haben.«

Sie machten einen Spaziergang. Das Dorf war dunkel, nur hier und dort war ein Lichtschein zu sehen, der kleine, alltägliche Szenen beleuchtete: Der Korbmacher verflocht Espartogras; der Bäcker feuerte seinen Ofen mit Kiefernzapfen und Reisig; eine Frau machte ihrem Baby die Ohren sauber, indem sie einen Schürzenzipfel zusammendrehte und bespuckte, und beruhigte das zappelnde Kind. Hier roch es nach Rosmarin, der mit dem Reisig verbrannte, dort nach Rauch aus einem Kalkbrennofen. Ein dicker Stock klatschte auf den Rücken eines Maultiers. Sein Traggestell knarrte. Eine angepflockte Ziege zerrte an ihrem Strick und vollführte einen Stepptanz auf den Steinen.

Während Sascha so neben dem Priester dahinschlenderte, dachte er darüber nach, daß die Nacht eigentlich wunderschön war und

daß er zu anderen Zeiten vielleicht mit einem Mädchen hier ent-
langgegangen wäre und daß sie die Nacht in Erinnerung behalten
hätten. Er dachte an den Abend, als er mit Katja im Meer getanzt
hatte. Er wußte, daß sie wirklich getanzt hatten, daß sie in unge-
trübter Freude im flachen Wasser herumgewirbelt waren. Er hatte
sie in den Armen gehalten, und jetzt, hier auf diesem Berg, im
Glitzern der mondbeschienenen Olivenbäume und dem Geruch
des verbrennenden Rosmarins, spürten seine Hände das weiche
Gleiten ihres Baumwollkleides immer noch und seine Arme ihr
leichtes Gewicht.

»Was hast du von unseren Freunden gehört?« erkundigte sich
Alain.

»Constantine habe ich in Salamanca getroffen. Ich weiß nicht,
wo er jetzt ist. Ich glaube, er ist nach Norden gegangen, um dort
gegen die Basken zu kämpfen.«

»Wie geht es ihm?«

Sascha erzählte dem Jesuiten von Constantines Besuch. Er
konnte nicht verhindern, daß dabei der leichte Widerwille, der ihn
angesichts der Exzentrizität seines Freundes überkommen hatte,
herauszuhören war.

»Er sagt, er glaubt an Gott oder an den Karlismus oder an absoluten Unsinn – das ist ein Witz zwischen uns. Er bringt mich zum
Lachen, aber ich habe immer das Gefühl, daß er einen Abscheu vor
jeglicher Art des Glaubens hat. Er haßt die Vernunft, und er haßt
den Glauben. Was bleibt da übrig?«

Der Priester antwortete nicht gleich. Statt dessen sagte er: »Ich
habe in Burgos Carlo und Wanda getroffen. Sie haben mir erzählt,
daß ihr euch begegnet seid.«

»Ja. Ich habe einen Nachmittag und einen Abend mit ihnen
verbracht. Carlo ist ein Faschistenheld geworden, ich habe ihn
kaum wiedererkannt.«

»Er hat jetzt ein Truppenkommando übernommen, und Wanda
ist nach Italien zurückgekehrt.«

»Tatsächlich?« Sascha blieb stehen. Er sah den Berghang hinauf,
wo die Espartograsfackeln wie wandernde Sterne auf den Terrassen
flackerten. Die Bauern bewässerten dort ihre Felder, und er hörte
das »Buenas noches« des Bewässerungsaufsehers, der die Kanäle
überprüfte, damit niemand mehr Wasser abzweigte, als ihm zu-

stand. Sascha fuhr fort: »Über Wanda habe ich mich gewundert. Ich dachte, sie wäre eine harte, zynische Frau, aber ich war überrascht. Einmal hat sie unvorsichtigerweise ihre Deckung aufgegeben, und da habe ich einen sehr viel weicheren Menschen gesehen.«

»Du bist sentimental«, sagte Alain.

»Ja, das bin ich wohl. Ich verstehe nicht mehr, warum ich eigentlich Soldat geworden bin. Ich bin anderer Meinung als die Republikaner, aber ich hasse sie nicht. Und ich freue mich nicht auf den Tod – ich habe Angst davor, und ich erwarte ihn gleichzeitig. Wenn er dann kommt, wird er sinnlos und unheroisch sein. Ich werde ganz zufällig bei einer Bombenexplosion umkommen oder an Durchfall sterben.« Er lachte. »So Gott will, werde ich nicht auf dem Klo sterben! Alles andere, bloß das nicht!«

Sie gingen nun an dem ausgetrockneten Flußbett entlang, wo die Leichen der Rebellen in frischen Gräbern unter den Oleanderbüschen lagen.

»Katja Safronow hat ihren Mann verlassen«, sagte Alain, »aber das hat Wanda dir wohl erzählt? Safronow macht irgendwas mit Waffenhandel. Lydia lebt mit ihm zusammen. Ihrem Priester gegenüber leugnet sie das natürlich, damit sie weiter zur Messe und zur Beichte gehen kann. Das hat sie mir tatsächlich in einem Brief geschrieben. Ich habe zurückgeschrieben, daß die Sakramente ungültig sind, wenn sie im Zustand der Sünde empfangen werden, aber sie wird mir wohl kaum Glauben schenken. Für sie ist es klar, daß sie mit Safronow zusammenleben muß, wenn sie ihren gewohnten Lebensstandard beibehalten will, und es wäre unvernünftig von Gott, das nicht einzusehen. Und wer weiß? Vielleicht hat sie ja recht. Katja ist auch in Spanien.«

Er blieb stehen und sah Sascha an, aber in der Dunkelheit konnte er sein Gesicht nicht erkennen. Auch Sascha sah nur die wandernden Sterne und hörte die Rufe der alten Männer, die wie Eulenschreie klangen, und das dünne Plätschern des Wassers in den Bewässerungsrinnen.

»Sie hat sich den Republikanern angeschlossen«, fuhr Alain fort. »Lydia wußte es nicht genau, meinte aber, sie würde in Barcelona als Krankenschwester arbeiten. Lydia hat natürlich etwas gegen Katja, weil sie jung und schön ist, während Lydia jetzt nur noch hübsch ist, allerdings auf ihre Weise faszinierend. Sie legt Wert darauf, daß die Ehe zwischen Katja und Safronow als Zivilehe in den Augen der Kirche ungültig ist. Safronow könnte Lydia also ungehindert heiraten. Andererseits besteht der Verdacht, daß der Tod ihres Mannes eine von Lydias netten Erfindungen ist. Zweifellos erwartet sie, daß Gott ihr auch aus dieser Klemme heraushilft. In ihrem Brief hat sie einige spezielle Fragen zur Annullierung gestellt.«

»Katja ist in Spanien«, murmelte Sascha.

»Warum lachst du?«

»Was? Hab' ich gelacht? Ich habe an die Ironie des Schicksals gedacht.«

»Möchtest du darüber sprechen?«

»Über die Ironie des Schicksals? Um Himmels willen, nein! Dazu gibt es nichts Originelles zu sagen. Und das gilt auch für den Krieg. Man kann nichts Originelles darüber sagen – oder zumindest kann ich das nicht.« Sascha sagte das leichthin, denn er spürte die Ironie, die darin lag. Er war sogar fröhlich. Es war die bittere Fröhlichkeit, die die Erkenntnis der eigenen Irrtümer mit sich bringen kann.

Katja war also in Barcelona – so weit entfernt wie der Mond! Sascha bewunderte die Kühnheit, die sie dorthingeführt hatte. Wie töricht von ihm, daß er sie so verkannt hatte, daß er angenommen hatte, sie würde ihn bewundern, weil er in Francos Armee eingetreten war!

»Du bist in einer merkwürdigen Stimmung«, bemerkte Alain.

Sascha grinste. »Vor ein paar Jahren habe ich jemandem erzählt, daß ich gerne ein Narr werden würde. Ich habe das als intellektuellen Witz gemeint, weil ich dachte, daß Torheit in einer Welt voller Narren die richtige Maske für Weisheit wäre.«

»Und nun?«

»Nun habe ich gerade entdeckt, daß ich ein erstklassiger Narr bin.«

*

Der Gefangene war mittelgroß und hatte braunes, schon langsam grau werdendes Haar. Seine Haut wirkte tot, so als hätten sich Spinnweben darüber gelegt: Es war die Haut eines starken Rauchers. Die Augen waren blaß und leicht milchig, und die Tränensäcke lederartig verhärtet. Die Lippen hatten die Farbe und die

Textur einer angestoßenen Frucht. Man hatte ihm keine Rasierklinge gegeben, daher trug er einen Bart, der von jemandem, der sich keine Mühe gegeben hatte, stümperhaft gestutzt worden war. Als er die Besucher kommen hörte, stand er auf.

»Ich sehe, daß wir heute einen guten Tag haben«, sagte Leutnant Torres in der leutseligen Art eines Landarztes. Der Gefangene sah sie still und voll geringschätziger Neugier an, ohne jede Spur von Wut.

Die Zelle war einfach, nur mit einer eisernen Pritsche, einem Stuhl und einer Bibel ausgestattet. Es gab kein Tageslicht, dafür hing hinter dem Gitter eine Öllampe. Obwohl die Zelle peinlich sauber war, roch es nach Exkrementen. Leutnant Torres setzte sich auf den Stuhl. Sascha blieb neben ihm stehen.

»Mein Kollege –«, stellte der Leutnant Sascha vor, »– spricht russisch. Doch, doch, wir wissen, daß Sie Russe sind!«

Der Gefangene musterte Sascha oberflächlich und schätzte ab, wie weit er ihm nützen oder ihm gefährlich sein könnte, ohne sich für den Menschen selbst zu interessieren.

Da seine Überraschungstaktik offensichtlich fehlgeschlagen war, wußte der Leutnant nicht weiter. Die Situation schien ihm selbst mehr Unbehagen zu bereiten als dem Gefangenen.

»Darf ich mit dem Mann allein sprechen?« fragte Sascha. »Wenn er wirklich russisch spricht, können Sie dem Verhör möglicherweise nicht folgen, und Sie haben bestimmt andere wichtige Dinge zu tun.«

Der Leutnant willigte nur zu gerne ein und ließ die beiden Männer allein.

Der Gefangene hob sein bleiches Spinnwebengesicht. Er wirkte wie ein geduldiger Mann, und Sascha wußte, daß er tatsächlich geduldig war. Er trug den schmierigen blauen Arbeitsanzug, in dem man ihn gefangengenommen hatte. Die Abzeichen waren entfernt worden, wohl von dem Gefangenen selbst, und man hatte ihm die Stiefel fortgenommen, so daß seine schwieligen Füße bloß waren.

»Zigarette?«

Sascha hielt ihm das Päckchen hin. Beim ersten Zug mußte der Mann husten. Er nahm die Zigarette aus dem Mund und betrachtete sie. Sascha ergriff seine rechte Hand und rollte den Ärmel zurück. Der Gefangene starrte auf seinen Unterarm, als wäre er etwas, das nicht zu ihm gehörte, zog ihn aber nicht zurück.

»Die Narbe haben Sie im Kampf gegen die Weißen bekommen«, sagte Sascha auf russisch, und nachdem er eine Weile auf Antwort gewartet hatte, fuhr er fort: »Jedenfalls haben Sie mir das erzählt, Semjon Maximowitsch.«

Die milchigtrüben Augen des Gefangenen musterten Saschas Gesicht, aber ihr Blick schien suchend nach innen gerichtet.

»Heißen Sie so? Semjon Maximowitsch? Semjon Maximowitsch Gromow? So hießen Sie jedenfalls vor vielen Jahren, als Sie noch in Paris Fiakerkutscher waren.«

Sascha wartete. Er muß mit mir sprechen, dachte er. Wenn ich selbst weiterrede, hat er mich in der Hand, so wie damals, als ich noch ein Kind war. Nach einer langen Pause sagte der Gefangene mit heiserer, ungeübter Stimme:

»Das genügt –«

»– Alexander Alexandrowitsch.«

»Ah!« Der Mann seufzte einmal und schwieg dann. Der Zigarettenstummel fiel auf den Boden und glühte dort weiter, bis Sascha ihn mit dem Stiefel austrat. »Da war noch ein Junge...«

»Daniel.«

»Daniel. Ich erinnere mich.«

»Und ich war für Sie immer –«

»Sascha – Sascha... Schiwago.« Gromow dachte lange nach. »Wie geht es Ihrer Mutter?« fragte er dann.

»Gut.«

»Wie schön... Sie ist eine gute Frau. Und Ihr Großvater und Ihre Schwester?«

»Mein Großvater ist tot. Meiner Schwester geht es recht gut.«

Gromow war befriedigt und fragte nicht weiter.

Sascha glaubte, an seiner Stimme und seinen Bewegungen erkennen zu können, daß er Schmerzen hatte.

»Was macht Ihre Verwundung?« fragte er.

»Ich bin nicht verwundet worden. Ich war krank, Ruhr, glaube ich. Keine Sorge, mir geht's gut.« Gromow versuchte zu lächeln, und die Lücken in seinem nikotinbraunen Gebiß wurden sichtbar. »Kann ich noch eine Zigarette haben? Danke.« Doch das Rauchen schien ihm so ungewohnt zu sein wie alles andere auch. Allerdings gab ihm das Nikotin einen kleinen Schub Energie, so daß seine Bewegungen lebhafter wurden.

»Ich dachte, Sie wären tot«, erklärte Sascha. »Nachdem Sie Oberst Menschikow erschossen hatten, dachten alle, Sie wären ebenfalls umgebracht worden. Ihr Fiaker wurde im Bois de Boulogne gefunden, mit Blutspuren.«

»Ein paar von Ihren vornehmen Weißen Herren haben sich zu einem Exekutionskommando zusammengetan und mich verfolgt. Sie haben einen von meinen Freunden umgebracht.«

»Sie haben mein Vertrauen mißbraucht, Gromow.«

Der Gefangene zuckte mit den Schultern. »Menschikow war ein Judenhasser und Ungeheuer. Gegen diese Tatsachen wogen die Gefühle eines kleinen Jungen nicht sehr viel. Es tat mir damals leid, und es tut mir immer noch leid – ist es das, was Sie hören wollen? Aber Sie sind darüber weggekommen. Sie sehen gut aus, aber leider stehen Sie auf der falschen Seite. Früher haben Sie Ideale gehabt.«

»Glauben Sie, daß unsere Seite keine Ideale hat?«

»Nein, wahrscheinlich habt ihr auch welche. Um so trauriger.« Gromow sah Sascha an, streckte sich dann auf seiner Pritsche aus und schloß die Augen. Wie eine Leiche, dachte Sascha, und ihm wurde klar, daß Gromow sich bereits für tot hielt. Und das hier ist eine Séance. Sascha erinnerte sich an Lydia Kalinowskas heimliche Vorliebe für Séancen und an ihre Behauptung, daß Max (der tote Max Golizin) auf diese Weise seine Börsentips erhielte. Das mußte die Erklärung dafür sein, daß das Wiedersehen mit seinem früheren Freund ihn selbst so kaltließ. Sascha trauerte, nicht um Gromow, sondern um seine eigenen Erinnerungen. Erinnerungen an den Fiakerkutscher und an Alain, der innerlich am Krieg zugrunde ging.

»Ich muß Ihnen ein paar Fragen stellen«, sagte Sascha schließlich. »Sind Sie als sowjetischer Militärberater hier?«

Der Gefangene öffnete ein Auge.

»Geh zum Teufel.«

»Haben Sie einen politischen Auftrag?« fragte Sascha geduldig weiter.

»Haben Sie einen?«

»Können Sie bestätigen, daß Sie Semjon Maximowitsch Gromow heißen?«

»Ich habe gar keinen Namen. Wenn ich jemals einen hatte, dann habe ich ihn vergessen. Gromow? Einen Gromow hab' ich früher mal gekannt. Der ist tot.«

Sascha war mit Stift und Notizblock ausgerüstet. »Verhör von Francisco Ruiz González« schrieb er nun auf das vorderste Blatt.

»Sie werden mich erschießen, Sascha«, sagte Gromow. »Das ist nur eine Frage der Zeit. Ich habe ihnen nichts zu sagen, und die Frage ist nur, ob sie mich foltern, bis ihnen das klar ist.«

»Sagen Sie es mir, bevor jemand Sie foltern kann.«

»Sie würden mich in jedem Fall foltern.«

Gromow lag jetzt so, daß er Sascha ansehen konnte, und Sascha fühlte sich von seinem erbarmungslosen Blick unter Beschuß genommen.

»Meine einzige Hoffnung ist, daß dieser Idiot von Leutnant mich erschießt. Verstehen Sie? Erzählen Sie ihm, daß ich kein Russe bin, bloß ein armer blöder Spanier. Bringen Sie ihn dazu, mich zu erschießen.«

Gromow drehte sich wieder mit dem Gesicht zur Wand.

✳

Als die Vögel wach wurden, gingen sie zu dem ausgetrockneten Flußbett hinaus, der Gefangene, der Korporal, der Priester, der Leutnant und die sechs Männer des Exekutionskommandos. Sie marschierten nicht, sondern gingen gelassen, wie Landarbeiter, die ihre Energie für die Arbeit in der Hitze des Tages aufsparen, und entsprechend trugen die Soldaten ihre Waffen so, wie es ihnen am bequemsten war.

Das Ufer war steil. Man half dem Gefangenen hinunter und führte ihn auf die Felsen in der Mitte des Flußbettes. Der Priester bot ihm noch einmal an, ihm die Beichte abzunehmen und ihm die Sterbesakramente zu geben, aber der Mann lehnte ohne jede Bitterkeit ab. Der Priester kletterte die Uferböschung wieder hinauf und begann, still in seinem Brevier zu lesen. Der Leutnant bot dem Gefangenen die Augenbinde an, die dieser jedoch ebenfalls ablehnte. Die Zigarette allerdings nahm er an. Er schien sich ganz darauf zu konzentrieren und sah niemanden an. Er hatte den Kopf zur Seite gelegt und die Augen niedergeschlagen, als beobachte er ein Insekt, das zwischen den Steinen herumkrabbelte. Die Soldaten kramten in ihren Patronenkästen und suchten nach guten Kugeln. »Feuer!« rief der Leutnant, und der Gefangene brach zusammen und war auf der Stelle tot.

Der Korporal war an dem Ganzen nicht aktiv beteiligt und konnte daher den Beobachter spielen und sich sogar einreden, daß es in Wirklichkeit gar nicht geschehe. Er war innerlich so abwesend, daß er einen Zitronenbaum betrachten konnte, der in einiger Entfernung wuchs, und irgendwann sah er zum Flußbett hinüber und dachte: »Ist es immer noch nicht vorbei?« Tatsächlich schaffte er es sogar, in aller Ruhe den Autobus nach Málaga zu nehmen und in den Zug nach Salamanca umzusteigen, was ihn mit einem Gefühl der Zufriedenheit erfüllte. Er wußte nun, daß er ein echter Soldat war, selbst wenn er nicht gekämpft hatte.

Zwei Nächte später und in vielen darauffolgenden Nächten mußten ihn seine Zimmergenossen aus seinen Alpträumen wachrütteln, die so viel lebendiger und realer waren und heftigere Gefühle hervorriefen als das Ereignis selbst – so schien es jedenfalls.

Der Korporal hatte sich verändert. Er glaubte, daß mit dem Tod des alten Freundes auch er selbst gestorben sei und daß der atmende Überrest nur noch eine leere Hülle mit Reflexen sei. Mit Sorgfalt und Konzentration war es ihm möglich, diese Hülle agieren zu lassen und die anderen zu täuschen, so daß sie dachten, sie hätten einen Mann vor sich, aber der Korporal wußte es besser. Er dachte über seine Lage nach und kam zu dem Schluß, daß das Problem nur dadurch zu lösen war – daß der Mann nur dadurch wieder zusammengefügt werden konnte –, daß er an die Front ging und sich so schnell wie möglich umbringen ließ.

✳

Als Katja an einem warmen Juliabend in ihr Zimmer im Hotel Jardín zurückkehrte, erwartete sie dort ein kleiner, gutaussehender Mann in Strohhut und blaßblauem Leinenanzug, der mit Isabel und Inés plauderte. Inés war ebenfalls Krankenwagenfahrerin, ein hübsches Mädchen, das stotterte und daher schweigsam war.

»Hallo, Katja«, sagte Safronow.

»Kolja hat uns Kaffee mitgebracht«, verkündete Isabel, »richtigen Kaffee, nicht dieses andere Zeug.«

»Nicht der Rede wert.«

»Trotzdem vielen Dank«, sagte Katja, setzte ihre Tasche ab und fuhr sich vor dem Spiegel mit den Fingern durch das Haar, weil sie das so gewohnt war, wenn sie von draußen hereinkam. Sie sah sofort, daß Kolja es bereits geschafft hatte, Isabels übliches Mißtrauen den Männern gegenüber zu zerstreuen. Ihr Gesicht glühte. Und Inés hatte in bezug auf Männer gar keine Meinung, weil ihre strenge Erziehung und ihre Sprachbehinderung sie immer vor einer näheren Bekanntschaft bewahrt hatten. »Bist du schon lange hier?«

»Eine knappe Stunde.«

»Ich meine in Barcelona.«

»Ich bin vorgestern angekommen. Ich mußte zu Companys; wegen Geschäften zwischen der Generalidad und meiner Firma.«

»Waffen?«

»Geschäfte.«

»Inés, machst du uns allen eine Tasse von Koljas gutem Kaffee?«

»Aber k-k-k-lar.« Inés half immer gern. Sie nahm Isabel die Tüte aus dem Schoß und ging in die Gemeinschaftsküche.

Katja hatte den Eindruck, daß ihr Mann sehr zufrieden mit sich war, doch so wirkte er immer. Ihr kam der Gedanke, daß er sie aufgesucht haben könnte, um sie um die Scheidung zu bitten, damit er Lydia heiraten konnte. Andererseits erschien es ihr unwahrscheinlich, daß jemand die Gräfin heiraten wollte, statt einfach mit ihr zusammenzuleben. Aber wie dem auch sein mochte, jetzt war er jedenfalls hier.

»Wie hast du mich gefunden?«

»Durch die Bank, an die ich das Unterhaltsgeld für dich zahle.«

Wollte er vielleicht kein Unterhaltsgeld mehr zahlen?

»Isabel hat mir erzählt, daß du damit zusätzliches Verbandsmaterial und Medikamente für deinen Krankenwagen kaufst.«

»Ich habe Kolja erzählt, wie dankbar wir ihm sind.«

»Ja, wir sind dir wirklich dankbar«, bestätigte Katja sachlich. »Ich habe versucht, dein Geld für einen guten Zweck einzusetzen. Ich hoffe, es ist dir recht.«

»Es ist deine Sache.«

»Ich erzähle allen, daß es dein Geld ist. Du hast hier den Ruf eines Wohltäters. Vielleicht ist er schon bis zu Companys durchgedrungen.«

»Ich fühle mich geschmeichelt.«

Katja musterte ihn, fand aber kein Zeichen von physischer Anspannung. Sie prüfte sich selbst und entdeckte nur Neugier und
völlige emotionale Gleichgültigkeit.

»Du sprichst ein sehr gutes Spanisch.«

»Genau wie du!« unterbrach Isabel. »Offensichtlich habt ihr beide
Talent dazu.«

»Das Leben meint es anscheinend gut mit dir«, fuhr Katja fort.
»Und die anderen? Hast du etwas von ihnen gehört?«

»Ich sehe von unseren alten Bekannten kaum noch welche. Aristide ist wegen der ›Witwen und Kriegsversehrten‹ vor Gericht
gestellt worden. Ich habe gegen ihn ausgesagt, und man hat ihn zu
zwei Jahren Haft verurteilt.«

»Und du?«

»Ich hatte eine Abmachung mit der Staatsanwaltschaft. Ich bin
unschuldig, ganz offiziell. Weißt du etwas von den anderen?«

»Daniel Coën ist in Barcelona.«

»Der Jude, der in der Rue Mouffetard unter uns wohnte?«

»Er ist Kommunist.«

Kolja interessierte sich nicht weiter für Daniel, sondern fragte, ob
er rauchen dürfe, und bot auch Isabel galant eine Zigarette an. Dann
wandte er sich wieder an Katja.

»Ich dachte, wir könnten zusammen essen gehen. Heute abend
um zehn? Isabel sagte, ihr müßtet erst übermorgen wieder an die
Front. Ich kann nicht zum Kaffee bleiben, weil ich einen Termin
habe, aber paßt dir zehn Uhr? Ich finde, meine Unterhaltszahlungen
geben mir das Recht auf ein gemeinsames Abendessen, meinst du
nicht auch?«

Katja verstand diese Bemerkung als feine Anspielung auf seine
Machtposition. Doch sie willigte ein, denn sie war neugierig, warum
er sich mit ihr treffen wollte, und trotz der Gefahr, die er darstellte,
fühlte sie sich nicht bedroht von ihm. Sie war selbstbewußt genug, es
auf ein Abendessen mit ihm ankommen zu lassen.

✳

Kolja kannte ein Restaurant und hatte Einfluß. Sie konnten essen
wie in ihrer wohlhabenden Zeit in Paris. Kolja war so liebenswürdig, wie es ihm nur möglich war, und das hieß äußerst liebenswürdig.

»Als wir vorhin von unseren alten Freunden gesprochen haben, habe ich Wanda und Carlo vergessen. Wanda habe ich in Paris gesehen. Sie kaufte kleine Luxusartikel und verschickte sie nach Spanien – Carlo war schon dort, mit einer Handelsmission, glaube ich.«

»Wie geht es den beiden?«

»Das ist eben der Witz – oder das Geheimnis. Der Krieg hat aus Carlo einen faschistischen Helden gemacht – oder ein Tier, wie du willst. Ich habe, so höflich ich konnte, gesagt, ich hielte das Ganze für eine Art Zirkusnummer, für Possenreißerei in Uniform. Aber Wanda meint, das sei nicht der Fall. Carlo weiß Bescheid über die Sachen, mit denen er zu tun hat, und wenn nicht, informiert er sich. Und er ist ein Meister der Organisation geworden und tyrannisiert seine Untergebenen. Das Ergebnis ist, daß Wanda ihm nicht mehr auf der Nase herumtanzen kann wie früher. Sie hat versucht, mit einem der jüngeren Offiziere zu flirten, und da hat Carlo sie mit Sack und Pack nach Hause geschickt, in den Palazzo der Familie, mit der Anweisung, barfuß zu gehen und Bambini aufzuziehen und keine Dummheiten mehr zu machen, bis der große Sieger nach Hause kommt.«

Katja lachte. Wie unterhaltsam Kolja sein konnte, wenn er wollte! So hatte er Lara vor vielen Jahren im »Kirschbaum« in Jurjatin unterhalten. Seine Stimme hatte nichts von ihrem tiefen, anziehenden Klang verloren. Aber jetzt fühlte Katja sich auch nicht mehr dazu gezwungen, sich zu verteidigen. Sie hatte sich befreit und konnte ihre Freude an ihm haben wie an einem merkwürdigen exotischen Tier.

Kolja hielt ihr Vergnügen fälschlicherweise für erwachende Anteilnahme und wagte es daher, das Thema zu wechseln.

»Wie lange willst du in Spanien bleiben?«

»Darüber habe ich noch nicht nachgedacht.«

»Das solltest du aber. Das ist schließlich ein Krieg, kein Beruf. Früher oder später wird er zu Ende sein – und vermutlich früher, wenn sie weiterhin darauf drängen, die ausländischen Freiwilligen wieder nach Hause zu schicken. Und was bleibt dir dann? Nichts. Nicht einmal deine Freunde. Sie werden sich in alle vier Himmelsrichtungen zerstreuen.«

»Das ist mir klar. Ich habe gelernt, Menschen zu verlieren.«

»Was heißt das?«

Er weiß es wirklich nicht, dachte Katja. Fünf Jahre lang haben wir zusammengelebt, und er hat so wenig verstanden von mir.

»Spielt keine Rolle«, antwortete sie. Sie brachte sogar ein schiefes Lächeln zustande, und Kolja entspannte sich und begann, in der wichtigtuerischen Art, die bei selbstbewußten Männern wohl unumgänglich ist, seine Gedanken darzulegen. Er lehnte sich zurück und wischte sich mit der Serviette den Mund ab. Katja wurde von einem Wagen abgelenkt, der gerade vorüberfuhr. Vier Männer saßen darin. Immer, wenn sie so einen Wagen sah, fragte sie sich, ob es wohl Daniel sei, der mit irgend jemand »eine Spazierfahrt machte«, wie sie sagten. Außer einer möglicherweise zufälligen Erwähnung seines Namens mit einem SIM-Gefängnis, zu einer Zeit, als nur Durcheinander herrschte und er überall gewesen sein konnte, hatte sie keinen Anhaltspunkt dafür, daß er an den heimlichen Verhaftungen und Morden beteiligt war. Aber allein der Gedanke ließ ihr keine Ruhe.

»Die Republikaner werden diesen Krieg verlieren«, sagte Kolja gerade.

»Tatsächlich? Das freut dich sicher. Du sympathisierst bestimmt eher mit Franco.«

Er schrieb die Bemerkung Katjas gewohnt scharfer Zunge zu und glaubte nicht, daß sie das, was sie sagte, auch wirklich meinte. Deswegen wies er sie auch nur sanft zurecht:

»Sag das nicht – hier nicht – auch nicht auf russisch. Aber wenn du die Wahrheit wissen willst, mir ist es völlig gleichgültig, wer gewinnt, mir geht es nur ums Geschäft. Franco fördert den Kapitalismus, und das ist gut so. Aber auf den ganzen Quatsch von wegen Religion und nationalem Kreuzzug, ›Dio Patria y Rey‹, kann ich gut und gerne verzichten.«

»Aber warum sollten die Republikaner verlieren? Sie werden doch von der Sowjetunion unterstützt.«

»Du bist doch nicht etwa Kommunistin geworden?«

»Nein. Aber ich meine es ernst. Warum sollten die Republikaner verlieren?«

»Weil die Sowjetunion es sich nicht leisten kann, daß sie gewinnen. Damit hätte sie die Briten und die Franzosen gegen sich. Stalin kann nur hoffen, daß er die Entscheidung so lange hinauszögern kann, bis ganz Europa in einen Krieg verwickelt ist, in dem Großbritannien und Frankreich seine Verbündeten sind. Hitler und Mussolini stehen unter keinem solchen Zwang. Sie sehen ein, daß früher oder später ein Krieg in Europa unumgänglich ist, und es käme ihnen durchaus gelegen, vorher noch Spanien zum Verbündeten zu gewinnen.«

Kolja schwieg, weil er merkte, daß er sich von seinem ursprünglichen Gedankengang, dem Zweck dieses Abendessens, hatte ablenken lassen.

Katja wartete bereitwillig, denn sie wußte, daß sie es war, die die Situation beherrschte, nicht er. Aber sie ließ ihm seine Illusion, da ihr klar war, daß er sich nur schwer vorstellen konnte, daß weibliche Sturheit nicht mit Trotz, sondern mit Prinzipien zusammenhing.

Er bestellte Kognak und gab dem Kellner Geld, damit er ihnen Zigaretten besorgte.

»Ich mache mir Sorgen um dich«, sagte er dann.

»Wie geht es Lydia? Ich habe gehört, daß ihr zusammenlebt. Warum hast du mir nichts von ihr erzählt?«

Die Frage brachte ihn aus dem Konzept.

»Du hast also gehört, daß sie und ich zusammengelebt haben? Ja, das stimmt, das haben wir.«

»Ja?«

Da er unsicher war, ob Katja auch von Lydias Schwangerschaft wußte, beschloß er, ihr gleich alles zu gestehen.

»Lydia hatte eine Fehlgeburt. Ich weiß nicht, ob du das wußtest.«

»Die arme Lydia. War das Kind von dir?«

»Wahrscheinlich.«

Besser konnte man es wohl nicht sagen, und Katja vergab Kolja das »wahrscheinlich«. Er fand seine gute Laune wieder und sagte:

»Wir sind nicht gut miteinander ausgekommen. Die Fehlgeburt hat das Faß zum Überlaufen gebracht. Und anschließend – du kennst Lydia ja – hatte sie einen religiösen Anfall. Sie fand sich plötzlich im Büßerhemd attraktiv. Jetzt lebt sie mit Wanda in Italien. Kannst du dir die beiden zusammen vorstellen?«

Katja schüttelte den Kopf. In dem Glauben, sie damit zu unterhalten, trieb Kolja seinen Spott auf die Spitze.

»Wahrscheinlich versammeln sie in Carlos Palazzo faschistische

Gigolos um sich. *Bellissima Contessa! Bellissima Principessa! Mm! Mm! Mm!*« Er küßte seinen Handrücken.

»Señor, Ihre Zigaretten«, sagte der Kellner unterwürfig. Katja war diese Art von Bedienung nicht mehr gewöhnt, und ihr war dabei unbehaglich zumute. Kolja merkte das nicht. Er zündete sich eine Zigarette an und rauchte mit nervöser Selbstzufriedenheit. Er selbst war mit seiner Vorstellung zufrieden, aber nicht sicher, wie sie aufgenommen wurde.

Katja jedoch dachte an Lydia. Es war nur allzu leicht, Koljas Bild von einem Haus voller attraktiver junger Männer zu übernehmen, nur zu leicht, sich Lydia vorzustellen, wie sie sich im Büßerhemd vor dem Spiegel bewunderte. Lydia war für andere nur eine Karikatur, nie ganz wirklich, und jedenfalls nicht zu echten Gedanken oder Gefühlen fähig. Aber sie hatte ein Baby verloren. Das konnte Katja, die sich ihrer eigenen Unfruchtbarkeit schmerzlich bewußt war, nicht vergessen. Lydia, verzweifelt, weil sie wußte, daß sie in ihrem Alter kein Kind mehr bekommen konnte; Lydia, die von ihrem Liebhaber verlassen worden war und Trost bei einer anderen Frau suchte; ein Palazzo, der von zwei einsamen Frauen an der Schwelle zum mittleren Alter bewohnt wurde, die sich mit irgendwelchen Nichtigkeiten und endlosen Wiederholungen gegenseitig auf die Nerven gingen: Auch das waren denkbare Möglichkeiten.

»Warum wolltest du mich sehen?« fragte Katja.

»Ich möchte, daß du mit mir nach Frankreich zurückgehst. Das hier ist ein Hirngespinst. Es ist nicht von Dauer. Ich kann für dich sorgen.«

»Welchen Sinn sollte das haben? Du weißt doch, wie es zwischen uns war.«

Katja fragte sich, ob er sich überwinden könnte, ihr zu sagen, daß er sie liebte, und ob er, auf seine Weise, sie tatsächlich liebte. Aber was er auch sagen würde, sie war entschlossen festzubleiben. Seine Unaufrichtigkeit und sein Bedürfnis zu manipulieren schafften eine unüberwindliche Kluft zwischen ihnen. Er konnte Katja nur als Anhängsel an sein eigenes Leben begreifen. Die Frau, die ihm im Kampf um ihre eigene Identität Widerstand leistete, würde für ihn niemals mehr sein als ein stures, unvernünftiges Weibchen, über das man in Bars und Klubs Witze riß.

»Ich verstehe«, antwortete er. Er drohte nicht, verlangte nur nach der Rechnung und bezahlte sofort, als sei er in Eile, weil er sich noch anderswo mit jemandem treffen müsse.

»Du wirst die Realität schon noch sehen«, sagte er kalt. Katja erkannte in dieser Antwort sowohl Voraussicht wie Berechnung. Er verließ sich darauf, daß die Umstände sie kleinkriegen würden.

Sie bemerkte, daß er sich nicht überwinden konnte, ihr zu sagen, daß er sie liebte.

*

Concha stand aufgebockt vor dem Militärhospital. Das Öl war in Strömen aus ihr herausgeflossen, und nun lag Katja unter ihr und reparierte sie.

»Ich sehe Frauen so gern bei der Arbeit zu«, sagte eine Stimme. »Kochen, putzen, Kinder erziehen! Hallo, Katja.«

Katja rollte unter dem alten Krankenwagen hervor. Die plötzliche Helligkeit ließ sie blinzeln. Vor ihr stand Daniel und grinste.

»Du kriegst Sonnenbrand an den Füßen.«

Sie sah auf ihre bloßen Füße, die unter dem Wagen herausgeguckt hatten.

»Du hast mir keine Nachricht geschickt, daß du wieder in Barcelona bist. Ich mußte es selbst herausfinden. Wie lange bist du noch hier?«

»Wir hätten gestern nach Lérida fahren sollen, aber Concha konnte nicht.«

»Ein empfindliches kleines Auto.«

Katja wischte sich mit einem Lappen die Hände ab. Bei dem Versuch, sich eine Haarsträhne aus den Augen zu streichen, beschmierte sie sich die Stirn mit Öl.

»Du hast dir die Haare wieder wachsen lassen.«

»Isabel schneidet sie mir noch, bevor wir wieder zurück an die Front fahren.«

»Du hast mir noch nicht erklärt, warum ich nichts von dir gehört habe. Du kannst mich nach wie vor im Hotel Colón erreichen.«

»Ich habe soviel zu tun.«

»Und ich habe nichts zu tun. Laß uns einen Spaziergang machen.«

»Jetzt gleich?«

»Warum nicht? Du hast deinen Urlaub sowieso schon überzogen.

Wir sind hier in Spanien. Glaubst du, daß sich irgend jemand dafür interessiert, ob du Concha nun heute reparierst oder morgen?«

Daniel hatte heute morgen etwas Unwiderstehliches, und Katja verspürte auch keinerlei Neigung, ihm zu widerstehen. Nach ihrem Essen mit Kolja war sie bereit, sich von Daniels Fröhlichkeit anstecken zu lassen und so zu tun, als stünde nichts dahinter. Sie gingen den kurzen, aber anstrengenden Weg den Hügel hinauf zum Park Güell. Oben zwang sie die glühende Sonne, unter den Pinien Schutz zu suchen. Unter ihnen breitete sich in schimmerndem Blau die Stadt aus, mit Kuppeln wie Quallen, die in einer ruhigen See dahintreiben.

Das hier war Daniel, dem Katja wegen seines dunklen, leidenschaftlichen Wesens mißtraut hatte, den sie aus fadenscheinigen Gründen als Mörder verdächtigt hatte. Von dem sie geglaubt hatte, er hole nachts wahllos Leute aus den Betten und lasse sie heimlich verschwinden. Er hob eine Handvoll sandiger Erde auf und ließ sie durch die Finger rieseln. Er konnte sie nicht ansehen, ohne zu lächeln.

»Kolja erwartet also, daß wir den Krieg verlieren?« sagte er. Katja hatte ihm von ihrem gemeinsamen Abendessen erzählt. »Na, vielleicht hat er recht. Spanien ist auf Gedeih und Verderb den Ausländern ausgeliefert. Manchmal ist es schwer zu glauben, daß es überhaupt ein spanischer Krieg ist. Was für eine Arroganz: ein ganzes Land zu okkupieren, damit wir unsere eigenen Grabenkriege austragen können! Ha! Und er wollte, daß du mit ihm nach Frankreich zurückgehst? Tust du das?«

»Natürlich nicht.«

»Wieso ›natürlich‹? Für uns Ausländer läuft die Zeit hier ab. Tief im Herzen sind wir alle Romantiker, und die Romantik in diesem Krieg ist verbraucht. Jetzt geht es nur noch darum, Körper durch die Tötungsmaschinerie zu schieben.«

Daniel nahm seine Mütze ab und schlug damit nach einer Fliege, die sich auf sein Bein gesetzt hatte.

»Ich spiele mit dem Gedanken, das Land zu verlassen. Sie werden es mir wohl erlauben, deswegen.« Er hob seinen Armstumpf. »Was ich dann mache, weiß ich noch nicht. Journalismus? Die Partei wird mir Arbeit besorgen.«

»Was hat dich zu diesem Sinneswandel bewogen?«

»Du wirst es nicht glauben – du.«

»Ich?«

»Ja. Guck mich nicht so erstaunt an! Ich habe weder meine Meinung geändert, noch hat mich der Krieg enttäuscht. Ich glaube immer noch an die unvermeidlichen Prozesse der Geschichte, an die Räder, die unbarmherzig mahlen. Aber ich dachte, daß sie eine Weile ohne mich weitermahlen könnten.«

»Ich verstehe nicht, inwiefern ich deine Entscheidung beeinflußt habe.«

»Nein?«

Doch Katja verstand es natürlich. Einen Moment lang glaubte sie, Daniel würde ihr seine Verliebtheit gestehen, die gleiche närrische Liebe, die Sascha Schiwago ihr in Nizza bekannt hatte. Aber das war eine wirklichkeitsfremde Annahme. Daniels Liebe – wenn es denn Liebe war – würde ernsthafter sein. Heute war er in eine gewisse Jungenhaftigkeit zurückgefallen, doch dahinter vermutete Katja eine getriebene Seele. Wo Sascha geistig so großzügig war, daß seine Meinungen und Zuneigungen aus einem Sammelsurium von Gegensätzlichkeiten bestanden, besaß Daniel eher die Mentalität eines kompromißlosen Reduktionisten, dessen Gedankengänge im Grunde einfach sind und an ihrer Logik, nicht an ihren tatsächlichen Auswirkungen gemessen werden. Katja fürchtete, daß Daniels Liebe eine finstere Umarmung sein würde.

Aber daß sie überhaupt geliebt wurde! Katja fühlte sich so freudig erregt, daß sie Angst hatte, er würde ihr einen Heiratsantrag machen. Wie würde sie darauf reagieren? Heute besaß sie nicht die Selbstbeherrschung, die es ihr erlaubt hatte, sich mit Kolja auseinanderzusetzen. Und wenn das inkonsequent war, war sie eben inkonsequent, und sie wußte es. Wie war es nur möglich, sich einem Mann gegenüber stark und selbständig zu fühlen, einem anderen gegenüber jedoch schwach und bedürftig, wenn doch beide eine Gefahr für sie bedeuteten? Denn sie glaubte nicht an Daniel. Sein Egoismus mochte anders und anziehender sein als der Koljas, aber auch er würde keine echte Gleichheit zulassen und wäre in seiner Engstirnigkeit vielleicht noch gefährlicher. Aber wenn sie sich nur einmal erlauben würde zu lieben! Vielleicht beruhte Daniels Anziehungskraft nicht so sehr auf seiner Liebe, sondern darauf, daß er ihr die Möglichkeit gab, die Liebe, die sich in ihrem

Herzen aufgestaut hatte, herauszulassen, jenes eingesperrte, ausge-
hungerte Kind, das ihre Unfruchtbarkeit beklagte und ihren Schlaf
störte wie die Erinnerung an Tanja. Diese Liebe, die sich wie ein
Kind nach Berührung und Unmittelbarkeit sehnte, nach Wärme
und sinnlichen Freuden.

Doch dann wurde sie gerettet, nicht durch eine bewußte Willens-
entscheidung ihrerseits, sondern durch einen gewissen männlichen
Stolz und eine Angst, abgewiesen zu werden. Als Daniel sie ansah,
dachte er nur an sich selbst und an die Risiken, die sein Verstand
nicht eingehen wollte. Die Frau, die sich in Sehnsucht verzehrte,
sah er nicht.

»Laß uns lieber umkehren«, sagte er.

Sie gingen zum Krankenhaus zurück.

✳

In dieser Nacht schliefen Daniel und Katja in getrennten Betten in
getrennten Wohnungen. Katja träumte von Lydia Kalinowska.
Diese absurde Frau war aus der Welt der Karikatur in die der Realität eingetreten und machte einen tiefen Eindruck auf Katja. Sie sah
sich selbst in späteren Jahren, wie sie das Schicksal einer alleinste-
henden Frau erlitt, die, wie schön sie auch sein mochte, aus der
Sicht der anderen kein Mensch mehr war, deren Persönlichkeit
man einst bewundert hatte und deren Schrullen man jetzt belachte.
Es gibt bestimmte sexuelle Grausamkeiten, die nur in Anspielun-
gen existieren. Backfische lachen Männer jeden Alters aus. Und
Männer lachen alleinstehende Frauen aus. Dieses Ausgelachtwer-
den ist qualvoll, und Katja sah sich selbst, in ihrem eingebildeten
Stolz und ihrer Unabhängigkeit, wie sie Gegenstand eines jeden
Witzes wurde, wie sie auf jedem Fest die Fremde blieb, mit der man
freundlich reden mußte, die verschrobenen Männern, die nur von
sich selbst sprachen, vorgestellt wurde und die unverrückbar feste
Ansichten über die letzten Dinge hatte: Haustiere, Politik und den
Sinn des Lebens. Aber, was noch schlimmer war, während man in
diesem Scheinleben über wichtigen Unsinn klatschen und Neben-
sächlichkeiten, wie ihr schlechtsitzendes Kleid und ihren zu reich-
lichen Schmuck, übersehen würde, würde sie tief in ihrem Herzen
spüren, wie ihr wirkliches Leben an ihr vorbeiglitt und wie ihr
etwas fehlte, das zwar greifbar war, aber doch nicht da, das ungebo-

519

rene Kind. Lydia hatte ihr Kind verloren, und Katja hatte Tanja verloren, ihre kleine Schwester. Beide Fälle waren nicht das Ergebnis bewußter Handlungen gewesen, aber wo es um Kinder geht, gibt es keine Zufälle. Wir lieben und wir hassen sie zu sehr. Der Verlust eines jeden Kindes, unter welchen Umständen auch immer, ist immer eine Abtreibung. Katja träumte, daß Lydia weinte, weil sie ihr Baby ermordet hatte.

Daniel träumte davon, daß er Menschen umbrachte. Er schlachtete die Reichen, die Judenhasser und die selbstzufriedenen Ignoranten ab. Er spürte, wie Haß und Wut in ihm aufstiegen und wie er sich abreagierte, so wie es nur in Träumen möglich ist. Er tötete Sascha. Im Gegensatz zu den anderen verstand Sascha, warum er sterben mußte, und nahm den Tod hin, so wie er alles hinnahm. Daniel erschoß Sascha aus liebender Notwendigkeit und weinte dabei. In einem Moment der Einsicht erkannte er seine Eifersucht, und er wußte, daß Sascha ihm verzieh. Hinter diesen Wutausbrüchen kam von Zeit zu Zeit Daniels sanfteres Wesen zum Vorschein. Er stellte sich Katja vor, und seine Bewunderung für sie und seine große Zuneigung zu ihr wischten seine Wut einfach fort. Er sah sie als Rettung vor seinen Verbrechen. Ein Mann, der liebte und geliebt wurde, konnte kein Untier sein. Daniel konnte sich nicht dazu überwinden, seine Vorstellung vom Gang der Geschichte als einem Prozeß, in dem die Schlacken aus der Menschheit herausgebrannt wurden, abzulegen, doch in Katjas Existenz sah er das reine Gold, auf das dieser schreckliche Prozeß hinzielte. Er wünschte sich, daß ihre Arme ihn umfingen, wenn er von seiner Arbeit als Handlanger der Geschichte nach Hause zurückkehrte. Er wünschte sich, daß ihre Küsse den Schrecken auslöschten und daß er seinen Kopf mit all seinen Geheimnissen zwischen ihren Brüsten bergen könnte. Vor allem aber wünschte er sich, daß dies alles – dieses undefinierbare »Alles« – endlich aufhören möge.

Nach einer unruhigen Nacht erwachte Daniel früh. Im türkisfarbenen Morgenlicht wusch er sich über der Waschschüssel das Gesicht. Er kleidete sich mit der flinken Technik an, die er sich im

Umgang mit seiner Behinderung zu eigen gemacht hatte. Seine Jacke und die ungeladene Pistole lagen auf dem Bett. Er wollte sich gerade fertig machen und zum Frühstück in ein nahegelegenes Café gehen, da klopfte es an der Tür.

Er öffnete in dem Glauben, es seien seine Genossen. Doch zwei Fremde mit Pistolen erzwangen sich den Eintritt und drückten ihn fachgerecht gegen die Wand. Sie sprachen schnell, in rauhem Katalanisch, aber Daniel verstand sie recht gut.

»Draußen steht unser kleines Auto mit laufendem Motor. Diesmal bist du es, du Schwein, den wir zu einer Spazierfahrt abholen.«

22

Die Welteislehre

An diesem Frontabschnitt saßen sich die beiden Armeen, in Wind und Regen und unter dahinjagenden Wolken, auf den Kämmen zweier Bergketten gegenüber. Die Entfernung zwischen ihnen betrug etwa zwei Kilometer, und damit waren sie dank der schlechten Schießkünste der jeweils anderen Seite unerreichbar füreinander. Während anderswo Schlachten tobten, hatten die beiden schwach besetzten Linien hier Schützengräben gegraben, wo das Gelände es erlaubte, und im übrigen saßen sie in ausgescharrten Kuhlen oder Schützenlöchern, vor sich die Felsbarrieren, und beobachteten – oder, genauer gesagt, übersahen – sich monatelang gegenseitig.

Im Tal, das etwa in der Mitte zwischen den feindlichen Linien lag, stand ein kleines, verlassenes Bauernhaus, das manchmal von Granaten oder Mörsern beschossen wurde und inzwischen nur noch eine Ruine war. Daneben wuchs ein Dickicht zerzauster Fichten, die durch den ständigen Wind ganz schief geworden waren. Das Haus hatte, da es isoliert lag und von Bergen umgeben war, keine besondere militärische Bedeutung, aber manchmal beherbergte es einen Scharfschützen, und heute hatte dieser Scharfschütze den Jungen erschossen.

Der Junge war sechzehn, ein Analphabet, der von der Sierra heruntergekommen war, wo er Ziegen gehütet, Espartogras gesammelt und Holzkohle gebrannt hatte. Er hatte den Glanz der großen weiten Welt in Gestalt der Armeen kennenlernen wollen. Häufig war er, mit einer Schleuder bewaffnet, auf den Bergen und im Tal herumgestreift, um Reisig zu sammeln oder Hasen zu jagen. Und normalerweise war das auch ungefährlich. Aber heute hatte ihn der Scharfschütze, während er über die Felsen stieg und seinen Kameraden mit dem erlegten Hasen zuwinkte, mit einem sauberen Kopfschuß getötet.

»Der Hund muß im Bauernhaus sein«, sagte Gerónimo lakonisch, als sie die Leiche des Jungen durch den Verbindungsgraben nach hinten trugen.

»Und wir werden ihn wohl ausräuchern müssen«, sagte Sascha. Als sie den Schuß gehört hatten, waren sie zum Graben gelaufen und auf den Kampfstand gestiegen, um hinauszusehen. Aber außer dem Wogen des vom Wind gepeitschten Grases war keine Bewegung zu sehen, daher setzten sie sich, und Sascha tauschte den schweren Helm gegen eine Mütze ein. »Schade«, bemerkte er und dann: »Laßt uns wieder an die Arbeit gehen.«

»Jawohl, Herr Feldwebel.«

Sie waren dabei, eine Feldlatrine zuzuschütten und eine neue auszuheben. Die Arbeit ging langsam voran, weil es regnete und die Männer durch ihre wasserdichten Umhänge behindert wurden. Da Sascha jede Distanz zwischen ihm und seinen Untergebenen unangenehm war, half er mit Hacke und Schaufel mit und unterhielt sich währenddessen mit Gerónimo.

Gerónimo war ein Bergarbeiter aus Asturien. Er war untersetzt und muskulös. Auf dem Kopf und auf den Armen hatte er kleine, mit Kohlenstaub eingefärbte Narben. Im Unterschied zu den anderen, die rauchten, hatte er die Angewohnheit der Bergleute beibehalten, Tabak zu kauen. Und rohe Zwiebeln, wenn er welche bekommen konnte. Seine Zähne waren dunkelbraun, und sein Atem stank, aber er war gutmütig und arbeitete hart, und Sascha feuerte ihn gern an, denn er gab den anderen das Tempo vor. Gerónimo machte kein Geheimnis daraus, daß er vor dem Krieg Sozialist gewesen war. Er hatte 1934 am Aufstand der asturischen Bergarbeiter teilgenommen. Man hätte sich über seine Zugehörigkeit zur nationalistischen Armee wundern können, aber viele Männer waren eben einfach deshalb in der Armee, weil sie sich zur Zeit der Revolte in den aufständischen Gebieten befunden hatten. Sie hätten ebenso bereitwillig für die andere Seite oder für gar keine Seite gekämpft. Bei Gerónimo war es so gewesen, daß er sich bei einem Sturz von einem Dach verletzt hatte, und als er wieder gesund war, war Asturien in den Händen Francos gewesen, und nun war er eben Soldat im Heer des Generalissimo. Das schien ihm keinen besonderen Kummer zu bereiten. Er schoß auf die Republikaner, solange sie auf ihn schossen. Und weil er ein disziplinierter Mann war, kam es ihm nicht in den Sinn zu desertieren.

Wohl um seine eigenen Gedanken zu ordnen, versuchte Sascha, mit ihm ein Gespräch über Politik zu beginnen. Er hoffte, den Bergarbeiter überreden zu können, daß der Faschismus, den José Antonio Primo de Rivera vertreten hatte, ein echtes soziales Programm beinhaltete, das den Arbeitern zusagen würde, kurz, daß dieser Faschismus einen echten Sozialismus im Kontext einer integrierten nationalen Gesellschaft darstellte, einen Sozialismus ohne Klassenkonflikte. Gerónimo hörte geduldig zu und räumte ein, daß eine Gesellschaft ohne Konflikte vieles für sich habe und es schade sei, daß Don José Antonio umgebracht worden war. »Aber Priester und Rechtsanwälte sind mir ein Graus«, sagte er. Seine Frau war religiös, und einmal hatte er einen Rechtsstreit um das Häuschen eines Bruders, der im Bergwerk ums Leben gekommen war, ausgefochten.

Leutnant Ramírez kam vom Telefonhäuschen her auf die neue Latrine zugewatschelt. An seinem Umhang floß der Regen in Strömen herunter, von der Quaste seines *gorrillo* tropfte es, und seine Stiefel waren vom kalkhaltigen Schlamm ganz weiß. Nach dem üblichen Salutieren sagte er:

»Schiwago, ich möchte, daß Sie mit ein paar Männern das Bauernhaus einnehmen.«

»Jawohl, Herr Leutnant. Wann?«

»Die Einzelheiten überlasse ich Ihnen.«

»Heute abend?«

»Das ist früh genug.«

»Jawohl, Herr Leutnant.«

Als der Leutnant gegangen war, sagte Gerónimo:

»Und Ladenbesitzer sind mir auch ein Graus. Ich habe einmal, als ich arbeitslos war, einen Ladenbesitzer um Kredit angehen müssen.« Im Zivilleben besaß der Leutnant eine Apotheke. »Aber abgesehen von Priestern, Rechtsanwälten und Ladenbesitzern – ach ja, und Großgrundbesitzern nicht zu vergessen – hat der Faschismus durchaus etwas für sich.«

*

Der Abend war mondlos und wolkenverhangen, und es stürmte und goß in Strömen. »Wir werden uns die Hälse brechen«, sagte Gerónimo. »Es tut mir leid um den Jungen, aber ich habe keine Lust, mir seinetwegen den Hals zu brechen. Wenn er verwundet da draußen läge, wäre das etwas anderes.«

»Wir müssen dem Scharfschützen trotzdem das Handwerk legen«, erinnerte ihn Sascha.

»Der hat sich wahrscheinlich längst nach Hause davongemacht. Er kann sich doch denken, daß wir hinter ihm her sind.«

»Muß einer von uns dann unten bleiben?« wollte Pepe wissen.

»Davon hat der Leutnant nichts gesagt«, antwortete Sascha. Pepe war der beste Schütze in der Kompanie und spielte selbst den Scharfschützen, wenn es nötig war, aber er tat es nicht gern. Das Bauernhaus lag zu weit von ihnen entfernt, so daß ihm niemand im Notfall helfen konnte, und beim letzten Nachtangriff der Republikaner hatte er um sein Leben laufen müssen.

»Wir werden patschnaß«, verkündete Gerónimo. Ihre schweren Umhänge, die außerdem viel zuviel Lärm machten, würden sie zurücklassen müssen.

»Vielleicht werden wir abgelöst, wenn das hier klappt. Denk doch mal an ein schönes warmes Bett.«

Zu sechst krochen sie mit ihren Mausergewehren und ein paar Handgranaten aus dem Graben heraus und kletterten den Pfad vom Kamm zur Talsohle hinunter. Dieser Teil des Unternehmens war zwar vertraut, aber im Dunkeln nicht einfach. Der Pfad führte direkt zum Bauernhaus hinunter, aber man mußte annehmen, daß der Scharfschütze ihn gut im Blick hatte, und angeblich besaß er übernatürlich gute Augen. Obwohl sie einen erfahrenen Schützen bei sich hatten und der Scharfschütze nur ein gemeiner Soldat war, wurde er, wie alle Scharfschützen, gefürchtet.

Kriechend bewegten sie sich zu beiden Seiten des Pfades langsam vorwärts. Der Untergrund bestand aus nackter roter Erde, die mit weißen Felsbrocken, Thymianbüschen und anderen Sträuchern übersät war. Der Regen hatte jedes Bächlein und jedes Rinnsal zum Leben erweckt, und zwischen den Windstößen konnten sie das Plätschern des fließenden Wassers hören, und an ihren Stiefeln spürten sie den Sog. Nun lag das Haus direkt vor ihnen, nur noch ein paar hundert Meter weit entfernt. Es war weiß getüncht und schimmerte schwach, das Dach war fort, und innen war es ausgebrannt. Die meisten kannten es schon von anderen Überfällen her, selbst Sascha war schon einmal dort gewesen.

Entsprechend viel Routine hatten sie. Gerónimo schwärmte mit zwei Männern nach links aus, und Sascha mit Pepe und einem weiteren Mann nach rechts. Es war unmöglich, sich völlig geräuschlos zu bewegen, aber hier, in der Nähe der Bäume, übertönte der Wind jedes Geräusch. Am schwierigsten war das Haus selbst, denn dort wich das Dickicht nacktem Fels, und in einer stillen Nacht konnte ein Stiefeltritt so laut krachen wie ein Schuß. Heute abend jedoch halfen der Wind, der Regen und der Schlamm.

Sie brachen gleichzeitig von zwei Seiten in das Haus ein. Gerónimo und Sascha ließen dabei ihre Taschenlampen aufleuchten. Das Haus war leer.

»Aber er war hier«, sagte Gerónimo. Unter dem Fenster, das auf die Linie der Nationalisten zeigte, lagen Patronenhülsen, ein Kanten Brot und ein paar Zigarettenstummel herum. In der Ecke sahen sie Urinspritzer und einen Haufen Kot.

»Dürfen wir rauchen, Herr Feldwebel?« fragte Pepe.

»In der Ecke, wo man euch nicht sehen kann.«

»Paß auf die Scheiße auf«, sagte Gerónimo. »Außer, es ist deine eigene vom letzten Mal. Was machen wir jetzt? Er wird wohl nicht so schnell wiederkommen.«

»Er könnte immer noch irgendwo da draußen sein. Vielleicht zwischen den Bäumen.«

»Wahrscheinlich. Aber was können wir tun? Im Haus können wir uns verteidigen, zwischen den Bäumen nicht. Wenn wir uns aufteilen, erschießen wir uns am Ende noch gegenseitig. So was habe ich selbst schon erlebt.«

Sascha ging zur Hintertür und sah auf die feindliche Seite des Tals hinaus. Vor den Wolken hob sich schwach der Bergkamm ab, und hier und da deutete ein schwaches Glühen auf ein Feuer hin. Er hatte keine Gelegenheit, eine weitere Entscheidung zu treffen, denn in diesem Augenblick gab es eine Explosion, und er wurde unter prasselnden Erdklumpen ins Innere des Hauses zurückgeworfen.

»Mörserfeuer!«

»Es ist eine Falle!«

Ohne Befehl verstreuten sich die Männer in die Nacht. Gerónimo packte Sascha an seiner durchnäßten Feldbluse und zog ihn hinter sich her. Eine weitere Mörsergranate explodierte mitten im Haus, und in etwa hundert Metern Entfernung wurde leichtes Maschinengewehrfeuer eröffnet. Bäuchlings lagen sie im Schlamm.

»Alles in Ordnung?« fragte Gerónimo Sascha.

»Ja – ja.«

Gerónimo lachte. »Schlaue Burschen, was? Das muß man ihnen lassen. Wenn nur unsere Seite um Gottes willen nicht auf die Idee kommt zurückzuschießen.«

Tatsächlich pfiffen ein paar Artilleriesalven über ihre Köpfe hinweg und explodierten irgendwo auf den Berghängen. Aber inzwischen war der Sturmtrupp schon wieder, verängstigt und schlecht gelaunt, auf dem Rückweg. Sascha und Gerónimo kamen als letzte an.

✳

Nach der Exekution Gromows hatte Sascha sich freiwillig an die Front gemeldet. Dort hatte er auf rätselhafte Weise eine Beförderung zum Infanteriefeldwebel erfahren. Er hatte eine schwere Depression gehabt und ernsthaft gehofft, daß er fallen würde. Doch er hatte entdeckt, daß das gar nicht so einfach war und daß es überdies einen Überlebensinstinkt gab, der stärker war, als der Wunsch zu sterben. Außerdem wurde ihm klar, daß die meisten Soldaten vom Tod überrascht wurden. Krankheit, Granatenbeschuß oder die Kugel eines Heckenschützen rafften sie willkürlich, unerwartet und ruhmlos dahin, und da Sascha eine Art Selbstmord und Sühneopfer im Sinn gehabt hatte, wirkte der Gedanke an einen plötzlichen Tod, so ohne Absolution, auf einmal abstoßend auf ihn. Und so setzte sich ganz allmählich seine angeborene gute Laune durch, und ohne daß er es merkte, bekam er wieder eine positive Lebenseinstellung. Der Tod des Fiakerkutschers betraf ihn nun auf andere Weise. Er machte ihn ruhiger und nachdenklicher, und da er sich jetzt seiner eigenen Torheiten bewußt war, erweckten die Torheiten und der Fanatismus anderer ein tiefes Mitleid in ihm.

Leutnant Ramírez war Anfang Dreißig, hatte leichtes Übergewicht, und die Last seines Amtes rieb ihn auf. Er besaß eine Apotheke in einer jener kleinen spanischen Städte, die eine Welt für sich bilden und die mit dem übrigen Spanien kaum etwas gemein haben. Für Männer seines Schlages wurde die gehobenere Kultur von den Predigten ihres Priesters repräsentiert, von den Leitarti-

527

keln der politischen Tageszeitungen und von den Unterhaltungen, die sie im Café miteinander führten. Er verehrte Franco.

Sascha machte der Leutnant neugierig, und der Leutnant betrachtete Sascha als seinen Freund. Er nannte ihn Schiwago, nicht Feldwebel. Er betrachtete Intellektuelle – oder »sogenannte« Intellektuelle, wie er es ausdrückte – mit Haßliebe und hielt Sascha für einen Intellektuellen, weil er Fremdsprachen beherrschte und die Sorbonne besucht hatte, auch wenn er keinen Abschluß gemacht hatte. Einerseits benutzte er Sascha als Zielscheibe für seine Angriffe auf Intellektuelle, und andererseits wollte er sich vor ihm als ernsthaften Denker ausweisen. Seine Gedankengebäude enthielten ausführliche Kosmologien recht unorthodoxer Natur.

Während Saschas erstem kurzen Fronturlaub hatte der Leutnant ihn in ein Café in der Stadt mitgenommen. Er hatte erklärt, daß sie, wenn sie nicht im Dienst waren, unbefangener miteinander umgehen dürften, hatte ihm etwas zu trinken spendiert und begonnen, ihm seine Gedanken über den Krieg darzulegen.

»Die Juden sind schuld daran«, sagte er.

»Die Juden? Das verstehe ich nicht. In Spanien gibt es doch kaum Juden – ich weiß gar nicht, ob es hier überhaupt Juden gibt. Haben Ferdinand und Isabella sie nicht vertrieben?«

»Die Katalanen.«

»Das sind doch keine Juden.«

»Das glauben Sie!«

»Ich habe dazu eigentlich keine Meinung, aber ich habe noch nie gehört, daß die Katalanen Juden sind.«

»Das ist kaum verwunderlich, denn die sogenannten Historiker sind auch Juden. Aber überlegen Sie einmal, welcher Teil Spaniens dem Heiligen Land am nächsten ist. Wo würden sie landen, wenn sie nach Spanien kämen?«

»In Katalonien?«

»*Precisamente!* Jetzt verstehen Sie, warum die jüdisch-marxistischen Theorien für die Katalanen einen so großen Reiz haben!«

»Noch nicht ganz.«

Der Leutnant hatte ein weiteres entscheidendes Argument.

»Barcelona«

»Was meinen Sie damit?«

»Hah! Sie sagen, Sie hätten Sprachen studiert. ›Bar‹ ist hebräisch und heißt ›Sohn von‹. *Bar*-celona! Verstehen Sie jetzt?«

Als Sascha diese Theorie später Gerónimo erklärte, sagte dieser, er hielte das durchaus für möglich. Schließlich seien die Katalanen bekannt dafür, daß sie hart arbeiteten und berechnend und habgierig wären – Eigenschaften, die die Spanier gar nicht kannten. Andererseits glaubte Gerónimo nicht, daß der Sozialismus eine jüdische Philosophie sei. Christus war Sozialist gewesen, auch wenn die Priester in dieser Hinsicht Lügen verbreiteten. Ob Christus Jude gewesen sei, konnte er allerdings nicht sagen, aber er hielt es für unwahrscheinlich.

Bei der nächsten Gelegenheit verbreitete Leutnant Ramírez sich über tiefgreifendere Dinge. Er fragte Sascha, ob er an die Glazialkosmogonie oder auch Welteislehre glaube, die der Philosoph und Wissenschaftler Hanns Hörbiger entwickelt habe. Sascha erwiderte, davon habe er noch nie etwas gehört.

»Das liegt daran, daß so etwas an euren üblichen Universitäten nicht gelehrt wird«, sagte der Leutnant. »Unter den sogenannten Intellektuellen herrscht eine außerordentliche Engstirnigkeit. Wenn ein Gedanke nicht in ihre feststehenden Theorien paßt, ziehen sie ihn gar nicht in Erwägung und, schlimmer noch, tun ihr Möglichstes, um ihn zu unterdrücken. Wenn ich die Welteislehre an ihren Universitäten lehren wollte, würden sie das zulassen? Natürlich nicht! Aber wenn ich, ein nur leidlich gebildeter Mann – aber durchaus nicht ungebildet – die Welteislehre verstehen kann, warum können sie es dann nicht? Sich zu weigern, über die Hypothesen anderer nachzudenken, ist unwissenschaftlich!«

Er fuhr in seiner Erklärung fort und behauptete, so verstand Sascha ihn jedenfalls, daß die Planeten, anders als die Erde, aus Eis bestünden, daß sogar der Raum mit Eis gefüllt sei, daß die Sonne ganz oder zum größten Teil aus Eis bestünde und daß ihre scheinbare Hitze nur durch die Stimulierung der Moleküle in der Erdatmosphäre zustande käme. In gar nicht so ferner Zukunft würde die Erde in die Sonne stürzen.

Am Tag nach dem nächtlichen Überfall auf das Bauernhaus bekamen Sascha und seine Leute Urlaub und durften in die Stadt gehen. In einem Restaurant in der Calle Tozal aßen sie eine kümmerliche Mahlzeit, einen Eintopf mit Kichererbsen. Sascha wunderte sich, als Leutnant Ramírez in ungewohnter, leicht ehrerbietiger Haltung auf ihn zutrat. Er setzte sich, fragte, ob er sich an Saschas Flasche Wein beteiligen dürfe, und begann vertraulich:

»Ich habe eine Geschichte über Sie gehört, Schiwago.«

»Gut oder schlecht? Wenn es etwas Schlechtes ist, stimmt es wahrscheinlich.«

»Was? Oh! Haha... Stimmt es, daß Ihr Vater Millionär ist?«

»Mein Vater ist tot.«

»Aber er war Millionär.«

Sascha überlegte, ob er ihm eine ehrliche Antwort geben sollte. Er vermutete, daß der Leutnant wohl eine ziemlich zuverlässige Quelle haben müsse.

»Mein Großvater war sehr reich, aber meine Familie hat in Folge eines Finanzbetrugs alles verloren. Warum interessieren Sie sich dafür?«

»Ach, jemand hat mir davon erzählt.«

»Jemand, den ich kenne?«

»Ein Mitoffizier – Franzose. Sein Name ist d'Amboise.«

»Constantine!« Sascha konnte es nicht fassen, daß das Schicksal sie wieder zusammengeführt hatte. »Wo wohnt er?« Er drängte den Leutnant, es ihm zu sagen, und dieser erklärte ihm gutmütig den Weg zu einem Hotel in der Nähe des Sitzes der Zivilregierung. Doch schon auf dem Weg dorthin hörte Sascha, wie jemand in einem Café unter den Kolonnaden an der Plaza Torico seinen Namen rief, und als er sich umdrehte, erblickte er Constantine, ziemlich betrunken, in der Gesellschaft einiger anderer Offiziere.

»Hallo, Sascha! *Amigos*, darf ich euch Alexander Alexandrowitsch Schiwago vorstellen! Er ist ein feiner Kerl, aber aus unerklärlichen Gründen kein Offizier. Wie geht's dir, mein Junge?«

»Gut. Ich habe gerade erfahren, daß du hier bist.«

»Ich habe mit einem komischen kleinen Kerl geredet, einem Leutnant. Ist das deiner?«

»Hört sich so an. Er ist etwas merkwürdig, meint es aber gut. Was zum Teufel treibst du hier? Wann bist du angekommen?«

»Gestern.«

»Bist du noch bei deinem General?«

»Ich habe mich höheren Dingen zugewandt. Ich bin jetzt beim Kommissariat in Burgos und darf das Telefon benutzen. Ich beschäftige mich mit Kriegsmaterial, sozusagen mit der Sache an sich: mit Stiefeln, Pflastern, Abführmitteln. Ich bin hier, um Stiefel zu zählen.«

»Und wann mußt du wieder fort?«

»Morgen. Der Stiefelminister verlangt nach mir. Die Wirtschaft des Dritten Reiches ist auf die Stiefelproduktion eingestellt, und sie brauchen nur noch meinen Bericht, dann können sie loslegen.«

»Dann haben wir also nur heute abend?«

»Fürchte dich nicht, trink aus – oh, du hast ja gar nichts zu trinken. *Amigos*, bringt Wein für meinen Freund!«

Sascha bekam seinen Wein, und dann zogen Constantines Begleiter sich zurück, weil sie merkten, daß er mit anderen Dingen beschäftigt war, und ließen die beiden allein.

»Also, was gibt's Neues? Mutter? Schwester?«

»Sie schreiben. Die Briefe brauchen immer eine Weile, aber es geht beiden gut. Und deine Familie?«

»Denen geht's auch gut. Mein Vater ist stolz auf mich, weil ich es geschafft habe, mich nicht umbringen zu lassen, und den Eindruck erwecke, als würde ich es bis Kriegsende noch zum General oder so was bringen. Sonst noch was Neues? Weißt du, daß Wanda und Lydia in Italien sind?«

»Alain hat so etwas gesagt. Habe ich dir erzählt, daß ich ihn getroffen habe? Nein, natürlich nicht, ich habe dich ja seit April nicht gesehen.«

Constantines Gesicht bekam einen ernsten Ausdruck, und einen Moment lang glaubte Sascha, er wolle einen seiner üblichen Scherze machen.

»Na? Erzähl mir den Witz.«

»Es ist kein Witz. Ich dachte, du wüßtest es. Alain ist tot.«

Sascha war sprachlos.

»Aber wie ist es passiert?« fragte er schließlich mühsam.

»Er hat sich erschossen. Nein, das ist nicht richtig ausgedrückt. Er hatte einen Unfall, als er seinen Revolver gereinigt hat. Jemand hatte den Verdacht... du verstehst... es war ein Verdacht.«

»O Gott.«

»Ja – du hattest ihn gern.«

»Er war mein – ›Seelsorger‹, so nennt man das wohl. Manchmal war er wie ein Vater für mich. Alain tot! Ich habe ihn vor vier oder fünf Monaten in Andalusien getroffen. Er kam mir sehr merkwürdig vor, aber der Krieg bedrückte ihn so, die ... die Dinge, die er tun mußte.«

Sascha dachte an die Exekution Gromows und an die Tränen des Jesuiten damals. Hatte Alain sich wirklich umgebracht? Und wie nah war er, Sascha, daran gewesen, Selbstmord zu begehen? Er war so niedergeschlagen gewesen, daß er hatte sterben wollen. Aber sich selbst töten? Nein, das war ihm nie in den Sinn gekommen. Vielleicht hatten seine Eitelkeit und seine Fähigkeit, sich selbst zu dramatisieren, ihn gerettet. Einen Tod ohne Publikum hatte er sich nie vorgestellt, immer waren bei seinem letzten Versuch, ein Held zu sein, Zuschauer zugegen gewesen. »Ich muß an meine Mutter schreiben«, sagte er und fragte sich, wie er ihr diese schreckliche Neuigkeit beibringen sollte.

»Komm, wir besaufen uns!« schlug Constantine vor. Und das taten sie dann.

Constantine plapperte auf seine gewohnt leichtfertige Art weiter, und Sascha stimmte ab und zu in sein Lachen mit ein. Doch zu seiner eigenen Verwunderung schämte er sich plötzlich. Was machte er hier? Constantine interessierte oder amüsierte ihn doch gar nicht mehr. Ihre Freundschaft schien nur noch reine Gewohnheit zu sein, und daraus konnte nichts Neues entstehen.

Im Laufe des Abends gingen sie in das Café zurück, in dem Sascha mit Leutnant Ramírez gesessen hatte. Der Leutnant war noch dort, und mit dem Zeitgefühl des echten Monomanen übersah er den Zustand der beiden jungen Männer und fuhr, als sei zwischendurch nichts geschehen, an der Stelle fort, an der er vor einiger Zeit aufgehört hatte.

»Ich habe Sie nach dem Geld gefragt, Schiwago, weil ich Investoren für eine kleine Idee suche. Sie wissen, daß ich medizinisch interessiert bin, und ich kann sowohl aufgrund von eigener Erfahrung als auch aufgrund von ausgiebiger Lektüre sagen, daß es im menschlichen Körper nur eine Krankheitsursache gibt, und das ist die Einbehaltung toxischer und nekrotischer Partikel in den Verdauungs- und Ausscheidungsorganen. Und dagegen gibt es nur ein sicheres Mittel.«

Sascha hatte das Gefühl, er müsse Interesse zeigen, und fragte daher: »Und was ist das für ein Mittel?«

»Dickdarmspülungen!«

Constantine brach in dröhnendes Gelächter aus.

»Das ist keineswegs komisch«, erboste sich der Leutnant. »Ich habe ein neuartiges Klistier erfunden, und ich suche nach Kapital, um es nach dem Krieg auf den Markt zu bringen.«

In diesem Augenblick erschienen Gerónimo und Pepe im Café. Sie klopften ein weißes Pulver von ihren Mützen. Sascha in seinem Rauschzustand war fasziniert davon und ging zur Tür. Constantine folgte ihm. Sascha schlug den Verdunkelungsvorhang zurück und sah in die Nacht hinaus. Schneeflocken fielen vom Himmel, der erste Schnee, den Sascha in Spanien sah. Der Schnee fiel langsam, und im Café hatte jemand eine Platte aufgelegt, einen langsamen Walzer. Die weißen Flocken schienen im gleichen Rhythmus mitzutanzen, eins-zwei-drei, eins-zwei-drei, weich und glitzernd.

Diese Mischung aus alter Freundschaft, Wein, der Todesnachricht und nun noch dem Schnee machte Sascha auf melancholische Weise glücklich. Der Schnee erinnerte ihn plötzlich an seine Kindheit in Rußland und an die bittere Süße jener Zeit. Er war damals noch ganz klein gewesen und mit seinem Vater, seiner Mutter und seinem Großvater mit dem Zug durch den Winter nach Jurjatin gefahren. Die komplexen Schichten von Emotionen verwirrten ihn mit ihrer Widersprüchlichkeit, doch sie schienen – vielleicht nur, weil er betrunken war – eine geheimnisvolle Einheit widerzuspiegeln, die er nur als »nicht dies« und »nicht jenes« beschreiben konnte.

Inzwischen waren auch andere an die Tür gekommen. Sie machten nüchterne Bemerkungen über den Schnee und besprachen, wofür er gut und wofür er schlecht sei. Leutnant Ramírez sagte:

»Wir müssen einen Weg für das Versorgungsfahrzeug freischaufeln.«

Worauf Sascha antwortete:

»Vielleicht haben Sie recht mit Ihrer Welteislehre.«

*

Der Granatenbeschuß begann vor dem Morgengrauen. In einer Kakophonie von Explosionen brach das Feuer über die Linien der Nationalisten herein. Sascha, elend und hilflos vor Schrecken, suchte in einem Schützengraben Zuflucht. Er rollte sich wie ein

Fötus zusammen und preßte sich zum Schutz vor dem ohrenbetäubenden Lärm und den Druckwellen die Hände auf die Ohren. Auf seinen Helm trommelte ein unaufhörlicher Regen aus Erde und kleinen Steinchen. Der Beschuß dauerte etwa eine Stunde und hörte dann plötzlich auf. Die nationalistischen Soldaten waren so benommen und verängstigt, daß sie nicht mehr klar denken konnten. In wilder Verwirrung eilten sie zum Kampfstand. Das hatte man ihnen so eingedrillt. Es wäre eine Frage von Leben und Tod, hatte man ihnen gesagt, denn das Feuer wäre das Vorspiel zum feindlichen Angriff. In seinem Schutz konnten die feindlichen Soldaten vorrükken, und während Sascha seine Waffe lud, war der Mann, der ihn töten würde, vielleicht nur noch ein paar Schritte weit entfernt und hielt Gewehr und Bajonett schon zum Angriff bereit.

Doch so war es nicht.

Als Sascha, Gerónimo, Pepe und die anderen ihre Plätze einnahmen – stolpernd und drängelnd, an ihren Waffen herumfummelnd, die Helme festhaltend, damit sie ihnen nicht von den Köpfen fielen – wie Clowns in einem Stummfilm –, sahen sie kein dichtes Heer von Angreifern, das im Begriff war, über sie herzufallen, sondern eine zerrissene Linie oder eigentlich gar keine Linie, die in tausend Metern Entfernung durch den Schnee watete. In Umhänge und Mäntel gehüllt, mit Blechgeschirr, Wasserflaschen, Patronentaschen und anderen klappernden Kriegsutensilien behängt, die Köpfe unter wollenen Kapuzen, Helmen mit Helmbüschen, Pelzkappen und Mützen versteckt, mit Bündeln bepackt, die mit Riemen und Bindfaden zusammengeschnürt waren, wirkten die Angreifer wie eine Horde Landstreicher, die sich vom Alkohol benebelt in das blendend schneeweiße Tageslicht vorgewagt hatte.

Auf der Seite der Nationalisten ratterte ein Maschinengewehr los. Sascha faßte das als Befehl auf und feuerte ebenfalls. Doch das Feuer schien keine direkte Wirkung zu haben. Trotzdem blieben die Feinde aus irgendeinem Grund stehen und traten in der gleichen Verwirrung, in der sie angegriffen hatten, wieder den Rückzug an. Einige Männer machten große Sätze im Schnee, andere pflügten sich hindurch, und wieder andere hoben die Schöße ihrer Mäntel und staksten wie zimperliche Frauen, die nicht naß werden wollen, dahin.

»Na, denen haben wir es aber gezeigt«, sagte Gerónimo. »Aber wo sind die bloß alle hergekommen? Ich dachte, an dieser ganzen Front gäbe es höchstens ein paar Tausend von ihnen.«

Im Tal ragten schwarze Leichen aus dem Schnee heraus, und ein russischer Panzer fuhr in sicherer Entfernung auf und ab, wie ein Taxi, das nach Fahrgästen sucht. Von der Stadt her hörten sie das Grollen von Artilleriefeuer. Über ihre Köpfe flogen einige Katjuschka-Bomber hinweg, eskortiert von Ratas.

Überraschenderweise kam eine warme Mahlzeit an, zusammen mit einem Priester. Er trug Birett und Soutane, und über der Soutane einen Pullover. Den langen Rock hatte er lose in seine Reithosen gestopft. Bei sich hatte er zwei Jungen, die ein goldenes Kreuz und ein Weihrauchfaß trugen, und vier alte Männer in Schwarz, die sich mit einer Statue der Jungfrau Maria abschleppten. Der Priester verteilte gutgelaunt den Segen und nahm die Beichte ab. Die Soldaten knieten dabei im Schnee, die Helme wie Brautsträuße an die Brust gedrückt.

Am späteren Nachmittag, als es zu dunkeln begann, erfolgte ein zweiter Angriff. Diesmal wurde er von mehreren Panzern unterstützt, aber genauso zurückgeschlagen wie der erste. Die Nationalisten bekamen bei diesem Angriff jedoch weniger Unterstützung durch die Artillerie, und Sascha sah hinter ihnen Flammenschein. Die Angriffe aus der Luft hielten die ganze Nacht lang an.

✳

»Schiwago«, sagte Leutnant Ramírez, »sorgen Sie dafür, daß Ihre Leute in fünf Minuten abmarschbereit sind.«

»Wir treten den Rückzug an?«

»Eine neue Aufstellung, weiter nichts.«

»Aber wir haben sie doch abgewehrt.«

»Nicht überall«, entgegnete der Leutnant. »Also, in fünf Minuten.«

»Jawohl, Herr Leutnant.«

Es waren noch mehrere Stunden bis Tagesanbruch, aber bei dem Dröhnen der Bomber und dem Donnern der Kanonen schlief niemand. Der Horizont wurde von Blitzen erhellt, wie bei einem Sommergewitter, und der Mond, in einen Hof aus Eis gehüllt, schien auf knackenden Frost herunter.

Die schmale Straße wurde von einer Batterie Haubitzen verstopft, die wiederum von etwas anderem aufgehalten wurde. Von vorne hörte man irgendwo Pferde wiehern. Auf beiden Seiten der Straße trieben wie Geistererscheinungen Männer im Schnee entlang, und ein Offizier auf einem temperamentvollen Pferd ritt auf und ab, rief zu Ordnung und Disziplin auf und brüllte Nummern von Einheiten, wurde jedoch überall von höhnischen Rufen und Pfiffen begrüßt. Wütend schrie er:

»Name – ja, Sie da! Ihr Name!«

»Geh doch zum Teufel!«

»Halten Sie den Mund! Ich kenne Ihr Gesicht!«

»Und meinen Arsch lernst du auch gleich kennen!«

»Und Sie wollen ein Soldat unseres Generals Franco sein?«

»Zum Teufel mit Franco! Und zum Teufel mit dem Papst!«

Wütend und beschämt wendete der Offizier sein Pferd und galoppierte fort. Die Männer schleppten sich langsam weiter durch die Dunkelheit, so tief in ihre Umhänge und Helme vergraben, daß sie sich nicht einmal gegenseitig erkannten.

»Pablo?«

»Wer?«

»Herr Feldwebel! Wo ist der Feldwebel?«

»Hast du eine Ahnung, wo wir hingehen?«

»Drängel doch nicht so! Heilige Mutter Gottes, hör auf, mich anzurempeln!«

»Ich hab' Hunger.«

»Ich muß scheißen.«

»Mein Gott, ist das kalt. Meine Finger sind steifgefroren.«

»Wer kennt diesen Witz? Wer den Witz kennt, soll es sagen, den Witz von dem...«

»Mein Gott, ist das kalt.«

So marschierten sie zwei Stunden lang. Es war nur eine kleine Strecke, eigentlich gar keine Entfernung, aber weit genug, um sie in einer fremden Landschaft ankommen zu lassen, in der die Anordnung der Hügel nicht mehr vertraut und die Stellung des Feindes ungewiß war. Dort gruben sie in ungeschützter Lage Löcher in den Schnee und flache Kuhlen in die Erde und legten sich nieder, ohne Schlaf zu finden. Und am Morgen stellten sie schließlich fest, daß ihre Aufstellung gemessen an der erwarteten Angriffsrichtung

falsch war, so daß die Schützenlöcher und provisorischen Feld-
schanzen neu gegraben werden mußten.

✻

»Wo sind wir?« fragte Gerónimo.

»In der Nähe von La Muela, glaube ich.«

»Was heißt das?«

»Daß wir eingekesselt sind, aber ich kann mich auch täuschen.«

»Ich habe gehört, daß Lister auf der anderen Seite sein soll. Er ist
ein zäher Kerl, ein Kommunist. Wenn ich auf der anderen Seite
wäre, würde ich wohl bei den Kommunisten kämpfen. Man braucht
einfach Disziplin, wenn man gewinnen will.«

»Ich dachte, sie würden uns vor dem Angriff länger beschießen.
Ich hatte mit Tagen gerechnet.«

»Wahrscheinlich haben sie nicht so viele Granaten. Jedenfalls
pflügen sie damit sowieso nur den Boden auf.«

Daß sie sich in der Nähe von La Muela befanden, war nur eine
Vermutung. Ihr gegenwärtiger Standort war ein Hügel. Er beherrschte das Land, das sich in blendender Öde vor ihnen aus-
dehnte, so weiß und hell, daß man kaum hinsehen konnte.

Gerónimo drehte sich auf den Rücken. Seine Bartstoppeln waren
mit Rauhreif bedeckt, und seine Augen waren rot und wirkten, als
hätte er keine Lider. Er stieß den Atem in weißen Wolken aus.

»Guck dir mal den Himmel an!« sagte er. »Sieht aus wie eine
Eisbahn. Hast du heute nacht den Mond gesehen? Als hätte er einen
Regenbogen um sich herum. Sie sagen, daß das durch Eiskristalle
entsteht.«

»Das stimmt.«

»Ja? Was du alles weißt!« Gerónimo pfiff durch die Zähne und
drehte sich wieder um. Wie Pelz hing der Schnee an seinem Umhang. Sein Helm hatte einen grauen, eisigen Glanz, wie der Flaum
auf einer Weintraube. »Dieser Hörbiger, von dem du mal erzählt
hast, ist das ein Wissenschaftler?«

»So eine Art.«

»Deutscher?«

»Nein, Österreicher.«

»Dann kennt er sich also aus mit dieser Welteislehre, dann weiß
er, daß sie stimmt?«

»Das ist alles Quatsch.«

Gerónimo lachte: »So großer Quatsch kann es auch wieder nicht sein. Wenn ein Österreicher daran glaubt, muß irgendwas dran sein. Du hast selbst gesagt, daß der Mond aus Eis besteht.«

»Das hab' ich nie gesagt.«

»Und guck dir mal die Sonne heute an. Da ist sie, scheint so vor sich hin, und wir frieren uns hier zu Tode.«

»Da!« rief Sascha. »Da kommen sie!«

Schwerfällig watschelnd zogen sie zu ihnen herauf, ein khakifarbener Schwarm, begleitet von einem Hagel aus Mörser- und Artilleriefeuer. Ohne sich beim Zielen Mühe zu geben, leerte Sascha sein Magazin in ihre Richtung. Dann kramte er in seiner Patronentasche nach weiterer Munition. Gerónimo war entspannter und feuerte mit Bedacht, und zwischendurch rief er, den Lärm übertönend, Sascha weitere Fragen zur Welteislehre zu. Pepe, der Scharfschütze, zählte die Erschossenen wie Perlen eines Rosenkranzes: »Eins – zwei – drei – nein, den hab' ich nicht getroffen, der ist gestolpert, der blöde Kerl.« Stunde um Stunde, so schien es Sascha, ging das ohne jede Unterbrechung so weiter. Ein natürlicher Rhythmus, ein kollektives Ein- und Ausatmen des Feindes.

Und als es zu Ende war, lebte er immer noch. Er hatte das Gefühl, an einem Wunder teilgehabt zu haben. Seine Ohren waren taub vor Kälte und Lärm. Seine Finger eiskalt und ohne Gefühl. Seine Schulter durch den Rückstoß voller blauer Flecken. Und um ihn herum, in Pfützen aus wäßrigem Schnee, lagen die Patronenhülsen, die heiß aus seinem Gewehr gefallen waren.

✳

Die Bewegung war keine Flucht, eher ein Zurückweichen halberfrorener und hungriger Männer. Es gab zwar Kommandos, die das Phänomen späteren Historikern begreiflich machen würden, aber nur wenige Soldaten erinnerten sich im nachhinein daran. Sie zogen sich zurück, weil sie sich gegen eine Überzahl tapfer behauptet hatten und es einfach angebracht schien. Für Sascha war es ein Spaziergang in traumähnlicher Erschöpfung, über hochgelegenes, windiges Land. Er plauderte mit Gerónimo und Pepe. Er schwieg lange. Meistens aber lächelte er ein verrücktes Lächeln und bewunderte den Himmel, die fein abgestuften Grautöne, das Schillern des

Lichts, dort, wo er die Sonne verbarg. Und dann sah er den steilen weißen Abhang von La Muela hinunter, und vor ihm stand auf einem Hügel eine Stadt, die von ihren alten Mudejartürmen beherrscht wurde. Er stieg den Abhang hinunter und überquerte die schmale Talsohle mit der eingleisigen Eisenbahnlinie, den Gemüsegärten und der Brücke. In der Stadt angelangt, begegnete ihm wieder der vertraute Diensteifer von Männern, die den Verkehr regelten, Anwesenheitsappelle abhielten und Fahrkarten und Quartiere zuwiesen.

Er bekam eine kleine Werkstatt in der Nähe der uralten Stadtmauer zugeteilt. Oben wohnte eine Familie, und unten befand sich ein großer Raum, dessen Decke durch eine hölzerne Säule und Balken abgestützt war, die Breitbeilspuren trugen. Holzscheite lagen herum, halbfertige Spazierstöcke, eiserne Reifen und Nägel, Wachsklumpen, Lederstücke, die zum Teil schon zugeschnitten waren, dazwischen Staub und Hobelspäne. Es roch nach Talg und Olivenöl. An der Wand hingen ein aus einer Illustrierten herausgerissenes Foto des Generalissimo und ein Bildnis von Seiner Heiligkeit, von dem ein Heiligenmedaillon herunterbaumelte. Draußen an den Mauern und auf dem Ziegeldach lag hoch aufgetürmt der Schnee.

»Das nenne ich gemütlich«, sagte Gerónimo. »Seht euch mal das Holz an! Wir können Feuer machen und uns richtig aufwärmen.«

Es dauerte bis Weihnachten, dann waren die Republikaner in der Stadt. Sie waren mit Gewehren, Bajonetten und Granaten vorgerückt, und jedes einzelne Haus war bitter umkämpft worden. Die Verteidiger zogen sich in die südlichen Stadtteile zurück, wo die Zivilregierung, die Banco d'España, das Priesterseminar und das Kloster Santa Clara lagen. Die Infanteristen unter Befehl von Leutnant Ramírez wurden im Laufe der Kämpfe in alle Winde zerstreut, und Sascha war in dieser Zeit nur mit Gerónimo und Pepe zusammen. Sie wußten, daß es auch noch andere Soldaten gab, doch meist sahen sie sie nur als flüchtige Schatten zwischen den Ruinen. Eines Abends stieß Sascha auf eine kleine Gruppe, die in der heißen Asche eines Feuers Kartoffeln garte. Das war seine einzige warme Mahlzeit in fünf Tagen.

Am Tag nach Weihnachten lockte sie das Geräusch von nahen Kämpfen aus der Werkstatt hinaus auf die Straße. Sie stellten fest, daß die Feinde in einer Entfernung von kaum hundert Metern mit einer Gruppe von Nationalisten kämpften, die sich in einer Radiowerkstatt verbarrikadiert hatten. Die Angreifer versuchten, die Verteidiger mit Gewehrfeuer zu überwältigen, unter dessen Schutz jeweils kleine Grüppchen Ausfälle mit Granaten machten. Sascha erkannte, daß, wenn diese Stellung fallen würde, der nächste Angriff seiner eigenen Stellung gelten würde. Er hatte nur eine dunkle Vorstellung von Taktik, versuchte aber, die Männer in der Radiowerkstatt mit Schrägfeuer von der Straße her zu unterstützen, während Pepe aus einem Fenster im Obergeschoß feuerte. Sie schienen damit Erfolg zu haben und kämpften, bis es dunkel wurde.

»Gott sei Dank, es ist vorbei«, sagte Gerónimo, als sie eine Stunde lang in ihrer Straße keine Schüsse mehr gehört hatten. Die Schüsse und Explosionen in den anderen Stadtteilen dauerten an, aber keiner der drei Männer schenkte ihnen Beachtung. »Was sollen wir jetzt tun?« wandten sich seine Mitstreiter an Sascha.

Sascha wußte das ebensowenig wie Gerónimo, und er wunderte sich, daß die anderen soviel Vertrauen in ihn setzten.

»Wie wär's mit Essen?« schlug er vor.

»Hört sich gut an. Wo kriegen wir was her?«

»Pepe, geh du mal los und versuch, eine Feldküche zu finden. Sollte das nicht klappen, bringst du mit, was du kriegen kannst.«

Eine Stunde später kam Pepe mit ein paar getrockneten Feigen, etwas Reis und einer Handvoll Bohnen zurück. Sie kauten die Feigen, und Gerónimo füllte seinen Helm mit Schnee und legte die Bohnen hinein, um sie einzuweichen. Den Reis bewahrten sie auf, bis sie wieder Feuer machen konnten, um ihn zu kochen.

»Wo wir gerade davon sprechen«, sagte Gerónimo, »wir könnten uns ins Haus zurückziehen und uns dort ein Feuer machen, sonst erfrieren wir hier draußen noch.«

»Ich weiß nicht. Wenn wir die Straße nicht sichern, machen sie höchstwahrscheinlich einen Vorstoß, und dann sitzen wir in der Falle wie die armen Teufel in der Radiowerkstatt.« Sascha nahm an, daß die Männer dort eingekesselt waren, denn er konnte sich nicht vorstellen, warum sie sonst nicht geflohen waren. Gerónimo beugte sich Saschas größerer Kriegserfahrung, und sie beschlossen, die Nacht im Freien zu verbringen. Dazu bauten sie sich eine provisorische Barrikade aus Schutt, Ziegeln und zerbrochenen Balken.

Mitten in der Nacht wurde Sascha plötzlich an der Schulter gerüttelt. Es war der alte Mann, der über der Werkstatt wohnte.

»Meine Frau und ich wollen fort«, entschuldigte er sich. »Könnten Sie auf unser Haus achtgeben? Oder könnten Sie vielleicht woanders kämpfen? Dieses Haus ist alles, was wir haben. Da drüben steht noch ein Haus. Das steht leer. Der Besitzer hat eine Tochter in Caudé. Wenn sein Haus zerstört wird, kann er immer noch zu ihr ziehen.«

»Wohin wollen Sie gehen?«

»Ich denke, daß wir irgendwo in einer Kirche unterkommen werden.«

»Alles Gute.«

»Vielen Dank. Ja, und Ihnen natürlich auch.«

In diesem Augenblick wurde ein Teil des Himmels erhellt. Jemand hatte eine Leuchtrakete abgeschossen, die wie der Weihnachtsstern durch die schneeschweren Wolken schwebte. In ihrem Licht konnte Sascha den Alten und seine Frau deutlich erkennen. Er sah auch, daß Gerónimo und Pepe beide eingeschlafen waren. Sie schliefen tief und fest, obwohl sie blau vor Kälte waren und zitterten. Dann fiel Sascha ein, daß er selbst auch geschlafen und geträumt hatte, erst von seiner Mutter und dann von Katja. Er hatte mit Katja in Nizza getanzt. Aber statt des Strandes hatte sich von der Promenade des Anglais bis zum Horizont ein Schneefeld erstreckt, und in diesem Schnee hatten sie getanzt. Und sie waren nicht allein gewesen. Von der sonnenbeschienenen Promenade aus hatte ihnen eine Menschenmenge in schrecklicher Selbstzufriedenheit zugeschaut, und, was noch schrecklicher gewesen war, überall auf dem weiten Schneefeld hatten sich dann paarweise Männer erhoben, die eben noch Leichen gewesen waren, in Mäntel, Wollsachen und Khakifetzen des Krieges gekleidet, und sie hatten, behindert von Schals und Pullovern, Stiefeln und Wickelgamaschen, einen schwerfälligen Bauernwalzer zu tanzen begonnen. Dann war die Musik lauter und schneller geworden, so daß die Leichen der Soldaten mit der Behäbigkeit von Betrunkenen ihre scheußliche Parodie eines Tanzes beschleunigt und den Schnee immer höher aufgewirbelt hatten, zu einem sternenhellen Schneegestöber, das immer dichter geworden war, bis die Luft grau und undurchsichtig gewesen war und Sascha sich allein wiedergefunden hatte, mit ausgestreckten Armen, immer noch tanzend. Katja war verschwunden gewesen. Von irgendwoher, ganz aus der Ferne, hinter den Schneeschleiern, hatte sie seinen Namen gerufen.

»Wacht auf! Wacht auf, verdammt noch mal!«

Sascha schüttelte und trat seine beiden Gefährten, bis sie schließlich benommen die Augen aufschlugen.

»Was ist los?« fragte Gerónimo.

»Das geht so nicht. Wir sterben hier draußen. Wir müssen uns aufwärmen.«

Sie gingen in die Werkstatt, machten aus den Holzvorräten ein kleines Feuer und wärmten sich auf. Sie waren so erschöpft, daß sie sogar vergaßen, ihren Reis zu kochen.

✻

Am Morgen wachte Sascha kalt und hungrig vor der Asche des Feuerchens auf. Um die Radiowerkstatt herum wurde nicht mehr geschossen. Er weckte Gerónimo und Pepe, und sie schlichen sich auf die Straße. Von ihrer improvisierten Barrikade aus konnten sie sehen, wie die Feinde in nahegelegene Gebäude eindrangen.

»Hier können wir nicht bleiben«, sagte Sascha zu den anderen. »Ohne Hilfe werden wir in Kürze so abgeschnitten sein wie die armen Teufel dahinten, und wir haben nicht mehr viel Munition. Ich schlage vor, daß wir uns zu unseren Truppen zurückziehen.«

Seine Gefährten widersprachen nicht, aber Sascha schämte sich, weil seine Entscheidung ebensosehr auf Feigheit wie auf rationalen Erwägungen beruhte. Er fürchtete, daß Leutnant Ramírez ihn tadeln würde, weil er den Kontakt zum Rest des Zuges verloren und eine Stellung aufgegeben hatte, die man hätte verteidigen können.

Nur zwei Straßen weiter stießen sie auf befreundete Truppen. Sascha fragte nach dem Offizier und erkundigte sich nach dem Standort seiner eigenen Kompanie.

»Ich habe keine Ahnung«, bekam er zur Antwort. »Kampfverbände zu organisieren, die über Gruppen von zehn oder zwanzig Mann hinausgehen, hat in dieser Situation nicht viel Sinn. Ich versuche nur, hier durchzuhalten. Von der allgemeinen Lage habe ich keine Ahnung.«

Sascha sah, daß die Männer sich bemühten, die Straße mit Möbeln zu verbarrikadieren, vor denen sie Erde und Schutt auftürmten, um die Wirkung der Kugeln abzuschwächen. Sie wirkten schmutzig und demoralisiert, doch ihr Offizier war aufgeregt, ja sogar begeistert.

»Wo kommen Sie her? Mann, Sie sehen ja halbtot aus!«

Sascha erzählte ihm, wie sie die Nacht verbracht hatten. Den Straßennamen wußte er allerdings nicht.

»Wenn das ein Trost für Sie ist«, sagte der Offizier, »es war klug von Ihnen, daß Sie abgezogen sind. Wenn Sie dageblieben wären, hätten die Sie bestimmt umzingelt und erschossen. Ich schlage Ihnen vor, daß Sie mit Ihren Männern hier bei uns bleiben. Als Gruppe können wir Flankenfeuer geben, wenn der Feind versucht, diese Häuser einzeln einzunehmen. Damit haben wir eine Chance, ihn aufzuhalten.« Als er sah, daß Sascha zögerte, fügte er hinzu: »Der Caudillo wird nicht zulassen, daß die Roten seine Stadt einnehmen. Er hat die Belagerung von Toledo beendet, und für uns wird er das gleiche tun. Wir müssen nur durchhalten.«

Sascha kehrte zu seinen Gefährten zurück und sagte ihnen, daß sie bleiben würden. Ohne sich weiter darüber zu wundern, bemerkte er, daß er auf seinen durchgefrorenen Füßen humpelte. Sie holten aus dem kleinen Vorratslager etwas Munition und trockenes Brot und bekamen ein Haus zugewiesen, das sie verteidigen sollten. Nach den Büchern dort zu urteilen, gehörte es einem strenggläubigen Lehrer. Er war vielleicht geflohen oder kämpfte anderswo. Der Vorteil des Hauses war, daß es einen Keller hatte, in dem sie vor dem Artilleriefeuer Schutz suchen konnten.

In einer der Ruinen wurde ein Feuer angezündet. Als der Abend hereinbrach und der Feind immer noch relativ stillhielt – obwohl der Kampfeslärm aus anderen Stadtteilen nicht nachgelassen hatte –, wagten sich die nationalistischen Soldaten aus ihren Unterschlüpfen heraus. Jemand hatte einen Sack Kartoffeln gefunden, die sie in der glühenden Asche garten und gierig verschlangen.

»Warum haben sie uns heute in Ruhe gelassen?« fragte jemand.

»Reiner Zufall. Ich habe mitbekommen, wie sie ein paar andere arme Schweine fertiggemacht haben.«

»Vielleicht sitzt ihnen Franco mit Verstärkung im Nacken, und sie haben dafür Leute gebraucht.«

»Gebe Gott, daß du recht hast. Aber zu versuchen, bei diesem

Wetter einen Belagerungsring zu durchbrechen, ist kein Spaß. Es ist reiner Selbstmord.«

»Der Himmel gefällt mir gar nicht, und außerdem kommt Wind auf. Die Temperatur fällt, und wir kriegen noch mehr Schnee. Heilige Mutter Gottes, mir ist kalt!«

»Nur weiter so – munter uns doch noch ein bißchen mehr auf!«

Auch Sascha hatte den Eindruck, daß das Wetter schlechter wurde. Andererseits war er sicher, daß er hinter dem Getöse ringsherum irgendwo nördlich von Muela Artilleriefeuer hörte, und das konnte tatsächlich heißen, daß Verstärkung unterwegs war. Es kam ihm vor wie ein Wettrennen zwischen dem Wetter und den Befreiungstruppen. Er stellte fest, daß die Männer zusätzlich zu ihren Verletzungen Frostbeulen und Erfrierungen hatten, und nahm an, daß viele daran sterben würden. An sich selbst dachte er nicht. Es kam ihm gar nicht in den Sinn, daß die Distanz, mit der er die anderen Männer betrachtete, das Ergebnis seines eigenen gefährlichen Zustandes war oder daß die hohläugigen Blicke, die ihn manchmal trafen, seine eigene hinkende, zitternde Erscheinung abschätzten und in ihm ebenfalls einen vom Tode Gezeichneten erkannten.

*

Es gab kein Brennholz mehr im Haus, und ein Feuer anzuzünden wäre sowieso gefährlich gewesen. Schweigend kauerten sie sich in der bitteren Kälte zusammen. Der Angriff begann im Morgengrauen und war plötzlich und heftig. Pepe, der im Obergeschoß auf Beobachtungsposten saß, wurde getötet, als eine Mörsergranate das Dach durchschlug und diesen Teil des Hauses völlig zerstörte. Außerdem bestrich der Feind von irgendwoher die Straße mit einem schweren Maschinengewehr, und man konnte hören, wie die Granatentrupps sich von Haus zu Haus vorarbeiteten. Sascha hatte sich an die Geräusche und den Rhythmus dieser Form des Angriffs gewöhnt, an die Explosion der Granaten, die durch die Wände des Zimmers gedämpft wurde, und an die paar Schüsse, die daraufhin dann unweigerlich zu folgen schienen.

Er hatte aufgehört, irgend etwas zu seiner Verteidigung zu unternehmen, behielt aber aus lauter Gewohnheit das Gewehr immer noch neben sich. Sascha litt unter Kälte, Hunger und Erschöpfung, war aber in seiner Benommenheit zu dem Schluß gekommen, daß er ein Feigling sein mußte. Gerónimo hatte im Gegensatz zu ihm schlechte Laune und viel Energie bekommen, murmelte dunkle Flüche und Beschimpfungen vor sich hin und machte kurze Ausflüge auf die Straße, um draußen ein bißchen herumzuballern, bevor das Maschinengewehr ihn wieder ins Haus trieb. Die beiden Männer sprachen nicht miteinander.

Da er offensichtlich bald sterben würde, begann Sascha, seine Seele darauf vorzubereiten. Er hatte die Vorstellung, daß er dabei methodisch vorgehen müßte, und daher versuchte er, während die Kämpfe näher rückten und lauter wurden, seine Sünden wie Schriftstücke zusammenzustellen. Da er sich nicht lange auf ein Thema konzentrieren konnte, drifteten seine Gedanken zur Theologie der Beichte ab. Er erinnerte sich, daß Alain ihm einmal gesagt hatte, *in extremis* könne man auch einem Pferd beichten.

»Kein Pferd da«, murmelte er.

Er sah sich nach einem anderen würdigen Objekt um, und sein Blick fiel auf seinen rechten Stiefel, der immer noch seinen gefühllosen, erfrorenen Fuß bedeckte. Während er den Stiefel anstarrte, schien dieser sich von ihm zu lösen und ein Eigenleben zu gewinnen. Sascha öffnete die blauen, aufgesprungenen Lippen und sprach ihn an.

»Stiefel? Willst du mir die Beichte abnehmen, Stiefel?«

Mit einiger Willensanstrengung gelang es ihm, mit dem Fuß zu wackeln. Er grinste.

»Gut.«

Sascha war befriedigt, und seine Gedanken begannen wieder zu wandern. Er sah Katja vor sich, wie sie an jenem Abend in Nizza gewesen war, nicht das zynische Wesen, das später aus ihr geworden war. Er erkannte, daß dieser eine Abend bedeutsamer für ihn geworden war, als er sich das je hatte vorstellen können, denn in ihm war all die Liebe zu einer Frau zusammengedrängt, die ihm je gestattet sein würde. Er versuchte, diesen Abend in seiner ganzen Schönheit wieder vor seinem geistigen Auge entstehen zu lassen, aber er entzog sich ihm in den einfachsten Dingen. Hatten sie wirklich getanzt, oder war alles nur eine Täuschung gewesen? Sascha konnte wieder fühlen, wie er die Arme um Katja legte, ja selbst die Bewegung ihrer Körper in den Wellen. Aber hatten sie getanzt?

Hatte sie genauso wie er auf den plötzlichen Schock der Empfindung reagiert, als er sie in seinen Armen hielt? Hatte sie die gleiche plötzliche Gewißheit gespürt?

Von neuem abgelenkt, wandte er sich wieder an seinen Stiefel.

»Vor sechs Monaten – sechs Monaten? – habe ich meine letzte Beichte abgelegt, Stiefel. Was sagst du dazu? Bist du ein vergebender Stiefel? Bist du der Stiefel des Lebendigen Gottes?«

Er versuchte wieder, den Fuß zu bewegen.

»Letzte Nacht war es kalt. Hast du gefroren, Stiefel?«

Ein Husten schüttelte seinen Körper und erregte Gerónimos Aufmerksamkeit, der an der Tür stand, hinaus auf die Straße schoß und Verwünschungen brüllte. Doch zu Sascha sagte er kein Wort. Saschas Gedanken wanderten weiter.

»Seit meiner letzten Beichte habe ich die Sünden der Feigheit und der Torheit begangen.«

Die Torheit, die er nicht bereuen konnte, war jene, die ihn veranlaßt hatte, sich in Katja zu verlieben. Sie hatte ihm mehr Freude gebracht als alle anderen, und jetzt schenkte sie ihm eine Art Frieden. Sascha war überzeugt, daß er Katja liebte, denn wenn er sie nicht geliebt hätte, wäre sein Leben wahrhaft sinnlos gewesen.

Er dachte über das Tanzen nach. Die Torheit des Tanzens. Wie sie in großen Kreisen durch die Gischt von Seewasser und Schnee geschwebt waren. Fest miteinander verschlungen in wortloser Umarmung. Lächelnd und in dem Bewußtsein, daß sie sich gegenseitig liebten. So war es gewesen. Eins-zwei-drei, eins-zwei-drei. Er erinnerte sich, daß irgendwo Musik gespielt hatte. Wie war die Melodie noch gewesen? Eins-zwei-drei. Und Katja hatte gesagt: »Ich liebe dich.« Auch daran erinnerte er sich jetzt deutlich.

Er sah zum Eingang hinüber. Gerónimo hatte sich hingesetzt. Über seine Brust breitete sich ein großer roter Fleck aus. Er lächelte mit weit geöffnetem Mund. Sascha starrte auf seinen Stiefel. Er versuchte, ihn zu bewegen, schaffte es aber nicht.

»Hast du nichts zu deiner Verteidigung zu sagen?« fragte er. Er konnte in dem Muster von Ösen, Schnürbändern und Falten im Leder ein Gesicht erkennen, doch er konnte dieses stumme Gegenüber nicht zum Leben erwecken.

Er fragte sich, ob er für Gott wirklich existierte. Manchmal war es schwer, daran zu glauben, wenn man sah, wie Gott sich seiner

Geschöpfe entledigte. Sascha fragte sich, ob es einen mitleidlosen Gott gäbe, der sich – auf Seiner Suche nach Erkenntnis Seiner unbegrenzten Möglichkeiten – das Leiden seiner phantasierten Geschöpfe vorstellte und, wie ein Künstler, der seine Schöpfung nicht für real hält, jeden unvollkommenen Versuch beseitigte und in jeder Generation neue Spielarten des Leidens erfand. War es so? Und wenn es so war, würde das Leiden aufhören, wenn wir Gott von der Wirklichkeit unseres Leidens überzeugen könnten?

23

El Novio de la Muerte

Am Silvesterabend erreichten die Entsatztruppen der Nationalisten den niedrigen Kalksteinrücken La Muela de Teruel, von wo aus sie die Stadt beschießen konnten. Ein Schneesturm brach aus. Er dauerte vier Tage, und als er aufhörte, war die Sierra tief verschneit. Die Artillerie schwieg. Maschinen froren ein. Auf der Straße nach Valencia wurden Hunderte von republikanischen Versorgungsfahrzeugen aufgehalten.

Concha, der alte Krankenwagen, wurde zwischen Teruel und La Puebla de Valverde abgestellt. Katja und Isabel, in Wintermäntel und Wollsachen gehüllt, aber dennoch bis auf die Knochen durchgefroren, kämpften sich durch den Schnee nach Valverde durch und fanden in einer Schule Unterkunft, die man für Flüchtlinge aus den steckengebliebenen Konvois freigemacht hatte. Dazu gehörten auch Verwundete, die auf dem Weg in die Krankenhäuser in Valencia gewesen waren. Solange der Schneesturm andauerte, pflegte Isabel die Kranken, während Katja niedrigere Dienste versah, etwa die improvisierte Krankenstation putzte, die Wäsche wusch und kochte. Als der Schneesturm vorbei war, arbeitete sie bis zur Erschöpfung in den Räumtrupps, und Abschnitt für Abschnitt wurde die Straße wieder befahrbar gemacht. Zwei Tage nach dem Schneesturm fanden sie Concha wieder. Einen weiteren Tag verbrachten sie damit, den Wagen auszugraben und wieder fahrtüchtig zu machen.

Das Kloster und Krankenhaus Santa Clara fiel am Neujahrstag. Die Verteidiger waren tot. Am dritten Januar besetzten die Republikaner den Sitz der Zivilregierung. Am achten Januar gab der nationalistische Befehlshaber in Teruel auf, und nun war die ganze Stadt in den Händen der Republikaner. Die Zivilbevölkerung wurde evakuiert. Inzwischen bezog die nationalistische Entsatztruppe Stellungen, um die Stadt zu belagern, und der Kampf dauerte an, im Schnee, Frost und Wind eines bitterkalten Winters.

Obwohl die Belagerer den Ring immer enger zogen, blieb die Straße nach Valencia offen, und es war weiterhin möglich, Verletzte zu evakuieren. Katja und Isabel transportierten Verwundete und Versorgungsgüter zwischen den beiden Städten hin und her. Diese Fahrten setzten sie einen Monat lang ohne Unterbrechung fort. Während dieser Zeit gingen die Höhen von La Muela an den Feind verloren, der daraufhin an einem geschwächten Abschnitt der republikanischen Front den Alfambra überquerte, was zu enormen Verlusten von Menschen und Material führte. Auf ihrer letzten Fahrt nach Teruel kamen die beiden Frauen in eine Stadt, die nur noch von Soldaten bevölkert war. Unter ihnen befanden sich die unorganisierten Überreste von Einheiten, die bei der Niederlage am Alfambra geflohen waren. Die Nationalisten beschossen die Stadt.

»Und wo bleiben wir heute nacht?« fragte Isabel.

Die Straße lag voller Schutt. In der Ruine einer Schneiderwerkstatt flackerten Feuer, und Schneiderpuppen lagen herum wie verstümmelte Leichen. Sie stiegen über die Mauerbrocken hinweg und stocherten zwischen dem angekohlten Hausrat des Schneiders herum, der über der Werkstatt gewohnt hatte. Eine Matratze roch nach schwelenden Federn. Zwischen Küchengeräten und Möbeln lagen Stoffballen und halbfertige Anzüge.

»Warum hat uns das keiner gesagt?«

Bei früheren Gelegenheiten hatten sie mit anderen Krankenschwestern zusammen in der Werkstatt übernachtet. Der Besitzer war evakuiert worden.

»Vielleicht ist sie erst heute zerstört worden«, meinte Katja. Sie fand ein Stück Seife, steckte es ein, ohne nachzudenken, und untersuchte die Glühbirnen, um zu sehen, ob darunter noch welche waren, die funktionierten. Isabel hatte ein Handtuch und ein paar Knöpfe an sich genommen.

Draußen ließen sie Concha stehen und brachen zu Fuß auf. Sie wollten zum Krankenhaus zurückgehen und dort Erkundigungen einziehen.

In der Nähe der Plaza Torico, in den Ruinen eines Hauses, das den zerbrochenen Simsen und den Stümpfen von klassischen Säulen nach zu urteilen früher ein öffentliches Gebäude gewesen war, befand sich ein Kellereingang, der durch ein Brett mit der Aufschrift

CANTINA gekennzeichnet war. Lärm, Gelächter und Musik von einem Plattenspieler drangen nach oben. In dem schwindenden Licht des Nachmittags, vom Feuerschein erhellt, wirkte der Ort seltsam entrückt, wie aus einer anderen Welt.

»Ich kann mich an diesen Keller nicht erinnern, du?«

»Nein, ich auch nicht. Ich bin zu müde.«

»Ich habe Hunger, und ich will was trinken«, sagte Isabel.

Drinnen befanden sich nur Männer.

»Da! Guckt mal! Frauen!« rief jemand.

Männer kamen zu ihnen herüber und stellten sich vor. Abgerissene Gestalten waren es, Soldaten, die zu lange im Feld gewesen waren, schmutzig, unrasiert, übelriechend und mit trüben Augen. Isabella beantwortete ihre Einladungen mit derbem Humor, und Katja amüsierte sich über die Eitelkeit der Männer. Es war keiner dabei, der sich nicht in seinem lehmverschmierten Mantel und den Stiefeln, von denen sich die Sohlen lösten, noch für attraktiv gehalten hätte.

Aus Ölfässern hatte man einen Kerosinofen gebaut. Zu essen gab es eine Suppe aus Tomaten, Brot und Knoblauch oder einen Bohnenbrei mit ein paar Fetzchen Hammelfleisch. In dem Mief, der durch Essensdünste, Zigarettenrauch und feuchte Uniformen entstand, glühten verschwommen einige Öllampen. Tische und Stühle bestanden aus verschieden großen Munitionskisten. Mitten durch den Keller lief ein schmales Rinnsal, und an einer Wand stand unpassenderweise ein Aktenschrank, auf dem das Grammophon aufgebaut war. Die Musik bestand aus einem Gemisch von Wiener Walzer, Ragtime, amerikanischen Schnulzen und argentinischen Tangos, die von Liebe und Tod handelten.

Katja und Isabel bedienten sich mit Suppe und fanden einen Tisch, an dem die Männer ihnen Platz machten. Katja bemerkte es trotz ihrer Müdigkeit, und sie fühlte sich geschmeichelt. Isabel flüsterte:

»Ich mag sie nicht, aber heute nacht hätte ich gern einen. Stell dir mal das warme Fleisch vor! Wie kuschelig das wäre!«

Katja paßte sich der Ausdrucksweise ihrer Freundin an:

»Aber guck sie dir doch an! Wie dreckig sie sind, und keiner hat Fleisch auf den Rippen.«

»In der Not frißt der Teufel Fliegen.«

»Sie sind völlig durchgefroren.«

»Wir könnten uns gegenseitig wärmen. Ich möchte... Ich möchte Dreck austauschen und Gestank! Meinetwegen kann er sogar Läuse haben! Ich möchte...« Plötzlich kippte Isabels fröhliche Stimmung um, sie wurde traurig und murmelte schmutzige Flüche vor sich hin. »O Gott, ich möchte... ich möchte...«

Ein Soldat kam zu ihnen herüber und forderte Isabel zum Tanzen auf. Mit Schrecken erkannte Katja, daß im Vergleich zu ihr, mit ihrem geschorenen Kopf und ihren ausgemergelten Gesichtszügen, Isabel die Hübschere war. Der Soldat sah aus, als hätte er eine Wette abgeschlossen und wüßte nun nicht, was er tun sollte. Doch dann nahm er all seinen Mut zusammen und ergriff seine Partnerin, als wäre sie eine gefährliche Löwin. In ihren dicken Mänteln, die für den gehörigen Abstand sorgten, drehten sie sich ohne besondere Beziehung zur Musik im Kreis, und die Freunde des Soldaten lachten dazu.

Währenddessen war ein Mann an Katjas Tisch getreten.

»Darf ich mich zu Ihnen setzen?«

Katja hielt ihn für etwa sechzig Jahre alt – obwohl Menschen im Krieg älter wirken. Sein Gesicht war hager und von senkrechten Linien durchfurcht, und er hatte graues Haar und einen dünnen grauen Schnurrbart. Seine Bewegungen waren jedoch geschmeidig, seine Augen hell und seine Mimik beweglich und ausdrucksvoll. Er lächelte viel und war, wie andere Menschen, die auf bestimmte, mitfühlende Weise lächeln, anziehend, auch wenn er etwas Oberflächliches hatte.

»Ich kenne Sie nicht. Sind Sie eine von unseren Krankenschwestern?«

»Nein. Ich fahre einen Krankenwagen.«

»Spanierin sind Sie nicht. Französin? Nein, Französin auch nicht.«

»Ich bin Russin. Aber ich lebe seit vielen Jahren in Frankreich.«

Katja mochte seine Stimme, weil sie soviel Ruhe ausstrahlte.

»Ich heiße Ignacio Peralta García«, sagte er, »und ich habe Sie gefragt, ob Sie Krankenschwester sind, weil ich einer von den Ärzten bin.«

»Katerina Pawlowna Safronowa.«

»Und wie werden Sie genannt? Genossin Safronowa oder

Katja?« Er lächelte. »Halten Sie sich länger an diesem hübschen Ort auf?«

»Wir fahren morgen mit einigen Verwundeten nach Valencia zurück.«

»Wie schade.«

»Wir kommen wieder«, setzte Katja hinzu und kam sich sofort dumm vor. Sie sah zu Isabel hinüber, die an ihrem Soldaten hing und friedlich vor sich hin grinste. Die anderen Männer waren des Zuschauens müde geworden und schwatzten und aßen jetzt weiter. Den Granaten, die irgendwo ganz in der Nähe explodierten und die Öllampen zum Schaukeln brachten, schenkten sie kaum Beachtung.

»Ihre Freundin ist auch Fahrerin?« fragte Dr. Peralta.

»Nein, sie ist Krankenschwester. Sie fährt mit mir zusammen.«

»Sie hat anscheinend jemanden gefunden, der sie glücklich macht. Sagen Sie, was hat Sie in unser armes Land geführt?«

»Ich wollte etwas Sinnvolles mit meinem Leben anfangen.«

»Nur das?«

»Ja.«

»Sind Sie Kommunistin.«

»Nein. Und Sie?«

»Ich bin nicht in der Partei, aber man könnte sagen, daß ich ihre Ziele unterstütze. Ich bin für soziale Reformen und dafür, daß wir diesen Krieg gewinnen, und ich sehe nicht, wie das ohne die Disziplin der Kommunisten zu erreichen ist.«

Katja wußte nicht, wohin diese Unterhaltung führen sollte. Sie blickte auf die Hände des Arztes, und ihr fiel auf, wie zart sie waren und daß sie, wie die Hände der meisten Männer, nicht gealtert waren, so wie Frauenhände es tun. Er trug einen Freimaurerring, ähnlich wie ihn Kolja und vor ihm Viktor getragen hatten. Das erweckte sofort ihr Mißtrauen, obwohl es außer dem Ring keinen Grund dafür gab.

»Ich habe Enkelkinder«, sagte er offen. »Meine Frau ist vor fünf Jahren an Brustkrebs gestorben.«

Katja erkannte, daß er den Altersunterschied zwischen ihnen deutlich machen wollte. Sie hätte in diesem Augenblick erwähnen können, daß sie verheiratet war, und auf diese Weise von sich aus den Abstand zwischen ihnen vergrößern können. Aber damit hätte sie Kolja eine Bedeutung beigemessen, die ihm nicht mehr zukam, und es wäre unehrlich gewesen.

»Ich habe festgestellt, daß das Alter anders ist, als ich es mir vorgestellt habe«, fuhr der Arzt fort. »Ich meine damit nicht, daß ich mich noch jung fühle – mir ist nur zu sehr bewußt, daß meine Einstellungen sich im Laufe der Zeit verändert haben. Aber ich fühle mich noch lebendig. Das ist es, was mich überrascht. Als ich zwanzig war, dachte ich, Menschen über Vierzig wären tot. Sie liefen zwar herum und führten Handlungen aus, als wären sie am Leben, aber in meinen Augen waren sie nicht wirklich lebendig, sie taten nur so, als seien sie lebendig. Und dann wurde ich selbst vierzig. War das ein Schock!« Er lachte.

Es wurde still im Raum. Man hörte Flugzeuglärm und in einiger Entfernung das Krachen von Bomben. Als das vorüber war, brach jemand das Schweigen mit dem Lied »Hijos del Pueblo«, aber man befahl ihm, den Mund zu halten, und legte eine Platte auf, ein lustiges Lied.

»Ich muß gehen. Isabel und ich müssen noch eine Unterkunft für die Nacht finden. Das Haus, in dem wir sonst immer übernachtet haben, ist zerstört worden.«

»Die Krankenschwestern, die im Lazarett arbeiten, übernachten hier ganz in der Nähe. Sie haben bestimmt nichts dagegen, wenn Sie und Ihre Freundin eine Nacht bei ihnen auf dem Fußboden verbringen.«

»Unsere Sachen sind noch im Krankenwagen, und wir können ihn da nicht stehenlassen, wo er jetzt steht.«

»Wo steht er denn?«

»Nicht sehr weit von hier.«

»Ich begleite Sie hin. Es ist zu gefährlich für Sie, so allein. Seit der letzten Schlacht ist die Stadt voller versprengter Soldaten. Sie folgen keinen Befehlen und leben vom Plündern.«

Katja rief nach Isabel, die widerstrebend ihren Soldaten verließ. Ihr Gesicht leuchtete. Von der demoralisierten Frau von vor einer Stunde war keine Spur mehr zu sehen. Katja stellte Dr. Peralta vor und erklärte, er würde sie begleiten. Isabel warf Katja einen wissenden Blick zu.

Nach dem Angriff war es zu neuen Bränden gekommen, und die Stadt war überall von flackerndem Licht erhellt. Diesmal bemerkte

Katja die Schatten, die durch die Dunkelheit huschten, und sie hatte Angst und war froh über die Begleitung. Sie kamen an einer Gruppe von Feldpolizisten vorbei, und in einer schmalen Straße, in der sich Töpfereien befanden, stießen sie auf mehrere Fahrzeuge, die zu einem Konvoi zusammengestellt wurden.

»Das sieht nach Rückzug aus«, sagte Katja.

»Ja. Die Faschisten sind schon am Nordrand der Stadt, und es kann sein, daß sie die Straße nach Valencia blockieren. Wo steht Ihr Wagen?«

Die Straßenzüge wirkten verändert. Der Anfang der Straße, in der sie Concha abgestellt hatten, war jetzt durch ein eingestürztes Haus blockiert, und in der ganzen Straße brannte es. Mittendrin stand auch der alte Krankenwagen in Flammen.

»Das ist ja prima!« rief Isabel. »Jetzt sitzen wir hier fest!«

»Kommen Sie mit mir«, sagte der Arzt. »Wir werden Sie für heute nacht unterbringen, und morgen früh sehen wir zu, daß wir eine Transportmöglichkeit für Sie organisieren.«

»Wir haben nichts«, klagte Isabel, »nicht einmal ein Stück Seife.«

Katja suchte in ihren Taschen nach dem Stück Seife, das sie in der Schneiderwerkstatt gefunden hatte, und zeigte es Isabel. Diese wunderte sich erst und lachte dann, und bald wanderten alle drei Arm in Arm lachend zum Lazarett.

Sie verbrachten die Nacht mit zwanzig Krankenschwestern und Ärzten in einem Kellerraum. Er wurde von einer Öllampe erhellt. An der Wand hing ein Stück Spiegelglas, in dem Katja sich betrachten konnte.

Das Gesicht einer älteren Frau sah sie an. Es war grau, die Augen gerötet und der Blick starr, und die Frisur bestand aus schlecht geschnittenen Stoppeln. Katja erkannte, daß es ein Gesicht war, dem sich ein sechzigjähriger Arzt gefahrlos nähern konnte, ohne das Risiko einzugehen, für eitel gehalten zu werden.

✳

Am Morgen wurden sie erneut und mit noch größerer Heftigkeit bombardiert. Ständig wurden neue Verwundete ins Lazarett gebracht. Unter diesem Druck blieb Isabel nichts anderes übrig, als sich den anderen Krankenschwestern anzuschließen. Katja wollte

554

sich um eine Fahrgelegenheit nach Valencia bemühen. Sie fand genügend Fahrzeuge, die in dem gerade beginnenden Rückzug die Stadt verlassen wollten. Katja wollte jedoch nicht ohne Isabel abfahren, und Isabel würde erst fahren können, wenn man beschlossen hatte, das Lazarett zu evakuieren.

Katja suchte Dr. Peralta auf. Er ruhte sich zwischen zwei Operationen aus, rauchte und plauderte mit einem anderen Arzt. Das Gewehrfeuer schien ihn nicht zu stören.

»Katja!« rief er, als er sie erblickte. »Was, Sie sind immer noch hier? Ich dachte, Sie wären heute morgen bereits abgefahren und ich würde Sie nie wiedersehen, wie so viele andere hübsche Krankenschwestern in meinem Leben. Wenn Sie heute abend noch hier sind, könnten wir uns vielleicht wieder in der Kantine treffen, ja? Vorausgesetzt, die Faschisten haben sie nicht in die Luft gejagt. Aber in dem Fall sorgt sicher irgendein unternehmungslustiger Geist dafür, daß eine neue eröffnet wird.«

»Kann ich irgendwie helfen?« Katja war an Granatenbeschuß gewöhnt, aber jetzt überkam sie einer jener Panikanfälle, die Menschen erleben, wenn sie über zu lange Zeit den Belastungen an der Front ausgesetzt waren. Sie war sich dessen bewußt und suchte nach einer Tätigkeit, um sich abzulenken.

»Sind Sie sicher, daß Sie in der Lage dazu sind?«

»Ich kann saubermachen und kochen. Krankenschwester bin ich nicht.«

Der Arzt überlegte kurz und legte ihr dann die Hand auf die Schulter, eine Geste, die beruhigend wirken sollte.

»Es gibt etwas für Sie zu tun«, sagte er. »Aber nicht hier. Wir haben ein paar faschistische Kriegsgefangene – krank und verwundet. Sie sind in ziemlich schlimmem Zustand. Verstehen Sie mich nicht falsch, sie sind nicht mißhandelt worden, aber wir haben uns natürlich zuerst einmal um unsere eigenen Leute gekümmert.«

Er erklärte ihr den Weg zu der Kirche, in der die Gefangenen untergebracht waren. Sie hatte die Bombardierungen ziemlich heil überstanden, während die umliegenden Häuser in Schutt und Asche lagen.

Die Kirche war bei der ersten Besetzung der Stadt von den Republikanern geplündert worden. Ein großer Teil des Kirchengestühls war verschwunden, wahrscheinlich hatte es als Brennholz gedient, und die Statuen der Jungfrau Maria und anderer Heiliger waren verunstaltet worden. Der Altarschmuck fehlte ganz, und jemand hatte versucht, den Altaraufsatz in Brand zu stecken. Durch die zerbrochenen Fensterscheiben drangen Wind und Wetter ein, aber ein gußeiserner Ofen spendete etwas Wärme. Etwa ein Dutzend Gefangene hockte zusammengekauert um den Ofen herum, und andere lagen zwischen Schutt und Glassplittern auf fauligen Strohsäcken. Die meisten trugen ihre Regenumhänge und ihre Winteruniformen, zum Teil über schmutzigen Schlafanzügen. Viele trugen Verbände oder einen Gips, aber niemand schien schwer verwundet zu sein. Allerdings fieberten einige.

»Das sind die letzten«, sagte der Arzt, der die Gefangenen betreute. »Wir hatten schon über hundert hier drin. Das hätten Sie sehen müssen. Wie im Zigeunerlager. Die anderen haben wir evakuiert.«

»Es ist eine Schande«, sagte Katja.

»Ausländerin, was?« gab der Arzt müde zurück.

»Warum machen Sie hier nicht sauber?«

»Wenn Ihnen das hier nicht gefällt, sollten Sie erst mal die Latrinen sehen. Verstehen Sie, ich habe keine Leute dafür. Ich dachte, deswegen wären Sie hergekommen. Denken Sie nicht, ich würde mir keine Mühe geben. Aber immer wenn eine Granate einschlägt – selbst wenn sie uns nicht trifft –, kriegen wir den Mist hier reingeblasen. Verstehen Sie?«

Katja verstand wohl, daß der Mann müde war und Angst hatte. Es hatte keinen Sinn, sich mit ihm zu streiten.

»Haben Sie Besen? Eimer?«

Er führte sie in einen Raum mit einem Schrank, in dem die Putzsachen aufbewahrt wurden. Katja ging ins Hauptschiff zurück und begann, die Steinbrocken und die Glasscherben aufzufegen. Die Gefangenen sahen unbeteiligt zu. Keiner bot ihr seine Hilfe an. Während sie arbeitete, füllte sich die Luft mit feinem Gipsstaub. Außer dem Wischen der Borsten und dem Kratzen der Glassplitter auf dem Steinboden war nichts zu hören. In den dunklen Ecken der Seitenkapellen, über denen dominikanische Heilige auf rußgeschwärzten Gemälden wachten, häuften sich schimmelnde menschliche Exkremente.

»Ich will versuchen, hier aufzuwischen«, sagte Katja zum Arzt.

Er rauchte und ließ die Asche auf den Boden fallen, den sie gerade gefegt hatte. »Haben Sie Desinfektionsmittel?«

»Das ist Zeitverschwendung.«

»Und die Latrinen?«

»Können Sie vergessen. Die brauchen Sie sich wirklich nicht anzugucken.« Er zeigte auf ein altes Ölfaß. »Da scheißen sie rein, und wir rollen es jeden Morgen nach draußen – erzählen Sie mir jetzt nicht, daß das unhygienisch ist. Wissen Sie, was Sie tun können? Helfen Sie ein bißchen beim Kochen.«

In einem großen Kessel wurde Mais zu einem dünnen Brei zerkocht, in dem Fettstückchen und ein paar Bohnen schwammen. Dann hoben der Arzt und einer der Wachtposten den Kessel auf den Altar, und die Gefangenen stellten sich ordentlich zu einer Schlange auf, jeder mit seinem eigenen Blechnapf in der Hand. Während Katja mit der Schöpfkelle die Rationen ausgab, sagte der Arzt, in dem Versuch, witzig zu sein, jedesmal: »Dies ist mein Leib, der für euch hingegeben wurde...«, bis es ihm zu langweilig wurde und er mit dem Posten ein Gespräch über das Wetter und das Vorrücken der Nationalisten in den Vororten begann.

Als die Schlange versorgt war, kümmerte sich Katja um die Gefangenen, die auf ihren Strohsäcken liegengeblieben waren. Mit einem kleinen Schüsselchen ging sie der Reihe nach zu den Kranken und ermunterte sie zum Essen. Sie hatte, aus Eitelkeit oder vielleicht auch aus Gefühlsduselei, eine gewisse Dankbarkeit für das Essen erwartet, aber sie begegnete nur hohläugigen, starren Blicken, die erst auf das Essen, dann auf ihr Gesicht fielen. Nur wenige waren munter, einige brachten sogar ein lüsternes Lächeln zustande, und Katja wußte, daß sie überleben würden.

Ein Mann war noch übrig. Er war Katja schon beim Fegen aufgefallen. Er stand in einer der dunklen Seitenkapellen, das Gesicht im Schatten und die Stirn gegen das Mauerwerk gedrückt. Seit ihrer Ankunft hatte er sich noch nicht von der Stelle bewegt, nur ab und zu das Gewicht von einem Fuß auf den anderen verlagert. Er war in einen schlammbespritzten Regenumhang gehüllt und trug seinen Stahlhelm, als rechnete er damit, daß jeden Augenblick Granaten einschlagen würden. Er hatte keine Stiefel an, und seine Füße waren mit schmutzigen Verbänden umwickelt.

Katja berührte den Gefangenen sachte an der Schulter und bot ihm ein Schüsselchen mit Brei an. »Sie müssen etwas essen«, sagte sie. Er reagierte nicht, spannte nur die Schultern an. Die Arme hielt er vor sich verschränkt. »Bitte, essen Sie ein bißchen«, drängte Katja. Um sich herum hörte sie Husten, Löffelgeklapper und herabrieselnden Staub, denn gerade war wieder eine Granate in der Nähe eingeschlagen. »Bitte!« Aber sie bekam keine Antwort. Katja stellte das Schüsselchen auf den Boden und ging fort, um den Arzt zu fragen, was sie als nächstes tun sollte.

Kurz darauf, als sie die Eßgeschirre zum Abwaschen einsammelte, bemerkte sie, daß der Gefangene in der Kapelle seine Stellung verändert hatte. Er hockte jetzt auf dem Boden und betrachtete das Essen. Sie konnte sein Gesicht sehen. Es war Sascha Schiwago.

✳

Sascha! Katjas erstes Gefühl war ungläubige Freude. Es war, als wäre er ihr unsagbar teuer, so teuer wie nur irgendein geliebter Mensch es sein konnte – wie ein geliebter Ehemann oder Bruder, den sie nach einer langen Reise in ein fernes Land, aus dem keine Nachrichten gedrungen waren, verloren geglaubt hatte; und der jetzt auf einmal unvermittelt vor ihrer Tür stand, schwer beladen mit seinen Reiseerlebnissen, erstaunt, daß seine Briefe nicht angekommen waren. Wenn ihr jemand gesagt hätte, daß sie Sascha nur freundschaftliche Gefühle entgegenbrachte, daß sie ihn nie geliebt hatte oder daß sie bei ihrem letzten Zusammentreffen (in Max Golizins Büro nach dem Zusammenbruch der »Witwen und Kriegsversehrten«) wütend auf ihn gewesen war, hätte sie erst lange in ihrem Gedächtnis kramen müssen, denn nichts davon hätte ihrem gegenwärtigen Gefühl entsprochen. Man könnte vielleicht sagen, daß sie die übertrieben euphorischen Gefühlsregungen empfand, die man jedem vertrauten Menschen entgegenbringt, wenn man zu lange in der Fremde festgehalten wird. Oder, kürzer, daß ihr Gefühl eine Kombination aus Chemie und Umständen war – eine Erklärung für Liebe, die sie selbst einst gegeben hatte. Was es auch immer sein mochte – und Katja machte sich weder die Mühe, noch nahm sie sich die Zeit, darüber nachzudenken –, sie war zunächst wie vor den Kopf gestoßen und wurde dann von einer Flut liebevoller Erinnerungen überschwemmt, Erinnerungen an einen Jungen, dem sie einst begegnet war, an einen Jungen so voller Romantik und Torheit, daß es heute unmöglich erschien, daß so ein Mensch tatsächlich existiert hatte oder daß es Zeiten und Orte gab, an denen solche Dinge erlaubt waren.

Aber das hier war kein Junge, und solche Dinge waren zu dieser Zeit und an diesem Ort nicht erlaubt. Katja erinnerte sich, daß sie einmal einen Soldaten mit einer Kriegsneurose gesehen hatte, der sich vor dem Licht versteckte. Was sie jetzt sah, war eine ähnlich zusammengekauerte Gestalt mit grauer Haut und Lippen wie abgeschabten Talgspänen, die sich nicht zu der Entscheidung durchringen konnte, etwas zu essen.

»Sascha?«

Seine trüben Augen sahen von der Schüssel auf.

»Erkennst du mich? Ich bin's, Katja«, sagte sie auf französisch.

»Hallo, Katja.« Er sah auf seine Füße, dann wieder zu ihr, und seine aufgesprungenen Lippen verzogen sich zu einem schwachen Lächeln. »Ich habe meine Zehen verloren. Schau! Keine Zehen mehr! Abgefroren«, fügte er ernsthaft hinzu und fing an zu schluchzen.

Katja half ihm auf, und er humpelte in eine dunklere Ecke der Kapelle, wo sie unbeobachtet waren. Sie nahm ihm den Helm ab, damit sie ihn besser sehen konnte. Auf seinem Gesicht zeichneten sich Schmerz und Verwirrung ab. Katja wollte weinen, verbot es sich aber. Sie nahm das Schüsselchen und führte ihm Löffel für Löffel den Brei an die Lippen. Erleichtert, daß ihm die Entscheidung abgenommen worden war, aß Sascha, ohne sich zu sträuben. Dann wickelte Katja die Verbände von seinen verstümmelten Füßen, unterdrückte ihren Ekel und stellte erleichtert fest, daß sie anscheinend nicht entzündet waren.

»Was soll ich nur tun?« fragte Sascha.

»Das Fußballspielen aufgeben? Buchhalter werden?« Katja wußte nicht, ob ihr trauriger Versuch, die Sache mit Humor zu nehmen, Wirkung zeigen würde, aber schließlich war Sascha früher immer so voller Leben und guten Mutes gewesen.

»Ja – das sollte ich wohl. Aber ich habe nie Fußball gespielt. Was soll ich meiner Mutter sagen?«

»Sie wird es verstehen.«

Sein Blick wanderte durch die Kirche. Das graue Tageslicht

schwand, und die Gefangenen hockten in ihren Umhängen auf dem Boden wie Tauben in der Abenddämmerung. Das dumpfe Artilleriefeuer irgendwoanders in der Stadt hielt an.

»Francos Leute werden bald hier sein«, sagte Sascha.

»Das glaube ich auch.«

»Werden die Gefangenen dann erschossen?«

»Nein – nein, natürlich nicht!«

»Ich möchte nach Hause. Ich habe genug vom Kämpfen.« Er sah sie an, als zweifle er daran, daß sie echt war. »Bist du es wirklich?«

»Ja.«

»Gut.« Er zögerte. »Ich habe mich nicht besonders gut gehalten im Krieg. Ich bin kein Held. Tatsächlich glaube ich, daß ich vielleicht ein Feigling bin. Ist das nicht schrecklich?«

»Nein.«

»Gut.«

Sascha nahm jetzt von sich aus das Schüsselchen und den Löffel und kratzte gierig die Reste des Breis heraus.

»Das ist gut«, sagte er. »Ich war so müde und so hungrig – und mir war so kalt. Das hier ist warm. Ich hatte Angst zu essen. Mein Darm hat es nicht vertragen. Das erschöpft einen so. Aber das hier ist gut. Hast du noch mehr davon?«

Katja ging und füllte das Schüsselchen mit dem Bodensatz aus dem Kessel. Der Arzt beobachtete sie. »Für den da hinten scheinen Sie sich ja besonders zu interessieren.«

»Er ist krank«, antwortete Katja kurz. »Wenn er nichts Richtiges zu essen kriegt, haben Sie bald eine Leiche am Hals.«

»Wer regt sich schon über einen toten Faschisten mehr oder weniger auf? Wissen Sie, was passieren wird, wenn sie die Stadt wieder einnehmen? Es wird ein Massaker geben!«

»Damit habe ich nichts zu tun.«

Der Arzt zuckte mit den Achseln. »Ich hasse euch verdammten Ausländer«, sagte er bitter. »Wenn ihr nicht wärt, wäre dieser Krieg schon längst vorbei.«

Katja kehrte, ohne weiter darauf einzugehen, zu Sascha zurück. Er döste vor sich hin, doch als er sie hörte, wurde er wieder wach und schenkte ihr eines seiner liebenswerten Lächeln.

»Es geht mir schon besser«, sagte er. »Oder träume ich? Du kannst doch nicht wirklich hier sein.«

»Doch, ich bin es.«

»Ja, du bist es!« antwortete er und fing an zu weinen, in langen, atemlosen Schluchzern, bis Katja seinen Kopf in ihre Arme nahm und ihn tröstend an ihre Brust drückte.

✳

Als die Nacht hereinbrach, mußte Katja gehen, versprach aber, am nächsten Morgen wiederzukommen. Die Luft war voller Staub und Brandgeruch. Der Himmel dröhnte von Flugzeugen. Granaten fielen, und die Maschinengewehre ratterten ununterbrochen. In den Straßen funkelte das Glas von Tausenden von zerbrochenen Fensterscheiben, so daß es manchmal war, als ginge man auf Sternen.

Katja fand Isabel schlafend und störte sie nicht. Sie bat eine andere Krankenschwester um sauberes Verbandszeug und ein Antiseptikum, so daß diese gezwungen war, wieder ins Lazarett zu gehen, um die Sachen zu holen. In der niedrigen Tür den Kopf einziehend, betrat Dr. Peralta den Keller.

»Sie sind also wieder zurück«, sagte er. »Ich bin froh, daß Ihnen nichts passiert ist.«

»Wie lange wird das alles noch dauern?«

»Ein oder zwei Tage, länger nicht. Dann sperren sie die Straße, und alle, die hier zurückbleiben, werden gefangengenommen. Wir sind schon dabei, das Lazarett zu evakuieren. Vielleicht können auch Sie morgen die Stadt verlassen.«

»Was wird aus den faschistischen Gefangenen?«

»Warum interessiert Sie das? Die wird man wohl zurücklassen. Die Fahrzeuge reichen nicht einmal für unsere eigenen Leute.«

»Passiert ihnen nichts?«

»Ich glaube kaum. Vielleicht werden die Offiziere erschossen. Ich habe das nicht zu entscheiden.«

Katja fröstelte.

»Haben Sie schon gegessen?« fragte er. »Wollen wir in die Kantine gehen? Ich kann sogar etwas zu trinken beisteuern.« Er hatte eine Flasche Alkohol für Operationen.

Der Lärm von Gewehrfeuer und Explosionen riß jetzt kaum noch ab. Es war eine sonderbare Vorstellung, daß nur wenige Straßen weiter vielleicht heftig gekämpft wurde. Man bewegte sich meist über kurze Strecken und im Laufschritt vorwärts, gebückt, wie unter einer niedrigen Decke. Granatenbeschuß übt sowohl moralischen als auch physischen Druck aus.

In der Kantine gab es heute abend keine Musik. Schutzsuchend drängten die Soldaten sich im Keller, bildeten Grüppchen und spielten Karten, rauchten oder unterhielten sich. Alle Gespräche drehten sich um die Evakuierung und den Rückzug.

»Was machen Sie, wenn Sie wieder in Valencia sind?« fragte Dr. Peralta.

»Wie bitte?« Katja dachte an Sascha. Die Unmittelbarkeit seines Leidens hatte sie völlig aus dem Konzept gebracht. Sie konnte an nichts anderes mehr denken, als wie sie seine Wunden verbinden und dafür sorgen würde, daß er aß. »Ach so. Ich werde auf Befehle warten, denke ich. Und Sie?«

»Ich habe keine Ahnung.« Der Arzt stellte eine Frage, die ihn offensichtlich schon länger beschäftigt hatte: »Sind Sie verheiratet?«

»Nein – doch – ja, meine ich. Wir leben getrennt.«

»Woran denken Sie? Ich hatte den Eindruck, daß Sie an Ihren Mann denken. Irgend etwas bedrückt Sie, Katja.«

Sie konnte es ihm nicht sagen. Sie wagte nicht, es ihm zu sagen. Aber sie bemerkte, wie zärtlich er sie ansah. Sie fühlte sich sehr verletzlich. Irgend etwas hatte sich in diesen letzten Monaten in ihr geöffnet, so daß Liebe, Zuneigung und Mitleid in sie eindrangen und aus ihr herausströmten, sich miteinander mischten und wieder trennten und in falsche oder verschiedene Kanäle flossen, ganz unabhängig von ihrem bewußten Willen. Sie vermutete, daß sie im Begriff stand, dieselbe Verwirrung zu erleiden wie Sascha, der nicht mehr gewußt hatte, ob er wachte oder träumte. Unlogischerweise machte dieser Gedanke sie fröhlich.

»Nein, machen Sie sich meinetwegen keine Sorgen! Wirklich, machen Sie sich keine Sorgen.«

»Sie sind plötzlich so fröhlich?« Dr. Peralta wunderte sich.

»Bin ich das? Also gut – ich bin...« Was bin ich? Ich bin hoffnungslos empfänglich für die Liebe. Ich bin wankelmütig und untreu. Ich bin aufrichtig und ohne Illusionen. Unfruchtbar. Und doch fähig, eine Frucht zu tragen. Es gibt so etwas wie eine Freude am Leben. Ich könnte weinen um Sascha. Wie anziehend Sie sind, trotz Ihres Alters. Zu einer anderen Zeit... Ich habe einmal gedacht,

Liebe wäre beschränkt und würde sich nur auf einen Menschen konzentrieren, würde alle anderen ausschließen. Aber jetzt fließe ich über vor Liebe. Ich bin verrückt!

»Sie müssen sich ausruhen«, sagte Dr. Peralta.

»Ja, das muß ich wohl.«

Und weiter dachte Katja: Früher war ich gegen die Liebe gewappnet. Wie konnte ich mich so sehr verändern? Was ist mit mir geschehen? Es erschien ihr wie ein Wunder. Dann erkannte sie plötzlich, es war wie eine Offenbarung, daß sie sich fühlte, wie ein junges Mädchen sich fühlen mochte – oder wie sie sich selbst als junges Mädchen hätte fühlen sollen, in all den Jahren, die Viktor und Kolja ihr vergällt hatten. Wie absurd! Wie wunderbar absurd!

In diesem Augenblick trat ein stämmiger Mann mit breitem Gesicht, hohen Wangenknochen und leichter Stupsnase an ihren Tisch. Er war etwa fünfunddreißig und trug eine Schirmmütze mit einem roten Stern zwischen den Insignien. Er brachte einen Blechnapf mit Suppe und Wein in einer Emailletasse mit. Nachdem er dem Doktor zugenickt hatte, stellte er sich Katja vor. »Gómez. Und Sie, Genossin?« Trotz des spanischen Namens war er unzweifelhaft Russe.

Katja erriet, daß es sich um einen sowjetischen »Berater« handeln mußte. Sie wußte, daß es viele von ihnen gab und daß sie tatsächlich auf militärischem und technischem Gebiet Rat erteilten, aber instinktiv war sie auf der Hut. Dr. Peralta kannte ihn anscheinend.

»Michail, darf ich dir Katja vorstellen?«

»Katja?« fragte der Russe und musterte sie eindringlich, aber ohne Feindseligkeit. »Sind Sie Russin?« fragte er. Dies war eine Tatsache, die sich schlecht leugnen ließ. Doch Katja lächelte. »Entschuldigen Sie, ich bin ganz überrascht. Es gibt hier nicht viele sowjetische Frauen. Welche Funktion haben Sie?« Er sprach russisch.

»Ich komme nicht aus der Sowjetunion«, erklärte Katja. Sie wußte, daß er sie, wenn sie etwas anderes gesagt hätte, so lange mit Fragen bedrängt hätte, bis ihre Lüge entdeckt gewesen wäre.

»Bitte sprechen Sie nicht russisch«, sagte Dr. Peralta, »Sie wissen, daß ich das nicht verstehe.«

»Entschuldige bitte, Ignacio.«

Der Arzt hatte ihr eine kleine Atempause verschafft, und als sie ihn jetzt ansah, war seine Miene höflich und ausdruckslos. Katja war ihm dankbar für die Warnung.

»Aber –«, erkundigte Gómez sich weiter, »wie kommen Sie in den Westen?« Die Frage war ganz allgemein gehalten. Er interessierte sich nicht für ihren Aufenthalt in Spanien, sondern für ihre Vergangenheit.

»Meine Eltern sind 1904 aus Kiew gekommen.«

»Dann sind Sie Jüdin?«

»Ja.«

Er sagte etwas, das Katja nicht verstand, aber sie nickte, und er sprach weiter, hielt dann aber plötzlich inne, und Katja wurde klar, daß sie antworten mußte. Und daß er jiddisch gesprochen hatte.

»Fährst du morgen ebenfalls ab, Michail?« fragte Dr. Peralta.

»Warum?«

Bei dem Versuch, Katja vor den Folgen ihres Fehlers zu bewahren, hatte der Arzt selbst einen Fehler begangen. Er hatte die Möglichkeit einer Niederlage zugegeben.

»Du weißt doch, wie das ist. Meine Leute werden schon evakuiert. Da nimmt man an, daß alle gehen.«

»In meinem Fall ist noch keine Entscheidung getroffen worden.«

»Ich sehe, daß du noch eine Weile gebraucht wirst.«

Ein weiterer Mann trat an den Tisch, und Gómez wurde fortgerufen. Dr. Peralta war erleichtert.

»Michail ist an sich kein schlechter Kerl«, sagte er. »Sind Sie tatsächlich Jüdin?«

»Haben Sie etwas dagegen?«

»Liebe Katja, von mir aus könnten Sie Hottentottin sein! Aber wollen wir nicht gehen? Ich finde, wir sollten gehen.«

Draußen in der Dunkelheit klammerte Katja sich an ihren Begleiter. Das anhaltende Sperrfeuer zerrte an ihren Nerven. Isabel schlief immer noch friedlich in dem Kellerraum, der den Krankenschwestern als Nachtlager diente, und ohne sich auszukleiden, legte Katja sich ebenfalls auf ihr Feldbett.

Bevor sie einschlief, konnte sie noch kurz ihre Lage überdenken. Sie dachte an Sascha und an das tiefe Mitgefühl, das sie für ihn empfunden hatte, und dann an Dr. Peralta, der trotz seines Alters eine Reaktion in ihr hervorgerufen hatte. Sie dachte daran, wie unverzeihlich trivial ihre Gefühle waren, doch das bereitete ihr keinen Kummer. Ihr war, als stehe sie auf der Schwelle zu einem tieferen Verständnis, auch wenn sie noch keine Ahnung hatte, worum es dabei gehen könnte.

＊

»Wir können heute fahren«, sagte Isabel. »Um drei Uhr soll ein Konvoi starten. Wahrscheinlich wird es nicht pünktlich losgehen, aber wir kommen mit ziemlicher Sicherheit heraus.«

Katja saß auf dem Bettrand. Sie fröstelte.

»Ich habe noch etwas zu erledigen«, sagte sie. »Ich muß zu den faschistischen Gefangenen.«

»Spinnst du?«

»Ich muß zu ihnen«, erklärte Katja.

»Was hast du denn vor? Die Faschisten sind dabei, die Stadt einzunehmen. Du bist Ausländerin. Und eine Frau! Wenn sie dich erwischen, werden sie dich wahrscheinlich vergewaltigen und anschließend ermorden!«

Um sie herum packten die anderen Frauen ihre wenigen Habseligkeiten zusammen. Einige waren schon abfahrbereit, aber im Moment war an ein Fortgehen nicht zu denken. Die Granaten fielen so nah, daß sie nach jeder Explosion hören konnten, wie Erde und Steinbrocken auf die Straße prasselten. In den Pausen herrschte angespanntes, angstvolles Schweigen.

Katja zog ihre Freundin in eine feuchte Ecke, in der nur eine einzelne, völlig verzweifelte Frau auf ihrem Mantel hockte. Sie hatte die Hände auf die Ohren gepreßt und schluchzte unkontrolliert vor sich hin.

»Ich kenne einen der Gefangenen«, flüsterte Katja.

»Was? Sag das noch mal!«

»Leise! Sascha Schiwago. Du weißt schon. Wir haben über ihn gesprochen.«

»Du bist wohl verrückt!«

»Ich kann ihn nicht einfach allein lassen.«

»Seine eigenen Leute werden doch jeden Augenblick hier sein. Dann wird er gerettet.«

Katja zögerte, ihre Befürchtungen laut auszusprechen. Doch dann sagte sie:

»Hier in Teruel ist ein Mann, der sich Gómez nennt, aber er ist

Russe. Ich glaube, er ist politischer Berater, aber vielleicht arbeitet er auch für die SIM. Verstehst du jetzt? Er weiß bestimmt Einzelheiten über die Gefangenen, und bevor die Stadt aufgegeben wird, werden sie jeden erschießen, den sie als Offizier oder Klassenfeind, oder Ausländer identifizieren. Isabel – du schüttelst den Kopf –, aber du weißt doch, daß solche Sachen passieren!«

»Auf geht's!« rief eine Männerstimme von der Tür her. Die Granatenexplosionen hatten nachgelassen. Die Frauen stiegen hintereinander die Treppe hinauf. Oben im Tageslicht sahen sie sich verwundert um. Der Artilleriebeschuß hatte alles vollkommen verändert. Bereits zerstörte Häuser waren jetzt nur noch Schutthaufen. Überall brannte es. In der Luft hing dichter Staub von fein zermahlenem Mauerwerk.

»Gib mir einen Abschiedskuß«, sagte Katja und drückte Isabel fest an sich.

»Ich werde dich niemals wiedersehen.«

Katja versuchte zu lachen. »Sei nicht so melodramatisch.«

Ein Offizier versuchte, einen Anwesenheitsappell durchzuführen, und beschrieb den Weg zu den Fahrzeugen, denn er sah voraus, daß die Gruppe zerstreut werden würde, sobald das Artilleriefeuer wieder einsetzte. Voller Entsetzen bemerkte Katja, daß etwa ein Dutzend toter Tauben herumlag, verstreut wie blaugraue Girlanden, anscheinend ohne äußere Verletzungen. Isabel sagte etwas, aber Katja konnte nur noch an die Vögel denken, die durch eine unverständliche Grausamkeit vernichtet worden waren. Dann umarmte Isabel sie, küßte sie auf die Wangen und schloß sich den anderen Frauen in ihren düsteren blauen Overalls an, die, den Tauben ähnlich, davongingen. Zwischen Steinen und Balken, Müll, Gestank, Verwesung und Feuer suchten sie sich ihren Weg.

Im Todeskampf hatte die Stadt ihr Gesicht verloren. Die vertrauten Gebäude und das bekannte Muster der Straßen hatten zwischen all dem Schutt und den Ruinen keine Bedeutung mehr. Selbst das Licht schien seine Buntheit verloren zu haben und beschränkte sich jetzt auf eintöniges Grau. Inmitten dieser Verwüstung und allgemeinen Auflösung suchte Katja nach der Kirche, in der die Nationalisten gefangengehalten wurden. Unterwegs begegnete sie Soldaten, die in kleinen Grüppchen vorrückten, um die Ruine eines Hauses oder einer Werkstatt zu verteidigen, einzelnen Männern, die verwirrt herumwanderten oder sich versteckten und mit wilden Augen auf die Welt starrten, und Fahrzeugen, die wild um Hindernisse aus Schutt und Mauerwerk herummanövrierten. Sie waren mit teilnahmslosen Soldaten vollgestopft, die die Stadt aufgaben. Die lebhafteren riefen Katja anzügliche Bemerkungen zu:

»*Hola! Señorita!* Komm doch mit!«

»*Chiquita*, hab keine Angst! Wir beschützen und wärmen dich!«

»Gib mir einen Kuß! Ich bin so allein!«

Katja stieß auf die Leiche eines jungen Mannes von etwa zwanzig Jahren. Er hatte dunkle Augen und schlechte Zähne, und seine Lippen waren eingefallen und hochgezogen, wie bei einem zähnefletschenden Hund. Reif bedeckte sein Gesicht wie der Zucker auf einem Bonbon. Katja wollte ihn nicht ansehen, aber sie mußte ihn umdrehen und sein totes Gewicht in den Armen halten, während sie ihm den Mantel und die Mütze auszog. Dann schloß sie ihm die Augen und legte ihn mit dem Gesicht nach unten auf die Erde.

Die Wachtposten und der Arzt waren aus der Kirche geflohen, aber die Gefangenen befanden sich noch dort. Und wo wären sie auch sicherer gewesen? Die Männer hatten das Feuer im Ofen ausgehen lassen. In ihrer Angst und Demoralisierung war ihnen jedes Gefühl von Solidarität vergangen. Sie kauerten einzeln und zu zweit an Säulen, Altären und in den Ecken der Seitenkapellen. Nur einer machte eine Ausnahme, und das war Sascha. Schwankend hinkte er auf seinen verletzten Füßen von Gemälde zu Gemälde und betrachtete staunend die Heiligen und Märtyrer.

»Sascha?«

Katja hatte sich ihm bis auf wenige Meter genähert. Er hatte sie nicht beachtet, obwohl sein suchender Blick sie hätte streifen müssen. Jetzt sah er sie neugierig an.

»Katja?«

»Ja.«

Er streckte eine Hand nach ihr aus und berührte sie, zuckte dann aber zurück wie vor einer Flamme, berührte sie wieder, und ganz langsam schlossen sich seine Finger um ihren Unterarm.

»Du bist es! Du bist es wirklich. Du bist kein Traum!« sagte er schwach.

»Ich bin es wirklich.«

Er seufzte tief. »Gott sei Dank.«

Katja stützte ihn unter den Armen, so daß er sich hinsetzen konnte, ohne umzufallen. Seine Ungläubigkeit wirkte so stark auf sie, daß sie sich selbst fragte: »Bin ich wirklich hier? Oder ist es nur ein Traum?« Die Kirche war so grau wie ein Traum, das Tageslicht so bleich wie geronnene Milch.

Daß er das Hinsetzen erfolgreich bewältigt hatte, schien eine Leistung für ihn zu sein, und er lächelte. Um sich Katjas Anwesenheit zu versichern, faßte er wieder nach ihrem Unterarm, lockerte dann seinen Griff und tätschelte ihre Hand.

»Ich war mir nicht sicher. Ich habe ... Visionen gehabt«, sagte er erklärend.

»Wir müssen hier weg, Sascha.«

»Warte – warte! Verstehst du? Ich hatte Visionen!« Der Gedanke an Bewegung schien ihn zu beunruhigen. Er sah ihr mit eigentümlicher Eindringlichkeit in die Augen und flüsterte: »Ich bin gestorben.«

Katja wußte nicht, was sie tun sollte. Darauf war sie nicht vorbereitet. Die Versicherung, daß er ganz offensichtlich nicht gestorben war, hätte angesichts der Nachdrücklichkeit seiner Aussage leichtfertig geklungen. Sascha sagte weiter nichts. Durch die Kirche hallten schlurfende Schritte, und Soldaten lugten, wie bei der Auferstehung der Toten, aus den Schatten von Grabmälern und Altären hervor.

»Erzähl mir davon.«

»Ich bin gestorben!« wiederholte Sascha. Er überlegte kurz, dann begann er mit klarer Stimme, aber höher, als er normalerweise sprach: »Erinnerst du dich an den Fürsten André Bolkonski? Überleg mal! Er ist an den Wunden gestorben, die ihm in der Schlacht von Borodino zugefügt wurden. Ich habe das Buch damals gelesen – als wir in Nizza waren.«

»Ich erinnere mich.« Nachdem sie am Strand gewesen und im Meer getanzt hatten, während er sie zu ihrer Wohnung am Boulevard du Zarewitsch begleitet hatte, hatte er unter anderem etwas von Literatur dahergeplappert. Er las gerade »Krieg und Frieden« und bewunderte die Figur des Fürsten André. Katja hatte versucht, ihm zu erklären, daß der wahre Held des Romans Pierre Besuchow sei und daß Fürst André im Grunde ein Versager war. Doch Sascha hatte nur gelacht und gesagt: »Du solltest mir Unterricht in Literatur geben!«

»Als er von dem Granatensplitter getroffen wurde, war sein erster Gedanke ein leidenschaftliches Verlangen zu leben«, fuhr Sascha jetzt fort. »Er roch ganz bewußt den Wermut und spürte das Gras und die Luft.«

»Ja?« sagte Katja sanft. Sascha sah sie vorwurfsvoll an.

»Und so ist es überhaupt nicht! Tolstoi war ein Lügner! Fürst André lag im Sterben, aber Tolstoi konnte ihn nicht einfach sterben lassen. Er konnte ihn nicht in Verzweiflung sterben lassen, er mußte ihn etwas Rührseliges und Lebensbejahendes sagen lassen!«

Sascha zitterte. Katja hielt ihn, ohne auf die seltsamen Blicke seiner Mitgefangenen zu achten. Sascha reagierte nicht auf ihre Berührung, sondern fuhr fort:

»Mir war kalt. Und ich wollte sterben. Alles war besser als diese Kälte. Meine Freunde starben um mich herum, und ich wollte auch sterben.« Er weinte, und obwohl Katja ihn fest in ihren Armen hielt und sein Gesicht immer wieder sanft streichelte, um ihn zu beruhigen, blieb er steif und zornig. »Ich fühlte, wie der Tod kam. Er schlich sich an mich heran, wie eine Welle aus Kälte, die von den Füßen zum Herzen rollt. Und dann... und dann... dann machte mein Herz wums! – Es war wie ein Schlag auf die Brust. Nein – nein! Ich kann es nicht beschreiben. Nein! Es stand still. Mein Herz stand still. Und ich dachte: Dies ist also die letzte Empfindung, die ich jemals haben werde. Laß mich los! Laß mich in Ruhe!« Wütend schüttelte Sascha ihre Arme ab. Laut, daß es im Gewölbe der Kirche widerhallte, rief er: »Ich bin gestorben! Ich bin ein Geist! Aah! Aah!« Sein letztes Ausatmen glich einem Schrei, und als es verklang, fiel er mit offenen Augen, aber empfindungslos vornüber. Und in diesem Augenblick verspürte Katja kein Mitgefühl mehr, sondern nur noch Entsetzen und Panik. Am liebsten wäre sie aufgesprungen und aus dieser mit Verzweiflung erfüllten Kirche geflohen. Sie wurde von einem der anderen Gefangenen gerettet, einem kleinen, großspurigen Mann, dessen Entschlossenheit, am Leben zu bleiben, an den beiden Mänteln, die er trug, erkennbar war. Den einen hatte er als Umhang über den anderen geworfen. Er schlurfte in seinen Alpargatas herüber, sah erst Sascha, dann Katja an und sagte schließlich:

»Er hat einen kleinen Knacks weg, wenn Sie verstehen, was ich meine. Soll ich Ihnen helfen? Was haben Sie mit ihm vor?«

»Stellen Sie ihn auf die Füße«, bat Katja.

»Wie Sie wollen, Señorita. Hau ruck! Hoppla! Huch! Ha! Ist der schwer! Auch Haut und Knochen haben ganz schön viel Gewicht. Heilige Mutter Gottes! *Hombre*, können Sie nicht auf Ihren eigenen Füßen stehen und von meinen runtergehen?«

Der Fremde nahm Saschas Arme von seinem Hals und legte sie Katja um die Schultern. Sascha schien wieder bei Bewußtsein zu sein. Er lächelte sanft.

»Helfen Sie mir, ihm diesen Mantel anzuziehen!« befahl Katja, und der Gefangene gehorchte. Er musterte die republikanische Mütze mit dem roten Stern, sagte aber nichts, sondern setzte sie Sascha nur auf den Kopf.

»Verlobt?« erkundigte er sich. »Ist das Ihr *novio*? Ich weiß nicht, warum Sie sich so aufregen, Franco selbst wird jeden Augenblick durch die Tür da kommen.« Er rief zu den anderen hinüber: »Stimmt das nicht, *amigos*? Unser kleiner Caudillo ist in ein paar Minuten hier!«

»Ja!« hallte ihnen die Antwort von überall aus der dunklen Kirche entgegen. Ein paar Gefangene fingen an, rhythmisch auf ihre Blechnäpfe zu schlagen. Dann sang ein Tenor die Hymne der Legionäre: »El Novio de la Muerte«.

Katja ging zögernd einen Schritt und hoffte, daß Sascha ihr folgen würde. Widerstandslos stolperte er vorwärts, und seine Füße trugen ihn tatsächlich. »Guckt euch die beiden an«, sagte der kleine Mann und lachte. »Die Liebenden von Teruel!« Er stimmte in die Hymne mit ein, und auch die anderen Stimmen fielen nach und nach ein, während Katja langsam die Tür und damit das Tageslicht erreichte. »El Novio de la Muerte«, sangen sie. Der Verlobte des Todes.

∗

In der schmalen Straße vor der Kirche herrschte das Chaos. Männer krabbelten wie Ungeziefer zwischen den Ruinen umher. Plünderer trugen ihre Beute davon oder ließen sie stehen. Waffen wurden zusammengerafft oder fallengelassen. Durch die feuchte Luft zogen

Rauchschwaden, und Gestalten glitten hinein und wieder heraus, einmal grau und verschwommen und dann wieder von den Bränden hell erleuchtet. Dazwischen bewegte sich eine Gruppe zielstrebig vorwärts. Katja erkannte Gómez, der ein halbes Dutzend Soldaten anführte und auf sie zukam.

»Was machen Sie hier?« fragte er.

»Ich fahre einen Krankenwagen. Ich helfe bei der Evakuierung der Verwundeten.«

Er musterte sie zweifelnd. Dann sah er prüfend Sascha an.

»Warten Sie hier«, befahl er. Er postierte einen seiner Männer als Wache vor den Eingang der Kirche und ging mit den anderen hinein. Voller Entsetzen gehorchte Katja. Sie wartete auf seine Rückkehr und rechnete fest damit, daß er Sascha als feindlichen Gefangenen entlarven würde. Ihr war schwindlig vom Rauch, von Saschas Gewicht, mit dem er sich auf ihre Schultern stützte, und vom Anblick der schnatternden Menschheit um sich herum in ihrem jämmerlichen Verlangen zu entkommen. Sascha flüsterte ihr etwas zu.

»Nein – sei still«, entgegnete sie, ohne ihm zuzuhören. Doch er blieb hartnäckig:

»Russisch!«

»Was?«

»Er hat russisch mit dir gesprochen.«

Natürlich. Er war ja Russe. Was meinte Sascha nur? Dann wurde ihr klar, daß der Wachtposten an der Tür den Befehl vielleicht nicht verstanden hatte. Wahrscheinlich war er ein armer spanischer Bauer oder Arbeiter, der keine Fremdsprache konnte. Aber wenn sie sich irrte?

Sie bewegte sich wieder, langsam. Sie sah nicht zurück. Schritt für Schritt ging sie mit Sascha, der sich immer noch auf sie stützte, die steile Gasse hinunter, wobei sie, so gut es eben ging, den Schutthaufen auswich. Sie hörte, wie Sascha bei jedem Schritt einen Schmerzenslaut von sich gab, einen Seufzer oder einen unterdrückten Schrei. Es kam ihr so vor, als würden sie niemals da unten ankommen. Und selbst wenn, was war ihr Ziel? Wollte sie zu Fuß nach Valencia gehen, im Winter, mit diesem verkrüppelten Mann auf den Schultern? Tränen traten ihr in die Augen, ihre Kehle war wie zugezogen durch den beißenden Rauch, und sie konnte Saschas Gewicht kaum noch tragen. Doch trotz der Hoffnungslosigkeit, die sie fast wie eine physische Last niederdrückte, zwang sie sich weiterzugehen, und schließlich bogen sie um eine Ecke in eine Straße, die sie wiedererkannte, in der Nähe der Plaza San Juan und der Ruine des Sitzes der Zivilregierung. Hier wurde gerade eine Kolonne von abfahrbereiten Fahrzeugen beladen.

Die Motoren liefen schon. Wegen der Kälte stiegen die Abgase nicht nach oben, und die Luft war blau und stank. Es stellte sich heraus, daß hier Material verladen wurde, nicht Männer. Im Gegensatz zu allem anderen, was Katja an diesem Morgen gesehen hatte, herrschte hier so etwas wie Ordnung, und ein Offizier mit einem Klemmbrett gab sich Mühe, die Situation unter Kontrolle zu halten. »Da drauf! Nein! Da! Und gut verstauen!« Seine Ruhe hatte etwas Lächerliches an sich, das noch dadurch verstärkt wurde, daß ein Strom ausgezehrter, abgerissener Männer auf beiden Seiten an den Lastwagen vorbeizog.

»Können Sie mir helfen?« fragte Katja. »Dieser Mann hier ist verwundet. Ich brauche eine Transportmöglichkeit für ihn.«

»Dafür gibt es Krankenwagen.«

»Aber er kann kaum noch laufen.«

»Das ist nicht mein Problem, Genossin, ich habe hier Kriegsmaterial zu verladen.«

»Bitte! Ich flehe Sie an.«

»Flehen Sie nicht. Ich kann Sie nicht mitnehmen, und damit basta. Ich will nicht grausam sein, aber ich versuche hier, militärische Aktiva zu retten, nicht Passiva aufzusammeln.« Er sah Sascha an, der nach der Anstrengung des Gehens wieder ganz benommen war. »Ihr Freund wird sterben«, sagte er.

»Wir können ihn retten!«

»Das bezweifle ich.«

Katja sah den Mann an, der unter normalen Umständen vermutlich recht anständig sein konnte, und das Ausmaß der Katastrophe wurde ihr bewußt, von der das Geplänkel hier nur eine Momentaufnahme war. Die Niederlage der Republikaner war total. Die Zahl der Verwundeten und Gefangenen würde ins ungeheure gehen. Das Ausmaß des Schreckens bewirkte, daß das Schicksal des einzelnen unbedeutend wurde. Aus dieser verzerrten Perspektive heraus gesehen, erschienen die Tatsachen wirklich so, wie sie der Offizier darstellte, und das Kriegsmaterial auf den Wagen war mehr wert als zwei Menschenleben. Katja war zu müde, um sich darüber mit ihm zu streiten, denn auch die Zeit unterlag ja der gleichen Verzerrung, und das Schicksal eines einzelnen verdiente günstigstenfalls einen Augenblick Aufmerksamkeit. Oben auf den Lastwagen zurrten die Männer die Ladungen fest.

»Ich bin Fahrerin und Mechanikerin«, sagte Katja schnell. »Wie viele haben Sie davon? Glauben Sie, daß Sie ohne Pannen nach Valencia kommen?« Sie hatte die Sprache wiedergefunden. Der Mann zögerte.

»Woher soll ich wissen, daß Sie die Wahrheit sagen?«

Katja zeigte ihm ihre Handflächen. Er konnte die Schwielen und die Ölflecken als das sehen, was sie waren, wenn er wollte. Aber wollte er das? Und wie wichtig war ihm ein weiterer Fahrer?

Ein Witzbold rief von einem Lastwagen herunter: »Wir wollen los, Herr Leutnant, Sie können die junge Dame ja ins Kino einladen, wenn wir das nächste Mal hier vorbeikommen!«

»Schon gut – schon gut. Einen Augenblick«, antwortete er scharf. In Wahrheit brauchte er eigentlich keinen weiteren Fahrer. Aber sie hatte ihm eine Begründung gegeben, eine Erklärung für etwas, das sonst nach einer irrationalen Entscheidung ausgesehen hätte. Und er hielt sich gern für einen rationalen Menschen.

»Also schön«, sagte er endlich. »Steigen Sie ein. Helft ihnen hoch, Jungs!«

Hände streckten sich ihnen entgegen, und die Gesichter, die sie eben noch übelgelaunt angestarrt hatten, weil sie die Abfahrt behinderten, sahen den neuen Mitreisenden jetzt freundlich entgegen.

»Ihr zwei habt aber Glück, das muß man euch lassen!« sagte der Witzbold fröhlich.

Katja antwortete nicht. Sascha lag erschöpft oben auf der Ladung, und von seinen verbundenen Füßen tropfte Blut.

24

Das verlorene Königreich

Von der Luftwaffe der Nationalisten, den Bombern von Heinkel und Savoia, Messerschmidt und Fiat terrorisiert, zog sich die republikanische Armee in die Ebenen von Valencia und Castellón zurück. Auf der den Wettern ausgesetzten hohen Sierra, mit ihrer roten Erde und den weißen Felsen, ließen die Besiegten ihre liegengebliebenen Fahrzeuge und unter den Olivenbäumen, auf den steinigen Terrassen der wenigen kleinen Dörfer ihre toten Packtiere zurück. Und inmitten all diesen Elends lag Sascha auf dem Lastwagen und erzählte Witze.

Katja wurde gebraucht. Die Straße war an jeder Brücke und an jeder Kreuzung mit Fahrzeugen verstopft. Motoren liefen heiß, Achsen und Radaufhängungen brachen, und Kurbelgehäuse wurden von Felsstücken zertrümmert. Sie reparierte, improvisierte und schlachtete Fahrzeuge aus, die nicht mehr repariert werden konnten. Und wenn das alles nichts half, legte sie sich mit den Männern zusammen ins Zeug oder spannte Maultiere an, um die Wracks von der Straße zu schieben oder zu ziehen. Und wenn sie erschöpft zurückkam, war Sascha gerade dabei, die anderen mit einem Witz oder einer Geschichte zu unterhalten. Er sah sie dann aus fiebrigen Augen an und fragte fröhlich: »Alles in Ordnung?«

Ohne daß ihre Zuneigung für ihn dadurch geringer wurde, dachte Katja daran, wie fremd er ihr doch war. Sie erinnerte sich dunkel an Sascha als Kind und dann an ihn als Jugendlichen, voller jugendlicher Leidenschaften. Aber während Jugendliche normalerweise zu Erwachsenen werden, hatte Sascha sich in etwas anderes verwandelt. Während der Konvoi nachts im Licht der Scheinwerfer und der Biwakfeuer, die zwischen Gestrüpp und Schneeflecken angezündet worden waren, dahinkroch, erläuterte Sascha dem halben Dutzend Männer, die oben auf dem Lastwagen saßen oder in ihren Mänteln nebenherstapften, seine Theorien. Er erzählte lustige Geschichten vom Leben in Rußland und Paris; er erzählte einen Witz; er erzählte, wie der Demiurg, der die Vorstellung von der Welt in Gottes Geist erkannte, die Welt aus grober Materie formte wie ein Mann, der aus Sand Diamanten macht; er erklärte die Welteislehre. Die Männer behandelten ihn wie einen heiligen Narren.

Katja hatte furchtbare Angst, daß er sich als Faschist zu erkennen geben würde.

Die Geschwindigkeit einer Kolonne wird von ihrer Länge, dem langsamsten Fahrzeug und den Hindernissen auf der Straße bestimmt. Um schneller voranzukommen, teilten sie den Konvoi. Katjas Fahrzeug, das sie inzwischen selbst fuhr, wurde mit einigen anderen auf einer Seitenstraße in Richtung Castellón geschickt. Die Mitfahrenden wechselten. Gesunde wurden von Verwundeten abgelöst. Die Verwundeten starben manchmal. Nach und nach, durch Unfälle, Pannen und die Launen der Befehlshaber, wurde die Kolonne immer weiter geteilt, bis Katja sich schließlich auf einer leeren Straße wiederfand, am Steuer eines Lastwagens, auf dem sich außer der Ladung noch Sascha und zwei weitere Männer befanden. Beide waren tot.

✳

»Was glaubst du, wo wir sind?« fragte Sascha.

Sie hatten mitten auf einer Ebene angehalten, die sich nach Süden erstreckte. Im Norden lagen, in Dunst gehüllt, mit Pinien bewachsene Berge, die von Kalksteinfelsen durchzogen waren. In der Ebene gab es Wäldchen aus Mandelbäumen und Weinberge. Im Sonnenlicht glühten die frischen Triebe der Mandelbäume in einem rostigen Rot, das vom Grün der Knospen durchsetzt war, und die Erde leuchtete golden.

»Wie schön!«

»Ich glaube, wir sind irgendwo nördlich von Tarragona«, sagte Katja erschöpft. Sie klopfte auf den letzten vollen Treibstoffkanister. »Noch ein paar Kilometer, und dann ist es aus, wenn wir nichts finden.«

Sascha kümmerte das nicht. Im Sonnenschein schien die Krankheit, die sein Gesicht gezeichnet hatte, wie verflogen. Er strich sich mit der Hand über den rötlichbraunen Bart, den er sich hatte wachsen lassen, und fragte:

»Wohin wollen wir eigentlich? Nach Valencia? Oder nach Barcelona?« Er kletterte aus dem Wagen und suchte, die Augen mit der Hand abschirmend, den Horizont ab. »Wenn wir uns bei der Armee melden, erschießen sie mich«, sagte er, als er zu Katja zurückkam. »Ich kann ihnen kaum weismachen, daß Franco mich zwangsweise einberufen hat und ich, so schnell ich konnte, desertiert bin. Ich bin Ausländer. Und damit für jeden ersichtlich ein Freiwilliger.«

Katja hatte sich über die Zukunft bis jetzt kaum Gedanken gemacht. Sie hatte immer die nächstliegenden Probleme bedacht. Aber Sascha hatte natürlich recht. Man würde ihn unweigerlich entlarven, wenn sie nach Barcelona führen.

»Wie geht es dir jetzt?« fragte sie.

»Bin wieder gesund.« Er lächelte.

»Wie gesund?«

»Ein bißchen. Aber ich habe doch recht, oder? Wir können nicht nach Barcelona fahren.«

»Ja, du hast recht.«

»Gut. Wie weit kommen wir noch mit dem Rest Sprit?«

»Zwanzig oder dreißig Kilometer.«

In das hohe, zerzauste Gestrüpp verschlungen, blühten frühe Wicken blau und fliederfarben. Übermütig hüpfte Sascha von einem Busch zum nächsten, pflückte einzelne Blüten und zupfte sie mit kindlicher Neugier auseinander.

»Was haben wir eigentlich geladen?« fragte er dann plötzlich.

»Keine Ahnung.«

»Und wo sind die anderen?«

»Fort.« Katja hatte den letzten Toten im Morgengrauen des vergangenen Tages begraben, als Sascha noch geschlafen hatte. Sie waren irgendwo in den Bergen gewesen, und sie hatte eine flache Kuhle gegraben und die Leiche mit trockenen Rosmarinzweigen und einem Grabhügel aus weißen Felsbrocken bedeckt.

Sie beschlossen nachzusehen, was sie geladen hatten. Unter der Zeltplane lagen Säcke mit Reis, Mehl, Bohnen und Linsen.

»Wir sind ein fahrendes Lebensmittelgeschäft!« rief Sascha.

Im übrigen bestand die Ladung aus verschiedenen Maschinenteilen, Geschützverschlußblöcken und Ersatzteilen für Motoren, Drahtrollen und Materialien für Funkgeräte.

»Von dem Zeug könnten wir monatelang leben«, meinte Sascha.

»Und was dann?«

»Ich weiß nicht. Vielleicht geht die Welt ja unter.«

Katja hörte sich seine Verrücktheiten an, spürte, wie stumpf sie in ihrer Erschöpfung darauf reagierte, und fragte sich, ob sie beide zusammen wohl so etwas wie gesunden Menschenverstand aufbringen konnten. Sascha sprach weiter:

»Vor dem Krieg wurde das Land verlassen, weil es für die Grundbesitzer unwirtschaftlich war, es zu bebauen. Jetzt haben die Bauern es übernommen, aber bestimmt stehen immer noch Häuser leer. Die jungen Männer sind alle zum Kämpfen eingezogen worden.«

»Was schlägst du also vor?«

»Daß wir uns ein Haus suchen und dort bleiben.«

»Einfach bleiben?«

»Eine Zeitlang – nur eine Zeitlang. Dann können wir sehen, wie es weitergeht.«

Katja schüttelte den Kopf, aber sie stimmte ihm zu, daß sie ein Dach über dem Kopf brauchten, wenn auch nur für ein paar Tage. Sascha, dessen Lebensgeister langsam wieder erwachten, ermüdete sie mit seinem Unsinn. Sie wollte schlafen. Das würde fürs erste genügen, dachte sie sich. Und anschließend konnten sie Pläne schmieden.

✳

Sie erwachte auf einem Bett aus Stroh und zerbrochenen Dachziegeln. Die Nacht war voller Sterne, Katja sah sie durch das durchlöcherte Dach. In einer Ecke brannte unbeaufsichtigt ein kleines Feuer. Sascha kam durch die niedrige Tür herein.

»Na, bist du wach? Hast du Hunger? Ich habe ein bißchen Reis gekocht.«

»Wo sind wir?«

»Weißt du's nicht mehr?«

Katja erinnerte sich dunkel. Ein kleines, verfallenes Häuschen, das inmitten der vertrockneten Reste eines Gemüsegartens auf einem flachen Abhang stand. Neben dem Haus wuchs ein Quittenbaum. In ihrer Erschöpfung hatte sie eine herabgefallene Frucht aufgehoben und sie, fasziniert von ihrer Fremdartigkeit, betrachtet: so groß wie ein Apfel, so grün wie eine Limone, mit einer wachsartiger Schale wie eine Zitrone. Dann hatte sie so etwas Banales gesagt wie: »Ich lege mich ein bißchen hin.«

»Hier – iß.« Sascha reichte ihr einen Blechnapf mit Reis und sah ihr beim Essen zu, so wie sie ihm vor nicht allzu langer Zeit in der Kirche zugesehen hatte.

»Ich habe die Plane vom Wagen abmontiert«, sagte er. »Wenn ich sie auf das Dach ziehen kann, kann ich sie mit Steinen beschweren, und dann müßte das Dach wasserdicht sein.«

»Du meinst, wir sollten hierbleiben?«

»Warum nicht? Iß auf. Ich habe schon mit dem Ausladen begonnen.«

Katja ging mit ihm nach draußen. Am klaren Himmel hing ein großer, orangefarbener Mond niedrig über dem Horizont. Die Erde, die am Morgen hell und golden geleuchtet hatte, schimmerte jetzt wie ein ruhiges Meer, das dunkle Segel aus Mandelbäumen, Zypressen und Pinien trug. Im Unterholz jagte eine Eule nach Mäusen.

»Hierher hat es uns also getrieben«, sagte Sascha geheimnisvoll. Er stand oben auf dem Lastwagen, hob einen Jutesack an und wuchtete ihn hinunter auf den Boden. Dann machte er eine Verschnaufpause und sah zu den Sternen. »Wasser gibt es auch«, bemerkte er schließlich. »Einen Brunnen. Ich muß ein paar Steine herausholen. Einen Bach habe ich nicht gefunden. Vielleicht haben sie die Finca deswegen verlassen. Es war zu trocken.« Er sprang vom Wagen und fing an, die Säcke ins Haus zu tragen.

In der Ferne zeigte das Licht einer Öllampe ein Dorf an. Jenseits des Dorfes wurden die Berge zu hohen Felsen, die blaß im Mondlicht schimmerten. Die Nacht war still. Außer Saschas schlurfenden Schritten und dem Knistern des Feuers war nichts zu hören.

Warum nicht hier? dachte Katja. Was gibt es sonst für mich zu tun? Wer will oder braucht mich? Sie hatte gegessen, war satt, und die Nacht machte sie angenehm melancholisch. Anders als der vorwurfsvolle Tag, der sie mit Aufgaben, die sie zu erledigen hatte, quälte, beruhigte sie die Nacht. Sie forderte nichts. Warum nicht hier? War das wirklich so unmöglich?

»Kannst du mir mal helfen?« fragte Sascha, während er den nächsten Sack anhob.

Natürlich erschien es ihrem Verstand unmöglich, so wie es jedem unmöglich erschienen wäre – außer Sascha.

»Was machen deine Füße?«

»Meine Füße? Ach ja, meine Füße! Was für eine unheroische

Verwundung!« Er lachte. »Erzähl mir, was dir im Krieg passiert ist, Papa. – Oh, das ist eine schreckliche Geschichte, mein Sohn. Meine Zehen sind abgefallen. – Nein, im Moment tun sie nicht weh. Die Füße sind gar nicht das Problem, aber meine komische Art zu laufen scheint sich irgendwie auf Knie und Hüften auszuwirken. Verstehst du das?«

»Ja.« Katja hatte keine Lust, den Frieden der Nacht durch Arbeit zu stören. »Laß uns doch morgen früh weiter ausladen«, schlug sie vor.

»Wenn du meinst – aber ich muß noch was zum Warmhalten suchen. Ich glaube, ich habe irgendwo ein paar Decken gesehen.« Sascha sprang wieder auf den Wagen. Er fuhr fort, die imaginäre Kinderstimme nachzuahmen, und murmelte vor sich hin: »Wo sind deine Zehen denn? Sind sie unter den Schrank gekullert? Morgen müssen wir im Zehengeschäft neue kaufen, und Mutter näht dir Schildchen drauf, damit du sie nicht wieder verlierst.«

»Hör auf! Ich muß lachen!«

»Ja?« Sascha warf die Decken vom Wagen. »Das ist gut!«

Das Feuer war zu Glut zusammengesunken.

»Ich muß einen Ofen bauen«, sagte Sascha sinnend. »Wir können es uns nicht leisten, das Brennholz so zu verschwenden. Ich habe schon eine Idee. So ähnlich haben wir es in der Armee auch gemacht. Was glaubst du, wo die Leute ihr Brennmaterial herkriegen? Von der Sierra? Reisig? Espartogras? Die ganze Haushaltung in diesen Dörfern muß durch Brennholz- und Wasserknappheit bestimmt sein.«

Katja amüsierte sich über die unangebrachte Konkretheit seines Denkens. Er war zum Problem von Brennstoff und Wasser übergegangen, während sie sich immer noch fragte: Handeln wir richtig? Doch diese Frage ließ sich heute abend nicht mehr mit letzter Bestimmtheit klären. Die plötzliche Ankunft in diesem verlorenen Königreich, nach den geheimnisvollen Umwegen, die sie gegangen waren, hatte den Verstand verführt. Als sie sich Sascha wieder zuwandte, konnte sie ihn nicht mehr sehen. In der Dunkelheit glimmte nur noch die Asche, und durch die Tür funkelten Sterne.

»Danke, daß du mich gerettet hast«, hörte sie Sascha sagen.

»Ich konnte nicht anders.«

Sie hörte seinen schlurfenden Schritt, konnte aber nichts erkennen. Erschrocken spürte sie, wie seine Finger ihre Hand umklammerten.

»Liebst du mich?« fragte er.

»Nein – ich glaube nicht.«

»Ah ja.« Seine Finger ließen ihre Hand wieder los, und auch das war ein Schock. »Das klingt vernünftig«, sagte Sascha. »Wahrscheinlich wegen der Zehen, oder?«

»Was? Wegen deiner Zehen?« Katja lachte. »Du machst wieder Witze, was?«

»Ich dachte, das würdest du nie erraten.«

»Ich kann nicht sehen, ob du lächelst.«

»Ich dachte, du hättest vielleicht deinen Sinn für Humor verloren. Da wäre ich fast nicht mehr in dich verliebt gewesen.«

Er hatte einmal gesagt, daß er sie liebte. Das war der Kernpunkt ihres Problems. Wie konnte sie hier mit einem Mann zusammenleben, der von sich sagte, er würde sie lieben?

»Liebst du mich noch?« fragte Katja.

»Ich denke schon. Kann natürlich sein, daß ich noch etwas verrückt bin. Warum liebst du mich nicht? Alle anderen tun es.«

»Das ist aber sehr eingebildet, was du da sagst.«

»Ja? Es war eine Bemerkung, die auf Beobachtungen beruht. Ich wollte damit nicht sagen, daß ich diese Liebe verdiene – mir fallen sogar alle möglichen Gründe ein, warum ich sie nicht verdiene –, zum Beispiel, weil ich ein Narr bin und keine Zehen mehr habe.«

»Hör endlich mit deinen Zehen auf!«

»Jawohl, Madame.«

Da Katja ihn nicht sehen konnte, war sie sich seiner physischen Gegenwart viel stärker als sonst bewußt. Sie konnte hören, wie er mit winzigen Bewegungen Ziegelsplitter fortschob oder Stroh zerdrückte. Sein Atem war hörbar. Und sie konnte ihn riechen, was nicht immer sehr angenehm war. Er ging hinaus, und Katja hörte ihn urinieren.

Sascha machte ähnliche Wahrnehmungen. Er hatte ein paar Blutflecken auf Katjas Overall entdeckt und vermutete, daß sie menstruierte. Ihr Haar war seit längerem nicht gewaschen worden und roch nach Talg. Sie hatte die Sohlen ihrer Alpargatas am Feuer angesengt, und er konnte die verschmorte Espartoschnur riechen.

Ohne daß sie sich berührten, in die Nacht eingehüllt wie in eine Decke, schafften diese sinnlichen Wahrnehmungen eine tiefe Vertrautheit zwischen ihnen. Müdigkeit und Unsicherheit machten sie für den anderen empfänglich. Sie entdeckten die kleinsten Anzeichen dafür, daß der andere etwas dachte, aber nicht sagte, oder spürten die leichte Veränderung der Körpertemperatur, wenn ein Schweißtropfen in der Luft verdampfte. Es war eine beruhigende Unterhaltung, eine Abfolge wortloser Fragen und Antworten.

Sascha hatte Proust gelesen. Jetzt hing er schweigend seinen eigenen Erinnerungen nach. Gerüche rufen eher Erinnerungen wach als Bilder oder Klänge. Der Geruch dieser Frau dicht neben ihm erinnerte ihn an eine andere Frau während eines anderen Krieges: an seine Mutter, die Mascha zur Welt brachte, als er vier oder fünf war. Er vergaß, daß Katja seine Gedanken nicht lesen konnte, und fragte:

»Warst du das? Das kleine Mädchen?«

»Was meinst du?«

Er schilderte das wenige, was er noch von ihrem Leben in Warykino wußte. Er erzählte Katja von der schönen Hebamme, die zu Maschas Geburt gekommen war, und von dem kleinen Mädchen der Hebamme – nein, eigentlich war es ein großes Mädchen gewesen, drei oder vier Jahre älter und einen guten Kopf größer als der kleine Sascha. Das Mädchen hatte Sascha mit einem Buch in eine Ecke gesetzt und versucht, ihm das Lesen beizubringen.

»Wie kommst du darauf, daß ich das gewesen sein könnte?« fragte Katja.

»Ich weiß nicht. Vielleicht siehst du der Hebamme ähnlich.«

»Kannst du dich noch so genau an sie erinnern?«

»Das klingt, als wärst du überrascht. Warum?«

Weil...

Katja wußte, daß sie sich nun entscheiden mußte, was sie Sascha sagen wollte. Sie war in dieser Hinsicht nie offen zu ihm gewesen, und als sie jetzt darüber nachdachte, schämte sie sich. Es war nicht einfach nur die peinliche Verlegenheit darüber, daß sie nicht schon längst etwas gesagt hatte, sondern eine tiefe, lastende Scham angesichts ihrer eigenen Vergangenheit, wenngleich deren Einzelheiten und Ursprünge ihr verborgen waren. Allein der Gedanke daran tat weh, und darüber zu sprechen war noch schmerzhafter. Doch – so schien es Katja jetzt – gerade diese bedrückende Scham war es gewesen, die sie in der Vergangenheit davon abgehalten hatte, Sascha mit etwas anderem als mit Verachtung und Distanziertheit zu begegnen. Dies hier war sonderbar und beängstigend. Aber nur indem sie davon sprach, konnte sie es enthüllen. Sie mußte sich ein Herz fassen und beginnen.

»Du hast recht«, sagte sie. »Das kleine Mädchen war ich. Ich habe mit meiner Mutter in Jurjatin gelebt. Sie war Krankenschwester.«

Sie sprachen langsam und lange, und sie hatten kaum ein Gefühl dafür, wie die Zeit verging. Nur einmal traten sie in die Dunkelheit hinaus, um frische Luft zu schöpfen, und sahen, daß die Öllampe in der Ferne gelöscht worden war und daß die Sterne weitergewandert waren und in einem neuen Muster funkelten.

Zu ihrer Überraschung entdeckte Katja, daß Sascha gar nichts wußte. Er hatte weder von Lara noch von Strelnikow, noch von Komarowski jemals etwas gehört. Sein Vater und seine Mutter waren sehr glücklich miteinander gewesen. Das Verschwinden seines Vaters war nichts anderes als ein tragischer Verlust gewesen, wie er in Kriegszeiten nicht unüblich ist. Daß er 1929 noch gelebt hatte – als Tonja ihn für tot erklärt hatte –, war nicht zu fassen.

Juri – wer war dieser Juri? Wer war diese Frau, die nicht mit ihm verwandt war, aber von seinem Vater sprechen und seinen Vornamen benutzen konnte und deren Erinnerungen an seinen Vater genauso zärtlich und um einiges umfassender und genauer waren als seine eigenen? Das war nicht richtig. Es war verkehrt! Sie hatte sich seinen Vater angeeignet, ihn wie eine Diebin gestohlen und mehr von ihm gehabt als er selbst. Und was noch schlimmer war, sie hatte ihren Diebstahl geheimgehalten, so daß jede Begegnung zwischen ihnen unterschwellig von ihrem Spott und ihrem Betrug besudelt gewesen war.

»Wir hatten eine gemeinsame Schwester«, erzählte Katja ihm. »Sie hieß Tanja. Dein Vater war ihr Vater, und meine Mutter war ihre Mutter.«

»Und was sind wir beiden dann?«

»Das weiß ich nicht.«

Eine Schwester! Kaum war sie geboren worden, da hatte Komarowski sie auch schon umgebracht. Sascha kämpfte noch mit dieser verblüffenden Enthüllung, während Katja bereits versuchte, ihm ihre eigene Rolle bei Tanjas Verschwinden deutlich zu machen, die Briefe ihres Vaters von der Front, den Brief von Saschas Mutter an ihre Mutter, ihren plötzlichen Haß auf die kleine Schwester, der auf geheimnisvolle Weise zu ihrem Verschwinden geführt hatte.

In seinem Kummer rief Sascha wütend:

»Sei doch nicht blöd. Es war nicht deine Schuld, daß Tanja verschwunden ist!« Am liebsten hätte er Katja geschlagen. Daß sie sich so gehenlassen konnte, sich über diesen offensichtlichen Unsinn Sorgen zu machen, wenn sie doch gerade mit ihren Worten seine gesamte Lebensgeschichte zerstört und statt dessen etwas aufgebaut hatte, das fremd und nicht wiederzuerkennen war. Natürlich konnte sie ihn nicht lieben, wenn er in ihren Augen in jeder Hinsicht eine gedemütigte Kreatur war.

Und Katja? Fand sie die Ursache für ihre Scham? Ja, hier und dort, denn es gab nicht nur einen Grund. Sie schämte sich, weil sie Sascha betrogen hatte. Sie schämte sich für ihre Beteiligung an Tanjas Verschwinden, wobei sie den Unterschied zwischen Ursache und Symbol wohl erkannte. Vor allem aber entdeckte sie, daß sie sich ihrer Mutter wegen schämte, und das war die bitterste Scham: festzustellen, daß sie etwas, das schön und gut war, so sehr verachtete. Denn während sie ihre Geschichte erzählte, kam es ihr vor, als sei Laras Beziehung zu Komarowski nicht unabänderlich, sondern Ergebnis ihrer Schwäche gewesen. Und ihre Affäre mit Schiwago und der Betrug an Tonja und an Katjas Vater waren zu verachten. Es schien Katja, als seien das Leben und noch mehr die Liebe nicht Formen künstlicher Gedankengebäude, die sich moralisch selbst rechtfertigten, wenn sie nach den Regeln einer akzeptablen Ästhetik in die Tat umgesetzt wurden. *Verliebt* zu sein war nicht das gleiche wie *gut* zu sein, und welche Schuldgefühle Schiwago und ihre Mutter auch zeitweise gehabt haben mochten, in ihren Handlungen, wenn nicht sogar in ihren Gedanken, hatten sie diese beiden Dinge ungehörigerweise miteinander in Verbindung gebracht. Auch Sascha verstand das und machte es Katja zum Vorwurf. Unter allen Sünden, die in dieser bitteren Nacht aufgezählt wurden, war dies diejenige, die Katjas unverrückbare Last darstellte: daß sie Laras Tochter war.

Am Morgen erwachten sie in gegenüberliegenden Ecken des kleinen Zimmers und sahen sich verwundert an, so als wären sie Fremde. Sie waren sich so fremd, daß es schwer war, etwas zu sagen, denn es fehlte ihnen die Gewißheit, daß sie eine gemeinsame Sprache besaßen. Selbst Gesten wirkten seltsam, denn sie wurden von einer Höflichkeit bestimmt, der jede Vertrautheit fehlte.

Nach einer halben Stunde, in der Katja sich am Brunnen gewaschen und den hellen Tag mit seinem klaren Blau und leuchtendem Gold in Augenschein genommen hatte, beschloß sie, daß dieser Zustand nicht andauern konnte. Sie würde ins Dorf gehen, ihre Situation erklären und einen Wagen nach Barcelona oder Castellón finden, je nachdem, was näher war. Sascha konnte hierbleiben oder abfahren, ganz wie er wollte. Sie suchte nach Sascha, um ihm zu erklären, wie die Sache aussah, und fand ihn am Quittenbaum. Er hatte eine Frucht aufgehoben, so wie Katja es gestern getan hatte, und versuchte sie zu ergründen. Als er Katjas Schritte hörte, drehte er sich um und lächelte sie an.

»Sprechen wir noch miteinander?«

»Ja, natürlich.«

Er führte die Quitte an die Nase, roch daran und rieb dann mit dem Daumen über die wachsartige Oberfläche.

»Ich denke, was ich eigentlich sagen wollte, war: Können wir miteinander sprechen, ohne uns gegenseitig zu verletzen?«

»Wenn wir es versuchen.«

»Ja. Ich finde, wir sollten es versuchen.«

»Ich bin dazu bereit.«

»Laß uns einen Spaziergang machen.«

Sie gingen durch die Mandelbäume auf das Dorf zu. Sie schlugen einen Bogen in das höher gelegene Gelände, wo man die Feldsteine zu Mauern aufgeschichtet hatte, so daß Terrassen entstanden waren, und dort schlugen sie Oliven von den Bäumen.

Katja war schweigsam. Sie hielt Sascha immer noch für naiv und ein bißchen verrückt. Er schien im Geiste ganz mit einer Sache beschäftigt. Schließlich sagte er: »Katja, in der letzten Nacht haben wir uns schwierige Dinge gesagt. Ich glaube nicht, daß irgend etwas, was die Zukunft bringt, mehr zwischen uns stehen kann. Ich kann mich nicht besonders gut ausdrücken. Aber trotz allem, ich liebe dich wirklich. Ist es dir möglich, mich auch zu lieben?«

Katja hatte insgeheim erwartet, daß er so etwas sagen würde, denn es gab nichts, das Sascha nicht sagen würde, wenn es seine Gefühle wiedergab. Und seine Fähigkeit, Außergewöhnliches und Unangebrachtes zu fühlen, schien grenzenlos zu sein. »Liebe ist nur Chemie und äußere Umstände«, antwortete sie sanft.

»Das weiß ich alles. Und Literatur ist nur Tinte und Papier.« Er betrachtete sie einen Augenblick und seufzte dann. »Ich kann nicht länger auf Antwort warten. Ich war schon immer stürmisch. Du liebst mich. Das sehe ich.« Er streckte die Hände nach ihr aus und berührte Katjas Oberarme. Sie sah kurz auf seine beiden Hände hinunter und versuchte, das damit einhergehende Gefühl der Berührung in Einklang zu bringen. Sie sagte sich, daß die Liebe nicht auf diese Weise und mit diesem Mann in ihr Leben treten sollte und daß alle Umstände, die ihre Vergangenheit und ihre Persönlichkeiten geprägt hatten, dem widersprachen. Sascha zog sie an sich und küßte sie, und immer noch hielt sie ihre Einwände für berechtigt. Sie erwiderte seinen Kuß, und immer noch gab sie sich der irrigen Annahme hin, daß sie wütend auf ihn sei, doch dann war es nicht Wut, die sie verspürte, sondern seine innige, liebevolle Wärme, die sie überflutete. Trotzdem ist er ganz schön verrückt, sagte sie sich. Ja, ganz schön verrückt. Ein Narr, der kaum praktische Fähigkeiten vorzuweisen hat. Sie zweifelte nicht mehr daran, daß sie ihn liebte, aber sie wunderte sich, daß Liebe so ganz und gar unvernünftig sein konnte.

Tatsächlich war es Unvernunft auf beiden Seiten. Katja sträubte sich gegen Sascha und wurde doch süchtig nach ihm. Wenn er auf ihrem kleinen Stück Land umherging und in seiner unbeholfenen Art versuchte, es urbar zu machen, schlich sie sich hinter ihn und umfing ihn zärtlich mit ihren Armen. Wenn sie ihn dabei ertappte, wie er einen Felsbrocken von einem Platz zum anderen rollte, unterbrach sie ihn bei seiner Arbeit, nahm seine Hände und führte sie behutsam zu ihren Brüsten.

Sascha seinerseits griff Katja Annäherungsversuche bereitwillig auf. Er zeigte seine Körperlichkeit auf unbefangene Art. Oft lief er nackt in der Gegend herum, mit nichts anderem als einem Paar *alpargatas* bekleidet. Sein Körper war stark und muskulös; und Katja liebte es, ihm dabei zuzusehen, wie er sich wusch. Mitten im heißesten Liebesgeflüster brachte Sascha es fertig, einen Witz zu erzählen, und zwar im unpassendsten Moment. Er war ein enthusiastischer, aber leicht aus dem Konzept zu bringender Liebhaber.

✳

Sie wohnten seit etwa einem Monat in dem kleinen Bauernhaus, als sie eines Morgens einen Mann mit einem Jagdgewehr kommen sahen. Er ging ganz unbekümmert den Weg entlang und trug sein Gewehr in der Armbeuge. Er war mittleren Alters und angetan mit einem groben Overall und einer roten Wollmütze.

»Guten Morgen, mein Freund«, sagte Sascha und trat ihm in den Weg. »Wohin des Weges?«

Der Fremde blieb stehen. Er zögerte, als suche er nach Worten, dann sagte er: »Ich hatte Lust, heraufzukommen und einmal bei Ihnen vorbeizuschauen. Wir haben unten im Dorf auf Ihren Besuch gewartet, aber Sie sind nicht gekommen. Wo kommen Sie her, aus Kastilien? Oder sind Sie so was wie ein Deutscher?«

»Aus Frankreich.«

»Von dem Land hab' ich gehört. Sprechen sie da kastilisch?«

»Nein.«

»Ach so. Deswegen der Akzent.«

Der Fremde schien nicht die Absicht zu haben, wieder zu gehen. Er hatte den Lastwagen gesehen und war neugierig.

»Von denen haben wir hier nicht viele. Ich habe ein paar in Montblanc gesehen und gehört, daß es in Tarragona davon nur so wimmeln soll. Ich finde sie nicht besonders praktisch. Mit denen ist man an Straßen gebunden, und die müssen auch noch gut sein, so wie die zwischen Tarragona und Lérida. Vielleicht haben Sie ja in Deutschland gute Straßen. Wie heißen Sie?«

»Sascha Schiwago.«

»Sa-scha Schi-wa-go.« Der Fremde kicherte in sich hinein. »Da muß sich die Zunge erst dran gewöhnen, was? Sagen Sie doch mal etwas auf deutsch.«

»*Je ne parle pas allemand.*«

Der Fremde war belustigt. »Das kann ich fast verstehen. Ein paar Leute hier sprechen katalanisch, und das klingt ähnlich.«

Als Katja sah, daß der Fremde offensichtlich nichts Böses im Schilde führte, kam sie ebenfalls aus dem Haus.

»Das ist...«

»Valentí – Valentí Feliu.«

Katja bot ihm in einem ihrer beiden Blechnäpfe Oliven an. Feliu grinste und griff zu. Katja betrachtete sein Gesicht und kam zu dem Schluß, daß er gutmütig sei. Seine Haut war von einem so tiefen Braun und so verrunzelt, wie sie es noch nie gesehen hatte. Seine Fingernägel waren lang und kräftig, und mit einem schlitzte er jetzt die Oliven auf, um den Stein herauszuholen.

»Wollt ihr hierbleiben?« fragte er.

»Ja. Hat jemand etwas dagegen?«

»Nein, nicht solange ihr in euren Grenzen bleibt. Wir können sie einmal abgehen, ich zeige sie euch.«

»Bist du selbst Bauer?«

»Etwas Gemüse, ein paar *fanegas* Weizen. Und sonst mache ich Seile oder *espardenyas*. Für diese Finca hier interessiert sich niemand. Habt ihr Wasser?«

»Ja. Warum?«

»Zu dieser Jahreszeit reicht es meistens noch. Aber im Juli und August –« Er machte eine wiegende Handbewegung, um die Ungewißheit anzuzeigen. »In zwei von drei Jahren wird es dann knapp. Hier wächst nichts, wenn man es nicht bewässert, und man kann sich kaputtarbeiten und trotzdem seine Ernte verlieren. Ich sehe, daß ihr schon etwas Gemüse in der Erde habt. Schön, schön. Also, wollen wir mal die Grenzen abgehen?«

Sie brachen auf. Die Sonne stand noch tief, und die Luft war kühl und mit Blütenblättern von Mandelblüten gesprenkelt. Unterwegs erklärte Feliu den Grenzverlauf, der Sascha eindeutig erschien. Er dachte bei sich: Das ist mehr als genug. Es müssen viele *hectares* sein. Andere Probleme beschäftigten ihn: Was soll ich anbauen? Wahrscheinlich Weizen. Nur von Mandeln, Oliven und ein bißchen Kohl können wir nicht leben. Wo bekomme ich Saatgut und einen Pflug her? Er sah seinen neuen Freund von der Seite an und fragte sich, ob er seine Verlegenheit überwinden und ihm diese Fragen stellen könnte. Valentí bückte sich ab und zu, hob eine Handvoll Erde auf und zerkrümelte sie zwischen den Fingern.

»Die Masia ist schon immer gefräßig gewesen«, sagte er jetzt.

»Die Masia? Wer ist das, die Masia?«

»Das hier – eure Finca. Sie heißt so.«

»Ach so. Und was meinst du mit gefräßig?«

»Sie will Wasser und Schweiß und Dünger, und selbst dann gibt sie nicht gern etwas dafür wieder. Deswegen ist sie aufgegeben worden. Der Besitzer hat versucht, einen Pächter zu finden, und er hätte sich sogar mit einem Viertel der Ernte als Pacht zufriedengegeben, aber keiner hatte Interesse daran, weil das Wasser so unzuverlässig ist.«

Sie stiegen den Hügel hinauf, um die obere Grenze zu begutachten. Valentí sah Sascha fragend an: »Du gehst etwas merkwürdig. Bist du verwundet worden? Der Lastwagen und der Blechnapf, in dem deine Frau mir die Oliven gegeben hat, die stammen von der Armee. Bist du desertiert?« Die Frage brachte Sascha aus der Fassung. Er hatte sich nie als Fahnenflüchtigen betrachtet.

»Nein«, antwortete er schließlich. »Ich bin nach der Schlacht, auf dem Rückzug, von meiner Einheit getrennt worden.«

»Von einer Schlacht hab' ich gehört. Ich nehme an, daß wir verloren haben.«

»Willst du mich anzeigen?«

Valentí war gekränkt, aber nicht böse. »Warum sollte ich? Ich sehe, daß du deinen Teil getan hast. Und außerdem verstehe ich nicht, warum ihr Deutschen überhaupt verpflichtet seid, für uns zu kämpfen. Also kannst du kaum ein Deserteur im üblichen Sinne sein, oder?«

Sie waren an der oberen Grenze angekommen, und Valentí deutete über die Ebene zu den weiter entfernten Bergen.

»Das da ist San Quentin. Ungefähr zehn Kilometer von hier. Da wohne ich. Dahinten – da kannst du es sehen – das ist Montblanc. Und in die Richtung, ganz weit in der Ferne, da liegt Lérida.«

Wind war aufgekommen, und auf den unteren Hängen wirbelten die Mandelblüten herum wie Schneegestöber. Sascha hörte, wie sein Begleiter ihm etwas erklärte, etwas, was bei Saschas Grad an Unwissenheit wahrscheinlich wichtig war, aber er konnte an nichts anderes als an die Mandelblüten denken und an dieses schöne Land hier. Mußte man an so einem Ort nicht einfach glücklich sein?

Als Valentí sich jedoch unter Freundschaftsbekundungen verabschiedet hatte und Sascha zum Haus zurückgekehrt war, wo der Wind die Plane verschoben hatte, weil sie ungenügend beschwert gewesen war, so daß Sascha diese Arbeit noch einmal in Angriff nehmen mußte, bedrückte ihn die ungeheure Aufgabe, die er übernommen hatte. Die Geringfügigkeit seiner Mittel und Möglichkeiten bedrückte ihn. Niedergeschlagen sagte er zu Katja: »Es geht nicht. Ich bin kein Bauer. Ich habe nicht die geringste Ahnung von der Landwirtschaft. Wir haben kein Saatgut, keine Tiere, keinen Dünger... Es war verrückt von mir, auch nur daran zu denken, daß wir hier leben könnten.«

»Ja, natürlich«, antwortete Katja. Sascha merkte nicht, wie fröhlich sie war. »Aber ist das wichtig? Wir haben die Vorräte, die wir mitgebracht haben, und können ein bißchen Gemüse anbauen. Das müßte für mehrere Monate oder sogar für ein Jahr reichen. Und danach könnten wir einfach wieder weiterziehen.«

»Wieder weiterziehen? Ja, das könnten wir wohl. Ob wir uns jetzt gleich aufmachen oder erst später, ist schließlich egal. Wir werden hier jedenfalls glücklich sein, oder?«

»Ich denke schon«, sagte Katja, und damit gab er sich zufrieden. Da er nun von der Last, ihnen ein Auskommen zu verschaffen, befreit war, gelangen seine Anpflanzungsversuche im Gemüsegarten sogar recht gut, und den Rest der Zeit verbrachte er damit, ziellos in den Bergen umherzuwandern. Eine Woche nach Valentí Felius Besuch sagte Katja Sascha, daß sie schwanger sei.

Im Laufe des Sommers besuchte Valentí sie häufiger auf der Masia. Sascha, der die Tage mit der leichten Beschäftigung verbrachte, sich um sein Gemüse zu kümmern, ging gern mit dem Mann, der sein Freund geworden war, in die Pinienwälder und auf die Sierra hinauf. Katja, deren Gesicht vom Glanz der Schwangerschaft überzogen war, blieb bei diesen Gelegenheiten dösend im Schatten sitzen und versenkte sich in Betrachtungen über ihren Körper und dessen Veränderungen, die sie nie für möglich gehalten hatte. Einmal schoß der Seiler ein Wildschwein. Katja begleitete die beiden Männer, als sie das Tier ins Dorf hinuntertrugen, und beteiligte sich am Zerlegen, am Einpökeln und am Wurstmachen. Sie trank Wein und war angenehm beschwipst. Als Valentí ihr vorschlug, sich einmal die kaputte Olivenpresse anzusehen, willigte sie ein.

Das ganze Dorf nahm Anteil an diesem Ereignis. Es war Abend geworden, und niemand brauchte mehr zu arbeiten. Mit Lampen und Kerzen, wie Ministranten, die einem Priester folgen, zogen sie

in den Hof, in dem die Olivenpresse stand. Sie bestand aus einem
großen steinernen Quetschrad, das mit Maultierkraft auf einer ver-
tikalen Achse gedreht wurde. Ein Trichter war daran befestigt, in
den die Oliven eingefüllt wurden. Man leuchtete Katja mit einer
Fackel, und sie erkannte, daß die Hauptachse gebrochen war. Enttäuscht sagte sie:

»Ihr braucht einen Schreiner oder einen Stellmacher.«

»Das weiß ich«, sagte Valentí und strich sich übers Kinn. »Ich
dachte, vielleicht ... du weißt schon. Unser Schreiner ist Soldat
geworden. Macht nichts, wir können jemand aus Montblanc holen,
der sie repariert. Es hat keine Eile.« Er legte Katja den Arm um die
Schultern, Sascha ging fröhlich neben ihnen her, und sie kehrten zu
Valentins Haus zurück, während die anderen Dorfbewohner ihre
eigenen Häuser aufsuchten. »Fall nicht über die Steine. Gott sei
Dank scheint heute abend der Mond, so daß du sie sehen kannst.«
Sie stachen wie Sterne aus dem Weg hervor, dessen Staub im Mondlicht bläulich wirkte. »Du darfst dich nicht erkälten. Du mußt an
das Kind denken.«

Katja und Sascha übernachteten im Haus des Seilers, alle drei im
gleichen Raum. Bei einem letzten Becher Wein entschuldigte sich
Valentí: »Tut mir leid, wenn ich dich mit der Olivenpresse in
Verlegenheit gebracht habe. Ich wollte dir eine Chance geben, vor
den Leuten zu glänzen. Aber es macht nichts. Sie haben dich trotzdem gern, einfach weil du es versucht hast. In Spanien macht es
nichts, wenn man etwas nicht schafft.«

»Tut mir leid, daß ich kein Schreiner bin«, sagte Katja müde und
schläfrig.

»Automechaniker ist ein besserer Beruf. In so einem armen Dorf
wie hier kann man als Schreiner kein Geld verdienen.« Valentí
machte eine Pause. »Aber als Automechaniker auch nicht«, fuhr er
fort. »Das einzige Auto, das ich hier je gesehen habe, gehörte Don Alfonso – ich spreche von unserem Dorfoberhaupt, nicht vom König.
Zur Zeit Don Miguels hatte er eins. Einen Studebaker. Ich glaube, das
ist ein deutsches Auto, wahrscheinlich habt ihr es schon mal gesehen.
Eure Finca, die Masia, gehörte früher Don Alfonso. Die Finca meines
Großvaters gehörte Don Alfonsos Vater. Er hat das Dorf verlassen. Es
heißt, er sei nach Barcelona gegangen und würde da in einem Bordell
leben, Don Alfonso, meine ich, nicht mein Großvater.«

»Gute Nacht, Valentí.«

»Was? Ach ja, gute Nacht.«

Später, als sie schon alle kurz vor dem Einschlafen waren, erklang seine tiefe Stimme noch einmal aus der Dunkelheit:

»Der Studebaker ist ein amerikanisches Auto, und ihr beiden seid Franzosen, keine Deutschen. Haha! Ihr habt gedacht, ich wüßte das nicht, stimmt's?«

*

In Saschas Augen wuchs Katjas Liebreiz mit jedem Tag. Er war von ihr bezaubert. Er konnte es kaum ertragen, sie nicht in seiner Nähe zu haben. Der Schimmer ihrer Haut, ihr runder, schwellender Bauch, selbst die feinen blauen Adern, die an die Oberfläche ihres Körpers gedrückt wurden, faszinierten ihn. Katja liebte ihn, aber sie fand seine ständigen Aufmerksamkeiten ermüdend. Sie befahl ihm, sich in die Sierra davonzumachen und die Natur oder Gott zu belästigen, aber nicht sie. Sascha blieb eine Woche lang fort und kam lächelnd, aber wesentlich vernünftiger zurück.

»Ich habe angefangen, Gedichte zu schreiben«, erklärte er. »Mein Vater war Dichter.«

»Ich weiß.«

»Ach ja ... ja, natürlich.«

Katja hörte nichts mehr von seinen Gedichten. Sie erinnerte sich daran, wie Juri an einem Tisch in dem Haus in Jurjatin gesessen und geschrieben hatte, aber sie sah keine Anzeichen dafür, daß Sascha das auch tat, und vermutete, daß er heimlich arbeitete. Schließlich fragte sie ihn danach.

»Schreibst du noch? Warum hast du mir deine Gedichte noch nicht gezeigt?«

Sascha antwortete nicht gleich. Statt dessen forderte er sie auf, sich auf seinen Schoß zu setzen, und erheiterte sie mit Fragen nach ihrer Schwangerschaft und mit Erzählungen von den Nächten, die er unter dem Sommerhimmel auf der Sierra zugebracht hatte.

»Das einzige Problem ist, daß meine Hüften von dem vielen Laufen weh tun«, brummte er und fügte hinzu: »*Eine Hüftverletzung, unter der ich bis zu jenem Jahr gelitten hatte, hatte mich ängstlich und unglücklich gemacht.*«

»Wie bitte?«

»Das ist ein Zitat. Ich weiß nicht, ob ich es richtig zitiert habe, ich weiß nicht einmal, aus welchem Buch ich es habe. Es kam mir einfach eines Nachts in den Sinn, während ich schlief. Ich war den ganzen Tag gewandert, und meine Hüften taten mir weh.« Er lachte. »Aber ich bin weder ängstlich noch unglücklich! Im Gegenteil, mein Leben mit dir ist nichts als Glück und Segen.«

»Und deine Gedichte?«

»Ach ja, die Gedichte! Ich habe der Dichterei abgeschworen. Ein Sohn sollte niemals seinen Vater nachahmen. Ich werde statt dessen ein Buch über Philosophie schreiben: ›Alles, was ich jemals über die Weisheit gelernt habe‹. Ich denke, es wird ziemlich kurz werden.«

Im Herbst gingen sie Pilze sammeln. Katja war jetzt hochschwanger und trödelte plattfüßig zwischen den Piniennadeln und den Baumstümpfen herum. Mit Körben voller *rovellòs* kehrten sie zurück. Katja zog sie zum Trocknen auf Fäden auf, als Wintervorrat. Von anderen kochte sie Suppe, die sie Valentí anbot, als er eines Tages in einer zweirädrigen Karre mit Segeltuchverdeck bei ihnen auftauchte.

»Was führt dich her?« fragte sie. »Und warum kommst du im Wagen?«

»Ich will euch mit nach San Quentin nehmen. Das ist für dich in deinem Zustand zu Fuß zu weit. Das heißt, wenn ihr überhaupt mitkommen wollt«, fügte er hinzu.

Katja merkte, daß er etwas im Schilde führte.

»Also, es ist so«, gestand er, »wir haben ein paar Filme bekommen. Wir wissen nicht, was für welche. Könnte etwas Lustiges dabei sein, um das Dorf ein bißchen aufzuheitern. Und wir haben einen, wie heißt das Ding noch, so einen Apparat, den man braucht, wenn man einen Film zeigen will...«

»Einen Projektor?«

»Genau. Einen Projektor haben wir also auch.«

»Und Strom? Ihr braucht Strom, und im Dorf gibt es keinen.«

Valentí grinste. »Da irrst du dich aber. Wir haben den Generator, den Don Alfonso bei sich zu Hause hatte. Als die Revolution kam, haben wir ihn befreit, aber seitdem hatten wir keine Verwendung dafür.« Er zögerte. »Also, um ehrlich zu sein, es gibt hier keinen, der weiß, wie man das Ding bedient.«

»Sollen wir ihnen dabei helfen?« fragte Sascha.

»Ich finde ja«, meinte Katja, gerührt, daß man sie gebeten hatte. Valentí war begeistert. Er hatte in seinem Leben erst einmal einen Film gesehen, vor fünf Jahren, in Montblanc.

Auf dem Weg ins Dorf sahen sie, daß die Weinlese begonnen hatte. Wie Mohnblumen in einem Weizenfeld schwankten die roten Mützen der Männer zwischen den grünen Rebstöcken. Valentí meinte, die Ernte würde schlecht ausfallen. Wegen des Krieges gab es nicht genug Arbeitskräfte. Als sie ihn nach dem Krieg fragten, meinte er:

»Irgendwo bei Gandesa scheint wohl eine große Schlacht zu sein. Ich weiß nicht, ob es noch die gleiche ist wie im Sommer.«

»Wer gewinnt?« fragte Sascha. Gandesa lag westlich vom Ebro, in einem Gebiet, das Francos Truppen im Frühling besetzt hatten. Mittlerweile hatte Sascha seine faschistische Vergangenheit vergessen und hoffte, daß die Republikaner siegen würden. Er hatte nie darüber nachgedacht, was ihn zu diesem Sinneswandel bewogen hatte.

»Keine Ahnung, wer gewinnt«, meinte Valentí, »aber wir könnten ein paar Siege gebrauchen. Ich kapiere nicht, warum wir dauernd verlieren. Francos Heer ist doch nichts weiter als eine Bande aus Priestern, *señoritos* und Negern. Man sollte meinen, daß die zum Kämpfen gar keine Lust haben. Es ist mir ein Rätsel.«

Sie kamen so spät an, daß Katja sich den Generator nicht mehr anschauen konnte, daher mußten sie die Nacht bei Valentí verbringen. Am nächsten Morgen gingen sie in die *casa del pueblo*, wo die Maschine im Erdgeschoß aufgestellt worden war. Katja ließ sie nach draußen bringen und erklärte, in geschlossenen Räumen sei die Benutzung wegen der Abgase zu gefährlich. Diese Bemerkung beeindruckte die Dorfbewohner.

Auf der Straße zu arbeiten, allen Blicken ausgesetzt, während die Maultiere mit großen Körben voller Trauben vorbeiklapperten, war seltsam. Die Zuschauer schienen sich einig zu sein, daß Katja für ihre Aufgabe gut ernährt werden mußte. Ständig erschienen Teller mit Essen, bis sie schließlich nichts mehr hinunterbrachte und dankend ablehnen mußte. Die älteren Frauen waren einhellig der Meinung, daß Katja, sobald der Generator anspringen würde, Wehen bekommen würde. Es war schließlich bekannt, daß ein derartiger Schock die Geburt auslösen konnte und daß solche Babys leicht reizbar waren und einen keinen Augenblick in Frieden ließen.

Katja hatte Glück. Der Generator brauchte nur gründlich gereinigt und geölt zu werden. Als sie damit fertig war, applaudierten die versammelten Dorfbewohner. Und als die Maschine dann hustend und spuckend ansprang, bekam Katja dennoch keine Wehen. Man erklärte das damit, daß sie Ausländerin und an Maschinen gewöhnt sei. Mit den Mädchen, die nach Barcelona gingen und in den Textilfabriken arbeiteten, war es genauso, womit bewiesen war, daß man sich an alles gewöhnen konnte.

Weil es im Gedränge der vielen Menschen so heiß war, beschloß man, den Film auf der Galerie unter dem Dach zu zeigen, wo die Abendluft den Zuschauern Kühlung bringen würde. Ein Kabel wurde nach oben verlegt.

»Sind wir fertig?« fragte Enrico, der Holzschuhmacher, der die Filme und den Projektor beschafft hatte. Er war ein winziger Mann, kaum größer als Le Nain, und hatte einen Ruf als wilder Trinker und Raufbold. Aber im Moment war er respektvoll, ja ehrerbietig. »Schadet es dem Kind auch wirklich nicht? Können Sie die Maschine bedienen?«

Das ganze Dorf war zugegen, hundert Menschen oder mehr saßen erwartungsvoll auf den Bänken. Unsicher, was bei dieser Gelegenheit angebracht war, waren einige direkt aus den Weinbergen gekommen, mit bloßen, vom Traubensaft verklebten Armen, während andere wie für eine Hochzeit gekleidet waren, die Frauen in Baumwollröcken und die Männer in gestärkten Hemden und mit geöltem Haar. Als Leinwand war ein Bettlaken aufgespannt worden. Enrico stellte sich ganz vorne hin, neben das Klavier und die Öllampe mit dem kugelförmigen weißen Schirm, und sein riesenhafter Schatten füllte die Galerie.

»Ja. Also gut«, fing er an. »Jetzt seid mal alle ruhig. Ich bin an so etwas nicht gewöhnt. Ihr habt sicher gehört, Genossen, daß ich in Tarragona war. Also, ich bin mit meinem Karren nach Montblanc gefahren und hab' da den Bus genommen. Ich hab' einiges von meinem Zeug verkauft, und ich habe gute Preise dafür bekommen, weil alles so knapp ist. Und noch ein Wort zum Krieg. Gerade findet eine große Schlacht statt, und es sieht so aus, als würden wir gewinnen. Aber ich muß sagen, daß wir hier weit genug von allem weg sind, ja. In Tarragona ist es ganz schön schlimm, viele Soldaten und viele Verwundete, alles sehr voll. Aber die Schlacht läuft gut, ja.« Er überlegte einen Augenblick und sagte dann: »Übrigens, Genossen, wir wollen uns bei unseren Genossen von der Masia bedanken, weil sie die ganzen Geräte repariert haben, so daß wir den Film jetzt sehen können. Und jetzt gibt's ohne weitere Vorreden – den Film!«

Damit löschte er die Lampe, und ein Gemurmel erhob sich.

»Licht für den Kameramann!« wurde gerufen, und jemand brachte Katja eine Kerze, damit sie in der Dunkelheit etwas erkennen konnte.

»Ich habe keine Ahnung, was auf diesen Filmen drauf ist«, flüsterte Katja Sascha zu. Die Rollen waren nicht beschriftet. Sie griff willkürlich eine heraus und fädelte den Film ein. Sascha drückte ihr die Hand. »Es wird schon gutgehen«, meinte er.

Doch sie brauchte noch fünf Minuten, bis der Film anlaufen konnte, was allerdings niemanden besonders zu stören schien. Die Dorfbewohner waren müde von ihrem Tagewerk und ganz zufrieden, daß sie in der gemütlichen Dunkelheit beieinander sitzen, schwatzen und sich entspannen konnten. Sascha trat an die Brüstung und stützte sich darauf. Zwischen den Säulen hindurch blickte er über die schimmernden Dachziegel auf die Umrisse der Zypressen und den sternenübersäten Himmel. »Wenn ich bloß Dichter wäre, was könnte ich dann über dies alles schreiben –«, dachte er. Valentí stand plötzlich mit Wein neben ihm.

»Eine gute Frau«, sagte er.

»Ja, das ist sie. Schau, jetzt geht es los!«

Die erste Rolle war anscheinend ein Teil eines sowjetischen Dokumentarfilms über das Einbringen der Ernte in der Ukraine. Sie zeigte die wogenden Weizenfelder, die sich bis zum Horizont erstreckten, die heroischen Bauern in Nahaufnahme (die monumentalen Köpfe hoben sich gegen den Himmel ab wie Symbole der Hoffnung), die Reihen von motorisierten Erntemaschinen, so weit das Auge reichte, die mit Korn beladenen Lastwagen, die Silos, die Lastkähne, den Fluß mit seiner Weizenfracht. Aus dem Publikum ertönten gedämpfte Rufe: »Da!! Guck dir das an! Kaum zu glauben, das sind ja Riesenfelder. Ist das Dünger, was die da verstreuen? Mein Gott, guckt euch die Maschinen an! Und angeblich gehört alles den Bauern. Könnt ihr euch vorstellen, wie reich die sein müssen?« Als die Rolle abgelaufen war, wurde die Öllampe wieder angezündet, die Männer rauchten, und eine erregte Diskussion setzte ein. Enrico wandte sich an Katja. Sein Gesicht strahlte, aber er hatte ein Problem.

»Das war gut«, sagte er. »Sehr beeindruckend. Aber ohne Ton. Was müssen wir da machen? Brauchen wir einen Plattenspieler oder so etwas, damit wir die Stimmen hören können?«

»Wir haben nur einen Projektor«, erklärte Katja. »Und der ist alt und nicht für Tonfilme geeignet.«

»Ach so – gut. Also haben wir keinen Ton? Gut. Dann wollen wir mal sehen, wie es weitergeht.«

Auch die zweite Rolle zeigte ein Stück aus einem sowjetischen Film. Sie fing mittendrin an, so daß niemand wußte, wie der Film hieß oder wovon er handelte. Anscheinend war es ein historisches Drama, das im achtzehnten Jahrhundert spielte. Szenen aus einem Palast wurden gezeigt, ein König mit Perücke, mit Bändern und Orden behangen und von diensteifrigen Priestern umgeben, überwachte die Auspeitschung von Bauern. Dann ein Schnitt, und eine Horde hübscher Kosaken fegte auf ihren Pferden über die Ebene.

»Wartet mal!« rief Enrico, stellte sich vor die Leinwand und hob die Hand. »Dazu brauchen wir Musik! Wer kann Klavier spielen? Los, Genossen, von euch kann doch bestimmt irgend jemand Klavier spielen!« Sascha stand hinter Katja, und während sie den Projektor bediente, hatte er die Arme sanft um ihre Taille gelegt.

»Spiel du doch«, sagte er jetzt. »Ich mach' das hier schon.«

»Muß ich wirklich?«

»Wir können ihnen doch den Spaß nicht verderben.«

Katja ging nach vorne. Sie spürte, wie alle Augen auf sie gerichtet waren. »Unsere Genossin von der Masia wird uns wieder aushelfen«, verkündete Enrico. »Sie ist Ausländerin, wißt ihr. Ist das die internationale Solidarität oder was? Hier, Genossin, setz dich, laß dir Zeit.« Er beugte sich zu ihr hinunter und flüsterte: »Spiel, was du willst, irgendwas, was das Blut in Wallung bringt, ja?«

Es gab keine Noten. Katja schlug ein paar Töne an. Das Klavier war mehr oder weniger gestimmt. Sie setzte sich auf dem Hocker zurecht und nickte Sascha zu. Er ließ den Projektor wieder anlaufen.

Auf der Leinwand flimmerte es schwarz und weiß, dann konnte man wieder die Kosaken erkennen. Nach kurzem Zögern begann Katja zu spielen. Sascha glaubte, einen Teil der Ouvertüre 1812 zu erkennen, die Passage, die ihn an die Weite Rußlands erinnerte. Dann wechselte das Bild. Zu einer dramatischen Szene in einer Stadt – vielleicht St. Petersburg? – hörte er Klänge von Beethoven. Dann Mozart. Dann Chopin. Während Katja das Geschehen auf der Leinwand beobachtete, ließ sie musikalische Assoziationen in sich aufsteigen und improvisierte. Nachdem sie ihre anfängliche Unsicherheit überwunden hatte, schuf sie elegante Übergänge von einem Komponisten zum nächsten, transponierte, wiederholte Themen, die sonst nicht wiederholt wurden, und paraphrasierte fremde Kompositionen in einem grandiosen Potpourri von Variationen. Das ist unmöglich, dachte Sascha. Diesen Erfindungsreichtum, diese technische Virtuosität würde sie nicht beibehalten können, und auch die physische Anstrengung würde ihr aus Mangel an Übung bald zuviel werden. Sie würde sich verspielen. Eine Melodie würde in eine Dissonanz abrutschen. Ein Crescendo würde auf dem Höhepunkt abbrechen, und Katja würde den Klavierdeckel zuschlagen und wie erstarrt davor sitzen bleiben. Es war unmöglich!

Die Dorfbewohner verstummten vor der Gewalt dieser Töne. Die Männer, die rauchend und plaudernd an der Brüstung gestanden hatten, drückten ihre Zigaretten aus und steckten die Stummel in die Tasche, oder sie warfen die glimmenden Enden nach draußen, so daß sie vor dem Nachthimmel glühende Parabeln beschrieben. Die Kinder saßen eingeschüchtert auf den Schößen ihrer Mütter. Die Mütter starrten auf die Leinwand, so daß ihre sonnengebräunten Gesichter durch die Reflektion weiß leuchteten.

Das habe ich schon mal gesehen, oder ich habe es irgendwo gelesen, dachte Sascha. Aber ich weiß nicht mehr, wo. Ein seltsames Fest an einem Ort, den jemand erst am Ende einer geheimnisvollen Reise gefunden hat. Wo habe ich nur davon gelesen? *Nach seiner Rückkehr aus Toulon hatte er sie eines Abends getroffen, erregt, in einem der Gärten in Bourges, die man als les Marais bezeichnet.* Sascha war erschrocken, daß ihm die Wörter aus einem Buch, das er vor so vielen Jahren gelesen hatte, plötzlich wieder so lebhaft vor Augen standen. Er erinnerte sich: Er (wer?) hat sich in sie verliebt, genauso, wie ich mich in Katja verliebt habe. Wer war das noch, der sich verliebt hat? Mir ist schwindlig. Strömt der Film irgendwelche Chemikalien aus?

Er ließ den Projektor unbeaufsichtigt weiterlaufen und trat an die Brüstung, weil er frische Luft brauchte. Valentí stand immer noch dort, war aber nur schwer zu erkennen, weil sein Gesicht von dem perlmutterfarbenen Licht beschienen war, das von der Leinwand abstrahlte. Er knabberte Oliven und sagte gefühlvoll:

»Wunderschön. Mit der könnte ein Mann sich schon vor den Priester stellen. Und so begabt! Sie spielt Klavier und repariert Autos. Was hast du, Sascha? Du siehst gar nicht gut aus.«

»Ich brauche nur etwas frische Luft.« Sascha stützte sich mit beiden Händen auf das steinerne Geländer und sog die Luft ein. Er sah hinunter auf den Staub des Platzes und dann über die Dächer auf die dahinterliegenden Weinberge. Ein Maultier hatte sich losgerissen und spazierte den Feldweg entlang. Ein Nachtvogel schrie.

So ist es besser! sagte er sich. Ich war kurz davor, den Verstand zu verlieren. Irgend etwas im Film. Und dieser Projektor strahlt eine ganz schöne Hitze aus. Er wandte seine Aufmerksamkeit wieder den Zuschauern zu. Schau sie dir nur an! Wie verzückt lauschen sie Katjas Musik. Sie sind wie entrückt.

»Ist heute ein Feiertag?« fragte er Valentí flüsternd.

»Wieso? Ja, tatsächlich. Irgendein Heiliger hat Namenstag. Warum willst du das wissen?«

Ein seltsames Fest in einem geheimnisvollen Königreich. Wo war das? Ich kann mich nicht erinnern. Denke ich einfach an den Abend in Nizza und den nächsten Tag, als Katja uns in der Villa besucht hat? Da war ich schon bis über beide Ohren in sie verliebt.

»Ach, nichts weiter. Es spielt keine Rolle. Ja, sie ist wirklich schön.«

»Du hast Glück.«

»Mehr Glück, als du dir vorstellen kannst.«

»Ich kann mir ziemlich viel vorstellen.«

Alle Augen waren jetzt auf die Leinwand gerichtet, und selbst Sascha, der immer noch von seinen Erinnerungen abgelenkt wurde, wandte seinen Blick den Bildern zu, die vorne flimmerten, den Bildern von Höflingen in Brokat und Perücken, Puder und Schmuck. Sie tanzten. Sie tanzten in einer großen Säulenhalle, mit Spiegeln, Kronleuchtern und Dienern. Katja spielte einen Walzer, und ihr Rhythmus paßte so gut zu dem Film, daß die Tänzer auf der Leinwand sich wie verzaubert zu ihrer Musik zu bewegen schienen.

»Ich habe mehr Glück, als du dir vorstellen kannst«, wiederholte Sascha.

»Aha, die Macht der Liebe«, sagte Valentí mit belustigter Ironie. »He, wo gehst du denn hin?«

Sascha ging nach vorn zum Klavier. Niemand schenkte ihm Beachtung. Er legte Katja sanft eine Hand auf die Schulter. Sie drehte sich um, und die Musik brach ab.

»Sascha?« Sie sah ihn fragend an.

»Was ist los?« rief jemand aus dem Publikum.

»Pst! Guck dir den Film an. Die Pianistin muß sich ausruhen.«

»Was ist?« fragte Katja gedämpft.

»Laß uns noch einmal tanzen.«

»Was?«

»Tanz noch einmal mit mir. Hier und jetzt.«

Sascha zog Katja vom Schemel hoch und nahm sie in die Arme. Zwischen der Leinwand und der ersten Bankreihe war ein wenig Platz, und dorthin führte sie Sascha nun. Er machte ein paar Walzerschritte und murmelte: »Das ist es. Komm, mach mit. Eins-zwei-drei! Eins-zwei-drei!« Ungeschickt schwenkte er sie herum, er auf seinen verstümmelten Füßen hinkend und sie hochschwanger. »Eins-zwei-drei«, wiederholte er. »Eins-zwei-drei.«

»Du Verrückter!« flüsterte sie.

»Danke.«

»Idiot!«

»Was für Komplimente!«

»Gleich werfen sie uns hier raus.«

»Sie brauchen uns für den Projektor.«

Im Film war jetzt eine verschneite Landschaft zu sehen. Ein Schlitten glitt über den Schnee. Hinten saßen in Pelze gehüllt ein Mann und eine Frau und lachten und unterhielten sich. Noch mehr Schnee. Zwischen Birken ein Haus, auf dem Dach eine Schneelast. Bauern standen im Schnee, während ein Redner zu ihnen sprach. Schnee und die Schatten von Kindern auf der Leinwand. Ein paar Kinder hatten, als sie die Erwachsenen tanzen sahen, ihre Plätze verlassen und waren nach vorne gekommen, wo sie jetzt herumalberten oder Sascha und Katja nachzumachen versuchten und schüchtern Paare bildeten. Die Erwachsenen lächelten und lachten nach ihrem anfänglichen Erstaunen. Sascha und Katja konnten aus den Augenwinkeln ihre Gesichter sehen und ließen sich von ihrer Ausgelassenheit anstecken, bis sie vor Lachen nicht mehr weitertanzen konnten.

Also hörten sie auf, und nacheinander blieben auch die Kinder stehen. Die lachenden Münder zogen sich in grinsender Zufriedenheit in die Breite. Was für ein Anblick! Auf welche Ideen diese Ausländer kamen!

»Bravo!« sagte Valentí, als sie auf ihre Plätze zurückkehrten. »Macht ihr in Frankreich immer solche Kunststückchen?«

»Ja. Und ihr hier in Spanien?« gab Sascha fröhlich und atemlos zurück.

»Ach, Spanien. In Spanien ist das normal. Ein Spanier kann alles tun, wozu er Lust hat. Tanzen, lieben, im Bürgerkrieg kämpfen, alle drei Sachen gleichzeitig. Das ist das Gesetz Gottes!«

25

Der Fall Babylons

Der Dezember kam, und Katjas Niederkunft stand bevor. Valentí besuchte sie auf der Masia und blieb ein paar Tage. Er sagte, er habe sowieso nichts Besseres zu tun. Als Katjas Wehen einsetzten, bestieg er sein Maultier, ritt nach San Quentín hinunter und brachte von dort die Hebamme in ihrem zweirädrigen Karren mit. Sie schien eine tüchtige Frau zu sein. Als erstes warf sie die Männer hinaus. Zwischen den Mandelbäumen, unter einem trüben violetten Himmel, an dem der Mond selbst bei Tageslicht sichtbar war, standen sie sich die Beine in den Bauch.

»Wie soll das Baby heißen?« fragte der Seiler.

»Alexander, wenn es ein Junge ist. Nach meinem Großvater.«

»Nicht nach deinem Vater?«

»Nein«, antwortete Sascha nachdenklich. »Er hieß Juri – ich glaube, auf spanisch wäre das Jorge.«

»Ich habe einen Jorge gekannt. Er war in Montblanc Böttcher – vielleicht ist er das immer noch. Und wenn es ein Mädchen wird?«

»Das wissen wir noch nicht.«

»Wie heißt Katjas Mutter?«

»Larissa – Lara«, antwortete Sascha zögernd.

»Lara – ein schöner Name. Wollt ihr sie dann nicht Lara nennen?«

»Ich weiß nicht.«

Sascha und Katja hatten kaum über Namen gesprochen. Das Thema war mit Erinnerungen und seltsamen Vorbehalten belastet. Zu gegebener Zeit würden sie es Tonja erzählen müssen, und ein falsch gewählter Name wäre ein Affront gegen sie. Nein, nicht Lara – Lara wäre mit Sicherheit falsch.

»Ihr werdet uns bald verlassen«, sagte Valentí, als sei das eine Tatsache.

»Warum sagst du das?« fragte Sascha, der die Bemerkung als Vorwurf auffaßte.

Valentí lächelte nachdenklich und sagte:

»Mein lieber Freund, dieser Ort war ein Traum für euch. Du bist kein Bauer. Ihr habt von den Vorräten in eurem Lastwagen gelebt, und die sind fast verbraucht. Die Masia könnte vielleicht einen von uns armen Schluckern ernähren, weil wir dieses Land kennen, aber euch . . .? Ihr würdet daran zerbrechen. Und warum soll man einen Traum zerstören? Du solltest dich glücklich schätzen, daß dir das hier zugestoßen ist.«

»Deine Leute waren gut zu uns.«

»Ja? Vielleicht. Aber verlaß dich nicht auf sie. Sie haben ihren Spaß an euch gehabt, und ihr habt ihnen ein bißchen geholfen. Aber wo gibt es Verwandte, auf die man wirklich zählen kann, wenn man in Not gerät? Wo wollt ihr hin, wenn es hier kein Wasser mehr gibt und eure Ernte vertrocknet? Wer soll euch schützen, wenn die Faschisten kommen?«

»Glaubst du, daß sie kommen?«

»Ganz bestimmt. Ich war ja in Montblanc. Da haben sie neue Informationen. Sie sagen, wir hätten die große Schlacht am Ebro verloren. Der Krieg ist fast vorbei. Wenn die Geschichten alle stimmen, die sie erzählen, sind die Faschisten noch in diesem Monat hier. Und was dann? Folterungen? Erschießungen?«

Die Hebamme kam aus dem Haus und verkündete, daß alles vorbei sei. Das Kind sei auf der Welt, ein prächtiger Junge, und die Mutter sei wohlauf.

»Alexander«, rief der Seiler.

»Wir müssen hin zu den beiden«, sagte Sascha.

Die Hebamme begleitete sie zum Haus zurück.

»Wo wollen Sie die Milch herkriegen?« fragte sie angriffslustig. »Darüber haben Sie noch nicht nachgedacht, stimmt's? Sie meinen, Ihre Frau wäre eine Kuh und würde auf Kommando Milch geben. Aber lassen Sie sich das sagen: Nicht alle Frauen sind so. Und was wollen Sie dann machen? Wahrscheinlich haben Sie Glück, obwohl Sie das nicht verdienen. Sie ist eine kräftige Frau. An der Größe der Brüste kann man das nicht erkennen. Manche Frauen mit großen Brüsten taugen zu nichts. Aber ich vermute mal, daß es bei ihr klappen wird.«

Katja lag auf einer provisorischen Matratze auf dem Lehmfußboden und hielt das Baby, das noch mit Resten von Käseschmiere bedeckt war, in den Armen. Sascha betrachtete das Zimmer, die Möbel aus Transportkisten und das Dach aus der Zeltplane und dachte: Das ist alles, was ich für sie getan habe. Zur Bettlerin im Haus eines Krüppels habe ich sie verkommen lassen. Ohne daß ihm sein Sinneswandel bewußt wurde, spürte er, nachdem er sich zuerst sehnsüchtig gewünscht hatte, auf der Masia zu bleiben, plötzlich ein dringendes Bedürfnis abzufahren. Sie mußten Spanien unbedingt verlassen. Das Land hatte sie beide in diese Lage gebracht und ihnen vorgegaukelt, Armut sei eine Tugend. Es war voller sinnloser Wut und dunkler Geheimnisse. Der beste Freund konnte ein Mörder sein, ohne daß man es wußte. Ja, sie mußten fort.

»Dein Sohn!« sagte Katja. »Mein Kind.« Sie lächelte schwach. »Ich hatte nie daran gedacht, daß ich ein Kind bekommen würde. Nie! Nie!«

Sie fing an zu weinen.

✱

Sascha fühlte sich durch das Kind völlig verändert. Er war Opfer der freundlichen Illusion, daß dieser rein biologische Prozeß ihm auf irgendeine Weise Reife und Weisheit verlieh. In bewußten Momenten konnte er mit Katja ernsthaft über die Zukunft sprechen: über die Notwendigkeit, Spanien zu verlassen, sobald sie mit Alessi – wie sie ihren Sohn zärtlich nannten – reisen könnten. Zu anderen Zeiten konnte man ihn auf dem Dach antreffen, wo er die Zeltplane wieder zurechtzog, wenn der Wind sie losgerissen hatte. Dann sah er lange nach San Quentín hinüber, über eine Landschaft aus goldener Erde und Mandelbäumen, die ihre Blätter verloren hatten und wieder in ein zartes Rostbraun gehüllt waren. Und in solchen Momenten spürte er den alltäglichen Mystizismus des Lebens, der weniger ist als das Wissen um Gott und ein bißchen mehr als die fröhliche, aber profane Erfahrung des Glücks.

Katja hatte keine Probleme mit dem Stillen. Ihr Baby wuchs und gedieh. Vielleicht weil sie sich gezwungen hatte, die Mutterschaft nicht zu erwarten, erfüllte ihr kleiner Sohn sie mit unaussprechlichem sinnlichen Entzücken. »Ich könnte dich auffressen«, sagte sie oft, »ja, auffressen«, und küßte seinen Popo oder die zappelnden kleinen Zehen.

Ihre Liebe trat in ein Stadium ein, in dem beide mit sich selbst beschäftigt und doch selbstlos waren. Sascha sprach mit Katja, und sie dachte, so als würde sie mit dem Baby sprechen: Wer spricht da? Ist das Papa? Redet er mit uns? Als wenn das wichtig für uns wäre! Was weiß er denn schon? Und Sascha seinerseits dachte liebevoll und selbstzufrieden: Sie ist eine Art Muttertier geworden, ganz von ihren körperlichen Reaktionen in Anspruch genommen. Sie denkt fast gar nichts mehr. Und dabei hat sie früher ununterbrochen gedacht, ständig beobachtet und beurteilt. Es ist nicht zu fassen!

*

Vier Wochen vergingen, und es regnete, als Valentí, in einen Umhang aus Ölzeug gehüllt, eines Tages auf seinem Maultier angeritten kam. Trotz seines grimmigen Gesichtes mußte er lächeln, als er Katja und Alessi sah, und fing an, zu gurren und dem Baby einen Finger hinzuhalten. Doch zu Sascha sagte er ernst: »Wir müssen einen Spaziergang machen.«

»Jetzt, im Regen?« fragte Sascha verständnislos.

Doch Valentí packte ihn am Arm. »Komm!« sagte er nur. »Ein bißchen Regen auf den Kopf wird dein Gehirn bewässern!«

Der Regen prasselte auf die Zeltplane und auf die Umhänge der Männer. Valentí trug lose sitzende Holzschuhe gegen den Matsch, die bei jedem Schritt schmatzten. Sein Blick für das Wetter und dessen Konsequenzen lenkte ihn ab. Er sah zu den grauen Wolken hinauf, als würde er sie im Geiste in Ernteerträge umrechnen. Schließlich sagte er:

»Es ist aus und vorbei mit uns, mit der Regierung. Die Faschisten rücken wieder vor. Nördlich von Borjas Blancas, auf der Straße nach Lérida, wird gekämpft. Wie lange braucht man in einem von euren tollen Autos bis dahin? Eine Stunde? Ich schwöre dir, ich habe letzte Nacht, als alles ruhig war, schon Schüsse gehört.«

»Vielleicht werden sie ja aufgehalten«, meinte Sascha. »Wie lange haben wir sie am Ebro aufgehalten, sechs Monate? Die Regierung weiß zwar vielleicht nicht, wie man angreift, aber wie man sich verschanzt und verteidigt, das weiß sie.«

»Alles bricht auseinander«, erwiderte Valentí. »Enrico war wieder in Tarragona. Die Leute in den Städten leben von Linsen, von so wenig, daß nicht mal ein Huhn davon satt würde. Nichts funktioniert mehr. Die Fabriken sind geschlossen. Sie haben kaum noch

Strom. Die Leute von der SIM sind überall und verhaften jeden, dessen Gesicht ihnen nicht paßt. Verstehst du? Es ist aus! Vorbei! Auch für mich, denn ich habe in den letzten Monaten eindeutig Partei ergriffen.«

»Was hast du vor?«

»Ich weiß noch nicht. Einen anderen Namen annehmen? In die Berge gehen? Warten, bis ich erschossen werde? Aber das soll nicht deine Sorge sein. Ich bin ein alleinstehender Mann, und ein alter noch dazu. Vielleicht nehme ich mein Gewehr und knalle ein paar Faschisten ab, bevor sie mich kriegen. Es spielt keine Rolle.« Es schien ihm wirklich gleichgültig zu sein, und Sascha, der seinen eigenen, dramatisierenden Heroismus erlebt hatte, staunte. Er würde nie so sein können wie Valentí. »Ihr müßt hier weg«, sagte dieser jetzt. »Das wißt ihr schon eine ganze Weile, aber jetzt eilt es. Kann sein, daß die Faschisten schon morgen hier sind, kann auch sein, daß sie noch einen Monat dafür brauchen.«

»Wann sollen wir aufbrechen? Und wie?«

»Heute. Jetzt.«

»Ich kann Katja nicht transportieren.«

»Auf meinem Maultier.«

»Kannst du nicht morgen mit deiner Karre wiederkommen?«

»Die gehört mir nicht. Ich hatte sie mir nur geliehen.« Valentí fuhr mit den Fingern durch sein schütteres Haar und schüttelte den Regen heraus. »Ich weiß nicht, wie ich dir das erklären soll. Für das Dorf existiert ihr nicht mehr. Ihr seid zu gefährlich. Die Leute wollen vergessen, daß ihr hier wart, genauso wie sie alles andere auch vergessen wollen. Ich kann meinen Freund nicht um seinen Karren bitten.«

Sie gingen ins Haus zurück. Sascha fiel nichts anderes ein, als Katja einfach zu sagen: »Valentí meint, daß es zu gefährlich für uns ist, länger dazubleiben. Die Faschisten können jederzeit hiersein. Wir müssen sofort weg.«

»Wenn ihr es bis nach Tarragona schafft«, sagte Valentí, »müßtet ihr von da aus mit dem Bus oder mit dem Zug nach Barcelona kommen. Habt ihr Geld?«

»Genug.«

»Wir haben inzwischen eine Inflation. Ich gebe euch noch was dazu.«

»Valentí...«

Katja nahm das Baby von der Brust. Sascha fragte sich, ob sie überhaupt verstand, um was es ging, und selbst während sie sprach, dachte er, sie reagiere rein mechanisch. Sie sagte: »Wir haben nicht viel. Wir können schnell los.«

Hatte sie es schon geplant? Hatte Sascha sich von ihrem scheinbaren Aufgehen in der Mutterrolle täuschen lassen? Sie lächelte Alessi an, doch als ihr Blick dann zu den Männern ging, wirkte er kühl und überlegt.

Tatsächlich jedoch war sie völlig durcheinander.

Müssen wir wirklich fort? Ja, natürlich. Ich habe es gewußt. Ich habe Sascha von Anfang an gesagt, daß wir nicht bleiben können. Es war alles ein Traum, und wir werden darauf zurückblicken und uns schämen.

Und zu Alessi sagte sie im stillen: Hab keine Angst, mein Schatz. Ich sorge für dich. Ich packe dich warm ein. Ganz warm. Mama paßt auf, daß dir nichts passiert.

Als sie Valentí anblickte, war ihr, als würde sie ihn zum ersten Mal sehen, sein von der Sonne verbranntes, verrunzeltes Gesicht, seine gelblichen, trüben Augen, seine viereckigen Fingernägel mit den harten Furchen. Ohne daß sie gleich den Grund dafür wußte, überkam sie plötzlich ein Gefühl des Verlustes. Sie dachte: Ich habe ihn nicht fortgewünscht! Es ist nicht so wie bei Tanja. Er wird nicht verschwinden wie meine Mutter oder Daniel. Und trotzdem werde ich ihn nie im Leben wiedersehen. Wir werden uns schwören, immer aneinander zu denken und uns in besseren Zeiten wiederzusehen, aber wir werden uns nie wieder begegnen. Uns werden nur Erinnerungen bleiben.

Sascha packte Kleider und Regenzeug zusammen und schüttete Reis, Linsen und ein paar Oliven in einen Tornister. Er fügte eine Quitte von dem Baum hinzu, der ihn am ersten Tag mit seinen geheimnisvollen Früchten so fasziniert hatte. Katja wickelte Alessi und packte ihn warm ein. Sie fragte sich: Kann ich auf einem Maultier sitzen? Ich bin noch ganz wund da unten. Die Männer hatten sie beim Stillen unterbrochen, und ihre vollen Brüste waren hart. Das geht schon, sagte sie sich, ich kann ihn unterwegs stillen. Es wird kalt sein, aber das macht nichts. Ich hoffe bloß, daß es aufhört zu regnen. Oh, meine Brüste tun so weh!

»Fertig?« fragte Valentí.

Sascha vertauschte seine Alpargatas mit Kampfstiefeln und band auch für Katja ein Paar zusammen, das sie fürs erste über das Maultier hängten.

»Sieht aus wie Regenzeug von den Faschisten«, bemerkte Valentí.

Sascha mußte einsehen, daß er recht hatte.

»Ja. Aber es ist wasserdicht. Unsere Mäntel lassen den Regen durch.«

»Komm, wir bepacken das Maultier.«

Am Horizont war ein Streifen blauer Himmel zu sehen, hier allerdings peitschte noch der Regen auf sie herunter. »Es wird bald aufhören zu regnen«, sagte Valentí. Er trieb das Maultier mit einem Stock an. Die gelbe Erde wirkte heller als die grauen Wolken.

»Ich werde niemals Mandeln essen können, ohne an das Land hier zu denken«, sagte Sascha.

Valentí sah ihn seltsam an. »Wachsen denn in Frankreich keine Mandelbäume?«

Sascha lachte. »Ich weiß nicht!«

»Ich dachte, sie würden überall wachsen. Und Weizen?«

»Weizen haben wir.«

Während ihm der Regen wie ein Tränenstrom über das Gesicht rann, lachte Valentí: »Bananen! Wachsen bei euch Bananen? Ich habe davon gehört, aber ich habe noch nie eine gegessen.«

Sascha antwortete nicht, und sie zogen schweigend weiter.

Es war schon Abend, als sie San Quentín erreichten. Valentí ging kurz in sein Haus und kam mit Geld und einer Wurst zurück, die er in Saschas Tornister stopfte.

»Die stammt von dem Wildschwein, das ich geschossen habe.«

Er faßte das Maultier am Zaumzeug.

»Kommst du mit?« fragte Sascha.

»Na klar! Bis Tarragona. Ich kann es mir nicht leisten, ein gutes Maultier zu verlieren.«

»Können wir nicht in Montblanc den Bus nehmen?«

»Es gibt keinen Sprit mehr für den Bus. Kommt, wir müssen los.«

Sie gingen und gingen. Irgendwann in der Nacht, der Regen

hatte aufgehört, kamen sie durch Montblanc. Im Schutz der alten Mauern machten sie eine Pause, damit das Maultier ausruhen konnte. Katja stillte Alessi, und sie selbst aßen auch etwas.

Auf der Straße nach Tarragona waren sie die einzigen, die zu Fuß reisten. Zwischen langen Phasen der Stille näherten sich ab und zu Militärkolonnen, die in Richtung Lérida fuhren, um die Front hinter Borjas Blancas zu verstärken. Selbst jetzt noch trugen die Fahrzeuge Fahnen und Aufschriften, die den Sieg verhießen. Lange nach Mitternacht verließen die Wanderer schließlich die Straße und dösten ein paar Stunden unter den Mandelbäumen.

Gegen Mittag des folgenden Tages erreichten sie Tarragona. Sascha kannte sich in der Stadt nicht aus. Würde es Züge oder Busse nach Barcelona geben? Menschenschlangen fielen ihm auf, Düsterkeit und Verzweiflung, und er war sich sicher, daß der Krieg verloren war. Doch das schien jetzt nicht mehr wichtig zu sein. Er fühlte sich über den Konflikt erhaben, konnte ihn jetzt als sinnlosen Kampf erkennen. Sie fanden den Bahnhof, und tatsächlich fuhren Züge nach Barcelona, allerdings konnte man weder für die Abfahrtszeiten noch für Fahrkarten garantieren. Wie lange würden sie warten müssen? Eine Stunde – einen Tag. Zumindest konnte in der Menge und dem Durcheinander von Flüchtlingen die Polizei nicht effektiv arbeiten. Das war ein Glück, da sie außer Katjas Soldbuch keine Papiere hatten. Saschas Regenumhang fiel, nachdem er ihn zusammengelegt hatte, niemandem auf.

»So viele Lastwagen und Autos habe ich noch nie gesehen«, meinte Valentí. »Und jetzt muß ich wieder nach Hause.« Er lächelte und zwinkerte Sascha zu. »Das mit dem Maultier war auch gelogen. Es gehört mir eigentlich nur zur Hälfte. Aber welcher Spanier kann zugeben, daß ihm nur ein halbes Maultier gehört?«

»Du wirst mir fehlen, Valentí«, sagte Sascha schlicht.

»Geh nach Frankreich zurück und werde reich für uns beide«, entgegnete Valentí schroff.

Katja konnte nicht sprechen. Sie gab Sascha das Baby, umarmte Valentí und zog ihn an sich, so daß ihr Kopf auf seiner Schulter ruhte. Wieder das Gefühl von Verlust. Würden die Verluste nie aufhören, die kleinen Tode, wenn Menschen sich voneinander verabschiedeten oder, wie es häufig zu geschehen schien, sich voneinander nicht verabschiedeten? Sie wußte, was Valentí sagen

würde. Ihr scharfer Verstand hatte es in all seiner Banalität vorausgesehen:

»Wir werden aneinander denken, ja? Und in besseren Zeiten, wer
weiß? Wir sehen uns wieder. Da bin ich sicher.«

✳

Die Linie am Ebro wurde durchbrochen. Am 17. Januar 1939 waren
Tarragona, Montblanc und Borjas Blancas an Franco gefallen. Die
Masia und das Dorf San Quentín wurden vom Feind besetzt. Barcelona war nur noch ein einziges Chaos aus Flüchtlingen und demoralisierten Soldaten. Die Fabriken waren lahmgelegt, Lebensmittel
waren knapp, die öffentlichen Verkehrsmittel fuhren nur noch
unregelmäßig, wenn überhaupt.

Als Katja und Sascha in der Stadt ankamen, fand gerade ein
Luftangriff statt. Ungehindert bombardierten Heinkelbomber den
Hafen. Diese Angriffe waren jetzt so häufig, daß die Menschen
nach einiger Zeit gar nicht mehr darauf achteten. Sie standen in
Grüppchen zusammen und diskutierten erregt über die Lebens-
mittelversorgung oder die allgemeine Lage, während hinter ihnen
Rauchfahnen aufstiegen. Die öligen Rußflocken von den Gesichtern abzuwischen war pure Zeitverschwendung. Sie wirkten wie
schwarze Tränen.

Sie gingen ins Hotel Jardín im Barrio Gótico. Katja hoffte, daß sie
dort Isabel finden würde, doch diese war nicht da. Die anderen
Krankenschwestern und Fahrerinnen, die jetzt zu zwölft in das
kleine Zimmer gepfercht waren, erzählten, daß Isabel noch vor vier
oder fünf Wochen in Tortosa gesehen worden war, es bestand also
Hoffnung. Nach einigem Hin und Her hatten sie Mitleid und beschlossen, Katja und das Kind bei sich aufzunehmen. Sascha jedoch
mußte selbst für sich sorgen.

Es gab keine Unterkunft für ihn. Überall auf den Plätzen hatten
Flüchtlinge ihre Lager aufgeschlagen. Die Läden waren geschlossen
und das Geld wertlos. Angst vor der SIM ging um und machte jeden
vorsichtig und mißtrauisch. Man glaubte, daß sie mit den Kommunisten zusammen letzte Racheakte ausführten und dabei waren,
persönliche Feinde und die letzten Übriggebliebenen aus der
POUM zu erschießen. Sascha blieb keine andere Wahl, als sich auf
den Straßen herumzutreiben und in Hauseingängen zu schlafen

609

und jeden Tag für eine halbe Stunde Katja und das Kind zu besuchen.

Der Hunger und das Gefühl, mit dem Krieg nichts mehr zu tun zu haben, machten ihn benommen. Es war unmöglich, sich auf irgend etwas zu konzentrieren, denn der Stadt fehlte es sogar äußerlich an Stabilität. Sascha sah keine Bäume und Gebäude oder andere unverrückbare Anhaltspunkte mehr, sondern nur noch Bewegung, überall Bewegung. Die Menschen liefen in U-Bahn-Stationen, um Schutz vor den Luftangriffen zu suchen oder um einen der wenigen verkehrenden Züge zu erwischen. Vor den Läden bildeten sich Schlangen, aber da die Menschen nichts erwarteten, lösten sie sich beim leisesten Gerücht wieder auf und bildeten sich anderswo neu. Selbst die Menschenmengen, die in dumpfer Verzweiflung irgendwo ihr Lager aufgeschlagen hatten, wogten durcheinander und surrten wie Insektenschwärme. Und niemand sprach Sascha an. Er war unsichtbar geworden.

Die Faschisten erreichten den Llobregat, einen Fluß ein paar Kilometer westlich der Stadt. Die Regierung und die kommunistischen Führer flohen nach Gerona. Niemand konnte sagen, wann genau die nationalistische Armee in der Stadt eintreffen würde, aber die ersten faschistischen und monarchistischen Fahnen tauchten in Fenstern und auf Balkonen auf, denn Falangisten und andere Rechte, die untergetaucht waren oder ihre Meinung bislang nicht öffentlich zur Schau getragen hatten, hielten es jetzt für ungefährlich, sich hervorzuwagen.

An einer Wand stand *Lang lebe der Tod!*, der Ruf der faschistischen Legionäre. Sascha setzte sich davor auf den Boden und studierte ihn.

Die Welt hatte in ihrer Wandlung von der Stabilität zur Bewegung Objekte durch Symbole ersetzt. Sascha konnte kaum noch irgend etwas ansehen, ohne damit andere Dinge, die er gelesen oder gesehen hatte und in den dämmrigen Schlupfwinkeln seines Gedächtnisses aufbewahrte, in Verbindung zu bringen. Als er nun die Schrift an der Wand sah, dachte er: *Babylon ist gefallen!* Das Gebäude des Stolzes, das auf einem Fundament aus Idealen, Hoffnungen und Leistungen geruht hatte, das den Geist des Krieges genährt hatte, zerbröckelte. Die Barbaren waren eingedrungen. Aufrechtgehalten von diesem abgedroschenen Gedanken, der ihm gleichwohl als Offenbarung erschien, schleppte Sascha sich schmutzig und zerlumpt durch die Straßen der Stadt.

Natürlich bemühte er sich, eine Transportmöglichkeit zu finden, mit der sie hätten fliehen können. Aber er hatte nur wenig Geld – wenn das überhaupt etwas nützte – und konnte an niemanden Forderungen stellen. Wie konnte er sich, ohne Katja und das Baby an seiner Seite zu haben, für Zugfahrkarten – heute, morgen, wer kann das schon wissen, Genosse? – anstellen? Katja ging es nicht gut. Ihre Milch versiegte. Sie weichte Reis in Wasser ein, kaute ihn vor und fütterte Alessi damit, aber er weinte und jammerte und wurde dann unheimlich still, so daß sie ihn am liebsten geschüttelt hätte, um ihn wieder zum Schreien zu bringen.

»Wollen wir zu Fuß gehen?« fragte Sascha sie, weil er es nicht allein entscheiden wollte.

»Wie weit ist es?«

»Hundertfünfzig Kilometer.«

Konnten sie so weit gehen?

Die Frauen verließen eine nach der anderen das Hotel Jardín.

»Morgen brechen wir auf«, einigten sie sich schließlich.

Zu packen hatten sie nichts, außer warmen Sachen für das Baby und ein paar Handvoll Reis und Linsen, denn zum Kochen hatten sie keine Gerätschaften.

»Los, los!« rief Katja, als wäre Sascha unvernünftig und wollte sie zurückhalten. Wie er trödelte! Wie nutzlos er war!

Sie gingen zur Gran Vía. Überall hingen jetzt faschistische Fahnen. Sie achteten nicht darauf, weil sie sich zankten.

»Wenn wir für dich und Alessi ein Auto auftreiben können«, sagte Sascha, »dann müßt ihr ohne mich fahren. Eine Frau und ein Kind nimmt vielleicht jemand mit, aber mich bestimmt nicht.«

»Das ist doch Quatsch!« empörte sich Katja. »Wir müssen zusammenbleiben.«

Als ein Lastwagen vorbeifuhr, schnappte Sascha sich Alessi und rannte hinterher. Er hielt das Kind hoch wie eine Trophäe und rief: »Nehmen Sie die Frau und das Baby mit! Mich nicht! Nur die Frau und das Baby!«

Katja holte ihn ein und entriß ihm Alessi. Wütend, fast schreiend fuhr sie ihn an: »Mach das nicht noch mal! Nicht noch mal, hörst du!« Nach einem bitteren Schweigen sagte sie pragmatisch und ruhig: »Wir dürfen nicht so schnell laufen. Damit verschwenden wir nur unsere Kräfte.«

✳

Sie gingen durch Badalona und El Masnou. Die Straße folgte der Eisenbahnlinie und der Küste. Links verhinderten niedrige rote Felsen, daß der Menschenstrom überfloß. Rechts wuchs bis zum Strand hinunter hohes Schilf. Dort kochten die Flüchtlinge, verrichteten ihre Notdurft und kampierten. Am Abend hatten sie Materó erreicht. Die Stadt war voller Menschen, die auf den Bürgersteigen lagerten oder an den Eisenbahngleisen herumlungerten, weil sie hofften, auf einen langsam fahrenden Zug aufspringen zu können. Die Nachtstunden verbrachte man in unruhigem Dösen. Seufzer, Schreie und weinende Kinder verhinderten, daß man wirklich Schlaf fand. Hungrig und ärgerlich drückte Alessi gegen Katjas unnachgiebige Brust.

Am nächsten Morgen kamen sie durch Arenys de Mar. Sie waren in einer Herde von Maultieren gefangen, die von den Flüchtlingen vorwärtsgetrieben wurde. Ein Flugzeug der Legion Condor warf eine Bombe ab, und wie durch ein Wunder war die Straße fünf Minuten lang wie leergefegt, nur an den Rändern grasten noch Maultiere.

Der rote Fels wich goldenem Sandstein und Pinien, und das Land erweiterte sich zu einer mehrere Kilometer weiten Ebene. Der Straßenverlauf wurde in der Ferne von einer Reihe Telegraphenmasten markiert. Die Straße selbst schien ein Lebewesen zu sein, so dicht drängten sich die Menschen darauf.

Katja und Sascha unterhielten sich nicht mehr. Alessi konnte eine Stunde lang schreien, und Katja hörte ihn nicht. Sie merkte, wie ihr individuelles Bewußtsein mit dem der Masse verschmolz. Sie ging in einem bestimmten Tempo, weil es das Tempo der anderen war. Sie konnte nicht stehenbleiben, weil die anderen nicht stehenbleiben konnten. Sie spürte keinen Hunger, fühlte sich nur etwas benommen.

Bei Malgrát wurde die Straße von kleinen Gärten gesäumt. Wie die Heuschrecken fielen die Flüchtlinge über das Gemüse her. In der Dämmerung wurden mit dem trockenen Schilfrohr, das die Felder schützte, große Feuer angezündet. Katja fand an einem dieser

Feuer einen Platz und kochte einen Brei aus Reis, Linsen und ein paar Kohlblättern in irgendeinem Topf, den sie sich besorgt hatte. Sascha, der immer noch unruhig war und Katjas Elend nicht mitansehen konnte, ging an den Feldern entlang, wo die Fahrzeuge für die Nacht hintereinander geparkt in einer Reihe standen.

Zwei Männer hockten auf dem Trittbrett eines Wagens und stritten sich bei einer Schüssel Bohnen.

»Die Generalidad hätte die Anarchisten sechsunddreißig schon verbieten sollen. Mit dem, was wir in diesen frühen Monaten an Produktion verloren haben, als wir noch Rohstoffe hatten und Franco die Faschisten noch nicht organisiert hatte, hätten wir den Krieg gewonnen«, sagte der eine.

Der andere widersprach:

»Wo bleibt dein politischer Realismus? Die Bedingungen stimmten nicht. Die Massen mußten ihrer Wut Luft machen. Die Revolution war eine notwendige Vorbedingung für die geordnete Mobilisierung.«

Wie ein Büßer stand Sascha vor ihnen. Ohne Rücksicht darauf, wer ihn sehen konnte, trug er seinen faschistischen Regenumhang.

»Könntet ihr mir etwas zu essen abgeben, Genossen?«

»Hau ab.«

»Ich habe Frau und Kind.«

Der zweite Mann sah auf. Er schien Sascha mit so etwas wie Mitgefühl zu betrachten, sagte aber trotzdem: »Laß uns in Ruhe.« Dann wandte er sich wieder an seinen Freund: »Der Fehler lag darin, die Milizen gewähren zu lassen. Es war unmöglich, eine Offensive zu koordinieren, weil jeder dachte, er hätte das Recht, selbst zu bestimmen, ob er kämpfen wollte oder nicht.«

»Aber ist das nicht das gleiche? Die Massen mußten einsehen, daß sie Ordnung brauchten, bevor sie arbeiten oder kämpfen konnten.«

Babylon ist gefallen, dachte Sascha. Er sah die Reihe der Wagen entlang, sah die Netze aus Reif auf ihren Dächern. Ein Maultier knabberte an den Kohlstrünken herum, und immer noch tröpfelte ein Rinnsal von Menschen in der Hoffnung auf Entkommen weiter dahin.

Der Tordera floß als schmales Flüßchen in einem breiten, felsigen Bett. Man konnte sich darin waschen und die Kanister füllen. Katja saß eine Stunde lang am Ufer, gab Alessi die Brust und fütterte ihn mit Reisschleim. Sie wusch die Lumpen, in die er eingepackt war, hatte aber wenig Hoffnung, daß sie trocknen würden. Ihn frisch zu wickeln war nicht möglich. Seine wäßrigen Ausscheidungen liefen an ihrem Overall herunter und gefroren.

*

Das Land stieg zu Hügeln an, die mit Pinien und leuchtend gelbem Ginster bewachsen waren. Mit dem Ginster zündeten sie Feuer an, so daß man ein bißchen kochen und die Kleider trocknen konnte. Beim Abstieg konnten sie in weiter Ferne die schneebedeckten Pyrenäen sehen. Das setzte ein Gerücht in Umlauf, wonach die Franzosen die Hauptstraße gesperrt hatten und daß die Grenze illegal auf Bergpfaden überquert werden müsse. Als Katja das hörte, drückte sie Alessi fest an sich. Lieber Gott, dachte sie, das kann ein Mensch nicht aushalten. Wir werden sterben.

Saschas Beitrag bestand darin, daß er jegliche Nahrung verweigerte. Er konnte sich nicht mehr konzentrieren. Manchmal war er recht praktisch, sammelte Reisig für ein Feuer und Ginster, um einen Windschutz zu bauen. Dann wieder beschäftigten sich seine Gedanken zwanghaft mit dem Fall Babylons. Dieses Thema schien für ihn eine alles erhellende Kraft zu besitzen. Er versuchte, sich ein Leben ohne Ideale vorzustellen. Er fragte sich, ob es ein Glaubenssystem gäbe, das beim Untergang der großen Stadt nicht zu Fall gebracht worden war. Die Berge wurden zur Metapher für seine eigene Unwissenheit. Im Angesicht der Katastrophe wurde er demütig.

*

Gerona war vollgestopft mit Flüchtlingen. Sie lagerten unter den Platanen am Fluß. Hier hatte man den Versuch unternommen, Feldküchen aufzustellen, und es gab Suppe. Die Gerüchte beschäftigten sich jetzt mit der Verfolgung durch die Nationalisten. Sie waren den Flüchtlingen auf den Fersen, wurden aber immer wieder von den Trümmerteilen der Flucht aufgehalten. Die Straße war mit liegengebliebenen Fahrzeugen übersät, die fortgeräumt werden mußten. Trotzdem würde die Stadt am folgenden Tag fallen. Man konnte sich keine Rast erlauben.

✳

Tags darauf überquerten sie eine Ebene mit bewirtschafteten Feldern, Oliven, Weinstöcken und Zypressen. Aus Saschas Füßen sikkerte eine mit Blut vermischte wäßrige Flüssigkeit, die wie Honig auf den Fußlappen trocknete. Er beschloß, statt der Kampfstiefel Alpargatas anzuziehen, und setzte sich dazu hin. Als er wieder aufgestanden war, wanderte er über die Felder davon. Katja lief ihm nach und holte ihn ein.

»Wo willst du hin?« fragte sie.

»Nach Frankreich.«

Sanft führte sie ihn auf die Straße zurück.

✳

In Figueras setzte er sich nieder und weinte. Mehrere Stunden lang zog der Flüchtlingsstrom an ihm vorbei. Niemand zeigte bei seinem Anblick Neugier. Katja ließ ihn ausruhen. Mit dem Baby im Arm mischte sie sich immer wieder in den Strom und bettelte um Essen. Einmal kam sie mit ein paar Kartoffeln zurück, die sie roh aßen. Sie dachte daran, wie die Straße bis zum Grenzdorf Junquera wohl aussehen mochte. Sie stieg in die mit Pinien und Korkeichen bewachsenen Hügel hinauf, und die Berge waren jetzt ganz nah. Die Vorstellung von diesen Bergen beherrschte Katjas Gedanken. Sie waren unüberwindlich! In ihrem gegenwärtigen Zustand konnten sie es unmöglich mit der Höhe und dem Schnee aufnehmen. Als sie sich umsah, erkannte sie, daß auch andere im Begriff waren, den Kampf aufzugeben. Dann kam ein Kind an ihnen vorbei, das in einem Kinderwagen einen alten Mann vor sich herschob. Das Mädchen blieb stehen und fragte:

»Ist es noch weit?«

»Nein, nicht mehr weit«, sagte Katja ermunternd.

»Mein Großvater schläft«, sagte das Mädchen. Es sah Sascha an und fügte hinzu: »Mein Vater ist Straßenbahnfahrer. Er ist ein wichtiger Mann.« Es beugte sich weit nach vorne, und in dieser Haltung, mit ausgestreckten Armen und fast waagerechtem Oberkörper, schob es den Kinderwagen weiter.

615

Sascha sah aus seinen Träumen auf. Er lächelte und sagte: »Wenn ich groß bin, will ich Straßenbahnfahrer werden. Komm, gehen wir weiter.« Er stand auf und nahm Katjas Gesicht in beide Hände. »Wie können wir es so enden lassen? Sind wir denn gar nichts wert?« Dabei lächelte er ununterbrochen.

In Junquera war die Grenze offen, und man erlaubte ihnen, nach Frankreich hinüberzugehen.

26

Ein Verhandlungsfriede

Sie kampierten in Weinbergen und verbrannten die Reben. Sie
schliefen im Freien oder in den Wracks der Lastwagen, die sie nach
Frankreich gebracht hatten. Sie schlachteten die Esel und Maultiere, die ihre Lasten mit ihnen geteilt hatten, aber von diesen gesel-
ligen Tieren erschienen immer wieder neue. Die Franzosen beach-
teten sie nicht. Schwadronen von Spahis auf tänzelnden Hengsten
riefen ihnen etwas auf arabisch zu, wie Francos Mauren, hielten
aber Abstand. Gruppen von Senegalesen, mit schwarzen Gesichtern unter rotem Fes, patrouillierten in weitem Umkreis. Tagsüber
wurden sie von der Sonne verbrannt, und die Nächte waren eisig.

Katja versuchte weiter, ihr Baby zu stillen. Sascha, der nicht
schnell genug war, um Maultiere zu fangen oder weiter entfernt
nach Eßbarem zu suchen, hinkte und humpelte von Gruppe zu
Gruppe und bettelte um Reste: »Für das Baby, Genosse. Danke.
Und du, Genosse? Für das Baby. Danke.« Ausgemergelt, mit ver-
rücktem Blick und dem Lächeln eines aufdringlichen Betrunkenen,
empfing er Beschimpfungen genauso wie Lebensmittel. »Zum Teufel mit dir!« »Danke, Genosse. Für das Baby.« Während er Katja und
seinen Sohn betrachtete, die neben dem kleinen Feuer aus Ästen
von Rebstöcken, die er gesammelt hatte, in einer Kuhle hockten,
sah er sich in der männlichen Rolle des Jägers und Versorgers. Und
während er schlief, nahm Katja das Baby und huschte fort. »Für das
Baby. Danke, Genosse.« Sie nahm ihre Brüste in die Hände, suchte
nach den geringsten Anzeichen für Milch und biß die Zähne zusammen, wenn das Kind an den aufgesprungenen Brustwarzen nuk-
kelte.

Die Franzosen trennten sie. Das geschah nicht aus Grausamkeit,
sondern aus verwaltungstechnischen Gründen. Was sollte man
sonst machen? Tausende von Flüchtlingen belagerten mit Herden
von freigelassenen Packtieren das Land um Perpignan und fraßen es

leer wie eine Horde von Barbaren. Vergeblich beharrte Sascha auf seiner französischen Staatsbürgerschaft. Sein Name und die Tatsache, daß er keine Papiere hatte, sprachen gegen ihn.

»Aber was wird aus meiner Frau?«

»Machen Sie sich keine Sorgen. Sie wird bei den Quäkern in guten Händen sein.«

»Wo wird sie hingebracht? Wann sehe ich sie wieder?«

»Das wird alles geregelt.«

»Wie wird das geregelt?«

»Beruhigen Sie sich.«

»Ich bin ruhig, verdammt noch mal! Sie nehmen mir meine Frau und mein Kind weg!«

»Wir treffen uns in Paris«, sagte Katja.

»Ja – ja! Geh zu meiner Mutter!« drängte Sascha sie.

»Das kann ich nicht – nicht ohne dich.« Selbst jetzt, dachte Katja, versteht er nicht, wie ich auf seine Mutter wirken würde. Er begreift nicht, welche Qualen er ihr zusammen mit der Freude bringen wird. »In der Rue Mouffetard. Da haben wir Freunde. Wenn ich dort kein Zimmer finde, hinterlasse ich dir bei ihnen eine Nachricht.«

»Ja! Das ist gut!«

»Ich liebe dich«, sagte Katja.

»Was? Ich kann nicht denken. Du liebst mich – ich meine: Ich liebe dich.«

Wie kläglich sich das anhört, dachte Sascha. Liebe? Die ganze Welt ist verliebt, aber ich werde sterben, wenn ich sie nicht wiedersehe. Ich habe keine Wahl: Sie ist die Luft, die ich zum Atmen brauche, und sie ist mein Leben. Es läßt sich nicht in Worte fassen, wie teuer sie mir ist.

Er humpelte hinter dem Lastwagen her und rief: »Ich liebe dich! Ich liebe dich! Paß auf dich auf! Paß auf dich auf!« bis der Sand, den die Räder aufwirbelten, ihm die Luft nahm und der Wagen hinter einer Kurve verschwand. Die Sonne glühte rot durch den Staub, und ein Busch Mimosen stand in voller Blüte.

*

Er wurde in ein Lager bei Amélie-les-Bains gebracht. Mit fünfundzwanzigtausend Insassen war es eines der kleineren, besseren Lager. Es lag dicht bei den Pinienwäldern am schneebedeckten Gipfel des Canigou, so daß sie unter Aufsicht der Garde mobile Zweige sammeln und sich in den kalten Nächten an den Feuern wärmen konnten. Und hinter dem Fußballplatz, auf dem sechstausend Männer kampierten, floß in einem felsigen Bett ein Flüßchen, das einem Mann bis zur Hüfte ging und in dessem eisigem Wasser sie baden konnten. Doch dann verschmutzten sie das Flüßchen, wie es häufig vorkommt, und das Lager wurde von Krankheiten heimgesucht. Auch Sascha wurde krank. Er zitterte und redete wirres Zeug, aber er überlebte. Seine Augen glänzten. In den Momenten der Verwirrung schien es ihm, als versuche Gott, seinen Körper auszuzehren, bis er nur noch Geist wäre. Er fing an, Gott als den Feind der Menschheit zu betrachten.

Die geistigen und körperlichen Qualen dauerten einen Monat. Dann schenkte man Saschas Behauptung, er sei Franzose, Glauben. Von einer Wohltätigkeitsorganisation bekam er Kleidung und eine Fahrkarte, und damit machte er sich auf die Suche nach Katja und seinem Sohn. An seinem Herzen nagte die Furcht, daß Katja sich in ihrer Not vielleicht an ihren rechtmäßigen Ehemann Safronow gewandt haben könnte.

Eine Gruppe englischer, amerikanischer und schweizerischer Quäker hatte eine Wohltätigkeitsorganisation aufgebaut, um Flüchtlingskindern zu helfen. Sie ließen Katja ausruhen und gaben dem Kind zu essen. Als sie dann erfuhren, daß sie französische Staatsbürgerin war, setzten sie die beiden in Perpignan in den Zug, in der Annahme, daß sie in Paris Familie habe. Nach einer langen Fahrt kam Katja am Gare d'Austerlitz an, dem gleichen Bahnhof, von dem aus sie vor mehr als zwei Jahren nach Spanien abgereist war. Paris lag im Sonnenschein, und das frische Laub der Bäume war blaßgrün und durchsichtig, und die Straßen waren mit abgefallenen Blüten bestreut. Der Anblick der Orte, die sie liebte, munterte Katja zwar etwas auf, aber im Grunde fühlte sie sich niedergeschlagen. Ihre Nerven lagen bloß, und der Geruch, der aus einem Restaurant drang, oder das Rattern eines Zuges in der Metro konnten sie gleichermaßen durcheinanderbringen. Sie hatte sich so sehr daran gewöhnt, daß sie stark sein mußte, daß sie vergessen hatte, wie sehr Erschöpfung schwächen kann.

In der Seitengasse der Rue Mouffetard stand das verfallene Mietshaus in alter Vertrautheit. Sie stieg zur Wohnung der Coëns hoch
und fand die zerbrochenen Treppenstufen an ihren gewohnten Stellen. Aber eine Fremde öffnete die Tür. Nein, die Coëns wohnten
hier nicht mehr, sie waren schon seit über einem Jahr fort, und sie
konnte nicht sagen, wohin sie gezogen waren.

Katja wandte sich zum Gehen und stellte fest, daß Le Nain ihr auf
den Fersen folgte.

»Da bist du ja wieder!« sagte der kleine Mann vorwurfsvoll. Er
trug eine rote Samtweste und einen schwarzen Frack, dessen
Schöße über den Boden schleiften.

»Hallo, Marcel«, antwortete Katja leise und tätschelte das Kind,
das sich beim Klang der scharfen Stimme erschrocken hatte.

»Laß bloß dein ›Hallo Marcel‹! Wo warst du? Du hast mich nicht
besucht. Du hast nicht geschrieben. Du siehst schrecklich aus.«

Katja beugte sich zu ihm hinunter und küßte ihn auf die Wange.

»Ich war in Spanien.«

»Hör auf damit!« Er wischte den Kuß weg. »So, so, in Spanien –
das erklärt einiges. Ist das dein Kind?«

»Ja.«

»Ist Safronow der Vater?«

»Nein.«

»Und wer hat es dir dann angetan? Das Schwein bringe ich um!«

Katja lachte leise.

»Lach nicht! Du weißt, daß ich das nicht haben kann«, sagte Le
Nain. Er beruhigte sich wieder und fragte: »Willst du was trinken?
Du siehst aus, als könntest du einen Schluck brauchen. Ich habe
einen guten Kognak – na, einen schlechten Kognak. Du kannst
auch Kaffee haben. Ein bißchen die Beine langmachen. Wahrscheinlich ist der Vater irgendein glattzüngiger Teufel, der längst
verheiratet ist?«

»Sascha Schiwago ist der Vater.«

»Aha! Wo sind denn deine moralischen Grundsätze geblieben?
Aber, um ehrlich zu sein, ich habe damit gerechnet, daß du Safro-
now verläßt. Ich habe ihn nie gemocht. Na, wie wär's mit einer
Tasse Kaffee?«

Der Zwerg wohnte ganz oben, in einem niedrigen Kämmerchen
unter dem Dach, das nur durch eine Bodenklappe zu erreichen war.

Der Raum bekam kein Tageslicht und roch nach Tabak und abgestandenem Essen. Als Le Nain das Licht anknipste, sah Katja auf ein Durcheinander aus schmutzigen Kleidern, ungemachtem Bett, nicht abgewaschenen Töpfen, Theaterplakaten, Schminke, Dutzenden von leeren Flaschen und einer Reihe Kostümen, an denen die gekürzten Hosenbeine auffielen.

»Tut mir leid, daß es so unordentlich hier ist«, entschuldigte sich Le Nain unbekümmert. »Ich lebe im Moment allein. Eulalie hat mich verlassen.«

»Eulalie kenne ich nicht.«

»Nein? Dann war das wohl nach deiner Zeit. Eine große Frau. Herrliche Stimme, aber eine schreckliche Säuferin – noch schlimmer als ich! Wir haben uns dauernd gezankt. Sie hatte natürlich den Vorteil, daß sie größer war, aber –«, er zwinkerte Katja zu, »– du hättest die blauen Flecken auf ihren Knien mal sehen sollen!«

Er räumte ein Plätzchen frei. Katja war sterbensmüde und setzte sich. Das Baby fing an zu quengeln und nuckelte an ihrer Bluse herum.

»Warte, ich mach' dir Kaffee«, sagte Le Nain. Als er das Baby weinen hörte, drehte er sich um. »Du siehst völlig fertig aus, Chérie. Was hat das Kind?«

»Er hat Hunger.«

»Ach so – dann geh' ich wohl besser raus.«

Katja schüttelte den Kopf. »Nein, das ist schon in Ordnung«, sagte sie, »wenn es dir nichts ausmacht.«

»Mir? Haha! Mir etwas ausmachen!« Er wurde rot, und vor Überraschung und Freude setzte er sich einfach hin, während Katja sich abwandte, ihre Bluse aufknöpfte und Alessi an die Brust legte.

Sie unterhielten sich einen ganzen Tag lang. Oder eigentlich war es hauptsächlich Katja, die sprach. Sie erzählte dem Zwerg von ihrer Trennung von Kolja, von ihrem Entschluß, nach Spanien zu gehen, von den schrecklichen Erlebnissen dort und von ihrer Liebe zu Sascha. Konnte sie über die Liebe sprechen? »Mit mir kannst du über alles sprechen, Chérie. In meinem Beruf verlieben und trennen sich die Leute andauernd: Männer und Frauen, Frauen und Frauen, Männer und Männer. Und sie reden darüber! Sie tun nichts anderes. Ich, ich höre nur zu.« Und also erzählte Katja. Was war aus ihrer Zurückhaltung geworden? Aus ihrem Zynismus? Von dem Rätsel ihrer eigenen Gefühle überwältigt – oder besser von dem einzigen Rätsel von anhaltendem Interesse, den Beziehungen zwischen Männern und Frauen –, mußte sie sprechen, um ihr unbeständiges Ich irgendwie festzuhalten, dieses dahintreibende Wesen, das sie geworden war und das keine Verbindung mit der Katja aus der Vergangenheit zu haben schien. Le Nain kicherte in sich hinein, brummte, schnaubte, nahm zerstreut das Baby hoch und ging, ohne groß nachzudenken, in dem Zimmerchen auf und ab und schaukelte Alessi auf seinen verwachsenen Hüften, bis er sein Bäuerchen machte. »Ja, so ist es gut!« Le Nain wirkte ausnahmsweise glücklich.

»Und wo willst du jetzt hin?« fragte er. »Zu Saschas Familie?«

»Ich weiß nicht. Ich will seine Mutter eigentlich erst sehen, wenn er auch wieder da ist.«

»Zu den Coëns? Hast du ihren Jungen getroffen? Er war auch in Spanien.«

»Ja«, sagte Katja traurig, »wir sind uns in Barcelona begegnet.«

»Er ist bis jetzt noch nicht wieder aufgetaucht.«

»Er ist verschwunden.«

»Na, mit dem ist es wohl auch aus«, erwiderte Le Nain, der ihr Zögern und ihren veränderten Tonfall nicht bemerkt hatte.

Er wurde wieder mißmutig und polterte in seinem Gerümpel herum. Er meinte, irgendwo hätte er noch Brot und geräucherte Wurst liegen. Ob Katja etwas davon wolle? Frustriert von der Suche murmelte er:

»Wenn du nirgends unterkommst, kannst du über Nacht hier bei mir bleiben. Aber nur für eine Nacht. Keine komischen Geschichten, verstehst du? Es ist deine Entscheidung.«

»Danke«, sagte Katja sanft.

»Siehst du! Hör auf damit! Bloß keine Heulerei! Heulen lasse ich mir nicht gefallen – und Lachen auch nicht.«

Katja wohnte schließlich mehrere Wochen bei Le Nain. Er war rücksichtsvoll und liebevoll um den Kleinen besorgt. Er betrank sich während dieser Zeit nur zweimal, und beide Male schlief er auf der Treppe.

Auch Sascha kehrte nach seiner Entlassung aus dem Lager nach Paris zurück. Im Zug bemühte er sich, nicht aufzufallen. Er kam sich vor wie ein Einbrecher, denn zu seiner Überraschung war Frankreich ein fremdes Land für ihn geworden, reicher und gesegneter, als er es im Gedächtnis hatte. Wo Spanien trocken und karg war bis auf den felsigen Grund, waren die Hügel hier so üppig bewachsen, daß sie wie Gewässer wogten und strömten. Weinberg, Wiese, Weide, Acker; Buche, Ulme, Eiche, beschnittene Weide, die sich im stillen Teich widerspiegelte; Hühner, Rinder, Schweine; Stall und Scheune. Selbst das Licht erschien ihm üppig. Die Sonne ging auf, von Schleiern und Gaze aus Dunst gedämpft, und der Frühlingsregen floß in Streifen an den Wagenfenstern entlang.

Er stellte sein Bündel auf dem dämmrigen Treppenabsatz vor der Wohnung der Coëns ab und klopfte an die Tür. Eine blasse Frau öffnete vorsichtig.

»Die sind weg. Ausgezogen. René, wie lange wohnen wir schon hier? Zwölf Monate?«

»Haben Sie vielleicht meine Frau gesehen? Es kann sein, daß sie im vergangenen Monat irgendwann hier war.«

»Magere Frau mit Baby?«

»Ja.«

»Bei dem alten Säufer da oben, bei dem Zwerg, wohnt eine Frau, auf die die Beschreibung passen würde.«

»Bei Le Nain?«

»Genau. Wie können Sie Ihre Frau mit so jemandem zusammenwohnen lassen? Das ist gegen die Natur.«

Sascha fand den Weg nach oben und starrte ungläubig die Klappe an, die den Eingang zu Le Nains Behausung darstellte. Kein Wunder, daß ich nie herausbekommen habe, wo er wohnt, sagte er sich. Er erinnerte sich an seine Kindheit. Der Zwerg hatte, wie eine Gestalt aus einem Märchen, an einem geheimnisvollen Ort gelebt, den man nicht finden konnte, auch wenn man noch so sehr danach suchte. »Ob Katja wirklich hier ist?« Er hatte Angst zu klopfen. Dies hier war nicht mehr Spanien, es war eine andere Welt, in der man nichts voraussetzen konnte. Daß Katja ihn in jenem fernen Land und in jenen fernen Zeiten wirklich geliebt hatte, bezweifelte er nicht. Aber daß er, entstellt und unwürdig wie er war, auch in

dieser Welt noch geliebt werden könnte, hielt er für unwahrscheinlich. Katja war, selbst in ihren zärtlichsten Anwandlungen, nie von
ihrer Ansicht abgewichen, daß Liebe nichts als Chemie und äußere
Umstände sei. Und jetzt hatten sich die Chemie und die äußeren
Umstände verändert. Sascha hatte angenommen, daß sich in diesem lange erwarteten Moment seine Sehnsucht in Freude verwan-
deln würde. Statt dessen jedoch empfand er Scham.

Schließlich klopfte er tatsächlich. Hinter der Tür hörte er Haus-
haltsgeräusche: Eine Pfanne wurde auf einen Gasring gestellt, eine
Tasse wurde in einer Emailleschüssel ausgespült. Dann wurden
Riegel aufgeschoben. Und da stand Katja. Sie sah ihn und trat
schweigend einen Schritt zurück, um ihn durch die niedrige Klappe
hereinzulassen.

Er fand sich in einer kleinen Kammer wieder, die sauber und
aufgeräumt war, aber wegen der Plakate und der Kostüme des
Zwerges ein wenig exotisch wirkte. Ein Baby, das bis auf ein winzi-
ges Hemdchen nackt war, lag auf einer Matte und versuchte, an
seinen Zehen zu lutschen. Ein unangenehmer Geruch nach Käse
und Obst lag in der Luft.

»Ich war gerade dabei, ihn zu wickeln«, sagte Katja.

»Er sieht ein bißchen wund aus.«

»Es gibt hier Cremes, die ich benutzen kann. Seine Haut ist so
zart und wird immer gleich puterrot, aber ich glaube, wir regen uns
darüber mehr auf als er. Wie war deine Reise? Bist du die Nacht
durchgefahren?«

»Ja. Ich bin müde, aber jetzt sehe ich dich und unseren Kleinen,
und schon geht es mir besser. Hast du noch Milch?«

»Ja.«

»Hoffentlich nicht zuviel. Erinnerst du dich noch an die Klum-
pen –«

»– in meinen Brüsten. Im ersten Monat, als ich zuviel Milch
hatte, hat es sehr weh getan.«

»Mastitis«, sagte Sascha abwesend, »so heißt das, wenn die Brust
entzündet ist. In unserem Lager gab es einen Arzt. Ich habe ihn
gefragt, und er hat gesagt, es wäre richtig gewesen, an den Brüsten
zu saugen, um die überschüssige Milch herauszuholen.«

Das Baby gurrte. In der fensterlosen Bodenkammer war es warm.
Ein gußeisernes Öfchen mitten im Raum, das durch einen merk-

würdigen Rauchabzug mit dem Dach verbunden war, strahlte Hitze ab.

»Gemütlich«, sagte Sascha lobend.

Ihm war bewußt, daß Katja hinter ihm stand und daß er sie seit vorhin, seit jenem kurzen Blick des Erkennens, nicht mehr angesehen hatte. Neben den Säuglingsgerüchen umhüllte ihn ein betäubendes Gemisch aus anderen Düften: Patschuli, Zigarren, Kaffee und billige Brillantine. Im trüben Licht wirkten Farben und Stoffe gleichzeitig warm und edel: Schattierungen von Burgunderrot und Dunkelgrün, dazwischen leuchtendes Scharlachrot; Samt, Brokat, fließende Seiden und hier und da das Funkeln eines Goldfadens. Sascha wurde schwindlig.

»Warum schaust du mich nicht an?« fragte Katja. Sascha war sich unsicher, ob er in ihrer Stimme eine Spur von Ärger entdeckte. In diesem Augenblick wollte ihm kein Grund einfallen, warum ihn diese Frau lieben sollte. Ihre frühere Liebe schien ihm ohne Bedeutung, eine Beziehung zwischen zwei anderen Menschen. Nicht nur ihre früheren Zärtlichkeiten erschienen ihm unwirklich, nein, mit dieser Frau verband ihn nicht einmal eine gemeinsame Sprache. Sie ließ die Finger sanft über seinen Nacken gleiten.

»Küß mich.«

Sascha drehte sich um und fragte sich dabei, ob er sie überhaupt wiedererkennen würde.

»Liebst du mich noch?« fragte er.

Katja sah ihn an, und ihm wurde klar, daß er auch für sie eine Offenbarung war und daß sie, während sie von ihm verlassen ihren Weg hierher gesucht hatte, ihrer ersten Schönheit beraubt und mit einem Kind belastet, ebenfalls von Ängsten gepeinigt worden war. Ihre Lippen waren trocken und ihr Kuß vorsichtig, als wolle sie sich jederzeit die Möglichkeit der Trennung offenhalten. Er spürte, wie sich ein Abgrund zwischen ihnen auftat.

»Ich habe solche Angst«, gestand er. »Mir ist alles genommen worden. Ich habe kein Geld, keine Arbeit, keine besonderen Fähigkeiten. Braucht Liebe eine rationale Basis? Wenn ja, dann bin ich verloren. Ich kann dir nichts bieten.« Er sah sich nach einem Stuhl um. »Darf ich mich setzen? Meine verdammten Füße taugen zu nichts.«

»Warum bist du so förmlich?« fragte Katja.

Sascha setzte sich. Er hatte das Gefühl, als seien seine Füße in den Schuhen schmierig, und er fragte sich, ob seine Wunden immer noch suppten.

»Ich versuche, dir die Wahl zu lassen. Wie kann ich irgend etwas voraussetzen? Was in Spanien war, ist zwischen zwei anderen Menschen passiert.«

Sein Lächeln erschien Katja unendlich traurig. Er stieß ein kurzes, schüchternes Lachen aus.

»Ich komme mir vor wie ein Halbstarker«, sagte er, »der ein Mädchen anspricht, das er kaum kennt, aber schon lange bewundert. Erinnerst du dich an die Schmetterlinge im Bauch und an die Qualen? Nicht, als wäre ich verliebt, sondern als würde ich mich wieder verlieben. Ist das nicht albern?«

Er wartete auf ihren Richtspruch und lenkte sich inzwischen damit ab, daß er das Kind betrachtete. Er hat recht, dachte Katja. Wir haben keine Verpflichtungen dem anderen gegenüber. Sie dachte an die Asymmetrie in der Liebe. Zwei Menschen liebten sich nie auf die gleiche Art oder mit der gleichen Intensität. Sie sprachen von Liebe und meinten nicht einmal das gleiche. Für Sascha würde sie, so vermutete sie, immer nur der Brennpunkt seines universellen Mitgefühls und seiner Großherzigkeit sein. Und sie selbst? Nach der langen Zeit der Entbehrung wollte sie Leidenschaft, Besessenheit, Ausschließlichkeit. In ihrem Bedürfnis nach Liebe lag etwas Mitleidloses. Vielleicht brauchte sie etwas von seinem Mitleid.

Katja dachte daran, wie töricht es von ihm war, sein Schicksal der unbarmherzigen Analyse einer Frau zu überlassen. Welches Risiko war er eingegangen! Im kältesten Winkel ihres Herzens überlegte sie, daß man ihn, wie Kolja, wenn auch aus anderen Gründen, in seiner Schwäche verachtenswert finden konnte.

Bin ich das, die da denkt? Ist das die, die aus mir geworden ist?

Sie erinnerte sich an eine Nacht, in der die Liebe etwas anderes gewesen war. Wer war die Frau gewesen, die sich Daniel hingegeben hatte und das weder in jenem Moment noch später bereut hatte? Hatte sie damals angenommen, daß Daniel sich ihr ebenso vollständig preisgegeben hatte wie sie sich ihm? Die Asymmetrie lag auch in der Liebe selbst, nicht nur in der Beziehung zwischen den Liebenden. Liebe war eine Quelle, die eingefaßt und geleitet werden mußte, keine Flut, die alles vor sich herschwemmte.

Katja entschied sich, Sascha zu lieben, weil sie die Wahl hatte, ihn nicht zu lieben. Und kaum hatte sie diese Entscheidung getroffen, da verblaßte die Debatte, die sie in ihrem Kopf geführt hatte, wie eine Passage aus einem Traum, und sie konnte sich an keine andere Alternative mehr erinnern. Es war unvorstellbar, ihn nicht zu lieben. Seine ganze Erscheinung, seine Gesten, Worte, Torheiten waren ihr unaussprechlich teuer.

Sie nahm seine Hand, und er, in dem Wissen, daß sie ihn liebte, umarmte sie wortlos.

✳

In den schäbigen, abgelegten Kleidungsstücken, die sie von den Wohltätigkeitsorganisationen erhalten hatten, wurden sie im Bus und in der Metro wie Zigeuner gemieden. Als Antwort auf die säuerlichen Gesichter und die geringschätzigen Blicke hielten sie sich noch fester an den Händen, stupsten sich an und kicherten sogar.

Zu Saschas Überraschung wohnten seine Mutter und seine Schwester nicht mehr in ihrer bescheidenen Wohnung. Aber sie hatten bei der Concierge ihre neue Adresse in Neuilly hinterlassen. In Neuilly! – ein Ort der Erinnerungen an Zeiten, in denen die Familie reich gewesen war. Es war nicht schwer zu finden. Ein hübscher, moderner Wohnblock, mit ägyptischen Motiven verziert, wo die Botenjungen ihre Fahrräder gegen Geländer lehnten, die wie Papyrusstengel geformt waren.

»Du gehst hoch«, sagte Katja.

»Allein? Du hast doch nicht etwa Angst vor meiner Mutter?«

»Natürlich nicht. Ach, lieber Sascha, du kannst so begriffsstutzig sein. Deine Mutter bekommt sicher schon einen Schock, wenn sie nur sieht, daß du am Leben bist. Du mußt dir darüber im klaren sein, daß es nicht leicht für sie sein wird, mir zu begegnen.«

»Und das Baby?«

»Das Baby ist mein Schutz. Mach dir keine Gedanken, es wird schon alles gutgehen.«

Er ließ Katja unten stehen und nahm den Fahrstuhl, einen Käfig, der zwischen marmornen Treppen in die Höhe fuhr, deren Geländer mit einer Reihe königlicher Kartuschen verziert war.

Ein Dienstmädchen öffnete die Tür. Nervös, wie die Kriegsversehrten, die in seiner Kindheit mit zweifelhaften Kosmetika und merkwürdigen patentierten Erfindungen hausieren gegangen waren, bat er darum, die Dame des Hauses sprechen zu dürfen.

Eine fremde Frau kam an die Tür. Sie trug ein Seidenkleid mit auffälligem geometrischem Muster. Sie war sehr hübsch und blond, und man konnte eben sehen, daß sie schwanger war. Sascha meinte zwar, sie wiederzuerkennen, aber nur so, wie man eine Schauspielerin wiedererkennt, die einem auf der Straße begegnet. Und die junge Frau hatte tatsächlich etwas von einer Schauspielerin an sich, ein Bedürfnis, ihm gegenüber attraktiv zu erscheinen, obwohl er völlig bedeutungslos war. Erst langsam ging ihm auf, daß es seine Schwester war, die da vor ihm stand.

»Mascha?«

Sie war etwas kurzsichtig, aber ihre Eitelkeit verbot ihr, eine Brille zu tragen. Sie blinzelte ihn an, stieß einen kleinen Schrei aus und rief: »Sascha? Mein Gott, es ist Sascha! Mutter? Mutter! Philippe! Sascha ist da!« Sie schlang ihm die Arme um den Hals und bedeckte sein Gesicht mit Küssen.

In der Tür am Ende des Flurs erschien eine ältere Frau, und hinter ihr, weniger deutlich, die Gestalt eines Mannes. Tonjas Haar war grauer, als Sascha es in Erinnerung hatte, aber ansonsten war sie noch ganz seine Mutter. Die Veränderungen waren in ihm selbst vorgegangen. Er wußte nicht, ob er ein Junge oder ein Mann war. Und seine Mutter hatte jetzt einen bestimmten Schick, der in Frankreich vielleicht normal war, der ihm aber nach all der Armut und all den Entbehrungen in Spanien merkwürdig vorkam. Seine Verlegenheit verschwand, als Tonja sich in seine Arme warf. »Mein Sohn! Mein Sohn!« schluchzte sie.

Er wurde in ein hübsches Wohnzimmer geführt, und das Mädchen wurde geschickt, um Erfrischungen zu holen. Mascha legte Wert darauf, daß er ihren Bauch sah, und stellt ihm ihren Mann vor.

»Das ist Philippe. Ich bin jetzt Madame Bonnet-Leclerc! Was sagst du dazu?«

Philippe Bonnet-Leclerc war ein Mann etwa in Saschas Alter, der allerdings älter aussah, weil er eine kalte Pfeife zwischen den Zähnen klemmen hatte und schottischen Tweed trug. Trotzdem sah er gut aus, wie der jugendliche Held in einer Salonkomödie.

Außer »Hallo« sagte er wenig, betrachtete seinen neuen Schwager aber mit freundlicher Neugier.

»Wann bist du zurückgekommen?«

»Wie war es in Spanien? Ist es so exotisch, wie es sich anhört?«

»Ach, Sascha, du siehst so krank aus!«

Sascha wurde mit Fragen überschüttet, und wenn er eine Frage nicht beantwortete, kam gleich die nächste. Die Zeit, die sie ihm für seine Antworten ließen, hätte gerade gereicht, um eine beiläufige Frage nach einer Urlaubsreise zu beantworten. Es muß an mir liegen, dachte er. Ich bin sehr empfindlich geworden und weiß nicht mehr, wie es im normalen Leben zugeht. Sie freuen sich, daß ich hier bin. Es liegt an mir, daß ich die Intensität ihrer Gefühle in meinem Herzen nicht spüren kann. Sie wissen nicht, wie sie die Fragen stellen sollen, die ich gerne beantworten würde. Und in jedem Fall möchte ich sie nicht jetzt beantworten, denn irgend etwas stimmt hier nicht. Seine Mutter enttäuschte ihn besonders. Er konnte nicht anders, als ihr innerlich vorzuwerfen, daß sie »schick« geworden war, genauso wie die Wohnung schick war, so modisch eingerichtet, mit der kleinen Statue der athletischen jungen Frau aus Bronze und Elfenbein oder dem aus hellem und dunklem Holz gestreiften Cocktailschränkchen.

»Ich habe jemanden mitgebracht«, erklärte Sascha schließlich.

»Einen Freund?« fragte Tonja.

»Bitte ihn doch herauf!« drängte Mascha.

Philippe dachte praktisch. »Brauchst du Hilfe? Hast du Gepäck oder so? Ich frage bloß, weil du aussiehst, als wärst du gerade aus dem Zug gestiegen.«

»Nein. Ich bin schon gestern angekommen. Das hier sind die einzigen Kleider, die ich besitze.«

»Ich kann dir sicher aushelfen. Sieht aus, als hättest du ungefähr meine Größe.«

»Ich bin sofort wieder da.«

Sascha fuhr mit dem Fahrstuhl in die Eingangshalle hinunter, wo Katja auf der marmornen Treppe saß und das Baby auf den Knien wiegte. Ein Paar ging durch die Halle. Sie erzeugten mit ihren Absätzen ein teures Echo und wirkten schockiert, so als würden sie gerade entdecken, daß ihre Nachbarn Algerier waren.

»Wie geht's dir?« fragte Sascha.

Katja erschien ihm ängstlich und verzagt. Beide sahen dem anderen den flüchtigen Gedanken an, daß die Erneuerung ihres Liebesschwurs, gestern erst, eine Farce gewesen war.

»Halt mich fest!« sagte Sascha, ihre Worte vorwegnehmend. Er drückte Katja und das Kind fest an sich, beschützend. »Es war schrecklich«, sagte er. »Ich kann es nicht erklären. Meine Mutter ist hier. Mascha hat geheiratet. Sie sprechen, als würden sie die Sprache nur imitieren. Sie meinen sicher, was sie sagen, aber die Wörter stimmen alle nicht ganz. Und sie reden zu schnell. Glaubst du, daß das immer so sein wird?«

»Nein, nicht immer«, antwortete Katja, »aber manchmal.« Sie schaukelte das Baby, das unruhig wurde. »Das wird wohl nicht gerade ein gelungenes Treffen, was? Aber das würde es wohl nie. Hast du ihnen gesagt, daß ich hier unten bin?«

»Ich habe gesagt, daß ich jemanden mitgebracht hätte. Sie glauben, du wärst ein Mann. Wahrscheinlich denken sie an alte Kriegskameraden, Freundschaft im Schützengraben und so. Vielleicht liegt es daran: Sie denken so konventionell.«

»Laß uns die Treppen hochgehen. Ich brauche Zeit, um mich zu beruhigen.«

Das Treppenhaus war bedrückend voll von hübschen Dingen. Es war in zarten Pastelltönen gestrichen, mit Gold und Silber bestäubt, hatte nußbaumfurnierte Täfelungen, Lampen, die wie Fächer aus Perlmutt aussahen, und hohe Fenster, die mit bronzenen Akanthusblättern vergittert waren. Sascha heiterte sie auf, indem er sagte: »Da sind wir wieder – Hänsel und Gretel kommen nach Hause! Glaubst du, daß wir mitten in einem Märchen sind?«

»Wenn ja, dann bin ich aber der Gestiefelte Kater, mit großem Hut und Feder.«

Solche Bemerkungen waren für Katja ungewöhnlich. Die Blicke, die sie daraufhin wechselten, waren so liebevoll und vertraut, wie sie es seit ihrer Wiedervereinigung noch nicht gewesen waren.

Dann standen sie vor der Wohnungstür.

Katja, mit dem Kind auf dem Arm, wurde mit einer gewissen Überraschung und Vorsicht hereingebeten, aber niemand erkannte sie. Diesmal wurden sie in den Salon geführt, in dem Mascha und Tonja wie Ziergegenstände saßen. Sascha war um eine Erklärung bemüht, doch die richtigen Formulierungen wollten ihm nicht einfallen. So versuchte er es mit:

»Mutter, das ist Katerina Pawlowna Antipowa.«

Nicht allzu taktvoll sagte Mascha: »Ich dachte, du wärst Kolja Safronows Frau.«

»Du kannst sie als meine Frau betrachten, solange sie mich will. Und das hier ist unser Sohn. Er heißt Alexander, nach meinem Großvater.«

»Oje, diese russischen Namen!« sagte Bonnet-Leclerc munter. »Kein Wunder, daß heute niemand mehr russische Romane liest.«

Tonja erhob sich steif, mit undurchdringlicher Miene. Sie muß mich hassen, dachte Katja, während Tonja auf sie zukam und das Kind zärtlich anblickte. »Darf ich ihn mal nehmen?« fragte sie, ohne die Mutter des Kindes anzusehen. Sie nahm das Baby mit zu ihrem Sessel und konzentrierte sich darauf, ihm den Knöchel ihres kleinen Fingers in den Mund zu stecken und es die Finger ihrer rechten Hand umklammern zu lassen.

»Philippe arbeitet in der Firma seines Vaters«, meinte Mascha vergnügt. »Bonnet-Leclerc. Ist dir der Name ein Begriff? Sie stellen maschinengefertigte Spitzen her –«

»Oh, nicht nur das!«

»– und sehr hübsche Sachen mit Stickereien.«

»Was hast du für Pläne, Sascha?« wollte Philippe wissen.

»Bis jetzt noch keine.«

»Wir wollen die Produktion erweitern, Militärkleidung hinzunehmen. Tressen, Kordeln, Abzeichen, du weißt schon.«

»Glaubst du, daß es Krieg gibt?«

»Ganz bestimmt. Seit ihrer Garantie an Polen drängen die Engländer in diese Richtung, und wir werden mitgezogen. Willst du dich nicht setzen?«

»Doch, danke. Meine Füße. Ich bin verletzt«, sagte Sascha gedankenlos.

Erschrocken sah Tonja auf.

»Du bist verwundet worden!«

»Nein, Mutter, es war nichts weiter. Ich habe meine Zeit in Francos Hauptquartier abgesessen. Keine Sorge.«

»Wo wir gerade von der Zukunft sprechen«, meinte Philippe, »ich kann dir ein paar Tips geben, wenn du Arbeit suchst.«

»Das ist nett von dir.«

Sie gingen. Oder besser gesagt, sie wurden höflich hinauskomplimentiert wie Gäste, die sich bei der Einladung zum Abendessen im Datum vertan haben und für die alles kurzerhand improvisiert wurde, weil man den Anschein zu erwecken sucht, daß man sie erwartet hat und daß einem ihr Besuch gelegen kommt.

Sascha verließ seine Mutter, ohne daß er die Worte der Liebe und der Sehnsucht, die ihm auf der Zunge gelegen hatten, ausgesprochen hätte, und Katja, die in ihrem eigenen mütterlichen Egoismus unsensibel war, wühlte ihn nur noch weiter auf, als sie ihm vorwarf, er hätte sie nicht beachtet, als man sie aus der Unterhaltung ausgeschlossen hatte, er hätte banales Zeug geredet und sich nach seiner Mutter gerichtet, nicht nach ihr. Sascha gab offen zu, daß sie damit recht hatte, aber es quälte ihn doch, daß sie es ihm sagte, und er fand keinen Weg, das Unvereinbare miteinander zu vereinen. Konnte man sowohl seine Mutter als auch seine Frau lieben?

Wenig später ging Sascha allein in die Wohnung in Neuilly und traf seine Mutter ebenfalls allein an. Er erzählte ihr, daß er alles über Katjas Vergangenheit wußte – über seinen Vater, Lara und Komarowski. Er erklärte ihr sehr vernünftig, daß jeder Widerstand ihrerseits gegen seine Beziehung zu Katja unvernünftigen Gefühlen entspringe. Er sagte ihr sogar – Gott möge ihm vergeben –, er würde ihren Standpunkt verstehen.

Bei diesem Gespräch wirkte Sascha kleinlich und so, als wolle er sich rechtfertigen. Tonja erschien engstirnig und unversöhnlich. Sie hätten sich entzweit, wenn Tonja ihm nicht, als Abschiedsgeste, eine Windel wiedergegeben hätte, die sie vergessen hatten und die das Mädchen gewaschen und gebügelt hatte. Dieser Gegenstand diente als Katalysator und gab ihnen eine Sprache, in der sie sich unterhalten konnten. Und zum Schluß waren sie wieder miteinander versöhnt – nicht gleicher Meinung, aber bereit, ihre unterschiedlichen Sichtweisen zu ertragen.

Tonja betete zu Unserer Lieben Frau von Moskau. Sie dankte Gott für die Errettung ihres Sohnes. Sie bat um Erlösung von der Erinnerung an ihre Leiden. Sie bat um die Gnade, die es ihr erlauben würde, Laras Kind wie ihre eigene Tochter zu behandeln. Aber neben den Gebeten und von ihrer barmherzigen Natur unbemerkt, sah sie mit Befriedigung, daß Katja ihre Schönheit verloren hatte:

daß ihr Gesicht von der Härte und der Erfahrung des Leidens gezeichnet war.

✳

Sie fanden eine kleine Wohnung, und mit der Hilfe seines neuen Schwagers erhielt Sascha eine Stelle in einem Rechtsanwaltsbüro. Die Absicht, sein Studium fortzusetzen, gab er endgültig auf. Statt dessen sah man ihn jetzt, bürgerlich gekleidet, morgens und abends zum Bus wandern, mit dem steifbeinigen Gang, zu dem seine Verletzung ihn zwang, ein junger Mann Mitte Zwanzig, mit verkniffenem, ernstem Gesicht, aber bei der kleinsten Ermunterung zum Lächeln bereit. Das Leben war angenehm banal. Es war ein Vergnügen und eine Leistung, Geld zu sparen und davon ein Radio zu kaufen. Abends saßen sie davor und lauschten den Liedern von Suzy Solidor und Charles Trenet.

Philippe und Mascha waren ein geselliges Paar. Oft luden sie Sascha und Katja zu sich oder in ein Restaurant zum Abendessen ein. Bei diesen Anlässen kümmerte sich Tonja, die ganz vernarrt in ihren Enkel war, um Alessi. Ihrer Schwiegertochter ging sie aus dem Weg.

Sascha beschloß, Rechtsanwalt zu werden. Er schrieb sich für ein Fernstudium ein und kaufte Lehrbücher, und während Katja nähte oder mit dem Baby spielte, saß er an dem polierten Tisch, auf dem als Schutz vor Wasserflecken eine Wachstuchdecke lag, und versuchte zu lernen. Er besaß jedoch nicht die nötige Konzentration für ein Jurastudium und las lieber Simenon oder philosophische Werke. Er las Abhandlungen von Plotinos und Porphyrius, Marsilio Ficino, Pico della Mirandola, Giordano Bruno und Irenäus' Angriffe auf Karpokrates. Als Katja ihn fragte, was er daran so interessant fände, sprach er über platonische Ideale, Hermes Trismegistos, Sophia und den Demiurgen. Er gab Katja Bücher, überzeugt, daß sie mit ihrem scharfen Verstand alles verstehen würde. Und Katja verstand recht gut. Aber es kam ihr so vor, als würden die Philosophen Gerüste für das erfinden, was man nicht wissen konnte, als würden sie nur mit Ideen liebäugeln. Kurz, Philosophie war im Grunde ein Spiel, und daher war es kaum verwunderlich, daß sich vor allem Männer damit beschäftigten.

Zu Katjas Überraschung sagte ihr das häusliche Leben zu. Nur selten bereitet; ihr diese Tatsache Unbehagen. Dann beklagte sie sich, ausgelöst vielleicht durch eine Schwierigkeit mit dem Baby, die sie ängstigte oder frustrierte, bitterlich, daß sie in dieser Enge ersticke und ihr Verstand verkomme. Sascha stimmte ihr dann immer bereitwillig zu. Er war stolz auf ihre geistige Beweglichkeit und Begabung und tief beunruhigt, wenn sie das Gefühl hatte, er stünde ihrer Entwicklung im Weg. Er schlug ihr vor, regelmäßig Le Nain zu besuchen, weil seine Gesellschaft so anregend war. Sascha machte es nichts aus, wenn Katja zu dem Zwerg ging, um ihn singen zu hören oder seine komischen Nummern zu sehen, oder wenn sie ihn in einem schlechten Kabarett auf dem Klavier begleitete. Nur Mascha war besorgt. Sie meinte, Katja würde damit die Familie in Verruf bringen.

Ihre Liebe trat in eine Phase stiller Zufriedenheit ein. Manchmal spielten sie ein Spiel. Man nennt es »Warum liebst du mich?« und wird von allen glücklichen Paaren gespielt.

»Warum liebst du mich?« fragte Sascha. »Das verstehe ich nach wie vor nicht.« Er legte den Füllfederhalter aus der Hand, den er gerade nachgefüllt hatte. Katja hob den Kopf von ihrer Bügelarbeit (sie hatten ein neues elektrisches Bügeleisen, das mit einer Verlängerungsschnur an die Deckenlampe angeschlossen war), lächelte und antwortete nachdenklich:

»Weil du freundlich, sanft, einfühlsam und rücksichtsvoll bist und verzeihen kannst, und weil du großzügig, hilfsbereit, witzig und fleißig bist – und ein kompletter Idiot.«

»Ach so? Nicht, weil ich stark, entschlossen, dominierend und heldenmütig bin?«

»Nein, nichts davon.«

»Du hast nicht gesagt, daß ich hübsch bin.«

»Weil du das nicht bist, oder jedenfalls nicht besonders.«

»Oho!«

»Und du? Warum liebst du mich?«

»Ich – ich liebe dich, weil... Ich weiß es nicht. Ich brauche dich nur anzusehen, und... Ich finde alles an dir... Ach, kümmer dich lieber wieder um deine Bügelwäsche, Frau!«

»Unterdrücker!«

»Kommunistin!«

Im September brach der erwartete Krieg aus. Im Oktober gebar

Mascha einen Sohn, den sie Alexandre nannte. Der Name war zwar französisch, sollte aber auch an ihren Großvater, Professor Gromeko, erinnern. Da Sascha theoretisch alleinstehend war, hätte er eingezogen werden können, doch er wurde bei der Musterung für untauglich befunden. Dafür hatte er im Büro jetzt mehr zu tun, weil sein Kollege eingezogen worden war.

Am Tag der Taufe (in einer römisch-katholischen Kirche, denn Mascha war anläßlich ihrer Hochzeit konvertiert) diskutierten Sascha und sein Schwager über die politische und militärische Lage. Philippe beschuldigte die Engländer, sie hätten Frankreich in einen Krieg gezwungen, bei dem es nur um die törichte und unkluge Verteidigung Polens ginge. Sascha verkündete, allem zum Trotz, was er früher behauptet hatte, daß das faschistische Ideal die Richtung verloren habe und daß er von nun an Anhänger der Dritten Republik sei. Besonders geringschätzig sprach er von den jungen Männern, die sich freiwillig zu den Streitkräften gemeldet hatten. »Heldentum ist Unsinn!« sagte er mit Nachdruck. »In der Praxis bedeutet es, daß man sich einem Extrem ausliefert. Romantiker sind immer bereit, sich selbst zu zerstören, und es kümmert sie nicht, wenn sie dabei auch andere mit ins Verderben ziehen. Wer alles stehen- und liegenläßt, um ein Held zu werden, hat etwas Grausames und Eitles.« Philippe erwiderte, daß manche Männer von einem edlen Ideal gerufen würden: Er selbst hätte sich freiwillig gemeldet, wenn seine familiären Verpflichtungen ihn nicht davon abgehalten hätten. Beide Männer waren sich einig, daß die Maginotlinie jedem Angriff der Deutschen standhalten würde und man in den nächsten sechs Monaten oder so einen Waffenstillstand erwarten könnte.

Katja hatte inzwischen die Coëns ausfindig gemacht. Sie erkundigte sich bei den Kürschnern, für die Madame Coën Mantelfutter nähte und kleinere Änderungen ausführte, und bekam ihre Adresse genannt. Das Ehepaar war nur ein paar Straßen weitergezogen, und eines Nachmittags besuchte Katja sie.

»Hallo, Katja. Kommen Sie herein!« Sophie Coën wirkte stark gealtert. Sie konnte kaum älter als fünfzig sein, aber sie war grau und verhärmt, und ihr Gesicht war zerfurcht. Sie bot Katja ein Glas Wein und Gebäck an. »Mein Mann ist nicht da.« Ohne echte Begeisterung fügte sie hinzu: »Das ist aber eine Überraschung.«

Katja setzte sich neben die Singer-Nähmaschine, zwischen Pelze und Reste von seidenen Futterstoffen. Sophie trank selbst keinen Wein. Sie setzte sich vor die Maschine und bat um Entschuldigung dafür, daß sie weiterarbeitete. Ihre anschließende Unterhaltung und ihr Schweigen wurden vom Rattern der Maschine begleitet.

»Daniel hat mir von Ihnen geschrieben«, sagte Sophie. »Er hatte sie gern.«

»Ich hatte ihn auch gern.«

»Ist der junge Schiwago aus dem Krieg zurückgekommen?«

»Ja.« Katja beschloß, Sophie im Moment nichts von ihrer gegenwärtigen Situation zu erzählen.

»Gut – das freut mich für Tonja. Sie hat mir geschrieben – hat sie Ihnen das erzählt? Der Brief wurde nachgeschickt, aber ich habe nicht darauf geantwortet. Zu der Zeit waren unsere Jungen beide vermißt. Über was hätten wir sprechen sollen? Mein Mann warf Sascha vor, daß er sich den Faschisten angeschlossen hatte. Wenn er Tonja begegnet wäre, hätte ihn das nur aufgeregt. Ich selbst habe immer angenommen, daß Sascha schon seine Gründe dafür hatte. Er war ein gutherziger Junge. Wann haben Sie Daniel zum letztenmal gesehen?«

»Im Juni oder Juli vor zwei Jahren. In Barcelona.«

»Ungefähr seit dieser Zeit habe ich auch keine Briefe mehr von ihm bekommen. Ich kann mir nicht vorstellen, warum. Er war ja nicht an der Front – es sei denn...« Sie trat wie wild, und die Stiche ratterten wie Maschinengewehrfeuer. »Im Süden gibt es Lager für die Flüchtlinge aus Spanien. Ich habe mich dort erkundigt, weil ich hoffte, daß er vielleicht dabei wäre. Aber das war er natürlich nicht. Vielleicht haben ihn ja Francos Leute gefangengenommen, aber soweit ich weiß, erschießen die Faschisten alle Ausländer. Stimmt das?«

»Ich glaube nicht.«

»Doch, ich glaube schon. Vor allem Juden. Ich muß mich also damit abfinden, daß Daniel wahrscheinlich tot ist.« Sie hob das Kleidungsstück, an dem sie gerade gearbeitet hatte, prüfend in die Höhe, faltete es zusammen und legte es zur Seite. »Es ist schwer zu akzeptieren, ohne Leiche oder definitive Bestätigung. Und er ist unser einziges Kind. Das macht es noch schwerer. Ich konnte keine mehr bekommen. Eine Frauenkrankheit... verstehen Sie?«

Vor Sophies stillem, würdevollem Schmerz wußte Katja nichts mehr zu sagen. Sie konnte nur noch daran denken, wie sie dieser offenkundigen Trauer entrinnen sollte. Und danach hatte sie ein schlechtes Gewissen, weil sie nur höflich gewesen war und Sophie weder Mitgefühl noch Trost geschenkt hatte, um ihren Kummer zu lindern. Sie fragte sich, warum sie Sophie überhaupt besucht hatte. War es nicht eine Art von Egoismus gewesen, das Bedürfnis, sich von den Überbleibseln ihrer Beziehung zu Daniel zu reinigen? Wie, wenn nicht aus rein selbstsüchtigen Motiven, hatte sie so unvorbereitet eine Begegnung herbeiführen können, deren Ausgang doch vorhersehbar gewesen war?

In Wahrheit hatte Katja nie versucht, das, was in Barcelona geschehen war, zu verstehen. Sie hatte nie an der grundlegenden Frage gerührt: Hatte sie Daniel wirklich geliebt? Und weil sie darüber nicht nachdenken wollte, hatte sie auch nie ernsthaft seinen Tod in Betracht gezogen. Er war einfach auf irgendeine diffuse Weise aus ihrem Leben verschwunden.

Als Sascha am Abend nach Hause kam, ärgerte sie sich über seine Dummheit. Trotz all seiner liebenswerten Eigenschaften verachtete sie ihn jetzt für den falschen Heroismus, die romantische Schwärmerei und die intellektuelle Schwäche, die ihn dazu verleitet hatten, für etwas so Falsches und Verachtenswertes wie den Faschismus einzutreten. Niemand hatte das Recht, so dumm zu sein! Es war unverzeihlich.

Auch ihr Gefühl der Einzigartigkeit ihrer Liebe zu Sascha war erschüttert worden. Nicht nur, daß es nicht die große, alles verzehrende Liebe der Romane war (eine Vorstellung, die sie sowieso mit Skepsis betrachtete, weil sie sie für Selbsttäuschung hielt), sondern es war auch nicht die eine, einzige Liebe, zu der sie selbst fähig war. Es lag auf der Hand, daß sie jemand anders hätte lieben können – vielleicht Daniel –, vielleicht sogar Kolja, wenn die Umstände anders gewesen wären. Wenn sie an Daniel dachte, erinnerte sie sich an die dunklen, gefährlichen Eigenschaften, die ihr solche Angst eingejagt hatten. Aber sie erinnerte sich auch an seinen inneren Kampf gegen die Grausamkeit, an seine Suche nach Zärtlichkeit, und sie weinte. In diesem Zustand fand Sascha sie im Schlafzimmer vor, als er nach frischen Kleidern für das Baby suchte.

»Was ist?« fragte er. »Was habe ich getan?«

»Nichts.«

»Doch«, erwiderte er. »Ich muß etwas getan haben. Wenn es etwas anderes wäre, hättest du mir davon erzählt.« Er kniete sich vor sie hin und nahm ihre Hand. »Habe ich etwas Dummes getan? Du kannst es mir ruhig sagen. Verzeih mir bitte, was immer es auch sein mag.«

Er mußte ohne eine Antwort zu Alessi zurückkehren. Er nahm das Kind auf den Arm und stellte sich in die Schlafzimmertür.

»Erinnerst du dich noch an die Zeit, als ich ein Narr werden wollte?« fragte er.

»Ja.«

»Ich habe gedacht, das wäre ein Weg zur Weisheit. Nun, hier ist die einzige Weisheit, die ich jemals entdeckt habe: Die Menschheit ist unschlagbar dumm. Wenn uns unsere Dummheit nicht vergeben wird, dann gibt es keine Hoffnung mehr für uns. Also vergib mir bitte.«

Doch an jenem Abend konnte Katja ihm noch nicht vergeben. Die Erinnerungen an Daniel, der Gedanke an andere Lieben und an die anderen Katjas, die sie hätte sein können, verwirrten sie zu sehr.

Am nächsten Morgen fand sie einen Zettel, den Sascha geschrieben und in der Küche (ausgerechnet!) zwischen Rechnungen und Rezepten hatte liegenlassen.

Darauf stand:

Père Alexandres Rezept für die Liebe
Man nehme die folgenden Zutaten und mische sie ständig:
Verachtung, Mitgefühl
Chemie und Umstände
Rührseligkeit und Vergebung
Ratio und Romantik
Kitsch, Vergänglichkeit
Weisheit, Torheit
Absoluten Unsinn
Schicksal und Schimpansen

Vom Tod ins Leben

Es gab keinen Verhandlungsfrieden. Im Sommer, als Alessi schon zwischen den Möbeln herumstolperte und anfing, ein Französisch zu sprechen, das hin und wieder mit russischen Brocken vermischt war, griffen die Deutschen an. Die französische Armee brach unter der Attacke zusammen, und die Straßen waren voller Flüchtlinge. Im Chaos der Niederlage verließ die Regierung die Hauptstadt. Paris wurde zur offenen Stadt erklärt.

Schon bevor diese Nachricht im Radio verkündet wurde, am vorhergehenden Tag, als das Gerücht umging, die deutsche Luftwaffe würde in den Randbezirken der Stadt Benzintanks bombardieren, hatten Philippe und Mascha beschlossen zu fliehen. Ihr Vorteil war, daß sie ein Auto hatten. Allerdings waren die Straßen mit Bauernkarren, Fahrrädern, Kinderwagen und Fußgängern verstopft. Sascha war nach Neuilly gegangen, um zu hören, was seine Familie vorhatte. Tonja hatte ihn angefleht mitzukommen, und wenn auch nur um ihretwillen. Er hatte sich geweigert. Er erinnerte sich nur zu gut an die Leiden, die sie auf dem Rückzug aus Barcelona hatten ertragen müssen, und war überzeugt, daß es sicherer war, in Paris zu bleiben. Die Deutschen, sagte er, seien ein zivilisiertes Volk. Wenn die Regierung die Stadt nicht verteidigte, würde es auch keine Kämpfe geben. Damit sollte er recht behalten. Philippe räumte das einige Monate später auch ein, nachdem die Familie zurückgekehrt war.

Doch vorläufig war Paris von einer überirdischen Schönheit. Einen Sommerabend lang gab es auf den Boulevards weder Menschen noch Verkehr. Die Steine der Gebäude glühten in der untergehenden Sonne. Die Denkmäler spielten die stillen Dramen ihrer Statuen vor leeren Amphitheatern, in denen nur das Rascheln der Blätter applaudierte. Sascha bestand darauf, daß sie an diesem Abend einen Spaziergang machten, um ihre Ängste zu beschwichtigen. Er führte Katja und das Kind an verschlossenen Läden vorbei, und sie hörten Geräusche, die man in diesen Straßen niemals wieder hören würde: Ein Schreiner sägte irgendwo in einem Keller Holz; eine Näherin arbeitete in einem Zimmer in einem der oberen Stockwerke an ihrer Nähmaschine; irgendwo strich jemand ein Streichholz an.

Und dann kamen die Deutschen in motorisierten Kolonnen, und es regnete. Sie brachten Disziplin mit. Sie riefen die Bevölkerung zu ihren Pflichten zurück. Sie befahlen Paris, vergnügt zu sein, und setzten das auch durch. Verschiedene Paraden wurden abgehalten, aber Sascha war nicht dabei, um sie zu beobachten. Er bedauerte die Soldaten wegen ihrer widerlichen Anbetung des Ruhms. Was machte Sascha während der Besetzung? Er besorgte sich ein Fahrrad und arbeitete weiter.

Die Deutschen stahlen normalerweise nicht. Aber indem sie Abgaben für die Unterhaltung ihres Heeres erhoben und einen Wechselkurs einführten, der die Reichsmark überbewertete, waren sie in der Lage, sich durch Einkäufe die Vorteile zu verschaffen, die sonst nur das Plündern mit sich brachte. Die Sieger räumten die Luxusgüter aus den Läden aus, und die Ladeninhaber, mit ihren Vorräten an rationierten Waren, erlangten die Herrschaft über das Alltagsleben. Sascha und Katja erhielten eine »A«-Karte für ihre eigenen Rationen und eine »E«-Karte für die ihres Sohnes. Im Oktober 1940 waren Lebensmittelrationierungen noch ungewohnt, und als sie von Philippe und Mascha eingeladen wurden, den ersten Geburtstag ihres Sohnes zu feiern, fragte Sascha: »Sollen wir etwas mitbringen?« »Natürlich nicht«, sagte Philippe. »Wir gehen in ein Restaurant.«

Die Feier fand im »Aiglon« statt, einem Luxusrestaurant in der Rue de Berri, in dem eine kleine Kapelle und ein Akkordeonspieler die Gäste unterhielten, die Speisekarte sowohl auf französisch als auch auf deutsch geschrieben war und viele Wehrmachtsoffiziere verkehrten.

»Du fühlst dich anscheinend nicht ganz wohl«, bemerkte Philippe.

»Wie kannst du dir das hier leisten?« fragte Sascha. Sein Schwager war zwar ein netter Kerl, aber manchmal konnte er recht herablassend sein.

»Ach, ich glaube, das kannst du ruhig mir überlassen.«

»Offensichtlich!« gab Sascha zurück. Er entschied sich, vergnügt zu sein und das Essen zu genießen. Doch als das Essen dann kam, schämte er sich trotz seines großen Hungers.

Tonja lenkte die Unterhaltung auf die Kinder. Mascha war eine begeisterte Mutter, ohne jedoch die Mühen der Mutterschaft zu kennen, denn dafür hatte sie ein Kindermädchen. Das Gespräch drehte sich um ganz alltägliche Dinge, doch Katja kam es so vor, als seien ihre Erfahrungen grundlegend verschieden. Vor allem die praktischen Probleme, die jetzt alle beschäftigten, die ein Kind zu ernähren und anzukleiden hatten, schienen Mascha gar nicht zu berühren.

»Wie findest du die Deutschen?« fragte Philippe.

»Wie ich sie finde? Eigentlich habe ich gar nichts mit ihnen zu tun. Einmal ist ein Offizier – ein General oder etwas in der Art – bei uns gewesen, weil er ein Château kaufen wollte. Abgesehen davon hat eine Anwaltskanzlei wenig Grund, mit ihnen zu verkehren. Sie scheinen ganz höflich zu sein, obwohl man auch andere Geschichten hört.«

»Sie amüsieren sich gern, aber das ist ja bei so vielen jungen Männern auch nicht anders zu erwarten. Die ›Moulin de la Galette‹ entspricht etwa ihrem Niveau. Sie sehen gerne nackte Mädchen. Aber sie tun niemandem etwas.«

»Wenn du das sagst.«

»Doch, es stimmt. Ich betrachte mich als Realisten. Frankreich hat den Krieg verloren. Du glaubst doch wohl nicht, daß die Engländer uns noch retten werden?«

»Wohl kaum. Nein, das ist sehr unwahrscheinlich.«

»Dann muß man seine Konsequenzen daraus ziehen. Unter diesen Umständen bekommt Patriotismus eine andere Bedeutung. Hast du den Maréchal im Radio gehört? Niemand könnte ihm mangelnden Patriotismus vorwerfen.«

Als sie nach Hause gingen, auf dem langen Weg durch die stillen Straßen des fremden neuen Paris, das von den abgedunkelten Straßenlaternen bläulich erleuchtet war, sagte Katja beklommen: »Das Essen muß über tausend Francs pro Person gekostet haben.« Beide wußten gut, daß man in einem normalen Restaurant für zwanzig oder dreißig Francs essen konnte. »Wo kriegt Philippe nur sein Geld her?«

»Ich glaube, das will ich gar nicht wissen.« Sascha hakte sich bei ihr ein. Er machte eine Bemerkung über den Abend, wie friedlich und schön er doch sei.

»Ach, du willst einfach von niemandem schlecht denken«, sagte Katja bitter.

»Du hast völlig recht. Wie immer. ›Richte nicht, auf daß du nicht gerichtet werdest.‹«

»Das ist nur moralische Faulheit.«

»Höchstwahrscheinlich.«

Es folgte ein vertrauter Wortwechsel im Sinne von »Was mache ich bloß mit dir?«, der, wie immer, in einem Kuß endete. Nicht daß Katja ihre Meinung geändert hätte. Sie hielt Saschas grenzenlose Toleranz weiterhin für eine Untugend. Doch auf dem letzten Stück ihres Nachhauseweges sprachen sie von Fleisch und Milch und Eiern. Sascha fragte sich, ob Philippe wohl Verwandte auf dem Land hatte.

✳

Ein harter Winter brach an – der erste jener Winter, wie sie für den Krieg typisch werden sollten –, und Heizmaterial war knapp. Als es schneite, blieb der Schnee fast unberührt liegen. Es herrschte kaum noch Verkehr auf den Straßen, und so zogen sich fast nur noch Fahrradspuren durchs winterliche Weiß. Paris ruhte schweigend unter seiner Schneedecke.

»Wenn ich nur ein Paar *valenki* hätte«, sagte Katja.

»*Valenki?* Hast du jemals welche getragen?«

»Natürlich. Ich war doch zwanzig, als ich Rußland verlassen habe.«

Sascha durchforschte sein Gedächtnis. Er konnte sich nicht erinnern, im Winter jemals Filzstiefel getragen zu haben. Er betrachtete Katja und das Kind genauer. Sahen sie wie Russen aus? Was bedeutete es, ein Russe zu sein? Für ihn war Rußland mit seinem Großvater gestorben. *Valenki?*

Als der kleine Alessi Keuchhusten bekam, standen sie große Ängste aus, aber er überwand die Krankheit. Um sich warm zu halten, hatten sie eine Abmachung mit den Nachbarn getroffen. Sie warfen ihr Heizmaterial zusammen und heizten nur noch jeweils ein Zimmer, wobei sie zwischen den Wohnungen abwechselten.

Das war recht lustig. Sie spielten Karten, lasen sich Bücher vor und hörten André Claveaus Scherze in »Cette Heure est à Vous« oder Kriminalgeschichten auf Radiodiffusion Nationale. Wie das Opfer eines exotischen Lasters, das andere verdächtigt, aber nie ganz sicher ist, trug Sascha unter seinen Hosen Beinwickel, um sich bei der Arbeit warm zu halten, und zu Hause schichtenweise merkwürdige Wollsachen. Katja fand überschüssige Armee-Unterwäsche und schnitt daraus Damenunterwäsche zurecht. Nachts trugen sie grellbunt geringelte Bettsocken, die Mascha in einem Anfall mütterlichen Eifers gestrickt hatte.

»Dein Problem ist«, sagte Philippe von oben herab, »daß du im Grunde konventionell bist. Du arbeitest innerhalb des Systems, statt es dir zunutze zu machen.«

Sonntags packten sie sich, wann immer möglich, warm ein und fuhren mit den Fahrrädern nach Neuilly. Alessi saß vergnügt in seinem selbstgebastelten Sitz auf Katjas Gepäckträger. In der Champs-Elysées schob eine Frau einen Sack Kartoffeln in einem Kinderwagen vor sich her, junge deutsche Soldaten bestaunten die zahlreichen Sehenswürdigkeiten, und eine gleichmäßige Schneedecke bedeckte Flächen, die noch nie zuvor verschneit gewesen waren. Der Sinn ihrer Besuche in Neuilly bestand im Grunde darin, ohne Lebensmittelkarten in den Genuß einer warmen Mahlzeit zu kommen. Der Nachteil war, daß Sascha sich währenddessen die Moralpredigten seines Schwagers anhören und daß Katja die haßerfüllten Blicke Tonjas und Maschas belangloses Geplauder ertragen mußte.

Sascha verteidigte sich.

»Ich arbeite, so hart ich kann. Es sind schwierige Zeiten. Wenn der Krieg vorbei ist, werde ich mein Jurastudium abschließen und eine eigene Kanzlei aufmachen.«

Katja hatte seine Worte gehört und fragte sich nüchtern, an welches Jurastudium er wohl dachte, denn abends las er Philosophiebücher und billige Romane, hörte Radio oder spielte mit seinem kleinen Sohn.

»Du weißt genau, daß ich das nicht meine«, sagte Philippe. »Komm mal mit in mein Arbeitszimmer, dann zeige ich dir was.«

In Philippes Arbeitszimmer türmten sich Rechnungsbücher, Jagdtrophäen und pornographische Drucke. »Hier!« sagte er und reichte Sascha eine der Pappschachteln, die überall herumstanden. Sascha öffnete sie. In einem Nest aus Seidenpapier lag seidene Damenwäsche. »Das kannst du behalten.«

»Ich glaube, das wäre Katja nicht warm genug.« Sascha lächelte und war eigentlich richtig stolz. »In letzter Zeit denkt sie nur ans Praktische.«

»Na, wie du willst. Ich habe auch Seidenstrümpfe und Kosmetika. Nein? Sag mal: Bist du zufällig in der RNP oder in der PPF? Nicht, daß ich dir das empfehlen würde, die Deutschen verachten sie sogar ziemlich, aber du warst doch vor dem Krieg Faschist. Mich interessiert, mit wem du jetzt sympathisierst.«

»Bist du Schwarzhändler?«

Philippe zündete umständlich seine Pfeife an.

»Eigentlich nicht. Ich interessiere mich eher für den Großhandel: Zement, Rindfleisch – alles. Ich verkaufe an die Deutschen, es ist also alles mehr oder weniger legal. Ich arbeite mit ein paar Freunden zusammen. Wir haben unser Büro in der Rue Pétrarque. Ein paar andere machen das gleiche, man könnte also fast sagen, daß es eine angesehene Sache ist.«

»Warum erzählst du mir das?«

»Offen gesagt einfach deswegen, weil Mascha mich darum gebeten hat. Und, um ehrlich zu sein, ich könnte Hilfe gebrauchen. Es würde dir aus deiner jetzigen jämmerlichen Lage heraushelfen. Du verstehst, warum ich dich nach deiner politischen Richtung gefragt habe? Frankreich hatte nach den letzten Jahren die Invasion bitter nötig. Natürlich will ich die Deutschen genauso schnell wieder loswerden wie jeder andere auch, aber das wird nur gehen, wenn wir Deutschlands Verbündete sind, nicht seine Feinde.«

»Du willst, daß ich mit den Deutschen kollaboriere?«

»Ich betrachte das nur als eine andere Möglichkeit, für Frankreich zu arbeiten.«

Sascha versprach seinem Schwager, sich das Angebot durch den Kopf gehen zu lassen, und sie kehrten wieder ins Wohnzimmer zurück. Er spürte den Blick seiner Mutter und nahm an, daß sie von Philippes Plänen wußte. Er fragte sich, was sie wohl denken mochte. Dann fiel ihm auf, daß Philippe die Sache nicht in Gegenwart Katjas angesprochen hatte, das sogar absichtlich vermieden hatte. Lag das daran, daß dieses Thema aus der Sicht seines Schwagers vielleicht für Frauen unpassend oder zu kompliziert war? Oder fürchtete dieser, daß Katja Einwände erheben würde? Die Sache ließ Sascha keine Ruhe. Auf dem Heimweg, während sie langsam durch die Dunkelheit fuhren und aufpaßten, daß sie nicht kopfüber in den Schnee stürzten, erzählte er Katja, was geschehen war.

»Und du hast ihm keine Antwort gegeben?«

»Ich wollte es erst mit dir besprechen.«

»Warum? Ist das denn nicht klar? Wir sind keine Kollaborateure.« Katja war müde und gereizt.

»Nein. Eigentlich habe ich das auch gedacht. Ich werde ihm das sagen. Hast du etwas dagegen, wenn wir eine Weile zu Fuß gehen? Meine Füße. Die Pedale.«

Sie schoben die Fahrräder. Alessi döste in seinem Sitz auf dem Gepäckträger vor sich hin. Der Frost hatte den Schnee mit einer Kruste überzogen, so daß jeder Schritt leise krachte, der Himmel war klar, und die Sterne glitzerten eisig. Sascha versuchte, die Schönheit der Nacht in Worte zu fassen. Aus irgendeinem Grund war er in gelöster Stimmung, und ohne sich dessen bewußt zu sein, versuchte er, seinen Worten einen lyrischen Beiklang zu geben, so wie Menschen es normalerweise tun, wenn sie unbewußt von der Schönheit eines Augenblicks bewegt werden. Katja konnte mit seiner Stimmung nichts anfangen. Sie fror und war ärgerlich, denn Tonjas gespielte Freundlichkeit ärgerte sie jedesmal aufs neue.

»Wieso ›eigentlich‹? ›Eigentlich‹ bist du gegen Kollaboration?«

»Wie? Habe ich das gesagt? Ich habe nicht speziell an Philippe gedacht. Er ist ein netter Kerl, aber auch nur ein Gauner mit guten Manieren. Ich dachte an Kollaboration ganz allgemein.«

»Also ist die Kollaboration ganz allgemein ›eigentlich‹ verkehrt?«

»Wahrscheinlich.« Sascha stellte kurz das Fahrrad ab, bückte sich nach einer Handvoll Schnee und formte einen Schneeball, den er gegen einen Kiosk warf. Lachend sagte er: »Man sollte doch meinen, daß ich seit Teruel Schnee hasse. Aber ich liebe ihn! Sieh nur, wie schön er ist! Nicht weiß, sondern... wie aus Perlmutt!«

»Wieso nur ›eigentlich‹?«

»Ach, mir scheint einfach, daß das nicht ganz eindeutig ist. Ich bin gegen Kollaboration, aber vielleicht irre ich mich da auch.«

»Wie kannst du so etwas sagen?«

»Wenn Deutschland diesen Krieg gewinnt – was wahrscheinlich ist –, muß Frankreich auf irgendeine Weise wieder aufgebaut werden. Etwas wie ein Vakuum gibt es nicht. Und wenn man die Sache einmal ganz praktisch betrachtet, sehe ich nicht, wie das geschehen soll, wenn nicht durch Kollaboration. Natürlich wird es zur Kollaboration kommen. Und wenn die guten Leute nicht kollaborieren, dann werden die Gauner es tun. Es hängt ganz davon ab, was für eine Art Frankreich du willst.«

Eine Weile schoben sie ihre Räder schweigend weiter. Dann fragte Katja:

»Sagt dir denn dein Bauch nicht, was moralisch richtig ist? Mußt du alles erst bis ins kleinste analysieren? Weißt du nicht einfach, daß manches richtig ist und anderes falsch?«

»Doch... Ich meine: Ich glaube ja.«

»Zum Beispiel?«

Sascha überlegte. »Ich glaube, daß Haß falsch ist«, sagte er schließlich. »Wenn ich zu einer Schlußfolgerung komme, die besagt, daß ich jemanden hassen muß, dann muß ich darüber erst noch einmal nachdenken.« Dann fügte er hinzu: »Warum bist du immer noch böse auf mich? Ich habe gerade gesagt, daß ich Philippes Angebot ablehne, weil ich der gleichen Meinung bin wie du, daß Kollaboration nämlich falsch ist.«

Kurz darauf wurden sie von einem Polizisten angehalten, der ihre Papiere sehen wollte. Katja beobachtete Sascha, der langsam in seinen Taschen suchte, lächelte, sich entschuldigte und dem Mann schließlich eine gute Nacht wünschte, und bemerkte, daß er nicht das kleinste Anzeichen von Groll, Angst oder auch nur Betroffenheit zeigte, sondern innerlich ganz abwesend schien, so als würde er über irgendein philosophisches Problem nachgrübeln.

Da erkannte Katja, daß sie einen Mann liebte, dessen Denkprozesse ihr unheimlich waren.

✳

Es war unausweichlich, daß die Deutschen die Juden erfaßten und kurz darauf jüdische Ladenbesitzer zwangen, ein entsprechendes Schild vor ihrer Tür aufzustellen. Manche allerdings, die meinten, sie hätten von ihrem Land etwas Besseres verdient, stellten auch Orden und Fotografien von uniformierten Männern aus dem letzten Krieg auf, um ihren Patriotismus hervorzuheben. Einige Monate später begannen die Verhaftungen. Die Juden wurden in ein Lager bei Drancy gebracht, wo sie bis zu ihrer Deportation und Vernichtung gefangengehalten wurden.

Im Palais Berlitz wurde eine Ausstellung unter dem Titel »Die Juden« eröffnet. In allen Kinos wurde »Jud Süß« gezeigt. In der Metro konnte man beobachten, wie schäbig gekleidete Juden, die durch die Umstände gezwungen waren, wie Karikaturen ihrer selbst auszusehen, in den letzten Wagen stiegen.

Katja besuchte die Coëns. Sie wohnten noch in ihrer Wohnung und durften auch weiterhin ihr Gewerbe ausüben, da es nicht zu den verbotenen Berufen gehörte. Es schien ihnen immerhin so gutzugehen, daß sie Almosen ablehnen konnten. Katja konnte sich einreden, daß es nicht allzu schlecht um sie stand und daß die ihnen auferlegten Einschränkungen bloße Unbequemlichkeiten darstellten.

Die Lebensbedingungen verschlechterten sich immer weiter, und die Menschen mußten um die Befriedigung ihrer Grundbedürfnisse kämpfen. Die Qualität der Lebensmittelrationen ließ nach. Frankreich hungerte, und in den Straßen, in denen ungewohnt wenig Autos fuhren, konnte man das Geklapper von Holzschuhen hören.

Während dieser Zeit, im Frühling 1942, begegnete Katja auch Le Nain wieder. Er versuchte gerade, auf einem Kinderfahrrad die Rue de Rivoli entlangzufahren.

»Marcel!« rief sie und trat unter dem Vordach eines Ladens hervor. Der Zwerg hielt an.

»Ah! Sie treffen mich zu einem ungünstigen Zeitpunkt an, Madame. Normalerweise werden Termine in Absprache mit meiner Sekretärin vereinbart.« Er schien guter Laune zu sein und trug einen blauen Anzug und eine Baskenmütze auf seinen ergrauenden Locken.

»Wie geht's dir?«

»Bevor ich diese Frage beantworten kann, muß ich meinen Arzt zu Rate ziehen. Warten Sie die Pressemitteilung meines Agenten ab. Wie geht es meinem Patenkind?'«

»Gut.«

»Ist er schon größer als ich?«

»Noch nicht.«

»Und auch nicht so hübsch, wette ich. Du siehst ... elegant aus. Ja, *elegant!* Das Gesundheitssystem, das unsere Freunde von jenseits des Rheins eingeführt haben, hat uns allen eine bessere Figur und eine gewisse klassische Einfachheit der Kleidung verschafft.«

»Wovon lebst du?«

»Ich wachse und gedeihe, wie du siehst. Aber im Ernst, ich singe zwischen den einzelnen Nummern in einer Revue in Montmartre. Den Boches gefällt das anscheinend sehr. Und jetzt seien Sie bitte so freundlich, mich herunterzulassen. Madame.«

Katja merkte, daß sie ihren Freund durch ihre Umarmung gezwungen hatte, sich auf die Zehenspitzen zu stellen und daß die Vorübergehenden anfingen, sie anzustarren und einen Bogen um sie zu schlagen. In seiner gewohnten Art fuhr Le Nain die Zuschauer scharf an:

»Was ist denn mit euch los? Könnt ihr einen Zwerg nicht mehr von einem Juden unterscheiden? Was? Nein? Ich sag' euch mal was! Juden sind immer leicht zu erkennen. Sie sind groß! Hört ihr? Groß!«

Er sah Katja an.

»Weißt du«, sagte er, »du bist so groß, daß du glatt Jüdin sein könntest.«

∗

In jenem Frühjahr führten die Deutschen ein Gesetz ein, das Juden das Einkaufen verbot, außer zu bestimmten Zeiten, wenn man davon ausgehen konnte, daß die begehrten Waren bereits ausverkauft waren. So suchten sie gezwungenermaßen nachmittags zwischen drei und vier die Läden heim, in denen man ihnen gnädig die Reste und den Abfall überließ. Katja besuchte die Coëns ein zweites Mal.

»Wie kommen Sie zurecht?« fragte sie.

»Schwere Zeiten«, sagte Sophie. »Lebensmittel sind schwer aufzutreiben, und es gibt nicht viel Arbeit. Sehen Sie mal –«, sie deutete auf das Sammelsurium schäbiger Anzüge und Mäntel, das auf Änderungen wartete. »Lumpen! Die Leute kaufen sich keine neuen Kleider mehr.«

Katja machte keine Versprechungen, aber sie besuchte ihren Schwager.

»Du willst Lebensmittel für eine jüdische Familie?« fragte Philippe entgeistert.

»Es sind wirklich ganz reizende Leute«, unterbrach Mascha gewinnend, »auch wenn es Juden sind.« Ihre zweite Schwangerschaft ließ sie aufblühen, und das erfüllte sie mit gutem Willen. Ihr Mann lächelte sie nachsichtig an und sagte in seiner gemessenen Art:

»Na schön, dir zuliebe, mein Schatz. Aber du mußt verstehen, Katja, daß mein Name mit diesen Geschenken nicht in Verbindung gebracht werden darf.« Er dachte kurz nach und fügte dann hinzu: »Und wie steht es mit Heizmaterial – entweder für euch oder für eure Freunde? Ich kann möglicherweise etwas besorgen.« Was Katja zu der Überlegung veranlaßte, daß Philippe vielleicht doch gar kein so schlechter Kerl sei.

Im folgenden Monat unternahm Katja einige entsprechende Ausflüge.

An einem schönen Juniabend sah sie durchs Fenster, wie Sascha auf seinem Fahrrad nach Hause kam. Er fuhr in seiner durch die Verletzung bedingten schlenkernden Art. Ein paar Kinder tanzten um ihn herum und riefen ihm Schimpfwörter zu, die Katja nicht hören konnte. Als er zur Tür hereinkam, auf seine übliche Weise gekleidet, die Hosenbeine in die Strümpfe gestopft und mit einem Pappköfferchen unter dem Arm, das mit Bindfaden zusammengebunden war und in dem sich seine Papiere befanden, wirkte er aufgebracht.

»Sie haben massenweise Juden zusammengetrieben! Ein Mädchen aus unserem Büro ist verschwunden. Anscheinend haben sie sie alle zum Val' d'Hiv' gebracht. Diese verdammten Deutschen!«

Katja konnte kaum antworten. Ihr Blick war starr auf das Abzeichen gerichtet, das er auf der linken Brustseite trug. Es war ein gelber Davidsstern, den die Juden als Zeichen ihrer Schande tragen mußten.

»Wo kommt das Ding her?« fragte sie.

»Das hier?« Sascha nahm den Stern ab. Es war nur ein Stück gummiertes Papier. »Ach, ich war so wütend, daß ich einfach etwas tun mußte!« Frustriert fuhr er fort: »Es war eine Geste – bloß eine Geste.«

Katja sah, daß Sascha dort, wo auf dem echten Stern »Jude« hätte stehen sollen, »Rechtsanwalt« hingeschrieben hatte.

»Bloß eine Geste«, wiederholte er verzweifelt. »Ein ganz offensichtlicher Scherz. Zu mehr hatte ich nicht den Mut.«

Am nächsten Tag machte Katja sich wieder auf, um die Coëns zu besuchen. Sie wußte selbst nicht, was sie dazu trieb. Als sie in das Mietshaus kam, sah sie einen Mann auf der Treppe herumstehen. Er trug eine kurze Lederjacke mit Gürtel und eine Baskenmütze, und er ließ, was zu jener Zeit unerhört war, seinen Zigarettenstummel einfach fallen, anstatt ihn zum weiteren Gebrauch einzustecken. Katja zweifelte nicht daran, daß er Mitglied der »Kalinke« war.

»Guten Tag, Madame. Darf ich bitte einmal Ihre Papiere sehen?«

Katja hielt sie ihm hin, und er blätterte sie durch.

»Kennen Sie die Familie, die hier wohnt?«

»Nein. Ich besuche nur meine Schwägerin.«

»Wer ist...?«

Katja zögerte. Ihr Mund war trocken. Doch dann wurde der Mann von einem Kollegen fortgerufen und ließ sie stehen. Sie mußte sich am Türrahmen festhalten. Ihre Haut war kalt, und ihr Atem ging unregelmäßig. Sie vergaß ihr Vorhaben und schwankte die Treppe hinunter und auf die Straße hinaus.

Katja ging nie wieder zu den Coëns und stellte keine Nachforschungen mehr über den Verbleib der Familie an.

✳

An einem regnerischen Abend im Februar des folgenden Jahres fuhr ein Mann in einem Auto vor. Das an sich war schon ungewöhnlich und sorgte dafür, daß die Hausbewohner sich die Nasen an den Fenstern plattdrückten. Der Mann war offensichtlich wohlhabend. Er trug einen langen Kamelhaarmantel mit Gürtel, hatte einen kleinen Schnurrbart und trug das Haar glatt zurückgekämmt. Er betrat das Haus und klopfte bei den Schiwagos an die Wohnungstür. Katja öffnete und stand ihrem Ehemann gegenüber.

»Willst du mich nicht hereinbitten?« fragte Safronow.

»Ich...«

»Du hast mich nicht erwartet, ich weiß. Hallo, Sascha.«

»Kolja.«

»Und das –«, der Besucher hatte mit einem Blick den Raum erfaßt und strahlte jetzt das Kind an, »– das muß euer Sohn sein.«

Er war da – ungeladen und unerwünscht, aber da, in ihren eigenen vier Wänden. Katja hatte das Gefühl, daß er allein durch diese Tatsache seine Überlegenheit zur Schau stellte. Und obwohl sie keine Gewalttätigkeit von seiner Seite befürchtete, machte er ihr angst.

»Kommst du von weit her?« fragte sie. »Wo wohnst du jetzt?«

»In Paris, Vichy, Bordeaux, wie es gerade kommt. Das Geschäft erfordert, daß ich mich meistens in Hotels aufhalte, obwohl ich ein Landgut im Périgord gekauft habe – allerdings nur ein kleines.« Er lächelte.

Er zog seinen Mantel aus und schüttelte die wenigen Regentropfen ab. Darunter trug er einen gutgeschnittenen Maßanzug. Katja kam es so vor, als hätte er zugenommen. Sein Gesicht war fetter geworden und nicht mehr besonders attraktiv; die Haut war gerötet und mit Narben bedeckt.

»Da ich gerade in Paris war, dachte ich, ich schaue mal bei euch vorbei.«

»Unehrlich wie immer«, antwortete Katja, um ihn und sich selbst an die Vergangenheit zu erinnern. Sie sah Sascha an, doch dessen Miene war unergründlich. »Wir können dir leider nichts anbieten«, sagte sie. »Wir haben einfach nichts, nicht einmal ein Glas Wein oder ein Stück Brot.«

»Ich verstehe. Darf ich mich setzen?«

»Du scheinst von der allgemeinen Not nicht betroffen zu sein. Ja, setz dich doch. Du siehst eigentlich recht gut aus. Vielleicht könnten wir dir Kaffee anbieten, allerdings keinen Bohnenkaffee, sondern Ersatzkaffee aus Eicheln oder Gerste, oder etwas in der Art. Möchtest du?«

Safronow wählte den bequemen, wenn auch durchgesessenen Sessel neben dem Radio, in dem Sascha normalerweise abends saß. Katja ging zu Sascha hinüber, der in der Küchentür stand. Alessi hockte zwischen seinen gespreizten Beinen. Sie wählte diese Verteidigungsstellung bewußt, denn sie war überzeugt, daß Kolja auf irgendeine Weise einen Angriff auf ihr Leben geplant hatte. Wieder sah sie Sascha an, und wieder konnte sie nicht erraten, was er dachte.

»Ich habe gehört, daß du in einer Anwaltskanzlei arbeitest«, sagte Safronow in herablassendem Tonfall zu Sascha. »Ich will kein Geheimnis daraus machen: Dein Schwager Bonnet-Leclerc und ich haben beruflich miteinander zu tun, und von ihm höre ich manchmal etwas über dich. Freut mich, daß du jetzt zurechtkommst. Ich war nie sicher – nie sicher, daß du jemals mit irgendwas Erfolg haben würdest. Verzeih mir, wenn ich das so sage, aber daß du in so jungen Jahren schon so reich warst, schien dich für alles Vernünftige oder Nützliche verdorben zu haben.«

Katja bemerkte, daß Sascha an den Wollflusen seiner Fäustlinge zupfte, die er an diesen kalten Tagen oft im Haus trug. Sie sah auf ihre selbstgestrickten grauen Strümpfe und ihre bleichen Hände hinunter, die allmählich die blaue Durchsichtigkeit des Alters annahmen. Sie hielt sich und Sascha für ein wenig attraktives Paar, das für die Welt da draußen kaum von Interesse sein konnte. Warum sollte Kolja sich dann für sie interessieren?

»Warum besuchst du uns?« fragte Sascha.

»Ich machte mir Sorgen um Katja. Ist das so unverständlich, wenn man bedenkt, daß ich ihr Mann bin? Glaub mir, ich will euch keine Schwierigkeiten bereiten, ich will euch nur einen Rat geben und meine Hilfe anbieten.«

»Welchen Rat?«

Hinter den Höflichkeitsfloskeln ihres Mannes entdeckte Katja eine Intensität, die sie vorher nicht an ihm gekannt hatte. Es war, als stelle diese Begegnung eine letzte Möglichkeit für ihn dar, etwas wiederzugewinnen. Es erinnerte sie an andere Zeiten, an andere Ereignisse in ihrer Kindheit, aber im Moment konnte sie sich nicht richtig darauf besinnen. Kolja erklärte gerade:

»Die Deutschen werden diesen Krieg verlieren. Ist euch das klar?«

»Über den Krieg denke ich gar nicht nach«, antwortete Sascha. »Ich versuche nur, meine Familie durchzubringen.« Er sah auf das Kind hinunter und fragte Katja: »Bringst du ihn ins Bett, während ich mit Kolja spreche?« Dann wandte er sich an Safronow: »Oder willst du mit Katja sprechen? Dann kümmere ich mich um den Jungen.«

»Ich will aber nicht ins Bett«, quengelte der kleine Alessi und umklammerte die Beine seines Vaters.

»Aber du mußt. Es ist schon spät.«

»Wie alt ist er?« fragte Safronow.

»Vier. Katja, nimmst du ihn, oder soll ich?«

»Was ich zu sagen habe, ist für euch beide wichtig.«

»Ich mach' es schon«, sagte Katja, nahm das Kind auf den Arm und trug es in ihr Schlafzimmer. »Du darfst in unserem Bett schlafen«, versprach sie. »Da. Das ist viel größer und gemütlicher als deins.« Doch noch während sie ihn auszog, kam Sascha herein.

»Laß mich das machen.«

»Ich dachte, du wolltest dich mit Kolja unterhalten?«

»Nein. Ich kann nicht – ich meine, er will eigentlich gar nicht mit mir sprechen. Du mußt dich mit ihm auseinandersetzen, Katja.«

Katja fragte gereizt: »Hast du Angst vor ihm?«

»Nein, natürlich nicht.« Ernsthaft fügte er hinzu: »Aber er hat dir etwas zu sagen. Er hat gewisse Rechte.«

»Du meinst, er hat eine Meinung, und die Meinung eines anderen muß man sich anhören«, gab Katja verächtlich zurück. »Also, ich frage dich: *Warum?* Warum soll ich mir das anhören?« Sie wandte sich an ihren Sohn. »Papa kümmert sich um dich. Mach nicht ins Bett, mein Schatz, es ist nicht deins.« Sie ging ins Wohnzimmer zurück, wo Safronow in aller Ruhe Zeitung las.

»Was willst du?« fragte sie schroff.

»Kommt Sascha auch?«

»Nein. Jetzt sag mir, was du hier willst, und dann geh.«

Nach kurzem Zögern meinte Safronow traurig:

»Habe ich von dir nicht eine bessere Behandlung verdient? Nein? Also gut.« Er sah sich nach einem Aschenbecher um und fragte, ob er rauchen dürfe. Er zündete sich eine Zigarette an und machte eine Bemerkung darüber, daß die Nachbarn so laut Radio hörten. Ob das immer so sei?

»Die Wände sind sehr dünn.«

»Tatsächlich?« Er blickte zur Schlafzimmertür hinüber, hinter der Sascha bei seinem Sohn saß und ihm eine Geschichte erzählte, und sah dann auf die Uhr. Schließlich begann er erneut: »Die Deutschen werden den Krieg verlieren. Und je näher die Niederlage rückt, desto größer wird der Widerstand in den von ihnen besetzten Ländern werden und desto gewalttätiger werden sie werden. Man muß mit Verhaftungen, Geiselnahmen, Exekutionen und so weiter rechnen. Das verstehst du sicher, Katja, aber ich bezweifle, daß du dir schon einmal überlegt hast, was es für euch bedeutet.«

Er machte eine Pause. Rein äußerlich hatte es den Anschein, als

rauche er einfach seine Zigarette, klopfe die Asche in den Aschenbecher und entferne einen Tabakkrümel von seiner Unterlippe.
Doch Katja kam es so vor, als beschäftige er sich in Wirklichkeit
mit etwas ganz anderem. Safronow fuhr fort:

»Früher oder später wird die Gestapo dazu kommen, sich um die
Veteranen aus dem Spanischen Bürgerkrieg zu kümmern. Es ist
anzunehmen, daß sie die Namen derjenigen haben, die in den Lagern bei Perpignan waren, und es ist ziemlich wahrscheinlich, daß
sie von den Sowjets weitere Listen geliefert bekommen haben.
Stalin hat für die Kommunisten, die für die Republik gekämpft
haben, nichts übrig. Kannst du mir folgen? Es ist nur eine Frage der
Zeit, daß ihr beide, du und Sascha, verhaftet werdet!«

Jetzt erkannte Katja plötzlich, wo sie diese Szene schon einmal
erlebt hatte. Viktor war nach Warykino gekommen, um ihre Mutter von Juri zu trennen. Und später war er in Jurjatin aufgetaucht,
um sie aus dem Zimmer der drei Schwestern zu holen und mitzu-
nehmen. In beiden Fällen war er mit Drohungen bewaffnet gewesen, was alles passieren würde, wenn man seinen Rat nicht be-
folgte, und hatte seinen überlegenen Verstand und seine Willens-
stärke benutzt, um seine Pläne durchzusetzen.

Sascha war wieder ins Zimmer getreten. Katja spürte, wie er
hinter ihr stand. Er berührte ihre Schulter und küßte sie sanft auf
den Nacken.

»Weiter«, sagte er ruhig zu Safronow. »Ich habe gehört, was du
gesagt hast.«

»Hat Alessi sich beruhigt?« fragte Katja.

»Er ist noch wach, aber ich glaube, er schläft gleich. Hattest du
ihm schon etwas zu trinken gegeben? Ich hab' ihm noch etwas
gegeben. Ich hoffe bloß, daß er nicht das Bett naß macht. Weißt du
noch letztes Mal? Es hat Tage gedauert, bis die Matratze wieder
trocken war«, erklärte er Safronow.

Safronow hatte seine Zigarette zu Ende geraucht. Jetzt spielte er
mit einem Paar weicher Glacéhandschuhe, die er auf dem Schoß
liegen hatte.

»Kommt mit«, sagte er. »Im Süden ist es immer noch leichter als
hier. Ich habe Freunde, Beziehungen. Und wenn es so kommt, wie
ich annehme, dann kann ich dafür sorgen, daß wir alle in die
Schweiz oder nach Portugal fliehen können.«

»Wir alle?« fragte Katja.

»Ja«, bestätigte Safronow und sah Sascha dabei direkt an.

»Wirst du gehen?« fragte Katja Sascha. Sie nahm an, daß er die Ironie in ihrer Stimme bemerken würde. Da sie selbst nichts als Verachtung für Kolja empfand, erwartete sie, daß auch Sascha Verachtung und Wut zeigen würde. Doch er schüttelte nur den Kopf. »Aber ich will dich nicht daran hindern mitzugehen. Was Kolja da sagt, ist durchaus vernünftig.«

Vernünftig. Ja, was Kolja gesagt hatte, war vernünftig. Die Vernunft, diese Verräterin, konnte mit ihrer bezwingenden Logik zu erschreckenden Schlußfolgerungen führen. Doch daß Sascha die Möglichkeit, daß sie sich trennten, auch nur in Erwägung ziehen konnte! Katja stand plötzlich vor einem Abgrund. *Wie konnte er nur!*

Sie hatte bis dahin trotz ihrer Wut beherrscht gewirkt, aber jetzt brach sie in Tränen aus. »Entscheidet ihr das!« rief sie, »entscheidet ihr das!« und floh in die Küche.

»Katja!«

Alessi hatte ihr Schluchzen gehört und stand in der Schlafzimmertür. »Mama – Papa«, jammerte er.

Sascha folgte Katja auf den Fersen und rief seinem Sohn zu: »Komm, geh wieder ins Bett.« Katja lehnte am Spülstein. Sie wandte sich ab. Erst als er sie berührte, sah sie ihn an. In diesem Augenblick spürte sie wieder den plötzlichen Haß, der sie schon einmal überkommen hatte und der damals zu Tanjas Verschwinden geführt hatte. Sie wußte, daß Sascha auf seine merkwürdige Art nach bestem Wissen und Gewissen handelte, aber sie sah nur seine Schwäche und seine blinde Bereitschaft, den unheimlichen Prinzipien, die seine Seele antrieben, zu opfern. Alessi war ihnen in die Küche gefolgt und umklammerte Katjas Beine. »Mama! Papa!« brüllte er.

»Sei ruhig!« schrie Katja ihn an.

»Ich liebe dich«, sagte Sascha verwirrt. »Ich liebe dich wirklich. Du hast das falsch verstanden.«

»Ach, sei doch ruhig.«

Katja nahm Alessi auf den Arm und schaukelte ihn fast brutal. Unwillkürlich hielt sie ihn von seinem Vater fern.

»Verrückter!« schrie sie Sascha an. »Narr! Idiot! Verrückter!« Sie lief aus der Küche ins Wohnzimmer, wo Safronow immer noch friedlich im Sessel saß. Er hob ironisch eine Augenbraue, und Katja dachte: Ja! Ich gehe mit Kolja. Ich könnte mich genausogut umbringen, aber ich gehe mit ihm. Bei Sascha kann ich nicht bleiben. Was ist er denn? Ist er überhaupt ein Mensch?

Doch sie ging nicht mit Kolja. Eine Kälte, die sie plötzlich überkommen hatte, hielt sie zurück. Sie dachte nicht daran, was aus ihr werden sollte, sondern spürte nur einen Widerwillen gegen Safronow, den Sascha selbst in seinen schlimmsten Zeiten nicht bei ihr ausgelöst hatte. Ihr Ehemann und Viktor Komarowski verschmolzen zu einem Sinnbild für die Macht und die Manipulationen der Männer, und sie weigerte sich, sich von ihnen eine Entscheidung aufzwingen zu lassen.

Was ihre Mutter wohl empfunden haben mochte? Katja konnte sich an ihre unversöhnlichen Gedanken erinnern. Doch welche Alternativen hatte Lara damals gehabt, als sie mit Komarowskis Macht konfrontiert wurde und Schiwago sie im Stich ließ? Wie hatte sie Widerstand leisten können, wenn sie von ihrer Schuld niedergedrückt wurde, weil sie als junges Mädchen vor Komarowski kapituliert hatte und sowohl Katjas Vater als auch Tonja betrogen hatte? Katja spürte jetzt einen Schmerz, der nicht ihr eigener war: eine Bürde, die ihr vergangene Generationen auferlegten. Selbst wenn Sascha sie verleugnen und ihr Leben trostlos und einsam werden sollte, würde sie Kolja nicht nachgeben, denn das hätte ein sinnloses Leben bedeutet. Sie war nicht ihre Mutter. Katja hielt sich für stärker, klarer im Denken und schärfer in ihrer moralischen Analyse. Sie würde die Schuld für die Fehler eines anderen nicht auf sich nehmen, anders als Lara, die sich von Viktors Verbrechen besudelt gefühlt hatte.

Kolja sagte nur:

»Nun?«

Geh!

Doch Katja sagte nicht: Geh! Sie wurde von dem banalsten aller Dinge, einem zappelnden Kind, abgelenkt. Sie mußte Alessi ins Schlafzimmer bringen. Zehn Minuten lang versuchte sie, ihn zu beruhigen, erzählte ihm eine Geschichte und redete ihm ein, daß alles in Ordnung sei. Als sie zurückkam, standen die beiden Männer immer noch im Wohnzimmer, und Katja spürte nicht heißen

Zorn, sondern eisigen Groll, daß diese beiden sie zu dieser Szene getrieben hatten, und sie war von Sascha unsagbar enttäuscht.

»Verschwinde«, sagte sie müde zu Kolja und sah dann fragend Sascha an. »Ich kann es nicht erklären«, verteidigte sich dieser. Er meinte damit nicht, daß sie es nicht verstehen würde, sondern daß er selbst es nicht verstand.

Safronow erhob sich, wütend und verwirrt. Er wußte, daß er verloren hatte. Doch daß er vor einem so jämmerlichen Konkurrenten wie Sascha Schiwago den kürzeren gezogen hatte, traf ihn hart und war ihm unverständlich. Und das von dieser Frau, die zu soviel Größerem in der Lage war! Es war kaum zu fassen.

»Ich gehe ja schon«, sagte er und nahm seinen Mantel. »Ihr seid beide Idioten«, erklärte er im Hinausgehen.

Als er fort war, konnte Katja Sascha nur ansehen. Sie dachte: Wir müssen weitermachen. Das Leben muß weitergehen. Wir müssen an Alessi denken. Sie fragte sich, ob sie Sascha noch liebte. Doch, sie liebte ihn noch. Aber wie seltsam die Liebe doch war! Wie anders als das, was sie sich früher darunter vorgestellt hatte.

✱

Jemand mußte Sascha und Katja denunziert haben, denn zwei Tage nach Safronows Besuch wurden sie verhaftet. Vielleicht hatte Safronow sie verraten. Doch trotz all seiner Fehler war er früher nie rachsüchtig gewesen.

An der Verhaftung selbst war nichts Bemerkenswertes. In den frühen Morgenstunden hörten sie ein Geräusch vor der Wohnungstür, und bevor Sascha noch seinen Morgenrock anziehen und die Tür öffnen konnte, wurde sie schon aufgebrochen, und ein halbes Dutzend Männer stürmte die Wohnung. Während gleichzeitig auf deutsch und französisch ein kurzes Schriftstück verlesen wurde, drehten sie Sascha um, legten ihm Handschellen an und jagten Katja und Alessi aus dem Schlafzimmer. Das Schriftstück besagte, daß es, verschiedenen Vorschriften der Besatzungsmacht zufolge, für das Wohl des Staates und zur Unterdrückung krimineller Elemente notwendig sei, Alexander Alexandrowitsch Schiwago und Katerina Pawlowna Safronowa in Haft zu nehmen. Es wurden noch verschiedene Angaben zu den Formalitäten der Verhaftung gemacht, doch diese waren schwer zu verstehen, weil Katja, und dafür schämte sie sich später, von dem Augenblick an, als man ihr Alessi aus den Armen nahm, bis man sie die Treppen hinunter in den wartenden Wagen gebracht hatte, fast ununterbrochen schrie.

Sascha seinerseits behielt eine gewisse Ruhe. Er bestand darauf, daß er französischer Staatsbürger sei. Er verlangte, den Haftbefehl zu sehen. Er fragte nach Einzelheiten der Anklage und blieb dabei, daß er und Katja sich nichts hatten zuschulden kommen lassen. Kurz, er verhielt sich so, als ginge es bei dieser Angelegenheit um Vernunft und Recht und als könne man daher darüber diskutieren und alles klären, wenn diese Polizisten es nur nicht so eilig hätten. Er wurde ebenfalls in den Wagen geworfen, und hinter ihm her kam ein Kleiderbündel mit der Anweisung, er solle sich umziehen, wenn er nicht frieren wolle.

»Die Handschellen«, sagte er. »Ich kann mich nicht umziehen, wenn meine Hände gefesselt sind.«

Vier der Männer – zwei Franzosen und zwei Deutsche – fuhren ebenfalls hinten im Lastwagen mit. Sie berieten sich untereinander, und dann sagte einer:

»Na gut. Aber denken Sie daran, daß wir bewaffnet sind.«

Er schloß die Handschellen auf, und Sascha umarmte Katja und zog sie an sich. Ihr Körper wirkte schlaff, so als sei sie bewußtlos, aber sie sprach. Leise wiederholte sie immer wieder: »Alessi! Alessi!«

»Was ist mit meinem Sohn?« fragte Sascha.

»Wir werden Maßnahmen treffen«, sagte einer der Männer. Sascha stürzte sich auf ihn, aber er wehrte ihn mit Leichtigkeit ab und schlug ihm mit einem kleinen, lederbezogenen Totschläger ins Gesicht. »Jetzt beruhigen Sie sich mal«, sagte der Mann. »Denken Sie an die Dame. Warum ziehen Sie sich nicht um? Später haben Sie vielleicht keine Möglichkeit mehr dazu. Tut mir leid, für die Dame können wir nicht viel tun. Sie muß warten.«

»Mein Sohn!«

»Sie sind nicht die erste – wenn Sie das tröstet. Wir befolgen in diesen Fällen gewisse Vorgehensweisen. Man wird sich um ihn kümmern.«

»Alessi«, stöhnte Katja.

»Halten Sie doch bitte die Frau ruhig, ja? Es hat gar keinen Sinn, sich zu wehren.«

Sascha hielt Katja noch fester in den Armen, obwohl ihre Kälte ihm keinen Trost bot.

Wo ist sie nur in ihren Gedanken? fragte er sich. Nicht hier. Nicht bei mir. Sie benimmt sich so, als wüßte sie nicht, daß es mich gibt. Wo fahren wir hin? Ich kann nichts sehen. Ob sie uns trennen werden? Wahrscheinlich müssen sie das.

Ich verabschiede mich, dachte er. Wir sehen uns nie wieder. Ich versuche, »Ich liebe dich« zu sagen, und sie erkennt mich nicht einmal. Damit habe ich nicht gerechnet. Ich dachte, wir würden zusammen alt werden.

»Guckt euch mal seine Füße an«, sagte einer der Männer. »Was ist mit seinen Zehen passiert? Glaubt ihr, daß er schon mal in Haft war?« Doch Sascha dachte nur: Wir werden nicht zusammen alt werden. Wir werden uns nicht verabschieden. Ich kann mich nicht daran erinnern, ob ich Alessi geküßt habe, bevor Katja ihn ins Bett gebracht hat. Er wollte nicht schlafen. Ob er es gewußt hat?

»*Wo fahren wir hin?*«

»*Das werden Sie schon sehen.*«

Was hatten sie als letztes zueinander gesagt? Ich weiß nicht einmal mehr, ob wir uns gestern »Gute Nacht« gesagt haben. Sie war immer noch wütend auf mich, wegen der Geschichte mit Kolja. Ich wollte nicht, daß sie ging, aber wenn sie mit ihm gegangen wäre, wäre sie jetzt in Sicherheit.

»*Wie lange noch?*«

»*Ungefähr zwanzig Minuten.*«

Ich will nur an sie denken und an nichts anderes, aber ich habe solche Angst. Ob sie mich umbringen werden? Foltern? Warum haben sie mich bloß verhaftet?

»*Zigarette?*«

»*Danke.*«

Bist du wach, Katja? Warum hast du die Augen zu? Wir verabschieden uns, und du kannst mich nicht einmal sehen. Ich habe Angst. Ich glaube, ich werde sterben, und ich möchte, daß du mir ein letztes Mal sagst, daß du mich liebst. Stell dich nicht tot. Tu doch nicht so. Sag es mir! Sag es mir! *Ich habe solche Angst!*

Sascha wurde in das Gestapogebäude in der Avenue Foch gebracht. Katja blieb mit den beiden Franzosen im Wagen. Diese Entwicklung kam für Sascha so unerwartet, daß er ausgestiegen war und in der kalten Nachtluft stand, noch bevor ihm klarwurde, daß die Türen sich wieder schlossen. Er drehte sich hastig zum Wagen um, und der deutsche Posten, der dachte, er mache einen Fluchtversuch, schlug mit dem Pistolenkolben auf ihn ein. Sascha fiel auf die Knie und stützte sich mit den Händen auf dem Trittbrett des Lastwagens ab, so daß er einen kurzen Blick ins Innere werfen konnte. Dann stieß sein Begleiter ihn mit dem Fuß fort und schlug die Wagentüren zu.

»Ich liebe dich!« rief Sascha laut.

Ob sie ihn gehört hatte? Bei seinem letzten Blick hatte er gesehen, daß Katja aus ihrem Schockzustand erwacht war. Hatte sie ihn erkannt? War sie immer noch wütend auf ihn wegen Kolja? Sah so ihre endgültige Trennung aus? Wie hatten die letzten zärtlichen Worte gelautet, die sie gewechselt hatten?

Eine Woche lang wurde er von der Gestapo mißhandelt, dann verloren die Deutschen das Interesse an ihm, denn sie hatten nicht lange gebraucht, um sich zu vergewissern, daß ihr Gefangener von wichtigen Dingen wirklich nichts wußte. Da sie ihn jedoch als Russen eingestuft hatten, wurde er auch so behandelt und auf die Kanalinseln geschickt, wo die sowjetischen Kriegsgefangenen in Sklavenarbeit Befestigungen für die Besatzungsmacht bauten. Unterernährung und schlechte Behandlung führten zu vielen Todesfällen.

Unter diesen Bedingungen verschlechterte sich Saschas Gesundheitszustand schnell, und aufgrund all dessen, was ihm schon zugestoßen war, wurde er auch geistig immer verwirrter. Wenn er frierend auf seiner schmutzigen Pritsche lag, verbrachte er viele Stunden damit, über seine letzten Tage mit Katja nachzudenken. Immer wieder ging er jede einzelne Szene durch. Da er die grausame Wirklichkeit ihres Abschieds nicht akzeptieren konnte, nicht hinnehmen konnte, daß sie zu einem so ungünstigen Zeitpunkt in ihrer Liebe getrennt worden waren, suchte er nach einem Augenblick, in dem sie beide vorausgeahnt hatten, was geschehen würde, sich ihre Liebe geschworen und sich versöhnt hatten. Ganz selten nur fand er in seinem Gedächtnis eine Erinnerung an jenen Augenblick. Sie befanden sich in der Küche oder im Schlafzimmer oder hörten Radio.

Und mit einem einzigen Blick hatten sie beide in den Augen des anderen das unzerreißbare Band der Freude erkannt, das sie zwischen sich geschaffen hatten und das sie zusammenhielt.

Häufiger jedoch kam es vor, daß sich Sascha nicht auf diese Szene besinnen konnte, denn es hatte sie nicht gegeben. Obwohl sie sich geliebt hatten, waren ihre letzten gemeinsamen Tage von Kleinlichkeit und Enttäuschung gekennzeichnet gewesen. Wann immer Sascha das erkannte, mußte er bitterlich weinen.

Möglichst oft versuchte er, sich vor den schmerzhaften Erinnerungen und der Pein, die ihm seine Umgebung bereitete, zu verschließen. Er fragte sich dann, was ihn in diese Lage gebracht hatte. Er konnte zwar akzeptieren, daß äußere Faktoren, wie etwa die Deutschen, daran beteiligt gewesen waren, doch es schien ihm, als habe er sich im Grunde selbst an diesen Ort gebracht. Schließlich gab es Millionen von Franzosen, die sich nicht in dieser Lage befanden, und das mußte etwas zu bedeuten haben.

Was hatte er gesucht, das hier vielleicht zu finden war? Erkenntnis – *scientia* – *gnosis?* Heldentum sicherlich nicht, das hatte er schon vor so langer Zeit aufgegeben, daß es ihm heute schwerfiel, sich überhaupt einzugestehen, daß er einmal an einen solchen Unsinn geglaubt hatte. Was auch immer es war, es hatte irgend etwas mit Torheit zu tun.

In manchen Augenblicken glaubte er nicht, daß er ganz und gar ein Narr war. Meistens war er das natürlich. Aber manchmal ... manchmal. Es gab eine bestimmte Art der Torheit, die ein Versuch war, die Wahrheit unversehens zu erkennen. Er fragte sich, ob es ihm gewährt sein würde, vor seinem Tod einen Schimmer dieser Wahrheit zu erhaschen. Daß er bald sterben würde, bezweifelte er nicht, und vor dem Tod selbst hatte er keine Angst. Aber der Gedanke daran, in Unwissenheit und unversöhnt zu sterben, war ihm unerträglich, und letztendlich litt er darunter mehr als unter der Trennung von Katja und seinem Sohn.

Eines Morgens im Herbst schleppten sich Sascha und seine Mitgefangenen wieder zu ihrer Arbeitsstätte hinaus ins Freie. Sie zogen durch einen Hohlweg, dessen hohe Seitenwände mit Weißdornhekken bewachsen waren, so wie es für die Inseln typisch war.

Blätter und Früchte waren abgefallen, und die kalten, umwickelten Füße der Russen wühlten den feuchten braunen Brei aus Schimmel und Schlamm, Eicheln, Schlehen und Weißdornbeeren auf. Ihre Lungen atmeten den Dunst ein, und ihre Augen suchten nach Holzäpfeln und Milchlingen.

Vor lauter Schwäche achtete Sascha kaum auf das, was um ihn herum vorging, aber er fühlte sich von einem merkwürdigen rötlichen Licht umgeben, einer Dunstglocke, die von der Sonne beschienen wurde. Als er auf seine Füße hinabsah, konnte er im Schlamm und zwischen den Gräsern und abgebrochenen Ästen die einzelnen Früchte der Hecke in all ihrer Klarheit erkennen, angestoßen und faulend, von Würmern und Schimmel zerfressen, aber immer noch heil. Er konzentrierte sich darauf, konzentrierte sich auf diese – wie es ihm schien – Offenbarung, blieb stehen und brachte auf irgendeine Weise (er wußte selbst nicht, wie) sein Gesicht und seine Augen auf den Boden hinunter, so daß er das Phänomen aus der Nähe betrachten konnte. Unterdessen schleiften seine Kameraden ihre Füße an ihm vorbei. Ein deutscher Posten trieb schimpfend die Nachzügler an. Im Stimmengewirr hörte Sascha jemanden sagen: »Ich bin in Spanien gewesen. Die Spanier sagen, es dauert eine Stunde, bis man die Seele im Gesicht eines Toten sehen kann.«

»Was glaubst du, wie seine Seele aussieht?« fragte ein anderer.

»Ich habe ihn kaum gekannt. Er soll ein netter Kerl gewesen sein. Ein bißchen verrückt, aber anständig.«

Danach verloren sich die Stimmen, und Saschas Sinne konnten sich nur noch auf die abgefallenen Beeren vor seinen Augen konzentrieren. In Gedanken suchte er nach plausiblen Erklärungen für das Phänomen. Dabei wurde ihm bewußt, daß er die Einzelheiten, die Flecken und faulen Stellen der Früchte, nicht mehr sehen konnte. Die roten Beeren sahen nicht einmal mehr wie Beeren aus, sondern wie Blutstropfen, die ihn an das Menstruationsblut erinnerten, das er auf Katjas Overall bemerkt hatte, an jenem Abend in Spanien, als sie sich ineinander verliebt hatten.

Dann glaubte Sascha für einen Augenblick, hinter dem Verfall und der Fäulnis dieser Beeren vor ihm im Schmutz die Schönheit der unvergänglichen Idee zu erkennen, die sie verkörperten. Und für diesen kurzen Moment spürte er auch die Gegenwart eines ihnen innewohnenden Gottes, eines wahren Gottes hinter dem Schall und Rauch von Zeit und Materie, auch wenn es ein Gott war, an den er nicht mehr glauben konnte.

In einem Gebäude in der Rue de la Pompe war Katja den grausamen Methoden der »Kalinke«, wie man die französische Entsprechung der Gestapo nannte, ausgesetzt. Da man ihr aber kein bestimmtes Vergehen vorwerfen konnte, brachte man sie als Zwangsarbeiterin nach Deutschland, in eine Rüstungsfabrik an der Ruhr. Dort blieb sie, bis die Alliierten sie befreiten, und während dieser Zeit drangen weder von ihrem Sohn noch von Sascha Nachrichten zu ihr. Der Schockzustand, in dem sie sich bei ihrer Verhaftung befunden hatte, verwandelte sich durch die ständige Angst und Erschöpfung in eine Benommenheit, in der das Unerträgliche ertragen werden mußte, weil es keine Alternative dazu gab. Vor ihrer Verhaftung hätte Katja voller Überzeugung gesagt, daß sie sterben würde, wenn sie jemals von ihrem Sohn getrennt werden sollte. Doch sie starb nicht. Statt dessen tötete sie ihren Sohn in ihrem Herzen ab – ähnlich, wie ihre Mutter vielleicht den Verlust Tanjas bewältigt hatte – und versteckte das Grab in den dunklen Ecken des Vergessens.

Tatsächlich war wohl der Moment am schlimmsten, als eine Gruppe lächelnder Amerikaner Medikamente und Lebensmittel brachte und die Tore des Lagers öffnete, in dem die Zwangsarbeiter festgehalten wurden. In diesem Augenblick nämlich, als Katja die Freiheit, an ihren Sohn zu denken, wiedererlangte, meldete sich ihr Gewissen mit aller Macht zurück und erklärte sie zur Mörderin. Es stimmte zwar, daß sie die Trennung von Alessi weder verursacht noch gewollt hatte, doch sie wußte, daß sie für die Zerstörung der Erinnerung an ihn verantwortlich war, und an dieser Schuld trug sie schwer.

Im Mai 1945 kehrte Katja nach Paris zurück. Als sie feststellte, daß ihre Wohnung wieder vermietet worden war, suchte sie Philippe und Mascha in Neuilly auf. Tonja öffnete ihr die Tür. Sie war älter und fast weiß geworden.

»Ja, bitte?«

»Erkennst du mich nicht?«

»Katja? Lieber Gott, Katja!« Tonja streckte die Arme aus, und die beiden Frauen fielen sich um den Hals, küßten sich und weinten. Hinter Tonja erschienen drei Kinder, Maschas Sohn und ihr Töchterchen und Alessi. Er war zwar zwei Jahre älter geworden und gewachsen, aber er hatte sich nicht allzusehr verändert, und sein

Gesicht hatte, im Gegensatz zu Katjas Befürchtungen, die kindliche Weichheit noch nicht verloren. Er sagte nichts, sondern stürzte sich nur in Katjas Arme, mit einer Wucht, die sie beinahe schmerzte, und überrascht stellte sie fest, daß er schwer geworden war und daß sie zu schwach war, um ihn zu tragen.

Sie gingen in den Salon. Alles war noch so wie früher, nur ein bißchen schäbiger. Philippe und Mascha waren zu Hause, und Katja wurde mit Tränen und Freudenschreien begrüßt. »Das ist herrlich!« wiederholte Katja immer wieder, lächelnd und sich die Augen abtupfend. Aber es war nicht herrlich. Tatsächlich spürte sie nichts als Leere, Lethargie und eine Angst, daß es immer so bleiben würde und daß sie um Alessis willen sich mit einer Imitation des Lebens würde abfinden müssen und von nun an auf Verlangen lächeln oder weinen müßte.

»Du bist wieder schwanger?« fragte sie Mascha, als eine gewisse Ruhe eingekehrt war und Katja sich verpflichtet fühlte, sich nach den Dingen zu erkundigen, die sich seit ihrer Verhaftung zugetragen hatten.

»Ja«, sagte Mascha vergnügt. »Ich habe entdeckt, daß ich mich gut zur Mutter eigne. Wer hätte das gedacht? Ich habe sogar das Kindermädchen entlassen, das heißt, sie hat selbst gekündigt. Im Krieg bekommt man einfach kein Personal.«

Katja sah Tonja an. Sie strahlte vor Stolz und Freude über ihre Enkelkinder. Das ist ihre Rache an mir und an meiner Mutter, dachte Katja unbarmherzig. Wie alt ist sie jetzt, fünfundfünfzig? Sechzig? Nach all diesen Jahren ist sie jetzt glücklich, aber meine Mutter ist tot, und ich bin vernichtet.

»Habt ihr etwas von Sascha gehört?« fragte sie.

»Wir glauben, daß er auf den Kanalinseln ist«, sagte Philippe. »Die sind gerade erst befreit worden, aber wir rechnen täglich mit Nachricht von ihm.«

Sie warteten tatsächlich auf Nachricht und ahnten nichts Böses. Doch Sascha kehrte nicht aus dem Krieg zurück, und man fand auch keine Aufzeichnungen über ihn, abgesehen von jenen, die besagten, daß er sich unter den russischen Kriegsgefangenen befunden hatte.

Als Sascha nicht wiederkam, wurde es für Katja unmöglich, weiterhin bei seinen Verwandten zu wohnen. Neben rein praktischen Erwägungen, daß die Wohnung nämlich zu klein für alle war, wurde deutlich, daß sie nicht mit Tonja zusammenleben konnte. Tonja gab Katja zwar nicht offen am Verschwinden oder am Tod ihres Sohnes die Schuld, aber sie nörgelte und kritisierte zunehmend an ihr herum, und Katja ertappte sie manchmal dabei, wie sie Alessi oder sie selbst seltsam prüfend musterte. Manchmal hatte Katja ein wenig Angst. In ihren finstersten Augenblicken fürchtete sie sogar, daß Tonja für sie und ihren Sohn eine körperliche Bedrohung darstellen könnte.

Zudem hatten Philippe und Mascha es in dieser Zeit auch nicht leicht. Böse Zungen bezeichneten Philippe als Verbrecher und Kollaborateur, und obwohl er sich von diesen Vorwürfen befreien konnte, war er oft sehr angespannt. Er gab sogar seine Pfeife auf und fing statt dessen an, Zigaretten zu rauchen.

Katja zog mit Alessi in eine eigene Wohnung und fand Arbeit, erst als Sekretärin, dann als Lehrerin für Russisch und Musik. In der Schule lernte sie einen Kollegen kennen, Pierre Mollin, der französische Literatur unterrichtete. Er war, wie Sascha, ein Mann mittlerer Größe und mit angenehmem, aber unauffälligem Äußeren. 1940 war er Soldat geworden, war dann gefangengenommen worden und hatte die Kriegsjahre in Deutschland verbracht. Trotz seiner Erlebnisse hatte er sich seinen Sinn für Humor nicht nehmen lassen.

Er war nicht verheiratet. Im Laufe der Zeit freundete Katja sich mit ihm an und stellte ihm auch Alessi vor, der viel Spaß mit ihm hatte. Auch Pierre schien den Jungen zu mögen und wälzte sich nur zu gern in wildem Spiel mit ihm auf dem Teppich in Katjas Wohnung herum.

Katja besuchte weiterhin die Familie in Neuilly, allerdings vor allem Alessis wegen, der seine Großmutter und seinen Vetter und seine Kusine gern hatte. Bei einem dieser Besuche reichte Tonja ihrer Schwiegertochter einen ungeöffneten Brief, der den Poststempel von Lyon mit einem Datum vom September 1943 trug. »Den hatte ich ganz vergessen«, erklärte ihr Tonja. »Du warst nicht da, da habe ich ihn in die Schublade gelegt. Bitte entschuldige.«

Katja wurde leicht schwindlig, als sie die vertraute Handschrift ihres Ehemannes erkannte. Der Brief lautete folgendermaßen:

Liebste Katja,

wird Dich dieser Brief jemals erreichen? Wenn meine Ängste gerechtfertigt sind, wage ich das zu bezweifeln. Warum schreibe ich also? Weil ich meine Gedanken ordnen und mir dafür zumindest einbilden muß, daß es einen Menschen gibt, an den ich sie richten kann.

Warum hast Du Dich geweigert, mit mir nach Vichy zu kommen? Waren meine Motive Dir verdächtig, und wenn ja, warum? Wann habe ich jemals etwas anderes getan, als Deine Interessen zu schützen? Damals in Rußland habe ich Dich außer Gefahr gebracht. In Paris habe ich mich um Dich gekümmert. Als Du nach Spanien gegangen bist, habe ich Dich im Auge behalten und Dir Geld geschickt, als Du es brauchtest. Als Gegenleistung habe ich nichts als Kälte und Verachtung von Dir erfahren, abgesehen von einer einzigen unerklärlichen Nacht, bevor Du mich verlassen hast.

Klingt das so, als würde ich mich beklagen? Ja, das muß es wohl. Aber habe ich nicht allen Grund zur Klage? Seit ich Dich in Wladiwostok kennengelernt habe (Deine Kindheit zähle ich nicht mit), bist Du mir ein Rätsel gewesen. Es war mir stets unbegreiflich, daß meine Aufmerksamkeiten Dir gegenüber immer so grausam zurückgewiesen wurden.

Schreibe mir. Erkläre es mir. Ich bete darum, daß Du in Sicherheit bist und Dein Kind auch, obwohl es nicht von mir ist. Dein Dich liebender Ehemann

Kolja

Katja vernichtete den Brief und sprach nicht darüber. Sie war der Meinung, daß Kolja sich darin gefühlsmäßig hatte gehenlassen. Sie nahm an, daß er ihn geschrieben hatte, als er betrunken war und seine Geschäfte nicht allzugut gingen, sonst hätte er niemals riskiert, daß die Zensoren den Brief in die Hände bekamen. Nach reiflicher Überlegung erschienen Katja ihre Gründe für die Zurückweisung ihres Ehemannes immer noch eindeutig und gerechtfertigt. Er war unehrlich. Er hatte immer versucht, sie zu nehmen, wenn sie verletzlich war. Was er auch denken mochte, es war keine Liebe in ihm, und was er dafür hielt, war nichts weiter als eine schreckliche Faszination.

Und wenn sie sich irrte? Es war zu spät, alles von neuem zu überdenken oder ihr Gewissen jetzt noch weiter zu belasten. Denn zwischen den Bröckchen von Informationen, die sie ab und zu erhielt, hatte sich auch die Nachricht befunden, daß Kolja 1944 umgebracht worden war. Er hatte einem Ring von Leuten angehört, die Flüchtlinge in die Schweiz schmuggelten, und als die Gestapo den Ring zerschlug, war er erschossen worden. Es war im nachhinein nicht mehr möglich, herauszufinden, ob ihn finanzielle oder patriotische Motive getrieben hatten. Die Résistance beanspruchte ihn für sich. Später wurde in einem kleinen Dorf bei Lyon ihm zu Ehren eine Gedächtnistafel aufgestellt, und eine Straße dort trägt seinen Namen.

Trotz der Gesellschaft ihres Sohnes und der Freundschaft Pierres war Katja im ersten Jahr nach dem Krieg eine einsame Frau in den Dreißigern. Sie entdeckte eine gewisse Härte an sich und sah ein Leben voller Bitterkeit und Reue voraus. Sie fragte sich: Habe ich jemals wirklich geliebt? Als sie an die Männer dachte, die sie geliebt hatte oder von denen sie geliebt worden war, an Sascha, Daniel und Kolja, fiel ihr wieder die Asymmetrie der Liebe auf. In bezug auf Zeitpunkt, Intensität, Bedeutung und Ausschließlichkeit war sie für zwei Menschen niemals gleich, doch stets gaben beide sich der freundlichen Illusion hin, sie würden das gleiche empfinden. Und doch war es unerträglich, auf Liebe zu verzichten.

Katja dachte an Sascha. Ihm hatte jede moralische Größe gefehlt, selbst jene monströse, die den Tragödien als Stoff dient. Statt dessen hatte er ihr und der Welt eine allgemeine Liebenswürdigkeit geboten, die zwar im täglichen Leben durchaus ihre Wirkung hatte, aber aus einer umfassenderen Perspektive heraus gesehen schlichtweg nutzlos war. Weil Katja das wußte, hatte sie sich dazu gebracht, ihn für seine Schwächen genauso zu lieben wie für seine Stärken. Aber konnte man die Gefühle, die sie füreinander empfanden, wirklich als ebenbürtig betrachten? Hatte sie aus der Erkenntnis seiner Schwächen heraus ihm gegenüber nicht immer harte, grausame Zurückhaltung geübt? Wann hatte sie um ihn getrauert?

Als Pierre Mollin ihr Ende 1946 einen Heiratsantrag machte, willigte sie ein. Sie mochte ihn sehr gern, und er war ein guter Mann, freundlich zu ihr und ihrem Kind. Selbst Tonja versteckte ihre eigentlichen Gefühle und gratulierte ihr zu ihrer klugen Entscheidung, wenn auch nur Alessis wegen. Im folgenden Jahr, Katja war inzwischen fünfunddreißig, gebar sie eine Tochter, die sie nach ihren geliebten spanischen Freundinnen Marie-Isabelle nannte.

In den folgenden Jahren hörte sie noch gelegentlich von anderen Freunden und Bekannten. Prinzessin Wanda hatte ihren Mann verlassen, nachdem er als faschistischer Held aus Spanien zurückgekehrt war. Sie war nach Chicago zurückgegangen und hatte die Fleischverpackungsfirma der Familie übernommen. Prinz Carlo blieb seinem dem Untergang geweihten Führer treu, und nachdem Mussolini von den Deutschen gerettet worden war und in Norditalien seinen Marionettenstaat gegründet hatte, wurde er in einer der Städte Polizeichef. 1945 wurde er von Partisanen gehängt.

Constantine kam nach dem Spanischen Bürgerkrieg nicht mehr nach Hause, aber angeblich lebte er noch. Auf irgendeine Weise bekam er Verbindung zu den Nazis, wahrscheinlich als Ergebnis seiner Kontakte zu den Deutschen während des Bürgerkriegs. 1950 hieß es, er sei jetzt Importeur in Argentinien. 1955 berichtete jemand, er sei Priester geworden. Danach hörte man nichts mehr von ihm.

Einige Male traf Katja sich noch mit Le Nain, allerdings wurden ihre Begegnungen immer seltener. Mit zunehmendem Alter verlor der Zwerg seine Stimme und damit seine Arbeit als Kabarettsänger. Er starb zurückgezogen und vergessen, angeblich in Folge zu großen Alkoholgenusses.

Lydia Kalinowska hatte wohl von allen das meiste aus ihrem Leben gemacht. Während des Krieges war sie eine Weile die Geliebte Aristide Krugers gewesen, bis er bei einem Autounfall ums Leben kam. Danach hatte sie einen älteren Deputierten der Vierten Republik geheiratet und war zu gegebener Zeit Witwe geworden. Sie war für ihren Salon und ihren exzentrischen Humor bekannt und starb 1972, hochverehrt und hochgeachtet.

An einem Winterabend, als ihre Tochter sieben Jahre alt war, besuchte Katja ihre Schule, wo die Kinder eines jener kleinen Theaterspiele aufführten, die Eltern so begeistern. Pierre und Katja hatten Alessi mitgenommen, und alle drei sahen nun Marie-Isabelle und den anderen Kindern zu, wie sie in Trägerkleidchen und Papiergirlanden zu einem Volkslied tanzten, das auf dem Klavier gespielt wurde. Der Raum wurde schwach von Kerzen erleuchtet, und die Dekorationen aus Kreppapier glühten rot und grün und flatterten im Rhythmus des Luftzugs und der Musik.

Während Katja ihrer Tochter bei deren ungeschickten, aber reizenden Tanzschrittchen zusah, empfand sie den Stolz, den alle Eltern empfinden. Und sie fühlte auch, nicht zum erstenmal, daß sie diesen Augenblick nicht wegen der Bedeutsamkeit des Ereignisses, sondern wegen der ungetrübten Freude und des Wohlbefindens, die sie durchströmten, im Gedächtnis behalten würde.

Ohne besonderen Grund beugte Pierre sich zu ihr hinüber und küßte sie aufs Ohr. Sie lächelte ihn an, und er fragte:

»Bist du glücklich?«

»Ja.«

»Liebst du mich?«

Katja drückte ihm die Hand.

Als sie sah, wie Alessi grinste und Pierre etwas zuflüsterte, der daraufhin zurückgrinste, mußte sie an Sascha denken. War nicht Sascha es gewesen, der sie gelehrt hatte, diese Augenblicke der Torheit zu genießen und in Ehren zu halten? War nicht Sascha es gewesen, der ihr durch sein großzügiges Wesen die Möglichkeit geschenkt hatte, Freude am Leben zu haben? Endlich spürte sie, daß sie um ihn trauern konnte, denn sie brauchte keine Angst mehr vor ihrer Trauer zu haben, denn schließlich war es ja Sascha gewesen: Töricht und vergnügt wollte er betrauert werden, leichten Herzens, ja, mit Liebe.

Katja dachte daran, wie viele gestorben waren. Das Leben war zu ihr und zu all den anderen hart gewesen. Doch die Liebe in all ihrer Asymmetrie hatte sie nicht nur einmal, sondern immer wieder erfüllt und konnte ihrem Leben immer noch Sinn geben.

Dieser Augenblick würde vorübergehen, aber weitere würden folgen, auch für ihre Tochter. Gerade stellte Marie-Isabelle sich vor, sie sei eine große Ballerina, und stapfte, überwältigt von der Musik und vom Licht, über die Bühne. Sie lächelte unentwegt, und ihre Augen funkelten vor Vergnügen. Sie stieß ihre Freundinnen an und zwinkerte und flüsterte ihnen etwas zu.

»Was macht sie denn da?« fragte Pierre. »Was macht sie da bloß?«

Sie tanzt im Meer, dachte Katja. Sie tanzt im Meer!